譯者與學者
香港與大英帝國中文知識建構

U0134700

譯者與學者

香港與大英帝國中文知識建構

關詩珮

OXFORD
UNIVERSITY PRESS

OXFORD

UNIVERSITY PRESS

Oxford University Press is a department of the University of Oxford.
It furthers the University's objective of excellence in research, scholarship,
and education by publishing worldwide. Oxford is a registered trade mark of
Oxford University Press in the UK and in certain other countries

Published in Hong Kong by

Oxford University Press (China) Limited
39th Floor, One Kowloon, 1 Wang Yuen Street, Kowloon Bay,
Hong Kong

© Oxford University Press (China) Limited

The moral rights of the author have been asserted

First Edition published in 2017

譯者與學者
香港與大英帝國中文知識建構

關詩珮

ISBN: 978-019-048639-6 HB
ISBN: 978-988-877794-5 PB

This impression: 2

敬呈給

父母

大地上問有哪位敢這樣愛

目　錄

引用檔案名稱及出處

The National Archive of United Kingdom.(Public Records Office)
    Great Britain. Foreign Office. F.O. 17(China)
    Great Britain. Foreign Office. F.O. 228(Chinese Secretary)
    Great Britain. Colonial Office. C.O. 129(Hong Kong)
    Great Britain. Colonial Office. C.O. 273(The Straits Settlements)
The University of Cambridge, the United Kingdom
    Jardine and Matheson Archives, Cambridge University Library
    Papers of Sir Harry Parkes, Cambridge University Library
    University Archives, University Library
The University of Oxford, the United Kingdom
    Papers of James Legge, Bodleian Library
    University Archive, Bodleian Library.
    Foreign Office Confidential Prints, Bodleian Library
The University of London
    Senate House
    University College London
    College Archive, University College London
    Special Collection, University College London
The University of Manchester, the United Kingdom
    The Bowring Papers, The John Rylands Library
The University of Southampton, the United Kingdom
    Palmerston Papers, Hartley Library
The School of Oriental and African Studies
    Staunton Papers, SOAS Library
    London Missionary Society Archives, SOAS Library
British Library
    The Lay Papers
    India Office Records
King's College London
    College Archives, Michael Howard Archives Reading Room

緒　論

1.1　譯者與學者：譯者歷史研究的轉向

　　本書的要旨，是要帶出十九世紀大英帝國成立漢學與培訓外交譯員的緊密關係，以及在這大前提下，重新發掘香港在英國漢學成立史曾擔當的位置及功能。香港在中英關係的角色，除了因為殖民地制度令她為英國提供政治及經濟上的支援外，她的地緣關係更為英國提供了準確及時的中國情報，讓英國國會及外交部於不同時候，釐訂適時的中國政策。要做到這一點，就需培訓忠誠可靠又具中英雙語水準的譯員。然而，英國在十七到十八世紀打開中國貿易的大門過程中，並不意識到翻譯的重要性，因而兩國因語言及文化差異，在法律、宗教、貿易上都產生了大量的衝突。這一切在鴉片戰爭後，英國才正視培訓譯員的急迫性，並於各英國學府成立中文課程。

　　香港在大英帝國英國漢學成立的關係淵源甚深，香港在十九世紀英國漢學成立的過程中，擔當重要基地或緩衝地。英國外交部在英國漢學成立初期，長時間討論過利用香港已有的人脈資源及近於中國的地理優勢，作為培養譯員的前線陣地及後盾，馬禮遜教育協會成立的馬禮遜學校、英華書院、香港聖保羅書院（見下第3.5章）及中央書院（後來的皇仁書院）都在這些背景下被徵用籌辦及教授翻譯課程；而當英國漢學課程於1853年面臨危機時，英國外交部及英國漢學家曾經考慮把成立不久的英國漢學課程全盤遷移到香港，讓香港承擔課程的責任。另一方面，十九世紀「英國漢學之父」[1]斯當東爵士(Sir George Thomas Staunton, 1781–1859)及英國漢學各重鎮的首任中文教授(Professor of Chinese)[2]，即本書涵蓋並深入討論的人物：飛即(Samuel Turner Fearon, 1819–1854)、威妥瑪(後封為爵士；Sir Thomas Francis Wade, 1818–1895)、理雅各(Reverend James Legge, 1815–1897)等人，他們都曾在香港生活。他們早於鴉片戰爭時就見證着香港成為殖民地的過程，並曾為香港殖民政府在不同崗位擔當譯員或主持譯員的培訓工作。而為過去學界所忽視的是，他們是先以譯員身份躋身香港殖民地政府及英國政治體制。這些英國籍的譯員，在香港留下極多殖民地遺跡。譬如位於中環半山Staunton Street及黃泥涌的Staunton Creek(今稱為黃泥涌明渠)，[3]就是以中英關係著名譯者暨漢學家斯當東(Sir George Thomas Staunton)命名。香港街道雖然以港式翻譯而名為士丹頓街，[4]而我們迄今仍未能找到這街道及溪澗中譯名稱最早出現的年份及相關資料，但最早於1861年的《中國指南》(*The China Directory*)已清楚明示Staunton Street出現，可見這是開埠早年已確立的街道。[5]同樣在中英十九世紀翻譯史上

1　Denis Twitchett, *Land Tenure and the Social Order in T'ang and Sung China*(London: School of Oriental and African Studies, University of London, 1862), pp. 5–6.

2　Professor of Chinese一詞，本書內譯為中文教授而非漢學教授。英國成立中文科之初，要與歐洲漢學性質有別。有關漢學的涵義及其在本書使用的範圍，見本章第1.3節「翻譯與漢學、中國研究或中文知識」。

3　香港地政總署指含Staunton Creek 地名的香港地圖，只可上溯到1955至1956年(Sheet no. 213–SE–13 [地圖比例1:600])；這之後，Staunton Creek 改名為Staunton Canal，然後再於1970年後改為Staunton Nullah。

4　本書稱他為斯當東，而非港譯士丹頓，原因是Sir George Staunton自十八世紀入華後，中國史籍大量記載他的事跡，均稱為斯當東或嘶噹㖸。此外，學界(中港台以華文書寫)對他的漢名已有共識，以這樣的統一用法目的是方便學術研究，讓後來研究者繼續能上追下索這名歷史人物的事跡。同理，本書以此方法作為標示西方歷史人物漢譯名稱的範例，即不一定以港譯為基礎；若西人並無自譯或自冠漢名，均依據漢學界已出現的漢譯或定譯為準。

5　Anonymous. *The China Directory 1862*(Hong Kong: A. Shortrede & Co.,1861).

　　　　　　　　　　　　　　譯者與學者：香港與大英帝國中文知識建構

有極重要貢獻的郭實獵（Reverend Dr. Karl Friedrich August Gützlaff,
1803–1851），[6] 上環的吉士笠街（Gutzlaff Street）就是紀念他而命
名。他在第一次鴉片戰爭前後，為香港擔當重要外交及軍士翻譯
工作。Karl Gützlaff在中國文獻上記有多種漢名，有些是他自命
的，如郭實獵或較少學者使用的郭寔拉，[7] 有些則是中國官員給
他的稱呼如郭士立，[8] 無論如何，香港則利用當時的本地語「吉
士笠」之名記念他在十九世紀中英關係中的貢獻。他雖然更活躍
於中英外交關係，也參與香港政府內部的翻譯工作，然而他在鴉
片戰爭時參與戰爭中軍事翻譯工作外，他更主力協助戰後談判及
促成簽訂《江寧條約》（或通稱《南京條約》）。不過，《江寧條
約》簽訂後，歐洲因為不甘心看到英國打開了中國之門，謀取暴
利，於是誣衊普魯士籍（Prussia）的郭實獵，指控他出賣英國人利
益，令南京條約中英雙語版本出現漏譯的問題。這雖然成為中英
翻譯史上最大的醜聞，但英國人並無懷疑及否定郭實獵的貢獻，
英國人明白漢學及準確翻譯的重要性，加快了成立漢學的決心。
他的事跡以及這個翻譯醜聞，我們都會在本書的章節中（第2.5章）

6　郭實獵雖有多個漢名，不同中國文獻所載名稱也不一樣，這與他身份多變有
　　關，然而他在外交公文上以郭實獵的漢名簽名，本書從之。此外，本文省掉
　　各人名譽博士頭銜及牧師職稱等的中文名號。

7　這是學界較少提及的Gützlaff漢名，他擔任香港外交部的漢文經歷時就自
　　簽此名。見英國外交部檔案（Foreign Office Records，以下簡稱F.O.）F.O.
　　233/185/93，第二十一件， 27 April 1844；第二十二件，12 July 1844。莊欽
　　永近著雖列出了郭氏的眾多漢名，其中就沒有提出這名稱。見莊欽永編著：
　　《「無上」文明古國：郭實獵筆下的大英》（新加坡：新躍大學新躍中華學術
　　中心：八方文化創作室，2015），頁2。另，莊欽永書中述及郭實獵於香港的
　　工作及職位時，因資料所限值得商榷之處，其中最大的問題就是他指郭實獵
　　「為香港首三任總督的撫華道（Chinese Secretary）」。撫華道的中譯職稱既不
　　是Chinese Secretary，郭實獵一輩子也從未擔任此職。撫華道成立於十八世紀
　　中葉（大概1856年左右），郭實獵早已過世。有關Chinese Secretary的中譯名稱
　　及撫華道一職成立原委，分別見下第2.5章及3.7章。

8　清朝詩人貝青喬於鴉片戰爭爆發後隨同揚威將軍奕經赴浙江抗英，把他兩
　　年多所見所聞之種種咄咄怪事寫成大型紀事組詩一百二十首，名曰《咄咄
　　吟》，組詩編定於1843年。在多組詩內都稱Gützlaff為郭士立。

慢慢看到。此外，説到早年曾在中英交往上擔當重要譯員，又是學界公認的漢學家而又與香港有深厚關係的，是不少香港人熟悉的第二任港督戴維斯(Sir John Francis Davis, 1795–1890；中國歷史文獻稱為德庇時，下文同)。盤纏港島西半山摩星嶺(Mount Davis)的摩星嶺徑(Mount Davis Path)、摩星嶺道(Mount Davis Road)，以及爹核士街(Davis Street)，都是以他命名。然而鮮為香港市民所知的是，他最初參與中英外交事務的身份，就是為英國第二次官方訪華使團阿美士德使團(Amherst Mission, 1816)擔任譯員，由於譯才出眾，並師從首位來華新教傳教士馬禮遜(Reverend Dr. Robert Morrison, 1782–1834)，德庇時很早就獲大英帝國看成是可造之材。

自1980年香港步入回歸時間起，香港開始湧現大量探索香港街道名稱歷史來源的著作，[9]香港街道的名稱，不少是以香港殖民地官員命名。可惜，這些研究與眾多中英關係史著作，鮮有提到這些官員是譯員出身，而只以為他們區區為殖民地官員、外交官或軍事謀略家。事實上，香港市民熟悉的街道及人物，如灣仔的杜老誌道、中環的梅道、半山畢拉山金文泰道，紀念的對象分別是杜老誌(Malcolm Struan Tonnochy, 1841–1882)、香港第十五任總督梅含理(Francis Henry May, 1860–1922)以香港第十七任總督金文泰(Sir Cecil Clementi, 1875–1947)等這些前殖民時代的知名香港官員，他們擠身英國文官制度的機緣便是投考大英帝國設下招攬精英的翻譯課程，[10]他們在殖民者首要正式官方身份亦是譯員，然後才慢慢晉升為治港官員，甚或港督。很多早年的香港雙語法

9　從早期的Frena Bloomfield, *Hong Kong's Street Names and Their Origins*（Hong Kong: Urban Council, 1984）；或魯言[梁濤]：《香港街道命名考源》（香港：市政局，1992）；到近年的爾東文：《趣談香港街道》（香港: 明報出版社有限公司，2004），及Andrew Yanne & Gillis Heller, *Signs of a Colonial Era*（Hong Kong: Hong Kong University Press, 2009）等等。

10　見本書第5章。

律、命令、佈告等，不單由他們釐訂，更是由他們利用口譯的方法向市民宣解甚至執行；因此在早年香港社會中，外國譯員與本地市民有深刻的互動及接觸。另一些在香港史中長期成為翻譯美談的趣譯，如街道路標「如要停車乃可在此」，很可能都是出自他們手筆，原因是華人譯員的地位並不高，華人譯員早年只被安排起譯稿甚至可能謄寫而已，遇有翻譯問題因地位懸殊也難以跟英籍上司商榷。這些英籍譯員，因為在香港的識見及歷練，成就了他們日後成為中英外交史上的明日之星，他們對中國文化的喜愛往往被看成是中國通 (Old China Hands)、愛漢者 (Sinophiles；或今天稱的中國文化迷)、專業或業餘漢學家，而本書特寫的幾位人物，更是在香港擔當軍事、外交、殖民管治的翻譯工作後，回到英國被羅致成為大學教授的譯員。

在展析香港如何成為十九世紀英國漢學的基地或緩衝地之外，本書希望以較人性化的角度回顧這些飄洋過海曾寓居香港的來華英籍譯員的故事。因此，本書會以他們各人的事跡作獨立章節，並集中以譯者的身份、工作範圍、能力反映他們參與香港、中國、英國內政及外交事務。歷史研究重點不一、取材各異、研究理路有別，有文化史、制度史、經濟史、醫療史、本地史等等。翻譯史中以譯者為研究重心的目的，就是以譯員為主，深入瞭解他們的工作性質及擔當位置，如何影響或干擾歷史的發展過程及結局，以及他們在文化、社會及歷史上帶來的貢獻。十九世紀初期，大英帝國對中國認識不深，這些譯員在沒有半點國家經費支持下自學漢語，蓽路藍縷，鑽研學習中文的方法及知識工具，不少是通過刻苦自學、觸類旁通對比語言學的方法、輾轉利用歐洲於十五到十八世紀已出版的漢學讀本，自學後成為漢學先驅。在推動漢學方面，早年來華譯員在清廷《防範外夷規條》生效的十八世紀到十九世紀初，多違抗清廷命令，偷偷收買中國人並向他們學習漢語；在物資極度匱乏的年代，他們也甘於耗資巨額，耗盡積蓄購買中國典籍，及後遠渡重洋帶回英國，最後甚至捐贈到英國不同的學術機構，以此奠下了英國成立漢學教席的基本條件。馬禮遜在宗教、中英外交上的事蹟學界都耳熟能詳（見下2.2章），他捐獻萬冊中國典籍奠下了英國漢學的基石外，而此舉的意義遠遠超過書籍本身價值及文字承載的內容。跟從他步伐的，有把漢字拉丁拼音集大成者威妥瑪（Sir Thomas Francis Wade, 1818–1895），他捐獻四千多冊私人珍藏到劍橋大學，讓劍橋於19世紀末年終能跟牛津分庭抗禮成立了中文課程，而他亦順理被推選成為劍橋首任中文教授。[11]這些中西文化的譯員使者於在華其間，不單走到中國人群中打探各種情報，有時甚至與中國人合譯共著，並邀請中國人出國考察西方，讓中國知識走向世界，全面展現中國到國際平台。就是最好的例證，就是翻譯《四書五經》及其他中國經籍的理雅各（James Legge, 1815–1897），他於1867年邀請王韜（1828–1897）外訪到牛津，成就了王韜鼓吹思想變革的嚆矢。[12]

中英關係於十九世紀初因廣州貿易分歧而日漸交惡，中國人長期視西方譯者為侵略者或帝國附庸，甚至是走狗，清廷發出追殺令驅逐譯者出境。而英國人同樣瞧不起他們走入華人社群中與黃種人打交道；有些譯員對本地市民產生同情心，甚至更迎娶了本地婦女，他們的文化身份從此變得複雜，他們的愛國心常被質疑。本書涉及論到的香港「惡名昭彰」的譯員高和爾

11　鄭志民、彭桃英、楊曉寧：〈英國劍橋大學威妥瑪中文特藏〉，《江蘇圖書館學報》，1992(2)42–44; J. W. Clark, *Endowments of the University of Cambridge*(Cambridge: Cambridge University Press, 1906), p. 252; D. L McMullen, "Chinese Studies at Cambridge—Wide Ranging Scholarship from a doubtful Start, " in *The Magazine of the Cambridge Society*, 37(1995), pp. 62–66.

12　Paul A. Cohen, *Between Tradition and Modernity: Wang T'ao and Reform in Late Ch'ing China*(Cambridge, Mass.: Council on East Asian Studies, Harvard University: Distributed by Harvard University Press, 1974).

　　　　　　　　　　譯者與學者：香港與大英帝國中文知識建構

（Daniel Richard Caldwell, 1816–1875；見下3.6章），他的漢學水平雖然不高，由於他說得一口流利本地語，他曾叱吒香港殖民政府管理階層，甚至壟斷了香港政府所有重要部門的翻譯工作，他與香港政府既親密又疏離的關係，形成了他三次就任與辭任。他在位擔當譯者與否，要脅着香港政府在1850年十年間的有效運作，他是繼郭實獵後又另一個翻譯史上的醜聞。這些因譯員忠誠問題而引申的政治陰謀論，令香港政府及英國外交部明白到培訓可靠譯員實在急不容緩。事實上，在世界文化史上因為譯員文化身份而引發出來的背叛及諜變問題，多不勝數。[13]而這些來華擔當中間人的譯員，往往在中國歷史史籍上被描述為東方冒險家及機會主義者，這些極度單薄貧乏的描述，桎梏了深入討論他們貢獻的可能。無可否認，這些英國人生長在大英帝國殖民主義狂飆的年代，難免受時代思想影響以以英國子民的利益為先；他們當中也會有些立心不良，看到殖民者與被殖民者不能溝通而兩方欺瞞，以取漁人之利，中飽私囊。然而，從本書描述的歷史事件可見，這些譯員不少在徹頭徹尾的殖民主義者（如在英法聯軍曾主張吞噬中國的額爾金伯爵（James Bruce, 1811–1863; 8th Earl of Elgin））面前，譯員都以自己的專業知識，提出維護中國的見解，避免真正的侵略者大肆蹂躪這片土地。[14]此外，譯員也致力推動中國現代化的計劃。[15]清廷設置首個官方外交機關總理各國事務衙門及籌辦第一所語言學校同文館時，威妥瑪以及他主理翻譯學課程下的學生赫德（後封為爵士 ；Sir Robert Hart; 1835–1911）都提供了極多的寶貴意見，推薦有益於中國參與世界事務及國際法政的書單供

13　Ruth A. Roland *Interpreters as Diplomats: A Diplomatic History of the Role of Interpreters in World Politics*（Ottawa: University of Ottawa Press, 1999）

14　Pubic Record Office（P.R.O.）30/22/50/200, 12 April 1864, Bruce to Lord Russell.

15　見威妥瑪（Thomas Wade）的《新議論略》、赫德（Robert Hart）的《局外旁觀論》，以及王樹槐：《外人與戊戌變法》（臺北 ：中央研究院近代史研究所，1965）。

翻譯，並引薦外國人教習 ，[16]甚至引進外交慣例，讓中國逐步離開「天朝」心態，以對等的方法接待外使。[17]當然，外交譯員或領事工作也涉及文化推廣，然而他們當時的工作重點並不是在華推廣英國文化，而是當中國第一次參加國際盛事（如1851年英國倫敦第一屆世界博覽會及1899–1900年法國世界博覽會時），他們替中方擔當極重要的顧問，從展品、形象以及籌辦過程的行政疏導工作，這些都是鮮為人注意的文化譯員的工作及貢獻。在中國設立郵政電報、鐵路、徵收外國關稅並建立穩固的現代化基建措施上，譯員的角色更是舉足輕重。因此，如果不深入研究他們每個人的中英關係建交時擔當的角色，我們實在無法持平地衡量這些介於中西交往的歷史貢獻。

然而，要全面論述這些在港譯員對中國文化、中國現代化、中國歷史的貢獻，那是不可能的。因此，本書特別申論的要旨，是英國漢學的分水嶺肇自鴉片戰爭，因為鴉片戰爭的五口通商及殖民地成立，促成了大英帝國長遠發展漢學的決心及計劃。固然，英國首個漢學教席成立於鴉片戰爭之前的1837年，課程成立於倫敦大學的倫敦大學學院（University College London），然而當時在緊絀的資源下並於英國一片反對聲音之中，英國漢學只能捉襟見肘成立為期五年的一屆，後便無以為繼。雖然第一屆的漢學課程無論在知識深度、課程內容及教授資歷上都有劃時代的意義（見下2.3章），然而這卻沒有奠下英國漢學後來發展的內涵。直到

16　蘇精：《清季同文館及其師生》（臺北：上海印刷廠，1985）；呂景琳：〈同文館述評〉，龔書鐸（主編）：《近代中國與近代文化》（長沙：湖南人民出版社，1988），頁645–657；李喜所（主編），張靜等（著）：《五千年中外文化交流史》第3卷第4章第1節〈同文館的建立與譯書〉（北京：世界知識出版社，2002），頁141–161。

17　Uganda Sze Pui Kwan, "Sir Thomas Wade, Politics of Translation and the Romanization of Chinese into World Language," in *A New Literary History of Modern China*, ed. David Der–wei Wang（Harvard University）.（Massachusetts, Cambridge: Harvard University Press, 2017), pp. 119–125.

　　　　　　　　　　　　　譯者與學者：香港與大英帝國中文知識建構

鴉片戰爭把香港變成了英國的殖民地，外交及殖民管治兩方面都因譯員不足問題而出現極大管治上的困擾，而同時香港又成為吸納華人教員、華人菁英以便培訓英籍譯員最方便的地理位置，以香港為基地的譯員培訓中介站的概念便漸漸形成。

籌辦大學學府的中文課程並不是一蹴而得，若非當中由具有遠見及魄力的人物促成，英國漢學還只是停留在民間學社，並只由業餘愛好者或宗教團體經營。自十八世紀以來，英國譯員不足的問題，一直折騰着英國外交事務，這問題拖延到十九世紀仍然沒有長遠國策。「英國漢學之父」——斯當東見證着鴉片戰爭後英國譯者不夠、譯員水平不足帶來海內外一連串的翻譯醜聞，包括上段所述《江寧條約》雙語文本出現譯文不對等，甚至歐洲懷疑英國譯員受賄出賣國家等，於是他着手建構當時的中英歷史線索，探討一手策劃出來集政治、宗教、學術合一的漢學制度。他利用自身的資源、熱忱，並集合民間、海外內商人及英國政府的力量，摸索出一條嶄新的英國漢學理路出來。他大力推銷新的漢學課程必須結合實務翻譯訓練。這以後，英國終於知恥近乎勇，明白語言是外交不可忽略的利器，於是有系統地籌辦漢學，以此基礎訓練譯員。這新制度首先於1847年倫敦大學國王學院（King's College London，本書簡稱「國王學院」）首任中文教席飛即（Samuel Turner Fearon, 1819–1854）[18]的就任而得以實現。過程充滿困難，這是承着之前在倫敦大學學院首個教席失敗後所起的另一爐灶。倫敦大學國王學院成功後，漢學重鎮開始在倫敦形成，隨着第二任教授上任，緊密地與英國外交部及殖民地部合作

18 筆者自2009年起出版的一系列文章中，一直稱Samuel Turner Fearon為「費倫」。這是根據張馨保所著 *Commissioner Lin and the Opium War* (1964)的中譯《林欽差與鴉片戰爭》（1989年）。由於筆者最近獲得飛即家族後人提供新的歷史文獻，得知Samuel Turner Fearon幼弟Robert Inglis Fearon的長子George Dixwell Fearon（即Samuel Fearon的侄子）於1884年入廣東粵關的證件（passport）的全漢譯名。從通行證可見，中國稱他的姓氏Fearon為飛即，現從之。也請參考第三章有關飛即的討論。

而成了一個學術及政治的權力中心。在倫敦大學以外，英國漢學依次於1867年在牛津大學成立，由首任中文教席理雅各擔任。理雅各不單曾協助香港殖民政府成立翻譯課程並親身教導官學生譯員，他在牛津的就職演講，就是號召英國青年學習漢語（見下5.4章），並投身遠東帝國事業，報效國家。繼牛津後，劍橋大學也於1888年成立中文教席，由1843年以譯員身份來華後晉升成為英國駐華公使（British Minister）的威妥瑪擔任。這兩所最古老的英國大學成立漢學的資金各有來源，但從聘任人選及釐定學術發展理路去看，關鍵條件是中文教授必須有長年的在華經驗、能説流利漢語、對中國有親身體會，而從事實可見，在華譯者的身份更是一種不言而喻的政治及文化資本。亦即是説，譯者在英國漢學奠下基礎首數十年的發展上，擔當了不能忽略的重要角色，構成英國漢學的特質。而只要我們以此鑑別首任中文教授的繼任人去看，不單能找到統一的線索，甚至可以説這是英國漢學十九世紀發展的基調。劍橋大學第二任中文教授翟理斯（Herbert Allen Giles, 1845–1935）是威妥瑪在華譯員計劃的學生；牛津大學第二任中文講座教授布勒克（Thomas Lowndes Bullock, 1845–1915）亦即是理雅各繼任人，不單是來華譯員，兩人更同屬1867年入學參加外交部主持的中國譯員學生計劃學員。此外，國王學院第三任中文教授道格拉斯（Sir Robert Kennawa Douglas, 1838–1913），同樣通過外交部中國譯員學生計劃來華，而第四任中文教授禧在明（Sir Walter Caine Hillier, 1849–1927），不單是翟理斯、布勒克的同年入學的中國譯員學生計劃同窗，他在中國擔當外交工作時，常直接與當時的駐華公使，亦是外交部譯員計劃旗手威妥瑪接觸，取得甚豐富的工作經驗。至於末代皇帝溥儀的英語老師莊士敦（Sir Reginald Fleming Johnston, 1874–1938），是1898年參與從外交部蛻變出來的另一課程——香港翻譯官學生計劃（Hong Kong

Interpreter Cadetship Scheme）的學生，[19]他回國後更成為倫敦大學亞非學院（School of Oriental and African Studies, SOAS）遠東系的中文教授。大英帝國在十九世紀急遽出現了對華認識的需要，造就了一個特殊的環境，令這些來華譯員退下仕途後，走入黌宮，並結合了今天看來截然不同的兩個職業——譯者與學者。用翻譯研究的概念來說，學者其實只是譯者的後延生命（afterlife），[20]譯者與學者是互為因果的知識系譜，在英國這制度內通過人脈互動、資源共享、學術與政治發生微妙的推動作用下，兩個領域自十九世紀中葉起產生相得益彰、相輔相成之效。英國漢學在十九世紀中葉後發展一日千里，形成一套有別於歐洲漢學風格及內容的知識系統。而這論點，正是過去研究英國漢學從無提出的觀點，[21]本書會細心分析十九世紀英國首任中文教授，以及他們作為來華譯員的關係。

　　本書以極豐富及詳盡的原始文獻，揭示之前漢學研究所未及回應最基本的學術問題——英國漢學為什麼在特殊的歷史時空（十九世紀中葉）產生，香港的角色又是什麼？十九世紀的英國漢學為什麼會以倫敦為基地？本著內很多中英歷史文獻都是第一次向學界公開的檔案資料，而且都是取材自英國、歐洲、香

19　Shiona Airlie, Reginald Johnston: *Chinese Mandarin*(Edinburgh: National Museums of Scotland Publishing, 2001).

20　後世或後延生命是來自本雅明（Walter Benjamin）一篇名為〈譯者的任務〉的文章。文章以後結構史觀，質疑譯作為誰而作、譯作的意義產生地，以及譯語世界效應等等，顛覆了翻譯界一直以原作先行的觀念，並反思了譯作是原文複製的想法，從而指出譯作與原文的關係應是連續、平衡互為因果，而不是對立，最後提出新看法：譯作更是原作生命的延續。Walter Benjamin, "'The Task of the Translator': An Introduction to the Translation of Baudelaire's Tableaux Parisiens," trans. Harry Zohn, in Lawrence Venuti, *The Translation Studies Reader*(London; New York: Routledge, 2000), pp. 1–25.

21　Timothy Hugh Barrett, *Singular Listlessness: A Short History of Chinese Books and British Scholars*(London: Wellsweep, 1989); Frances Wood, ed., *Chinese Studies: Papers Presented at a Colloquium at the School of Oriental and African Studies*(London: British Library, 1988).

港、中國、日本各地，集合了中英兩國政府官方檔案、各英國大學校檔、私人檔案、宗教檔案等的資料，目的只是希望能信而有徵地帶出上面說到的各種論點。過去研究英國漢學的諸種著作，[22] 由於忽視學術史背後的潛在歷史動因——翻譯問題，因此都只能抽取一些零散現象，停留在表面考察，或就某層面嘗試解釋及回應英國漢學的特質，或就個別漢學家作人物傳記研究，或以某出版物某本漢語教科書為中心(如《中國叢報》[*Chinese Repository*]、《中國評論》[*China Review*])，隨機組合幾位不同時期的漢學家，交代一下他們的生平，局部綜述他們在華的活動，以及歸納一下這些人物後來發展出來的個別學術範疇：社會、經濟、考古、醫學、植物或貨殖。這當然有一定的學術貢獻，卻未能兼顧個別與整體的關係。本書希望另闢新徑，特別以翻譯研究(Translation Studies)的論點及視角作為主線，而且專門以譯者為研究重心。儘管本書所用的概念術語雖是取自翻譯研究的理論(見下1.2)，但重點是結合翔實的史料，以此反映翻譯與中國研究在十九世紀英國及亞洲的互動關係，以及英國本土中國學的發生史。

1.2　翻譯研究

本著所循的學術理路，是希望結合傳統的漢學研究以及近年

22　Elizabeth L. Malcolm, "The Chinese Repository and Western Literature on China 1800 to 1850," *Modern Asian Studies* 7, no. 2(1973), pp. 165–178；陳友冰：〈英國漢學的階段性特徵及成因探析〉，《漢學研究通訊》第27卷第3期(2008)，頁34–47；王國強：〈《中國評論》與十九世紀末英國漢學之發展〉，《漢學研究通訊》第26卷第3期(2007)，頁21–32；熊文華：《英國漢學史》(北京：學苑出版社，2007)；胡優靜：《英國19世紀的漢學史研究》(北京：學苑出版社，2009)；陳堯聖：〈英國的漢學研究〉，載陶振譽(編著)：《世界各國漢學研究論文集》(臺北：國防研究院[與中國文化研究所合作]，1962)，頁185–197；魏思齊(Zbigniew Wesolowski)：〈不列顛(英國)漢學研究的概況〉，《漢學研究通訊》第27卷第2期(2008)，頁45–52；林佐翰：《英國早期漢學發展溯源》(香港：香港中文大學聯合書院，1971)。

新興的學術科目「翻譯研究」而來。在一般人的認知裏，任何有關翻譯的討論都是翻譯研究，這固然是廣義的用法。在討論什麼為翻譯研究之前，我們先說說翻譯是什麼？

在傳統的定義上，翻譯是有關語言或文字轉換的工作，無論是語際的翻譯（interlingual）還是語內翻譯（intralingual），[23]翻譯側重的似乎都是以尋找等值翻譯為首要任務的實務翻譯。不過，翻譯涉及的層面，實際遠超跨語言工作所涉及的咬文嚼字、埋首字詞的範圍。我們都知道，語言文字只是一個符號，若要有效利用某個符號，在整個社群共時及歷時系統內表意傳話，依賴的是語言學上的所有層面：字、詞、句、語意、語用、語法；更涉及語言系統所反映的思想、文化及歷史，然後才是跨語際的對換行為。因此，翻譯表面上是以一種語言文字轉換到另一種語言文字的工作，實際上這過程牽一髮而動全身過程，是使用不同語言的人對不同事物的認知思維及方法間的協商。不過，這些只可以說是翻譯知識的皮毛，自有翻譯工作以來，其實都會明白翻譯工作必然涉及文化和人類認知的活動。

可惜的是，當翻譯研究冒起之時，不少討論仍視「翻譯研究」只是對譯字、譯語、譯句、譯文的深化討論，重點仍在於評論翻譯的好壞、美醜，評鑑翻譯是否已達嚴復提出「信達雅」的標準。另一方面，也有學界同仁只認為翻譯研究只是文化研究的一支流。翻譯研究所指涉的涵義固然極廣泛也涉及文化面向，然而關心的學術問題既不是語言也不只純粹是語言文字。翻譯研究自在上個世紀七、八十年代出現了文化轉向後，它的範疇、對象及關懷，都出現了革命性的改變，研究的層面不單大幅擴大，分工亦逐步仔細，分為描述性（Descriptive translation studies）與規範

---

23 Roman Jakobson, "On Linguistic Aspects of Translation," in *The Translation Studies Reader*, edited by Lawrence Venuti（London; New York: Routledge, 2000）, pp. 113–117.

性（prescriptive translation studies）的範疇。[24]最基本的定義，莫過於是要重新思考翻譯活動，無論是單個譯詞、單篇譯作、某一位譯者或某個翻譯行為，對於整個文化所產生的意義、功能及作用，無論這種影響是歷時的還是共時的、是迅速的還是慢慢滲透的、是主導的翻譯還是被動的翻譯。相反來說，也探討文化向何影響了翻譯生產及傳播及接受的過程。簡單而言，就是考察譯作對社會的作用，以及社會上的各元素及持份者，如人物、政治、宗教、文化，如何促成譯作的出現。當中很多翻譯，可能在字面上被看成是誤譯、錯譯、死譯、硬譯或謬譯；而在意義上，也可能是偏離了原語的文意或字義，但這些譯作，卻在特定的社會、文化及歷史時期，產生了極大的影響和作用。翻譯研究中的文化學派，借用文化研究中的大量理論，希望超越字句對字句翻譯的討論，不只作譯作水準的分析及評價，而能放大視野，看看譯作如何在不同文化互動中，產生縱與橫的影響及交流。因此，譯者其實並不只是雙語爬梳者，更是處於兩個文化交界的協商者、使者、把關人。因此，譯者的語言水準、責任感、專業知識、工作目的、收入地位、文化身份等等，事實上都影響了譯作的產生、文化交流及傳播條件；相反，他們也受社會歷史文化諸種條件制約。近年翻譯研究的重點，漸漸從宏觀的歷史文化中，走向關懷譯者個人身上。本書所採用近年翻譯研究中的概念術語，「翻譯

24　描述譯學研究一詞由翻譯理論家圖理（Gidenon Toury）於1995年所著 *Descriptive Translation Studies and Beyond*而來。這一派理路主要以實證方法指出，翻譯文學（翻譯活動）應被視為接受文化既成文化體系及內在文化產物，並已成為文學傳統的一個重要構成部分，因此研究者應運用更科學的學科理論，如俄國形式主義，分析翻譯在接受文化中佔着的位置、影響及貢獻。Gidenon Toury: *Descriptive Translation Studies and Beyond*（Amsterdam; Philadelphia: J. Benjamins Pub., 1995）; 另見，翻譯研究的奠基文章，James S. Holmes, "The Name and Nature of Translation Studies," in *The Translation Studies Reader*, edited by Lawrence Venuti（London; New York: Routledge, 2000）, pp. 172–185.

推手」（pushing hand）、[25]「翻譯的後延生命」、[26]「翻譯醜聞」
（scandals of translation）、[27]「隱身譯者」[28]等等，都是取自近年翻譯研究著作的要旨，借用這些討論到本書關心的十九世紀英國漢學及譯學發展視野當中。

　　任何跨文化的活動都需要譯者，譯者是世界上其中一份最古老的職業。只要有跨語言、跨部族種族或跨文化的活動，用一種語言轉換成對方明白的語言，就需要翻譯。遠古中國，早至春秋時代，已清楚記述譯者的工作。其中在說明典章制度的《禮記‧王制》就指出：「五方之民，言語不通，嗜欲不同。達其志，通其欲，東方曰寄，南方曰象，西方曰狄鞮，北方曰譯。」中國與周邊的民族交往，由於言語不通，文化不同，為了溝通傳達彼此意思，派出接待來自四方的官員，處理邊疆事務，這些官員，因接待對象的不同而有不同專屬的名稱：處理東方事務的稱為寄、南方曰象、西方曰狄鞮、北方曰譯。譯本來是接待北面外族官員的名稱，慢慢廣而化之成為接待四方使者官員的名稱，更以此借喻翻譯人員。在中國先秦文獻內，譯員還有另外的名稱，是為舌人，即我們今天所言的口譯者。可見，中國文化史上早年已記載他們的活動。與中國春秋時期相若的米諾斯文明（Minoan

25　Douglas Robinson , *The Pushing-Hands of Translation and its Theory: In Memoriam Martha Cheung*, 1953–2013（New York: Routledge, Taylor & Francis Group, 2016）.

26　Walter Benjamin, "The Task of the Translator" introduction to a Baudelaire translation, 1923; translated by Harry Zohn, 1968; in *The Translation Studies Reader*, ed. Lawrence Venuti（London: Routledge, 2000）又或Walter Benjamin , *Walter Benjamin: Selected Writings* Volume 1: 1913–1926, Edited by Marcus Bullock and Michael W Jennings（Cambridge, Massachusetts: The Belknap Press of Harvard University Press, 2004）pp. 253–263.

27　Lawrence Venuti, *The Scandals of Translation: Towards an Ethics of Difference*（London; New York: Routledge, 1998）.

28　Lawrence Venuti, *The Translator's Invisibility: A History of Translation*（London: Routledge, 1995）， civilization，大約公元前3650–1450年），不單已有文獻證明口譯者的存在，而且他們更是促成海上各青銅器(陶、銅、錫)貿易的主要人員。[29]不過，雖然翻譯工作者的歷史可以追溯到遠古，卻不代表這是一個已受廣泛認識的行業。

　　當翻譯工作還沒有被社會確認為一種獨立職業前，亦即是沒有專業認證或沒有機構頒發專業資格(accreditation)前，譯者沒有統一或固定的身份；翻譯工作附庸於各種更具社會認受性的身份之上，如學者、宗教傳道人、外交官員、作家、語文教師、家庭主婦、醫生、跨國商人等等。翻譯工作可能是他們的副業，也可能是他們的正職，不過，一般人對他們的工作並不認識。這反映了社會其實一直對翻譯工作的認識不足、認受性低，譯者並未享有明確的工作身份或崇高的社會地位。他們當中，有些是自幼在雙語(或以上)的環境中長大，有些是通過後天學習外語而躋身譯界。這些擁有雙語或以上能力的人，擔當翻譯工作的動機不一，有的為學術交流、有的為傳教、有的為貿易、有的為了文化朝聖、有的為謀生、有的為了濟世為懷和幫助別人、有的為時勢所迫掙扎求存、也有些人在機緣巧合下而走上譯學之路。世界各地，不同時代、不同國家，會以不同渠道去招攬及訓練譯者，有些是出於精挑細選、有些是從小培訓、有些是擄掠俘獲、有些是危急時臨時徵召入伍。[30]有的甚至是通過異國通婚，或被賣或嫁到國外用作緩兵通番之用，[31]自己及後代漸漸成為溝通兩國的使者或譯者。

　　過去在譯學不發達的時代，回顧各地譯者的故事，我們看

29　Shelley Wachsmann, *Seagoing Ships and Seamanship in the Bronze Age Levant*(College Station, TX: Texas A&M University Press, 2008), p. 83.

30　Jean Delisle and Judith Woodsworth, eds., *Translators through History*(Amsterdam: John Benjamins Pub. Co., 2012).

31　Sarah Shaver Hughes and Brady Hughes, *Women in World History: Readings from Prehistory to 1500*(London: M.E. Sharpe, 1995), p. 219.

到歷史只能呈現他們兩種精神面貌：「面目模糊」及「面目可憎」，而這也成為了他們文化身份的標記。這與翻譯工作的性質有關，也與文化想像有莫大的關係。說譯者工作「面目模糊」，這涉及翻譯的兩個類型。第一，如果是文字翻譯，譯者往往不會在譯本的顯眼處現身。一般而言，封面或扉頁雖然標明譯者名稱，卻會以小於作者名字的字體或低於作者名字的位置排印出來，這樣處理是為了尊重原創者的工作及地位。在一般人的認識中，翻譯本來就是依附原文而來，沒有原文，何來譯文？因此，譯作放在低於原著的地位，為了不喧賓奪主，理所當然地把譯者的名字縮排於原作者之下。很多時候，譯作被看成是寄生、從屬、次要、複寫的。[32]如果是小組合譯，譯者的名字就往往擠在文本內不顯眼的地方，讀者需要翻開內頁仔細追索，才看到分工的安排。一篇上好的筆譯佳作，讀者判定的標準，很多時候也是譯本是否文字流暢，以感受不到翻譯痕跡或翻譯腔(translationese)為圭臬。亦即是說，譯者越能讓讀者在清通流暢的本國語言內忘記這是譯作，就越成功。但凡譯文彆扭，有別於讀者慣看的文字文意，就會令讀者產生衝動，去挑戰譯文、質疑譯文的可靠性，甚至如果讀者懂原語，會去翻查原文。譯者的工作是，一邊傳達原作的意思，一邊常常提醒自己應在書面上自我消音、自我毀滅、自我抹殺(self effacement)，以達到成就原作之效。在翻譯研究上，流暢的譯文成為了譯者隱身的成功準則，隱身是翻譯的終極目標。[33]因此，如非必要，譯者盡量不要以中介人身份，在文本內標以註釋去提供額外資訊，甚或凸顯譯者聲音(translator's voice)，或表達意見。在很多教導翻譯著作的教科

32　John Johnston, "Translation as Simulacrum," in *Rethinking Translation: Discourse, Subjectivity, Ideology*, ed. Lawrence Venuti(London: Routledge, 1992), pp. 42–55.

33　Lawrence Venuti, *The Translator's Invisibility: A History of Translation* (London: Routledge, 1995), pp. 1–43.

書內都會説明，若無法做到翻譯效果上的等值，譯者黔驢技窮，才以譯者註(translator's note)或譯詞註釋(gloss translation)的方法，補充原文文意及必要資訊。[34]那即是説，行文流暢、沒有譯者在文字間的介入(intervention)，才是正道。第二，在口譯崗位上——尤其是同聲傳譯(simultaneous interpreting)，譯者往往隱身現場，靜坐在附有隔音設備的屏風或隔音室中，專心工作。當場的人就更看不到譯者的廬山真面目。久而久之，歷史現場及歷史文獻，譯者的身影更難追尋。而這些因素，亦長久地影響了研究翻譯工作者在歷史事件中擔當的位置、角色、功能及影響。反過來説，沒有充分的研究及瞭解，受眾也不認為有必要認識譯者，在惡性循環下，加深了文化及歷史忽略譯者的意義。[35]

說譯者「面目可憎」，這就涉及譯者不能控制的因素了。譯者需要以本國語言文字傳達外來文化，他的必要條件及本份，是需要充分理解原文涵義，設身處地把自己代入異國文化、他者的身份(階層、性別、種族)及處境中，作種種移情想像及瞭解，然後再以道地的本語表達。在這些臨界跨界的過程中，譯者的工作，要不是把原作以讀者能明白的語言及思維結構，帶到本土文化；就是把讀者帶到異國異地，移船就磡，以外來語或新詞新語，讓他們睜着眼吸收異國情調，[36]以今天的翻譯理論的説法，前者是歸化(domestication)，後者是異化(foreignization)。[37]

34　Eugene Nida, *Toward a Science of Translating: With Special Reference to Principles and Procedures Involved in Bible Translating* (Leiden: Brill, 1964), p. 159; Peter Newmark, *More Paragraphs on Translation* (Philadelphia: Multilingual Matters, 1998), p. 124.

35　Douglas Robinson, *The Translator's Turn* (Baltimore: Johns Hopkins University Press, 1991), p. xvi.

36　Friedrich Schleiermacher, "From On the Different Methods of Translating," trans. Waltraud Bartscht, in *Theories of Translation: An Anthology of Essays from Dryden to Derrida*, ed. Rainer Schulte (Chicago, IL: University of Chicago Press, 1992), pp. 36–54.

37　Lawrence Venuti, *The Translator's Invisibility: A History of Translation*

譯者與學者：香港與大英帝國中文知識建構

而無論以哪種方案及策略促成翻譯活動，譯者雖然處於文化交流的前線，他既要有豐富的知識，亦需要審時度勢，因時制宜而靈活變通。[38]這些其實都是譯者的基本條件，然而做好了卻不代表譯文受歡迎，更不代表自己的工作受到尊重及讚賞。[39]翻譯工作本身帶有的雙面性質，不一定能獲得社會認同，特別是在民族主義或本土主義高漲的時代，又或者本國懼於外國國力不得不輸入新文化，或剛受外國蹂躪，在非自願接納外國文化的時候。簡言之，當兩國權力不平衡，文化輸入國有一種抵禦情緒時，譯者工作的雙面性(two-faced)或雙重身份(double-identity)，就變成了原罪。譯者既代表本族去審視、甚至窺探異國風情，又代表異國異邦君臨本地，譯者處於兩種文化中間，擔當送往迎來、雙面接軌的中介工作，兩邊不討好，被看成是串通敵人的兩頭蛇、情報人員、奸細、叛逆者、賣國賊，甚至被看成是顛覆國家的危險人物。這些說法，十七世紀義大利一句出處不明的諺語"Traduttore, traditore"(translator, traitor)，一早將譯者莫須有的罪名深刻銘在文化史上。這句押韻的對句，本來只指翻譯需要工作力透紙背，傳遞文意，卻很多時候，由於翻譯工作之難，譯文無可避免地遠離或背離了原意，而被指控為背叛原語文化價值。[40]譯者是背叛者的印象，可以說深深烙印在不同文化當中。除了義大利諺語銘刻了譯者的原罪外，法國同樣有這樣的短語，指出翻譯與背叛者的關係，"les belles infideles"(或Belles infidels)這句話的意思，如果

(London: Routledge, 2008).

38　Douglas Robinson, *Becoming a Translator: An Introduction to the Theory and Practice of Translation*(London: Routledge, 2003); Douglas Robinson, *Becoming a Translator: An Accelerated Course*(London: Routledge, 1997).

39　Piotr Kuhiwczak, "The Troubled Identity of Literary Translation," in *Translation Today: Trends and Perspectives*, ed. Gunilla Anderman and Margaret Rogers(Clevedon: Multilingual Matters, 2003), p. 116.

40　José Ortega y Gasset, "The Misery and the Splendor of Translation," trans. Elizabeth Gamble Miller, in Venuti, *The Translation Studies Reader*, pp. 50, 118. Robinson, Becoming a Translator, pp. 158, 184.

以漢語表達，很多人都會以老子的一句話：「信言不美，美言不信」（《道德經》第六十八章），甚至改成「譯事一如女子，信言不美，美言不信」。從此可見，社會不單對翻譯工作帶有嚴重偏見，更把這種偏見以另一種偏見(性別偏見)互為引證，[41]壯大聲勢，這當中除了透視了社會對翻譯工作的懷疑、不信賴及懼怕之外，也帶出了對自身文化的怯弱及無知，害怕自身文化被異文化完全掩沒。

翻譯研究於上個世紀八十年代興起，整合圍繞跨語言及跨文化活動中涉及翻譯活動的因素，把譯事、譯者及譯境(文化及語境)作為研究主體，致力從語言、心理、文化、科技、哲學、歷史、經濟、出版、性別、意識形態等等不同因素如何促成翻譯活動，推翻文化史上對翻譯的過時觀感及偏見，[42]甚或當中政治不正確的色彩(如視翻譯為原文的必要之惡、次貨)或翻譯工作者為潛在背叛者的誤會等等；讓翻譯從沉重的道德枷鎖中釋放出來，不需動輒指控不忠原文，從而改善譯者的社會地位，提升專業形象、職能及影響力。

譯者被看成是一份專業工作，歷史並不是很長。不同地區固然有不同的專業化機制及過程，但作為世界分水嶺的指標，則在於世界大戰後。在第二次大戰以後，戰勝國要在德國地區紐倫堡(Nuremberg)公開審判及懲罰軸心國的戰犯，於是徵召多國人證到場作證，為了公平審訊，昭示公義，會場內作同聲傳譯及文書翻譯外，會場外亦需要極多譯者翻譯會場內的消息給報界及各自的國家，極多國家涉及其中，需要各種語言的譯者，動用了大量的人力及物力。學界對這次紐倫堡戰事審訊(Nuremberg war tribunal)的着眼點，往往是它促成了美國電腦公司IBM開發

41　Sherry Simon, *Gender in Translation: Cultural Identity and the Politics of Transmission*(London: Routledge, 1996).

42　André Lefevere, *Translation, Rewriting and the Manipulation of Literary Fame* (London: Routledge, 1992), p. 13.

　　　　譯者與學者：香港與大英帝國中文知識建構

同聲傳譯(simultaneous interpreting)的儀器及設備，卻忽視了這次審訊之所以公平公開及有效率地完成，是因為有大量的業餘者(amateur)自發性地投身成為譯者，協助審訊。[43]譯者的工作、責任及貢獻，亦在全球同步關注下而得以曝光。戰爭後，國際社會設立了不同和平理事會及安理會，聯合國亦於1945年成立，造就了國際社會共同認定翻譯工作的重要契機。[44]聯合國的其中一個理念是希望世界和平能通過溝通、調解而來，而非以戰爭及武力解決問題，翻譯就是互建信任的一個最重要的管道。而在實務上，聯合國擔當世界認受性最高的機構，每天需要處理極繁重的翻譯工作，譯者的角色及工作從此以後便日漸提升。國際間翻譯機構、翻譯課程便如雨後春筍般湧現。[45]譯者的地位、文化身份、工作的道德操守等，[46]漸漸通過專業化的需要而得以確認。

　　本書研究的其他對象，是譯者專業化之前的十九世紀英國譯者群。斯當東、飛即、威妥瑪、理雅各等，他們有的是貴族、軍官上校、傳教士、管貨商人、找尋商機的機會主義者，也有志向未定的青蔥少年。他們本來各有人生目的、抱有不同的志向，因

43　Fracesca Gaiba, *The Origins of Simultaneous Interpretation: The Nuremberg Trial*(Ottwa: University of Ottwa, 1998).

44　Jesús Baigorri-Jalón, *Interpreters at the United Nations: A History, trans. Anne Barr*(Salamanca: Ediciones Universidad de Salamanca, 2004); M. A. Boisard and E. M. Chossudovsky, *Multilateral Diplomacy: The United Nations System at Geneva: A Working Guide*(The Hague: Kluwer Law International, 1998), pp. 149–170.

45　David Bowen, "The Intercultural Component in Interpreter and Translator Training: A Historical Survey(Nurenberg, League of Nations, United Nations, Language Services)"(Phd diss., Georgetown University, 1985).

46　有關翻譯與道德議題的參考文獻甚多，其中可看Theo Hermans, "Translation, Ethics, Politics," in *The Routledge Companion to Translation Studies*, ed. Jeremy Munday(London: Routledge, 2009), pp. 93–105; Anthony Pym, ed., *The Return to Ethics:* Special issue of *The Translator*(Manchester: St Jerome Publishing, 2001); Sandra Bermann and Michael Wood, eds., *Nation, Language, and the Ethics of Translation*(Princeton, NJ: Princeton University Press, 2005).

着種種原因來華：有的因為隨父親出使，在船上學懂漢語，臨時成為譯者；有的因為父親在華傳教及經商，自小在華生活與本地人打成一片；有的因為戰爭而為國出征，卻愛上中國語文，希望繼續在華學習，看準時代機遇並洞悉到「語言就是權力」的優勢，以語言為個人及國家的文化資本及外交武器；有的矢志傳播福音給華人的傳教士，利用「風聲和火的舌頭」，走入人群，體會翻譯對象的語言、文化及生活，更明白到在殖民地工作，先要得到政府庇護，才能鞏固海外的傳教事業。他們都在十九世紀因種種原因，變成為大英帝國獨當一面的譯員。而在述及他們如何從譯者成為學者時，也會涉及他們身旁的一群同代譯者。這群同代譯者與本書專門研究的人物，同樣為大英帝國擔當翻譯工作，而且互相協助、競爭，共同促成這個系統。如在漢學、宗教研究、東西文化交往史上有傑出成就的首位來華新教傳教士馬禮遜，以及他的入室弟子暨英國本土全英第一位中文教授修德（Reverend Samuel Kidd, 1799–1843）；修德在馬六甲英華書院的合作夥伴米憐（Reverend William Milne, 1785–1822）；李太郭（George Tradescant Lay, 1800–1845）及他的兒子李泰國（Horatio Nelson Lay, 1832–1898），以及馬儒翰（John Robert Morrison, 1814–1843）、巴夏禮（Sir Harry Parkes, 1828–1885）等。他們也曾在不同時候，被羅致或被邀請出任大學教授一職，後因為本身的興趣而推辭，如參與鴉片戰爭的譯者羅伯聃（Robert Thom, 1807–1846）。這一群譯者，他們當中有些被歷史遺忘，也被看成是歷史巨人的影子，如默默耕耘的修德、米憐等，一直被馬禮遜的光芒遮蓋着，卻其實各有貢獻；又如成就不在父親之下的馬儒翰，卻一樣哲人其萎，一生營營役役於繼承父親的遺願，專心替香港殖民政府擔當翻譯及管治工作。此外，有些卻印證了譯者不可信任、背叛忠主的文化想像，如1843年出任英國首任駐廣州領事李太郭的兒子李泰國，以及為香港政府及英國政府帶來極大困擾的高和爾，就因為翻譯工作帶來利益衝突，令人覺得他們投機取巧，令人印證譯者就是背叛者的文化想像。本著以描述譯學研究的方法，深入描述他們於中英外交及港英管治的事跡，再帶出他們如何促成英國漢學的發生。

1.3　翻譯與漢學、中國研究或中文知識？

自中國重新崛起、中國夢、或中華帝國復甦的議題在國際關係及政治研究成為重大焦點以後，漢學如何在西方各地發生、西方如何建構中國知識、孔子學院如何協助中國軟實力的登陸等，成為近年的新學術焦點。這些研究重新刺激了學界回顧漢學於世界學術史的形成。當中有不少是以新名目討論今昔漢學的區別，如「國際漢學」、「中國學」、[47]「新漢學」、[48]甚至「全球中國研究」(Global Chinese Studies)等。這些新學術名目，反映了中國與世界於不同歷史進程、不同地緣中心形成的中文知識體系，同時也在批判理論中的後殖民理論及東方主義理論濫觴下，重新審視了世界各地成立漢學的政治及文化因素，以及漢學與西方霸權的關係。[49]由於「亞洲」一詞由歐洲自我發現及定位而來，[50]

47　Chia-Mei Jane Coughlan, *The Study of China in Universities: A Comparative Case Study of Australia and the United Kingdom*(Amherst, NY: Cambria Press, 2008).

48　Geremie Barmé, "On New Sinology," China Heritage Project, at Australia National University, retrieved 23 October 2010, from http://rspas.anu.edu.au/pah/chinaheritageproject/newsinology/; Harriet T. Zurndorfer, *China Bibliography, A Research Guide to Reference Works about China Past and Present*(Leiden: E. J. Brill, 1995), pp. 4–44.

49　Simon Leys, "Orientalism and Sinology," in *The Burning Forest: Essays on Chinese Culture and Politics*(New York: Holt, Rinehart and Winston, 1985), p. 95; Adrian Chan, *Orientalism in Sinology*(Bethesda: Academica Press, 2009).

50　Donald F. Lach, *Asia in the Making of Europe*(Chicago, IL: University of Chicago Press, 1965).

「漢學」也因此被視為帶有政治不正確的觀念，[51]而長期被學界認為是西方凝視、窺視、他者化中國的意識形態的產物。新學科名詞[52]如「中國研究」、「新漢學」，都希望取代「漢學」帶有「歐洲中心主義」、「歐洲發現中國」的歷史轇轕，以此反映不同地區於新的歷史階段的新學術願景。

本書關注的重點，是中國知識在十九世紀英國各大學府出現的一段時期。這亦是西方所說「中國開門」或「已打開中國之門」(China Opened!)的歷史階段。[53]用英國人自己的說法，這是漢學發展一日千里的階段。[54]十九世紀中葉後，英國漢學在大學機構內不單得以穩固發展，而且由於建立在規模宏大、享負盛名的頂尖大學機構，有利學科獲得社會堅實的認同，招納賢人精英，提升教與研的質素。這在學術史上造成劃時代的突破，結束本土過去自17世紀以來從歐洲影響而來中國風尚，從此形成自己內在特色，超越了十九世紀歐洲漢學的影子。英國漢學更因著帝國語言的影響力，成為英語世界(如美國及澳大利亞)的漢學領主，[55]直到大戰後亞洲研究的興起，才出現了學科嬗變及學術地

51　Gu Ming Dong, *Sinologism: An Alternative to Orientalism and Postcolonialism* (Abingdon, Oxon; New York: Routledge, 2013.)

52　Paul Cohen, *Discovering History in China: American Historical Writing on the Recent Chinese Past*(New York: Columbia University Press, 1984).

53　Karl Friedrich August Gützlaff, *China Opened, or, a Display of the Topography, History, Customs, Manners, Arts, Manufactures, Commerce, Literature, Religion, Jurisprudence, etc. of the Chinese Empire*(London: Smith, Elder and Co., 1838).

54　Sir John Francis Davis, *Chinese Miscellanies: A Collection of Essays and Notes*(London: John Murray, Albemarle Street, 1865), p. 50.

55　美國首任漢學家本身不單是英國人，而且與本書研究的群體一樣，親身見證着中國開門。這除了因為英國比美國及澳大利亞等地更早出現漢學建制化的情形，還因為十九世紀大英帝國在世界產生的影響力，往往成為中文知識的重要輸出國，這個現象直到戰後才出現改變。見Laurence G.Thompson, "American Sinology 1830–1920: A Bibliographical Survey," *Tsing Hua Journal of Chinese Studies* 2, no. 2(1961), pp. 244–285; Robert A. McCaughey, *International Studies and Academic Enterprise: A Chapter in the Enclosure of*

位更迭，才漸漸走到二十世紀更紛紜多元的狀態，形成「中國研究」或「亞洲研究」。[56]

本書雖研究中國知識在英國的發生史，卻不以英國漢學為書題。理由並不是出於政治正確的考慮，擔心「漢學」一詞給讀者立即聯想到帶有的殖民主義或帝國主義的痕跡，而是在本著研究的過程中，從原始資料中發現英國人傾向以中文研究自稱，以此區別自己與歐洲的學術傳統。在下面的例子中，我們會看到在十九世紀的英國語境上，英國人多不會自稱研究中國為Sinology。由此稱英國「漢學」並不符合本書描述的歷史發展過程，這個詞語是否應放在英國研究中國知識上，值得我們深入檢討。

眾所周知，對中國學界來說，「漢學」是指繼承漢代經學的學風及鑽研學問的方法。前漢的今文經學，後漢以樸實的考據、訓詁方法研究古文經。漢武帝獨尊儒術以來，漢代經學成為文人經營學問的主流，儒家典籍成為中國學問的道統。六朝至唐均以義疏學作為理解漢代學問的手段，直至宋代義理心性之學「宋學」興起，對漢學產生了不少的衝擊。清代乾隆、嘉興年間學者崇尚漢朝學風，治學嚴謹，對文字訓詁、古籍整理、輯佚辨偽、考據箋注等，形成與宋學相對的乾嘉學派，排斥宋學，漢朝學問得以復興。若從中國學術系統而言，漢學指繼承一定的方法及態度鑽研經學。不過，漢學的另一涵義是取自翻譯的概念——作為sinology的對譯語。Sino-logy顧名思議，是有關東方絲國Sina, China的學問。在中國以外研究有關漢人、漢字、及漢土內產生的學問與知識，都稱為漢學，而不作任何方法學或學風的分野。

中國以外地區在什麼時代開始產生有關中國的學問呢？又自

American Learning（NewYork: Columbia University Press, 1984），pp. 82–83。

56　Chia-Mei Jane Coughlan, *The Study of China in Universities: A Comparative Case Study of Australia and the United Kingdom*（Amherst, NY: Cambria Press, 2008），pp. 107–113.

哪個時代起被稱為漢學呢？這個問題學術界至今沒有劃一的答案，但當中出現幾個重要時期都與歐洲認識世界、或歐洲發現中國有關：第一期是古代，古羅馬時期已有外國人通過遊歷或貿易經商到臨中國，將中國見聞帶回本土，可以視為漢學的起源。[57]絲綢之路打通西域陸路運輸後，中土與西土互動頻繁，九世紀起漢土知識因宗教而傳到西土。[58]第二期可以説自十三世紀以降，馬可波羅（Marco Polo, 1254–1324）在歐洲遊歷述及大量中國見聞，甚至引起西方學界熱熾討論他有沒有到過中國。自十五世紀歐洲西方地理大發現時代起，海道大開，東西方往來更頻繁，西方人因為貿易經商及傳教，對中國這個自稱為Middle Kingdom（「中土」或「中國」）的中原帝國，產生了前所未有的關心及好奇。葡萄牙自1555年起管治澳門後，澳門就更成為了西歐人張望中國的一扇極重要的窗戶。地理大發現時期，歐洲最早有關中國知識的著作，多以拉丁文或葡萄牙文撰寫，包括最早由多明我會（Dominica）的修士克路士（Gaspar da Cruz, 1520–1570）所寫的 *Tractado em que se cõtam muito por estêso au cousas da China*（1569）（《中國事務及其特點詳論》）或簡稱為 *Tratado das cousas da China*（*Treatise on things Chinese*）（《中國誌》）。[59]同一時期，由奧斯定會（Augustinian）修士門多薩（Juan Gonzalez De Mendoza, c. 1540–1617）所撰的《中華大帝國史》得到空前成功，雖然他並沒有親身到過中國，他的著作卻轉眼在歐洲引起多種地方語言的翻譯，並成為當時歐洲的暢銷書及最權威有關中國社會的著作。[60]

57　莫東寅：《漢學發達史》（上海：書店出版社，1989）。

58　Emeri J. van Donzel and Andrea Barbara Schmidt, *Gog and Magog in Early Syriac and Islamic Sources Sallam's Quest for Alexander's Wall*(Leiden: Brill, 2009).

59　中譯見於C. R. 博克舍編注，何高濟譯：《十六世紀中國南部行紀》（北京：中華書局，1990），頁133–171。

60　Donald F. Lach, *Asia in the Making of Europe*, vol. 2(Chicago, IL: University of Chicago Press, 1965), p. 731.

後來耶穌會傳教士羅明堅（Michele Ruggieri, 1543–1610）、利瑪竇（Matteo Ricci, 1552–1602）等取道澳門、廣州再北上京城後，進一步開拓東學西傳之契機，有關中國語言、思想、風俗、道德等的討論，由於以拉丁文撰寫有關中國學問的典籍，漸漸傳回西歐，從最初限於教會教廷及贊助人圈子流傳，再傳遍西歐知識界。由羅馬教廷或天主教傳教士，於十七世紀前通過種種在華活動帶回歐洲的文獻而產生的漢學，學者稱為「西方漢學原始形態」（proto-sinology）。[61]當年耶穌會的傳教策略，特別針對朝廷及中國士大夫階層，希望通過入儒方法讓中國人接受外來文化，因此對於很多西方人而言，漢學就形同翻譯孔孟經典、解經訓詁或通過翻譯閱讀中國古籍的學科。[62]中國學問自西方啟蒙時代（enlightenment period）起，甚至成為西歐哲學家如伏爾泰（Voltaire; François-Marie Arouet, 1694–1778）挪用成為當下政治的烏托邦想像。[63]清入關後，儒家一直鄙視的夷人居然成為了中國的新主子，大大震撼歐洲對於儒家思想管理世俗政治生活的有效性及現世意義；傳教士在驚惶之下，把滿州人殘暴形象繪形繪聲地加以描述，其中一本打着親眼目睹史實的記述，就是衛匡國（Martino Martini, 1614–1661）寫成的《韃靼戰紀》（*De Bello Tartarico Historia e altri scritti*）。由於內容的即時性及震撼程度，加上歐洲印刷文化的興起，衛匡國的著作在歐洲立即被譯成九種不同歐洲語。根據歐洲文化史家彼德·伯克（Peter Burke）的研究，該書更立即

61　David E. Mungello, Curious Land: *Jesuit Accommodation and the Origins of Sinology*(Stuttgart: F. Steiner Verlag Wiesbaden, 1985), p. 14; Arnold H. Rowbotham, "A Brief Account of the Early Development of Sinology," *The Chinese Social and Political Science Review* 113(1923), pp. 113–138.

62　Lionel M. Jensen, *Manufacturing Confucianism: Chinese Traditions and Universal Civilization*(Durham, NC; London: Duke University Press, 1997), p. 7.

63　Raymond Dawson, *The Chinese Chameleon: An Analysis of European Conceptions of Chinese Civilization*(London: Oxford University Press, 1967), pp. 44, 57, 61; B. Guy, *The French Image of China before and after Voltaire*, SVEC, 21(Geneva, 1963).

被多個歐洲國家(如荷蘭及德國)的文學作品或劇曲吸收，如Joost van den Vondel 的《中國衰亡》(*Zungchin of Ondergang der Sineesche heerschappije*, 1667)及 Elkanah Settle 的《征服中國》(*The Conquest of China*, 1676)，通過改寫或改編而進一步成為膾炙人口的故事。而中國的形象就在史實與傳奇之間，烙印在歐洲人的知識系統裏。[64]十七世紀以來，研究中國的知識散見於西方的文學、哲學、宗教文論中，並無任何學術系統上的整合。直到十九世紀歐洲各國的大學成立漢學教席及課程為止，才慢慢有專業或學府漢學的出現。[65]

英國方面，由於英倫海峽分開了歐洲大陸與英格蘭，英國在一海之隔的對岸，佔着相對獨立的位置。英國既與歐洲有着一衣帶水的連繫，然而又可以獨立一隅與歐洲抗衡。事實上，英國無論是官方還是民間，十九世紀前從來沒有形成一種需要成立漢學的共同願望。十五世紀英王伊莉莎白時期，歐洲經好望角打通往東方的新航路，英國政治對外商貿急速膨脹，一群商人組成東印度公司(British East India Company)，並獲得英王特許經營狀的獨家營運權。英王伊莉莎白一世(Queen Elizabeth I, 1533–1603)於1583年(明萬曆十一年)及1596年(明萬曆二十四年)，兩次嘗試寫信給中國國王(明神宗)要求通商，有指兩信從來沒有到神宗的手上，事情不了了之。[66]差不多同時，牛津大學波利仍圖

64　Peter Burke, "Cultures of Translation in Early Modern Europe," in *Cultural Translation in Early Modern Europe*, ed. Peter Burke and R. Po-chia Hsia(Cambridge; New York: Cambridge University Press, 2007), pp. 21 and 129. Qian Zhongshu, "China in the English Literature of the Seventeenth Century," in *China in the English Literature of the 17th and 18th Centuries*, ed. Adrian Hsia(Hong Kong: Chinese University Press, 1998), p. 30.

65　張西平：《傳教士漢學研究》(鄭州：大象出版社，2005)。

66　Robert Montgomery Martin, "Queen Elizabeth to the Emperor of China," in *China: Political, Commercial, and Social; in an Official Report to Her Majesty's Government*, vol. 2(London: Madden, 1847), pp. 1–2.

　　　　　　譯者與學者：香港與大英帝國中文知識建構

書館(Bodleian Library)於1603年已增添了第一本漢籍，亦於1607年起主動向外購買漢籍。[67]然而牛津大學卻沒有深化這基礎去建立漢學，即使後來馬禮遜希望把自己的藏書全數捐贈牛津並成立中文教席，牛津都沒有半點興趣。到了十八世紀，歷經兩次正式來華使團──馬戞爾尼使團(Macartney Mission, 1792-1794)及1816年阿美士德使團(Amherst Mission)失敗後，英國並沒有任何推動漢學之舉。同樣於十八世紀初，著名的英國醫生暨收藏家史隆(Sir Hans Sloane, 1660-1753)於1753年去世後，把價值連城的珍藏全數捐贈大英博物館(British Museum)成為奠基展品，內裏為數不少的中國畫卷、瓷玩、古籍，[68]這些都是成立漢學研究的硬件，然而礙於國民對中國的興趣冷漠，以及英國頑固的階級制度，大英博物館嚴謹審核入館讀者的身份。[69]英國的知識界並沒有廣泛受惠於圖書館珍藏的漢籍及其他古物，社會更不能形成一股深刻的學術風氣，而只停留在消費中國形象的物質層次及階級趣味(taste)。[70]就漢學發展而言，十八世紀英國只乘着歐洲漢學發展的一些共性，也就是瀰漫於從歐洲而來的中國風尚(chinoiserie)，英國知識階層對中國認識不算深刻，對中國的興趣只在於以訛傳訛式的美談層次。[71]社會甚至在虛浮的中國風下，出現了濫竽充數冒認自己是「漢學奇才」的薩瑪納札(George Psalmanazar, 1679-1763)。[72]英國人從未醒覺，亦沒有人有

67　Ian Gilbert Philip, *The Bodleian Library in the Seventeenth and Eighteenth Centuries*(Oxford: Clarendon Press, 1983), pp. 19, 118, 126.

68　Soame Jenyns, "Oriental Antiquities from the Sloane Collection in the British Museum," *The British Museum Quarterly* 18, no. 1(March 1953), pp. 18–20.

69　Derek Cash, *Access to Museum Culture: The British Museum from 1753 to 1836* (London: The Trustees of the British Museum, 2002), p. 1.

70　David Porter, *The Chinese Taste in Eighteenth-Century England*(Cambridge: Cambridge University Press, 2010).

71　Robert Makrley, *The Far East and the English Imagination, 1600–1730* (Cambridge: Cambridge University Press, 2006).

72　Michael Keevak, *The Pretended Asian: George Psalmanazar's Eighteenth-*

學術能力揭穿，薩瑪納札一生從未曾到過遠東，甚至連臺灣的正確位置也弄錯，卻能張冠李戴胡吹亂謅，被追捧成為漢學專家。這反映着英國到了十七世紀時，對於中國連半點皮毛知識也欠奉。直到十九世紀初，對於英國人而言，中文不單是神秘、[73]曖昧、[74]反常及困難、[75]沒有系統沒有邏輯、[76]更是英國社會最巨大的無知(the greatest unknown)。[77]本書會討論到，十九世紀英國貫徹成立中文科的動力及原因，是出自非常現實的考慮——中英外交上譯者人數不足，以及譯者水準不足而無法處理大量文書翻譯及傳譯工作。英國對中國由始至終都沒有很大的學術興趣，有的只是貿易利益。這與後殖民主義或東方主義中討論到知識與權力的關係，其實有因果顛倒互換的關係。東方主義曾稱西方研究東方的目的，為「他者化」「西方」對象以此顯示西方的優越，東方知識是殖民或暴力侵佔東方的遠因及藉口。這固然有一定的道理。然而放在英國漢學的發生史上來看，似乎更需要仔細的梳理。

英國漢學雖然成立於帝國擴張主義、殖民主義狂飆時期，我

Century Formosan Hoax(Detroit: Wayne State University Press, 2004).

73　Joshua Marshman, *Confucius Elements of Chinese Grammar: With a Preliminary Dissertation on the Characters, and the Colloquial Medium of the Chinese, and An Appendix Containing the Ta-hyoh of Confucius with a Translation*(Melacca: Mission Press, 1814).

74　Samuel Kidd, *China, Or, Illustrations of the Symbols, Philosophy, Antiquities, Customs, Superstitions, Laws, Government, Education, and Literature of the Chinese*(London: Taylor & Walton, 1841), p. 201.

75　King's College London, "Annual Report," in *The Calendar of King's College London for 1854–1855*(London: John W. Parker, West Strand, 1854), p. 38.

76　John Barrow, *Travels in China: Containing Descriptions, Observations, and Comparisons, Made and Collected in the Course of a Short Residence at the Imperial Palace of Yuen-Min-Yuen, and on a Subsequent Journey through the Country from Pekin to Canton*(London: Printed for T. Cadell and W. Davis, 1806), p. 250.

77　Davis, *Chinese Miscellanies*, p. 51.

們看到，帝國主義擴張到遠東時由於根本沒有任何知識上的準備，在極度缺乏譯者下，帝國的事業及宏圖野心，差不多被自己的無知出賣，這本來就非知識論上所說以解放地球上其他人種的人文主義傳統及啟蒙精神而來。[78]此外，英國漢學成立的原因，本身與西歐殖民主義有更直接的關係。[79]在學科的建立上，英國漢學為了回應十九世紀歐陸漢學的急速發展而來，希望與歐洲新興民族國家(nation state)互相競逐，多於希望以知識箝制中國。英國在十九世紀大量增加海軍軍費，鞏固自己在國際社會的勢力，[80]在中東、近東上殖民印度，瓜分非洲(Scramble for Africa)，已經成為英國證明實力遠超西歐各新興民族國家的主要政策，[81]能佔領非洲多少土地，已成為列國間證明自己國力的重要指標。[82]

戰事在近東及中東穩定後，便逐步向遠東出發，這段歷史階段史稱新帝國主義(new imperialism)。[83]英國要在遠東搶奪更多利益，相對於葡萄牙在1555年就奪取澳門的管治權、西班牙在十七世紀已佔據今天的臺灣、荷蘭在十六世紀佔領爪哇和十七世紀佔領馬六甲及其他東南亞各國，並逐步建立殖民統治權；相對而言，英國絕對是後來者(latecomer)。超越歐洲各國在遠東的成就，一方面是英國的終極目標，另一方面其實歐洲也是英國的

---

78   Joseph Levenson, "The Humanistic Disciplines: Will Sinology Do?"*Journal of Asian Studies* 23, no. 4(August 1964), pp. 507–512.

79   Ming Wilson and John Cayley, *Europe Studies China: Papers from an International Conference on the History of European Sinology*(London: Han-Shan Tan Books, 1995).

80   John Beeler, *British Naval Policy in the Gladstone-Disraeli Era, 1866–1880* (Stanford, CA: Stanford University Press, 1997).

81   Thomas Pakenham, *The Scramble for Africa*(New York: Avon Books, 1991).

82   Eric Hobsbawm, *The Age of Capital 1848–1875*(New York: Vintage Books, 1996), Ch. 5, "Building Nations," pp. 82–97.

83   Eric Hobsbawm, *The Age of Capital 1848–1875*(London: Weidenfeld and Nicolson, 1975), p. 78.

假想敵。在芸芸歐洲各國中，英國一直以法國作為最大的假想敵。這當然與英法兩國自十五世紀起已有隙嫌大有關係。拿破崙（Napoléon Bonaparte, 1769–1821）於1798至1801年佔領埃及，的確與他一心要在法國成立歐洲最有名的東方學有緊密的關係，然而他的東方學在未涵蓋漢學前（見下2.4），他就在滑鐵盧戰役（Battle of Waterloo, 1815）大敗。法國於1814年就在法蘭西學院（Collège de France）成立漢語與滿州語文學教席（Chaire de langue et littérature chinoises et tartares-mandchoues; Chair of Chinese and Tartar-Manchu Languages and Literature），由一生未曾涉足中國的雷慕沙（Jean-Pierre Abel-Rémusat, 1788–1832）出任。他通過自學中文成才，甚至與德國鼎鼎大名的哲學家及語言學家洪堡特（Wilhelm Freiherr von Humboldt, 1767–1835）發生一場小論戰，探討漢語的語法及哲學基礎。[84]法國成立漢學教席歷史位於歐洲之冠，成效超卓，資源豐富，人才輩出，英國一直以法國作為最主要的競爭對手。從構思學術理路到形成學術體系過程中，英國學者非常清楚自己跟歐洲漢學傳統訓練有所不同。斯當東就曾經對馬禮遜說過：

> 法國雖然比我們早一年就成立漢學，但他們的學風全在於理論層面，而輕於應用範圍。我們在東方事業及利益方面，事實上全建基在實用知識考慮。[85]

84　Wilhelm Freiherr von Humboldt, Jean Rousseau and Abel Rémusat, *Lettres édifiantes et curieuses sur la langue chinoise: un débat philosophico-grammatical entre Wilhelm von Humboldt et Jean-Pierre Abel-Rémusat*（1821–1831）(Villeneuve-d'Ascq: Presses universitaires du Septentrion, 1999)；見 John E. Joseph, A Matter of Consequenz, *Humboldt, Race and the Genius of the Chinese Language Historiographia Linguistica*, Vol. 26:1/2（1999）, pp. 89–148.

85　Eliza A. Morrison, *Memoirs of the Life and Labours of Robert Morrison, D.D.*(London: Longman, Orme, Brown, Green and Longmans, 1839), vol. 2, p. 231.

不過，英國雖以建立實用知識為漢學基礎見稱而主張與中國有直接及深入的接觸，然而英國人卻未能像俄國一樣深得中國朝廷的接受。俄國早於1716年就有東正教傳教士隨着彼特林使團覲見中國皇帝，並一直居於北京城內，以及長期協助中國對外事務。俄國國境內無論教會還是民間團體，都有各種學習中文的機構，及至1837年於喀山大學（Kazan University）成立中文教席，由曾經居於北京十年的傳教士尼基塔‧雅科夫列維奇‧比丘林（Nikita Yakovlevich Bichurin, 1777–1853，又稱Hyacinth）擔當教席一職。[86]從此可見，1837年才於大學機構內正式成立大學課程及教授講席的英國，雖然可以說與俄國同年，然而實際與中國的交往及漢學的發展，卻不能媲美俄國。英國人深深明白本國漢學發展的落後，一方面希望迎頭趕上，另一方面亦希望與歐洲發展出不同的軌跡，並與歐洲學術傳統分庭抗禮。就是基於這種有異於歐洲漢學的心態，筆者提倡歷史學家有必要更審慎使用British Sinology（英國漢學）一詞。

只要我們回顧十九世紀的原始文獻，就會看到英國人在陳述中國學問及學術範疇時，都避開使用sinology一詞。從英國首間設置中文課程的倫敦大學學院、倫敦國王學院、牛津大學、劍橋大學等，成立教授中文教席的校檔及公文中，都看到此稱呼為Professorship of the Chinese 或Professorship of the Chinese Language，亦即是中文或中文文學教授。[87]在外交部及殖民地部所有檔案對中國學在英國的稱呼，亦無例外，都是稱為中國語言及文字知識（Knowledge of Chinese Language）或中文知識（Knowledge of

---

86 Patrick Taveirne, *Han-Mongol Encounters and Missionary Endeavors: A History of Scheut in Ordos（Hetao）1874–1911*（Leuven: Leuven University Press; Ferdinand Verbiest Foundation, 2004）, p. 150；閻國棟：《俄國漢學史》（北京：人民出版社，2006）。

87 King's College London, *The Calendar of King's College London for 1847–8*（London: John W. Parker, West Strand, 1847）. In *King's College Calendar, 1847–48, annual report*（report started from pp. 8–20）, pp. 13–14.

Chinese）。我們在下文細心分析的漢學先驅斯當東，他一手促成英國漢學的發展，並把這門學科帶到前所未有的境地。斯當東跟歐洲漢學界關係緊密，他在1837至1847年促使英國倫敦大學成立中文課程時，每每以歐洲漢學作比況。他對歐洲漢學界發展瞭如指掌，在自傳提到歐洲研究中國的學者時，如他景仰的Julius Heinrich Klaproth（1783–1835），就會稱對方為中文及東方學者（celebrated Chinese and Oriental scholar）、[88]提到法國首任漢學教授雷慕沙時，斯當東稱他為歐洲大陸研究中文的學者（Chinese scholar on the continent）、[89]説到英國本土研習中國的學者如德庇時，斯當東則稱他為本國的中國學者（Chinese scholar of this country）。[90]這種習慣，可以説是一種共識。早至《中國叢報》這種使用慣例亦已有跡可尋：1832年在報告雷慕沙逝世的消息及記述他的貢獻時，文章指：「在文末，我們不得不報告令人深感惋惜的消息。令人敬佩的東方學者及漢學家雷慕沙（the respectable oriental scholar and sinologue, M. Abel Remusat）已撒手人寰，他不得不放下自己正在孜孜鑽研的佛學闡論。」[91] 1834至1835年的《中國叢報》，我們同樣發現這樣的論調：「法國漢學已執牛耳」；[92]「歐洲漢學家先驅羅馬教士，他們先以標號標示中國音

---

88   George Staunton, *Memoirs of the Chief Incidents of the Public Life of Sir George Thomas Staunton*（London: L. Booth, 1856）, p. 51,

89   George Staunton, *Narrative of the Chinese Embassy to the Khan of the Tourgouth Tartars, in the Years 1712, 13, 14, & 15*（London: Murray, 1821）, p. 242.

90   Staunton, *Narrative of the Chinese Embassy*, p. xxiv.

91   Anonymous, "Literary Notices," *Chinese Repository* 1, no. 7（November 1832）, p. 289.

92   Anonymous, "The Chinese Language: Its Antiquity, Extensive Use, and Dialects; Its Character and Value; Attention Paid to It by Europeans; and the Aids and Inducements to Study It at the Present Time," *Chinese Repository* 3, no. 1（May 1834）, p. 10.

調…」。[93]如果説《中國叢報》內有些文章很難追查著者，但有一點肯定的是，它的對象為英語讀者及英語撰稿人，亦即是説在建構新的中國或中文知識的時候，英國知識人向知識對象（讀者）傳播或建構有關中國或中文的知識時，無不利用「中文知識」作為一個知識範疇，目的就是要與對岸的形成自十六世紀帶有歐陸風格的「漢學」作出區別。

我們在以後幾章會看到，大英帝國在十九世紀這樣的歷史背景下，為了結合中英實務翻譯訓練及考核制度，於是在學術機構內設置中文教學及中國研究。在行文流暢的考慮下，本書仍會使用「漢學」一詞，但為了正名這個時代的中文研究特色，本書在書名上選取了「中文知識」一詞，確切反映英國在成立這個學術科目的關鍵時期，目的是先從語言範圍開展，以服膺實用語言交際及翻譯的原則。而在下面的章節中都可看到，因為翻譯工作，這些英國譯員及學者，首先翻譯歐洲出版的漢學書籍（如斯當東），自己編訂便於英國人學習漢語的教科書及制定字典（如馬禮遜），然後再從自己的認知及學養，整理出一套有關漢語形音義、或文字音韻定聲的研讀方法，從漢語發音、拼寫方法、書寫形態入手，逐步建立一套便利英國人學習方法（如威妥瑪的拼音方法）、然後再廣泛地研究中國各種知識，如史地、法律、醫學等。另一方面，我們亦看到他們回到英國本土後，利用自己的知識，變成管理中國知識的集大成者，編制方便英國及歐洲人檢閱的圖書目錄，甚至兼任圖書館中文部主管，利用英國有利位置購入最新的漢語書籍，他們的工作，都因着深厚的中文知識而在本

93　Anonymous, "The Chinese Written Language: Origin of Chinese Writing; Siz Classes of Symbols or Characters; Various Modes of Writing; Names of Characters in the National Language, and the Orthography Best Adapted for Representing the Sounds in English; Modern Divisions of the Characters into the Tribes; List of the Heads of Tribes, Commonly Called Radicals or Keys,"*Chinese Repository* 3, no. 1（May 1834）, p. 27.

土上建立出更多元的知識體系，以便利學府及社會大眾。就學術工作的層次上，本著因此選用中文(而非華語、漢語、或國語)、中文知識或由此而來的中文系，用以張揚這學科在十九世紀英國研究中國的學術、知識、政權、地緣政治及意識形態的關係。

第二章

譯者作為學科推手：斯當東

在英國漢學史上，位於倫敦市中心的倫敦大學，是全英國首辦中文課程的學府，也因此是全英語世界首辦中文課程的學府，因而具有深遠的歷史意義。在地理位置上，倫敦大學坐落於英國首都的政治經濟中心圈，與國家最高行政機構首相府唐寧街十號（10 Downing Street）只有一步之遙，再加上背靠典藏豐富的大英博物館及大英圖書館，盡得地利之宜。而作為國際大都會的倫敦，一直是歐洲各國及歐陸重要城市的交通樞紐，因此，倫敦大學的中文課程，對英國本國或對十九世紀歐洲漢學發展史，就有多一層的地緣政治關係。我們都知道，英國漢學在十九世紀成立，與西歐各新興民族國家（如法、荷、德、意等地）競逐亞洲經貿權及殖民屬地佔領權，有着千絲萬縷的關係。英國國教對倫敦大學轄下學院的支持，相對於繼承自中世紀經院哲學又較具傳統人文學術色彩的牛劍兩學府，也存有基本的差異。英國倫敦大學的中文課程不單是十九世紀英國漢學重鎮，本身還具有深遠的戰略意義，這個特色，可以説，一直發展到二十世紀中期以後，國際關係及世界權力關係因着大英帝國殖民版圖在二戰後漸漸瓦解，才出現根本的變化。

英國倫敦大學的中文教席，最早是由屬下學院——倫敦大學學院於1837年醞釀，於1838年成立。第一任教席限期五年，1843年6月終結後，倫敦大學學院考慮到大學的發展、課程的必要性及經費問題，不再延任中文教授，英國漢學出現了好幾年的真空期。直到1846年倫敦大學的另一所學院——倫敦國王學院毅然接棒,開辦中文課程,並着手公開招聘教授講席。儘管招聘過程曲折,卻終於在1847年成功覓得專才。英國漢學發展在重整旗鼓下繼往開來,並由倫敦大學國王學院主導,一直發展下去,到1916年倫敦大學於戰後整合各學院有關東方語言教學及研究的資源後,把之前兩所學院圖書館的典籍整合,建立另一所新的專門研究東方的學院——亞非學院,承辦經歷到2016年舉行百周年慶典。[1]

倫敦大學中文課程的重要性,本來是無用再多說的。不過,當亞非學院在二十世紀成立後,倫敦大學學院及國王學院於十九世紀的中文教學史,似乎已被學者遺忘。另一個重大的遺憾,是過去中西有關英國漢學的著述中,都沒有指出籌辦兩學院中文課程的核心人物——斯當東的貢獻。如果沒有斯當東,英國漢學絕對不會在十九世紀中葉出現,也絕對不會有英國漢學界日後所說「後來居上」「發展千里」的輝煌時期。[2]只有在全面瞭解了斯當東在十八及十九世紀的中英交往中所擔當的重要角色後,我們才會看到他為什麼是英國十九世紀中葉成立漢學教席的必要條件(necessary condi-

---

1   Dr. B. Ifor Evans, "Commission of Enquiry into the Facilities for Oriental, Slavonic, East European and African Studies," SOAS Archive, MS 380612/1; Great Britain. India Office. Oriental Studies Committee, *Interim Report and Appendices Regarding Proposed School of Oriental Languages in London*: presented to both Houses of Parliament by command of His Majesty(London: H.M.S.O., 1911); Great Britain. *Report from the Select Committee on London Institution(Transfer) Bill; together with the Proceedings of the Committee.* House of Commons Papers; Reports of Committees(London: Published by his Majesty's Stationery Office, 1912).

2   這一點先由斯當東說,後來成了英國漢學界的普遍認識,如斯當東在東印度公司的部下德庇時,便一直以此為戒為傲。兩資料見於:University College London, University Archive, Council Minutes, 13 January 1838; John Francis Davis, "The Rise and Progress of Chinese Literature in England, During the First Half of the Present Century," in John Francis Davis, *Chinese Miscellanies: A Collection of Essays and Notes*(London: John Murray, Albemarle Street, 1865), p. 50.

                           譯者與學者:香港與大英帝國中文知識建構

tion)。過去有學者稱他為英國漢學之父,本文卻以翻譯研究中對譯者工作的隱喻「推手」而稱之。[3]斯當東利用自己的識見、經濟條件、社會地位,以及在政商界與文教宗教圈子的人際網絡,創辦倫敦大學的漢學課程。而他不畏困難,矢志推動中文教學,就是因為曾見過水平不濟的翻譯,差點斷送了大英帝國在遠東的利益及國家名聲。在本章第一節(2.1),我們會先簡介斯當東的背景:在華活動的情況、英國學術界及文化界的地位,以及政壇的影響力,特別是在華活動中最重要的工作——翻譯。

2.1 作為譯者的漢學家:斯當東及他的歐洲視野

斯當東,中國典籍稱他為嘶噹嗹、[4]或斯當冬,[5]學界長久以來都稱他為小斯當東(young Staunton),是英國首次派遣來華通商使團馬戛爾尼使團中副使斯當東(下稱老斯當東)的獨生子,後成為十九世紀中英關係裏知名的中國通、國會議員,學界近年對他擔當中英外交使者的角色研究頗豐富。[6]馬戛爾尼使團是中西交流史上極重要的一次接觸。產業革命後英國對外貿易膨脹,於1792至1794年(乾隆五十七年)就派出馬戛爾尼勳爵(Lord George Macartney, 1737–1806)

3　見張佩瑤(Martha Cheung)以中國武術觀念「推手」說明翻譯的新境界,她認為翻譯事件中遇到矛盾及衝突,能以「推手」互動中非對抗的處理方法化解。Douglas Robinson, *The Pushing-Hands of Translation and Its Theory: In Memoriam Martha Cheung*, 1953–2013(Taylor & Francis Group, 2016)

4　[清]葛士濬:《皇朝經世文續編》(上海:廣百宋齋,1891),卷一百一,頁1970。

5　唐才常:《覺顛冥齋內言》,清光緒二十四年長沙刻本。收錄於《續修四庫全書》,集部,別集類,第1568冊(上海 :上海古籍出版社,1995),卷一,頁56。

6　Jodi Rhea Bartley Eastberg, "West Meets East: British Perceptions of China through the Life and Works of Sir George Thomas Staunton, 1781–1859"(Phd diss., Marquette University, 2009), p. 263;游博清:〈小斯當東(George Thomas Staunton, 1781–1859)——19世紀的英國茶商、使者與中國通〉(新竹:國立清華大學歷史研究所碩士論文,2004)。

訪華，希望打開中國貿易之門，過去學者對這次中西初識都有深刻的論述了。[7]然而，這次中西接觸如何影響英國百年來培訓譯員及漢學的發展，卻從來沒有人留意。這一切，我們先從小斯當東（下省稱斯當東）如何成為譯員說起，並以本土及中國人脈網絡，分析他如何在英國官方及民間，形成龐大漢學知識的脈絡。也許，連斯當東本人也不曾預料到，自己跟中國的關係肇自為英國使團尋找譯員，並在無心插柳下成為使團中令乾隆皇帝印象最深刻的譯員，其後漫漫一生，他盡瘁鞠躬，為英國奠下了外交譯員課程的藍圖。

斯當東出身上流社會，父母都來自顯赫的社會背景，父親老斯當東在英屬印度等地擔任高級官員，母親為名門之後。幼年的斯當東與一般英國名流貴族一樣，在家跟隨家庭教師學習古典人文教育，從小習得希臘語、拉丁語、法語、德語及其他歐洲語言。[8]這良好的語言能力及語言知識的基礎，不單方便他日後與歐洲政經及學界作深入的交流，還對他學習當時英國社會甚為冷僻的語言——漢語——起到實際的幫忙。老斯當東為了培養他成為大器，聘請名人雅士教導他科學實用知識，更讓他參與皇家學會（Royal Society）的活動，擴充視野及人脈網絡。像當時英國貴族一樣，遠遊是年青人增長知識、增加歷練和鍛鍊體能的必定途徑。[9]1792年，英國希望通過官方渠道與中國建交，遂派遣馬戛爾尼爵士訪華。可惜的是，使團出發在即，仍然沒法在國內覓得理想的中文譯員，副使老斯當東唯有嘗試到歐洲碰運氣。他帶同兒子斯當東同行，最後幾經辛苦，

7　Robert A. Bickers, *Ritual and Diplomacy: The Macartney Mission to China*, 1792–1794 (British Association for Chinese Studies, 1993); James L. Hevia, *Cherishing Men from Afar: Qing Guest Ritual and the Macartney Embassy of 1793* (Durham & London: Duke University Press, 1995); Aubrey Singer, *Macartney's Mission: Story of the First British Embassy to the Court of Emperor Qianlong in Peking*, 1792–94 (Random House, 1999).

8　Sir George Thomas Staunton, *Memoirs of the Chief Incidents of the Public Life of Sir George Thomas Staunton, Bart* (London: L. Booth, 1856), pp. 2–7.（下簡稱*Memoirs of the Chief Incidents*）

9　*Memoirs of the Chief Incidents*, pp. 1–10, 152.

　　　　　　　　　　譯者與學者：香港與大英帝國中文知識建構

終於在意大利那不勒斯傳道學院（The College de Propaganda Fide）找到既懂中文，又願意為英國擔任使團的兩位譯員周保羅（Paolo Cho）及李雅各（Li Zibiao, Jacobus Li，又叫作Jacob Ly, Mr Plumb或Mr Plum）[10]。在大英圖書館所藏的人物圖像中，他被稱為Dominus Neal（Master Lee）修士隨行。[11]可以說，英國譯員不足的問題，一早烙印在斯當東的心靈中。到歐洲找尋譯員的過程雖然轉折，但對年輕的斯當東有一定的啟示，就是歐陸漢學資源豐厚，遠遠比英國本土優勝，這不啻令他埋下了日後成立英國漢學的種子，念茲在茲一心比附歐洲的情形。事實上，大英使團因輕視培養譯員而引起的尷尬，對比起歐洲其他國家同時代的措施，實在不能相提並論。法國早於十八世紀前已有語言訓練學校，專門培養年輕譯員（les jeunes de langue）；[12]而荷蘭的荷屬東印度公司（Vereenigde Oostindische Compagnie，簡稱V.O.C）就更有具規模的培訓譯員課程，[13]成為英國譯員時刻掛在口邊，要以此為翻譯課程的楷模。[14]

斯當東以十三歲之齡，跟隨父親來華。本來，一位青澀少年在數百人的官式訪問使團中，角色並不突出，亦不可能重要。然而，由於斯當東博聞強記，又極具語言天份，他乘着長達數月困悶的航海旅程，利用拉丁語及其他歐洲語言，輾轉地從不懂英語的使團譯員中學得基本漢語及漢字，並瞭解中國的事物。斯當東在漫長的航程上，興之所至與譯員聊天，一問一答，一鱗半爪地隨譯員學習漢

10　J.L. Cranmer-Byng, *An Embassy to China: Lord Macartney's Journal*, 1793–1794（London & New York: Routledge, 2000），p. 320.

11　*Memoirs of the Chief Incidents*, p. 10；王宏志：〈馬戛爾尼使華的翻譯問題〉，《中央研究院近代史研究所集刊》第63 期（2009），頁 97–145；牛津大學教授Henrietta Harrison近年的一系列演講，The Making of an Interpreter: Li Zibiao and the Macartney Embassy of 1793。

12　Pouillon François, *Dictionnaire des orientalistes de langue française*（Paris: Karthala; IISMM, 2008），pp. 348–349.

13　Henry Hitchings, *The Secret Life of Words*, pp. 38, 61.

14　F.O. 17/212/136, 7 February 1852; C.O. 129/213/147–171, 13 December 1883; C.O.273/104/16736 23 September 1880.

語。使團到達中國後，英方翻譯人員不敷應用，斯當東便在機緣巧合下當起譯員來，為使團解困，[15]而且令天子乾隆大悅，並賞賜了一香囊，而成佳話。[16]斯當東雖然甚受乾隆賞識，然而中英文化與歷史發展軌跡存着巨大鴻溝，兩國對所謂平等貿易有不同的理解及需要，最後使團無功而還，中英關係發展近乎停滯。[17]在這之前，英國人對中國文化、文化習性以至宗教信仰認識不深，覲見大清天子時要行的朝貢制及三叩九拜禮節，帶給了英國人足足幾個世紀的「文化震盪」。中國朝貢制度中三叩九拜的「叩頭」儀式（ceremony of prostration），亦從此以粵音拉丁化成為 *kowtow* 走入世界英語當中，西人只能音譯這個充滿中國特色的詞彙而不能用西方概念對譯，足以見證着中西文化根本不同。英國在1792年馬戛爾尼訪華失敗後，輿論開始怪罪在異教徒的譯員身上，認為英方錯信了臨時徵召回來的譯者，甚至被他們出賣了：

> 中英兩國初次接觸，在英使團沒有流利漢語譯者的情形下展開，實令人惋歎。若果有[可靠的譯者]，馬戛爾尼爵士就不會被譯者出賣，而當時以哪種語言暗示大英帝國是天朝中國的藩國，都沒有可能。[18]
>
> 在安排馬戛爾尼爵士訪華時，到了差不多最後關頭，我們甚

15　*Memoirs of the Chief Incidents*, p. 12.

16　Sir George Staunton, Earl George Macartney, Sir Erasmus Gower, and et al., *An Authentic Account of an Embassy From the King of Great Britain to the Emperor of China*（Philadelphia: Printed for Robert Campbell, by John Bioren, 1799）, vol. 2, pp. 121–124.

17　Alain Peyrefitte, *The Collision of Two Civilisations: The British Expedition to China in 1792–4*（London: HarperCollins, 1993）。張芝聯、成崇德（主編）：《中英通使二百周年學術討論會論文集》（北京：中國社會科學出版社，1996）。

18　Anonymous, *Address to the People of Great Britain, Explanatory of Our Commercial, Explanatory of Our Commercial Relations with the Empire of China, by a Visitor*（London: Smith, Elder and Co., 1836）, p. 77.

至連一位會說漢語的英國人也找不到。當勳爵落實出使北京，我們只能按現實情形降低要求，有損體面地指派兩位羅馬教士去擔當這次外訪的翻譯工作。

這次使節團的對話及交流，正如巴魯爵士 (Sir John Barrow, 1764–1848) 觀察所言，只能在該兩位來自中國、又曾受業於那不勒斯傳道會的羅馬教士誠惶誠恐及無知的情形下展開。[19]

不過，倒是正使馬戛爾尼爵士及副使老斯當東，在回國後作出客觀的總結，他們立即義正辭嚴地公開呼籲：

這次力求通商帶來重重障礙，明顯不過反映了我們極為需要一名稱職的通事 (the want of a competent linguist)，以及必要的措施去鼓勵學習中文。英國使團感到無助，只能悲歎本國需要自己的譯者 (the want of an interpreter of their own nation)——一些能表達及傳遞書信內容真諦的譯者，以及能精細及慎重地處理議商內容的人員。[20]

在中國方面，當中國還未被船堅炮利打開現代化之門前，中國史家難免從陰謀論角度，認為英使團來華帶有間諜活動性質，特別是使團沿內河而回程，只是取得更多航道地形資料，為日後侵華作準備。[21]而後來的歷史論述，亦多從鴉片戰爭後中國一系列的外交挫敗，反省這次中西接觸的過程，多認為中國故步自封，在馬戛爾尼使團訪華時拒絕了投向世界家庭的機遇，獨抱天朝大國心態，鄙視商業貿易而不願與「夷人」交往，因而與現代化失之交臂，跟不

19　Davis, "The Rise and Progress of Chinese Literature in England," p. 50.

20　Staunton et al., *An Authentic Account of an Embassy,* p. 271.

21　「是年純廟八旬萬壽，正使馬戛剌尼副使斯當東等人……其後往來漸稔，窺伺益頻狡焉。思啟駿駁，不可復製矣」。劉錦藻：《皇朝續文獻通考》(上海：上海古籍出版社，1995)，卷三百三十四四裔考四，頁5524。

上世界步伐。的確，天朝心態或從此而來的朝貢體制，的確阻礙了中國對其他文化體系作公平交往的對象，也令中國較遲進入現代世界體系。然而，若能從最基本的文化溝通角度去理解中國官員的意見，也許會有另一種感悟：

> 乾隆六十年粵督朱文正公奏稱。有西字正副表二件。伊國自書漢字副表一件。臣等公同開驗。其漢字副表雖照中國書。而文理舛錯。難以句讀。隨令通曉西書之通事。將西字副表與漢字表核對。另行譯出等語。是該國雖有自書之漢字。詰屈難通。[22]

英使團呈上的國書，漢語水平難以卒讀，根本不足以表達英國人通商的願望，固然無法接納使團的要求。特別是清廷在盛清三代，一直有俄國使團訪華的經驗，曾看過天朝以外的西字國書，是如何被翻譯到漢語來。清廷無法視之為公平交往的對象，是有跡可尋的。反過來說，這也再證實了正副使馬戛爾尼及老斯當東的反省──提高譯員水平。不過，英國政府並沒有從馬戛爾尼訪華的失敗中汲取教訓，更不明白與中國通商的基礎，應在於能有效與中國溝通，而不是短視地要求通商，立即達成貿易談判的便捷成果。英國只以眼前利益及實質功效為依歸，並無長遠規劃跟其他文化交往的願景，故此中英無法交往。環顧英國海上霸權的歷史，英國很多時候嘗試打通海外貿易關係時，遇到最大的阻滯並不是物資或技術的問題，而是找不到足夠隨團翻譯人員。就以幾個亞洲地方為例，英國在侵略印度的過程裏、[23]奪取海峽殖民地(The Strait Settlements，包括檳城[Penang]、新加坡

22　葛士濬：《皇朝經世文續編》，卷一百一，頁 1970。

23　Bernard S. Cohn, *Colonialism and Its Form of Knowledge: The British in India*(Princeton, NJ: Princeton University Press, 1996), p. 17.

　　　　譯者與學者：香港與大英帝國中文知識建構

[Singapore]、馬六甲[Malacca]）的管治權上，欠缺譯員的呼聲從無間斷。[24]英國遇到譯者不足的困難時，只是依賴臨時資源或非官方機構暫時應付過去，這種既方便又苟且的態度，周而復始地在英國與世界商貿及外交史上不斷發生。而這點更在中英交往上有着更多英國人的血淚見證，在下節2.5中，我們會看到在譯者不足的情形下，英軍在鴉片戰爭中陷於水深火熱的情形。

不過，無論怎樣，這次使團成就了影響十九世紀英國漢學最重要的推手——斯當東。斯當東的一生，卻從此與中國扯上不可分割的關係。斯當東回國後無間斷地學習中文，後以劍橋院生（fellow-commoner）身份入讀他祖輩有份創立的劍橋大學聖三一書院，卻因為父親不滿意大學行政安排，斯當東於一年內輟學。輟學後卻從無間斷地學習中文，在中國生活了三十年的天主教傳教士畢奧（Padre Adeodato di Agostino）神父，贈給斯當東他自己於1745年在北京彙編120頁的《拉丁漢語字典》（*Latin-Chinese Dictionary*），讓他好好學習。斯當東已有數年學習中文的經驗，輟學後於1799年加入了東印度公司英國商館，並爭取到派往廣州商館，輕易地便成為商館的書記（writer）及譯員，後來更成為權力最高的決策委員會的秘書及大班，地位顯赫。他不單是商館的高級職員，英方於1816年派出了史上第二次正式來華使團——阿美士德使團，希望再一次爭取與中國達到相對平等的貿易條件。由於斯當東擁有豐富的在華商貿經驗、卓越的中文水平，加上本來貴族的身世，他順理成章地被邀請成為使團的副使，亦即是當年他父親於第一次英國來華使團中所擔當的職位。

我們先回顧他在東印度公司廣州商館的翻譯工作。[25]因為日後

24　James William Norton-Kyshe, *A Judicial History of the Straits Settlements 1786–1890, which was originally published as the Preface of the four-volume work Cases Heard and Determined in Her Majesty's Supreme Court of the Straits Settlements, 1808–1890*, reprinted with an introduction by M. B. Hooker in *Malaya Law Review* 11, no. 1 (1969), pp. 1–36, 107.

25　過去斯當東的研究當中，討論翻譯的為數不多卻都極有代表性，有：

他成為漢學及翻譯課程的推手，並以贊助人的身份身體力行創設學科，與他曾長時間參與翻譯工作，身為譯者的真實體會及實幹經驗有極大的關係。只要我們對他的背景有深刻認識，就會知道出身優渥的他，根本不會因財政需要而擔當翻譯。另一方面，無論在東印度公司的工作有多繁重，他都會抽空翻譯一些與工作無關的文獻，目的除了是推廣知識外，更是真正認同中西關係中翻譯工作的意義及價值，才會執起譯筆來，以譯事徹底貫穿跨國文化的交流。斯當東的翻譯議題廣闊，從人的身體延伸到人的心靈，從英譯中到中譯英，從宗教思想到世俗文化，面面俱到。

他在商館的工作固然是擔當口譯。這些資料，在東印度公司檔案及英國外交檔案中，我們都看到不少。可以說，他早年最重要的譯作，卻是一篇醫學翻譯（medical translation）。十九世紀初，英國皮爾遜醫生（Alexander Pearson, 1780–1874）在澳門引入種牛痘方法，為了方便中國官員瞭解及便於檢查，他撰寫了一本小冊子，名為《英咭唎國新出種痘奇書》，這本小冊子就是由斯當東翻譯的。學界討論到接種牛痘傳入中國的研究中，都有簡單提到斯當東翻譯小冊子一事。[26]但斯當東作為譯者的翻譯行為（translation act）及翻譯以外的推動工作如何，卻甚少研究。所謂翻譯行為，是指翻譯工作涉及的目的、意義及過程。首先值得我們注意的是，斯當東翻譯的目的及選擇的翻譯語言。醫學翻譯固

James St. André, "'But Do They Have a Notion of Justice?': Staunton's 1810 Translation of the Great Qing Code," *The Translator* 10, no. 1 (2004), pp. 1–32；S. P. Ong, "Jurisdictional Politics in Canton and the First English Translation of the Qing Penal Code (1810)," *Journal of the Royal Asiatic Society of Great Britain and Ireland* 20, no. 2 (2010), pp. 141–165.

26　張嘉鳳：〈十九世紀初牛痘的在地化——以《咭唎國新出種痘奇書》、《西洋種痘論》與《引痘略》為討論中心〉，《中央研究院歷史語言研究所集刊》第七十八本第四份（2007年12月），頁755–812；K. Chimin Wong and Wu Lienteh, *History of Chinese Medicine* (Shanghai: Shanghai cishu chubanshe, 1936/2009), pp. 215–216, 273–281; Patrick J. N. Tuck, ed., *Britain and the China Trade* 1635–1842, vol. 8 (London: Routledge, 2000), p. 396.

能協助中國人免除病厄之苦，然而，天花疫症在清朝立國以來一直是大患，這就有另一重更深刻的文化及政治意義了。中國境內人煙稠密，滿州人入關後，順治皇帝立即不敵中國境內風土病而得天花去世。直到1779年，晉京與乾隆祝壽的班禪六世，卻於中國染得天花而圓寂中土。西人若能成功傳入種痘技術，解決了清朝一直忌諱恐懼的天花牛痘疫情，這對中國認識西方醫學技術定有一層懷柔的意義。至於語言方面，斯當東選擇了普及大眾的翻譯風格。從英國外交部的文獻看到，資助這本譯文出版的行商潘啟官(即十三行最大的行商潘振承)，在斯當東的譯文出版後，首先寄呈了一份給兩廣總督，以取得檢閱出版。潘啟官指：

> 故囑醫生跛臣做成種痘一書，囑理公班衙事務斯當東將此書譯出，呈
> 覽弟遠人常思以效涓之報譯出之書，言詞粗淺，遠人不諳中土行文，幸勿因文譾陋，為辭所說，俱是的確淺白，即婦人孩子一看便明，並無邪說，誣行忖此妙法，從古迄今，亦無如此之便捷。[27]

潘啟官指斯當東的用語「言詞粗淺」，雖然可能是他所說的理由「遠人不諳中土行文」，但是，我們實在更應把重點放在潘啟官接着所說的，譯者用語「言詞粗淺」「的確淺白」之上。從這裏看到，斯當東刻意用上了淺白的語言，省卻詰屈聲牙的用語，目的是要讓中國人，甚至連婦孺幼童都明白種痘的好處。同時讓中方接納西方醫術，當中「並無邪說」，並不會妖言惑眾、胡亂中國人心。這對我們研究斯當東的翻譯工作，有特別的啟示，原因是這反映出譯者在翻譯的過程中，不是被動地接受翻譯委託或作出機械式的翻譯，而是考慮到譯作對象及閱讀階層，以

27　F.O. 233/189/150, undated.

及翻譯的真正目的，而作出適當的配合，而這亦是近年翻譯理論中所宣揚的目的論等的議題（Skopos）。[28]

　　事實上，斯當東的貢獻在於翻譯這本小冊子外，也在於背後的推動工作。《英咭唎國新出種痘奇書》並沒有立即在南中國海流傳起來，原因是當時兩廣總督對西方知識還有一定的排拒之心。斯當東靜待時機，於1811年，當他遇上新上任的兩廣總督松筠，亦即是第一次來華使團馬戛爾尼使團離京時，其中一位中方送行官員，斯當東便立即委託這位當時已稱得上好友的舊識，請他審閱《英咭唎國新出種痘奇書》的內容，並立即取得批閱印章。此後，種痘的知識才真正廣泛落實到中國知識界及醫學界中。以今天從翻譯研究的角度去看，斯當東背後的推動工作不容忽略。社會中的譯者，絕非單單擔當文字翻譯，很多時候由於他是社會中最早接觸新知識的先鋒，這種先知先覺的位置，往往推動了他同樣肩負傳播新知識的角色，利用新思想推動革命性的改變。[29]他的推動工作，不限於把西方知識傳入中國，同樣地，他把中國接受西方新醫學知識一事，傳回歐洲。小冊子出版後，斯當東親自寄贈到英法兩地，其中就寄了一本給法國東方學者兼藏書家藍歌籲（Louis Mathieu Langlès, 1763–1824）。可見，他與法國漢學界關係緊密。現藏於法國國家圖書館（Bibliothèque nationale de France）中文部第5226件的版本，就有藍歌籲親筆簽名，並有他於1818年7月6日誌下斯當東惠贈藏書一事。[30]

28　Hans J. Vermeer, "Skopos and Commission in Translational Action," in *Translation Studies Reader*, ed. Lawrence Venuti (London: Routledge, 2000), pp. 221–232; Christiane Nord, *Translating as a Purposeful Activity: Functionalist Approaches Explained* (Manchester: St. Jerome Publishing, 1997).

29　Mona Baker, *Translation and Conflict: A Narrative Account* (London: Routldge, 2006), pp. 14, 16.

30　Pierre Huard et Ming Wong, "Les enquêtes françaises sur la science et la technologie chinoises au XVIIIe siècle," *Bulletin de l'Ecole française d'Extrême-Orient* 53, no. 1 (1966), pp. 137–226.

　　　　　　　　　　譯者與學者：香港與大英帝國中文知識建構

若我們指斯當東的醫學翻譯起到了濟世救命的作用，同樣地，他的法律翻譯同樣出現救人性命的作用。只是，前者是救活中國人，後者則是救助他的同胞——英國國民。中英兩國其中一種最大的分歧，可以説是在法律觀念方面。但這卻又因西人在廣州生活而產生不可迴避的衝突場面，有些是意外，有些則是文化概念對碰後的挑釁。直接刺激斯當東於1810年翻譯中國法律鴻篇鉅製《大清律例》的原因，[31]就是商館屢次發生的法律衝突而來。由於研究斯當東英譯《大清律例》的討論不少，我們不需再詳加討論。[32]但是，在這些討論中，往往忽視以下極重要的一點，這就是：斯當東《大清律例》的英譯，立即得到法國漢學界的高度重視，出版兩年內便從他的英譯轉譯為法文，[33]這固然是斯當東的個人聲望，足以引起歐洲學界的立即注意。從法文版《大清律例》的前言中，我們看到法國譯者對斯當東多次賜教，表達了深厚的感激之情，法文版的翻譯過程，是得到斯當東鼎力支持及協助的。這除了反映兩地學者緊密合作外，更反映了法國學界緊貼英國漢學界的發展，兩年內翻譯千頁以上的鴻篇鉅製、上下兩冊的《大清律例》，並能立即出版，這足見法國漢學界的高度效率。法國漢學界效率之高，讓英國甚至國際社會汗顏；而這一點，在下文的例子，法國早於英國看到《南京條約》翻譯的謬誤，就有更實際的説明。

　　斯當東翻譯的《大清律例》成為了英國外交部內極重要的文

31　Sir George Thomas Staunton, trans., *Ta Tsing Leu Lee: Being the Fundamental Laws, and a Selection from the Supplementary Statutes, of the Penal Code of China*(London: T. Cadell and W. Davies, 1810).

32　André, "But Do They Have a Notion of Justice?," pp. 1–32; S. P. Ong, "Jurisdictional Politics in Canton and the First English Translation of the Qing Penal Code(1810)," *Journal of the Royal Asiatic Society of Great Britain and Ireland* 20, no. 2(2010), pp. 141–165.

33　Félix Renouard de Sainte-Croix, *Ta-Tsing-Leu-Lée, ou, les Lois fondamentales du code pénal de la Chine*(Paris: Lenormand, Gagliani & Laloy, 1812), 2 vols.

獻，在討論如何以法治觀念與中國交涉時，多次被外交人員引作論據，[34]更是早期香港高等法院大法官審案時常常參考的法學寶鑑。[35]可見，他的譯作影響力深遠。斯當東不單參與討論當時在教會內嚷得鬧哄哄的有關God一詞如何翻譯的爭議，[36]更把清廷學者及外交家滿州旗人圖理琛（Tulišen, 1667–1741）的《異域錄》翻譯成英語，讓學界認識中亞文化交流的重要一章。[37]

1816年，英國再一次嘗試跟中國通商，這次派出阿美士德勳爵（Lord William Amherst, 1773–1857）代表出使訪華，歷史又再一次重演。不過，由於自十八世紀末，私營商業機構如東印度公司，為了在中國發展對華貿易，已領先一步逐漸形成實力十足但人數不多的中文專家團隊。[38]東印度公司比英國本身更重視聘得優秀譯員及培訓譯員的工作，這與中國設下的商貿十三行制度有密切關係。英商不可以與中方官員有直接來往，英商有什麼要求，必須經過行商轉達意見，而所有粵督及朝廷的公文，都必須由行商來轉交給英國人，除了在形式上相當轉折之外，由於粵督及朝廷的公文都是以中文公文形式發出的，英商及東印度公司必須找到合資格的人當翻譯，才能正確理解公文裏有關港口法令、走私、禁煙、白銀運出等消息。這些資訊不單提供給身在中國的數十家外商，且會轉刊到世界各地有關航運資訊的報刊及雜誌上，如印度加爾各答的報刊及英國《亨氏商人雜誌》（*Hunt's Merchant*

34　F.O. 17/1/8, undated; F.O. 17/1/18–19, undated.

35　*Memoirs*, p. 46.

36　Sir George Thomas Staunton, *An Inquiry into the Proper Mode of Rendering the Word "God" in Translating the Sacred Scriptures into the Chinese Language*(London: [s.n.], 1849).

37　Tulišen(L. C. T'u), *Narrative of the Chinese Embassy to the Khan of the Tourgouth Tartars, in the Years 1712, 13, 14 and 15 by the Chinese Ambassador, and Published by the Emperor's Authority at Peking, trans. Sir George Thomas Staunton*(London: Murray, 1821); *Memoirs*, p. 102.

38　Hosea Ballou Morse, *The Chronicles of the East India Company Trading to China, 1635–1834*(Oxford: Clarendon Press, 1926–1929).

Magazine）。這些資訊對當時航運，特別是從印度、孟買、加爾各答、新加坡再往來到中國的航線有很大的影響。因此，翻譯這些公文的譯者，必須具備高語文水準，且無論在什麼工作環境，都不能掉以輕心。因此，東印度公司長期擔當了一個資助漢學發展的非官方中介。英國本身也樂於以這個平台張羅訪華的事情。於是，在第二次使團訪華的時候，英方就折衷地公然徵用了東印度公司的翻譯團隊，避過在歐洲尋求譯者所產生的尷尬。[39]雖然這次英使團避免了上一次拉雜成軍的局面。可惜的是，阿美士德爵士使團連北京城也不曾看到，就被迫回國。兩次重大外交事件鎩羽而歸，英國官方無法打開中國貿易之門，增加了英國對中國的漠視及敵意。曾擔任阿美士德使團譯者的德庇時，回想第一次到第二次訪華英國漢學及中文教學的發展，就忍不住批評：

> 英國正式出現中國文學，極其量只不過是這世紀[十九世紀]的事情。[40]
> 英國的第一個目標，固然要多加認識中文。不過，迄今為止，我們卻甚少為教導漢語而作出任何努力。[41]

十八世紀以來，英國社會中雖然曾經也有些人像德庇時一樣，熱心呼籲國家籌辦中文課程，然而大英帝國一直對此充耳不聞。這些熱心人士來自不同的背景，有出自宗教團體為了傳教的需要、也有來自東印度公司的英國商人為與中國通商，更有一些

39　使團中除了副使斯當東爵士是中國通外，懂中文的隨團人員還有F. Hastings Toone, J. F. Davis, Pearson, Robert Morrison and Thomas Manning，在中方的材料裏，他們都列名為「譯生」：「米斯端」、「米斯迪惠氏」、「米斯瑪禮遜」及「米斯萬寧」。故宮博物館(編)：《清代外交史料·嘉慶朝》(臺北：成文出版社，1968)，第五冊，頁31–32，總頁520–524。

40　Davis, "The Rise and Progress of Chinese Literature in England," p. 50.

41　*Ibid.*, p. 59.

是出自對中國研究感興趣的中國專家等，在政府坐視不理的情形下，他們極力在本地及海外創辦民間中文課程、舉辦學術團體，甚至利用民間力量去籌募經費及捐出個人珍藏圖書，自發地舉辦有影響力的漢學團體及機構，希望能喚起社會人士推動中國學的重要性。然而面對寡不敵眾、經營費用高昂，以及長期缺乏各種實質的鼓勵下，這些機構最後大都無疾而終。他們自己則依靠非常迂迴的途徑學習，而英國本土卻沒有官方機構提供學習漢語的課程，亦從不資助民間的機構推動學習中文。造成這原因雙方都有責任，有的是經濟結構的原因，有的是因為文化遲滯。英國遲遲不開辦官方機構鼓勵學習中文的原因，固然是與英國非常實務的國策及教育方針有關。首兩次來華使團的失敗及挫折，亦令英國認定沒有必要開設及鼓勵學習中文的需要。既然使團不能叩開中國的大門，不能與中國作大量公平貿易及文化交往，國內亦不會湧現學習中文的需要。事實上，這個邏輯到底是因還是果，歷史很難有一個明確的判定。到底是沒有足夠的認識，準備不周，而不能打開中國的大門，還是因為打不開中國的大門，而令英國更不欲推動中國研究？十九世紀初，隨着英國對中國出產的商品需求大增(特別是茶葉、絲綢)，以及後來東印度公司商人轉售印度的鴉片到中國，外商與中國貿易額大幅增加，需要懂得中文的人才，而翻譯人員的比例，就會猛烈激增。另一方面，當英國與中國商貿關係更頻繁，甚至產生了矛盾和磨擦，需要大量譯者作「中間人」(intermediary)調解的時候，長期潛在的譯者不足的問題，在本來供不應求的情形下，就變得更失衡，譯者短缺的情形便更嚴峻了。

　　對英國而言，第二次訪華的過程受盡屈辱，團隊連北京門都無法接近，更不要說覲見天子。英國兩次官方使團來華都空手而歸，對國人而言，中國不單陌生，更是傲慢的代名詞。英國國土上要成立漢學的氣氛，也就更淡泊了。1816年，英國第二次訪華使團阿美士德士團失敗後，斯當東毅然回國。不過，他卻並不打算以中國專家形象及身份服務國人，更不打算坐享父蔭，而毅然另走一條更艱難的從政道路，就是通過地區選舉躋身國會，以議員的身份服務國家。[42]自1817年回國起，他便積極從政，以下議員的身份參選，從1818到1852年，他經歷多次失敗，最後成為普次茅斯（Portsmouth）選區的議員，從政達三十年之久。另一方面，英國對於使團再度無法打開中國通商之門後，國人不單對此表達失望，國家也更不願意推動認識中國的任何舉措。一般有志推動漢學研究的學者，就只好冀望民間團體了。

斯當東亦是英國皇家亞洲學會（Royal Asiatic Society）的常任理事，學會自1823年的草創階段，他已受邀參與其中，[43]更一度以副主席（vice president）身份執掌學會，[44]並熱心參與會內種種委員會的行政工作，當中特別值得我們注意的是，他長期兼任東方翻譯委員會（Oriental Translation Committee）及通訊委員會（Committee of Correspondence）的副主席。當中的原因明顯不過，就是利用民間的力量，積極推動中英翻譯活動，以及反映中國動態。而他的視野，不單在英國本土，更是貫通中英及英國與歐洲大陸。此外，由於他處身在倫敦的卓越位置，固然具有世界大都市的視野，因而在摯友馬禮遜及眾多皇家亞洲學會成員贊助下，於倫敦市中心Holborn區成立了非官方團體基督教傳教院語言傳習所（Language Institution for the Propagation of Christianity），推動學習各東方語言，並且當仁不讓，以副主席的身份熱心參與會務。他曾聯同大英博物館內的圖書館部，合作整理歐洲天主教會奧斯定會修士門多薩在十六世紀出版有關中國研究的著作《中華大帝國史》，推動英國國內的中國研究，

42　*Memoirs.*

43　*Ibid.*, p. 173.

44　Royal Asiatic Society of Great Britain and Ireland, T*he Journal of the Royal Asiatic Society of Great Britain and Ireland*(London: John W. Parker, West Strand, 1834), p. xxxii.

讓歐洲漢學家與英國中文學者多加對話。[45]認識歐洲漢學的學者就會知道，門多薩這本著作對整個西歐認識中國起了極大的作用，它不單是當時最暢銷有關中國的著作，更是最權威的著作，是十八世紀以前所有有關中國著作的起點和基礎。[46]從此可見，斯當東不單以金錢推動漢學發展，更重要是他的學識及慧眼。

如果要瞭解斯當東如何贊助翻譯及推動漢學，我們必須從當時漢學界的出版物着手。原因是從以下2.2節歸納出來的幾類型曾寓居中國的英方或外國譯員，他們表面上與馬禮遜的關係較密切，然而，這個譯員網絡之所以能建立並跨越數十年，從英屬東印度公司在華貿易時期到鴉片戰爭後返回英國，最主要的核心人物是斯當東。他從無誇示自己的功勞，所作的課程推動、串通人脈、贊助出版，也從無在自己的回憶錄及個人書信中提到，性格低調謙厚可見一斑。我們只要在當時出版中國研究的書籍扉頁上，就會輕易找到來自不同背景的作者向斯當東致謝，當中固然不乏東印度公司的同僚或下屬，更有遠至歐洲漢學界的年輕後起之秀，有些跟他素未謀面，可見他廣泛又深遠的影響力。整個英國及歐洲學界都極敬佩他，而這種能力及視野，才是真正促成英國漢學建立並發展的動力。

我們隨便翻開當時有關中國研究的出版物，就可以輕易看到寫有向斯當東致謝的地方。曾在東印度公司擔當譯員的文員，亦即是斯當東的下屬，後來成為香港第二任總督的德庇時，就他譯自《好逑傳》的中譯英作品*The Fortunate Union*扉頁，公開敬呈此書予斯當東，德庇時更謙稱自己是他忠誠的朋友及僕人。[47]從後來德庇

45　Juan Gonzalez De Mendoza, T*he History of the Great and Mighty Kingdom of China*（London: Printed for the Hakluyt Society, 1854）。此著原文為西班牙文，於1585年在羅馬出版，由Luc de la Porte譯成法文版，再經英譯者Robert Parke 從法文版本翻譯而來，斯當東現根據大英圖書館珍藏圖書部英語版本編輯整理出版。

46　Donald Lach, *Asia in the Making of Europe*（Chicago: University of Chicago Press, 1965）, pp. 743–744.

47　John Francis Davis, *The Fortunate Union: A Romance, Translated from the*

時的發展中，我們看到，他並不是一位隨和謙遜的人，擔任英國駐華全權公使時，常常與英商及中方發生齟齬，而在香港擔任第二任總督管治香港時，也訂出了大量無稽的法令，原因只不過是社會上有些舉措不合他的心意而已；上任前，更要求國家頒授爵士的名號給他，否則絕不上任等等。[48]而他出版《好逑傳》的1829年，已成為英國皇家亞洲學會的研究員（fellow）。但他在斯當東面前卻立即表現得謙虛誠敬，這是我們格外需要留意的。另一位在傳教士圈子中，被認為是城府甚深的人物郭實獵，[49]同樣以最真摯的誠意感激斯當東的提攜及幫忙。郭實獵在1852年出版的《道光皇帝傳》（*The Life of Taou-Kwang, Late Emperor of China*）一書內，於扉頁寫下給斯當東的謝辭：「這書以謙卑之心，不足掛齒區區筆墨，敬呈給斯當東爵士，這位國會議員、永恆的友人以及所有漢學家的贊助人」（"To Sir George Thomas Staunton, M.P., the Constant friend and patron of all sinologues. This book is humbly dedicated, as a trifling mark of esteem by the author"）。當然，對於郭實獵這本著作，的確如作者所言，他的點點筆墨是無法充分道盡他對斯當東的感激之情的。在籌辦出版這本著作的1852年，郭實獵還未來得及看校稿，便於香港得急病遽然去世。倫敦印刷商為了順利出版，完成郭實獵的遺願，便找來了德高望重的國會議會、兼及公私事務已極繁重的斯當東幫忙，希望他能為郭實獵從頭到尾修訂文稿一次。事實上，從各種文獻顯示，斯當東並不特別與郭實獵親近，特別是我們只要比較斯當東對馬禮遜及修德（Samuel Kidd, 1799–1843）的幫忙，他出手相助郭實獵，除了是出於他古道熱腸的性格，也有種顧念大家為同行風雨同舟之

Chinese Original, with Notes and Illustrations, to Which Is Added, a Chinese Tragedy（London: John Murray, 1829）.

48 *Memoirs*, pp. 93–95.

49 蘇精：〈郭實獵和其他傳教士的緊張關係〉，載蘇精：《上帝的人馬：十九世紀在華傳教士的作為》（香港：基督教中國宗教文化研究社，2006），頁33–72。

心。因此，斯當東不單答應了書商的要求，更寫了一篇簡單的生平介紹，以志亡者。[50]

　　至於歐洲學界，情形亦大致相同。曾輾轉在倫敦及廣東生活過一段短時間的德國學者瑙曼（Karl Friedrich Neumann, 1793?–1870），同樣以崇敬之情，呈獻自己的譯著給斯當東。[51]他譯自佛僧袾宏（1535–1615）的譯著《沙彌律儀要略》（*The Catechism of the Shamans, or, The Laws and Regulations of the Priesthood of Buddha, in China* [1831]）的扉頁，以崇仰斯當東的態度，把作品敬呈給他。瑙曼在法國跟從全國首任漢學教授雷慕沙（Jean-Pierre Abel-Rémusat）學習漢語，其後於1829年手持雷慕沙的介紹信來倫敦拜會斯當東。[52]瑙曼這次倫敦之行的目的，除了是跟斯當東討論自己的譯作及漢學志向外，也有關我們在下文會談到的，歐洲學界對馬禮遜圖書的關心及興趣。瑙曼此行，斯當東亦促成他獲得英國皇家亞洲學會管理下的東方翻譯基金（Oriental Translation Fund）贊助，[53]原因是斯當東當時身任副主席並管理此基金。《中國叢報》早已留意這現象，並於1833年就指斯當東在贊助（patron）學界出版方面，當仁不讓，他歷年來堅韌承擔這責任。[54]事實上，十九世紀雖是一個出版蓬勃的年代，然而在一個出版費用不菲，社會階級觀念甚重的時代，要獲得推薦出版亦

50　Rev. Charles Gutzlaff, *The Life of Taou-Kwang, Late Emperor of China* (London: Smith, Elder and Co., 65, Cornhill, 1852).

51　Karl Friedrich Neumann (Charles Fried Neumann), *The Catechism of the Shamans; or The Laws and Regulations of the Priesthood of Buddha, in China* (London: Murray, Printed for the Oriental Translation Fund, 1831).

52　Ingrid Rückert, "Die seltensten und kostbarsten Werke chinesischer Literatur: Karl Friedrich Neumann als Begründer der chinesischen Büchersammlung an der Bayerischen Staats bibliothek," *Saeculum* 60 (2010), pp. 115–142.

53　Hartmut Walravens, *Karl Friedrich Neumann (1793–1870) und Karl Friedrich August Gützlaff (1803–1851). Zwei deutsche Chinakundige im 19. Jahrhundert* (Rarrassewitz Verlag · Wies baden, 2001), pp. 15, 16.

54　Anonymous, "*Literary Notices,*" *Chinese Repository* 1, no. 7 (November 1832), p. 285.

不輕易。學者Terry Nichols Clark在《預言者與贊助人：法國大學及社會學發展》（*Prophets and Patrons: The French University and the Emergence of the Social Sciences*）一書中指，贊助人對創建學科上的貢獻，不可忽視，他們可能是學府或該學科內的碩學鴻儒（他舉的例子是法國社會學的涂爾幹[Émile Durkheim]），也可能是置身於學府外，卻是學問淵博之人，並在社會上甚有名望的人物。這些學科贊助人對該學科滿懷熱誠，看到社會長期發展該學科的益處及需要，在社會還沒有形成該學科研究風氣的時候，先知先覺地在社會上大張旗鼓，呼籲成為學科的必要。他們的貢獻，可以見諸實質有形的項目，如行政策劃及管理上，即是積極參與各項行政事務，或者以豐厚的財力去推動該學科的發展。但更多的貢獻，可能在於看不到的推動上，譬如在於知識傳播及任用賢才方面，這是因為贊助人具備該學科豐富知識及社會地位，身邊累積了不少該門學問的專家，或是年輕一輩的才俊後學。而他亦可以通過形形色色的管道及活動，推薦這些專家到各學府，讓科學發展在相對穩健的情形下發展。[55]我們在下文會看到，斯當東對於英國漢學的貢獻，絕對能與涂爾幹看齊；而且甚至可以說，如果沒有斯當東不畏艱難，開風氣之先，可以斷言，漢學在英國絕對不可以在十九世紀初中葉成立。贊助人的概念，經常被應用在藝術史、出版史及翻譯史研究上。翻譯研究理論中討論權力贊助人的濫觴，是來自勒菲維爾（André Lefevere, 1945–1996）的兩本著作《翻譯、改寫及文學聲譽的操縱》（*Translation, Rewriting, and the Manipulation of Literary Fame*）及《翻譯、歷史及文化》（*Translation, History, Culture*）。勒菲維爾指出翻譯團體、譯員或譯作背後，往往有強大的權力在支配整個翻譯及譯作生產活動，研究者看到譯作風行，又或譯者重要角色，不一定是自身的條件或

---

55 Terry Nichols Clark, Prophets and Patrons: *The French University and the Emergence of the Social Sciences*(Cambridge, MA: Harvard University Press, 1973).

譯作的優劣造成，而是背後有贊助人因素摻雜其中。這些權力贊助人力量之大，可以促成或窒礙譯作的閱讀、書寫或改寫的力量。[56]

從上文可見，斯當東既活躍於政界及中英外交，更是文化界的翹楚。不過，其實他的一個更重要的身份，就是作為英國大學學府內中文課程的創辦人。長期以來，學界討論斯當東開辦倫敦大學中文科的貢獻，只囿限於他自己的回憶錄暨自傳《公共生涯重要事項回憶》（下稱《回憶錄》）(*Memoirs of the Chief Incidents of the Public Life of Sir George Thomas Staunton*)中蜻蜓點水式的陳述。在下面我們會看到，斯當東成立英國漢學的真正原委，涉及國家政治層面及外交機密，以及英國在華事務的野心及部署，因此《回憶錄》內對外揭露的部分，對於整個歷史事實來說，只屬皮毛而已。可以想像，國家機密，又如何會在一般著作中公開流傳？要整理出英國漢學發展的底蘊，便要利用大英帝國外交部及殖民地部的資料，再結合兩所倫敦大學學院的大學校史檔案，與關涉人物的私人信函，互相引證，才可以組合一宏觀的歷史圖像出來，並瞭解英國漢學發展的真正軌跡。串起各種十九世紀漢學發展因素後，我們就會知悉，斯當東的遠見及參與，對英國漢學的誕生有一錘定音之效。

不過，斯當東並不是一開始就立志要成為漢學創辦人，更不要說後來他利用倫敦大學的漢學課程承辦外交部翻譯培訓工作，這事實上是要集合天時地利人和的因素。剛開始的時候，斯當東的動機本來是非常簡單的，他是本著朋友的道義，為了完成故友馬禮遜的心願，將近萬冊珍貴圖書尋找容身之所而已。[57]為了善用馬禮遜的圖書，最好的方法，便是積極發展相關課程，以藉着學府建制化的

---

56 André Lefevere, *Translation, Rewriting, and the Manipulation of Literary Fame*(London: Routledge, 1992), pp. 11–25; André Lefevere, *Translation, History, Culture*(London: Routledge, 1992), pp. 19–24.

57 蘇精：《中國，開門！馬禮遜及相關人物研究》（香港：基督教中國宗教文化研究社，2005），第5章〈馬禮遜與斯當東的情誼〉。

譯者與學者：香港與大英帝國中文知識建構

力量，長遠及廣泛累積馬禮遜圖書的影響力。[58]其實，單是為了完成故友遺願，斯當東在公務繁忙之際，即使為設立漢學教席四出奔走，亦在所不辭。這個簡單的私人理由，隨着中英外交關係破裂，而漸漸變成一個宏大願景。回顧數十年的中英外交經驗及中英兩國交往的軌跡，他看到英國在遠東貿易額漸大，要保護英商在中國貿易的利益，首先就必須瞭解中國的語言及文化。

2.2　英法漢學之爭：馬禮遜圖書與倫敦大學學院

　　説到英國的漢學發展，歷史大多知道第一位新教來華傳教士馬禮遜的貢獻。事實上，沒有領軍式的人物斯當東，英國是不會出現漢學的。馬禮遜與斯當東兩人對英國漢學的貢獻，無分軒輊。[59]只是歷史過去並不知道斯當東如何在背後推動而不叨光，而在更詳細述及他的貢獻之前，會先介紹他的摯友馬禮遜及其圖書的來源。

　　我們都知道，馬禮遜是新教在華傳播的奠基人，也是十九世紀上半葉中西文化交流的開拓者。為了在華傳教，他克服重重困難，在中國禁教的壓力、東印度公司怯懼於傳教士影響在華貿易，以及聚居澳門的天主教對新教傳教士的打壓下，馬禮遜繞過半個地球，隻身漂洋過海，先於1807年到達澳門，再輾轉到廣州商館，以堅強的毅力及無比的意志學習中文，在極嚴苛的條件下，熟讀中國儒家典籍，希望能夠把基督教福音，傳到佔

58　Andrew C. West, *Catalogue of the Morrison Collection of Chinese Books* [馬禮遜藏書書目](London: University of London School of Oriental and African Studies, 1998).

59　J. L. Cranmer-Byng, "The First British Sinologists: Sir George Staunton and the Reverend Robert Morrison," in *Symposium on Historical, Archaeological and Linguistic Studies on Southern China, South-East Asia and the Hong Kong Region*, ed. F. S. Drake and Wolfran Eberhard (Hong Kong: Hong Kong University Press, 1967), pp. 247–260.

世界人口之最的華人世界。為了來華傳教，馬禮遜不怕勞苦，先後轉折經過多個地方，沿途要求中國人教導中文，最後才寄寓在廣州及澳門東印度公司下，獲得穩定的條件，一方面為傳教事業作準備，另一方面，處理東印度公司商貿上的翻譯，而每當英國有什麼外交需要（譬如第二次阿美士德爵士訪華），他都會隨時被抽調作使團翻譯，擔當外交翻譯工作。固然，為了向中國人傳教，馬禮遜不單翻譯聖經及宗教小冊子，還同時編製幫助外國人學習中文的工具，編寫A Dictionary of the Chinese Language《英華字典》及其他的學習中文材料，如A Grammar of Chinese Language及China, A Dialogue for the Use of Schools: Being Ten Conversations, Between a Father and His Two Children, Concerning History and Present State of That Country(1824)等書。馬禮遜的事跡近年在宗教及歷史方面已獲甚多的關注，[60]他於1807年到達澳門起，開始了他長達近三十寒暑在華的傳教生涯，這裏只簡單點出他作為英國漢學創立者的貢獻。

他以一己之力，在海內外嘗試成立不同單位的中文學習機構，如1810年起在東印度公司開班授課，[61]希望培訓東印度公司來華營商大班的中文能力，又於1818年在麻六甲成立英華書院（Anglo-Chinese College），[62]1824年回英休養，並把在中國收集的

---

60 Ride Lindsay, *Robert Morrison: The Scholar and the Man*(Hong Kong: Hong Kong University Press, 1957); Ernest H. Hayes, *Robert Morrison: China's Pioneer*(Wallington: Religious Education Press, 1948)；李靈、尤西林、謝文郁(主編)：《中西文化交流：回顧與展望——紀念馬禮遜來華兩百周年國際學術研討會論文集》(上海：上海人民出版社，2009)；李金強、吳梓明、邢福增(主編)：《自西徂東：基督教來華二百年論集》(香港：基督教文藝出版社，2009)。

61 Susan Reed Stifler, "The Language Students of the East India Company's Canton Factory," *Journal of the North China Branch of the Royal Asiatic Society for the Year 1939*, 69(1939), pp. 46–82.

62 Brian Harrison, *Waiting for China: The Anglo-Chinese College at Malacca, 1818–1843, and Early Nineteenth-Century Missions*(Hong Kong: Hong Kong University Press, 1979).

　　　　　　　　　譯者與學者：香港與大英帝國中文知識建構

近萬冊圖書，帶回英國本土。[63]這些典籍價值珍貴，經史子集，樣樣俱全。[64]除了很多在購買時定價高昂外，更重要的是要在當時中國「禁教」「防夷」的情形下購得。[65]清乾隆以降，不單嚴禁中國人教導外國人中文，更嚴禁把書籍賣給外國人，如有違禁，將被視作通敵賣國漢奸處決。可以説，在這購書過程裏，馬禮遜與賣書人都是冒着一定的性命之虞去做的。馬禮遜回英休假兩年間，積極籌辦民間中文課程，並在摯友斯當東及眾多皇家亞洲學會成員的贊助下，在倫敦市中心Holborn區成立了東方語言傳習所，並於1825年教授了全英第一屆民辦中文課程。[66]就在休假結束回中國之前，馬禮遜把他珍藏的典籍，一應置於語言傳習所教學樓巴雷（Bartlett's Building）內。[67]後來由於經費不足，語言傳習所結束後，他的藏書一度寄存於東倫敦Austin Friars區內的倫敦傳道會（London Missionary Society），沒人問津。[68]即將離開英國回到中國繼續傳教工作的馬禮遜，便於1825年親筆致函倫敦傳道會，交代近萬冊圖書的分類及存目方法，並講解自己是依據中國傳統典籍四部分類目錄學方法，分門別類，希望傳道會能覓得

63　蘇精詳細討論到斯當東如何協助馬禮遜把圖書帶回英國，以及當中的困難，見蘇精：《中國，開門！》，頁123。

64　West, *Catalogue of the Morrison Collection of Chinese Books*；另見，SOAS檔案室另藏馬禮遜編纂的原目錄。

65　Eliza A. Morrison, *Memoirs of the Life and Labours of Robert Morrison*, vol. 2, p. 253.

66　Language Institution, *The First Report of the Language Institution, in Aid of the Propagation of Christianity*（London: J. S. Hughes, 1826）.

67　T. F.(Full Name Unknown), "Memoir of the Rev. Dr. Robert Morrison"; Anonymous, "Dr. Morrison's Chinese Library," *The Asiatic Journal and Monthly Register for British and Foreign India, China, and Australasia, vol. XVI, January to April*（London: Parbury Allen, and Co., 1835）, pp. 198–210, 270–212.

68　Anonymous, "Relations of England towards China; Her Consequent Duty to Extend a Knowledge of China Has Been Neglected; Dr. Morrison's Chinese Library; the Anglo-Chinese College; What Remains to Be Done," *Chinese Repository* 6, no. 5（September 1837）, pp. 244–248.

有能之士，好好保存及整理；他更希望傳道會能開放圖書館予公眾每週一次數小時，並於存放圖書的圖書室門楣上，寫上馬禮遜中文圖書館(Morrison's Chinese Library)的牌匾，讓學界及公眾閱讀圖書的同時，明白書籍的來源。[69]馬禮遜以傳教士、漢學家及外交譯者的姿態，在中英外交及海內外推動中文學習上作出了巨大的貢獻。而由於他一人擔當多項沉重的工作(特別是翻譯的工作)，勞心勞力，鞠躬盡瘁，拼命地工作，終於在1834年客死異鄉。[70]中英關係在1839至1842年漸趨緊張白熱化的時候，他已離開了這個世界。對西人而言，當時到中國這個「尚未開放」的地方傳教，是眾多不同教會教派的鴻圖宏願。在馬禮遜蓽路藍縷的開創下，其他教會的傳教士，亦紛紛到中國來。這些後來者學習中文的管道，都與馬禮遜有千絲萬縷的關係，因而可以把他們歸為另一類的漢學家。

這些漢學家當中，有些是馬禮遜提攜出來的傳教士，[71]他們在麻六甲英華書院邊學習中文，邊翻譯聖經及教義，作各方面的傳道工作，而後來利用在書院累積而來的經驗，自身成為英華書院校長，如米憐；或是成為英國本土漢學開創人，如修德。另一批的傳教士，有的從歐洲來，有的從美國來，他們來華之前都受到馬禮遜事跡的啟發，紛紛來華，並要跟他學習漢語，又或者在出發前已在讀他編寫的教材。他們到達後也需要依附在私人營商機構如東印度公司、荷屬印度公司，甚至一些販賣鴉片的大公司如渣甸(怡和)公司(Jardine & Matheson Co.)等擔任翻譯，產生

69 Rev. Dr. Morrison to London Missionary Society, 8 January 1825, in Christian World Mission, China, Personal, Box 3c, Robert Morrison Papers.

70 王宏志：〈「我會穿上綴有英國皇家領扣的副領事服」：馬禮遜的政治翻譯活動〉，《編譯論叢》第3卷第1期(2010年3月)，頁1–40。

71 Alexander Wylie, *Memorials of Protestant Missionaries to the Chinese: Giving a List of Their Publications, and Obituary Notices of the Deceased*(Shanghae: American Presbyterian Mission Press, 1867), p. 47.

種種世俗瓜葛。最著名的例子,如本屬荷蘭傳道會的郭實獵、[72]
美籍傳教士先驅及《中國叢報》編輯裨治文(Rev. Elijah Coleman
Bridgman, 1801–1861)。郭實獵及裨治文都受到馬禮遜很多的恩
惠,特別是在認識中國及瞭解中國語言文化方面。而後來的傳
教士,包括英籍的麥都思(Walter Henry Medhurst, 1796–1857)、美
國的衛三畏(Samuel Wells Williams, 1812–1884),他們來華傳教、
學習中文的故事,大略相同,只是路途未必完全一樣,有的先到
廣州然後回到麻六甲,有的相反,先到麻六甲再到暹邏、巴達維
亞、廣州、澳門及中國沿海等地,以俟中國開放,再從這些地方
到人口更廣大的中國傳教。這些傳教士學習中文及推動中文學習
的工作,與前人相同,一方面協助外商擔任翻譯,另一方面翻譯
聖經及繼承傳教工作,且更著書立說,撰寫有關中國文化、語
言、習俗等的教材及研究材料,目的是要讓將來到華傳教的後
人得以有本可依,減少語言障礙。這些傳教士日間處理世俗的事
務,晚間又夜以繼日,回到神聖的工作,利用卓越的漢語知識,
翻譯聖經及其他協助傳教的材料。

　　至於第三批懂中文的外國人,他們並不是教會出身,因而
學習中文的推動力及機遇,與前兩批所得到的資源及管道很不
同。他們當中又可以分為兩類:第一類是在機緣巧合的情形下學
習中文的人,由於他們學得一口流利中文,加上書面翻譯造詣不
凡,後來在中英外交矛盾及戰爭中,成為重要譯者,亦在一定程
度上為英國本土學習中文上作過非凡貢獻。我們可以舉三個例子
說明這一類譯者:馬禮遜的兒子馬儒翰、羅伯聃、及公司大班飛
爾安(Christopher Augustus Fearon, 1788–1866)的兒子飛即。

　　馬儒翰是馬禮遜的第三個孩子,他在澳門出生。馬禮遜

72　Jessie Gregory Lutz, *Opening China: Karl F. A. Gützlaff and Sino-Western
　　Relations*, 1827–1852(Grand Rapids, MI: William B. Eerdmans Pub. Co.,
　　2008);蘇精:〈郭實獵和其他傳教士的緊張關係〉,頁33–71。

很早就定下了計劃把衣缽傳給兒子，要馬儒翰成為一名漢語專家，[73]因此，從十一歲左右開始，馬儒翰便學習中文，甚至曾在麻六甲的英華書院讀書，取得很好的成績。1830年10月，他開始受聘於廣州的英商，擔任翻譯。在馬禮遜1834年去世後，中英關係矛盾加劇，馬儒翰接任為英國對華商務總監的翻譯官，從1835至1841年間一直擔任這個職位，直到鴉片戰爭爆發。他從翻譯《南京條約》開始，鞠躬盡瘁，為大英帝國謀取最佳的戰爭利益，到1843年8月急病死去。他當時是香港這個殖民地極重要的輔政大臣，港督璞鼎查爵士（Sir Henry Pottinger, 1789–1856；第一任香港總督，任期為1843–1844年；香港譯作砵甸乍）對於他的猝死不單表示極度悲痛，更指這是國家不能彌補的國殤（irreparable national calamity）。[74]馬儒翰對英國及香港的貢獻，一切源自他的中文知識及漢語水平，這不能不說是有賴馬禮遜的遠見。第二位羅伯聃，迄今學界對他的研究還不算很多，不過，他在鴉片戰爭及早期中英外交上擔當了極重要的角色。他早年隨渣甸洋行顧主威廉・渣甸（William Jardine, 1784–1843）於廣東經營貿易，自學漢語，並擔當貿易翻譯，後來亦被捲入外交及戰爭翻譯當中。[75]第三位飛即，飛即的事跡，過去頗受到歷史學家的忽視，他是這群譯者中年紀最幼，加入廣州總商館（General Chamber of Commerce at Canton）時才只有十八歲，因而他的譯者角色較不受重視。飛即在英國出生，大概自六歲起就隨父親到澳門生活，因而學得一口

73　Eliza A. Morrison, *Memoirs of the Life and Labours of Robert Morrison, D.D.*（London: Longman, Orme, Brown, Green and Longmans, 1839）, vol. 2, p. 103.

74　"Official Notice by Sir Henry Pottinger," Macao, 29 August 1843.

75　有關羅伯聃的生平及譯作，請參考內田慶市：《近代における東西言語文化接觸の研究》（吹田市：關西大學出版部，2001），頁24–100。亦可以參考 Alain Le Pichon, ed., *China Trade and Empire: Jardine, Matheson & Co. and the Origins of British Rule in Hong Kong, 1827–1843*（Oxford and New York: Published for the British Academy by Oxford University Press, 2006）, p. 184, n 41.

流利中文及葡語，自1839年以來，一直參與在鴉片戰爭中，直到香港政府成立。這些譯者在戰爭前的商貿翻譯譯文，大多在《中國叢報》及《廣州紀錄報》(*Canton Register*)找到。我們會在第三章內詳細説明他的生平，原因是他是英國漢學重鎮國王學院首任中文教授，而國王學院在培訓大英帝國譯員上有重要的貢獻。

　　第二類則是稍稍懂得一點中文的人，他們是在廣州商館中跟隨馬禮遜學習中文的外商或英軍隨行人員，包括亨特(William C. Hunter, 1812–1891)、《廣州紀錄報》編輯斯萊德(John Slade)、美國傳教士及醫生伯駕(Peter Parker, 1804–1888)，[76]林賽(Hugh Hamilton Lindsay, 1802–1881)等人。他們到了廣州及澳門後才開始學習中文。表面看來，能説中文的外國人陣容好像很鼎盛，但是無論從數量和質量方面看，要解決中英兩國的翻譯問題，尤其是在外交翻譯上，他們是遠遠不足的。

　　學習中文最理想的模式，固然在本國學得基本的語言知識，再到中國實習及實踐。身處在中國的語言環境，靠近華人聚居之地，這樣便可以盡得語言環境的優勢，方便學習、練習及交流。但是，這在十九世紀初的中國，恐怕並不容易。清廷長期在天朝大國主導的蠻夷思想下，禁止中國人公開接觸外人，這造成外國人長期不得在中國境內學習中文的首要障礙。再加上清廷從乾隆二十二年(1757年)起，限定外商於廣州一口通商，方便徵税與監督。為防止外商(時稱夷商)與本地人接觸而引發糾紛，清廷設立公行的間接貿易制度。所有洋商的貿易及管理工作，交由「十三行」代辦管理，外商不得與官府直接溝通，需由行商、買辦、通事等多種中間人來輾轉傳達。此外，當時很流行的一個説法是清廷嚴禁國人學習外語，並禁止中國人教導外國人中文的規

76　Edward V. Gulick, *Peter Parker and the Opening of China*(Cambridge, MA: Harvard University Press, 1973).

定，甚至嚴禁販賣書籍，兩者如有違禁，一律處死。[77]因此，當中國還未正式開門前，西方不少的先驅，雖然在異常困難的歷史條件下，仍然熱中於此。他們通過自己家學的淵源、或歐洲大陸成熟的中文學習環境（如法蘭西學院課程及法國國家圖書館的中文資源），甚至是通過教會跨國宗教組織的支援，個別零星地自學中文。十九世紀中英交往期間，這些少數懂中文的人，在開拓英國中文教學及中英外交上有非凡的貢獻。十九世紀初，他們自學中文時遇到種種巨大的困難，但在學成後都能夠承先啟後，以自己的知識及力量，在海內外廣泛推動中文學習，並以不同方式建立學習中文的平台，包括編纂字典、出版教科書，甚或成為中文老師及教授。[78]

在十九世紀前半葉，到底有多少名優秀的譯者，能夠應付中英外交上那些既屬商貿又多少涉及中英兩國外交往還的公文？其實，除了後來被徵召成為對華商貿總監處內的幾位譯者，先後包括馬禮遜、馬儒翰、郭實獵、麥都思、飛即、羅伯聃等人，有較高的中文水準外，其餘的人的語文水準，極其量只足以應付日常生活及簡單應對。譬如林賽，他曾是東印度公司主席，跟隨馬禮遜在商館內學習中文。然而，他的中文程度實在不高。1832年，他化名為胡夏米，與傳教士郭實獵[化名甲利]，乘坐阿美士德號，於2月26日由澳門出發北往，途經廈門、福州、寧波、上海、威海衛，以及朝鮮、琉球等地，經歷半年，於9月4日返回澳門。他沿途收集各地港灣情報，及政治、經濟和軍事資訊，把所見所聞記錄在報告內；還有他遇上不同中國人的經歷，其中他說

---

77 中國人不能教導西人中文的說法，或者中國人不能跟西人有任何接觸的說法，在西人的傳記中多有所聞，見Frederick Wells Williams, *The Life and Letters of Samuel Wells Williams, LL.D., Missionary, Diplomatist, Sinologue*(New York and London: G.P. Putnam's Sons, 1888), pp. 58–59.

78 蘇精：〈馬禮遜的中文教學——英國第一位中文教師〉，載蘇精：《中國，開門！》，頁43–65。

到中國人方言很多，有一些方言，他根本無法聽懂，但更多情形是別人無法聽懂他的中文，有時候遇到一些領悟力很高的平民，往往會反過來矯正他詞不達意的地方及錯誤用詞的情形。[79]有意思的是，我們都知道，在中國的論述內，林賽是西方派來中國擔當間諜，專門收集情報給英國外交大臣巴麥尊勳爵（Lord Palmerston; 3rd Viscount Palmerston; Henry John Temple, 1784–1865）的。可想而之，林賽在英商及東印度公司的各人中，中文程度一定是已經不錯，否則，東印度公司並不會如此安心，讓他擔任情報收集的工作。另一個例子就是上文提到的美國醫生兼傳教士伯駕。林則徐在1839年到了廣州後，曾與伯駕會晤，並要求他介紹翻譯國際法的專員。學者徐中約就對比了伯駕的譯本，認為他的翻譯並不理想，顯然，他的漢語程度並不足以應付翻譯及深入交流。[80]

　　斯當東的輩份及出身實比馬禮遜要高，入華時間更久，社會網絡及人際資源更優渥。因此，他對以上述及各人的中文水平就有更清楚的認識。而他跟馬禮遜的關係，既是過去東印度公司的上司下屬同僚，兩人更是摯友。因而馬禮遜很放心地把自己的遺願交託給他。斯當東也奮力協助執行，並矢志利用馬禮遜捐贈的圖書成立中文教席。

　　斯當東代表「馬禮遜博士中文圖書館信託委員會」（The Trustees of Dr. Morrison's Library，下簡稱馬禮遜信託委員會），於1837年正式向倫敦大學學院提出捐贈圖書暨成立中文教席的方案。1837年4月22日週六倫敦大學學院行政例會（council meeting），正式提出動議，討論斯當東的意向書。斯當東來信

79　Hugh Hamilton Lindsay and Karl Friedrich August Gützlaff, *Report of Proceedings on a Voyage to the Northern Ports of China, in the Ship Lord Amherst*（London: B. Fellowes, 1833）, p. 174.

80　Immanuel C. Y. Hsu, *China's Entrance into the Family of Nations: The Diplomatic Phase, 1858–1880*（Cambridge: Harvard University Press, 1960）, pp. 123–125.

指，馬禮遜信託委員會有意把馬禮遜的圖書捐贈到倫敦大學學院，當中有一附屬條件，就是希望學校能開設中文講席，為期五年，教授年薪60鎊。馬禮遜信託委員會由馬禮遜親身委任，[81]成員除了斯當東，還有倫敦傳道會司庫漢基（W. Alers Hankey）及米爾斯（Samuel Mills），成立的目的就是要完成馬禮遜的遺願，把他生前於1824年帶回英國的一批豐富中文藏書，捐贈給適合的大學機構，成立中文講席。可惜的是，這批圖書到了馬禮遜死後十年，仍然輾轉地堆積在倫敦倉庫。

其實，當時漢學圈子內有不少的熱心之士，深深明白這批圖書價值連城，於是便寫信到同仁雜誌，希望增加輿論壓力，讓當局出手襄助，目的是要令這批圖書有更好的安身之所。其中有位熟悉中國研究行情的讀者，自謙以署名「熱心學習中文學子」，投稿到《皇家亞洲學刊》及通訊，大力鼓吹國家應動用經費，或有能之士向國家籌募經費，收購圖書，把此批圖書置於大英博物館東方藏書閣內，又或與英皇喬治三世豐富的圖書合併，讓圖書得以好好保存，並供學界好好利用。他並指，馬禮遜圖書數量，其實已超過全英國僅存所有中文圖書的總和，當時英國僅有四所藏有中國典籍的機構而已，這些機構及他們所藏數量為：一、大英博物館近600冊的藏書，二、東印度公司圖書館，三、倫敦大學學院（由英國哲學家邊沁[Jeremy Bentham, 1748–1832]及英國數學家Dr. Olinthus Gregory捐出），以及四、皇家亞洲學會所藏的中文圖書，全部由斯當東於1823年為了支持皇家亞洲學會成立而捐出近186種2,610冊的中文圖書。[82]此外，英國在華的影響力與在華的貿易金額，在當時是以倍數計拋離法國。可是，遙望對岸，法國學界雖有雷慕沙等漢學巨擘，但是他們並不像英國的馬禮遜或斯當東等，擁有豐富在華生活經歷及切身體會，對英國人

81　Morrison, *Memoirs of the Life and Labours of Robert Morrison*, p. 452.
82　*Memoirs*, p. 173.

　　　　　　　　譯者與學者：香港與大英帝國中文知識建構

而言，這些根本就是英國漢學界的重要資本。然而法國政府不單全力資助巴黎法蘭西學院設立漢學教席，更提供充裕的經費去購買中國典籍。這名熱心的讀者還憤而指出，當時存於巴黎近四千多冊的圖書，就是在法國國家的豐厚資助下購買回來。[83]我們不知道這名憤懣的匿名投書人的真正身份，他會否是斯當東，又或是斯當東的舊部，或上述各類型的漢學家，又或者是馬禮遜的學生？這名匿名讀者，既能娓娓道出整個英國漢學圖書館的館藏情形，本身又對推動漢學有十足的熱忱，一定是漢學圈子內的資深人士。對於英國漢學界而言，法國對漢籍的重視及推動漢學的不遺餘力，令他們深感汗顏；而自己的政府視若無睹、置若罔聞的態度，更有點深深不忿。可惜的是，在鴉片戰爭之前，英國政府對興辦漢學並不熱衷。

除了政府表現冷漠，英國大學機構亦如是。倫敦大學學院最後雖然同意馬禮遜信託委員會的建議，然而過程卻是驚險萬分，差點被否決。1837年4月22日週六的行政例會公佈了馬禮遜信託委員會的動議後，會上其中一名本身是國會議員的成員羅姆尼爵士（Sir John Romilly, 1802–1874），立即阻止討論。他要求延期討論動議，會議沒有記下他的理據，但從他後來投反對票，希望大學不要接納圖書暨成立中文教席的結果可以得知，他要求延期討論，其實並不是希望要求獲取更多資訊，而是希望行政例會成員在投票前作拉票活動，否決動議。可幸的是，羅姆尼的動議最後被否決，行政例會當日必須如期投票是否在倫敦大學成立中文教席。投票結果是八票贊成五票反對。這十三票中，雖然得到倫敦大學學院創辦人之一的大學校長（president）布魯錦勳爵（Lord Henry Brougham, 1778–1868）的支持，然而行政例會司庫，本身既是國會議員亦是倫敦大學學院創辦人的圖克（William Tooke, 1777–

83　T. F., "Memoir of the Rev. Dr. Robert Morrison"; Anonymous, "Dr. Morrison's Chinese Library," pp. 198–210, 270–212.

1863）卻投了反對票，[84]議案在沒有大比數贊成的基礎下通過。在這麼薄弱的支持下，以後真正開展籌備中文教席的過程，就更舉步維艱。

在倫敦大學學院內部行政會議表決後一個月，議案提交到大學最高層的大學評議會（senate）作最後審議。5月22日倫敦其中一份最重要的報紙《倫敦早報》（*Morning Chronicle*）內，詳細刊登了倫敦大學學院另一層的反對聲音，[85]全面披露校內外反對成立中文教席的原因。[86]

當天代表校方出席評議會的成員有十九人，除了倫敦大學學院行政會成員大學校長及司庫外，其他成員都是大學成立時校憲指定的成員。報導指，司庫圖克代表行政會公佈，行政會同意把馬禮遜在華收集了二十七年，市值大概二千多英鎊的圖書，捐贈到大學內，並同時成立中文教席，善用藏書，推動中文學習的學術風氣。與會者立即問到，捐贈的條款，是否完全免費送贈予大學，而不向學校索取一分一毫？圖克指，這本來就是馬禮遜信託委員會的本意。但為了鼓勵學習中文（encourage the study of the Chinese），信託委員會的唯一要求，就是在倫敦大學學院內成立中文教席，首屆任期為五年，而教席卻由學校撥出資源，例行發放薪酬。反對者立即理直氣壯地質詢大學，到底是否有必要開辦中文課程，他們擔心，根據大學現行釐定的薪酬方案，一位教授的薪水至少為200英鎊，如果由大學支付一些社會根本並不需要的課程，這等於浪費學校資源及公帑。而過去的確有不少這樣的例子，招人話柄，如政治經濟（political economy）一科的情形就如是。學科開設以來，收生嚴重不足，令學校不能達到收支平

84　University College London, University Archive, Council Minutes, 22 April 1837.

85　Anonymous, "University College London," *The Morning Chronicle*（London, England）, no. 21069（May 1837）.

86　後來Chinese Repository亦有從此簡單截錄轉載，見Anonymous, "Library of the Late Dr. Morrison," *Chinese Repository* 6, no. 5（September 1837）, p. 247。

衡。亦即是說，社會根本沒有成立這些學科的需要，該學問根本對國人無用。他們預視，中文科在短期內是不會有望能招收大量的學生，倫敦大學學院憑什麼理據，再開辦一些更冷僻的學科？固然，若我們從日後倫敦大學學院的收生情形來看，這是不正確的，修讀中文的學生人數不少，從學生註冊名錄來看，學院的中文課程最大的生員，都是來自宗教團體及東印度公司。當時的學生，至少包括後來成為牛津大學首任中文教授理雅各、牧師米憐之子（William Charles Milne, 1815–1863）、對中國醫學現代化甚有建樹的合信（Benjamin Hobson, 1816–1873）醫生，以及馬禮遜的幼子馬丁馬禮遜（Martin Crofton Morrison）等。[87]無論社會人士持什麼原因反對，當日的強悍反對立場，實在令成立中文課程這件學術意義深遠的事情蒙上污點。

之前在校內行政會內投反對票的代表，為了維護大學行政立場，竭力解釋地指，中文教授的薪水將會低於一般教授限定的薪水，按當時的規定，大學教授應有每年200英鎊的年薪，中文教授只有年薪60英鎊。固然，代表說出中文教授年薪低於其他學科的教授，是為了轉移視線，希望能盡快平息會內反對者的聲音。然而，代表這樣說，恐怕令處於極邊緣位置的中文學科更遭人白眼，這分化了大學內各學科的地位及學術價值，更把大學不熱衷建立中文教學背後那種非常功利的思想，以及英國漠視中國研究的心態完全展現。可以說，這根本與馬禮遜信託委員會最初要在英國大學學府內推動中國研究的願望背道而馳。若此基調一定下來，中文科的地位將永遠不能與其他學科享有同等地位，中文教授永遠被視為二流學者。因此，馬禮遜信託委員會代表漢基立即抗議，希望藉此機會向大學高層詳細說明基金的意願及立場。

馬禮遜信託委員會代表從馬禮遜的生平入手，娓娓道出馬禮遜作為倫敦會傳教士，為了對華人傳教，如何歷盡艱難取道美

87　CA/University College London/Register/STU 8–10.

國輾轉到中國。旅程之艱辛，不足為外人道。漢基指馬禮遜的成就，一般人知其一不知其二，他固然是新教第一位來華傳教士，為了傳教，憑着無比的勇氣及富於承擔的精神，肩負了翻譯聖經的浩大工程。這在宗教文化及文學意義上，貢獻非凡。但他的成就卻不限於此，在翻譯聖經後所顯示出來的學養，其實只是一面；他獲頒授博士銜成為學界巨擘，乃由於他另一項令人景仰的學術工作，就是編匯惠澤後人至深的漢學瑰寶《英華字典》。這是一種堅苦卓絕的學術工作，而那數千冊載籍浩瀚的中國典籍，就是在編集及翻譯過程中累積知識的工具。漢基並指，馬禮遜並不是象牙塔內的學者，他更協助大英外交使團擔任翻譯，其中見證中英交往的艱難——律勞卑勳爵(Lord Napier; William John Napier, 1786–1834)來華跟中國官員磋商不果，被迫折返澳門。馬禮遜本來是以國家外交部翻譯官員身份陪同，然而自己亦突然染急病猝死他鄉，與律勞卑爵士同年猝逝，一先一後，最終馬禮遜長葬澳門。

漢基指，馬禮遜回英休養的1824至1826年，就已經萌生捐贈自己藏書的想法，當時法國學界風聞消息，立即向他探問願意出售藏書的價格。在本國屢遭冷待下，馬禮遜一度興起了售賣圖書給法國的念頭，於是他把1824年開始着手編纂的目錄寄到法國。法蘭西學院中文教授儒蓮(Stanislas Julien, 1797–1873)不單視之為瑰寶，更立即聯絡到巴黎皇家圖書館(Royal Library of Paris)出資，表示能立即購入圖書。[88]儒蓮的名字對中國學界來說絕對不會陌生，斯當東、馬禮遜及理雅各跟他都有一面之緣；另外，因太平天國而流亡到香港並匯通中西傳統的中國文人王韜，也曾於1870年在法國親自拜訪過儒蓮，[89]後來並寫了一封〈與法國儒蓮

---

88 Anonymous, "The Late Rev. Dr. Morrison's Chinese Library," printed unpublished pamphlet, in SOAS Library, Christian World Mission, China, Personal, Box 3c, Robert Morrison Papers.

89 關詩珮：〈王韜建構的形象工程？法國漢學家Stanislas Julien (1797–1873) 的

學士〉的信函（收於《弢園尺牘》卷七），及一篇悼念儒蓮的傳記〈法國儒蓮傳〉（收於《弢園文錄外編》卷十一）。[90]

馬禮遜雖然與法國學界關係友好，且亦衷心感激海峽對岸學人的學術眼光及誠意，然而馬禮遜最後卻婉拒了儒蓮的好意。原因是，他希望這批書籍能夠留在英國，好好栽培英國國民為國家服務。漢基更補充指，馬禮遜構思捐贈圖書的初衷，就植下為英國培養中文專家的心願，可以説，成立中文教席其實是本意，並不是附帶條件。漢基更透露，馬禮遜死後遺下五名年幼子女，無所依靠，馬禮遜信託委員會需要通過公共募捐才覓得支持馬禮遜遺族的方法，因為委員會認為，奉獻馬禮遜畢生收藏給予國家，是出於馬禮遜為國家作育英才的高尚愛國情操。漢基的説明簡潔有力，而且很能感動愛國人士，他們本來並不認識這批圖書的價值，及不會特別關注區區一個傳教士在華傳教的工作，然而由於法國多次表示興趣購入圖書，價值得以立即彰顯出來；而馬禮遜的愛國情操，亦充分反映在他不願為金錢而放棄更高尚的愛國之情。結果，在漢基説出了成立基金的原委及目標後，大學評議會再作一次表決，這次表決的成績比之前出現了極大的反差，只有兩票反對，[91]於是，全英國首名中文教席得以成立。招聘工作在各種學術委員會章程成立後，便正式開始。

2.3　斯當東的推薦：英國首個中文教席成立及首任中文教授修德

在馬禮遜圖書捐贈細節暨成立中文教席的決議落實後，學院立即進行招聘工作。1837年8月5日行政會指在整個招聘過程中，學院收到兩份正式的申請，其中一位申請人名為赫特曼

漢語名稱及中國形象〉《漢風》，2016年第1輯，頁62–74。

90　汪北平、劉林（整理）：《弢園文錄外編》（北京：中華書局，1959），頁337。

91　Anonymous, "University College London."

（William Huttman，有關赫特曼的背景，詳論見下章3.4），另一位名為修德。[92]我們在下兩節，一方面介紹兩位申請人的學術背景，另一方面探討教席成立過程中斯當東的位置，因為這有助揭示斯當東為什麼在十年後，需要在倫敦大學另一所學院成立中文教席，並可據此比較他為兩所學院籌辦中文課程時，為何投入不同程度的心力，以及其背後的原因。

修德是推動英國漢學建制化的關鍵人物。他身為第一位來華新教傳教士馬禮遜的入室弟子、麻六甲英華書院校長及全英首任中文教授，在近現代史、宗教史、漢學史上均有着諸種開創意義。這裏先簡介修德的生平，然後再討論他對英國漢學的奠基意義。同為傳教士出身的偉烈亞力於1867年撰述的《在華新教傳教士紀念錄》所存的條目，是學界現存有關修德的生平簡述中較權威的。[93]另外，同樣身為倫敦大學漢學教授的道格拉斯為《牛津國家人物傳記辭典》（*Oxford National Dictionary Biography*）所撰的條目，亦甚具參考價值；他對修德的傳記資料作了不少的補充。[94]這兩條條目雖非鉅細靡遺，但已能讓人對修德有一扼要的認識，不但比網絡上五花八門的臆測之談可靠外，還可免卻讀者要從多種教會及東方的雜誌，如《中國叢報》、《教務雜誌》（*Missionary Register*）、《福音雜誌》（*The Evangelical Magazine*）、《紳士雜誌》（*Gentleman Magazine*）中去重組修德本人的生平事跡之苦。然而，兩人所撰的條目，卻未有重視修德自述生平的資料，這部分我們可以從倫敦傳道會的學員考生檔案（Candidate Paper）補充。

修德出身於蘇格蘭，與新教傳教士馬禮遜及米憐一樣，早

92　University College London, University Archive, Council Minutes, 27 May 1837.

93　Wylie, *Memorials of Protestant Missionaries to the Chinese*, p. 48.

94　R. K. Douglas, "Kidd, Samuel (1804 [sic.] –1843)," in Rev. H. C. G. Matthew, *Oxford Dictionary of National Biography* (Oxford University Press, 2004); online edn, October 2009 [accessed 30 September 2011].筆者已去信《牛津國家人物傳記辭典》編輯更改修德出生年的錯誤。

年入讀高思博神道學院(Gosport Theological Academy)，他在譯寫蘇格蘭神學家波士頓(Thomas Boston, 1676–1732)極有影響力的宗教冊子*The Foldfour State*(今有譯為《人性四階段》)而成為漢語版的《人心本惡總論》(以方言譯為*Jin sin pun go tsung lun*; *The Fallen State of Man*, 1828)時，自稱為修德(Sew tih)，意指培養德行者(cultivator of virtue)。從中可知他的漢語名稱應是出於自己的手筆。高思博神道學院創辦人博爾(David Bogue, 1750–1825)着重堅實的神學訓練，學生不單要對基本的拉丁文及希臘文有深厚的認識，更要在學習第三年接受希伯來文的訓練，而且都必須擁有良好語言及翻譯造詣。學院學風純樸，兼且學生人數不多，因此創辦人對他們的能力、潛能及個性都瞭如指掌，主張他們走入人群去傳道，並在以人為本的傳教理念下，鍛鍊出刻苦事工的精神。此外，學院着重培養學生在各項科目(修辭、地理、歷史)上的興趣，課程雖然緊湊，但亦會強調學生必須有配合身心的運動。因此，學生即使每天早晨晚晌，從早上六時到晚上十一時刻苦工作，身體狀態仍然甚佳。[95] 由於傳道創辦人與倫敦傳道會的關係，學生在接受了基本的神學訓練後，大都加入倫敦傳道會總部，並因個人興趣及教會需要而執掌不同的傳教路徑。修德在這樣的氣氛下完成神學訓練，並於1824年4月完婚，及在其教會受按牧師聖職後前往倫敦，接受馬禮遜的漢語訓練。馬禮遜於1807年到華後，通過中國通斯當東的幫忙，一直擔任東印度公司譯員，直到1824年休假回英，他於倫敦成立了有助傳道工作的語言傳道所，其中一個目的就是推廣漢語，讓像他一樣有志到中國傳教的牧師能作更佳的基本準備。修德跟隨馬禮遜的步伐，乘船前往麻六甲英華書院。在航程上，修德自學中國文字和福建廈門方言。到達麻六甲後，旋即參與英華書院的教務及印刷工作。英

95　Noel Gibbard, "David Bogue and the Gosport Academy," *Foundations* 20(1988), pp. 36–41.

華書院有現代中國雜誌搖籃之稱，在修德任內，他督印當時書院校長米憐主編的雜誌*Chinese Monthly Magazine*（《察世俗每月統記傳》，1815年8月5日至1821年12月）、*Indo-Chinese Gleaner*（《印支搜聞》）等。此外，漢學界中一本極重要的早期漢語讀本，於康熙年間由法國耶穌會士馬若瑟（Joseph Henri de Prémare, 1666–1736）神甫用拉丁文寫的《漢語箚記》（*Notitia Linguæ Sinicæ*），都曾由他在1831年於麻六甲書院督印重新出版。[96]修德在繁重的教學、行政、傳道及印刷任務外，亦出版了多種宗教冊子，如《人心本惡總論》、《天下所聞》、《時鐘錶匠言行論》、《論神風感化新心》等，以及宗教單張和刊物，用作對本地華人傳教。他在麻六甲工作的情況，都能在他為教會撰寫的《麻六甲中國傳道工作報告》[97]及英華書院學校報告中找到。[98]在院長高大衛牧師（David Collie, ?–1828）病逝後，修德便於1828年起繼任院長一職。

1832年，修德因健康的緣故，與妻兒返回英國，在艾塞克斯萬寧樹公理堂（Church at Manningtree in Essex）任職。這幾年間，他財政緊絀，生活極度困苦，由於一家九口，家累甚多。馬禮遜1834年病歿於廣州，無論在私人情感上或傳教工作上，都對修德造成極沉重的打擊，當然亦加重了他的工作。修德除了忙於自己的宗教事業外，還在1836年於倫敦出版了《新版中文聖經提語》，[99]當中討論了新教第一本由馬禮遜所譯的中文版新約聖經。另一項更艱難的工作，是協助馬禮遜遺孀伊莉莎（Eliza

---

96　Joseph Henri de Prémare, *Notitia Linguæ Sinicæ*（Malaccæ: cura Academiæ anglo-sinensis, 1831）.

97　Samuel Kidd, *Report of the Chinese Mission at Malacca*（Malacca: Mission Press, 1826）.

98　Anglo-Chinese College, *Report of the Anglo-Chinese College and Chinese Mission at Malacca*（Malacca: Mission Press, 1824, 1827, 1829, 1832）.

99　Samuel Kidd, *Remarks on the Memorial Addressed to the British and Foreign Bible Society on a New Version of the Chinese Scriptures*（London: British and Foreign Bible Society, 1836）.

　　　　　　　譯者與學者：香港與大英帝國中文知識建構

Morrison）整理《馬禮遜回憶錄》，[100] 並於1839年出版。《馬禮遜回憶錄》得以整理完成，修德功勞至鉅。書名雖沒有標示他的功勞或他與伊莉莎的分工細項，但是書內涉及馬禮遜中國研究的部分，都由修德整理。馬禮遜足跡遍及英國、歐洲、麻六甲、廣州、澳門等地，從東印度公司到大英帝國譯員；從編製《英華字典》到翻譯新約《聖經》；從政治、宗教、商業到學術，涉及範圍之多、地域之廣、人脈及資料之浩瀚，背後所涉的工作，都由修德處理。亦即是說，從整理馬禮遜死前已積累的筆記，到馬禮遜死後修德寫信予各界呼籲提供資料，再到整理、詮釋、補遺各章節等，都由修德一手促成。工作之繁重艱難，非讀者能輕易體會；而在整理《馬禮遜回憶錄》的基礎上，修德編成《馬禮遜藏書述評》[101] 及《皇家亞洲學會中國藏書目錄》（*Catalogue of the Chinese Library of the Royal Asiatic Society*），[102]進一步方便學界參考應用。下節我們會看到，修德除了曾親炙馬禮遜外，在漢學研究上亦大量師承馬禮遜的學術理路。亦是這個原因，由他把馬禮遜的遺願發揚光大，自是最理想的人選。

　　修德早在1837年6月7日大學還沒有正式發佈聘人消息前，就已把申請信寄到倫敦大學學院，這可能說明，他是從熟知內情的人那裏知道聘人的消息，亦表示他求職心切。[103] 1837年7月18日，修德再一次把履歷寄到倫敦大學學院，表示自己看到報刊上的廣告後應聘，以示重視。[104]在第一份申請信中，修德已附交上

100 Eliza A. Morrison, *Memoirs of the Life and Labours of Robert Morrison, D.D. Composed by his widow; with critical notices of his Chinese works by Samuel Kidd* (London: Orme, Brown, Green, and Longmans, 1839).

101 Samuel Kidd, "Critical Notices of Dr. Robert Morrison's Literary Labours," in *Morrison, Memoirs of the Life and Labours of Robert Morrison,* pp. ii, 1–87.

102 Samuel Kidd, *Catalogue of the Chinese Library of the Royal Asiatic Society* (London: J. W. Parker, 1838).

103 University College London, Special Collection, Samuel Kidd to C.C.Atkinson, Letter 4164, 7 June 1837; Letter 4072, 7 June 1837.

104 *Ibid.*, Letter 4164, 7 June 1837; Letter 4072, 18 July 1837.

資料齊備的履歷，並簡介自己過去學習中文的經歷。修德首先於1824年在倫敦的語言傳習所內跟隨馬禮遜學習中文三個月，然後於同年年底到馬六甲英華書院繼續學習中文及傳教，後來留校任教並當上中文教授及校長達七年之久。除了學校行政外，並負責特別管治書院內印刷部門。修德並附上英譯中及中譯英的翻譯各一份，以及推薦信和證明文件。兩封推薦信分別為斯當東及倫敦傳道會董事局所寫。[105]

校史檔內並沒有保存斯當東及倫敦傳道會推薦修德的原信，甚至連另一申請人赫特曼的履歷及申請信也沒有。不過，卻保存了斯當東在1837年10月20日寫給倫敦大學學院的一封信，透露了聘人及遴選的情形。斯當東在信內指，自己只會待在倫敦幾天，遺憾地不能撥冗跟學校評議會會面，由於自己事務繁忙，亦不能另外提出一個會面日期，對於遴選招聘過程競爭激烈一事，自己並不知情，但在得悉任何競爭之前，他已向學校表明了他認為修德是有充分才能(fully competent)，並能勝任(qualified)的人。而自己到這一刻，不單沒有半點否認之前在修德推薦信的看法，亦只會重申一次之前的意見而已。斯當東並指，他認為學校要他作正面回覆，比較兩位申請者孰優孰劣，實在微妙複雜(a matter of great delicacy)。現在，他能做的，只是再以書面向大學重申當天的意見。[106]從此可見，由於競爭激烈，學校並不知道如何可以公平評核兩位候選人，因而想到，在英國最有資格評定兩人中文水準及資歷的，就是斯當東，因此要求斯當東與校方會面，希望他提供更多的意見。然而斯當東考慮到自己為修德撰寫推薦信，似乎應該避席再擔任最後審議。學校收到斯當東的信

---

105 *Ibid.*, Letter 4164, 7 June 1837; Letter 4096；以及Language Institution, T*he First Report of the Language Institution,* p. 17.

106 University College London, University Archive, Special Collection, Staunton to C. C.Atkinson, Letter 4131, 20 October 1837.

後，於11月4日通過委任修德，認為他是最適合的人選，[107]然後於11月25日再通知馬禮遜基金有關聘任修德的安排。[108]事實上，在整個成立中文教席的過程中，大學落實任何方案及措施，在禮貌上校方都會正式發信知會馬禮遜信託委員會。

1837年11月4日大學正式通過聘請全英首名中文教授——修德。[109]招聘的競爭非常激烈，可幸的是，修德由斯當東推薦，而當倫敦大學後來表明兩位候選人難分高下時，要求斯當東親身到大學參與遴選工作，斯當東卻再三表明，自己如之前的推薦信所言，對修德的能力深表信任，認為他一定能勝任。最後，大學才決定了聘請修德。即是説，若不是斯當東的推薦及堅持，修德很可能會落選，敗於另一位申請人。[110]

教席成立後，斯當東在1838年1月13日以個人名義寫信給倫敦大學學院，並附有50英鎊的捐款，信內指明，捐款用途應全數用作裝置及粉飾馬禮遜圖書館的場地。倫敦大學學院把原信內容全文錄在行政會會議紀錄內，顯示了委員會對斯當東意見的重視。[111]在信中，斯當東懇切地説出自己對於英國漢學發展的期望，也直接表露自己對於英國漢學發展遲滯，遠遠落後於歐洲的擔心及不滿：

> 直到今天為止，在任用中文教授一事上，德法兩國都領先英國，這實在是我們的恥辱。不過現在，我滿有信心地説，在這場競逐中，我們雖然姍姍來遲，但將會很快超越及勝過他

---

107 University College London, University Archive, Council Minutes, 4 November 1837, Saturday.

108 *Ibid.*, 25 November 1837 Saturday.

109 *Ibid.*, 4 November 1837, Saturday.

110 University College London,University Archive, Special Collection, Staunton to C. C. Atkinson, Letter 4131, 20 October 1837.

111 University College London, University Archive, Council Minutes, 13 January 1838, Saturday.

們，在倫敦大學學院的贊助，並在卓越的中文講座教授協助下，本國對中國語言及文學的培育，將能應對我們與地球上這片極為有趣的地方，非常重要和仍在增加的交流之需要。[112]

斯當東以「恥辱」來表達自己的失望之情，其實絕不誇張。他到倫敦大學學院的1838年，是他剛又從歐遊考察回國。這一次，他更與法國巴黎的中文教授儒蓮聊天，讓他的歐洲之行更堪記取。[113]眼見歐洲漢學界不單有幾世紀累積下來的深厚傳統，而且即使到了十九世紀仍然積極進取；相反，對於英國冷待自己好友馬禮遜的貢獻，及英國政府的遲鈍，斯當東當然極度失望。倫敦大學學院收到斯當東的來信及個人捐款後，不敢怠慢，立即致感謝狀外，更立即邀請他連同修德及馬禮遜基金信託人成為圖書館定期訪客（library visitor），請他們不時反映有關改善圖書館的意見，推動更善用圖書的方案。[114]

從上文的分析可見，在首任中文教席為期的首五年裏，斯當東雖然從一開始已參與籌辦課程，然而迄今為止，可以說，他的角色一直都只是有限度的參與。他很節制地在適當時候才以馬禮遜信託委員會成員身份出現，另一些則以個人名義，對於什麼時候以公職身份及個人名義行事，在這五年中他是非常清晰的，絕不含糊。斯當東這樣的表現，很能體現出他尊重倫敦大學學院

---

112 原文："It has hitherto been a reproach to England that France and Germany have both preceded us in the appointment of Chinese professorships, but I now feel confident that, although late in the field, we shall soon overtake and outstrip them in the Race, and that under the auspices of the University College, and the aid of the distinguished Chinese scholar in the Professor Chair the cultivation of the languages and literature of China in this country cannot fail to become commensurate to the wants of our very important and still increasing intercourse with that highly interesting region of the Globe." *Ibid.*, 13 January 1838, Saturday.

113 *Memoirs*, p. 161.

114 University College London, University Archive, Council Minutes, 3 February 1838.

譯者與學者：香港與大英帝國中文知識建構

的行政管理及處事方法，再加上他本來是貴族的社會名望，以及作為社會上德高望重的議員，他的確不應干涉大學內部行政。

斯當東在並無利益衝突、又衡量了大學及馬禮遜信託基金的利益下，大力推薦修德。修德的學術工作其實很值得學界關注，他提出的漢字源於埃及說，不單反映自己個人的學問關懷，還展現英國漢學界於鴉片戰爭前夕漢學研究的深度及水準。而修德的研究，令我們看到鴉片戰爭前英國漢學發展的概況。我們都明白，戰爭往往成為人類歷史的分段標誌，而中國進入近現代史的分段標竿就是鴉片戰爭。同樣地，鴉片戰爭對剛起步的英國漢學也造成了決定性的影響。鴉片戰爭後，大英帝國認識到譯員不足的禍害，無論在戰事、外交及管治殖民地都會帶來嚴重問題，因而慢慢地把漢學發展挪移到更實用及功利的方向上，並大量培養外交及殖民地譯員。為了鞏固這個制度，國家的外交部及殖民地部投放大量資源，譯員在各種優渥條件培養下，退休後輕易成為中文教授，變相產生了這個政治主導學術思想的系統。而這更成為了英國漢學在十九到二十世紀初最重要的知識譜系。知識與帝國權力的關係亦開始靠攏，相輔相成。修德在斯當東的推薦下，於 1837年成為全英首任中文教授。[115]1837年11月4日獲倫敦大學正式委任後，便於翌年便發表了就職演講，後結集成為《中國語言的特質及結構》(*Lecture on the Nature and Structure of the Chinese Language*)一書。[116]不出兩年，他就把語言問題全面拓展到研究中國文化問題之上，並寫成了《中國》(*China, Or, Illustrations of the Symbols, Philosophy, Antiquities, Customs, Superstitions, Laws, Government, Education, and Literature of*

115　斯當東在成立教席及招聘過程中，既要秉公辦理，又一直顧念故友馬禮遜的學生為己任，及至後來倫敦大學取消延任計劃，斯當東亦努力推薦他入外交部，詳見F.O. 17/62/195, 21 April 1842，更詳細的討論見本章2.5節。

116　Samuel Kidd, *Lecture on the Nature and Structure of the Chinese Language, Delivered at University College*(London: Taylor & Walton, 1838).

the Chinese)一書，[117]要注意的是，這兩書並不是用作教導漢語課程的教科書，而是覆蓋中國語言文字、文化起源的研究。礙於本書篇幅所限，現只結合兩書中最能反映修德學術理路的「漢字源於埃及說」作簡單介紹。

2.4 鴉片戰爭前的漢學水平：漢字源於埃及説

修德的第一本專書《中國語言的特質及結構》論述漢字的內容，是他小試牛刀之作，內容四平八穩。總體而言，特色在於：(一)從共時現象及歷時流變兩方面闡述漢語的發展、(二)從西方語言角度介紹漢語給西方讀者；(三)以十九世紀漸漸分門別類的學科系統闡釋語言文化系統。

修德先介紹一些人所共知的知識：早期中國文字結繩為文，作古代社會傳情達意的交際方法。後來約公元前2600年便有倉頡造字，中國人漸漸用能見的符號(visible signs)溝通思想，而這些方法的靈感是由觀察自然事物而來。至於中國文字書寫系統，則由所謂「六書」(象形、指事、會意、形聲、轉注、假借)的造字法構成。他對六書的討論，雖然並無標明出處，但說到象形就引日、月作為例子；說到指事就以上、下為例。[118]由此得知是出自《說文解字・序》：「象形者，畫成其物，隨體詰詘，日月是也；指事者，視而可識，察而見意，上下是也。」修德的知識可以從漢籍得來，也可以是輾轉讀來，因為有關中國六書的討論，一早便見於英語世界或歐洲傳教士的論述中。譬如英國本土一本於1784年在倫敦出版，由知名的古文物收藏家研究者暨皇家

117　Samuel Kidd, *China, Or, Illustrations of the Symbols, Philosophy, Antiquities, Customs, Superstitions, Laws, Government, Education, and Literature of the Chinese: Derived from Original Sources, and accompanied with Drawings from Native Works*(London: Taylor & Walton, 1841).

118　Kidd, *Lecture*, p. 5.

　　　　　　　　譯者與學者：香港與大英帝國中文知識建構

學會成員亞瑟爾(Thomas Astle, 1735–1803)著述的《寫作的起源及過程》(*The Origin and Progress of Writing*), [119] 內裏說到漢字的部分,都稍微涉及中國六書的造字法。亞瑟爾本人不懂漢語,可見對於十八世紀的西方讀者而言,中國文字的起源本身並不是神秘不可接觸的事物。然後,修德在介紹漢字部首時,指出每個漢字部首都是把身邊熟悉的事物,利用圖形及符號表示抽象的概念,首碼或字根有效將語言系統地分類。而當中帶有口語特徵的就有411個單音字,以音聲分類則能分作五音。[120] 而把這些符號根據類同圖像方法歸類,則可分出214類成為部首,逐此簡化整套語言,或能以此根部按圖索驥。[121] 此外,漢字的書寫方法亦隨着時代發展有所不同;雖然修德沒有深入討論隸書、篆書等的發展,但他就坦言,這些知識在馬禮遜的《英華字典》的第一冊引子中有深入的討論,因而無需再多作說明。[122] 在說明漢語知識的同時,修德以英語或西方語言文法的用詞來介紹漢語,譬如虛詞實詞、尾折變化、單音節雙音節等。一般指這是以西方立場或審美態度去瞭解漢語,這無甚不可,原因是修德的讀者是西方人,而修德本身作為西方人,在講解時也不可能超越他已有的語言知識或概念術語。問題是,這種中西語言學比較是否帶有價值判斷,才是值得探討。

如果我們只停留在修德泛論式的介紹,大概會認為他的導論沒有什麼意義,既沒有新意亦無深意,更不要說以此反映十九世紀英國的學術水準。修德其實是希望踰越文字的個別表象,而去

119　Thomas Astle, *The Origin and Progress of Writing, as Well Hieroglyphic as Elementary, Illustrated by Engravings Taken from Marbles, Manuscripts and Charters, Ancient and Modern: Also, Some Account of the Origin and Progress of Printing*(London: Printed for the Author; Sold by T. Payne and Son, 1784, 1803).

120　Kidd, *Lecture*, p. 6.

121　*Ibid.*

122　*Ibid.*

瞭解漢語發展史。其中一個挑起他深思的原因，是對於慣用西方字母書寫系統(alphabetic language)及語音文字(phonetic language)的西人，面對屬於圖形書寫系統(pictorial writing)的漢字，有着莫大的好奇。西文以字母作為音標，再排列音標中的母音成為發音系統，然後據此排列而形成固定表意。這跟漢字構字、衍義非常不一樣。修德指，漢字是ideographic writing或ideogram。Ideogram可簡單譯為圖意符號，每個圖表達一個獨立概念或意思(idea)。[123]修德有關中國文字乃圖意符號，是通過兩個層次的演繹帶出來的。第一，批判並不懂漢語而又以漢語作為論述對象的西方語言學家。第二，對比兩種他認為同是圖意符號的文字(埃及文字及漢字)。修德所指的西方語言學家是在他的《中國》一書中，本來屬法籍後來歸入美籍的歷史語言學家杜彭壽(Peter Stephen Du Ponceau, 1760–1844)。修德為了針對杜彭壽之流，捍衛跟自己一樣曾親身跟中國接觸的漢學家如斯當東、馬禮遜一輩，不惜在自己的書中另闢一專章 "The Mistakes of Dr Ponceau"，批評他於1838年出版的《論中國書寫的性質及特徵》(*A Dissertation on the Nature and Character of the Chinese System of Writing*)。[124]杜彭壽把漢語定為logograms(形音符，或語素文字或意音文字)而不是圖意符號文字(ideograph)。杜彭壽指「中國文字並非也不應是表意文字(ideographic)，因為漢字並不表意，因此我認為漢字屬於lexigraphic writing(通過詞彙順序、或字母順序)組成語言基礎的文字系統。」[125]

修德大費周章逐點反駁杜彭壽，而且毫不客氣地指他認為中國禁止西人踏進國境或禁止中國人與西人接觸的說法，並不是

---

123 Kidd, *China*, p. 2.

124 Peter Stephen Du Ponceau, *A Dissertation on the Nature and Character of the Chinese System of Writing*(Philadelphia: American Philosophical Society, 1838).

125 Kidd, *China*, pp. 15–16.

譯者與學者：香港與大英帝國中文知識建構

無知犯錯的藉口。[126]固然，我們今天知道，中國漢字並非表意文字。只要我們反過來想想，在漢語的系統內，沒有文字是否就不能表達意思？事實上並不如此。中國有極多的方言並沒有文字，然而這卻不妨礙說方言的人表達任何意思。由此可見，修德的理路不一定準確，雖然漢字被歸納入圖意符號文字，但今天學界仍大有擁護者。[127]反過來說，雖然杜彭壽的結論不一定全錯，然而由於他不懂漢語，無論他的論述是對還是錯，他的論證基礎並不可靠也不科學，也因此不值得我們再細究。不過，是這種以文字作為歷史文獻研究語言的思路，反而值得我們注意。無論是修德，還是杜彭壽，他們當時都在推動學術史上漸漸形成的一種歷史語言學（Philology）或比較語言學（Comparative Linguistics）的嶄新嘗試。[128]現在語言學的分類中，利用語音文字的排列，把漢語歸入漢藏語系的語言家庭（language family），是西歐在十七至十八世紀發現了印度語語系，包括印度語（Hindi language）及其祖先梵語後，並把印度語與歐洲語言歸類成印歐語（Indo-European language）的另一發現。[129]英國研究古印度及梵語的專家鍾斯（William Jones, 1746–1794）在十八世紀時比對梵語及歐洲語言的詞根，成功地把梵語歸入印歐語，而他卻在對漢語認識不深的情況下，把漢語歸入印歐語。漢語歸為漢藏語系（Sino-Tibetan languages）而不是亞非語系（Afroasiatic languages）印歐語的說法，其實是當時多種歷史語言學在文獻、歷史考古、語言學知識衝擊

126 *Ibid.*, p. 2.

127 John DeFrancis, "The Ideographic Myth," in John DeFrancis, *The Chinese Language: Fact and Fantasy*(Honolulu: University of Hawai'i Press, 1984), pp. 133–148.

128 Lyle Campbell and William J. Poser, *Language Classification: History and Method*(Cambridge: Cambridge University Press, 2008); Antoine Meillet, *The Comparative Method in Historical Linguistics*, trans. Gordon B. Ford(Paris: Librairie Honoré Champion, 1967).

129 Benjamin W. Fortson, *Indo-European Language and Culture: An Introduction*(London: Blackwell, 2004).

下產生的,更重要的是經過大量中國學者加入討論後才產生出來的結論。既然文字是文化的表徵,通過相對科學化的相互參照,語言學家最後才整理出今天學界認同的語言家族分類。這種嶄新的文獻語言學或歷史語言學研究方法,對當時到華的傳教士來說非常有吸引力。我們下文會說到的馬禮遜著作《中國觀》(*A View of China for Philological Purposes*),就是以Philological題名。而過了半世紀後,同為傳教士出身的艾約瑟(Joseph Edkins, 1823–1905)就於1871年出版了《中國在歷史語言中的位置》,仍是以歷史語言學為題,對比漢語及歐洲語的異同,並提出這兩種語言同源的結論,其實也是採取這種研究進路。[130]

修德在批判杜彭壽而帶出漢語的特徵時,詞鋒銳利,甚有咄咄逼人之態,亦有種唯中國學者是尊的態度,與他平日甚低調,甘於退居人後的作風大相徑庭,這可能出於他對學術的執著,也可能有點劃地為王的況味,不得不捍衛正宗漢學家的利益及立場。但這些都不能抽離於一個新的學術環境中去理解。修德勇於表態,其實是受到大勢所趨。十九世紀初,歐陸學界對東方學或古文字學的學術氣氛丕變,遂正式揭開了歐陸與英國學術戰國時代的帳幔。這一切由一心自比亞歷山大大帝(Alexander the Great,公元前356–323)的拿破崙,於1798至1801年佔領埃及,並帶回大量埃及古文明的遺物如方尖塔(obelisk)、石碑、陶具、紙草紙古文獻(Papyrus)等等。埃及在公元332年被羅馬統治後,在基督教宗教壓迫下,由於被禁止興建「異教」神廟,埃及象形銘文在大概公元394年後漸漸失去流通性,無人使用因而也被迫失傳。解開這些器物上的埃及文字,不單能解開整個古埃及的歷史及語言文化的謎底,還能對人類的起源及宗教的爭議,帶來一定的啟示。我們都知道,人類文明一共有過五個獨立產生發展的起源文

---

130 Joseph Edkins, *China's Place in Philology: An Attempt to Show That the Languages of Europe and Asia Have a Common Origin* (London: Trübner, 1871).

譯者與學者:香港與大英帝國中文知識建構

字：中東的蘇美爾文字(Sumerian)、北非的埃及文字、中美洲的
瑪雅文字(Maya)、巴基斯坦與北印度的哈拉般文字(Harappan)及
中國的漢字。而除了漢字外，其他語言系統已變成死文字。事實
上，法國要掠奪埃及這樣多古文明的寶藏，固然反映了拿破崙的
野心貪婪，但這其實也來自他的另一種雄心──就是他銳意改革
法國教育事業，這在某方面是法國大革命精神的延續，平民也得
到教育及吸收普羅知識的機會，學者也能積極參與研究各皇家及
貴族珍藏。1807年的巴黎已是學術及語言重鎮，歐洲最出色的語
言學家均匯聚於此。拿破崙於十九世紀初仍未表現出佔領中國之
心，然而他的學術視野一樣拓開到漢學上面來，出資贊助法國學
者編匯中國法語拉丁語辭典。[131]而單就埃及學而言，1798年拿破
崙更在開羅(Cairo)成立埃及藝術與科學研究院，院士、書記、學
者都濟濟一堂，成為歐洲中東方學的一大盛事。這些隨着羅塞塔
石碑(Rosetta Stone)的發現，而把一股既學術又時尚的埃及狂熱
帶回歐洲本土。

　　1799年7月15日，法軍在尼羅河三角洲上一個稱為羅塞塔的
港口城鎮郊外，意外挖到一顆黑色的大石碑。石碑從上至下共刻
有兩種語言但屬三種書體的文字：最上面14行古埃及聖書體或神
聖文字(Hieroglyph)，中間為32行埃及草書世俗體(或稱晚期埃及
語俗體 Demotic)，再下面是54行古希臘文。羅塞塔石碑上所載的
是古埃及法老托勒密五世(Ptolemy V)詔書。中國學界一直誤譯
埃及Hieroglyph一字為象形文字，這帶來了不少論述上的誤會。
Hieroglyph的字根為希臘語(拉丁化後)Hiera-組成，意指神聖文字

131　Chrétien-Louis-Joseph de Guignes(1759–1845), *Dictionnaire chinois, français et latin, publié d'après l'ordre de sa Majesté l'Empereur et Roi Napoléon le Grand; par M. De Guignes, résident de France à la Chine, attaché au Ministère des relations extérieures, correspondant de la première et de la troisième classe de l'Institut*(Paris, de l'Imprimerie impériale, 1813). 見扉頁此書敬呈給拿破崙。此古金為下文古金(Joseph de Guignes, 1721–1800)的兒子。

（sacred writing），並不是指文字本身神聖，而是從文字的功能，一般銘刻在宗教祭祀器物或用作記錄宗教活動之用。除了埃及出土Hieroglyph外，還有阿茲特克（Aztec）神聖文字、中美洲奧爾默克（Olmec）神聖文字，這不是埃及獨有，這字的意思更不是從字體本身帶有圖像符號而來。羅塞塔石碑的發現，開展了西歐學者對東方古文字及文化研究的重大里程碑。英法兩國不單爭奪羅塞塔石碑永久擁有權，兩國學者亦展開了一場明爭暗鬥的比賽。英國最後取得石碑，並永久置於大英博物館內，法國學者要在不能親近原物的狀態下艱辛奮鬥。兩國在東方的事業上進行了一場殖民霸權及學術競賽。而這也反映了上文所指法國漢學家在國家經費支持下，爭奪馬禮遜從中國帶回英國萬冊藏書的點滴，以及下文2.5節指出英法兩國在鴉片戰爭簽訂《南京條約》後，於1844年帶來另一場學術戰爭的伏筆。

英國東方學者如楊格（Thomas Young, 1773–1829）在各種條件優渥的情形下，於1814年開始嘗試破譯羅塞塔石碑上的古埃及神聖文字。[132]然而，後來卻由比楊格年輕，本身貧困潦倒，條件匱乏，又生在動盪革命時代的法國東方學者商博良（Jean-François Champollion, 1790–1832）於1822年成功破譯解密。[133]商博良用了二十三年艱辛鑽研，在自己深厚的拉丁文、希臘文、希伯來文，再加上其他三種閃族語（Semitic languages）如阿拉伯文（Arabic）、敘利亞文（Syriac）、迦勒底語（Chaldean），以及後來在中學階段後才學習的科普特語（Coptic）等等，再通過對譯羅塞塔石碑三種語言各自符號的仔細考辨推論，先用希臘文字，對讀中間的草書

---

132 Andrew Robinson, *The Last Man Who Knew Everything: Thomas Young, the Anonymous Polymath Who Proved Newton Wrong, Explained How We See, Cured the Sick and Deciphered the Rosetta Stone*（Oxford: Oneworld Publications, 2007），p. 143.

133 Andrew Robinson, *Cracking the Egyptian Code: The Revolutionary Life of Jean-François Champollion*（Oxford: Oxford University Press, 2012）.

　　　　　　譯者與學者：香港與大英帝國中文知識建構

體後破解古埃及象形聖書體，確定當中的字母、音節及意符，最終解開古埃及文字之謎。商博良雖不懂漢語，但因為歐洲一直廣傳漢語源出埃及說的理論，各學者在一片以解讀埃及神聖字體及瞭解東方世界古代史和文明的願景下，人人急於利用二或三手材料，引用漢語解說埃及神聖字體，商博良不得不涉獵有關中國的討論，並以此反駁各學者的無稽之談，特別是下文會說到的基歇爾（Athanasius Kircher, 1602–1680）。

修德希望用自己的知識，一方面以正視聽，另一方面加入這場學術辯論當中。他利用微觀的角度入手，從漢字的內部結構、文字構型並分析各種元素，然後以此歸納漢字與其他語言，以人類語言共生及歷史關係去瞭解背後的人類發展史。他問到：「中國人如何能掌握這種文字而成漢字，是與中國人人種問題不能分開理解，而這卻是迄今沒有得到令人滿意和合理的解釋。」[134]他在《中國》一書中，開宗明義地問：「在追查漢語這種源遠流長的語言及其源流時，人們不禁會問，它與其他原始語言有着什麼關係？漢語——即使某些成份轉變了——有否保留介紹其他語言到世界的痕跡？」[135]亦即是說，他把漢字發生史置於人類學及考古學的範圍。修德認為，要瞭解漢字的出現，必先瞭解中國人在人種方面的起源，那麼首要就要知道中國、中國人是從哪裏來。他指聚居於今天稱為中國的中土一帶的漢人，其實是由遠古移居到中國來的，而且直至三世紀起才有文獻記載。在那時，聚居者已經形成自己獨特的語言、生活習性、制度、禮儀等。修德指出，從《禮部》（修德稱為 *Records of the Board of Ceremonies*）中，可看到有關古代一個地方叫「大秦」（Ta tsin）的記載，它位於孟加拉國灣（Bay of Bengal）西面，居民身材高挑，線條體態合宜，與中國人同種（race）。就人類骸骨作為考察的證據而言，中國（作

---

134 Kidd, *Lecture*, p. 6.
135 Kidd, *China*, p. 2.

為中域的其中一個國度)大有可能與其他的文物古國有一定的關聯。明末羅馬教廷傳教士利瑪竇入京傳教時，亦曾對着北京朝廷說，耶穌基督誕生於猶太(Judea)一帶，古代稱為「大秦」，而猶太與埃及相鄰，阿拉伯有時也被稱為大秦，從地緣去看，中國與後來中東國家相連相近，互有關係。而從漢字及埃及字作為文獻證據而言，兩國有血緣關係是不無道理的。下述各學者(包括修德)自十七世紀的申論，目的就是要指出這種埃及乃中國的宗主國(parent country)的論述。不過首要指出的是，修德在多處指中國是埃及的殖民地，[136]並不是後殖民論述中狹義的帝國論述思維，更非要把中國置於埃及強權統治之下。綜觀全文，他們所謂「殖民」一詞，是人類通過耕種拓殖土地的古典殖民概念，過程中或會涉及擴展勢力或佔據別人領土，而並非鴉片戰爭前夕中英兩國交惡、互相挑釁的語境。修德是從人類發展史的角度去論述，他獲聘之時，距離廣州十三行因貿易交惡而引發鴉片戰爭仍有一段時間。另一個證據就是，修德說到從中國遷到麻六甲的華人時，他亦會指麻六甲乃中國的殖民地。這樣說，並不是修德對歷史無知，而是反映了他使用殖民地(colony)詞義的範圍。[137]

把漢字與埃及神聖文字聯想起來成為同一象形系統，並衍生更多文化解讀，在歐洲的漢學研究中並不是孤例。最有名的是十七世紀德國耶穌會傳教士基歇爾，他早於1667年的著述*China Illustrata*中就對此有所闡發。[138]基歇爾是有名的科普特語學者，早年在歐洲參與了試圖破解從埃及帶回羅馬的古埃及文獻和手稿的工作，是史上第一名研究埃及神聖文字真跡的學者。由於科普特語是從晚期埃及語俗體(Demotic)衍生出來，所以是公元前埃及基督徒所使用的語言，這有助解讀埃及聖書文字。基歇爾

---

136 Kidd, *Ibid.*, pp. 8, 163.

137 Kidd, *Ibid.*, p. 20.

138 Boleslaw Szcześniak, "Athanasius Kircher's 'China Illustrata'," *Oriris*, 10(1952), pp. 385–411.

自以為能解釋埃及象形聖書文字，因為他對中國的喜好，於是把中國文字歸入埃及文字系統，並指中國文字乃抽象的埃及神聖文字，所以誤以為自己已破解埃及象形文字。基歇爾從未涉足中國，他像當時歐洲極多的傳教士和學者一樣，憑着耶穌會傳教士的報告，加上一定的想像力，令這些有關中國的論述通過歐洲眾多現代白話版本的翻譯及重譯，成為了十九世紀前歐洲人對中國既深厚又不能確定的文化記憶。修德在他的力作中並沒有明白地引用基歇爾的著作，然而他的《中國》一書以 *Illustrations of the Symbols...* 為副題，其實多少帶有基歇爾 *China Illustrata* 一書的影子。其實，與修德同年代的學者不少也持有這樣的説法：巴黎法蘭西學院古敍利亞語教授古金（Joseph de Guignes, 1721–1800），曾長期居於中國，由於他懂得漢語，看到學界爭論如何解讀埃及文字外加框的時候，就以漢語的例子，附會解説指稱這是突顯專有名詞之用，後來這有助解讀埃及銘刻文字加框其實是用來標舉國王的名字。古金這個有關專有名詞的看法，帶來石破天驚之效。然而，他卻因此大肆作更多無事實基礎的討論，特別是指中國為埃及的殖民地，埃及語後來遭希臘語污染後，中國語和中文就成了未受污染而純正的埃及語。他因此認為破解埃及神聖文字應從漢語入手，而非科普特語。[139]懂漢語的人要在法國人的埃及狂熱中分一杯羹，而科普特語學者也不甘示弱，學者在互相競爭下推陳出新。當時另一瑞典外交官出身的埃及學者培連（Nils Gustaf Palin, 1765–1842）更宣稱，中文和埃及語同源，要解釋埃及神聖文字，就需要先把文字譯成中文，再以中文的古字寫下，就可以複製木乃伊上的埃及草紙古文獻。[140]這些理論都千奇百怪，只有大膽假設，卻在沒法求證下變成了當時東方學發展一個不扎實的

---

139 Joseph de Guignes, *Mémoire dans lequel onprouve, que les Chinois sont une colonie égyptienne*（Paris: Collége de France, 1759）.

140 R. Adkins and L. Adkins, *The Keys of Egypt: The Race to Crack the Hieroglyph Code*（New York: HarperCollins, 2001）, p. 64.

註腳。歐陸在不懂漢語下能作出大量的片面推測，修德雖無埃及語及其他古東方語言訓練，無法直接參與這些討論，然而他在掌握了希伯來語、法語、拉丁語、希臘語及漢語的前提下，亦能提出他的看法。此外，他亦很明白自己的學問及成就，不能與馬禮遜媲美，既然馬禮遜在《中國觀》（*A View of China*）一書中，[141]已言之鑿鑿指中國乃埃及殖民地、漢字與埃及文字同源、漢字曾是埃及神聖文字甚至來自埃及文字等等，因此他就在信任先師並不作謹慎反省下說，這些論述已得到證實，[142]而且不是他一己獨創。就是在這個學術背景下，修德在《中國》一書中批判商博良研究的原因。他特別指出「商博良以為自己正確地懂得中文書寫系統，否認了漢字與埃及書寫系統的相似性。雖然他為了說明埃及文字，提供並自行分類當中的864符號，以此比較漢字的214字元，或部首，即是我已說明的部分。這些符號對我而言，不單有着極驚人的相似性，而且提供了兩種語言相同起源的證據。」[143]

作為馬禮遜的入室弟子，修德的學術思路、野心、視野及工作繼承自這位巨擘，也是人之常情。雖然修德及馬禮遜整代學者的論證已被學界徹底否定，但意義卻不容否定。修德在這場有關東方知識學術競賽中沒有勝出，然而他真正的貢獻，是在於以一種學術的態度，參與了一場與中國有關的討論，並以一己之學問回應歐陸學界當前最重要的話題。他把富有學術前瞻性、當代學術意義的討論，作為首任中文教席的講座內容，並以此奠下基石。儘管他在某層次上附會了歐洲幾個世紀以來的無稽之談，但他也同時利用自己的中國經驗，漸漸打破歐洲在十七世紀已開始盛行的對中國風尚極度浪漫的想像；英國漢學發展在這樣的前提

141 Robert Morrison, *A View of China for Philological Purposes: Containing a Sketch of Chinese Chronology, Geography, Government, Religion and Customs*（Macao: The Honorable the East India Company's Press, Parbury, and Allen, 1817）, p. 52.

142 Kidd, *Lecture,* pp. 6–7.

143 Kidd, *China,* p. 68.

譯者與學者：香港與大英帝國中文知識建構

下綻放，就學術史而言，其實並不令人遺憾。不過，鴉片戰爭後卻改變了一切，不單改寫了戰敗國的命運，在學術發展方向上，更排除了多元紛陳的研究，而把英國漢學研究帶到十分務實的境地。在下一節，我們將會回到中國的部分，探討鴉片戰爭如何暴露了英國長期處於翻譯水平及譯員人員不足的劣境當中。

2.5　斯當東成立漢學的決心：鴉片戰爭譯者不足及《南京條約》中英版本不符

　　近百年來，史學界對鴉片戰爭文獻的整理及相關研究，已有豐碩成果。過去有不少學者以政治史、思想史、社會史、經濟史、貿易史等角度，討論鴉片戰爭的發生原因、經過與影響，[144]但一直不太為人留意的是，翻譯在當中所擔當的功能及影響。這包括了兩國溝通的文書及語言，翻譯人員居中的作用及影響。必須強調的是，這些並不是瑣碎的問題，近年在翻譯研究帶動下，不少曾受十九世紀大英帝國佔領的非英語國家，重新檢視兩國簽訂的不平等條約中的譯文及原文版本，發現兩文本不盡相同，遂引發了主權之爭。[145]同樣地，對中國而言，有歷史學者在整理及細讀鴉片戰爭原始文獻時已經指出，中英雙方公文上反映的內容及表達技巧，其實並不能有效反映各自的要求，[146]達到和平談判而停止干戈的作用。中英雙方因譯者語言能力不逮，導致條約文

144　James M. Polachek, *The Inner Opium War*(Cambridge: Harvard University Press, 1992); Michael Greenberg, *British Trade and the Opening of China, 1800–42*(Cambridge: Cambridge University Press, 1951); Glenn Melancon, *Britain's China Policy and the Opium Crisis: Balancing Drugs, Violence and National Honour, 1833–1840*(Aldershot: Ashgate, 2003).

145　Sabine Fenton and Paul Moon, "The Translation of the Treaty of Waitangi: A Case of Disempowerment," in *Translation and Power*, ed. Maria Tymoczko and Edwin Gentzler(Amherst: University of Massachusetts Press, 2002).

146　J. Y. Wong, *Anglo-Chinese Relations 1839–1860*(Oxford: Oxford University Press for the British Academy, 1983), pp. 2–4.

書詞不達意；或因譯者剛愎自用，喧賓奪主，反過來主導談判過程，影響談判結果；[147]又或因譯者輕視語言背後反映的國家主權等問題，兩國因此無奈地進行一次又一次後續談判，譬如因釐清《南京條約》中英版本不對稱而帶來《虎門條約》，便是極佳的例子。[148]尤有甚者，在《南京條約》簽訂後，西方輿論指責英方譯者被中國收買，於是引發更多戰事及外交風波，譬如廣州入城事件等。[149]更有學者通過中西文化在法律、政治、經濟體制等的不可共量性（incommensurability），討論翻譯如何周旋於不同權力運作機制，暗渡陳倉，接合了中西不同文化體系的轉換。[150]可以說，這些影響深遠的歷史問題，都是由於翻譯而起的，因此，戰爭中代表兩國的譯者的身份、角色、語言水準、人格及戰爭任務等，實在是討論鴉片戰爭不可或缺的必要角度。另一個更重要的原因是，鴉片戰爭對於英國學界建立中文科的實際影響。英國漢學成立的確是始於鴉片戰爭前。而事實上，鴉片戰爭作了極重要的分水嶺。分水嶺的意義，是改變了英國漢學的學術發展，以及喚起了一度停辦的漢學重生。這裏，為了方便討論，我們暫不討論鴉片戰爭爆發的原因及過程，而只會集中看看，由於英國長期無視本國譯者不足的問題，戰爭爆發後，渴求譯者的呼聲此起彼落，這個問題一觸即發。

---

147 1856年第二次鴉片戰爭爆發後、1858年《天津條約》和上海通商稅則章程談判時，額爾金主持下的談判陣營，除了有威妥瑪以外，更有後來成為江海關英稅務總監的李泰國。英方認為兩譯者偏幫中國，而令額爾金作出虧待英方的談判結果：美俄兩國更指李泰國表現喧賓奪主，主導談判。Jack J. Gerson, *Horatio Nelson Lay and Sino-British Relations*, *1854–1864*（Cambridge: East Asian Research Center, Harvard University, 1972），pp. 87–92, 214.

148 J. K. Fairbank, *Trade and Diplomacy on the China Coast: The Opening of the Treaty Ports 1842–1854*（Cambridge: Harvard University Press, 1953）.

149 Frederic Wakeman, *Strangers at the Gate: Social Disorder in South China, 1839–1861*（Berkeley: University of California Press, 1966）, p. 71.

150 Lydia H. Liu, *Tokens of Exchange: The Problem of Translation in Global Circulations*（Durham: Duke University Press, 1999）, pp. 45–214.

1839年3月10日，林則徐到達廣州，中英的關係出現了前所未有的緊張狀態。林則徐以雷厲手段禁煙，扣留人質、沒收鴉片、要求外國人簽下具結，以停止外商在中國販賣鴉片等事情後，中英關係已臨近破裂，進入了「艱難及矛盾的時期」（period of conflict and difficulty）。[151]過去中英貿易常有爭端，在英國而言，是衝着對廣州貿易不自由制度而來，然後由此引發種種營商環境受到掣肘的問題：賄賂、賒欠、走私瞞稅；亦是對中國長期以天朝大國的態度對待英國的不滿。在中國而言，英國強人所難，踰越天朝定下種種文化、道德及經濟法規，僭上偪下，非法輸入及售賣鴉片，罪惡滔天，不得不用強悍的手段教訓猖獗的「夷人」。然而由於天朝的貿易自十三行成立到十九世紀初，制度早已僵化。再加上官方與民間的取態不同，過去中國只單方面以粵督嚴打販賣鴉片，以及行商跟外商串連走私鴉片流出白銀，若能上呈令中央滿意，則中英的矛盾可在民間十三行尋求謀利的前提中化解。對於東印度公司的管貨人及商人亦然，尋求尊重及公平貿易條件妥協，中英貿易雙方往往都在當前利益下尋求息事寧人。直到林則徐到達廣州後，這種微妙貿易關係暫告一段落。夾在種種衝突中並深深體會雙方立場迥異的斯當東，當時身在英國，實在處於兩難的局面。多年來，他極力嘗試以文教力量來增加國人對中國的認識，極其量也只能是發動紙上戰爭，以筆戰改變國人因無知而產生的偏見。另一方面，他念及自己跟中國關係深厚，極不願意看到中國捲入戰火之中，他說：「我極不願意看到任何戰事，尤甚的是這場是與我曾經朝夕相處的人民的戰爭，那些人的命運是我極關心的。」[152]可是，他更顧念的是大英帝國

151　時局中的人以此總結這段時間的中英關係，歷史學家亦然，見Wylie, *Memorials of Protestant Missionaries*, p. 11; P. C. Kuo, *A Critical Study of the First Anglo-Chinese War*, With Documents（Westport, CT: Hyperion Press, 1973）, Chap. 1, "Fundamental Sources of Conflict," pp. 1–13.

152　Sir George Staunton, *Corrected Report of the Speech by Sir George Staunton on*

子民的生命安全及財產利益。回顧過去，他看盡馬戛爾尼及阿美士德兩次使節團無功而返，英國人無論如何努力，仍然無法叩開中國的大門，加上眼見林則徐扣押英國人，斷水斷糧，並銷毀他們的私產及貨物。長期以來反對兩國陷入戰爭，並一直提出不同方案改善兩國關係的斯當東，[153]最後亦於1840年，漸漸認同只能依靠軍事力量，才能徹底改變中英交往的僵局。[154]不過，作為中國專家的他，同意英國出兵後，卻仍不能鬆一口氣。原因是他很明白英國的最大勝算，只在於船堅炮利，要在廣袤的中國土地上開戰，需要極準確及快捷的情報，譯員質素及譯員的數量，大大影響了這場戰爭的勝算。

　　林則徐在廣州扣留外國商人、要求西方商人承諾不再在中國販賣鴉片的時候，英國已派出代表義律(Charles Elliot, 1801–1875)將軍，從南非及印度趕到中國，密切注意事態，一方面要安全營求全數英國商人，另一方面要保護英國人的財產及捍衛國家形象。義律為了讓所有英國人安全撤出，答應把全部為數合共21,306萬箱鴉片繳給林則徐，於 6月25日在虎門全部銷毀。5月底時，林則徐讓外國商人分批離開廣東到澳門及黃埔，而大部分的英國人，在義律帶領下，亦漸漸離開廣州退回澳門。然而，1839年7月7日，英國水手在寶安縣九龍山尖沙嘴村殺死村民林維喜，[155]令林則徐不得不以更嚴峻的手法對付英國軍民，鴉片戰爭終於爆發。

Sir James Graham's Motion on the China Trade in the House of Commons, April 7, 1840(London: Edmund Lloyd, 1840), p. 8.

153 Sir George Staunton, *Remarks on the British Relations with China and the Proposed Plans for Improving Them* (London: Edmund Lloyd, 1836).

154 *Memoirs*, pp. 87–94.

155 Anonymous, "Affray at Hongkong; Death of a Chinese, Lin Weihe; Court of Justice with Criminal and Admirally Jurisdiction instituted; Its Proceedings; Captain Elliot's Address to the Grand Jury; His Address to the Prisoners, with Sentence of the Court Passed on the Same," *Chinese Repository* 8, no. 4 (August 1839), pp. 180, 212, 321.

殺死平民林維喜一案，林則徐要求英方交出水手，由他審判；義律堅決不肯交出疑人，認為中方在「一命償一命」的法律觀點下，會草率地處決疑犯，更不要說這本來就是英方過去一直希望在中國貿易中，能跟中國爭取合理「治外法權」的重大外交權利。然而當林則徐看到義律拒絕交出水手，便立即向葡萄牙人施加壓力，要求澳門葡國政府驅逐英國人出境，並禁止提供任何物資給英國人，否則清廷「禁絕薪蔬食物入澳」，後果自負。[156]在清廷施加的壓力下，義律和英商在1839年8月26日迫不得已離開，全數在澳門的二千名英國人擠上六十艘英船撤離，暫到香港避難。英國人離開澳門後，林則徐繼續要求葡國，嚴守截斷水陸糧食及一切補給予英方。林則徐指，中方收到海防情報，指有兩艘分稱*Kachashipu*及*Francisco*的葡國船隻（Portuguese lorchas），停泊在香港島附近，靠近英人寄居的大輪船，形跡可疑，似為英人提供補給品。而英國人在這種斷水斷糧的情形下，生命受到威脅，精神面臨崩潰，不得不冒險犯難。

　　義律帶同了譯者郭實獵，嘗試到香港島對岸的半島——九龍，希望求得清潔食水和糧食。郭實獵帶備了義律的書信，乘坐小船登陸九龍岸邊，向中國平民說明來意，並要求見管理九龍的官員，[157]重申英國人只希望得到小牛及清潔的食水，[158]這封書信用詞誠懇，詳述英國人希望在和平的情形下解決一切的衝突，不希望流血收場。公文由郭實獵負責翻譯，由他代表英方講解英國的立場，是最理想不過的。然而，九龍官員不敢公然反抗欽差大人的命令，於是拖延推搪，郭實獵沒有辦法，來來回回於中國官

156　「英商在澳，原為摒擋貿易，令貨船既不入口，無艙可開，無貨可售，逗留無謂。」見[清]梁廷枏：《夷氛聞記》（北京：中華書局，1959），卷一，頁29。

157　W. Travis Hanes and Frank Sanello, *The Opium Wars: The Addiction of One Empire and the Corruption of Another* (Naperville, Ill: Sourcebooks, 2002), p. 65.

158　同樣的記述，見Sir Henry Keppel, *A Sailor's Life Under Four Sovereigns* (London: Macmillan and Co. Ltd., 1899), p. 97。

員與義律雙方之間，而英國人的要求，亦從懇求的聲音漸漸加強到威脅的語態。事實上，譯者在這時起，不單超越了文字及語言的工作，且已直接牽涉在戰爭中，擔當了一個非常微妙的角色。[159] 終於，義律按捺不住與九龍地方官員慢慢討價還價，9月4日向九龍半島開炮，而自這一炮起，亦喚醒了清廷酣睡幾百年的帝國大夢，鴉片戰爭前哨戰正式開始。

當時的幾位重要譯者像郭實獵一樣，於戰爭爆發後便從案頭工作，馬上躍身成為各戰艦上不可或缺的隨軍翻譯人員。遇上這樣的衝突時刻，譯者便需要在重要關頭或危急之時作大量工作，包括協商、提供外交意見、調停矛盾等，而翻譯工作方面，準確及準時完成譯文的要求變得更沉重。這些譯員在緊張關頭，肩負着國家及拯救所有在廣州外國人生命的使命，不得不焚膏繼晷，盡力化解危機及衝突。不過，英國當時所能依靠的譯員只有幾人：馬儒翰、羅伯聃、郭實獵、飛即及後來才從巴達維亞趕來的麥都思等。再由於譯者工作本身涉及極多國防機密，在海禁未通之時，國家對譯者的身份難免會有猜疑，情非得已，不願任用「非我族類」的譯者，因而英國任用譯者的條件，除了考慮語言水準以外，譯者的出身及國籍亦是考慮的因素，因此，英方當時能依賴的，只有那些懂中文的英籍譯者，而歐洲的譯者雖然在整個中英衝突中擔當了極重要的位置及角色，但他們都需要申報入籍歸化英籍(naturalisation)或通過婚姻而得以入籍。後來法國指出《南京條約》的翻譯問題，懷疑英方譯者背後有極大的陰謀，就是衝着郭實獵而來。

由於廣州商會於外商在1839年撤出廣州後已經名存實亡，而戰事亦於1839年9月日漸緊張，英國為了確保各地前往廣州及香港增援的艦隊上有足夠的隨軍譯者，於1841年1月起，漸漸

---

159 Moira Inghilleri and Sue-Ann Harding, eds., *Translation and Violent Conflict, Special Issue of The Translator 16*(Manchester: St. Jerome, 2010).

譯者與學者：香港與大英帝國中文知識建構

召入英國駐華貿易代表團(Superintendents of the Trade of British Subjects)為英國服務。當中馬儒翰的中文水準最好,經歷亦最資深,因而順理成章成為漢文正使(漢文經歷;或今稱為中文秘書)及翻譯(Chinese secretary and interpreter);郭實獵與羅伯聃為聯合譯者(joint interpreter),飛即與傳教士麥華陀(Walter Henry Medhurst, Jr., 1822–1885)為漢文正使部擔當文員(clerk)。而從這時起,我們看到上述幾位譯員,出現在不同的戰艦及中國各沿海地方,他們時有調動,不過,分派職能時,譯者執行的命令與他們的語言能力有關——郭實獵於寧波、羅伯聃於定海、麥華陀在舟山、馬儒翰緊隨代表皇家對華商貿全權代表。[160]

事實上,各譯者的職責於戰爭爆發後,不單為英軍處理文書翻譯,獲取軍情及軍備(包括食物、醫療等)等工作,[161]更重要的是,他們往往是先行部隊,執行國際戰爭慣例,向本地人宣告開戰、勸降、宣佈佔領地等,[162]如郭實獵到舟山時,要向本地人發告示,目的是希望先宣戰後開火,以及通知本地平民戰爭已經來臨。[163]而另一位譯者羅伯聃,在北上的皇家戰艦摩底士底號(H.M.S. Modeste)攻擊到廈門一役時,[164]亦即是1841年2月27日黃

---

160 Anonymous, "Journal of Occurrences: Progress of H. B. M.'s Second Expedition; Losses of the Chinese at Amoy; Keshen's Trial; Lin's Recall and New Appointment on the Yellow River; Affairs at Canton and Hongkong," *Chinese Repository* 10, no. 10(October 1841), p. 588.

161 Keppel, *A Sailor's Life Under Four Sovereigns*, p. 97.

162 Anonymous, "Hostilities with China: Communications for the Emperor's Ministers; the Queen's Plenipotentiaries: British Forces, the White Flag; and the Occupation of Chusan," *Chinese Repository* 9 no. 4(August 1840), pp. 226–227.

163 John Ouchterlony, T*he Chinese War: An Account of all the Operations of the British Forces from the Commencement to the Treaty of Nanking*(London: Saunders and Otley, 1844), p. 48.

164 英軍戰艦名稱,中國未有統一翻譯,部分曾表列於《鴉片戰爭末期英軍在長江下游的侵略罪行》書後「船名對照表」當中。見上海社會科學院歷史研究所編:《鴉片戰爭末期英軍在長江下游的侵略罪行》(上海:上海人民出版社,1964),頁391–392。

埔之戰，當時英國已勝券在握，他的職責是要向官員呈遞巴麥尊的信件，向本地平民勸降，不要作無謂的犧牲，減少傷亡。羅伯聘登陸時，已經先舉起寫有中文的標示，示意中國人不要開火，他向官民解釋什麼是白旗，讓雙方在掛起白旗時，停止開火，但在他還未有機會說明前，官民已攻擊他。對於當時希望恪守國際戰爭慣例的英方而言，中國人對國際法無知，蔑視國際戰爭慣例，不單令英國驚訝，而且有更多口實在戰後用作謀取賠償的條件。作為譯者的羅伯聘在九死一生的情形下回到船後，不得不指責中國人的行為，無視國際慣例，危害作為中間人的譯者的生命。[165] 不過，從中方的眼中，由於對譯者的工作認識不足，根本不能判定譯者必須跟先頭部隊上岸宣戰，所以會視對方為危害中國軍民的人，要向對方的任何人員開火還炮，這是非常合理的事。只是，從今天視翻譯為一種專業來看，譯者冒着生命危險完成任務，堅守崗位，完成職份，卻落得此下場，實令人感到無比唏噓。

　　當時英國人亦開始意識到，整個軍旅只有幾位譯者去擔當這樣繁重的任務，並不正常，而且，假如譯者因為戰爭受傷或生病，便會大大影響行軍的計劃及勝算的把握。譬如，在1841年年底廣州戰役中，英軍被村民圍攻後，損兵折將之餘，疾病亦開始在軍隊中蔓延，其中一名譯者飛即亦感染痢疾，[166] 差不多命喪廣東，因此要立即退回澳門及香港，在這樣的情形下，能提供服務的譯者便更少了。在以後的軍旅中，要求譯者的呼聲就更急遽出現。譬如，曾隨英軍多次出兵的羅伯特・喬斯林（Robert Jocelyn，後成為爵士），回英後記述隨軍六個月到中國所遇到的各種大事時，他就說到：

---

165 John Elliot Bingham, *Narrative of the Expedition to China, from the Commencement of the War to Its Termination in 1842*, vol. 1, 2nd ed. (London: Henry Colburn, 1843), pp. 189–190.

166 Peter Ward Fay, *The Opium War, 1840–1842: Barbarians in the Celestial Empire in the Early Part of the Nineteenth Century and the War by which they Forced her Gates Ajar* (Chapel Hill: University of North Carolina Press, 1975), p. 334.

　　　　　　　　　　譯者與學者：香港與大英帝國中文知識建構

在這次行軍中最不幸的是，譯員嚴重不足。馬儒翰只有兩位助手，一位是羅伯聃，另一位是郭實獵博士。馬儒翰肩負起公印及其他翻譯的事情，這兩位則留在岸邊隨時候命，他們兩人的職責，事實上大大超出了兩人可以肩負的工作量。為這些才華不凡的人說句公道說話，他們是嚴格挑選出來的重要人員，而他們無時無刻地待命新的任務，讓我們這些跟他們合作的人，表達萬分的敬意。[167]

而同樣參與了鴉片戰爭中不少戰役的賓咸(John Elliot Bingham)將軍，他與喬斯林的看法一致，他認為：

不單如此，在很多場合，這些紳士[譯員]還會暴露在敵方的槍林彈雨下，絕不少於軍人及水手。他們表現了極度的冷靜及勇氣。所以公允地說，他們在我們的軍隊中出現，參與任何一個行動，都具有最高的價值，即使他們並無任何軍事裝備，也無荷槍實彈。他們的中文知識及判斷力，常常保佑我國的人員，即使我們時常給他們極大的麻煩，但他們都能緩和我們在戰爭中的痛苦。[168]

從這些感嘆裏，我們看到，由於譯者嚴重不足，反讓英軍軍旅由衷地體會譯者工作的困難與艱鉅，而對他們作出最大的敬意。事實上，這種感嘆的另一重點，是在嚴正呼籲國家需要增加

167　Robert Jocelyn, *Six Months with the Chinese Expedition; or, Leaves from a Soldier's Note-Book*(London: John Murray, 1841), pp. 74–75；另外這一類的英軍軍旅文獻的中譯，雖然部分曾節譯於五十年代中國出版的《鴉片戰爭》一卷六冊的資料選輯內，但由於所收範圍不廣，本文所涉及的文獻，全由筆者自譯。見中國史學會(主編)：《鴉片戰爭》(上海：上海人民出版社，1957)。

168　William Dallas Bernard, *Narrative of the Voyages and Services of the Nemesis, from 1840 to 1843*, 2 vols.(London: Henry Colburn, 1844), p. 380.

譯者。在一個時代中，曾經這樣密集地呼籲需要譯者的渴求，實在並不多見。在戰爭開始之前，傳教士衛三畏在為裨治文的著作《廣東方言匯編》(*A Chinese Chrestomathy in the Canton Dialect*)撰寫書評時，說到他的書對於幫助外國人學習漢語及廣東方言起着鉅大作用，並且忍不住指出，外國人與中國交往多年，兩國卻因語言不通引起眾多誤會，甚至大動干戈，引起生靈塗炭，令人感到無可奈何。[169]

衛三畏所指的生靈塗炭，事實上除了是兩國交戰時無可避免的局面外，也有很多情形，假如能夠有譯者在場，也許很多不必要的磨擦是可以避免的。上面提到參與了鴉片戰爭中不少戰役的將軍賓咸，在回述1840年7月起英軍大舉發動戰艦如威爾斯利號(Wellesley)、皮拉得斯號(Pylades)及窩拉疑號(Volage)，北上攻打中國各沿海城市，特別是戰況特別激烈的沛河(Pei Ho，天津市海河)的大沽口(Taikoo)戰役中，他就說：

> 在這激烈的戰況中，中國兩隻船中，兩船人被殺五人受傷，在帆船上的大屠殺亦十分激烈。次日，我們往船上檢查的時候，發現在甲板上死屍枕藉；當中有兩個生還者利用死屍掩蓋着，此外還藏着他們的兵器、火藥及鴉片。我們拿走具有價值的東西後，就在船上放火。船上找到的活口都帶到陸上，不久，雙手被扣而且帶着一封公印的他們，指明需要譯者[want of an interpreter]，後來都被帶到皮拉得斯船上。[170]
> 據說，就算對本地人來說，這季節也極不理想，很多中國人也生病了。我們的軍隊駐守在山上及高地。看來，污濁難聞的空氣是從低地傳來的，而山谷下的空氣卻乾淨清澈一點。

---

169 S. Wells Williams, "A Chinese Chrestomathy in the Canton Dialect. By E. C. Bridgman," *Chinese Repository* 11, no. 3(March 1842), pp. 157–161.

170 Bingham, *Narrative of the Expedition*, p. 204.

死傷不算嚴重的馬德拉斯炮兵部隊，則在稻田中心紮營。我們並派出搜索糧草的部隊，但考慮到需要正式譯者（want of proper interpreters），他們一定通過搶奪多於從正式獲准的管道獲取糧食。[171]

　　戰爭中的廝殺場面，如何都無法避免，但對於中國人而言，英軍由於沒有足夠譯者來協助尋找食物及水源，而釀成觸犯軍令隨意搶奪，[172]甚至虐殺無辜的場面，這實在令人悲慟，這不單反映了譯者在兩國交鋒的重要性，更反映了譯者在場，能避免及化解兩國的衝突。[173]

　　因此，傳教士衛三畏便在《中國叢報》中指出，在很多派遣到中國的英軍中，軍隊每到一處，碰到本地人遇上言語不通時，都會感慨表示他們急需譯者：

一名被派到中國的軍官，有一天突然跑到人群中，模仿李察哀求他的馬一樣的聲調：

「譯者！譯者！我的軍隊需要譯者！」[An interpreter! An interpreter! My regiment for an interpreter!][174]

　　面對譯者短缺的情形，衛三畏忍不住以非常戲劇化的表達方式，以歷史典故及文學修辭手法，加深讀者體會譯者長期不足的感受。他在這裏引用了英國十五世紀李察三世（Richard III）的事跡作一借喻，說英軍中渴求譯者的情形，已近似乎李察渴求他的

171　*Ibid.*, p. 313.

172　在中方的鴉片戰爭記載中，亦有多處記下英方不得掠奪食物軍令，見〈英水師副將何告示〉，載中國史學會（主編，齊思和、林樹惠、壽紀瑜（編）：《鴉片戰爭》，第五冊（上海：神州國光社，1954），頁454。

173　Baker, *Translation and Conflict.*

174　Williams, "*A Chinese Chrestomathy,*" pp. 157–158.

馬一樣。[175]我們都知道，李察三世在最激烈的一場戰役——博斯沃思之戰(Battle of Bosworth Field)中從馬上掉下來，四出找尋他的馬不果，因而失去戰鬥能力，不能作戰，最後敗於亨利八世，斷送了自己的江山給後來的都鐸皇朝。[176]由此可見，譯者是否足夠的問題，已被英軍視為生死攸關、國家皇朝興亡的重要關鍵。

這種呼叫越來越激烈及形象化，是因為之前的譯者不足的呼聲，都沒有被好好正視。在一年前的《中國叢報》，亦即是1841年，編輯撰文交代戰況及英國人在華情形時已指出：

軍旅中大量需求譯者(There is a great want of interpreters in the expedition)。[177]

《中國叢報》編輯裨治文及傳教士衛三畏都是美籍，對於軍旅中譯者不足的情形，他們只能在報刊上呼籲英國關注事件，對實際的情形，卻愛莫能助。當時譯者不足的問題，其實已大大影響了英軍的戰鬥力，特別是收集情報及安排戰略方面。我們看到，從印度出發，駕駛着戰無不克的復仇女神號(*Nemesis*)戰艦主

---

175 *Ibid.*；原文為：
An officer, connected with the present expedition to China, coming suddenly one day in contact with a body of the people, was heard to exclaim-in imitation of Richard when sorely pressed for a horse:
An interpreter! An interpreter!
My regiment for an interpreter!

176 莎士比亞(William Shakespeare)的李察三世(King Richard III)形象化了這位短命君王的悲劇外，把李察三世求馬之心，變成了充滿了戲劇張力的呼聲：
"A horse! A horse! my kingdom for a horse!"(Act V, Scene IV)，這個有關李察三世求馬的故事，後來更通俗化成為民間諺語：
For the want of a horse-shoe nail, the horse was lost
For the want of a horse, the battle was lost.
A horse, a horse, I have lost my Kingdom
The war is lost for the want of a horse-shoe nail.

177 Anonymous, "Journal of Occurrences," p. 588.

　　　　　　　譯者與學者：香港與大英帝國中文知識建構

帥賀爾將軍(Captain W. H. Hall)，他在長驅直入各中國沿海城市時，就指：

> 這個時候，赫伯特上校特別感到需要譯者(The want of interpreters was at this time very much felt)，他不斷地只重複向海軍將領說，這裏沒有任何人在海軍前線中明白這語言中的一個字。我們要增加物資的困難因此大大增加了，特別是廣州當局已嚴禁人民提供任何物資給我們。此外，要獲取正確的情報或相關的資訊也極困難……[178]

奧脫洛尼(John Ouchterlony)將軍在記述鴉片戰爭到《南京條約》簽訂的短短四、五年間，對於譯者不足的情形亦有深刻的體會，在他的行軍記述中，同樣記下了渴求譯者的呼籲。[179]有些時候，這些需要增加譯者的感嘆，還會加上個人非常富感情色彩的哀求，如：

> 即使譯者郭實獵預先為指揮官寫下了充滿激勵士氣的鼓動之辭，指示了指揮官如何可以直達對方陣營的首領，但我們嚴重需要譯者與我們在一起(we sadly wanted an interpreter with us)。[180]

言下之意，由於譯者不敷應用，譯者在收集了情報後，不得不只能按實際情形，被派到有更大需要的軍隊之中，其他屬下細隊，只能夠依靠譯者寫下的字條便箋去進攻，這些像瞎子摸象

---

178 Bernard, *Narrative of the Voyages*, p. 408.

179 Ouchterlony, *The Chinese War*, pp. 454–455.

180 Field Officer, *The Last Year in China, to the Peace of Nanking: As Sketched in Letters to His Friends, With a Few Concluding Remarks on Our Past and Future Policy in China*, 2nd ed.(London: Longman, Brown, Green, and Longmans, 1843), p. 108.

的小隊，遇有突發事件，只能隨機應變，自行解決問題。從上述
這名軍人的驚恐語調中反映出，他們由衷希望譯者可以被分發到
每一隊去，因為他們掌握了很多本地資訊及情報後，往往能更快
作出適當的反應。跟着，這名軍官到了寧波的時候，進一步指英
軍上下瀰漫着恐懼的情緒，因為到了寧波時，英兵有的被中國人
斬首棄屍河邊，有的被一早放毒的河水所毒死，有的被擄去。的
確，從中國對鴉片戰爭的記述中，我們都知道，寧波舟山等戰
役，是中國抵抗英軍最頑強最堅定的戰役。[181]只是，我們從英軍
的記述中，才真正看到英軍原來因為譯者不足，情報不周全，而
節節敗陣。由於英軍不少士兵在寧波失手成為戰俘，軍隊中的士
兵都人心惶惶，並指望將軍能盡力緝捕掠走英兵的匪徒，盡快搜
救失蹤的將軍及士兵，但這名軍官卻認為在譯者不足的情形下，
其實他們寸步難行：

> 沒有譯者我們怎可能做到？所有一個人能力能做的事情，也
> 許是，超出一人能擔當的事情——郭實獵都已做了，但他不
> 可以像愛爾蘭小鳥 (Irish bird) 分身作二用，更不要說，若能
> 分身四份或五份或會更理想。[182]

這種對譯者的渴求呼聲太多，有時會被行軍的人當作是
一種嘲諷，一種自我調侃的無可奈何。軍人鄧肯・麥克弗森
(Duncan McPherson) 將軍總結在中國兩年的軍旅經驗時，特別是
他們深入到定海這個城市的時候，回看過去，他忍不住苦中作
樂。他指，本來定海居民聽到英軍入城，整個城市已人去樓空，
但是漸漸地，本地居民看到英軍並無大舉毀城，於是，便有居民

---

181 馮琛編：《鴉片戰爭在舟山史料選編》（杭州：浙江人民出版社，1992）。

182 Bernard, *Narrative of the Voyages*, p. 408; Field Officer, *The Last Year in China*,
p. 144.

逐漸折返，英軍於是便與他們做起買賣，以銀元及盧比（Rupee，印度錢幣）買他們的雞鴨作糧食。麥克弗森記述起這種交易在譯員不夠的情形下，產生了非常無可奈何卻兼又滑稽的畫面，並說在雞同鴨講、彼此無法溝通時，他們創造了一些古怪語言，自創溝通的方法：

> [F]okee，即是中文「朋友」的意思。但是，當沒有譯者在場的時候，可想而知的困難便油然而生，譬如要買得牛犢、家禽等。不過，這難題後來又總算解決了，因為一種獨特的語言應運而生，我們稱之為自成一格（Sui generis），當中最驚人的特色，就是模仿動物叫聲成為的語言。[183]

這些英軍的戰爭回述，當中有甜有苦，有令人震驚的，有令人慘不忍睹的，有令人忍俊不禁的，但是一個不可忽視的重要訊息就是，英方對譯者的依靠及信任，比起中方實在重要得多。英軍最後可以在鴉片戰爭中大勝，固然有船堅砲利及良好的軍力部署，但不可忽視的就是，英方雖然只有僅僅的幾位譯者，但是無論是上將還是士卒，都對譯者的情報信任有嘉，他們上下一心，通力合作，這亦是其中一個行軍最重要的致勝之道。

鴉片戰爭後，譯者的任務及職責卻沒有稍緩下來，事實上還肩負了更多元的重要任務。而譯者不足的問題，就更因為英國在華勢力的突然擴張而更加嚴峻了。義律在戰爭結束之前的1840年，就寫信給巴麥尊子爵，指「我正在密切留意加強建立翻譯部門。」[184]然後多次向外交部申請經費，籌劃增加職位的安排，繼

183　Duncan McPherson, *Two Years in China, Narrative of Chinese Expedition, from Its Formation in April, 1840, to the Treaty of Peace in August, 1842, with an Appendix, Containing the Most Important of the General Orders & Dispatches Published during the Above Period*(London: Saunders and Otley, 1843), p. 16.

184　"Captain Elliot to Viscount Palmerston [4 May 1840]," in *British Documents*

續聘請已經在華的幾位人員。[185] 戰事稍懈，他回到澳門後，再次向巴麥尊報告如何加強政府翻譯部門的具體細節，內裏包括確切的用人安排及提升譯者的薪酬。[186] 他指：

> 現在，我認為剩下來不可再延誤提交的事項，而這些事情又是絕對必要的，就是加強翻譯部門。
> 遠征中對譯者的需求聲音都投到我們這裏。去年軍隊北上的時候，我很高興得到羅伯聃的協助，而他當時的年薪是800英鎊。他是自7月開始服務的，自此我們以臨時津貼支付他。我希望，女皇陛下的政府可以考慮置他入香港的永久建制內。
> 我亦把麥華陀納入政府建制內，他現以文員的身份每月支取60英鎊。他是來自爪哇我們其中一位最好的中國學者麥都思傳教士的兒子，麥華陀的中文知識是師承自父親。
> 如非以畢生之力沈浸其中，否則要掌握精準的中文知識幾乎不可能。對我們來說，刻下是這樣關鍵的時候，即在我們的建制內有完備的優質譯者擔任工作，因此，我委託馬儒翰致力到爪哇及海峽殖民地，聘任兩至三位品格良好的年輕人，到這政府內擔任文員。在香港政府翻譯部門內，必須要時時刻刻都有五到六位初級人員，他們必須有可靠操行及勤勉的性格。[187] [着重號為著者所加]

兩個月後，義律又匆匆補上另一信到外交部的財政部，説檢視去年及本年6月提到增設翻譯部門人手分配的信件時，發現

---

on Foreign Affairs: Reports and Papers from the Foreign Office Confidential Print, ed. Kenneth Bourne and D. Cameron Watt (Frederick, MD: University Publications of America, 1994), Part 1, Series E, p. 71.

185 F.O. 17/37/59–60, 4 November 1840; F.O. 17/44/84, 5 November 1840; F.O. 17/44/123, 18 November 1840.

186 F.O. 17/46/195, 16 June 1841.

187 *Ibid.*

自己忘了提高另一譯者飛即的薪水。[188]他指飛即一直收取60英鎊一年，現在他建議應增加一倍到120英鎊。原因是，在其他譯者北上戰爭之際，飛即雖因病沒多久就需要撤回澳門，然而卻因為這個原因，所有的工作都轉移到他身上，他的工作量及職責超出應有範圍，甚至需要兼及會計及文員工作。義律指，除了幾次超乎尋常工作壓力情形之外，飛即的表現都能令他稱心滿意（done to my entire satisfaction）。[189]

　　義律臨行前，不忘向外交部作確切的建議：調配翻譯人員的人手，提高他們的薪酬，留任人才，也令新政府在足夠資訊下接手。另一方面，在英國本土，巴麥尊亦密鑼緊鼓地安排義律接任人璞鼎查求見鼎鼎大名的中國通——斯當東，探求對華政策及任用譯者的具體安排。結合了各種資訊後，璞鼎查到華後，雖然沒有完全依照義律的意思去調動各譯者的工作，但他得到斯當東更高瞻遠矚的安排，香港政府內部及外交部任用譯者的事情，都令不懂中國情形的璞鼎查，再無後顧之憂，這些我們都會在本書第三章作深入討論。

　　這裏，我們只能作簡單概括。代表英國談判各項條約的重要譯員，即是郭實獵、羅伯聃兩位，[190]被分別委派成為舟山及寧波的領事及管轄人，原因是他們在戰前，已多次到這些地方刺探軍情，對本地民情多所瞭解；在戰爭期間，英軍佔領這些地區時，他倆都曾在那裏作巡理府的管事人。鴉片戰爭後，英國繼續佔領舟山，寧波則開放成五口通商的港口之一，若這些地方有什麼動亂，兩人由於瞭解本地語及本地民情，能立即彙報英國，保護英國的利益。此外，英國的另一個影響以後中英外交史及遠東殖民史同樣重要的部署，就是安排譯者成為英國殖民地管治者。

188　F.O. 17/46/362–363, 10 August 1841.

189　*Ibid.*

190　Fairbank, *Trade and Diplomacy on the China Coast.*

之前在鴉片戰爭時作為最核心的條約談判代表及擔當最核心的翻譯工作的馬儒翰，成為了兼顧香港及外交工作的漢文正使，是為香港總督及英國來華全權公使及商業監督璞鼎查最得力的助手。此外，在下一章中，我們會深入討論的飛即，他於1839年廣東戰事中感染痢疾不得不退回澳門，而在香港政府成立前，已隸屬於馬儒翰的管理部門；[191]香港政府成為殖民地政府後，負責翻譯以外的各種工作，更於數年間成為管治權力核心的官員——首任總登記官(1844年應稱為「漢文衙署」或「漢文官衙門」)[192]，管治華人。

總括而言，回顧英國於1837至1851年間漢學成立前後，這十多年間中英交往的事情中，沒有一種聲音比呼籲需要譯者的聲音更急切、更頻繁、更響亮。事實上，過去研究英國漢學的發展，都只從一種理想、宏觀的角度出發，忽視了英國漢學最重要的特色，就是要切合英帝國社會的實際需要，但這種需要是因為鴉片戰爭而起，是戰爭令英國朝野徹底正視譯者不足的問題。曾出征前線的喬斯林爵士，戰後就作出種種反省及回顧，並向英國社會提供不同的方案，以解決問題：

> 這次征戰中最大的險阻及挫折，是大量需求譯者，在即將的談判中，他們的重要性是如此不可或缺。正由於這個緣故，我們需要一些措施去改變譯者不足帶來的禍害……在澳門聘請教授，教育這種語言給年輕人，又或者請羅馬天主教機構的人員(即使薪金微薄，亦隨時找到一批無時無刻都願意為政府擔當譯者的人)，可以償付由此引起的小小開支。也許，如果問題只是，要找一個合適的人擔當此任，實在太難

---

191 F.O. 17/46/64, 31 October 1840.

192 F.O.233/185 "Records of Letters between the Plenipotentiary and the High Provincial Authorities and Proclamations by H.E. the Governor and Chief Magistrate 1844–1849" 檔中，1844年8月21日告示實貼的「貳拾五號」。

　　　　　　　譯者與學者：香港與大英帝國中文知識建構

的話，我絕不懷疑，我們政府應該在澳門實行一個類似於東印度公司的制度，鼓勵學習這種語言。這樣，問題便可迎刃而解，如果可以以年薪獎勵，譬如説五百盧比一年給予適當人才，而他必需語言考試合格，在建設新制後一年，我們因應以後空缺，控制入職人數，以及讓最有能力的學生就任。這樣，我有信心很多年輕人以至商貿會館中很多低級職員會報讀這語言課程，假以時日，政府就能求得一定數量的可靠譯者。[193]

喬斯林爵士要求英國政府在澳門設立語言學校的意見，最後並沒有完全落實，但可以説，一個更好的方案在斯當東大力推行下實現了。至於他的動力，卻不單是從英國譯員不足的情形下產生，更是看到鴉片戰爭時翻譯水平及相關校對工作疏漏而來。

1840年2月20及21日，英國首相巴麥尊寫信給鴉片戰爭主帥義律及懿律（George Elliot, 1784–1863），指他收到斯當東爵士來信，着兩位主帥小心參考，[194]希望兩人不要因為抄寫員以英語拼音譯寫中國地名錯誤而被誤導。巴麥尊並特別附上了斯當東一併寄來，由東印度公司前茶葉檢查員（inspector of tea）波爾（Samuel Ball, 1781–1874）的備忘錄及小冊子，予以協助。[195]波爾在東印度公司工作了二十多年（從1804到1826年），既是斯當東的前下屬，又跟斯當東一起見證着第二次阿美士德使團的無功而還。看到英國通商嘗試又一次失敗，深感中英貿易之路的崎嶇，撰寫了《中國開放第二港口之便的觀察書》（*Observations on the Expediency of Opening a Second Port in China*），抒發己見，分析中國開放貿易對兩國的重要性，發表在《皇家亞洲學刊》。[196]斯當東與波爾有

---

193 Jocelyn, *Six Months with the Chinese Expedition*, pp. 145–147.
194 F.O. 17/37/124, 20 February 1840.
195 F.O. 17/37/135, 21 February 1840.
196 Samuel Ball, "Observations on the Expediency of Opening a Second Port in

深交，波爾在1848年於倫敦出版的著作《中國種植及生產茶葉的見聞》（*An Account of the Cultivation and Manufacture or Tea in China Derived from Personal Observation during an Official Residence in That Country*），[197]扉頁中就特別註明此書是以極真摯之心及至敬畏之情，敬呈給斯當東的。另一方面，1833年英商上書國會抗議中國貿易制度及要求重申東印度公司貿易權利時，斯當東就多次引用波爾的觀點。[198]作為東印度公司的茶葉檢查員，由於工作需要，波爾每天鑒定多種中國不同產地的茶葉，檢查品質，配合氣候及地理，建議價格。因此他對中國的地理有深厚認識，並對中國地名及其譯寫名稱非常瞭解，他很快便察覺到戰爭情報出現地名與地理不符的情形。亦由於他與斯當東有深厚情誼，他倆能盡快上報外交部，減少國家面臨折兵損將之苦。

事實上，斯當東與當時的首相巴麥尊關係極密切，也造就了中國專家在英國本土快捷地反映情報失誤的情形。我們從斯當東的私人信件(Staunton private letters)及巴麥尊的文書(Palmerston papers)中，看到巴麥尊身為首相兼外相期間，多次私下寫信給斯當東，希望他能給予對華議案的意見，特別是1838年5、6月間，中國局勢漸趨緊張，3月中旬林則徐下令英商在6月前繳交鴉片，巴麥尊就對華事情上是否需要調動更多的人員處理這事，而涉及

China, Addressed to the President and Select Committee of Supercargoes for the Management of the Affairs of the Honourable East India Company in China," *Journal of the Royal Asiatic Society of Great Britain and Ireland* 6, no. 1(1841), pp. 182–221.

197 Samuel Ball, *An Account of the Cultivation and Manufacture or Tea in China: Derived from Personal Observation during an Official Residence in That Country from 1804 to 1826*(London: Longman, 1848).

198 Sir George Thomas Staunton, *Miscellaneous Notices Relating to China: And Our Commercial Intercourse with That Country, Including a Few Translations from the Chinese Language*(London: John Murray, 1822–1850), pp. 36, 38, 39, 40, 157.

預算又如何等等，頻密地要求斯當東提供意見。[199]有時在信內，他向斯當東說，二人見面不需很長，五分鐘即可，有時在行文間透露出害怕預算不獲通過的誠惶誠恐。從這緊密互動，我們即可明白兩人關係密切。[200]在信中，我們看到，斯當東不怕直言，指有些預算需要長期安排，甚至延後，原因是考慮到國內政見嚴重分裂。[201]對一般人而言，很難明白熱愛中國的斯當東為何會支持好戰的巴麥尊，通過出兵攻打中國的決定，而性格含蓄、為人低調內斂的斯當東，為何又會與被稱為風格專橫的巴麥尊成為深交？這的確難以讓人理解。然而他倆的合作夥伴關係，至少可追溯到1832年，在地方選區（South Hants parliamentary election）包括南安普敦大學（Southhampton University）中，斯當東不單與巴麥尊聯成一戰線，[202]更結合地區上有名望的代表兼及巴麥尊的好友聯合陣營，一起參選。當時選戰情況激烈，四人中二人勝出，斯當東慘敗。[203]不過，這就更加穩固了兩人作為戰友的交情。

另一方面，他倆的交情亦可見於另一戰事部署上。鴉片戰爭爆發後，主帥義律由於沒有得到巴麥尊的同意而簽下《穿鼻草

199 Palmerston to Staunton, in SOAS Library, Staunton Papers, 18–29 June 1838.

200 Staunton Papers, Palmerston to Staunton, 24 October 1840.

201 South Hampton University, Palmerston papers, Palmerston to Staunton, PP/9C/ST/46, 10 June 1838; Staunton to Palmerston, PP/9C/ST/36, 3 May 1838; Staunton to Palmerston, PP/9C/ST/37, 10 June 1838.

202 有關選戰的關係，可以從當時各大重要報刊上看到，如 *Morning Herald* 及 *Morning Chronicle* 等。British Library 內則有一份詳細的剪報紀錄，收集了當時選戰的廣告、及兩派人物互相攻訐的宣傳單張。見 *South Hants Election. At a Numerous Meeting of the Central Committee of John Fleming, Esq. 8th of Dec. 1832* (Southampton: J. Coupland, 1832), pp. 198, 200, 247–248.

203 有關他參選議員的生涯及任內公職的記述，除了可以參考他的《回憶錄》內的簡述，見 *Memoirs*, p. 181；亦可見 Michael Stenton, *Who's Who of British Members of Parliament: A Biographical Dictionary of the House of Commons, vol. 1, 1832–1885: A Biographical Dictionary of the House of Commons Based on Annual Volumes of Dod's Parliamentary Companion and Other Source* (Hassocks, Sussex: The Harvester Press, 1976–1981), pp. 362–363.

約》（Convention of Chuenpeh），令巴麥尊盛怒並立即撤換主帥，換上曾於印度及巴基斯坦一帶出征的璞鼎查。璞鼎查於1841年出發到中國接替被撤職的義律前，巴麥尊就於5月29日寫信給斯當東，希望他能撥冗抽空跟璞鼎查會面，讓璞鼎查能多聽他的意見。[204]斯當東當天就立即回信給巴麥尊，說自己願傾囊相授，讓璞鼎查明白更多在華人員的能力及特長等。[205]這樣對完全沒有處理中國事務經驗的璞鼎查，在臨危受命的情形下，亦能遵循可靠的意見。巴麥尊對於斯當東立即撥冗接見璞鼎查，表現得極感激，[206]我們可以看到，這些互通人脈的政治安排，肯定了巴麥尊非常信任斯當東及看重他的識見，才有這樣的部署。從日後歷史發展的證據中，我們可以看到，璞鼎查出發前跟斯當東的會面，帶來很多實質的成效。璞鼎查從斯當東那裏聽取了不少珍貴兼實用的意見，特別是有關在華譯者的安排。[207]

　　鴉片戰爭後，中國被迫簽下了不平等條約《南京條約》，割讓香港，五口開放通商，承諾英國人在中國擁有治外法權，再加上新的海關稅則，鴉片貿易得以繼續合法經營，英商到中國貿易再不需要受制於諸多限制的「廣州商館」貿易制度。《南京條約》簽訂的條文，無不反映了近代中國所受的喪權失地恥辱。然而，不為人所知的是，作為戰勝方的英國，其實卻沒有完全享受到戰勝者的光榮，戰爭主帥璞鼎查上任為香港首任總督後不久，《南京條約》附屬條款（通稱《虎門條約》）中英文原文及譯文版本有異的問題爆發，舉國震驚，而這亦令在英國本土關心中英關係及英國在華長遠利益的斯當東，開始認真考慮在英國本土成立漢學的必要性。

204　Staunton Papers, Palmerston to Staunton, 29 May 1841.

205　Southampton University, Palmerston Papers, Staunton to Palmerston, PP/9C/ST/42, 29 May 1841.

206　*Memoirs*, pp. 90–91.

207　F.O. 17/119/179, Staunton to Palmerson, 10 December 1846.

《南京條約》附屬條款中英文原文及譯文版本有異的問題，首先經由一直覬覦英國在華地位的法國大肆報導，立場以右翼著名的法文報刊《爭鳴》[*Journal des débats*(*Journal of the Debate*)]率先於1844年10月21日(星期一)的首頁，並以全版面及頭條報導。[208]這事一經法國報刊詳盡報導後，英國報章立即轉載，傳達社會各階層。而更有報刊在同一週內的1844年10月25日(星期五)，將原先法文報導，同樣以首頁全版面一字不漏，逐字逐句的翻譯出來。由於法文及英文兩報導篇幅極長，現只抽取重點中譯如下：

中國傳來的非常重要的消息，世界各國都因英國在香港成立基地以及沿岸五口通商而受惠。這消息對商業及歷史都深具意義。

天朝帝國公佈的文獻中表示了在這情勢下，各種措施上遭受極大痛擊，原因是可預視到通過一條定期被協商、被接納通過以及被修訂的條款，戰勝國的他們，卻在獨特戰爭位置戰敗。

將來世人會記着璞鼎查與中方官員談判《南京條約》的附屬條文，條文討論的雖只屬兩國的貿易關係及許可權，但實情是將來開放予全世界各國也未可論。數月前，我們報導了在《香港憲報》(*Hong Kong Gazette*)刊登的條款的英文文獻。但我們無意讚揚當中的條款或以此引來的任何關聯。原因是，現在看來，這翻譯並不準確，璞鼎查爵士已成為了不值一看無意義詭計(*supercherie*)的受害者。英國談判團的主翻譯官馬儒翰在草書條文時突然身故，他的死，實在如璞鼎查爵士所言的屬舉國痛殤(national calamity)，但是這首當其衝帶來的災難，卻遠遠超出璞鼎查所能預視到的。作為英國駐華全權公

208 *Journal des debats*(*Journal of the Debate*), Monday, 21 October 1844, Front Page.

使及英國駐華商務總監 (Plentipotentiary and Chief Superintendent of the Trade of British Subjects in China；1844年稱為「大英欽奉全權公使大臣總理香港地方軍務兼領五港英商貿易事宜德督」[209]），他在經貿方面及語言方面卻完全無知，英國公使一職與英商長久積存彼此痛恨的關係，致使英商本來可以及早提醒璞鼎查令他不至蒙蔽，作為他的敵人的中國談判代表，一早已賄賂將接替馬儒翰作翻譯的繼任人。而璞鼎查爵士在這種情形下卻不知就裏，接納了條文，更以 貴國之名修訂了當中的條款，把他的政府在戰爭後——本來以英國人血汗之資爭取回來的各種好處，都付之流水，現在這條款甚至把殖民地香港的可能發展都箝制住。[210]

法國報刊還進一步分析，上文所說的英國貿易及關稅的利益，如何在英文版的《南京條約》中的13條及17條整段失去，而這些都是整份條約所列最根本利益中最重要的關鍵句，璞鼎查不單不能洞悉，還興高采烈和滿有信心地從譯者那裏接受過來。法國報刊於是把13及17條中整條條文，先列出璞鼎查原來從英方譯者譯出來的版本，再在段末補上了一段在原文中失去的段落以斜體標示出來，並指這用斜體標示出來後補的英譯，是他們現找得到英國國內最德高望重的幾位英國中文教授翻譯出來的，讓讀者看到英國人如何在《南京條約》的譯本中，盡失自己的利益而渾然不知。[211]

---

209 F.O.233/185 "Records of Letters between the Plenipotentiary and the High Provincial Authorities and proclamations by H.E. the Governor and Chief Magistrate 1844–1849" 檔中，多條曉示 proclamations 起首句都以「大英欽奉全權公使大臣總理香港地方軍務兼領五港英商貿易事宜德督」頒發諭令及通告。

210 英文原文盡錄見 Anonymous, "The Treaty with China," *Freeman's Journal and Daily Commercial Advertiser*（Dublin, Ireland）Friday, 25 October 1844.

211 Anonymous, "The Treaty with China"；英國多份報刊報導，此 *Freeman*

　　　　　　　　譯者與學者：香港與大英帝國中文知識建構

這事一經法國報刊詳盡報導後，又經英國報章傳達社會各階層，英國政府頓覺顏面無存，國體受辱，舉國震驚和震怒；當然，香港各大小報章亦同時轉載，十九世紀研究香港歷史的學者及專家，對於法國用語刻薄尖酸的態度亦極度不滿。[212]事實上，法國報刊所指《南京條約》的原文與譯文不符的內容，英國的確沒有全部譯出，但當中的原因是漏譯還是節譯，是英方刻意還是疏忽，個中原因是什麼，從現在的歷史證據中，難以有一目了然的答案。

另一方面，法國報刊的言論，根本沒有提出任何實質證據指英方譯者被中方收買。法國報界的真正居心，是看到英方在印出條文中英文版本不符後，憑空捏造一些蠱惑人心的言論而已。而法國輕易便可以在這事上，以迅雷不及掩耳的速度，作出乘人之危的攻擊，與法國自己自從十六世紀以來自耶穌會傳教士起建立出來的深厚漢學傳統，[213]對人才及資源的珍視，有着不可分割的關係。此外，英國欠缺譯者，早在十八世紀馬戛爾尼使團開始，已是舉國公認的事實，亦早已聞名歐洲，既然英國的弱點早已暴露人前，法國只是捕風捉影，攻擊英國外交工作上的弱項。而對於漢學人才及資源不足的情形，不單本國漢學家，如斯當東、馬禮遜、德庇時以及皇家亞洲學會內的同行，都已多次公開承認的事實，更是歐洲大陸漢學界人所共知。一直以來，大英帝國沒有汲取教訓，徹底正視問題，這種疏忽，卻成為了競爭者及敵人捉着的痛處，在外交及政治舞台上大造文章，攻擊自己，這卻是大英帝國萬萬始料未及的。

Journal把法文報刊原文盡錄。

212　Ernest J. Eitel (E. J. Eitel), *Europe in China* (Hong Kong: Oxford University Press, 1983), p. 198及James William Norton-Kyshe, *The History of the Laws and Courts of Hong Kong from the Earliest Period to 1898*, vol. 1 (Hong Kong: Vetch and Lee, 1971), p. 43.

213　David Mungello, *Curious Land: Jesuit Accommodation and the Origins of Sinology* (Stuttgart: Steiner, 1985), pp. 36–37.

法國窺伺到英國譯者不足，變成英國國防外交工作的死穴，其實可以說是輕而易舉的事，以此散發謠言，從英方最脆弱的環節掃英國戰勝國的雅興，把責任推到戰前和戰後一直肩負重任的譯者，可以說是居心叵測。當時英方的翻譯團隊，人數雖然不足，但從外交部檔案及關涉人物的日記及回憶錄中看到，譯者馬儒翰及羅伯聃在談判過程中盡瘁鞠躬。他們兩人在翻譯《南京條約》的過程中，合作無間，互相信賴。但由於談判過程曲折，當時羅伯聃與馬儒翰身在中國，璞鼎查為了更好處理初生的殖民地香港，經常穿梭港澳兩地。談判過程中，馬儒翰在決定每一大小事情上，都盡力知會璞鼎查，英方同意後再跟中方磋商談判。然而談判過程極度轉折，再加上船期往還時有延誤，情非得已的情形下，譯者會作一個簡單決議再跟璞鼎查落實。當時的馬儒翰其實已經病重，長期受高溫發熱煎熬，他更以一種死而後已的態度完成談判及翻譯工作。[214]法國能乘人之危，污衊英方譯者，完全因為馬儒翰於1843年8月急病死去。璞鼎查損失了極重要的輔政大臣，他悲痛地指，這是國家不能彌補的國殤；[215]馬儒翰的死，亦令法國的謠傳出現了無法對證的局面。

　　另一位與馬儒翰一起緊密合作的譯者是羅伯聃，他在馬儒翰死後，差不多要獨力承擔所有翻譯任務。由於戰後和約談判的工作是國家最高機密，再加上英方譯員人才凋零，本來可以後補頂替的譯員本來就不多。除了鴉片戰爭行軍中擔當翻譯的郭實獵，另一譯員飛即早就因病折回澳門。哪一位譯員在談判過程中擔當什麼樣的工作，當時在英國社會上大概只有懂得中國事務的一小撮人知道。馬儒翰因病猝死後，誰人接替馬儒翰，英國社會中到底有多少人知道？法國指稱「一早已賄賂將接替馬儒翰作翻

214　而有關真正談判的情形，由於涉及的史料極複雜極冗長，筆者已以另文〈不對等翻譯與不平等條約：《南京條約》英方譯者受賄醜聞〉詳述，不在此贅。

215　"Official Notice by Sir Henry Pottinger," Macao, 29 August 1843.

　　　　　　　譯者與學者：香港與大英帝國中文知識建構

譯的繼任人」，是指稱羅伯聃？還是謠言惑眾、混淆視聽、動亂軍心的聳人聽聞而已？在受盡社會輿論及批評的情形下，關涉的譯者羅伯聃，沒有因此而走出來自辯，他作為國家的譯者，本來就不可以暴露國家機密。再加上馬儒翰已死，無論羅伯聃如何交代及說明，都已變成死無對證的說法。再加上，羅伯聃的幾本譯作，包括《意拾喻言》（Aesop's Fables）及《說中國語的人》（The Chinese Speaker; Or, Extracts from Works Written in the Mandarin Language as Spoken at Peking），[216]一直深受法國漢學界推崇。法國漢學界的儒蓮，多次在攻擊璞鼎查及英方譯者的同一法國報刊《爭鳴》上，刊登他對羅伯聃的讚賞，而這些都轉刊在《英國日報》、《中國叢報》及其他的報導中。[217]羅伯聃若站出來澄清自己的立場、翻譯水準及當時的翻譯分工，其實亦只會把事實更複雜化，甚至有種欲蓋彌彰的姿態。

另一位關鍵人物璞鼎查，一直對兩版本的翻譯條文不符一事，三緘其口；他對於輿論對自己嚴苛的指責、對於法國指中方收買英方譯者，亦從無正面回應。後來璞鼎查選擇了在極巧妙的場合，才公開解釋事件。1844年璞鼎查回國後，受到執政黨歡迎，並舉辦了慰勞宴及聯歡晚會，慶祝英國的勝利，直至這一晚他才公開披露「事實原委」。[218]他避重就輕地指，作為英國全

---

216 Mun Mooy Seen-Shang's pupil, Sloth(Robert Thom), *Aesop's Fables*(Canton: Canton Press Office, 1840); Robert Thom, *The Chinese Speaker; Or, Extracts from Works Written in the Mandarin Language as Spoken at Peking*(Canton: Canton Customs Press, 1846).

217 Anonymous, "Intercourse with China," *Glasgow Herald*(Glasgow, Scotland), no. 4364(25 November 1844); Anonymous, "The Late Dr Morrison's Chinese Dictionary. Letter from M. Stanislas Julien to Robert Thom, Esq., H.M. Consul at Ning-pŏ," *The Asiatic Journal and Monthly Miscellany*, vol. IV(London: W.M H Allen & Co.,1845), pp. 44–46.

218 Anonymous, "Dinner to Sir Henry Pottinger," *The Examiner*(London, England), no. 1924(14 December 1844); Anonymous, "Entertainments to Sir Henry Pottinger," *The Asiatic Journal and Monthly Miscellany*, pp. 295–302.

權公使及戰爭主帥，他認為無必要對公眾披露簽訂條款的全文內容，而且刊登一折衷簡單版本供給公眾參考即可，很明顯，這只是轉移討論重點而已。璞鼎查雖然是鴉片戰爭的主帥，然而他對中國並沒有任何興趣，所以在履行戰爭的職責後已有意離任，對香港施政管治方面，也不欲大展拳腳。[219]軍人出身的他，在中英外交及《南京條約》中英版本條文有異一事上，的確政治敏感度不足。翻譯醜聞爆發後，矛頭直指他監督不力，令他更意興闌珊，再求離去。有見及此，大英帝國考慮派遣與璞鼎查風格及背景完全不同的人來擔當他的接任人。

當然，歷史學家對這次條文的討論甚多，甚至把這歷史稱為著名的「第十三條」，[220]並從中推論多種的歷史考據、推測，有的說成中方的陰謀、[221]英方的不幸，但其實由於並沒有深究《南京條約》談判時譯者的分工及工作情形，亦即是說沒有實際地落實到馬儒翰等人的翻譯過程，更沒有看到當時的歷史條件，即是翻譯在未專業化所出現的難度與困難。因此這些「中方的陰謀」「英方的不幸」的結論，可以說是從表面上的歷史情形得出的印象而已。

不過，無論如何，這事大概可以初步定調為這是法國發動的外交詭計，原因是法文報刊所報導的其中一項要點，肯定是無故捏造的。對於跟法國漢學界關係緊密的斯當東，亦必定深感震怒。這就是，有關英國的中文教授一事。法國報刊為了昭示英法讀者，英國外交層面上的翻譯工作到底如何不濟，行軍主帥如何懵懂，於是把《南京條約》中的第13及17條漏譯的部分

---

219 Norton-Kyshe認為他施政倉促，立法隨意，見Norton-Kyshe, *The History of the Laws and Courts of Hong Kong*, p. 50。

220 Fairbank, *Trade and Diplomacy on the China Coast*, p. 125.

221 Davis to Palmerston, "Little Better Than an Act of Fraud on the Part of the Chinese Negotiators," F.O. 228/67/[unpaged], 1847; Davis to Palmerston, Desp, no. 142, August 1847. 轉引自Stanley Fowler Wright, *China's Struggle for Tariff Autonomy: 1843–1938*(Shanghai: Kelly & Walsh, 1938), p. 36。

譯者與學者：香港與大英帝國中文知識建構

再補譯出來，並聲稱這段補譯，是英國最有名望的幾位中文講座教授為他們再一次翻譯出來的。法國報刊希望營造的氣氛是，以子之矛攻子之盾，以貴國本土人員彰顯貴國海外人員的不足，讓英國上下看到自己的窘態，從中可見。法國報界的深謀遠慮。然而事實是，從本書的首兩章中，我們已詳細討論到，英國漢學界在1843年左右出現了中文教授的真空期，倫敦大學學院在修德於1843年6月猝逝後，沒有再延續教席。在英國緊接的另一個教席是倫敦國王學院於1846年籌辦，1847年才成立。法國如何能於1843到1844年英國本土內找得一位中文教授？更何況，法國報刊指，是找到幾位最博學的中文教授們（most learned professors of the Chinese language）為他們作全文翻譯！

1844年《南京條約》中英條款中的譯文與原文不符，法國用它攻擊英國舉國中文知識低劣，譯者質素不佳；在一定的層面上，這並沒有錯。不過，其實在法國報界大造文章之前，英國本來有一次機會阻止這醜聞爆發的。當時就有一位德高望重的漢學家，一早就洞悉這問題，甚至採取了相應的行為，盡了自己的努力挽救險局，這人就是斯當東。可惜的是，英國政局發展出現了意想不到的急轉情形，英國失去了汲取政治情報、避免政治災難的良機。

在爆出《南京條約》中英文版本不對稱的醜聞前，斯當東已經提點政府，希望執政者能防患於未然，避免因為翻譯上的技術問題，傷害國家利益。事實上，在戰爭爆發初段，斯當東已開始收到中國寄來大量情報，當中有很多舊部下對他進言，也有一些匿名者來信。斯當東對這些情報，都表現得極小心，由於他不屬外交部專員，即使他與當時的外相巴麥尊極熟稔，他把這些信件全部轉到外交部，並且很慎重地表明，自己從來沒有鼓勵在華人士向自己投書，更不會鼓勵他們向自己進言，收取情報。[222]

222　F.O. 17/41/97, 11 February 1840.

當他風聞到《南京條約》中英文內容有異時，已要求外交部把《南京條約》條文傳給他審視，讓他能核實兩個版本的內容。斯當東指，他本着積累已久的對華外交經驗，加上熟悉中國官方語言及中文的使用法則，他相信要澄清疑慮，就要通過仔細看到兩種語言的原文條款，才能得出客觀公正結論。斯當東表明按他的推想，很可能是中國官式語文引起一些詮釋的問題，極難處理。他更指，任何明白中文詞性的人都會知道，中文行文委婉，詞性在原文的上下脈絡中表現無遺，但這些特質卻會在翻譯過程中變得蕩然無存(lost in the translation)。他向外交部要求暫借條約中英版本，只求短暫閱覽，讓他釋疑，並指只要自己看過條文，便能從文脈中確定中方態度是否尊重及信守條約，也能瞭解所言的誤會是否由其他問題引起。可惜的是，英國忙於對外戰爭之時，國內的政局同樣動盪不堪。1841年，輝格黨(Whig)的邁爾本勳爵(Lord Melbourne, 1779–1848)內閣落敗，不得不讓位於托利黨(Tory)的皮爾爵士(Sir Robert Peel)內閣；1841年9月8日起，亞伯丁勳爵(Lord Aberdeen; George Hamilton Gordon, 1841–1846)接替巴麥尊出任外相。

政壇更替，斯當東的意見沒有產生任何作用，他的好意更被徹底冷待。外交部不單拒絕斯當東希望跟進《南京條約》兩文異同的要求，還要求斯當東詳細解釋他的動機；而為了尊重國會議員，表示已安排好斯當東與外相會面時間，雙方可以直接討論。[223]新政府亞伯丁伯爵在處理外交事情上，風格與巴麥尊截然不同，對巴麥尊以前極重視的斯當東，更表現得十分疏離及避忌。斯當東自1792到1816年，親身參加了兩次訪華使團，他「中國通」的名聲不單在英國不脛而走，在歐洲外交及漢學界都享有超然地位。當時他已儼如英國政壇及社會中，唯一公認「中國專

223　F.O. 17/63/250–251, 19 December 1842.

　譯者與學者：香港與大英帝國中文知識建構

家」的人物。當英國討論在華長遠利益，以及對華自由貿易（Free intercourse with China）惠及整個東方貿易一衣帶水的貿易連繫時，有名曾於加爾各答（Calcutta）海防處（Master attendant's office）的官員就指：

> 環視整個歐洲，無人能像斯當東爵士這樣熟悉中國事務，因此，他的意見值得首要重視。[224]

然而，他的意見，卻沒有被新政府聽入耳內。對於這個新執政黨，他似乎不能寄予任何厚望。1842年12月19日，斯當東寫信到外交部，表明拒絕與1841年新上任的外相亞伯丁伯爵見面。[225] 斯當東在回信中，詳細解釋了原委，更指若外交部能消除成見，停止懷疑他的動機，他是樂於造訪外相的，而自己只是一番好意，希望國家避免因為翻譯問題而釀成國家主權及外交風波而已。可惜的是，新外相並不重視他的意見，更表現出一種頗為冷漠的姿態：[226]首先通過次外相回信給斯當東，以官腔口吻說出不要勞煩斯當東了，更指在現階段並不適合把涉及兩國的條文私下給他閱覽。此外，次外相更指，外相委任了身在中國處理這事的譯員，包括馬儒翰及郭實獵等人，料想他們會權衡輕重，懂得審慎地把國家利益放在首要位置。換言之，即是暗示新政黨信任在華的譯員多於斯當東，認為他多疑，多此一舉。從中可見，新外相不單把斯當東當成是局外人看待，甚至仍把他看成是敵對陣營的仇人看待。斯當東對此怒不可遏，向外交部回信說，他要求察

---

224 John Phipps, *A Practical Treatise on the China and Eastern Trade: Comprising the Commerce of Great Britain and India, Particularly Bengal and Singapore, with China and the Eastern Islands*（Calcutta: Thacker and co. and T. Ostell, 1835）, p. 17.

225 F.O. 17/63/250–251, 19 December 1842.

226 F.O. 17/63/252, 12 December 1842.

譯者作為學科推手：斯當東

· 123 ·

閱條文，並不是要找機會批評馬儒翰、郭實獵及其他譯者。斯當東更指，這一批譯者根本就是自己在華時的朋友及情報員。斯當東指自己對他們信心十足，特別是馬儒翰，他相信馬儒翰會獲得國家的讚賞及評價。我們只要從這樣簡單的一問一答，就知道新政府對斯當東認識不深。斯當東對於外交部斷然拒絕他的請求表現得極生氣，並指回顧自己過去參與各中國外交大事中，自己要求看任何檔案都不會出於無理的要求。事情弄到此地步，他的唯一願望就是通過一看條文以求心安，放下譴責任何一位卓越及能幹的譯者之心，因此，他希望外交部能把這信轉給外相亞伯丁爵士。如果我們只依賴斯當東的《回憶錄》去瞭解整件事件，我們只會看到極有趣事實的反面。原因是，斯當東在《回憶錄》中，收錄了當天亞伯丁伯爵直接寄來的信，信中泛泛而論，言詞極誠懇表示謝意，但當中完全沒有提到條款的翻譯，也沒有直接回應斯當東的要求，只是誠懇意切地感謝他的提示，並指以後極歡迎他再提供任何意見。[227]亦是這個原因，斯當東公開了這信在《回憶錄》中，讓知道事情經過原委的人會心微笑，以及官場中人的惺惺作態。

當然，表面看來，新政權剛愎自用，輕視斯當東等中國通的意見而自取其辱。不過從另一角度去看，巴麥尊擔任外相期間，動輒出兵，而令國家陷入大半個地球的戰爭之中：中國、半個波斯、黎凡特諸國(the Levant)——即地中海一帶東部(今敘利亞、黎巴嫩和以色列等國)、甚至尼泊爾等地。亞伯丁接任外相一職之時，新政府要承擔前政權的好戰、好大喜功的惡果及責任，上場後，立即忙於應付與多國戰後大大小小的談判，疲於奔命。因此，新政權對巴麥尊的政策及用人，表現得極度審慎及避忌，實在是無可厚非的。[228]

227 *Memoirs*, p. 92.
228 Muriel E. Chamberlain, *Lord Aberdeen: A Political Biography* (London: Longman, 1983), p. 297.

譯者與學者：香港與大英帝國中文知識建構

自與外交部產生意見不合的不愉快經歷後，斯當東再也沒有積極地與外交部有什麼連繫。從各種文獻上，包括他的《回憶錄》及各種出版著作、外交部檔案及斯當東私人信件中，我們看不到斯當東與外交部再有來往。除了兩次為了照顧自己的後輩，包括在倫敦大學學院中文課程即將停辦時，斯當東於1842年寫給外交部，推薦修德，望他能成為外交部正職譯員，獲得固定發薪，解決燃眉之急，讓他在失去教席後避免陷入艱難的生活。[229]另一事就是國家需要找尋接替璞鼎查出任香港第二任總督，外交部向斯當東探問接任人，斯當東推薦自己的舊下屬德庇時接任。[230]修德的推薦，由於是斯當東自發向外交部探問的，得到的只是冷淡的反應，外交部指無意在現任六名全職譯員外再增聘任何人。到了1843年課程要結束之年，中文教授修德在6月初正式向大學查詢，學校是否有意延辦課程，以及自己獲續聘的可能性。1843年6月10日，大學正式回信修德，指學校會依據1837年成立中文教席時的協議，實施五年，絕不考慮延期。課程遽然終止，在社會上後來產生了一陣小小的騷動，當中的原因，固然是課程突然中斷所產生的技術問題，亦即是課程以後是否能銜接大學辦學的目標、長遠規劃及教育義務等。但當時引起社會極度的情緒反應，是因為修德向大學探問是否獲得續聘後沒多久，他就於6月中旬(1843年6月12日)因急病去世。死前還在致力爭取向學校申請延聘的修德，雖說不上是激憤而死，然而這大大增加了整件事件的悲劇性，原因是校內有不少同僚希望為沒有退休保障又年薪低微的修德籌募體恤金，這卻被大學斷然拒絕，更嚴斥地反駁指，大學不可無端開這先例，否則沒完沒了，這徹底反映了倫敦大學對中文科教員的冷漠。

　　至於德庇時的推薦，由於是外交部無計可施地向斯當東求

229　F.O. 17/62/195, 21 April 1842.

230　*Memoirs*, pp. 94–96.

救，所以相當順利。亦即是説，斯當東除了在爆發《南京條約》翻譯醜聞時，極力勸阻國家，希望他們能聽從自己的意見外；他早於1841年介紹修德入外交部，也希望國家能用人唯才，在本土有足夠的優質譯員處理外交情報，解決長期以來譯員不足的情形。巴麥尊在從1841年8月退下執政的短短一段時期，偃旗息鼓，與他合作無間的斯當東，同樣選擇以韜光養晦的姿態，直到1846年巴麥尊捲土重來，斯當東才重新積極地以中國專家的身份為國家出謀劃策，不過，這一次，他的角色轉變了。在鴉片戰爭後，中英關係邁進新的里程碑，斯當東看到以後國家無論於外交層面還是經貿文化上，本土還是海外，英國對於譯者人數及優質翻譯水準的需求，只會有增無減。要徹底避免翻譯成為國家發展中英關係的絆腳石，要保護英國在華利益，箝制其他西歐國家虎視眈眈在華分一杯羹，斯當東就要做好把關的工作。這一次，他不可單單依靠政治去發揮自上而下的影響力，更要避免政黨輪替中出現黨同伐異的干擾因素。他認為，真正做到釜底抽薪，就是在教育界發揮長遠的影響力，培養出能服務國家、保護國家在華利益的專才。因此，自1846年起，他調整了自己的步伐，以往他總是作風低調，默默在背後以人事及金錢資助漢學研究，襄助熱心的同仁。鴉片戰爭後，他決心要高度參與籌辦英國本土漢學及翻譯的課程，讓他的遠見及識見得以完全發揮，避免國家及國人在短視中犧牲了長遠利益。而長遠發揮這一切的平台，首要的就是當時的倫敦大學國王學院，一所與倫敦大學學院辦學風格極不一樣的大學。

2.6　英國外交部學生翻譯課程的濫觴

　　就在國王學院課程成立並在招聘教授事宜進行得如火如荼的時候，斯當東亦忙於為外交部的在華譯員作另一種部署。國王學

　　　　　　　　　譯者與學者：香港與大英帝國中文知識建構

院中文課程的首個重點，固然就是傳授漢語知識，並培養研究中國的人才，不過，一個很實在卻更隱蔽的教學目的，就是為大英帝國培養專門的中英外交翻譯專員，首要培訓的是外交部即將到中國港口（consular ports）的領事及專員，然後再為殖民地部培訓即將出發到香港、海峽殖民地及其他華人地區的官員。開設兩種課程的目的，就是為了讓大英帝國的譯者在出發到中國及亞洲地區執勤前，掌握了基本的語文知識，更快更好地履行任務。1846年12月10日，斯當東寄呈了一封很長的備忘錄，給重新上任成為外相的巴麥尊。內文詳盡地列出每一位在華譯者的漢語水準、他們過去的工作表現以及各人的潛能。[231]為了提供客觀及持平的意見，斯當東更請得已退職的上任英國駐華全權公使及英國駐華商務總監璞鼎查、現任英國駐華全權公使及英國駐華商務總監的德庇時，提供意見。

這份備忘錄的功能有三：第一是人事方面的，特別是為逝去譯者遺屬追討應有的撫卹金；第二是為幾位在華年輕譯員謀求固定的編制；第三是給外交部在面對新的中英關係時，有很好的資訊安排及分配翻譯專員，讓不懂漢語的外交部官員能作借鑑。信中提到的人員很多，篇幅最多最長的是有關同年剛去世的羅伯聃。原因是斯當東希望為他追討到一定金額的退休金，讓他的兩名中英混血私生孩子得到更多的生活保障。在十九世紀中英交往的早年，譯員被徵召入伍或從商業譯員變成政府官方譯員的過程，其實都是非常偶然及突發，大多都是大英帝國陷入了戰爭或疆土糾紛，譯員出於愛國情操而臨時上陣。當時在中國的英方譯員，譬如馬禮遜、馬儒翰、羅伯聃及飛即等等，其實都是出自這一背景。若他們服役期間病歿、戰死沙場，又或者在職期間身故，由於他們本身不屬政府正常編制的公務員，因此亦不會得到公務員應有的生活津貼及退休保障。可幸的是，在十九世紀

231　F.O. 17/119/179, 10 December 1846.

中英關係發展期間入伍的譯員，一直有斯當東為他們發聲，譬如他就曾經藉着國會議員的身份，企圖在國會提出動議，要求國家對逝去的譯員馬禮遜多作賠償及恩卹，後來雖被首相皮爾爵士（Sir Robert Peel）及時制止勸退動議，換作私下解決，斯當東力排眾議，高調地為譯員發聲，已為馬禮遜爭取得比較理想的恩卹待遇。[232]斯當東立下了良好的榜樣，璞鼎查、德庇時、包令爵士（Sir John Bowring, 1792–1872；香港譯為寶靈；任期於1854年開始）以及後面會談到的威妥瑪等，遇有譯員申請待遇及福利方面的安排，都盡力為譯員爭取更良好的待遇。

這備忘錄反映了斯當東對幾位在華譯員能力的評價及印象，但更重要的，是斯當東對於幾位年輕譯員的關注。這幾位年輕譯員，包括馬禮遜的幼子馬丁及領事李太郭的兒子李泰國。斯當東當時特別關注李泰國，主要的原因是因為他跟李太郭私交甚篤。李太郭在1839年出任成為英國官方譯員前，曾多次自薦到外交部，卻一直落空，甚至巴麥尊亦通過外交部回函給他說，外交部雖感謝他的美意，暫時卻無意聘用。[233]直到1839年他通過斯當東的推薦，終得到與外相巴麥尊直接會面的機會。巴麥尊親身跟他會談後，不單實現了李太郭加入外交部的志向，並答允立即派遣他到中國。巴麥尊為了表示尊重斯當東，在兩人的信函中向他說，李太郭非常適合擔任中國港口領事內的譯員一職，而且能立即派他出發（send him out immediately in the capacity to be attached to the mission）。[234]格臣（Jack J. Gerson）研究李泰國的專著中，多次指出不知出自何種原因李太郭最後能跟外交部成功接洽。[235]由於格

232　*Memoirs*, pp. 95–98.

233　F.O. 17/41/31, 10 January 1840.

234　Staunton Papers, Palmerston to Staunton, 29 May 1841, and Palmerston to Staunton, 13 June 1841.

235　Jack Gerson, *Horatio Nelson Lay and Sino-British Relations*, 1854–1864 (Cambridge, MA: East Asian Research Center, Harvard University, 1972), pp. 5–6.

臣一着並沒有參考巴麥尊與斯當東的私人信函，只能依據外交部的檔案，因此並不能瞭解斯當東在居中的角色。反過來説，李太郭的任用也讓我們徹底看到，斯當東作為中國專家在當時英國的影響力。李太郭上任後，歷任廣州及廈門等地的譯員及領事，直到1846年出任福州領事，當時李太郭希望斯當東能幫忙，讓長子李泰國像自己一樣，在外交部謀得可靠差事。由於李泰國當年只有十四歲，因此李太郭及斯當東便建議他先到中國跟從郭實獵學習中文。[236]這固然是因為李太郭在成為國家譯員前，身為傳教士的他，四出到東南亞及中國傳教的時候，一早已認識了郭實獵，因而有這樣的想法；但當一切還在籌劃中的時候，李太郭便因急病突然身故。斯當東出於責任感及個人承擔，希望能一盡長輩的身份，盡快讓子姪李泰國完成父親的遺願。因此，他便向巴麥尊要求，希望李泰國能像馬禮遜的幼子馬丁一樣，盡快安插在政府編制內，讓他加入國家體制後能有穩定的發展，同時亦能解決璞鼎查在報告內指通商港口譯員嚴重不足的問題。李泰國雖然得斯當東提攜，亦能師從郭實獵，然而他後來在中國的譯員生涯中，並沒有創出一番成就來，更因僭越了譯者的職責，而不得不離開中國。

斯當東當時的考慮，除了穩固本土漢學的發展，他的計劃非常仔細及周詳，同時向外交部要求，是否可以撥出預算，在經費上資助郭實獵，這並不單是為補貼郭實獵作為李太郭在華私人教師的安排；更重要的是，郭實獵曾經上書外交部，要求在香港或澳門成立穩固的漢學課程，讓大英帝國在華利益不致被譯員水平問題而犧牲了。而這，更關乎到香港基礎的兩文三語教育問題，我們在下一章3.6節會有更深入的討論。

從各種文獻看來，斯當東與郭實獵沒有很深厚的交情，即使法國於《南京條約》譯文問題上曾暗示郭實獵出賣英國，斯當東

236　Staunton Papers, Palmerston to Staunton, 16 May 1848.

對他的觀感並沒有受什麼影響。不過，於1846年斯當東撰寫這份備忘錄的時候，環顧四周，郭實獵是在華最深資歷的譯員，跟從他學習中文的，有一班日後叱吒中英譯界及外交生涯的年輕譯員，首先就是巴夏禮（為郭實獵遠房親戚）。巴夏禮年輕時在1841年隻身跑到澳門，投靠表姐瑪麗郭實獵（Mary Wanstall Gützlaff, ?–1849）──亦即是傳教士郭實獵的太太，在澳門學習漢語。鴉片戰爭爆發後，他跟隨馬儒翰、郭實獵及主帥璞鼎查隨軍北上，見證《南京條約》的簽訂，然後在1842年隨馬儒翰返港，加入香港政府工作，期間一直學習廣府話。[237]他後來被調派到中國通商港口如福州、廈門等地，作為地方領事及管轄人，亦由此機遇學習官話，並逐漸成為核心的外交官員。斯當東全盤地瞭解了一次當時在華各譯員的資歷及才能，這份備忘錄同時可以稱為點將錄。除了以上提到的巴夏禮及李泰國外，他還提到曾在德國及英國學習中文，並輾轉到了香港的密迪樂（Thomas Tayor Meadows, 1815–1868），以及師從郭實獵，並在鴉片戰爭後自願回到香港繼續留任的年輕譯員威妥瑪。1846年的紀錄中，威妥瑪已獲得璞鼎查及德庇時的高度讚賞，特別是他為了學好漢語，自動提出願意放棄軍銜而到中國擔任譯員。威妥瑪對漢學的熱誠，從這一批中國通來看自然是欣賞有加。在下一章中，我們會深入討論威妥瑪，探討他利用自己在語言天份上的優勢，突圍而出，超越了更有人事背景的巴夏禮及李泰國，而成為英國最重要的外交譯員，以至成為英國十九世紀中促成中國現代化關鍵人物的駐華英國領事。

斯當東希望在公職及人情中取得平衡。他古道熱腸作種種人事上的安排，希望為逝去譯員作更多補償，也為這些年輕子侄盡早覓得出路，到中國去協助大英帝國籌建更成熟的翻譯及外交梯

---

237 Stanley Lane-Poole and Frederick Victor Dickins, *The Life of Sir Harry Parkes: Her Majesty's Minister to China and Japan*(London: Macmillian and Co., 1894); Stanley Lane-Poole, *Sir Harry Parkes in China*(London: Methuen, 1901).

　　　　　譯者與學者：香港與大英帝國中文知識建構

隊。不過，軍事出身的巴麥尊卻與斯當東的立場及想法有異，他認為派遣像李泰國這等年紀的國民到中國去，並不理想。他認為年輕人心志未成熟，體能上也不一定能適應中國的天氣，再加上中國政局並不穩定，年輕人在種種的惡劣環境中未必能熬下去。固然，斯當東自己初到中國加入東印度公司時，也是介於未冠之時，當年大概只有十六至十七歲，他認為能讓年青人早一點到中國去，其實有一定的益處。不用多言，年輕人在學習語言上能佔盡優勢，要學得一口流利中文，越早到中國生活，不單能更快適應當地生活，也能更快學習地道中文。斯當東為了向巴麥尊有效爭取得年輕一代譯員在華生活的資助及安排，他援引馬禮遜幼子馬丁一事，並指璞鼎查的報告已證明只要給予身份及背景相似的譯員後裔到華學習，成績是指日可待的：

> 馬儒翰的幼弟迄今在華擔當譯者服務了幾年，我們認為他的行為及能力大致良好，因而期待他有日能繼承他兄長及父親的衣鉢，到時他的年薪便能從400調整到600鎊。之前的薪水，事實上，僅僅足夠在華的支出而已。馬丁剛剛被委任為福州府的譯員，年薪500。

巴麥尊完全明白斯當東的用意，但作為外相的他考慮並不一樣。他指出，當年批准年幼的馬丁到中國，是亞伯丁首相內閣，他沒有參與也不認同這樣的安排。而且他很明白，這樣的安排是出於馬禮遜對國家的貢獻，但這先例卻不可以變成泛例，特別是以國家公費去教育殉職公務員的子女。他指出，也許將來在中國地區，可以開展像君士坦丁堡（Constantinople，今土耳其伊斯坦堡[Istanbul]）已實行的計劃一樣，開展年輕人在當地學習東方語言計劃，但出發前卻應該成立統一規章，審查及考核有志投身於此的志願者有足夠的能力及品格，並應事先接受一定的語言訓練，確保他們在各方面都有能力擔當重任。[238]而且，最理想的部署是統一參加計劃的年輕人的年齡，讓他們的資格及背景相近。在這種雙重保障措施下，才能確保不會白白浪費國家經費，也不會埋葬了年輕人的前途。這一批年輕人，有的是出於自身對漢學的熱愛而自願地到華工作，有的是當時沒有更好的出路及際遇，巧合地成為英方譯員。但無論如何，在中英交往邁向一個新里程碑，英國已漸漸意識到，不可以再隨便徵召譯員入伍，而必須正視讓譯員接受正式課程。換言之，倫敦國王學院正式成立漢語課程後，外交部慢慢便看準國王學院由斯當東所開辦的中文課程的淵源，日後把漢語及翻譯訓練課程移師到國王學院，讓國家譯員被派到中國及亞洲前，通過一定正式的管道接受訓練；而國王學院也正式成為漢學及翻譯培訓中心。經巴麥尊及斯當東一來一往、動機各異的討論，一個很實在的中國學生譯員計劃漸漸有了雛型。而計劃要到1854年包令上場後，並覓得與外交部有同等願景的譯員，計劃才得以真正落實。

---

238 F.O. 17/119/179, 10 December 1846.

　　　　　　　　　　譯者與學者：香港與大英帝國中文知識建構

第三章 ‖‖ **隱身的譯者：飛即**

　　相較於上一章於政界及文化界都舉足輕重的斯當東，鴉片戰爭中英方的另一位譯者飛即，幾乎可說是寂寂無聞，甚至是名副其實的「隱身的譯者」。這裏是借用了提出「隱身的譯者」的是美國學者韋努蒂（Lawrence Venuti）。他在1995年出版的《隱身的譯者》（*The Translator's Invisibility: A History of Translation*）一書重新定義了翻譯文化中有關流暢的美學觀。在譯文中，讀者期待翻譯清通流暢，無論書面翻譯或口譯過程都不要留有任何譯者中介的痕跡。但凡譯文彆扭大異於讀者的語言習慣，就會令讀者挑戰譯文、質疑譯文可靠性、譯者的外語水平及語言程度甚至專業能力。因此，通順及流暢因而弔詭地合法了譯者隱身的理據。[1]甚至，這種單一翻譯標準，令不少譯者失業、失去聲音及失去主體性。韋努蒂關心文本層次的問題之外，更擔心的是譯者被迫隱身及不在原文流露情感及意見，其實同時隱藏了原著承載的異文化，譯文的差異及特質被「行文通順」完全磨平了，而只會令譯入語讀者慣常地滿足於自己的文化習性中。本章研究的對象飛即，他被隱身的原因不同，他並不是因為語言問題及譯文問題而被歷史隱去，他是被中西史完全遺忘，這種遺忘是來自對譯者工作性質要求而來。

　　其實，飛即在近代中英政治交往及文化交流上貢獻良多，

1　Lawrence Venuti, *The Translator's Invisibility: A History of Translation* (London: Routledge, 1995).

擔當不少具開創意義的工作，集多種首任頭銜於一身，他本來不該成為歷史研究的滄海遺珠。首先，他是鴉片戰爭中為數不多英方正式任命的譯者，積極參與了戰事，尤其活躍於廣州一帶及香港地區；戰後他為殖民主義狂飆時期的英國在海內外擔任開拓性的工作，包括1845年獲委任為英屬香港殖民地首任總登記官（Registrar-General），管治及監控華人；並於1847年由英國最有名的中國通斯當東爵士親自邀請，[2]成為英國倫敦大學國王學院首任中文教授。此舉不單完成了斯當東的個人心願，終於在倫敦建立了英國殖民地部及外交部所倚重的中文教學中心，[3]取代英國史上最早成立，並同為他自己所創立、但卻又受制於學院內各種行政勢力干擾的倫敦大學學院的中文課程。此外，由於國王學院的中文課程比牛津及劍橋大學更早出現，學術傳統更悠久，使得國王學院漢學課程在政經界所擔當的角色，在整個十九世紀裏一直傲視同儕，甚至理雅各於1876上任牛津大學首任中文教授後，一直努力嘗試把殖民地部的漢學課程遷到牛津，卻終被殖民地部所拒絕，最後還回倫敦國王學院，足見該學院的中文課程的重要性。[4]

然而非常可惜的是，過去研究者幾乎完全把飛即忘記了。在浩如煙海的鴉片戰爭研究裏，要不是完全把與他有關的部分隱

2　King's College London Council Minutes（Ref KA/C/M 1846–1852; 1/208），13 February 1846; King's College London Secretary In-correspondence（Ref KA/IC/S49），4 March 1850.

3　倫敦國王學院中文課程建立於1847年，早於牛津大學（1876）及劍橋大學（1888）的中文課程。在倫敦亞非學院成立之前，所有需遠赴中國及華人聚居英屬殖民地（香港及海峽殖民地等）的皇家公務員，必須到倫敦國王學院學習中文和考核漢語及翻譯能力。見Great Britain, Colonial Office Records（C.O.）129/316/227–233, 25 February 1903; F.O. 17/233/55, 15 October 1854; P. J. Hartog, "The Origins of the School of Oriental Studies," *Bulletin of the School of Oriental Studies* 1（1917）, pp. 5–22; Robert Heussler, *Yesterday's Rulers: The Making of the British Colonial Service*（Syracuse: Syracuse University Press, 1963）。下簡稱殖民地公署檔案Colonial Office Correspondence為C.O.。

4　詳見本書第五章「理雅各」。

去，就只是把他的事跡一筆輕輕帶過。結果，人們對飛即的認識是非常淺薄的，即使是他的生卒年份，乃至他的家世等一些最基本的資料，竟然都空白闕如。令人唏噓的是，在學界現在可見對他僅有一鱗半爪的描述裏，舛錯的地方多不勝數，有些研究把他的姓氏由Fearon寫成Fearson，[5]又或張冠李戴地把他的名字由Samuel Turner變成了James，[6]也有因此而以訛傳訛地出現了一位J. Fearon。[7]此外，也有些論著因為缺乏資料，在討論國王學院的中文課程時略去他的姓名，只說當中有某位中文教授；至於與他同期在倫敦大學另一院校的中文教授講席——倫敦大學學院的修德，雖然也沒有受到應有的研究而被大書特書，卻不至於被掩沒。[8]上述問題，全部都出現在有關英國的漢學研究裏，甚至出現在英國漢學家自己的研究中。[9]另一方面，歷史研究界也不見得對飛即有足夠的關注，飛即的名字不是不見，就是錯誤頻仍。值得一提的是，近年一本由東印度公司大班與活躍於廣州貿易的商人渣甸及孖地臣(James Matheson, 1796–1878)的往來書信整理而成的資料選編《中國貿易及帝國》(*China Trade and Empire: Jardine, Matheson & Co. and the Origins of British Rule in Hong Kong, 1827–1843*)，同樣出現令人費解的錯誤。該書的原始書信在中英近代史以至商業史上極具參考價值，但可惜的是，編者在註釋中把飛即誤認作飛即的父親。[10]可見，在當前史學研究上，有關飛

---

5 陳堯聖：〈英國的漢學研究〉，載陶振譽(編著)：《世界各國漢學研究論文集》(臺北：國防研究院[與中國文化研究所合作]，1962)，頁186。

6 胡優靜：《英國19世紀的漢學史研究》(北京：學苑出版社，2009)，頁63。

7 魏思齊(Zbigniew Wesolowski)：〈不列顛(英國)漢學研究的概況〉，《漢學研究通訊》第27卷第2期(2008)，頁48。

8 Timothy Hugh Barrett, *Singular Listlessness: A Short History of Chinese Books and British Scholars*(London: Wellsweep, 1989), p. 74.

9 *Ibid.*; David Hawkes, *Classical, Modern, and Humane: Essays in Chinese Literature*, ed. John Minford and Wong Siu-kit(Hong Kong: Chinese University Press, 1989), p. 7.

10 Alain Le Pichon, ed., *China Trade and Empire: Jardine, Matheson & Co. and*

即的研究，不單呈現相當空白的狀態，甚至可以說由於資料匱乏，涉及他的論述已成為一個誤區，容易令人犯險。

到底有關飛即的歷史文獻，是不是這樣缺乏，因而窒礙了史學界有關他與一系列事件及相關人物的研究？其實，在大量長期湮沒的原始材料裏，到處都散見到飛即的身影，且旁及眾多同期重要的人物及事件，包括當時在中西藝術界鼎鼎大名的英國藝術家錢納利（George Chinnery, 1774–1852）、上一章稍為敘及的馬儒翰，還有中英外交史上一場著名的風波「番婦入城」事件等，實在值得我們認真考究。

我們在這裏不妨指出研究飛即這類型人物的困難。飛即在1838年正式出任廣州總商會（General Chamber of Commerce of Canton）的譯者，後來加入英國商務監督處擔任翻譯，儘管也有負責筆譯的工作，但更多時候是作口譯。他雖曾參與十九世紀上半葉廣州中國貿易（Canton trade）及鴉片戰爭，但他的事跡鮮有在鴉片戰爭的原始文獻中被提及，現在可以找到的只有一處，就是在靖逆將軍（奕山）向朝廷報告有關香港海面上的「粵奸」、「漢奸」、「賊黨」密奏中，曾述及飛即：「馬禮遜即馬履遜，啡倫即匪倫，俱係該夷頭目，能通曉漢字漢語，並非幕客。」[11]但我們都知道，啡倫及匪倫的稱呼，都帶有中國深刻華夷之辨的種族觀念，因此，本書跟從中國文獻稱呼他家族的姓名為飛即。飛即一生的工作重口譯，即使他後來於1841年5月4日加入早期香港殖民政府工作，[12]也主要是擔當口譯。這就是研究飛即譯者角

---

the Origins of British Rule in Hong Kong, 1827–1843（Oxford: Published for the British Academy by Oxford University Press, 2006）, p. 591. 此段資料所示的Fearon，是指林則徐圍禁外國人於廣州商館時，擔任翻譯及拯救人質的飛即，而絕對不是指飛即父親飛爾安（Christopher Augustus Fearon），此點下文會進一步述及。

11　奕山：〈靖逆將軍奕山等奏報查明香港地方漢奸名目及英船游奕情形折〉，《鴉片戰爭檔案史料》，第5冊（天津：天津古籍出版社，1992），頁811。

12　Great Britain, Colonial Office, Bluebook 1844（C.O. 133/2/76, undated）.

色一處十分困難的地方。要追蹤口譯者的工作貢獻，實在比筆譯者更難。由於缺乏文書材料，假如譯者自己沒有留下紀錄資料或回憶錄，後來的研究只能參考其他材料或旁證。[13]飛即在1838至1845年間於廣州、澳門、香港活動時，不像同期譯者如郭實獵那樣寫下大量中國情報及風土紀聞，[14]就是在1846年回到英國後，他也不似眾多英國皇家公務員般去撰寫回憶錄，例如他的前上司德庇時，亦即是第二任英國駐華商務監督及香港總督，所撰的中國專著，就在英國社會成為廣泛被徵用的書籍。[15]而更令人感到可嘆的是，即使飛即出任首任中文教授的國王學院，由於草創期校史檔案沒有完善的整理，竟未及留下飛即就職講座（inaugural lecture）的資料。[16]這一切都窒礙了我們對飛即的研究，而由此又影響了我們全面認識鴉片戰爭及十九世紀的中英外交。

在本章裏，我們嘗試全面梳理及申述飛即一生的事跡及貢獻，首先會集中鈎沉飛即前期在廣州及澳門的活動軌跡，以鴉片戰爭爆發作分水嶺，即是史稱中英「艱難及矛盾的歲月」的一段

13　可喜的是，近年漸見更多譯者撰寫回憶錄，特別是從前蘇聯的譯員，記述在鐵幕蘇聯時期，於領導人身旁擔當大小外交工作的內幕、軼聞及感想，如：Valentin M. Berezhkov, At Stalin's Side: *His Interpreter's Memoirs from the October Revolution to the Fall of the Dictator's Empire, trans. Sergei V. Mikheyev*（New York: Carol Publishing Group, 1994）; Pavel Palazchenko, *My Years with Gorbachev and Shevardnadze: The Memoir of a Soviet Interpreter*（Pennsylvania: Pennsylvania State University Press, 1997）。

14　眾所周知，傳教士郭實獵曾寫下大量有關中國風土見聞，如*China Opened; Or, A Display of the Topography, History, Customs, Manners, Arts, Manufactures, Commerce, Literature, Religion, Jurisprudence, Etc. of the Chinese Empire*（London: Smith, 1838）; *Journal of Three Voyages Along the Coast of China in 1831, 1832 and 1833, with Notices of Siam, Corea, and the Loo-Choo Islands*（London: Westley and Davis, 1834）。他對中國的考察報告，有某部分是直接交回英國外交部及當時英國首相巴麥尊，見F.O. 17/24/1, undated。

15　參見John F. Davis, *The Chinese: General Description of the Empire of China and Its Inhabitants*, 2 vols.（London: Charles Knight & Co., 1840）。

16　King's College London Archive（Ref K/LEC1 1831–1878）。

時期，[17]繼而會深入探討飛即在香港殖民政府中，從譯者提升到首任總登記官的原委和工作，最後論述他如何在英國被延攬成國王學院中文教授的來龍去脈，以見他在英國漢學史上所扮演的重要角色。

3.1 飛即的家世：從「番婦入城」到拯救夷商

由於過去從沒有人對飛即的生平資料作過整理及爬梳，我們根本沒法知道飛即的背景，因此我們會先從各種歷史檔案，包括英國檔案處(人口、出生、婚姻及死亡登記)等入手，重組飛即的生平及他的家世圖譜，從而展示在當時非常不利於外國人學習漢語的環境下，既沒有教會背景，更不曾得到東印度公司直接培植的飛即，怎麼能以一名來華的普通英國人，在十九世紀以譯者的姿態走上中英近代交往的歷史舞台。

首先，關於飛即的出生日期，至今仍是一個謎。不要說絕大多數有關飛即的討論都沒法提供這基本的資料，就是在英國檔案處(Public Record Office)所載飛即的檔案中，包括1846年政府登記的結婚證明紀錄，[18]以及1851年英國人口普查，[19]都只不過能夠指出飛即出生年為「大概1819年」，這可能說明，即使是飛即父

---

17 除了時人歸納這段時間為中英「艱難及矛盾的歲月」外，歷史學者一般也這樣概括中英關係，分別見Alexander Wylie, *Memorials of Protestant Missionaries to the Chinese: Giving a List of Their Publications, and Obituary Notices of the Deceased*(Shanghae: American Presbyterian Mission Press, 1867), p. 11; Kuo Pin-chia, *A Critical Study of the First Anglo-Chinese War, with Documents*(Shanghai: Commercial Press, 1935), pp. 1–13。

18 英國檔案處(General Public Record office)婚姻登記署，登記區Kensington，1846年第一季(Jan-Feb-Mar)，第3冊，頁210。

19 英國檔案處1851年英國(England)人口普查紀錄，當時飛即一家登記住址為Stanstead, Hertfordshire, England，第53號家庭，成員包括家主飛即、太太嘉露蓮Caroline Fearon、兒子查理斯Charles Fearon、女兒姬蒂Kate Fearon及備人夫妻等等。

母亦沒有清楚記下飛即的出生日期。不過，從英國檔案處的檔案所示，飛即受浸於1820年1月13日，當時住址為現在已融入於大倫敦（Greater London）地區的Middlesex郡Haringey鎮。雖然檔案中出生紀錄一欄沒有標明他準確的出生日期，但按照基督教的受浸慣例，大概能推想飛即出生年應為1819年12月左右。相信這是到目前為止有關飛即出生日期最準確的推算。

關於飛即的家族背景，他的同宗後人沙泊·飛即（Sheppard P. Fearon, 1911–?）上尉，曾經考證自己家世與中國貿易的關係，在1972年撰寫了一本類似家族史的小冊子Pedigrees of the Fearon Family Trading into China and Notes on Collaterals and Other Matters of Family Interest，[20]透露了不少飛即家族史的資料，對我們認識飛即祖輩及後裔的親族史，有莫大的裨益。不過，由於沙伯·飛即只是飛即幼弟羅拔·飛即（Robert Inglis Fearon, 1837–1897）的孫兒，並不是飛即的直系親屬，這小冊子所載族譜上有關飛即一家的資料很是簡略，[21]當中也有不少舛錯，例如根據英國生死註冊處飛即的死亡證顯示，飛即是在1854年去世，[22]但小冊子上卻寫為1860年，前後相差七年。另外，根據英國婚姻登記處顯示，飛

20　這小冊子從未正式付梓出版，部分內容曾以"Fearons and the China Connection"為題，刊登於1974年6月9日香港《南華早報》（*South China Morning Post; SCMP*）副刊Sunday Post Herald第6版，以回應同刊同年4月21日研究澳葡史專家文德泉神父（Manuel Teixeira）的一篇名為"Housing Problems in Old Macau"的文章。文德泉神父一文述及錢納利於澳門活動及居住狀況時，提到錢氏及飛即一家的關係。沙伯的小冊子現藏於香港大學孔安道紀念圖書館香港特藏圖書室內。Sheppard P. Fearon, *Pedigrees of the Fearon Family Trading into China and Notes on Collaterals and Other Matters of Family Interest*（S.l.: s.n., 1972）。

21　例如飛即整個家族成員的出生資料都闕如，正確資料應為：飛即的太太Caroline Fearon（1818–?），長子Charles J. Fearon（1850–?），女兒為Kate Fearon（1849–?）。

22　根據英國人口登記發出的死亡證。General Register Office, England, Death Certificate, 1854. Quarter of Registration: Jan., Feb., Mar.; District Pancras（1837–1901）County London, Middlesex, Volume: 1b; p. 24.

即太太名字應為Caroline Ilbery，亦即是東印度公司大班並同樣活躍於廣東商館的著名英商依庇利（James William Henry Ilbery，現稱依百里）的女兒，[23]小冊子卻把她的名字寫成Catherine，甚至不知道她本人的姓氏；飛即長子名字Charles J. Fearon，小冊子卻寫成Poe。這些校正看來繁瑣，但實在有必要，因為在族人主導下的家族史研究所提供的資料，往往被視為權威，後來的研究者很容易便會墮入陷阱裏。[24]

其實，飛即的祖輩及叔父輩算不上什麼顯赫望族，但由於他的父親飛爾安曾投身英國海軍，服役於著名的特拉法加海戰（Battle of Trafalgar, 1805），擔任海軍軍校校員（midshipman），退役後便利用海軍遠航經驗和服役期間建立的人際網絡，加入東印度公司，成功轉型經商，成為貿易大班（supercargo），並在東印度公司解散後，發展連綿數代的中國及遠東貿易公司。[25]熟悉十九世紀中國貿易史的人，一定都對Fearon & Co.、Fearon & Ilbery Co.、Fearon & Heard Co.、Fearon & Low Co.等名字不會陌生，這些遠東航運貿易公司全為飛即族人所創。飛爾安自1808年起，以多艘遠東商船頻繁來往印度的加爾各達。從東印度公司的紀錄來看，他在1814至1815、1816至1817、1818至1819、1819至1820、

23　Caroline Ilbery的父親依庇利（James William Ilbery），與飛即父親飛爾安屬世交，在十九世紀早年於廣州共同組織及經營Fearon & Ilbery Co.。

24　譬如近年一本研究舊上海街道歷史的書籍，指上海一條名為Fearon Road（斐倫路）的街道，是源自飛爾安事跡而來，並只以Sheppard P. Fearon所撰小冊子內容作解說。見Paul French, *The Old Shanghai A–Z*（Hong Kong: Hong Kong University Press, 2010），p. 106。事實上，上海斐倫路是以飛即二弟查理斯（Charles Augustus Fearon）命名，原因是他曾擔任上海市政會董事（Municipal Council）。參J. H. Haan, "The Shanghai Municipal Council, 1850–1865: Some Biographical Notes," *Journal of the Hong Kong Branch of the Royal Asiatic Society 24*（1984），p. 213; Samuel Couling and George Lanning, *The History of Shanghai*（Shanghai: For the Shanghai Municipal Council by Kelly & Walsh, 1921），p. 470。

25　Fearon, *Pedigrees of the Fearon Family Trading into China*, p. 7.

　　　　　　　譯者與學者：香港與大英帝國中文知識建構

1821至1824年間都曾到過中國，[26]而根據寓居澳門的外國人的紀錄及回憶錄所述，飛爾安最遲自1825年起便已活躍於廣州外國商人（時稱夷販、夷商）圈子，與其他著名英商孖地臣、渣甸、顛地（Lancelot Dent, 1799–1853）、依庇利等，一起經營中國貿易。飛爾安雖然算不上是廣東外商中貿易額最大的商人，卻在遠東具有深遠的影響力，他除了是廣州遴選委員內的漢諾瓦（Hanoverian Council）領事（1828）及副領事（1829），[27]澳門現在著名歷史街道白馬行（Rua de Pedro Nolasco da Silva，葡萄牙駐澳門總領事館現址，亦即是舊白馬行醫院大樓Rua do Hospital舊址）以「白馬」命名，就是源於飛爾安入住上址時，曾經懸上以白馬為標誌的漢諾瓦領事徽旗，[28]可見，他在廣州及澳門的中國貿易圈子中，實在具有一定名望及影響力。此外，他擔任公職時，具有相當的公信力和持久的影響力，從1825年延續到十九世紀四十年代，甚至於1841年，他也擔任過英商在澳門的公證人（British notary public）。[29]

　　飛爾安在第三次到中國之前，於1818年5月14日在南倫敦的Streatham Parish Church與伊利莎伯諾德（Elisabeth Noad, 1794–1838）

26　Anthony Farrington, *A Biographical Index of East India Company Maritime Service Officers: 1600–1834*(London: The British Library, 1999), p. 264; Anthony Farrington, *Catalogue of East India Company Ships, Journals and Logs: 1600–1834*(London: The British Library, 1999), pp. 166, 458, 530, 702.

27　Patrick Tuck, ed., *Britain and the China Trade 1635–1842*. 6 vols. Based on Hosea Ballou Morse, *The Chronicles of the East India Company Trading to China 1635–1834*(London; New York: Routledge, 2000; reprinted 1926–29 ed.), vol. 4, pp. 163, 187.

28　Manuel Teixeria, "Housing Problems in Old Macau," *South China Morning Post*, 21 April 1974, p. 26.

29　Anonymous, "Journal of Occurrences; Treachery of the Chinese; Arms Supplied to the Chinese by Foreigners, Bad Feeling among the People, Prefect of Canton and Their Literary Graduates, Fishermen and Pirates; Loss of the Schooner Maria, Affairs at Hong Kong; Yihshan's Policy; Rumors of Keshen; an Imperial Edict," *Chinese Repository* 10, no. 9(September 1841), p. 528.

結婚，[30]並於翌年誕下他們的第一名孩子飛即。[31]直至今天，我們還無法找到飛即在英國的任何入學紀錄，不過，只要想想年僅十八歲的飛即在1838年便已身在廣東，[32]能夠以流利漢語（粵語）及葡語為廣州總商會擔當筆譯及口譯工作（詳見下文），便可以推斷他很可能已在中國沿海及澳門一帶生活了頗長的時間，甚至童年及青年時期就是在南中國一帶度過的。飛即的語言能力及處理文化衝突的反應、見識及經驗，與他成長的環境有怎樣的關係？要回答這問題，必須先從他的母親伊利莎伯說起，因為我們有理由相信，飛即對中西文化差異的瞭解，應該是來自母親伊利莎伯的啟蒙。

伊利莎伯在婚後帶同三名在倫敦出生的孩子：飛即、查理斯・飛即（Charles Augustus Fearon, 1821–?）及伊利莎伯諾德・飛即（Elizabeth Noad Fearon, 1822–?），越洋跟隨丈夫跑到南中國一帶（廣東、澳門），並在澳門定居下來後，誕下第四名孩子安莉・飛即（Anne Fearon, 1831–?）及第五名孩子羅拔，[33]最後在1838年3月31日於澳門對外的伶仃島（Lintin）染病去世，葬在澳門東印度公司

30　General Register Office, England, 1846, vol. 3, p. 210.

31　研究東印度公司澳門墓地的著名學者林賽（Sir Ride Lindsay），替美國商人亨特在鴉片戰爭期間所寫「廣東日誌手稿」（"Journal of Occurrences at Canton during the Cessation of Trade 1839"）作註釋時，指飛即為飛爾安的第二名孩子是不對的。J. L. Cranmer-Byng and William Hunter, "Journal of Occurrences at Canton during the Cessation of Trade," *Journal of Royal Asiatic Society* 4(1964), p. 39, n. 30。

32　現找到飛即最早譯文的日期為1837年12月16日，收錄在斯萊德從《廣州紀錄報》編輯整理而成的《廣東事件公報》（*Narrative of the Late Proceedings and Events in China*）。但只要以此文對比《廣州紀錄報》，即可發現斯萊德所示飛即譯文的日期1837年12月16日有誤。可惜的是，Narrative一書有勘誤表，卻沒有校出這錯誤出來。見John Slade, *Narrative of the Late Proceedings and Events in China*（China: The Canton Register Press, 1839), p. 3D。

33　S. Fearon, *Pedigrees of the Fearon Family Trading into China*, p., Table 3.

新教職員墓地。[34]雖然我們現在無法確定伊利莎伯是在那一年定居澳門，期間有沒有經常帶同孩子往返英國；但從種種旁證及時人記述推斷，伊利莎伯在1825年左右已居於澳門，換言之，飛即最遲六歲就開始在澳門居住。從現在所見各種紀錄所示，伊利莎伯在澳門的洋人社交圈子是非常活躍的，她優雅的品味、美德及勇氣，在廣東貿易的洋人圈子中廣為傳頌。除了美國商人亨特（William C. Hunter, 1812–1891）在他的《廣州番鬼錄》（The "Fan Kwae" at Canton Before Treaty Days, 1825–1844）中常常誇耀伊利莎伯的美貌及風儀外，[35]另一名美國商人、旗昌洋行（Russell & Co.）股東威廉‧洛（William Low）的侄女哈莉特‧洛（Harriet Low, 1809–1877），在廣東及澳門寫下的《遠東記聞》（Harriet Low's Journal, 1829–1834）中，也多次提到伊利莎伯的軼事，[36]並指出飛爾安一家大小租住在環境優美的獨立洋房Casa House Garden（Casa da Horta），[37]伊利莎伯把花園打理得井然有序，令人目不暇給。這些都反映了飛即一家在澳門的生活條件優渥，能夠接觸社會上各階層人士，更是葡澳管治階層必定認識的名流。[38]

34 Lindsay Ride and May Ride, *An East India Company Cemetery: Protestant Burials in Macao*, ed. Bernard Mellor（Hong Kong: Hong Kong University Press, 1996), pp. 163–164.

35 An Old Resident [William C. Hunter], *The "Fan Kwae" at Canton Before Treaty Days, 1825–1844*（London: Kegan Paul, Trench & Co. 1882), p. 120.

36 Harriet L. Hillard, Nan Powell Hodges, and Arthur William Hummel, *Lights and Shadows of a Macao Life: The Journal of Harriett Low, Travelling Spinster*, Part 1（Woodinville: History Bank, 1900 [2002]), pp. 480, 505; Katharine Hillard, ed., *My Mother's Journal: A Young Lady's Diary of Five Years Spent in Manila, Macao, and the Cape of Good Hope from 1829–1834*（Boston: George H. Ellis, 1900), p. 44.

37 Rosmarie W. N. Lamas, *Everything in Style: Harriett Low's Macau*（Hong Kong: Hong Kong University Press, 2006), p. 36.

38 Elizabeth Bond, *Harriet Low and America's Early China Trade*（s.n., 1900), p. 30; Elma Loines, ed., *The China Trade Post-Bag of the Seth Low Family of Salem and New York, 1829–1873*（Manchester: Falmouth Publishing House, 1953).

除了哈莉特・洛外，以繪畫廣州、澳門名流商賈和商館（「夷館」及十三行）水彩畫聞名的英國藝術家錢納利，於1825年剛踏足澳門之際，[39]亦曾於飛爾安家裏長時間作客，與飛爾安一家交情很深。錢納利是飛爾安第二名兒子查理斯及第三名兒子羅拔的習畫老師，更是飛即幼弟羅拔的教父（Godfather）。根據當時在外商中擔任簿記，後來亦在商界中獨當一面，成立裘槎基金（The Croucher foundation）的創辦人裘槎（Noel Croucher, 1891–1980）的記述，[40]飛爾安夫妻在家裏的後園，為錢納利築起一個畫室，錢納利第一幅在澳門所繪畫的人像，就是伊利莎伯。事實上，我們今天唯一可見到飛即的肖像，就是由錢納利所畫。畫中的飛即與二弟查理斯還屬孩提時代，而根據藝術史家的研究，這畫的背景就是他們家Casa House Garden背靠臨海懸岸的地方。[41]這就是我們在上面推斷，飛即大概在六歲左右就居於澳門之說的主要證

39　Robin Hutcheon, *Chinnery: The Man and the Legend, with a Chapter on Chinnery's Shorthand*(*Hong Kong: South China Morning Post, 1975*), pp. 56, 63, 48; G. H. R. Tillotson, Hong Kong and Shanghai Banking Corporation, *Fan Kwae Pictures: Paintings and Drawings by George Chinnery and Other Artists in the Collection of the Hongkong and Shanghai Banking Corporation*(London: Spink for the Corporation, 1987).

40　當時在廣東一帶當貿易公司簿記的Noel Croucher，後來寫了一本小冊子名為"A Little about George Chinnery and the Fearons"，記載了錢納利及飛爾安家庭的軼聞。見Vaudine England, *The Quest of Noel Croucher: Hong Kong's Quiet Philanthropist*(Hong Kong: Hong Kong University Press, 1998), p. 30; Manuel Teixeira, *George Chinnery: No Bicentenario do Seu Nascimento, 1774–1974*(Macau: Imprensa Nacional, 1974), pp. 71–74。

41　錢納利所畫伊利莎伯及飛即兄弟的畫像，現藏於英國私人收藏者手中。本書作者取得該收藏者允許轉刊兩兄分畫像，重印於作者的兩篇文章裏。參見關詩珮：〈翻譯與殖民管治：香港登記署的成立及首任總登記官飛即〉，《中國文化研究所學報》第54期(2012)，頁123；及Uganda Sze Pui Kwan, "Translation and the British Colonial Mission: The Career of Samuel Turner Fearon and the Establishment of Chinese Studies in King's College London," *Journal of Royal Asiatic Society of Great Britain and Ireland* 3(2014), pp. 1–20。

據。飛即自小在澳門居住和成長，他的背景和經歷，使他學得一口流利的中文及葡文，更讓他後來能在弱冠之年，與他的直屬上司，同樣在澳門長大、比他年長六歲的馬儒翰一起，協助洋商擔任翻譯，調解中西文化的衝突。不過，其實也不用等到長大成人後，飛即便有機會親身體會到由中西文化差異而來的衝突，那就是1830年涉及他母親的「番婦入城」事件。

不少人會聽到過發生在道光十年(1830)的所謂「番婦入城」事件，因為它可說是近代廣東貿易及十九世紀中外交往歷史上十分震撼的事件。不過，一般人都只把焦點放在當時東印度公司特選委員會主席盼師(William Baynes，今譯貝恩斯)夫人，亦即是Julia Smith身上，卻忽略了事件中的另一名主角飛爾安夫人伊利莎伯，更不要說把她跟飛即作任何聯想了。其實，飛即的母親伊利莎伯就是首批衝破中國設下「番婦」不得入境禁令，令中英貿易差點斷絕的其中一名大班夫人。我們知道，清廷在經歷了「洪任輝事件」後，自1757年(乾隆二十二年)起，限定外商於廣州一口通商，加強監督。為防止外商與本地人接觸而引起糾紛，清廷設立壟斷性的公行間接貿易制度。所有洋商的貿易及管理工作，交由「十三行」代辦管理，外商不得與官府直接溝通，所有往來文書需由行商、買辦、通事等多重中間人，經種種轉折方法轉達，並訂立「防範外夷五事」：一曰：禁夷商在省住冬；二曰：夷人到粵，令寓居洋行管束；三曰：禁借外夷資本，並僱請漢人役使；四曰：禁外夷僱人傳信息；五曰：夷船收泊黃埔，撥營員彈壓。其後，清廷更加強隔絕中國人與外商接觸，進一步強化「夷夏之防」規條，規範外商貿易時間只限於冬季前，並要求洋商只能居住劃訂的「夷館」(外國商館)範圍內。在貿易期之外，外商必須離開廣州，只許在廣東的澳門(自1557年葡萄牙人建立租借管轄範圍)及澳門對外的伶仃島居留。此外，即使在貿易期內，洋人在廣州也不可以與一般平民交往，平民亦不可以教導洋人漢語，而為了不影響民風，更訂下「夷婦」不得入境的規條。[42]這就是長期惹來在華外商不滿的所謂「廣州制度」。[43]

　　1830年初，飛爾安太太伊利莎伯，連同東印度公司委員會主席盼師的夫人及另一位同屬東印度公司洋商廣文臣爵士(Sir George Best Robinson, 1797–1855，又譯羅賓生)的夫人Louisa Douglas，決定以身試法，公然衝破中國法令，陸續於1830年2月到了廣州，[44]並於星期天公開參加維徐牧師(Rev. Vachell)主持的講道會。廣州市民看到三位西洋女士公然在街頭出現，大感驚訝，「番鬼女人」(foreign devil females; foreign devil women)的形象震動了整個廣州，特別是盼師夫人的倫敦洋服及伊利莎伯的美態，更受眾人矚目。[45]從中國官方的文件中看到，這些番婦不單衝破中國規條進入廣州，更在廣州活動時「違例坐轎」。[46]對此，中國的官員認為「英吉利夷人在省滋事，頗駭物聽」，[47]「自恃富強，動違禁令」，[48]於是立即向公行施壓，連續在10月4日、11日及16日，重申執行自乾隆年間所訂下不准「番婦」入境的禁令，並派廣東巡撫朱桂楨訪查廣東貿易夷人大概情形，[49]

42　[清]梁廷枏(總纂)，袁鐘仁(校注)：《粵海關志：校注本》(廣州：廣東人民出版社，2002)，頁517。

43　關於廣州制度及十三行，可參John K. Fairbank, *Trade and Diplomacy on the China Coast: The Opening of the Treaty Ports, 1842–1854*(Stanford: Stanford University Press, 1969), pp. 39–53; Paul A. Van Dyke, *The Canton Trade: Life and Enterprise on the China Coast, 1700–1845*(Hong Kong: Hong Kong University Press, 2005); 梁嘉彬：《廣東十三行考》(廣州：廣東人民出版社，1999年)。

44　Morse, *The Chronicles*, vol. 4, pp. 232–234.

45　Hunter, The "Fan Kwae"at Canton, pp. 73–74; Loines, *The China Trade Post-Bag*, pp. 126, 304.

46　中國史學會(主編)，齊思和、林樹惠、壽紀瑜(編)：《鴉片戰爭》，第一冊(上海：神州國光社，1954)，頁172。

47　〈廣東巡撫朱桂楨奏訪查廣東貿易夷人大概情形摺〉，載同上註，頁169。

48　〈邵正笏摺〉，載同上註，頁89。

49　〈廣東巡撫朱桂楨奏訪查廣東貿易夷人大概情形摺〉，載同上註，頁169–170。

以立即禁絕以後貿易相威脅。被清廷形容為「性情乖戾」的盼師，[50]為了減少這次事件對整個廣州貿易的衝擊，曾砌詞說自身有病，「不能行走」，需要夫人在廣州照顧。[51]伊利莎伯等人在廣州的行徑，後續引起不少外交風波，包括英國商人寫信到國會投訴中國營商的種種限制及不自由，英國最後在東印度公司喪失在華獨家專營權後，派遣商務監督律勞卑到中國直接處理貿易事宜，但只換來更大的風波。[52]

這批曾到廣州的英國女士，雖然成為了外交風波的引爆點，但在當時不少洋人的心目中，她們成為了英勇的典範，而她們的廣州見聞，更產生了風從效應，形成中國官員所憂心「其餘各國，遂亦相率效尤」的效果。伊利莎伯的親身經歷，對飛即一定產生不少影響。她回到廣州後，向大家分享她的見聞，指廣州比她想像的要好，中國人非常文明，在廣州造成的騷動也只是一些地方官員的大驚小怪而已。不過，從中方的記述中可見，這事件並不是因為一小撮地方官員反應過敏，實際上在當時是鬧得很熾熱的，已達到派兵驅逐的地步。[53]也許由於這原因，在外國商人的記述中，伊利莎伯的美德跟勇氣，常被稱頌。無論如何，對於能再一次呼吸澳門的新鮮空氣，伊利莎伯很感興奮。但另一方

50　同上註，頁169。

51　〈李鴻賓等摺〉，載同上註，頁92。

52　中英近代交往史上有所謂的「律勞卑風波」（Napier Fizzle），可參H. B. Morse, *The International Relations of the Chinese Empire*（London: Longmans, Green & Co., 1910–1918）, vol. 1, pp. 118–144; Glenn Melancon, *Britain's China Policy and the Opium Crisis: Balancing Drugs, Violence and National Honour*, 1833–1840（Aldershot: Ashgate, 2003）, pp. 27–48；梁嘉彬：〈律勞卑事件新研究〉，載中華文化復興運動推行委員會（主編）：《中國近代現代史論集》，第一編，《鴉片戰爭與英法聯軍》（臺北：臺灣商務印書館，1986年），頁113–185。

53　〈兩廣總督李鴻賓等奏英吉利大班已將所攜番婦遣回澳門片〉及〈軍機處寄廣州將軍慶保等英夷擅舊制攜帶番婦進城居住並將砲位偷運夷館務當嚴切曉諭令遵舊章倘仍延抗即設法驅逐上諭〉，分別見《鴉片戰爭》，第一冊，頁161–162、162–163。

面，對於釀成這次衝突，她們並不是不懼怕的。即使作為跟隨者及旁觀者的哈莉特・洛，亦深深體會到伊利莎伯回澳門後對廣東生活不自由的感嘆，以及能平安歸回澳門後的興奮。[54]我們可以想像，飛即在母親的耳濡目染下，對中西文化問題及處理衝突事件的反應，一定有很多深刻的體會。在1838年前，飛即一直旁觀這種種文化衝突問題，但隨着中國官員跟外商的矛盾日益加劇，能操一口流利漢語的飛即，最終不得不現身政治舞台了。

飛即獲正式委任為廣州總商會譯員，是在商會1838年11月3日第二次召開的全體大會上。[55]過去學界一直不知道飛即正式加入譯員行列的重要日期；但自此以後，他在商會中的翻譯活動，便正式有跡可尋。鴉片戰爭開戰前夕，飛即以廣州總商會譯員身份參與當中的翻譯工作，在前後共十個月的時間裏——從1838年11月27日起，到1839年8月25日止——我們明確考證出自其手筆的譯文有二十多篇，實際數目當然不只此數。但從現有的譯文可見，1838年12月到1839年5月前之間的六個月內，由飛即負責翻譯的譯文出現次數相當頻繁，有時一週連續數篇（如1839年1月22、24、26日），[56]有時甚至一日數篇，儘管譯文有長有短。這些翻譯的方向多是由中譯英，原文多屬粵督發給公行，再要求公行轉給外商的諭令，但也包括其他公文、公告，翻譯出來後的譯文，大部分先刊登在《廣州紀錄報》，再被不同的出版物轉載，包括《中國叢報》，以及專門向西方報導東方航運路線及貿易資訊的《亨氏商人雜誌》。[57]譯文不但顯示出飛即具備中譯英筆譯能力，也證明他在

54　Hillard, *My Mother's Journal,* p. 64.

55　Anonymous, "Second Annual Report of the Committee of the Canton General Commerce, presented at a general meeting held the 3rd of Nov. 1838," *Canton Register* 11, no. 45（6 November 1838）, pp. 160–182；此文其後又轉載在《中國叢報》上，見*Chinese Repository* 7 no. 8（November 1838）, pp. 386–389。

56　*Canton Register*, Supplementary（5 February 1839）, pp. 1–3.

57　*Hunt's Merchants' Magazine and Commercial Review* 1（1839）, p. 87.

鴉片戰爭開戰前夕，一直身處廣州，見證中英關係最緊張的時刻。

　　飛即還未滿二十歲，就與其他年齡較長資歷較深的譯員馬儒翰、羅伯聃[58]等人一起被委以重任，正式成為廣州總商會受薪譯員，實由於當時的歷史形勢所致。在廣東外商中，能夠代表外商擔當翻譯的人才嚴重短缺。在廣州總商會週年大會正式公佈聘飛即為譯員的報告上，撰文者就開宗明義地說：「譯員不足令人感到諸多不便。」[59]的確，從十七世紀中英開始接觸以來，這種譯者不足的感嘆及公開渴求譯者的呼聲，在英國人及外商的公文、報告、私人書信內，隨處可見。[60]

　　飛即擔任廣州總商會譯員初期，最早負責翻譯的譯文，包括1838年11月27日、[61]1838年12月4、5、6日、[62]1838年12月16日的幾篇，[63]處理的全部都是圍繞粵督鄧廷楨(1776–1846)充公鴉片煙商因義士(James Innes, 生卒年不詳)的鴉片，以及要求他立刻離粵一事。1838年12月3日，粵海關員在溪行面前查獲鴉片，鴉片工人在嚴刑下招供，口齒不清地說出貨主為一外國商人所有，粵督驟聽之下，懷疑鴉片屬美國商人所有。第二天，鄧廷楨召諭外商，宣佈相關的行商及行保需要帶枷受罰，當中無辜涉案的美國

58　有關羅伯聃生平的簡單介紹，可參Anonymous, "Biographical Notice of Mr. Thom," *Chinese Repository* 14, no. 5(May 1847), pp. 242–245；但迄今學界對羅伯聃的研究還不算很多。他早年隨渣甸洋行顧問威廉渣甸於廣東經營貿易，自學漢語。而比較多人知道的是，羅伯聃曾翻譯*Aesop's Fables*(《意拾喻言》)作學習漢語教材之用。有關羅伯聃的生平及譯作，請參考內田慶市：《近代における東西言語文化接觸の研究》(吹田市：關西大學出版部，2001)，頁24–100。在此特別感謝內田教授跟我分享在英國大英圖書館影印得的資料，為羅伯聃兄弟Rev. David Thom捐贈給大英圖書館有關羅伯聃生平的材料。

59　S. Wells Williams, "A Chinese Chrestomathy in the Canton Dialect. By E. C. Bridgman," *Chinese Repository* 11, no. 3(March 1842), pp. 157–158.

60　參看本書第一章「緒論」。

61　*Canton Register* 11, no. 49(4 December 1838), p. 196.

62　*Canton Register* 11, no. 51(11 December 1838), p. 192.

63　*Canton Register* 11, no. 51(18 December 1838), p. 196.

商船船主也限於四天內離開廣州，否則中國工人將被處死。外商就粵督處理手法多次提出異議，並認為限期過急，除了反對粵督的辦案手法外，也訴説中國官員把無辜的美國商人牽涉入案。「輕言」恫嚇停止貿易、拆毀洋人房舍等的處理手法，實在太蠻橫無理。[64]鴉片所屬的貨主英國商人因義士最後去信總督，承認所緝獲鴉片是屬他所有，也代涉入案中的美國商人及其他有關的中國工人澄清，並同意於12月16日離開。這次的衝突，才告一段落。

現在所見飛即首批中譯英的譯文，就是圍繞整個事件。這些由因義士衝突事件引起的譯文，特別值得我們詳細説明，除了是飛即首次晉身譯界的重要文獻外，更重要的是過去研究鴉片戰爭的二手論述，曾經不明白事件的來龍去脈及事件跟飛即的關係，在片面甚至缺乏證據的情況下，對飛即作了頗嚴重的指控，並引起很大的誤會。張馨保（Chang Hsin-pao）備受重視的著作《林欽差與鴉片戰爭》（*Commissioner Lin and the Opium War*），可以説是在芸芸同期著作中，最早且絕無僅有地提到譯者在鴉片戰爭內的角色的研究。他在文中曾經以當時另一名譯者羅伯聃寫給英商渣甸的信件，得出以下這樣一個簡單的結論：

> 在律勞卑以後[1834年後]動盪的十年中，我們只知道有四個翻譯受僱於英國商業、外交和軍事機構。其中最有能力的當然要數馬儒翰和羅伯聃。……塞繆爾·費倫（Samuel Fearon）[原譯]，其道德品質和語言能力，不為羅伯聃所信任，並不是訓練有素的翻譯。在義律上校（Captain Charles Elliot）推薦下，1840年11月，倫敦批准任用飛即為翻譯組臨時助理。由於急需口譯，義律甚至以每年200英磅的高價僱用機會主義者郭士立[原譯]。[65]

64　Morse, *The International Relations*, vol. 1, pp. 196–200.

65　這裏引用中文版翻譯，原因是中文版在中國大陸學術界造成很大的影響。張

譯者與學者：香港與大英帝國中文知識建構

由於張馨保在西方是較早專研林則徐和鴉片戰爭的譯者，他的成果甚有影響力，以致他文中提及飛即的部分，常被後來研究者參考及引用。但是，隨着上引張馨保的論說開始，由於其後的論者大都沒有直接考查羅伯聃的原信，更沒有以其他史料佐證，只以片面之言，借題發揮，結果產生嚴重的錯誤。[66]因此，雖然羅伯聃的原信比較長，但是我們有必要抽取相關的部分，詳細譯引出來：

> 一個簡單的答覆是，您[渣甸]不會勉強我翻譯因義士的文件吧！這不涉文章的難度──而是我的良知及我的情感不容我這樣做……我之所以繼續在這裏，純粹是為了致力促進中國及我國的友好關係──在可能範圍之下，以翻譯及不逾規的工作，把我的祖國放到一個友好及可敬的高台上。飛即及因義士嘗試傳遞給大家的，卻只有歐洲的氣焰(the high mood of Europe)。
>
> 想及那些可憐的苦力，他們的身體在搬運鴉片時被折磨得不成人形，而無辜的商人在這時須背負其他的罪行，更不要說無辜涉案的行商。……
>
> 我敬愛的渣甸先生，我必須坦白，如果要我把這些文件翻譯成中文，就會好像以利刀刺進我心房一樣。……我整晚不能成眠，……若以另一角度說明，我會為我的國人給予我高尚及適當的翻譯工作而感到高興，而不是那些野心勃勃的人……。

馨保(著)，徐梅芬等(譯)：《林欽差與鴉片戰爭》(福州：福建人民出版社，1989)，頁11–12；原文見Chang Hsin-pao, *Commissioner Lin and the Opium War*(Cambridge, MA: Harvard University Press, 1964), p. 11。

66　近年有本以早期中英關係和《南京條約》為考察中心的著作，就是以此引申討論英方譯者語言問題。從參考文獻方式可看到，作者引用英國檔案所藏書信時，全部缺乏原信頁碼、日期、寄信人及收信人的種種資料，只要曾參考過英國檔案的研究者都會知道，他只是轉引他人著作，卻沒有特別標明出來。

如果能讓我進言，……假如因義士先生堅持要翻譯該文件，我想飛即是最適合的人選。飛即常常宣傳翻譯每頁文件價錢多少——至他翻譯每行可能收費多少——我忖度以這種情形擠進他手中的翻譯文章，並不能如實反映文章應有的深度……[67]

　　的確，羅伯聃在信中毫不掩飾對飛即的不滿，由於他聲稱自己的道德感，不容自己為「卑鄙」的因義士擔任翻譯，因而他便對渣甸作出建議，指最適當替因義士翻譯的應是飛即。要注意的是，從羅伯聃的信中，其實他並沒有拿出什麼有力或具體的證據，來指責或說明飛即「道德品質和語言能力」有不足之處。反之，信的內容倒帶出不少疑點，值得我們深思。第一，我們在上面詳細考證飛即的生平時，已指出過他家境富裕，如果飛即單單為了謀取最大的利益，乘人之危去承擔與鴉片有關的翻譯工作，我們也許需要多一點的證據，支持羅伯聃的指控。第二，因義士及渣甸二人當時都是頭號鴉片煙犯，在中方的眼中，兩人罪大惡極，無分軒輊。羅伯聃因道德理由拒絕替因義士擔任譯者，但他卻一直忠心耿耿地替渣甸工作，事實上很難令人信服他以道德立場為出發點的指控。更重要的是，在當時譯者求過於供的情形下，外商及譯者其實並沒有很多的選擇，能夠勝任的譯者就更寥寥無幾。在中英交惡的局勢下，作為譯者，選擇性地替外商處理翻譯工作，是否可以讓氣氛緩和下來呢？究竟羅伯聃對飛即的指責是不是另有動機，還是由於羅伯聃本身的確「性格不討好」，引起兩人間的一些誤會？[68]由於資料的缺乏，恐怕我們對此實在沒有辦法再探究下去。不過，可以確定的是，就飛即的人格及中

67　Jardine Matheson Archive, MS.JM/B Robert Thom to Jardine, 8 December 1838, p. 544.

68　渣甸最初為羅伯聃寫推薦信時就指出：羅伯聃非常有蘇格蘭風範，不講究禮儀，亦不討好；但是他看來是睿智的，而且對產品非常熟悉。見Pichon, *China Trade and Empire*, p. 184。

　　　　　　　　　　譯者與學者：香港與大英帝國中文知識建構

文水準上，其實我們可以找到不少證據，推翻羅伯聃的説法，特別是在英國殖民地部的內部文件中，藏有大量足以説明飛即為人忠誠可靠，中文水準甚高的紀錄。這些文件，不單有出自鴉片戰爭主帥璞鼎查之手，更有來自漢學研究蜚聲歐洲的中國通德庇時，還有其他港英殖民政府的高級官員：

任用他[飛即]的原因，在於他卓越的中文能力，以及他熟悉市民，與市民關係密切(intimate acquaintance with the people)，他是擔當此任的最適當人選(fittest person to undertake the duties)……

賦予飛即向香港島本地市民徵收税項的職責，是由於他對本地語言的嫻熟(complete acquaintance with the native language)，即使他要到香港島南邊——數百農村聚居的地方，都比任何其他人選勝任有餘(better than any other person)。[69]

任用飛即為總登記官，在於他對本地市民有深厚認識，而且他能説流利的本地話，亦讓他成為政府內部最適當的人選，去進行人口登記。[70]

飛即表現出熱情及智慧，面對艱辛的職責，對於他的表現，我感到很滿意。[71]

我誠意向您推薦飛即，亦即是向政府彙報人口登記資訊的總登記官。……他是一位難能可貴之材(a valuable man)，因此我懇求得到您的恩恤，他為國家服役的過程中，已受了不少苦頭。[72]

69　C.O. 129/7/322–328, 28 December 1844.
70　C.O. 129/11/78–87, 3 February 1845.
71　C.O. 129/12/293–5, 15 July 1845.
72　C.O. 129/15/39–41, 15 July 1845.

另外，我們在下文還會看到，飛即後來加入香港政府後，在休假期間(1846)獲英國倫敦國王學院羅致成為首任中文教授，推薦他的就是鼎鼎大名的斯當東。我們應當相信，以斯當東在中國閱歷之豐、中文程度之優異、本身人脈之廣、在歐洲及英國聲譽之隆，他一定能洞察飛即在人格及語言能力上是否勝任。

另一方面，中方對外國商人圈子中的翻譯人員及他們的人格，其實早已探聽到不少消息。在廣州生活已久、又是《廣州紀錄報》編輯的斯萊德就曾報導，廣州城廣泛流傳一則通告，內容簡述英方翻譯人員的性格特質：馬儒翰是義律的秘書，此人極度危險；羅伯聃是位卓越有用之材，人品甚好，外國人都聽從他("a surprisingly good and useful man, and all foreigners listen to his words")；飛即則是「人品非常好，還未滿二十歲」。[73]可見，無論飛即還是羅伯聃的品格，在中方的描述中，均是比較正面的。

其實，飛即並不是從小就矢志當翻譯的，更不消說當上中文教授。[74]飛即最後走上了譯者和學者的道路，完全是機緣巧合，而這種巧合更純粹因為他自小在澳門居住，在南中國海長

73　"This is a very good man, scarcely twenty years old. On account of his youth, this foreigner is prevented from engaging in trade," *Canton Register* 12, no. 12(May 1839), p. 97；又收入Slade, Narrative of the Late Proceedings and Events, p. 97及Couling and Lanning, The History of Shanghai, p. 134。

74　飛即在倫敦擔任中文教授五年間，同時修讀醫學課程，而不是專門研究中國語言及文學。在英國1851年倫敦人口普查紀錄文件，以及飛即1854年的死亡證，都有寫明他為醫師。飛即於1848年4月正式獲得由倫敦的教學醫院(Middlesex Hospital)頒發的醫學執照(M.R.C.S.)，並於1851年正式獲得聖安德魯斯大學(University of St. Andrews)頒發醫學專業資格(Doctor of Medicine)。見*The Lancet 1*(1848), p. 513。以上部分資訊由黃海濤先生提供，在此表示謝忱。倫敦國王學院校曆自1856年起，列出歷任中文講座教授時，在飛即名字旁邊，都有標出他為醫生名銜。此舉意義殊深，原因是這證明飛即修讀醫學課程是在大學知情下進行。1850年，斯當東力勸大學不要續聘他一手聘請回來的飛即，原因是他發現飛即並不是英國國教教徒，甚至曾一度希望廢除教授講席，或移到香港。相反地，大學卻認為飛即工作盡心，與斯當東立場並不一致。見King's College London University Archive(REF KA/OLB 3–4/238)Cunningham to Staunton, 23 February 1850。

　　　　　　　　譯者與學者：香港與大英帝國中文知識建構

大，學得一口流利的中文，完全切合了時代的需要。結果，他就是中英兩國在譯者不足的情形下展開了文化觸碰。隨着林則徐到廣州後，兩國關係更趨惡化，再加上原來種種的齟齬矛盾，中英衝突已到了一觸即發的地步，而最後出現的，就是直接誘發鴉片戰爭的圍禁商館及繳交鴉片事件。在外商被圍困的過程中，作為譯者的飛即、馬儒翰及羅伯聃，代表了整體外商與中方周旋及談判，他們的責任重大。儘管我們也見到一些有關這次圍困商館的討論，[75]但絕無從譯者在這次歷史事件中扮演的角色出發者，下面我們一方面以飛即為討論重點，另一方面重整譯者如何以語言能力化解這次衝突。

眾所周知，林則徐是在向道光皇帝報告兩湖地區禁煙措施成效時，在附片中指鴉片流毒天下，令中國幾無禦敵之兵，幾無充餉之銀，舉國上至文人雅士，下至販夫走卒都吸食鴉片，全國精神萎靡不振，並敦請清廷銳意禁煙。道光皇帝終於不再對「馳禁」鴉片抱有任何希望，醒覺到需要正視鴉片問題，遂於1838年12月31日委任林則徐為欽差，令他到廣東處理鴉片問題。林則徐於1839年3月10日（道光十九年正月二十五日）抵達廣州後，即馬上會同總督鄧廷楨、巡撫怡良等先事密查，商議處置辦法；第二天，他指令在轅門外貼出兩張〈收呈示稿〉，宣明欽差大臣到廣州的目的，[76]同日再發出〈關防示稿〉，[77]向廣州官員、百姓和外國人宣告清廷決心打擊走私及販賣鴉片。3月18日星期一（二月初四），林則徐傳訊洋商伍紹榮等，斥責他們過去一直協助洋商

75　例如W. Travis Hanes III and Frank Sanello, *The Opium Wars: The Addiction of One Empire and the Corruption of Another*（Naperville: Sourcebooks, 2002），chap. 4, "Canton Besieged," pp. 57–70.

76　林則徐：〈收呈示稿——己亥正月二十六日縣示轅門〉，載中國歷史研究社（編）：《信及錄》（上海：上海書店，1982），頁12。

77　林則徐：〈關防示稿——己亥正月二十六日縣示轅門〉，載同上註，頁11–12。

買賣鴉片，諭令往夷船開導，責令將零丁洋躉船二十二艘所存鴉片，限該天起三日內一律呈繳，免治其罪；否則就封艙封港，斷絕交通。[78]此外，林則徐亦要求外商以書面寫下甘結，承諾「嗣後來船永不敢夾帶鴉片，如有帶來，一經查出，貨盡沒官，人即正法，情甘服罪」。[79]

外國商人接到這道諭令後，在3月18日下午三時左右已立即請馬儒翰把林則徐的諭令全文翻譯，並廣發這消息予外國商人。[80]廣州總商會接連數天召開一次又一次的會議，集中討論林則徐諭令的內容，特別是他們認為林則徐信中的要求，完全不符合西方的法律觀點，包括不應假定他們有罪("before the laws of our countries we were not bound to criminate ourselves")。[81]他們認為自己作為貿易商人，只屬貨物的承銷人(consignee)，因此，林則徐的要求並不合理，原因是外國商人無權亦不能繳交不屬於自己的財物。但另也有意見認為，英商所提出的這些財產權及法律觀點，並不符合中方的立場，因此，單以西方原則來應對中方，其實並沒有多大的效用。亦有部分商人相信暫時應該靜觀其變，反正林則徐來粵禁煙前，由1729年第一個禁煙法令算起，清政府要求禁煙已歷一百一十年。捉拿煙犯、關閉窟口、驅逐躉船等說法，早已成了老生常談、名存實亡的措施。不過，正當外商在各種紛紜意見爭持不下之際，林則徐又向粵海關下了一道新諭令，宣示欽差大臣駐粵徹查外國商人販賣鴉片期間，禁止所有外商離

78　林則徐：〈諭洋商責令夷人呈繳煙土稿──己亥二月初四日行〉，載同上註，頁19–21；林則徐：〈諭各國夷人呈繳煙土稿──己亥二月初四日行〉，載同上註，頁22–24。

79　同上註。

80　Great Britain, *Report from the Select Committee on the Trade with China; Together with the Minutes of Evidence Taken before Them, and an Appendix and Index; Communicated by the Commons to the Lords*(London: House of Commons, 1840), p. 2。以下簡稱Select Committee Report。

81　Slade, *Narrative of the Late Proceedings and Events*, p. 31.

　　　　譯者與學者：香港與大英帝國中文知識建構

粵赴澳，飭令所有外商應一體遵從。必須指出，這段重要諭令便是由飛即所譯出來的。[82]在林則徐新令實施之際，千鈞一髮，英國外商立即派人潛到澳門，並通知已抵達澳門的英國商務總監義律。

　　3月21日，即林則徐規定繳出鴉片的最後一天，廣州總商會於當晚十時再一次召集緊急會議，[83]並認為由於商人未能在倉促下作出一個集體決定，議決申請延緩數天。於是，商會派出飛即，連同商會副主席佛克斯(T. Fox)及紀連(John C. Green)，到行商處去查探是否可行，並詢問更多有關林則徐的消息。這一系列的問題，都是由飛即代表外商向行商提出的。[84]飛即等三人從行商處回到商館後，商會認為有必要讓所有的商會成員跟行商見面，便再請飛即及福吐(Forbes)去請全部行商來開會。不久，十三行大部分的行商齊集商會。在雙方不斷往來詳細諮詢問答之間，飛即是他們當中的唯一溝通人 ("Mr. S. Fearon were [was] requested to convey to them"; "Mr. S. Fearon was directed to put the following.")。[85]由於馬儒翰之前曾到行商那邊探問消息，卻被拘捕作人質，在獄中羈留達兩小時，[86]飛即這時候的責任便更重大了。可以理解，外國商人對於中方的處理方法，存有不少疑問，譬如林則徐是否能履行承諾，繳交鴉片後就讓外商回去？林則徐會如何處理繳出的鴉片？如果鴉片查明不屬煙商所有，會否歸還？若不歸還，會否賠償？賠償方案又是怎樣？等等問題，後來成為1840年英國國會下議院專責中國貿易委員會重要的討論內容，[87]可見飛即當時的工作，具有重大的歷史意義。固然，對於

82　*Ibid.*, p. 42.

83　*Ibid.*, p. 12.

84　*Ibid.*, pp. 42–43.

85　*Ibid.*, pp. 43–44.

86　*Ibid.*, p. 50；另見Charles Elliot, *A Digest of the Despatches on China*(*Including Those Received on the 27th of March*)*: With a Connecting Narrative and Comments*(London: James Ridgway, 1840), p. 100。

87　委員會專責處理英商集體對中國貿易設下的種種限制作出的投訴，在華英

行商而言，這些問題並不是他們解答能力範圍之內，行商只知道
欽差之命不可違；在他們的理解裏，所有在天朝內生活的人，都
沒有跟欽差大人討價還價的餘地。

　　最後，廣州總商會主席滑摩（William Samuel Wetmore）撰寫
了一封信，要求延期到3月27日才決定是否繳交全部鴉片。行商
帶着回覆進城，旋即被怒不可遏的林則徐斥退。由於林則徐在
偵查行動中瞭解到顛地藏有大量鴉片，而且認為他一直阻撓其
他外商繳出鴉片，於是要求把顛地帶回問話，並指如果翌日上
午沒收到外商交出的鴉片，林則徐就到公所開堂審訊，把涉案
行商及他們的兒子問斬。3月23日上午十時，扣上頸鐐的行商到
了顛地的家，哀求他進城。其實，在多年的買賣關係中，外商與
行商建立的不單是貿易夥伴關係，更因為外商在日常生活上處處
受行商照應，雙方早已建立同儕情誼。因此，外商不能袖手旁觀
看着行商被斬，顛地更一早就表示願意進城。經商會討論後，外
商一致認為，除非得到林則徐印章，保證顛地能安全返回，否
則，他們不能冒險讓顛地一人成為所有外商的人質。最後，商
會決定由顛地的生意合夥人英記利士（Robert Inglis）[88] 及代表商會
的格雷（Gray），並特派譯者飛即、羅伯聃以及能詳細記錄這次事
件的《廣州紀錄報》主編斯萊德三人，一起入城到廣州府公所
（Consoo house），以替代顛地應訊。各人進城被帶到公所後，氣
氛極度緊張，在天后宮被中方官員（布政司、按察司等）分別查問
姓名、國籍後，便被質問顛地為何抗命，以及抗命入城的原因，

　　商對中國貿易條件苛刻作出請願（grievances），並為義律繳交鴉片處理過
　　程作證。委員會21名成員內，除了有前後幾任英首相如巴麥尊、皮爾、格
　　萊斯頓（William E. Gladstone, 1809–1898）外，更有斯當東在內。參見Great
　　Britain, *Select Committee Report*。

88　英記利士自稱是3月18日第一位收到林則徐諭令的人，並由他拿給馬儒翰翻譯
　　的。他是英國國會聽證會傳召的第一證人。見Great Britain, *Select Committee
　　Report*, p. 2。

各人被輪流問話達三個小時。到了晚上九時，一行人等才獲釋回到商館中。[89]

顯然，在這次衝突裏，英方譯者的中文水準及對中國民情的認識，能夠有效地消除了不少的猜忌。在前往公所正式面對粵官員前，[90]在譯者的帶領下，外商在商館裏商議了種種對應的方案，大家一致認為，應以不挑起中方反感的態度及言語為準則。[91]跟着在公所裏，當各人被分別詢問顛地為什麼抗命、各外國商人是否不怕中方停止所有貿易時，各人答案如出一轍，反映了他們有備而來。在這次見面裏，首先回話的是以譯者身份參加的羅伯聃，他明確指出在華商人都非常尊重中方的決定，並非有心抗命，但是顛地的生命比貿易更為重要，因此在情非得已下才沒有進城受審查而已。粵方不單接受這樣的解答，甚至連行商也忍不住高呼他們回答得好。於是，外商扭轉了被扣留的命運，更因為中方認為他們「回稟之言，尚為恭順」，於是禮待各人「當即賞給紅紬二疋，黃酒二罎」，甚至「着令開導眾夷，速繳鴉

89　Gideon Nye, *Peking the Goal—The Sole Hope of Peace: Comprising an Inquiry into the Origin of the Pretension of Universal Supremacy by China and into the Causes of the First War: With Incidents of the Imprisonment of the Foreign Community and of the First Campaign of Canton*(Canton: [s.n.], 1873), p. 62; James Bromley Eames, *The English in China: Being an Account of the Intercourse and Relations between England and China from the Year 1600 to the Year 1843 and a Summary of Later Developments*(London: Pitman and Sons, 1909), p. 347; Anonymous, "Crisis in the Opium Traffic: Orders from Lin High Imperial Commissioner for the Surrender of the Drug to the Chinese Government; All Foreigners Forbidden to Leave Canton: Their Whole Trade Suspended; Port Clearances Denied to Their Ships at Whampoa; with a Narrative of Proceedings Relative Thereto," *Chinese Repository* 7, no. 12(April 1839), pp. 623–624; Office of the Chinese Repository, ed., *Crisis in the Opium Traffic: Being an Account of the Proceedings of the Chinese Government to Suppress that Trade with the Notices, Edicts, and Relating Thereto*(China, printed at the Office of the Chinese Repository, 1839), p. 16.

90　Elliot, *A Digest of the Despatches on China*, p. 100.

91　Slade, *Narrative of the Late Proceedings and Events*, p. 31.

片」，[92]囑託他們回去開導其他洋人。這清楚表明了粵督對他們的信任。由此可見，儘管這場暴風雨在開始的時候來勢洶洶，但是通過溝通及對話，不少積壓下來的誤解得以化解，而且雙方還能建立起一點信任。大概是因為粵方認為這次的會面達到了初步的瞭解，因此，在英方的國會文獻裏，我們看到飛即及羅伯聃，其實是需要於三天後直接跟林則徐會面的。[93]也許，通過再一次的友善會面，雙方或能進一步溝通談判，從而改寫交惡決裂的局面。然而，我們都知道，以語言去化解暴力是緩慢的，但改寫中國歷史發展的現代巨輪卻是急速的，而這歷史巨輪，已逼近中國的邊境了。

3月24日(二月初十日，星期日)，義律由澳門進入廣州，匿居洋館內，並指使顛地乘夜逃跑，遭林則徐察覺後截回。於是，按照違抗封艙的規例下，林則徐下令「永遠封港，斷其貿易」，[94]並認為繳煙限期(3月18日)早過，義律不單沒有繳出鴉片，更要庇護顛地逃遁，因此下令扣留外國人於外國商館內，派兵監守，進行封鎖，更撤走買辦、工人、通事，斷絕外商一切正常交往，迫使他們立刻繳交鴉片，及簽訂具結承諾不再販賣鴉片。這次拘押長達43天。自這天起，中英關係急轉直下，洋商終於認識到，這次扣留事件跟從前每一次雷聲大雨點小的禁煙措施很不一樣，這是一次極其恐怖的經驗；特別是在這之前不久(1838年12月22日)，粵方在外國商館前以絞刑公開處死煙犯何老金，因而爆發了廣東群眾與外商衝突的暴力事件，這些衝突對外商產生了不可磨滅的心理恐懼。[95]在這情形下，他們遭到斷水斷

---

92 *Ibid.*；[清]文慶等(敕纂)：《籌辦夷務始末》(上海：上海古籍出版社，1995)，第六卷，頁13。

93 *Select Committee Report*, p. 14.

94 林則徐：〈諭繳煙土未覆先行照案封艙稿：己亥二月初十日會稿〉，載林則徐(著)、林則徐全集編輯委員會(編)：《林則徐全集》(福州：海峽文藝出版社，2002)，第5冊，頁119。

95 Robert Bennet Forbes, *Personal Reminiscences*(Boston: Little, Brown, & Co.,

　　　　　　譯者與學者：香港與大英帝國中文知識建構

糧的扣押下，即使是經驗豐富、久經風浪的外商一干人等，都無可避免地出現了極大的情緒困擾，然而譯者卻要鎮定地發揮臨場應變的能力，繼續盡力處理文書翻譯，傳達要旨，化解紛爭。

從3月中旬林則徐下令繳交鴉片，到6月3日把鴉片銷毀的兩個多月裏，林則徐跟外商及後來代表英國的義律進行了一系列的政治角力、磋商、談判。在這過程中，飛即擔當了極其重要的角色。他不單以無比的勇氣，一次又一次利用自己的漢語能力，參與政治斡旋，更藉着自己對中國風土文化的知識，為大家紓困解憂。外商被扣留在商館時，窮極無聊，大家只好聚在一起以各種表演，緩和驚懼的情緒。亨特的好友美國商人耐伊（Gideon Nye, 1812–1888），在離開中國後所寫的回憶錄*Peking the Goal*裏，記述這次事件的苦與樂時，就提供了一個很重要的線索，讓我們能從另一角度瞭解飛即。耐伊報告說：

> 有位飛即先生——即後來倫敦大學的中文教授——不單能說一口流利漢語，更能以動人的男高音及特有的甩頭動作，演唱他們的戲曲。
>
> 還有其他諧趣的奇想。我們排演了一場關於扣留問題的虛擬國會辯論。下議院的名人都走出來說出他贊成或反對的意見，飛即先生以泰然自若的神態，發表了精彩的演說，內容深刻，辯論結束之後，大家報以熱烈掌聲。接着猜謎：這道謎預示了中國皇帝對林[欽差]的放肆行為的不悅，後來林[欽差]就被罷黜。
>
> 謎題是：
>
> 「當有英勇的外人到達中國海岸的時候，皇帝會先問什麼問題呢？」
>
> 他會詢問，他的籍貫及家世。

1878), pp. 347–349.

在飛即及其他幾位男士的音樂較量中，出現了一首樂曲，這首樂曲大概以國際聯誼為題，用詞古雅，唱着海員常常唱的歌"Here's a Health to thee Tom Breeze"中落幕。[96]

從這記述裏，我們可以看到，在中國境內度過了人生青蔥歲月的飛即，對中國文化有着深厚的認識，這不光是語言文字層面而已，更廣及本地人的歌謠、民風習俗，甚至能以此作幽默的演繹。比起其他完全不瞭解漢語及中國文化的外國人而言，飛即臨危不亂，作出適當的反應，並不是因為他本來就是天生的調解員，很大的理由是因為他熟悉本地語言及文化，能更準確評估情勢，作出恰當應變，發揮自己的潛能。飛即這次商館圍困的經驗，甚至成為他以後在香港殖民政府裏處理中英衝突時的重要資本。

3.2 譯者作為調解人：鴉片戰爭與港英殖民地暴動

1839年5月21日，義律把在華外商全部鴉片共21,306箱繳給林則徐，6月3日開始，林則徐在虎門銷毀鴉片，到了6月25日全部銷毀。自5月下旬起，外國商人可以分批離開廣東到澳門及黃埔，大部分的英國人都在義律帶領下，一起離開廣州，退回澳門。在這時候，我們見到由飛即所翻譯的〈新港口規例〉(New Port Regulations)十條。規例是在1839年6月16日(道光十九年五月初六日)發出的，十條內容極度冗長仔細，清楚列明外國商人入廣州貿易的新守則。這些新港口措施內容，由飛即在七天後的6月23日(五月十三日)翻譯出來，從此可見譯者需要在極短時間內應付急迫的翻譯工作。[97]

96　Nye, *Peking the Goal,* pp. 21–22.

97　Samuel Fearon, trans., "New Port Regulations," in Slade, *Narrative of the Late Proceedings and Events*, pp. 126–130；亦重刊於*Chinese Repository* 8, no. 2(June 1839), pp. 77–82。至於飛即翻譯所本的原文，未見收入任何鴉片

這個時候，中英兩國因自由貿易、鴉片買賣、拘留外國人質、充公英國貨物等事，已到水火不容的境地。更不幸的是，另一有關法律的深層矛盾，令戰爭一觸即發。1839年7月7日，英國水手在寶安縣九龍山尖沙嘴村殺死了村民林維喜，林則徐要求英方交出水手，由他審判；然而義律堅決不肯交出疑犯，原因是中英兩國法律觀有着根本不同，英方認為中方在「一命償一命」的法律觀點下，會草率地處決疑犯，而且，英方過去就一直希望在中國貿易中能向中國爭取合理的「治外法權」。[98]林則徐看到義律拒絕交出水手，便立即向澳門的葡萄牙人施加壓力，要求葡國政府驅逐英國人出境，並禁止提供任何物資給英國人，否則清廷「禁絕薪蔬食物入澳」，「貨船既不入口，無艙可開，無貨可售」，[99]後果由澳門自負。[100]在迫不得已的情形下，義律和英商於1839年8月26日，離開澳門到了香港。不過，在離開澳門前的一天，中英公文往來卻沒有停歇，只要文書不斷，飛即及其他譯者便需要繼晷焚膏地為義律及英方繼續翻譯。但由於廣州總商會已解散，這時的譯文，飛即等人再沒有自署為商會譯員。

飛即在這段還未正式過渡成為英國政府官員時期所翻譯的中英往來公函中，最值得我們留意的是1839年8月25日一份名為

戰爭資料原始文獻選集中，包括佐佐木正哉（編）：《鴉片戰爭前中英交涉文書》（東京：巖南堂書店，1967），及中國第一歷史檔案館（編）：《鴉片戰爭檔案史料》（天津：天津古籍出版社，1992），第1–5卷。現在所見中文版本是根據英文材料轉譯回中文的，見〈新港口條例〉，載廣東省文史研究館（編）：《鴉片戰爭與林則徐史料選譯》（廣州：廣東人民出版社，1986），頁93。

98　關於英國在中國攫取「治外法權」的歷史過程，參G. W. Keeton, *The Development of Extraterritoriality in China*（New York: Howard Fertig, 1969）。

99　[清]梁廷枏：《夷氛聞記》（北京：中華書局，1985），第1卷，頁29。

100　有關這次因驅逐英國人涉及中葡的衝突，特別是林則徐對澳門發出的禁令，可見J. Lewis Shuck, *Portfolio Chinensis; or A Collection of Authentic Chinese State Papers, Illustrative of the History of the Present Position of Affairs in China*（Macao: Printed for the Translator, 1840）。

The Keun-Min-Foo to the Portuguese Governor of Macao公文的中英及葡英翻譯。該公文由中方副軍民府[101]向葡總督所發，內容分為兩部分：上半部分圍繞清廷要求澳門嚴格執行強迫英國人遷出澳門一事，並重申林則徐及鄧廷楨的諭令，要求葡萄牙人嚴守截斷水陸糧食及一切補給予英方。信中指出，中方收到海防情報，指有兩艘分稱Kachashipu及Francisco的葡國船隻停泊在香港島附近，靠近英人所寄居的大輪船，形跡可疑，似是在提供補給品予以英國人。此譯文中的語調，是過去所有飛即翻譯的公函裏措辭最嚴厲、語氣最緊促的；原信末甚至還對澳督作出恫嚇，指中方已聚集大量軍力，在適當的時候會向英船發動進攻，如果葡督不希望看到澳門無辜船民因靠在英人之旁而受誤彈所傷，就應該及早避禍。在這一段重要的文字裏，飛即為了把緊迫的情態忠實地翻譯出來，他甚至把中國成語「玉石俱焚」以直譯的方法，如實地翻譯出來(Literatim, "Would not the precious stones have been confounded with the common pebbles")。緊接在信的下半部分交代葡國總督及Procurador在接收了林、鄧的信件後，以葡語回應澳門會採取適當行動來遵從林則徐的諭令，飛即從葡萄牙文翻譯成英文。這份翻譯文件證明了飛即的葡語能力及擔當過葡英翻譯工作，雖然是孤例，但由於這資料是收於英國國會文獻內，可靠性不容置疑。[102]再加上飛即在1847年出任國王學院首任中文教授後，建議學院購買一系列的課程參考書中，其中一本便是

---

101 軍民府是當時負責海防及領航入內港的部門，見Peter Auber, *China. An Outline of Its Government, Laws, and Policy: and of the British and Foreign Embassies to, and Intercourse with, That Empire*(London: Parbury, Allen and Co., 1834), p. 127。

102 飛即譯文翻譯於1839年8月25日（道光十九年七月十七日），載*Papers Relative to the Establishment of a Court of Judicature in China, for the Purpose of Enabling the British Superintendents of Trade to Exercise a Control over the Proceedings of British Subjects, in Their Intercourse with Each Other and with the Chinese*(London: J. Harrison & Son, 1838), p. 444。

　　　　　　譯者與學者：香港與大英帝國中文知識建構

由傳教士及漢學家公神甫（Joaquim Affonso Gonçalves, 1780–1841）於1829年澳門出版的葡漢語法（Portuguese-Chinese Grammar）書籍《漢字文法》（*Arte China Constante De Alphabeto Egrammatica: Comprehendendo Modelos Das Differentes Composiçoens*）。[103] 飛即在澳門居住及成長所得到的特殊語言環境，令他嫺熟地掌握葡、英、中三種語言，有足夠的能力處理三語間的翻譯。這大大彌補了其他譯者不足之處，亦說明飛即雖然資歷最淺、年紀最幼，卻並不表示他的歷史貢獻比其他同期譯者遜色，更不應被長期埋沒忽視。

　　1842年中英簽訂《南京條約》前，香港在英國人的眼中是一個名副其實的絕地荒島。香港島沒有澳門精彩的生活、漂亮的建築物，更沒有澳門因靠近廣袤中國內陸而得到大量物資的支援。1839年8月英國人在身心疲憊之下被趕出澳門，離開多姿多彩的生活和熟悉的環境，且遭截斷水陸糧食，更感到徬徨無助，增加了他們對中方的怨恨及不滿，給與了主戰派（如顛地、孖地臣等商人）更多的藉口，大力促使英國出兵。為保障英國子民的安全及利益，更為了報復他們視之為「屈辱」的廣州銷煙禁錮事件，並謀求更多更長遠的貿易利益，英國國會於1840年4月8日召開臨時國會會議，辯論是否應該出兵征華。雖然當時英國議員及後來的首相「英國的良心」格萊斯頓（William E. Gladstone, 1809–1898），以道德及正義之名大力反對，[104] 最終卻以九票之微落敗。英國於是從印度及南非各軍事基地徵調多支海軍，於1840年6月陸續到達中國沿海各地支援。

　　戰爭爆發前，譯者盡力調解兩國帶來的紛爭；戰爭爆發後，譯者便從案頭工作，躍身成為各前線戰艦上不可或缺的隨軍人員。事實上，英方譯者在鴉片戰爭裏的工作既多元又複雜。我們在上面看過在開戰前譯者怎樣協助調解紛爭，在開戰後，他們

103　King's College London Secretary In-correspondence（ref KA/IC/C31）Samuel T. Fearon to J. W. Cummingham, [n.d.] May 1847.

104　Melancon, *Britain's China Policy*, p. 126.

不單擔當翻譯，獲取軍情及軍備(包括食物、醫療等)的工作，[105]更是戰事的先頭部隊，執行國際法例，向本地人宣告開戰、勸降、宣佈佔領地等。在兩國戰爭中，這些都是極其重要的活動，戰爭的開始、結束和失敗，往往以這些活動來作標示，而更重要的是協助促成和約協議等。[106]在這方面，飛即是貢獻卓著的。1840年11月4日，義律向英國殖民地公署推薦飛即成為英國正式譯員，此一要求同月便獲公署通過。[107]1841年1月，英國駐華全權公使及英國駐華商務總監在義律領導下，各譯者正式從廣州總商會譯員身份轉變為英國外交翻譯人員，出師有名為英國服務：馬儒翰成為漢文正使及翻譯，郭實獵與羅伯聃為聯合譯員，飛即與麥華陀正式成為文員。[108]而從這時起，我們看到上述幾位譯員，根據他們各人的語言優勢，被分發到不同戰艦及戰場服役——郭實獵於寧波、羅伯聃於定海、麥華陀在舟山、馬儒翰則一直緊隨代表英皇的對華商貿全權代表。[109]至於飛即，由於他能說流利粵語，主要負責廣東的戰事。[110]

---

105 Sir Henry Keppel, *A Sailor's Life Under Four Sovereigns*(London: Macmillan and Co. Ltd., 1899), p. 97.

106 譯者於鴉片戰爭時多元紛陳的工作，見Vicente Rafael, "Translation in Wartime" 及 Zrinka Stahuljak, "War, Translation, Transnationalism: Interpreters in and of the War(Croatia, 1991–1992)," in *Critical Readings in Translation Studies 2009*, ed. Mona Baker(London: Routledge, 2010), pp. 383–390 及 391–414。

107 F.O. 17/37/59–60, John Backhouse to Captain Elliot, 4 November 1840.

108 Anonymous, "Calendar for 1841; with Lists of Members of the Imperial Cabinet; Provincial Officers at Canton; Portuguese Governmentat Macao; British Naval and Military Forces in China Foreign Consuls, &c., and Other Foreign Residents, Commercial Houses, and Merchant Ships," *Chinese Repository* 10, no. 1(January 1841), p. 58.

109 Anonymous, "Journal of Occurrences: Progress of H.B.M's Second Expedition; Losses of the Chinese at Amoy; Keshen's Trial; Lin's Recall and New Appointment on the Yellow River; Affairs at Canton and Hongkong," *Chinese Repository* 10, no. 10(October 1841), p. 588.

110 C.O. 129/12/300–301.

譯者與學者：香港與大英帝國中文知識建構

根據一本頗受重視有關鴉片戰爭的論著：費依（Peter Ward Fay）所撰的《鴉片戰爭》（*The Opium War, 1840–1842: Barbarians in the Celestial Empire in the Early Part of the Nineteenth Century and the War by Which They Forced Her Gates Ajar*）記載，在義律跟琦善商議《穿鼻草約》後不久，英方便急不及待地於2月2日，派出飛即及莊士敦（Alexander R. Johnston）——後來代替義律暫時管治香港的署理對華商貿易副專員（Deputy Superintendent of Trade），登上馬達加斯加號（the Madagascar）戰艦，巡迴香港島水域附近，並由飛即以廣東話向沿岸居民及水上漁民宣讀佔領香港島主權條文。但據費依説，當天飛即與莊士敦並沒有聚集到很多市民，聆聽這項重要宣告。[111]由於費依的著作沒有註明資料來源，而現在所見有關資料都未見有提及此事件，我們沒法證實這報導的準確性。[112]不過，從其他相關材料看，費依所説的是很有可能的。第一，英國遠征軍幾乎馬上便派兵登陸和佔領香港。1841年1月26日，英兵從香港島石塘咀水坑口登陸，豎立英國旗，並把該地命名為「佔領角」（Possession Point），且於2月1日張貼公告，宣告英國人正式佔領及管治香港，這份公告中英文版均可找到。[113]這樣，

111　Peter Ward Fay, *The Opium War 1840–1842: Barbarians in the Celestial Empire in the Early Part of the Nineteenth Century and the War by Which They Forced Her Gates Ajar* (Chapel Hill: University of North Carolina Press, 1975), p. 277。另外，如羅伯聃在廈門登陸時，需要向官民解釋戰爭時舉起白旗的意思，但在他未説明一切前，官民已對他開火及攻擊，羅伯聃不斷投訴中國官民不懂國際戰爭慣例，更斥責中國人野蠻。見Anonymous, "Hostilities with China: Communications for the Emperor's Ministers; the Queen's Plenipotentiaries: British Forces, the White Flag; and the Occupation of Chusan," *Chinese Repository* 9, no. 4 (August 1840), pp. 226–227。

112　Alain Le Pichon指費依一書內的資料，大部分是參考自藏於美國各大學內的文獻，如Forbes Papers [Robert Bennet Forbes Papers]、Heard Papers [Heard Collection]，參見Pichon, *China Trade and Empire*, p. 357；筆者跟費依不同之處，是極力取材於英國國家檔案館及英國各大學的歷史資料，以補足費依及現時歷史論述中的空白。

113　義律代表英國發出了香港正式割讓的公文（Proclamation of 2 February,

在未派兵登陸前，英軍先在海面上宣示主權，是很可能和合理的做法。第二，雖然英方部分其他譯員也懂粵語，但顯然不如在澳門長大的飛即般流利和地道。事實上，其他譯者這時候都已紛紛北上，在不同戰場中擔任翻譯，只有飛即留在廣東地區。在這情形下，飛即代表英國政府，在香港水域內以廣東話宣讀主權條文，是很可能的事。

應該強調，飛即這個在海上宣讀佔領香港條文的動作，在中英近代史和香港史上都應該受到重視。當然，正如上文所説，英軍在石塘咀登陸香港，掛起英國旗，並張貼公告，無疑是很重要的軍事及政治舉措。可是，只要觀察當時香港的人口狀況，便會明白飛即當時的行動是多麼重要。1842年香港殖民政府正式成立，在1842年3月17日刊登了第一次人口調查結果，[114]全香港人口當時為8,181人，當中包括2,100名漁民，亦即是總人口的四分之一。顯然，這些漁民大多未受過教育，不可能看懂英國人的安民通告；此外，他們大部分都是浮家泛宅，只在水域內活動。在這情形下，英軍佔領石塘咀，貼出安民公告，其實效用是不大的；相反來説，飛即在香港島海面上來回遊弋，以粵語作口頭宣告，必然能夠得到更大的注意。因此，儘管我們沒有書面文字記錄飛即所宣讀的條文，但當中的功能和作用，在鴉片戰爭的歷史上是很重要的；由此，我們更覺有必要把飛即好好地寫進中國近代史內。

此外，費依又指出，飛即在這些戰事中感染痢疾，幾乎絕

1841）宣示香港主權，刊於*Canton Press*（13 July 1841）及《中國叢報》上。見Anonymous, "Journal of Occurrences; Commercial Business; Negotiations; Cession of Hongkong; Treaty; Chusan; Public Affairs," *Chinese Repository* 10, no. 1（January 1841）, pp. 63–64；至於中文告諭，見中國第一歷史檔案館：《香港歷史問題檔案圖錄》（香港：三聯書店，1996），頁58–59。

114 "Native Population of Hongkong: Qeen's [Queen's] Town," *The Friend of China and Hongkong Gazette*, 24 March 1842, p. 3.

命廣東。[115]正如我們所指出，費依的著作並沒有註明原來文獻出處，我們無法根據費依之說，再一步走近歷史原貌。但可以肯定的是，鴉片戰爭為飛即的健康埋下長期隱憂。飛即後來英年早逝，就是由於在戰場上感染惡疾，沒有痊癒而引起各器官急性衰竭所致。[116]他在1841年加入香港政府後，由於向殖民地公署申請病假，要詳細列出自己的履歷，因此更確切地披露自己參戰的資料：

> 於1839年隸屬英國全權貿易代表團（Superintendents of the Trade of British Subjects）下的漢文署，翌年聽命於海軍總司令（naval commander in chief），參與他指揮在廣州河 [Canton river，珠江] 及廣州高地最激烈的幾場戰事中。[117]

在中英兩方面的歷史記述裏，鴉片戰爭期間廣東爆發最激烈的戰事，就是1841年5月30日的「三元里之役」，[118]由於英軍被廣州村民埋伏，死傷慘重，跟着軍中又爆發痢疾，更令英軍在隨後北上的舟山戰役中戰鬥力大減，因此，「三元里之役」在中國的鴉片戰爭論述裏，長久被定義為抵抗殖民者侵略的戰事，具有深

115　Fay, *The Opium War*, 1840–1842, p. 304.

116　年僅三十四歲的飛即，在1854年1月就撒手人寰。死亡證上的紀錄指：過去在中國感染的惡疾，令身體機能永久受損，死亡原因為肝臟及胰臟腫脹，失救至死。General Register Office, England. Death Certificate, 1854. Quarter of Registration: Jan. Feb. Mar.; District Pancras (1837–1901) County London, Middlesex, Volume: 1b, p. 24。

117　C.O. 129/12/300, 23 July 1845.

118　An Eye-witness [Dr MacPherson], "A Brief Account of the Assault and Capture of the Heights and Forts above the City of Canton," *Chinese Repository* 10, no. 7 (July 1841), pp. 390–401; Anonymous, "Bengal Governmental Notifications, Being Extracts of Dispatches to the Right Honorable the Earl of Auckland, G. C. B., Governor General, &c., from Sir Hugh Gough, and Sir Le Fleming Senhouse, Respecting Operation before Canton," *Chinese Repository* 10, no. 10 (October 1841), p. 535.

遠的意義。[119]飛即很可能就在這時感染痢疾，因此中途折返澳門醫治，無法參與簽署《南京條約》等重大的後續事件，而令史學界長期忽視了飛即在鴉片戰爭中的角色。當然，另外一個重要的原因，是很多隨軍北上的將領和士兵後來回國後都撰寫了回憶錄，裏面或多或少會碰到語言障礙的問題，也一定會提及譯者的幫忙和貢獻。飛即沒有出現在這些回憶錄裏，也減少了人們對他的注意和瞭解。

然而，我們還是可以從鴉片戰爭史研究者過去較少注意到的一些資料，揭示更多譯者參加這場戰事的細節。過去史學界很少提及到，英帝國曾經對於鴉片戰爭有功的參戰譯者頒發榮譽勳章（Medal of Honor），借此表揚他們願意冒生命危險為國家奮戰，在義務之外表現出無畏的精神。飛即雖然被中英近現代史遺忘了一百五十多年，但是他在鴉片戰爭擔任的角色及貢獻，卻沒有被英帝國輕視。原因是我們在一份英國海軍榮譽勳章冊內找到頒發給飛即的榮譽勳章，當中更特別說明他是以譯員的身份取得這份殊榮，並列舉他曾於軍艦Blenheim號上參加最重要的幾場戰役，包括1841年1月7日攻打虎門一帶的穿鼻山，以及1841年2月27日攻下黃埔要塞。[120]榮譽勳章冊亦指明，飛即當時甚至沒有支取軍餉。[121]我們在前面的章節裏已指出過，很多出征鴉片戰爭大小戰役的隨軍人員，都曾對譯員不足導致情報缺乏的情況，發出了極大的悲嘆及呼號，並在行軍日記及戰爭回憶錄中，深切呼籲國家增加譯員。[122]飛即在譯員不足的情形下，不收任何軍餉，貢獻國家，這足以引證他公忠體國之心，而英國頒下榮譽勳章，也得以適度修訂過去長期認為譯者地位低微及不受重視之說。

119　廣東省文史研究館（編）：《三元里人民抗英鬥爭史料》（北京：中華書局，1978）。

120　Great Britain. Public Record Office. Admiralty（A.D.M）53/238 "Blenheim Ship-log."

121　A.D.M. 171/12/24.

122　詳見本書第一章「緒論」及第二章2.5節。

當時香港總督德庇時不單一手提拔飛即成為首任香港總登記官，更全力支持他休假回英國養病。向殖民地公署發出公文時，德庇時更清楚指出，飛即能直接隸屬於海軍總司令之下，全賴於他通曉中文知識的才華。[123]

上面說過，因為具備了地道的粵語能力，飛即在鴉片戰爭開始後一直在廣東沿海一帶負責翻譯，沒有跟隨主力部隊北上，尤其在後來染上虐疾後，工作更大受影響，因此，當璞鼎查代表英國政府與耆英等在南京華麗號（HMS Cornwallis）上簽署和約《南京條約》時，儘管英方所有譯員——包括馬儒翰、郭實獵、羅伯聃，還有李太郭及麥華陀——都參加了簽約儀式，[124]但飛即卻在這重要的歷史時刻缺席了。對飛即個人來說，這很可能是他感到十分遺憾的事情；但令人更感可惜的是，他缺席於整場戰爭裏最重要的歷史時刻，便進一步隱藏掉他在整個歷史時代的其他貢獻了。

不過，當《南京條約》簽署塵埃落定，香港根據條約割讓與英國，成為大英帝國的一部分後，在港英殖民政府裏，飛即幾乎又馬上開始扮演了關鍵性的角色來。然而，就像他在鴉片戰爭史上的位置一樣，儘管飛即在香港殖民政府裏身居高位，對早期殖民地的有效管治發揮過重要的作用，但同樣地，在現在所見早期香港史的著作中亦甚少提到飛即。香港史幾本經典論著，如歐德理（Ernest J. Eitel, 1838–1908）、[125]安德葛（George B. Endacott, 1901–1971）、[126]佘雅（Geoffrey R. Sayer, 1887–1962）[127]等人

---

123 C.O. 129/12/293–5, 15 July 1845.

124 Granville G. Loch, *The Closing Events of the Campaign in China: The Operations in the Yang-Tze-Kiang; and Treaty of Nanking* (London: John Murray, 1843), p. 169.

125 Ernest J. Eitel, *Europe in China: The History of Hongkong from the Beginning to the Year 1882* (Hong Kong: Hong Kong University Press, 1961).

126 George B. Endacott, *Government and People in Hong Kong, 1841–1962: A Constitutional History* (Hong Kong: Hong Kong University Press, 1964).

127 Geoffrey R. Sayer, *Hong Kong, 1841–1862: Birth, Adolescence, and Coming of Age* (Hong Kong: Hong Kong University Press, 1980).

的著作裏，都沒有片言隻字討論飛即。而一般認為是早期香港人物史權威論著A Biographical Sketch-Book of Early Hong Kong（由安德葛所著），全書以人物特寫的方法，深入論述多名與香港開埠相關的人物，可是當中卻沒有任何一個單元，甚至一個章節介紹飛即。[128]就是一般認為深具參考價值，由James William Norton-Kyshe編輯多份香港早期西報而成的日誌式文獻The History of the Laws and Courts of Hong Kong from the Earliest Period to 1898，內裏也僅臚列飛即在香港政府任職的年份及職級而已，[129]這沒法展示飛即對早期香港殖民地發展的貢獻。

　　從香港政府內部文件看到，飛即於1841年5月4日正式加入香港政府工作，[130]身兼政府譯員（interpreter）及裁判司署（當時華人稱為巡理府；The Chief Magistrate's Court）文員兩職。當時頒發這消息於1841年5月17日憲報的，是漢文正使馬儒翰。但其實，1841年的香港還沒有正式成為英國殖民地，當時所謂的香港政府，是義律與清朝欽差大臣琦善於1841年1月20日起草《穿鼻草約》後一個頗尷尬的政治實體。眾所周知，儘管中英雙方代表琦善及義律有《穿鼻草約》的商議，然而兩國政府對此安排都極為不滿。道光皇帝怒斥琦善私下割讓香港，罪至抄家流放，[131]而英

128　George B. Endacott, *A Biographical Sketch-Book of Early Hong Kong*（Singapore: D. Moore for Eastern Universities Press, 1962）.

129　James William Norton-Kyshe, *The History of the Laws and Courts of Hong Kong from the Earliest Period to 1898*, vol. 1（Hong Kong: Vetch and Lee, 1971）.

130　C.O. 129/10, 14 May 1841; Norton-Kyshe, *The History of the Laws and Courts of Hong Kong*, 1842, p. 12; C.O. 133/2, *Bluebook 1884*, Hong Kong, p. 76; Anonymous, "Journal of Occurences: New Plenipeteniary and Admiral; Their Rapid Traveling; Their Line of Policy; British Forces in China; Second Expedition Northward; Manner of Conducting the War; Hongkong; H. Rustomjee's Donation for Seamen; Departure of Capt. Elliott and Commodore Bremer from China; Visit of the Perfect of Canton; Affairs at Canton; Yihshan and His Colleagues," *Chinese Repository* 10, no. 8（August 1841）, p. 479.

131　〈著將擅與香港地方之琦善即行革職抄家鎖拿嚴訊事上諭〉，載中國第一歷

國認為義律有違國會及首相的意願，沒有取下舟山，卻奪取香港這個「荒島」，結果也是受到譴責，同樣難逃被撤換的命運。但無論如何，「香港政府」從《穿鼻草約》到1842年8月29日正式簽訂《南京條約》前，主權曖昧不清，可以說是一個有名無實的政府。這不單反映在香港官方文獻年度施政報告 *Bluebook*，最早只能追溯到1844年，即是殖民政府於1843年6月26日成為英國皇家殖民地後，正式運作後的首個年度，更反映在一個較少人注意到的事實：1841年的所謂香港政府總部及政府官員，全部都身處澳門，當時政府所發的一切公文，也全都從澳門發出。再加上這時期任用的政府官員，特別見諸飛即與一眾的翻譯團隊，包括漢文正使及譯員馬儒翰及郭實獵等，只是沿自1841年1月英國全權貿易代表團的陣容，[132]而他們的工資更不是由「香港政府」支付，可見這所謂香港殖民政府在這個階段只能算是一個草創時期。

義律被革職撤換後，英國政府匆匆派出璞鼎查擔當鴉片戰爭主帥。璞鼎查於1841年8月9日到達澳門，10日後率領大軍北上攻打虎門、廈門、定海、舟山、寧波等地，戰事告捷後，璞鼎查於同年12月回澳門，然後在翌年2月底3月初正式把香港政府總部移回香港。璞鼎查在這短暫逗留澳門期間，一直將飛即帶在身邊，[133]而遷回香港的時候，飛即亦是他的近身官員。飛即在澳門長大的背景，令他盡得天時地利，協助新生期的香港政府。他不單是一眾官員中最熟悉澳門及香港的人，[134]且精通葡語和粵語，這也是璞鼎查身邊其他官員所缺乏的條件。因此，飛即對於匆忙

史檔案館：《鴉片戰爭檔案史料》，第3冊，頁157。

132 Anonymous, "Calendar for 1841," p. 58.

133 Fay, *The Opium War 1840–1842*, p. 358.

134 飛即雖然不在澳門出生，但居住在澳門的時間，比他的直屬上司(亦即是比他年長大概六年)馬儒翰可能還要長。馬儒翰雖然在澳門出生，但是由於母親在他出生後翌年就帶他返英國，中間雖兩地往返，但由於父親馬禮遜希望他能於英國接受教育，根據推斷，馬儒翰十二歲隨父親到廣州學習廣東話前，應只有四至六年是居於澳門。

到澳門接手香港事務、並負責把這個建於澳門的「前期香港」政府移回香港本島的璞鼎查，幫助極大。[135]

　　在澳門的經歷讓璞鼎查看到飛即是難得的人才，因此，當香港政府總部移回香港後，飛即立即被提升，獲委以更多的任務。從1842年2月16日起，飛即不再只專注於裁判司署的翻譯工作，他既從翻譯出發，亦超越翻譯工作的範圍。他被委任為公證人（notary public）及驗屍官（coroner）。[136]從今天的角度去看，翻譯、公證人與驗屍官的工作，分屬不同領域；而翻譯的工作跟後兩者看起來，更是風馬牛不相及，但以當時英國管治由華人組成的香港社會而言，這些工作有着一個重要的共通點，就是必須要與社會各階層的市民溝通。公證人一職，顧名思義，是指受市民囑託，辦理與民事有關的公正證書為職務的官員。從政府當年發出的一項公告可見，當時公證人的工作更包括了徵收政府服務費用一項，譬如領取健康證明需要服務費兩元，見證立誓一元，為貨物估價需要徵收貨物價格的一百分之一等等。[137]由此可見，飛即是得到多方信賴，才被政府委以負責調解民事及財務相關的事情。這工作除必須明白本地人的立場及利益外，更要獲得市民及政府兩方面的信任，行為品格忠誠，具備公信力。因為公證人仲裁與調解的工作，在早期香港涉及法律意義，特別是在1841年的香港，司法制度還未成熟，甚至連香港最高法院（Supreme Court）也要待到1844年才正式成立。[138]飛即作為香港華人及政府之間的媒介，必須無所偏頗，秉公辦理，才可能獲得雙方的信任。這些工作大大增加了飛即與市民接觸的機會，更增加了他對香港華人

135　Austin Coates, *Macao and the British*, 1637–1842: *Prelude to Hong Kong*(Oxford: Oxford University Press, 1988).

136　C.O. 129/10/25, undated; Norton-Kyshe, *The History of the Laws and Courts of Hong Kong*, 1971, p. 12.

137　C.O. 129/10/29, undated.

138　德庇時任內法例第15條，"An Ordinance to Establish a Supreme Court of Judicature at Hong Kong."

的理解，為他日後總登記官的工作，提供了寶貴的經驗。

　　另一方面，驗屍官的工作不只必須具備基本醫學常識，還應該對兩國文化生葬習俗知識有相當的認識，從而在驗屍及安排殯葬的過程中，不致與本地市民因文化誤解而產生衝突。[139]事實上，到了1856年後的香港，即使政府已有更多殖民地驗屍官、醫生、醫護人員擔任驗屍工作，但政府調查任何一宗市民暴斃案件時，殖民地醫生或驗屍官都必須由翻譯人員陪同。這樣的好處是翻譯人員能幫助驗屍官及醫生向市民查問事件真相，也有助減少與本地市民衝突及磨擦的機會。當時隨英軍征戰多年的使節、將軍、翻譯人員，具備一點基礎醫學知識，也並不是完全不可思議的事，如同樣為翻譯人員出身的郭實獵也是一位醫生。[140]飛即在香港被委派擔任驗屍官之前，究竟擁有多少醫學常識？這點我們不得而知，但他後來回到英國任職倫敦國王學院中文教授期間，也同時修讀了蘇格蘭醫學課程，並於1851年5月9日獲得蘇格蘭聖安德魯大學 (University of St. Andrews) 頒發愛丁堡皇家醫師公會的醫師執照 (M.R.C.S)。[141]飛即對醫護工作的興趣，很可能是從香港出任驗屍官時培養出來的，也很可能是他本來早已有志於醫務的工作，只是因為鴉片戰爭爆發，他因為具備良好的中文程度而被捲入戰爭，最終踏上政府官員的仕途。

　　不過，即使飛即自己有一點醫學常識，卻不能倖免疾病的煎熬。他在軍旅中所感染的痢疾，為他身體埋下了長期隱憂，令他在香港服務的時期，不時要向殖民地公署請假，大大影響了

139　與飛即同期加入香港政府，並在飛即離任後才獲得晉升為總登記官的譯者高和爾，在1856年擔任翻譯工作的時候，需要跟殖民地驗屍官一起到達現場，瞭解整個發現屍體過程。參見本書第一章「緒論」。

140　Karl Gützlaff, *Journal of a Residence in Siam: And of a voyage along the Coast of China to Mantchou Tartary* (Canton, China: s. n., 1832), pp. 4, 48, 50.

141　此消息公佈於當時的醫學雜誌上。見*Medical Times* 23(1851), p. 550；1851年倫敦人口普查紀錄文件，以及飛即在1854年去世的死亡證上，都有寫明他為合資格的醫師。

他在香港的發展。飛即第一次向香港政府請假，就是在他上任新職務不久。1842年5月10日，馬儒翰向裁判司署署長(時稱巡理官Chief Magistrate)堅吾(William Caine, 1799–1871)致函，指璞鼎查額外批准飛即在沒有醫生證明文件下，可立即休假回國，並指只要飛即覺得可以成行，便立刻出發。由於香港政府這時候還未正式成立，在公務員架構上要取得有薪病假手續繁複，璞鼎查只能引用印度公務員體制説明，並指他個人已盡力幫忙，無法替飛即休假期間爭取到支薪病假。[142]不過，即使如此，為了盡早康復，飛即不得不暫時離開香港調養身體。

　　割讓之初的香港，百廢待興，飛即多次要離開香港回國就醫，不單因為香港醫療設備不足，香港環境及衛生惡劣也是主要的原因，據當時的報導：「駐港軍人當中，全年共有7,893人次入院治療，平均每人每年入院5次。在他們當中，患熱病共有4,096人次、762人次患腹瀉、497人次患痢疾⋯⋯自從我們佔領香港之後，人命損失十分嚴重。」[143]可幸的是飛即個人能力獲得賞識之餘，他的忠誠性格令管治者非常信賴及器重，加上政府嚴重缺乏雙語專才，因此，無論是港督璞鼎查，還是後來的布政司，[144]以及第二任港督德庇時，[145]都一再向殖民地公署寫信，支持飛即休假申請，希望為他爭取最好的待遇，讓他能靜心養病，早日回香港政府工作。的確，飛即養病回來後，政府立即提升他到管治核心階層。飛即於1843年5月28日獲擢升到副裁判司(副巡理司；Assistant Magistrate of Police)，年薪520英鎊。[146]這樣快速的升遷是因為香港當時警力不足，治安不靖，政府急需要優秀的執法人員。

142　C.O. 129/10/214, 30 May 1842.

143　HKAAR, 1844, p. 7.

144　C.O. 129/15/39–41, 15 July 1845.

145　C.O. 129/12/293–285, 15 July 1845.

146　*Bluebook*, 1844, p. 72, C.O. 129/12/293–295, 15 July 1845；後來第二任港督支持飛即請假時的文件，指飛即當時副裁判司一職只有待英國本土殖民地部正式通過。

3.3 翻譯與監視華人：香港登記署成立及登記條例通過

當時困擾香港至深的，首先是環境衛生惡劣，醫療設備簡陋，其次是海盜猖獗，盜賊無法無天；而香港警力嚴重不足，也是令治安不靖的原因。無論是市民、外國商人，還是殖民地官員，都時常被搶劫，甚至港督府亦曾在1843年4月26日被匪徒光顧，香港政府於是從5月起實施宵禁，限制華籍居民深宵外出。其實，宵禁只不過是一個應急的措施，早自4月起，璞鼎查已一直在急謀對策。其中一個方案是成立登記署(Registry)，登記市民資料，限制不法分子，防止他們趁香港出入境自由，隨意進出香港犯罪，讓香港成為走私、海盜和罪惡的溫床。

1843年4月15日，璞鼎查致函幾位政府官員，他們身兼太平紳士(Justice of Peace)和立法局(時稱定例局)議員，包括莊士敦、伍斯南(Richard Woosnam, 1815–1888)、堅吾、畢打(William Pedder，生卒年不詳)，正式提出成立登記署的方案。[147] 5月5日，璞鼎查邀請上述官員成立登記署小組(Registry Committee)，並發出多封公函，要他們詳細及具體地討論成立登記署的細則。[148]璞鼎查在信中指出，成立登記署來規管香港市民登記資料，必定會引起很大的爭議，導致極大的社會震盪，但是，為了香港的長治久安，特別為了穩定香港的政治，尤其英國及殖民地政府一直在討論的治外法權，璞鼎查認為，成立登記署對香港市民作一完整統計及登記，有重要的整合作用。因此，登記署的成立，不單有助整治民風，消減罪案，亦能釐清一些法律及政治問題，所以，

---

147 C.O. 129/10, pp. 356–360, 15 April 1843.

148 Dispatch 43 "1: regarding the establishment of a registry office," "Incl: Letter to A R Johnston Esq. Major Caine and Liet. Pedder desiring them to form themselves into a committee;" "Incl 2: Proceedings of the registry committee;" "Incl 3: Further proceedings of the registry committee." F.O. 705/45/26, 5 May 1843.

璞鼎查在信中要求各人認真考慮成立該署的可行性。他在信內提出二十多項建議，既有鋪陳整體方向，也有非常仔細繁瑣的細項。由於過去研究登記署的學者很少提到這份可算是香港早期歷史裏其中一份最重要的文件，[149]並因為登記署正式成立於1844年，論者便以為香港登記署是由第二任港督德庇時在任期內一手作出的措施。在這裏，我們有必要詳引及討論璞鼎查這封信的內容。[150]

璞鼎查在信中首先建議向香港市民頒發類似身份證明文件的登記票，以掌握更多市民的資料，從而把不法分子趕出香港。從下面所列他作出的建議和問題，軍官出身的璞鼎查其實心思細密，並不像一般描述所言缺乏行政經驗：

成立登記署
任何人士除非辦妥居民登記，否則不得居於島上。
若只短暫逗留香港，可以豁免登記。
除了短暫留港人士，政府有權拒絕社會某一階層的市民在港登記。
如需登記費，應徵收多少？
登記證明文件應考慮以中文及英語同時印出，而且應附有政府可辨認的連續登記號。
漁民是否亦須登記？
是否需要賦予所有登記人士徽章，以茲識別？
違反上述首三項的離港人士，應以懲罰。
屋主或店戶應只招待已登記人士。
違反上述各項的人士，應予懲罰。

---

149 Charles Collins, Public Administration in Hong Kong（London: Royal Institute of International Affairs, 1952）, pp. 63, 66; Ho Pui-yin, *The Administrative History of the Hong Kong Government Agencies 1841–2002*（Hong Kong: Hong Kong University Press, 2004）, pp. 20, 25.
150 C.O. 129/10/356–360, 15 April 1843.

　　　　　　　　譯者與學者：香港與大英帝國中文知識建構

璞鼎查除要求各人謹慎考慮以上各項基本建議外，更應仔細討論其推行性及其他方案。然後，他又再開列出十一項更仔細的考慮，以圖堵塞當中可能出現的漏洞。

漁船是否豁免？

如何管制已登記的苦力？

所有商號是否都應當受發牌制度規管？為治安着想，亦為增加政府稅收？

漁民、苦力或同類階層是否應當佩帶徽章？

應否引進印度政府已實行的慣例，公務員需要帶備能識別的腰帶或襟章？

是否可立法強制，在香港市集（bazaar）及附近街道一帶，入夜後於指定時間亮燈照明，或徹夜照明？

政府市集應如何管制？

上述規例是否都應以法例訂明，如有違法，予以嚴懲？

指定商戶及設施（妓院、賭館等）除了固有發牌制度外，是否應強制設有保安措施？

急不容緩的是，是否應在市集及鄉郊增加警力，或增設警署？

政府是否應拆去市區上的草席棚舍、帳篷，或至少有一明確區隔措施，讓這些臨時設施得與市區分隔。

璞鼎查在信末要求各人對上述有關成立登記署及立法撰寫報告，他還認為上述任何議例獲通過後，必須同時提供中英語版本，用作市民的指引。

其實，璞鼎查就任港督的時期不算長，前後只有短短的十一個月（1843年6月26日至1844年5月7日），在這期間，由於他身兼英國駐華全權公使及英國駐華商務總監（1859年前所有港督都需要同時兼任這些職務），加上多次往返中國續談《虎門條約》，因此，他留在香港實際施政的時間更短。不過，他在上任後不久便立即成立議政局(佐理堂、今稱行政局)和定例局(立法局)這兩個重要機構，只是由於以港督為主席的兩局會議，限於他本人經常不在香港，以致召開會議次數不多，讓人們認為璞鼎查任內對香港沒有制定積極可行的政策。不過，儘管璞鼎查在香港任期不長，但仍然願意去籌措登記署，更在《虎門條約》中提及此事，指出香港登記署有助廓清管理香港居民的法制，[151]可見他對香港有一定的貢獻。事實上，從一年後成立的登記署去看，當中的概念及構思雛型，可以說與他所訂下的藍圖是相差不遠的。

不過，由於璞鼎查的個人志向、野心及興趣並不在中國事務，《南京條約》簽訂後，他認為自己的職責已完成，便匆匆向殖民地公署請辭，[152]但由於當時《南京條約》後續條款問題很多，特別就治外法權，以及香港是否自由港及關稅問題上與中國糾纏不清，英國便拒絕了璞鼎查的請辭。這樣，他將繼續留在香港多久便變成未知之數，因此，登記署是否成立，就沒有再進一步跟進及討論了。不過，英國外交部在1843年開始物色第二任港督的人選，當時就請教了斯當東。斯當東首先考慮的人選，是對中國有豐富認識，擁有多年來華經驗，以及得悉中英關係發展過程中的困難，而香港作為中英關係之橋所得能提供給英國最大利益，斯當東向外交部推薦了他的舊部下——德庇時。

德庇時是有名的漢學家，他來香港上任之前，已翻譯了大量中國文學作品到英語世界，當中包括《好逑傳》(1829年)及《漢宮愁》(1829年)；此外，他曾陪同阿美士德勳爵出使中國，又在1832年獲遴選為東印度公司在廣州的特別委員會主席，主理公司的在華貿易業務，並在這些工作中，記錄了他對中國人風俗的觀察及分析，如*The Chinese: A General Description of the Empire*

---

151 C.O. 129/3/356–366, 13 June 1843.
152 F.O. 17/64/[unpaged], 4 January 1843.

譯者與學者：香港與大英帝國中文知識建構

of China and Its Inhabitants。[153]德庇時於1844年5月8日上任後（任期為1844–1848年），便立刻實施了多項政策，希望能整頓剛成立的香港政府。可惜的是，雖然他本人是一位英國本土及歐洲知名漢學家，由於事務極度繁重，他無法完全控制政府在內政及外交事務上所有涉及中英文條文的翻譯。

德庇時剛上任不久，即由立法會通過多項條例，其中一條最引起爭議的是在1844年8月21日通過，[154]定於11月1日起規定每位香港市民（包括洋人及華人）每年需要到登記官報到並登記一次，同時付人頭稅（洋人收五元，華人收一元）購買一張登記證（像今天的身份證），辨別自己的身份。管理人口本來就是政府需要擔當的工作，[155]而德庇時更明顯的動機，則是利用登記及徵收稅款，加強香港治安，提升社會安寧秩序，因為當時香港警力不足，洋商或有名望的官員常常失竊。德庇時本來認為，登記可恐嚇及驅逐不良分子出境，讓壞人不要覺得香港是犯罪的天堂。可惜的是，這次立法卻招致嚴重反效果，一方面是洋人認為這是不合法的，有違他們在英國一直享受「有代表才有徵稅」的權利；此外，他們認為，條例本身是針對香港治安不靖而來，向白人收人頭稅證明他們是良民，這根本是對白人的侮辱。[156]

徵稅本來就是一件難以討好的事情；在華人方面，更因為譯文錯誤，爆發了百業總罷工。刊登徵人頭稅的中文譯文，把本來

---

153 John Francis Davis, *The Chinese: A General Description of the Empire of China and Its Inhabitants*（New York: Harper & brothers, 1864–1871）.

154 有關登記人口條例（Registration Ordinance），初刊在1844年10月19日的*The Friend of China and Hongkong Gazette*。

155 此建議並不是德庇時初發，翻查紀錄，可以追索到1844年3月9日；此外，為了應付人口登記的工作，政府的Census and Registration Office 在1845年1月1日成立。Norton-Kyshe, *The History of the Laws and Courts of Hong Kong*, p. 43。

156 當年有白人明言，白人的臉孔已是最有力的身份證明文件。Norton-Kyshe, *The History of the Laws and Courts of Hong Kong*, p. 66。

每年一次的登記，誤譯成每月繳納一次。[157]華人認為殖民者通過徵收苛捐重稅剝削華人，於是從商家到苦力轎夫，從上到下全體罷市，甚至有水陸工人，於法例生效前一天集體離開香港，返回中國大陸，以示不滿。這次罷工從10月31日起，維持了三個月。政府見事態嚴重，急於修例補救。這事讓殖民政府意識到，翻譯具有的潛在顛覆能力實在不能再置之不理；再加上，這事暴露了殖民者與被殖民者之間存着巨大的鴻溝與誤解，已到了不容再漠視的階段。事實上，一篇誤譯為社會帶來了如斯巨大的衝突，可以看到社會上積存了極大的不滿及怨懟，特別是華人久久壓抑對殖民者的不滿心情。可以肯定的是，這些不滿，一方面是語言不通帶來的溝通障礙，被管治的中國人不懂英文，管治者大多不懂中文，兩邊無法溝通；另一方面，這道鴻溝，本來就是因施政者歧視華人的政策帶來的惡果。因為在香港「開埠」不久，英國人便在香港實行區隔政策，讓當時的華人及洋人，生活在兩個世界之中。

德庇時是著名的中國通，他在1813年冬加入廣州東印度公司工作，出任初級書記(junior writer)，[158]馬上開始學習中文。由於他很快便掌握了不錯的漢語水準，1816至1817年英國特派訪清大使阿美士德使節團時，德庇時也被選作隨團譯者，與自己的老師馬禮遜一起北上，負責翻譯的工作。[159]1833年英國國會通過廢止東印度公司在華專利權，同年年底即任命律勞卑為駐華商務總監督，赴廣州主持貿易，協助處理英商與清廷的爭議。律勞卑到廣

---

157 Eitel, *Europe in China*, p. 223; Winifred Wood, *A Brief History of Hongkong*(Hong Kong: South China Morning Post, 1940), p. 53。葉靈鳳在他的《香港掌故》內說，政府憲報*Hongkong Gazette*(1844年11月1日)刊登了這公告的中文譯文有誤。但全部均欠引用原始文獻及出處，見下第189頁的討論。

158 Morse, *The Chronicles*, vol. 3, p. 191.

159 關於馬禮遜作為阿美士德使團翻譯及有關的情況，可參王宏志：〈「我會穿上綴有英國皇家領扣的副領事服」：馬禮遜的政治翻譯活動〉，《編譯論叢》第3卷第1期(2010年3月)，頁1–40。

州之行，無功而還，且身染重病返回澳門，不久逝世。律勞卑逝世後，德庇時於1834年繼任駐廣州的英國商務監督。雖然他非常熟悉中國事務及英國在遠東的利益，但由於他早在廣州東印度公司前已跟不少英商發生齟齬，加上他接任商務監督時推行的「沉默政策」(quiescent policy)，[160]更是惹來很多英商的不滿；另一方面，他也認為英商提出對華的方案並不實際。因此，在雙方達不到共識及互不讓步下，德庇時於1835年1月辭去商務總監之職，回到英國去。[161]

過去不少香港史論述都把德庇時描述為一個不受歡迎的人物。從當時英國市民及香港屬民對他的評價看，他的確不得人心，而他立法太倉促及太多，也說明他不是一位長袖善舞的管治者。但由於他自己熱愛中國語文，因此，在出任香港總督期間，他特別看重翻譯對政府施政的幫助，既大力把翻譯官員引進管治階層，又高瞻遠矚地在香港籌建皇家亞洲學會香港分會(The Royal Asiatic Society Hong Kong Branch)，[162]更在英國大力提倡中國學的重要。[163]這些都並非當時英國政壇上目光短淺的政治人物所能看到的宏觀圖像，特別是當時的英國漢學發展，其實已大大落後於歐洲大陸，假如不及時積極推動，中國與英國的雙邊關係及英國的在華利益，無論是商貿還是政治方面，一定會受到損害。[164]

當殖民地公署在1843年聯繫德庇時，請他考慮出任香港第二

---

160 Morse, *The International Relations of the Chinese Empire*, vol. 1, pp. 145–170.

161 *Ibid.*, 150.

162 "President's Report for 1862," *Journal of the Royal Asiatic Society Hong Kong Branch* 3(1963), p. 2.

163 C.O. 129/4/274–285, 21 December 1843.

164 John. F. Davis, "The Rise and Progress of Chinese Literature in England, During the First Half of the Present Century," in John. F. Davis, *Chinese Miscellanies: A Collection of Essays and Notes*(London: John Murray, Albemarle Street, 1865), p. 50.

任的總督時，他正在英國。在接受任命後還沒有正式上任前，德庇時便着手研究如何鞏固香港內部的行政問題，作好新舊港督的交替工作。德庇時參考了英國種種殖民地模式（特別是印度、新加坡），以及葡國管治下的澳門，並通過對比參照這些地方的管治模式及行政架構，希望找出特別適合管治香港之道。他認為，香港靠近中國，在政治角色上所扮演的角色，與英國其他殖民地不同；而在法例而言，英國管治香港絕不能像葡萄牙管治澳門一樣，處處受中國掣肘。就是在這時候，德庇時已經語重深長地指，對華政策一定要包括所有能增加英國人對學習中國語言興趣的措施，這樣可以直接獲得一手的情報及消息，而不致於被流言蜚語或謠聞所誤導，這可說是一語道破了英國管治香港最關鍵的問題，也早見他對香港及中國事務的認識；而就是在這認識上，他上任後特別看重條件良好及具有優良語言能力的人才。此外，他在上任前也看到另一個更迫在燃眉的問題，那就是香港警力不足及刑法特別脆弱，這更是整個政府編制上的最大問題。[165]

　　德庇時在1844年5月8日正式出任香港第二任總督，但在不足兩個月裏便立即體會到治安問題的嚴峻。7月16日，港督府再被打劫，這說明了匪徒無法無天，公然挑戰政府。特別是香港與尖沙嘴只有一海之隔，匪徒在香港島犯案後，只需逃到九龍便可以脫身。那時候，不少外國人聘請私人保鑣，晚上睡覺要把手槍放在枕邊，以保安全。德庇時首先指令政府加強警力，並設立民間保安隊（Chinese peace officer），[166]繼而實行笞刑加重刑罰，[167]希望能從嚴刑峻法及防微杜漸兩方面入手去解決治安問題，同時讓香

165　C.O. 129/4/274–285, 21 December 1843.

166　Joseph Ting, "Native Chinese Peace Officers in British Hong Kong, 1841–1861," in *Between East and West: Aspects of Social and Political Development in Hong Kong*, ed. Elizabeth Sinn（Hong Kong: Hong Kong University Press, 1990）, pp. 147–158.

167　Flogging Ordinance No. 10 of 1844.

港市民知道政府正視治安問題。另一方面，一個更徹底的方案就是成立登記署，通過市民登記，掌握市民背景資料、職業工作、出入境紀錄等，固定香港人口的結構及質素。此外，德庇時同時亦以人口登記作為徵稅藉口，希望能在改善治安問題之餘，增加庫房收入，減輕海外殖民地對英國本地財政的負擔及依賴。德庇時的市民登記概念，與璞鼎查的計劃有不少相同之處，但不能確定德庇時是否繼承璞鼎查的構思。不過，這條後來幾乎引致推翻港英殖民管治政權的條例，隱藏的危險及爭議性，主要並不在內容或構思上，而是在於如何執行上。這或許能夠反映出璞鼎查處事謹慎細密，儘管他早就有成立登記處的構思，但也充分理解及明言條例實施時會引起爭議，導致社會很大的震盪。這也可能是來自他在加入香港政府前，曾在今天阿富汗一帶喬裝當地市民，刺探地方民情積累而來的經驗及體會。[168]毫無疑問，要作有效的管治，掌握人口資料是必須的。香港自1841年起已作了至少兩次人口普查，人口普查本身並不會招致市民反對；至於徵收稅款，即使一般不會受市民歡迎，亦是市民應盡的責任，對華洋市民而言，本來就不是什麼新鮮的事情，但像成立登記署及開徵新稅項這樣影響深遠的公共政策，在推出的時間及實施方法上必須慎重處理。也許德庇時以為既然新法例已經在1844年8月獲得立法會的通過，便不會產生什麼問題，因此，他在法例推出的時候，便跑到中國沿海其他口岸履行商務監督的職責。很可惜，這次立例卻招致政府意想不到的嚴重反效果。

在研究殖民政府如何推出及執行新法例前，可以先看看這第16條法例條文的內容。在1844年8月21日立法會通過的香港法例第16條，細則包括成立登記署，任用登記官（法例規定，並不具

---

168 Henry Pottinger, *Travels in Beloochistan and Sinde: Accompanied by a Geographical and Historical Account of Those Countries*(London: Longman, 1816).

安排任用人選細節），以及法例通過後所有年滿二十一歲男性市民，每年都需要根據登記法前往登記署，登記年齡、出生地、香港住址、職業、到港日期、在港聯繫家屬以及各人職業和住址、婚姻狀況及配偶資料；然後在辦妥手續後，根據華洋之別繳交不同款項的登記費(洋人五元，華人一元)。同時，聘用剛到香港的苦力及船民的領班，有責任帶領他們到登記署辦妥手續。任何人士如有違反登記條例居港二十四小時，將被罰款二十元。市民成功登記後，政府發予登記票一張，以作核實身份之用。這條法例在立法會通過後，於10月19日刊登憲報，[169] 10月24日寄呈英國存檔，[170]1844年10月31日開始實施。

儘管當時香港政府沒有同時公佈總登記官人選，但從條例可見，總登記官的權力甚大：即使市民完成登記上述資料，登記官仍然有權拒絕簽發登記票。假如登記官確認任何人士與不法分子、匪徒或黑幫有任何連繫，可以拒絕他們留港居港。因此，政府必須找到一人格可信，而且有足夠判斷力的人來執行法例。

法例實施前夕，即是10月31日，香港發生開埠以來最大的暴動，華洋居民群起反對新例，發起罷市及暴動。在一個以種族劃分的英國殖民地社會裏，洋人本來應該站在政府一邊，一同對抗「華人暴民」，然而這一次洋人不單煽動本地市民鬧事，更集合了所有外商的力量，集體請願，釀成了一股反對政府新政的洪大聲音。從市民投函到報紙的信件可見，當時反響最大反對最深的，有以下數項：第一，洋人不滿需繳稅項比華人更多，他們認為條例本來是針對香港治安不靖而來，既然罪案都是華人所犯，打擊香港罪惡，沒有理由變成向洋人徵收重稅；第二，在香港徵收重稅有違英國人的權利及義務；第三，法例通過時沒有諮詢外

169 *The Friend of China and Hongkong Gazette* 3, no. 177(19 October 1844), p. 544.

170 *Bluebook*, 21 August 1844, p. 45; No. 16, "An Ordinance for Establishing a Registry of the Inhabitants of the Island of Hong Kong and Its Dependencies."

商；第四，法例實施日期太倉促。至於華人發起暴動的原因，則是因為稅額不輕，影響生計太大，令本來已經收入微薄的貧苦大眾生活百上加斤。

暴動發生後，德庇時不得不急忙返港，於11月6日正式向英國殖民地公署詳細報告暴動的原委，亦把當時收集到的所有文件，一併寄回英國詳細交代。德庇時在信中簡述當天情形後，不忘稱讚奮力維護香港治安的官員：

> 不可不謹呈的是，從警察局寄呈過來的報告得知，有些立心不良的英國籍居民在華人圈子中煽風點火，在法例實施的前一天，看到店鋪關閉，罷工罷市，他們袖手旁觀，採取積極不干預的態度。不過，由於相關部門通力合作，在第二天已經杜絕了這些行為。10月31日在市集[維多利亞市集]發生的暴動，在副巡理官[assistant magistrate]飛即[Mr. Fearon]及巡捕督察布魯士[superintendent Captain Bruce]謹慎及果斷的帶領下，警方迅速有效地作出控制。這點，我必須向爵士匯報。[171]

從上面的報告看到，政府派出了巡捕督察及副裁判司，也許會給人一種印象，就是為了平息暴動，政府及警方一定不能避免以暴易暴，嚴懲滋事分子。事實是否這樣，由於缺乏早期華文報紙對此事作較為客觀的報導，對於殖民者是否克制，難以判斷。不過，由於暴動的觸發點跟語言及翻譯有關，因此，當時政府極有可能不會動用過分的武力，而是盡量以克制的態度來平息暴動。

首先，從布政司的信中可見，[172]由於英國商人仗着自己在香

---

171 C.O. 129/7/200, 6 November 1844.

172 *Ibid*.; 在港英商集合各方力量，緊急召開會議，並聯署寫信向政府請願投訴過程，參見Eitel, *Europe in China*, p. 223。

港及英國海內外的政治和經濟方面具有的影響力，在請願信中以極為不遜的言辭反對政府，因此，政府認為這有違英國人公共政治世界所允許，因此，要求他們審慎用字，並先作公開道歉，然後再重新提出自己的訴求，否則政府絕對不會接受他們的書面意見及請願。英商一方面遵照政府的建議，書面道歉及再次書面投遞意見，但同時亦恃着自己對英國國會的影響力，明裏暗裏不斷彈劾德庇時的管治方法。[173]固然，德庇時小題大做，立法規管請願語言也許是有點反應過敏，但他一直與英商關係惡劣，才是令他難以駕馭的原因，也因為個緣故，讓德庇時不無感慨，意興闌珊地寫信給殖民地公署大臣說，他寧願管治香港島上兩萬華人居民，而非自己的同胞族人。[174]

另一方面，華人同樣對香港政府極度不滿，原因卻在錯誤的譯文上：刊登徵稅的中文譯文，把本來每年繳納一次登記稅誤譯成每月繳納一次，惹來很大的憤怒，華人發動百業總罷工。在過去研究香港史的過程中，學者只可輾轉從十九世紀研究香港史的歷史學者的記述中，如葉靈鳳《香港浮沉錄》[175]、歐德理的《歐洲在中國》（*Europe in China*）[176]，或 Winifred Wood的《香港簡史》（*A Brief History of Hongkong*），[177]又或者大概得知這次暴動是由翻譯錯誤引起。然而，在他們的研究中，從來沒有指出一手資料的出處，令人無從深究過程的底蘊。可幸的是，在英國外交部檔案中仍然藏有早期香港市民請願的備份，內有一份名為《欽差暨巡理官告示內附》（*Records of Letters between the Plenipotentiary*

---

173 例如本來是商人出身，後來加入香港政府內擔任司庫（Treasurer）的 Robert Montgomery Martin，就直接寫信到殖民地公署斯丹尼爵士，投訴德庇時。見R. L. Jarman, ed., *Hong Kong Annual Administration Reports*, 1841–1941 (Farnham Common, England: Archive Editions, 1996), pp. 16–18。

174 C.O. 129/7/200, 6 November 1844.

175 葉靈鳳：《香港浮沉錄》（香港：中華書局，1989），頁6。

176 Eitel, *Europe in China*, p. 223.

177 Wood, *A Brief History of Hongkong*, p. 53.

and the High Provincial Authorities and Proclamation by H. E. the Governor and Chief Magistrate, 1844–1849)的文件，我們就能從原始文獻中，還原當年由誤譯引發暴動的情形。

No 24 Ordinance about the registration

21st August 1844[178]

第叁拾號

憲示

茲有奸奸煽惑漢人，令之受損甚重。昨該居民忤逆，大英官憲不能接受收其稟單。當此之時，汝等各民人仍舊作工開鋪貿易，准各鄉紳頭人具稟。至所有編户登名之諭，再將查覽斟酌，另行改變焉。各宜凜遵毋違。特示。

一千八百四十四年十一月初一日

甲辰年九月十一日　示貼

第叁拾壹號[179]

Notification that the registery money is only to be paid once a year

31 October 1844

憲示

所有登籍規條，係每年一次呈納，並不論月也。各宜知之。特示。

九月二十日示

New registration ordinance no. 44; Issued 13th November; translated 4 December [180]

---

178 F.O. 233/185/20b–21, undated; F.O. 233/185/22, undated.

179 F.O. 233/185/22b, undated.

180 F.O. 233/185/25–27, undated.

第肆拾肆號

大英欽奉

全權公使大臣總理香港地方軍務兼領港英商貿易事宜德，督同議官，為曉示事。照得在香港所有居民，多無定在，凡在英轄下各處民人，茲務必隨時按數編名登籍，以靖地方，而阻無賴之徒生事之匪等來此處也。又將本年九月所出之諭示，另行通變焉。令恭候上諭，權且置立編官衙署及定奪官憲俸祿，以理登籍之事。除屬水陸武弁、鄉紳商賈、鋪戶屋主與各人，每年有納地租銀二百五十員以上，或各士民每年收銀五百員以上外，自甲辰年十一月二十三日以後其餘各男人有二十一歲以上，能度生活者，每年一次必親赴該署以登其名焉。若該官有免伊登籍者，毋庸赴到本署。但該署官等查出是人係良民，例准該官准給編票，畫免規銀。如查是人係兇徒爛仔，則准該官操權，不許居住於此也。倘有在香港生長者，亦必照該例而辦也。至其票內必用漢字樣，言明何號何日給領各原由，俾將居民之數詳細呈覽。……右仰知悉

甲辰年十月初四

一千八百四十四年十一月十三日

從上面的文件中，特別是1844年11月初再一次張示8月21日的立法會通過「編戶登名」的香港法例，並示當初由於有人妖言惑眾，煽惑居民而發生了忤逆官憲的事；以及9月20日再示「每年一次呈納，並不論月也」。我們可以看到香港政府在這次暴動後，發出了一連串的示諭，再一次解釋政策、辯說錯誤的因由、嚴懲尋釁者以及再釋法例。從這裏可見，這次暴動對香港政府施政的衝擊。當中，特別的是到了11月中旬(13日)，政府再細述香港所有居民「必用漢字樣」，言明每戶居民詳細數目。在此，我們再一次看到登記官中文水平的重要性。

譯者與學者：香港與大英帝國中文知識建構

在暴動爆發後，政府派出飛即來應付華人的請願，目的很明顯，並不單單因為他是副裁判司，而是因為他能説流利的廣東話，可以與市民直接溝通對話。德庇時在給史坦萊勳爵（Lord Stanley; 1799–1869; Edward Smith-Stanley, 14th Earl of Derby）的報告中指出，市民向政府遞交四封請願信，其中一封是由華人遞交的。飛即清楚向他們表明，政府願意聽取他們的意見，但首要條件是他們先停止罷市，回到自己的工作崗位去，否則政府根本不能與他們對話。華人在這之後便和平地散去，並且回到自己的工作崗位上。[181]從此可見，飛即在這次事件中臨危不亂，迅速協助政府化解危機。這可以説是繼鴉片戰爭前廣州英商被困商館的事件後，飛即再一次展示他處理危機及應付突發場面的能力。

暴動過後，香港政府再不敢掉以輕心，特別是殖民地公署亦表明，這次暴動的肇因是政府推出政策過於倉卒，8月立法，10月19日才刊登憲報，然後在10月底就正式執法，與市民的溝通又明顯不足。因此，政府隨即在11月13日刊憲成立第18條法例，廢除第16條法例，特別是在税收問題上，作出大規模的修訂。不過，就登記法而言，雖然推出以來一波三折，然而為了規管人口，仍然事在必行。[182]只是當前的一個難題是，誰能勝任總登記官之職？

在這次嚴峻的政治風暴後，港督德庇時已經心裏有數，認定了飛即是總登記官一職的最佳人選，這除了因為他是華洋市民都能接受外，更重要的是他具有良好的溝通能力。在這次暴動中，飛即的個人能力表露無遺，可以説，這次政治風波成就了飛即。

飛即能夠成為當時公務員中的首選，有幾個原因。首先，飛即出身英商世家是關鍵因素。我們在上面已指出過，他的父親

181 C.O. 129/7/[unpaged], 11 November 1844.
182 *Bluebook,* 13 November 1844; No. 18, "Ordinance to Repeal the Ordinance No. 16 of 1844, and to Establish a Registry and Census of the Inhabitants of the Island of Hong Kong."

飛爾安長期在廣州澳門經商，與一眾英商關係密切，且在澳門擔任過英商的公證人，地位崇高。前任港督璞鼎查在幾項重要的決定中，特別是香港作為自由不徵稅港口一事之上，曾諮詢過幾位商人的意見，飛爾安即在其中，可見他與香港政府的關係融洽。[183]德庇時任命飛即出任總登記官，雖然不一定能馬上修補殖民政府與英商的關係，但將來兩者之間再出現什麼齟齬，飛即居間調停，至少能減少衝突。

其次是飛即的工作能力，本來就足以令他獲得政府重用，尤其是香港殖民政府成立之初，可以任用的翻譯人才十分匱乏。1843年8月，政府首席漢文正使馬儒翰因病去世後，香港政府可以倚重的漢語人才就更加凋零。儘管政府以郭實獵來接任漢文正使，[184]而德庇時也同樣對郭實獵的中文能力稱讚有嘉，但郭實獵在香港政府內的位置卻非常曖昧。他擔任香港政府工作期間，一直與英國外交部關係最密切，[185]然而在香港政府的文官任用與政務編製表（Civil Establishment Bluebook）內也找不到他的資料。有說他在香港政府「始終是一個局外人，從來是沒有成為香港殖民社會的一部分」。[186]此外，郭實獵對香港市民亦從無好感，曾直言香港市民「道德敗壞得不能以筆墨形容」，[187]加上他行事作風極為神秘，他的計劃不單只有他自己一個人知道，而且常常為求達到目的，不惜侵擾市民。[188]因此，雖然郭實獵具有豐富隨英軍出征經驗，精通中文，但若要處理一些跟香港市民有密切關係的

183 F.O. 705/51/88–93, 20 January 1843; F.O. 705/54/285–286, 290, 3 February 1843.
184 F.O. 705/45/39, Inclo 18, undated.
185 C.O. 129/9/87–88, 21 August 1844.
186 Jessie Gregory Lutz, Opening China: Karl F. A. Gützlaff and Sino-Western Relations, 1827–1852（Grand Rapids, MI: William B. Eerdmans Pub. Co., 2008), p. 114.
187 Davis to Stanley, 20 August 1844, in Hong Kong Annual Administrative Reports, p. 7.
188 浙江撫部院道光二十三年正月十一日曾致函全權公使大臣，投訴郭實獵的處事方法。參F.O. 682/1976/31, undated。

譯者與學者：香港與大英帝國中文知識建構

工作，他卻不是適合的人選。對於當時的香港政府而言，雖然嚴重缺乏譯者，但更重要的是用人唯才。政府判定一名譯者是否適合，除了語文能力外，還有人格和出身，飛即的處事手法以至種族出身，都在考慮之列。

在當時的香港政府公務員隊伍裏，能夠把市民及管治階層關係拉近的只有飛即一人。在高級譯員中，他是唯一的英國人，過去又一直克盡己職，加上他與本地華人居民的溝通能力，是政府內無人能匹敵的，這點就連身為漢學家的德庇時也自嘆不如。德庇時雖然撰寫過大量有關中國文化及考察中國民風的論文專著，又在1818至1824年間任職東印度公司時編纂了方便外國人學習中文的字典及箴言條目，不過只要我們深入看看這些專著，特別是一些專應用於澳門及廣東貿易的字典及辭書，注音以官話系統為基礎，這就顯示了德庇時不一定懂廣東話。[189]再加上他並不是一個深得群眾愛好的人物，因此，當他看到飛即說得一口流利廣東話，能走入群眾當中的親和力，更應大加倚重。1844年12月28日，德庇時向英國殖民地事務大臣史坦萊爵士大力推薦飛即，[190]希望能從1845年1月起，任用飛即為總登記官，並開始徵收新稅。德庇時寫道：

> 選出現為副巡理官飛即擔當總登記官一職，並於明年1月1日
> 起負責徵稅。任用他的原因，在於他卓越的中文能力，以

189　John Francis Davis, *A Commercial Vocabulary Containing Chinese Words and Phrases Peculiar to Canton and Macao, and to the Trade of Those Places; Together with the Titles and Addresses of All the Officers of Government, Hong Merchants, &c. &c. Alphabetically Arranged, and Intended as An Aid to Correspondence and Conversation in the Native Language*(Macao, China: Printed at the Honorable Company Press, by P. P. Thoms, 1824); John Francis Davis, *Chinese Moral Maxims, With a Free and Verbal Translation: Affording Examples of the Grammatical Structure of the Language*(Hien Wun Shoo 賢文書)(London: Murray, 1823).

190　C.O. 129/7/322–328, 28 December 1844.

及他熟悉市民，與市民關係密切（intimate acquaintance with the people），他是擔當此任的最適當人選（fittest person to undertake the duties）……

賦予飛即向香港島本地市民徵收稅項的職責，是由於他對本地語言的嫻熟（complete acquaintance with the native language），即使他要到香港島南邊數百農村聚集的地方工作，都比任何人勝任有餘（better than any other person）。[191]

德庇時給英國殖民地大臣的推薦信雖然很短，卻兩次提到飛即卓越的中文程度，能講流利本土語言（廣東方言）；更難得的是他與本地市民熟絡，即使到比較偏僻的地方，亦有足夠能力應付突發事件。在登記署及法例實施後兩個月，德庇時向殖民地部報告法例生效後的情況，再一次提到飛即，從中看到飛即上任後不單沒有辜負他的期望，而且可以說是勝任愉快：

當時任用飛即為總登記官，在於他對本地市民有深厚的認識，而且他流利的本地話，亦讓他成為政府內部最適當的人選，去進行人口登記。在1月1日他上任以來，登記事情已有長足進展，這時候的華人登記人口已達二萬人。[192]
飛即表現出熱情及智慧，面對艱辛的職責而有所成，我對於他的表現感到很滿意。[193]

人口普查工作備極艱辛，其中甘苦也許不是我們今天所可以想像的。登記法雖指明市民需親身到登記署登記，但資料顯示，

---

191 *Ibid.*
192 C.O. 129/11/78–87, "Report Ordinance," 3 February 1845.
193 C.O. 129/12/293–295, 15 July 1845.

譯者與學者：香港與大英帝國中文知識建構

當天法例規管實行人口登記及普查後，登記官並不是安坐在登記署總部內，等待市民自行到登記署登記的。現藏英國劍橋大學的渣甸（怡和）檔案，保存有兩份飛即以總登記官名義，寫信給渣甸及其洋行的信函，一為打字公文，上款收信人為渣甸，下款由總登記官飛即簽署，只交代政府已立法強制人口登記，務請對方協助提供資料；[194]另一信則是飛即親筆致函渣甸，再詳細講解附函寄呈的表格，特別是政府需要作為顧主的渣甸洋行，如何填報職員資料。飛即更指，條文雖然規定洋行應派遣住在東角（East Point）的華人到總登記署登記，但飛即理解這或許會對英商構成不便，因此，若渣甸有其他建議，他無任歡迎。[195]言下之意，他和登記署的職員可以親身到洋行替華人登記。這反映了洋人能夠利用表格填報資訊寄回登記署，但華人卻因為教育程度及資訊的隔閡，未必能自行填寫資料寄返政府，因此收集華人的資訊是登記署當時面對最大的難題。總登記官的中文水準，對這次人口登記的成敗，起着決定性的作用。

　　另一方面，市民亦可能礙於資訊的隔閡或地處偏遠，並不知道政府已實行強制人口登記。從德庇時的報告可知，當時登記署需要派出人員親身到香港島南邊作人口登記。當時香港缺乏基本建設，有些地方更是荒山野嶺，要作人口調查，免不了上山下鄉，攀山涉水。而且，在反對殖民者施政的暴動後，要政府官員逐家逐戶探訪居民，深入每條村落取得人口紀錄，更是困難重重。不過，這種種困難，對於飛即而言並不是沒法應付的事。事實上，飛即很可能早在1842年就參加過香港第一次的人口普查工作。1842年3月17日，第二份《香港憲報》（*The Friend of China and Hongkong Gazette*）上已刊出了第一次人口普查的結果。[196]雖然當

---

194 Jardine Matheson Archive, In Correspondence, 4 January 1841.

195 Jardine Matheson Archive, In Correspondence, 9 January 1841.

196 "Native Population of Hongkong: Qeen's [Queen's] Town," *The Friend of China and Hongkong Gazette* 1, no. 1 (24 March 1842), p. 3.

時憲報上沒有刊登負責人口普查人員的姓名，但由於飛即在1845年的報告內，將該年的人口普查報告與1842年的報告作比較，而1845年前的人口登記，翻譯人員都一定參與其中（郭實獵便參加了1844年人口普查的工作），因此可以推想，飛即應該也參與了第一次的人口登記工作。飛即在報告內，清楚引用1841年香港人口及地質調查報告的結果，詳細參詳這幾年間香港的發展，指出不少內陸人口到香港定居及謀生，就說明了他在香港開埠至撰寫報告，一直見證着香港成長：

> 香港割讓成為英屬殖民地前，人口大概4,000（當中1,500人為稻農，2,000人為漁戶以及在港口為漁戶提供附屬服務者）。大量及優質的花崗岩也偶爾吸引採石工人來港工作。不過，整體而言，荒蕪貧瘠的土地吸引不了多少內陸人口到這裏居住。
> 自法例生效半年以來，共發出了9,900張登記票，並登記了383艘漁船，船上工作的人共2,150人，共登記得香港總人口[華人]12,050人。[197]

飛即的報告，還提供了詳盡及可貴的人口資料，包括：

	男士	女士	兒童	總和
歐洲人	455	90	50	595
印度本土人	346	12	4	362
中國人（從事磚造建設）	6000	960	500	7460
船民	600	1800	1200	3600
海員、工匠、技工				10000
從事貿易訪港及其他的人				300
歐洲人所聘得人口				1500
總數				23817

---

197 C.O. 129/12/304–310, "Report Census," 24 June 1845. Jun, 24

　　　　　　　　譯者與學者：香港與大英帝國中文知識建構

對於殖民者而言，收集人口資訊的目的，不是單純為了規劃社會基建、建設殖民城市。英國殖民者在管治印度期間，曾經進行多次人口普查，[198]表面上是為瞭解屬民，然而深層次的政治原因，在於殖民者利用收集回來的情報來監控異己，無論異己是種族上、階級上、還是政治立場上的敵人。此外，英國殖民政權往往利用這些資訊，分化社會，實行英國一貫的分而治之（divide and rule）的政策，以圖製造社會內部矛盾，減少殖民政權被推翻的可能性。更常見的是殖民者以暴力侵略異族取得殖民管治權後，往往利用這些有關異族文化的資訊，製造所謂的「東方知識」，把自己的暴力侵略行為合理化。[199]飛即的人口登記工作也絕不例外。他的報告除清楚地展現香港人口發展及結構外，也展現了英國殖民者希望利用這次人口普查，理解社會中到底是否潛藏着推翻殖民政權的勢力。飛即在報告裏，一方面分析登記法的重要性，指出香港治安惡劣的遠因和近因何在，另一方面也以他自己熟悉華人文化的心得，提出殖民政權如何可以有效管治華人，特別是當時殖民政府受制於警力不足，對於三合會成員苦無對策：

> 這些[三合會]成員，箝制他們積習，約束他們遵守法律，只有與利益有關的事情。他們從貧賤爬到富裕，享有地位，並以祖先之名，宣稱這是忠誠尊敬祖宗的習俗，但其實讓我們看到，他們只是唯利是圖。
>
> 中國道德所不憚灌輸、童蒙教育薰陶，要他們對統治者心存敬畏，已被與異國的交往徹底毀滅。現在能約束他們的只是

---

198 N. Gerald Barrier, *Census in British India: New Perspectives*(New Delhi: Manohar, 1981); Kathleen A. Tobin, *Politics and Population Control: A Documentary History*(Westport, CT: Greenwood Press, 2004).

199 Carol A. Breckenridge and Peter van der Veer, *Orientalism and the Postcolonial Predicament: Perspectives on South Asia*(Philadelphia: University of Pennsylvania Press, 1993), p. 289.

利益。只要統治者和被統治者的力量比例適當，後者就會處於被動的位置；但是，我們除了在體格上佔優外，我們只有從他們的利益着手來維持我們的統治。

我冒昧認為，一種合理地強制的登記制度，是最有力和有效的工具。

在這種制度下，政府將對自己的市民瞭若指掌，現存政治組織不會無人過問，有組織的抵抗將不能成熟，當中的民眾頭目將會為人所知。他們恐懼在足夠及徹底的審查下曝光，這已使許多亡命之徒逃離社區，罪惡已逐漸減少。隨着公德的改進，維持龐大警力的需要變得不再迫切。[200]

飛即直指，這批三合會烏合之眾在香港犯罪，只是唯利之圖，而非他們所宣稱帶有崇高的政治理想，為反清復明或驅除韃虜而甘心作奸犯科，因此，香港政府不需恐怕這些人針對殖民政權，只需要以相應的措施加以大力打擊便可。在認清滋擾香港治安歹徒的面目後，香港政府要有效管治這些暴徒，管治者及被管治者的比例需要適切，即使有暴徒尋釁滋事，殖民政府亦能有效控制，不會面對突如其來的暴動而束手無策。華洋的比例，管治者及被管治者的平衡狀態，的確是需要小心及嚴密監控，特別是在暴動後，作為管治者的英國人看到，西方人本來僅存體格魁梧的優勢都不再，只要華人能聚合群眾，便能形成強大的反對力量；加上英商本來就是機會主義者，管治者與他們雖然是同族，但卻不一定會支持管治者的施政；殖民政府更需要步步為營，謀求各方利益均沾。無論是對飛即，還是對香港政府而言，繼續依賴強制登記是唯一的途徑。

飛即身任總登記官雖然只有半年多，但從他的報告，以及從別人口中對他的嘉許讚譽，便知道他一直為香港盡心盡力服

---

200 *Ibid.*

　　　　　　　　譯者與學者：香港與大英帝國中文知識建構

務。可是，對於英國人來說，香港天氣反覆無常，重巒疊嶂，潮濕多雨，暑夏又有颱風，加上飛即在廣州出征時曾染病，終於不能再支撐下去。1845年，飛即再次正式向政府申請休假，請求准許返回英國休養。當時港督的副手，亦即香港布政司布斯(F. W. Bruce)，專程寫信向英國殖民地部求情，格外體恤飛即的情形，批准請假申請：

> 我誠意向您推薦飛即，亦即是向政府彙報人口登記資訊的總登記官。他由於抱恙在身，必須要暫時離開香港，唯有立即變換空氣，他才有痊癒的希望。但是，由於他的職位[總登記官]仍未落實，所以他即使能放假，也未能獲得史坦萊爵士容我們所做的，支付半薪假期的待遇。他是難得的人才[a valuable man]，因此我懇求得到您的恩恤，飛即為國家服役的過程中，已受了不少苦頭。因此，我的良知懇求您，恩賜他三個月假期。[201]

同時為他的申請提出各種病歷支持的，還有當時的殖民地醫生德利(F. Dill)，以及指自己在澳門看着飛即長大的醫生安德遜(Alexander Anderson)。[202]他們的專業意見都認為，飛即只有遠離這一帶的環境，回到英國，身體才有徹底痊癒的希望。原因是即使過去他也曾經到過醫療設備較好的澳門治病，而身體的確比預想中更早康復，但他一稍為康復，便又立即回到香港，全心投入工作，以致令每次復發後的病情更難醫治。有見及此，德庇時亦特別向殖民地署寫信，希望為飛即申請得半薪待遇：

> 飛即的聘用狀還有待爵士落實，我因此不能答允他公務員休

201　C.O. 129/15/39–41, 15 July 1845.
202　C.O./302, 21 June 1845; C.O. 129/12/303, 18 June 1845.

假的半薪待遇。但考慮到他是一位能幹的公務員，加上他因工作染病，受了不少煎熬，我建議他在休假期間，獲得半薪休假的待遇。[203]

1845年7月16日，飛即正式休假回英國。他休假期間，由因格斯(A. K. Inglis)作署理登記官，[204]在英國治病期間，飛即獲升為香港總登記官的消息，終於正式頒布出來，當時英國外務大臣就特許頒發給香港港督的信件，賜予皇家御賜印章(public seal)以及由憲法文件《英皇制誥》(Letters Patent)賦予皇家權力，特許授權任用飛即，因為這是第一次任命總登記官，也是因為總登記官屬於高級的官員。消息因郵遞及行政的延誤，姍姍來遲，不過消息正式頒布後，英國多份報刊都有報導，包括1846年1月30日的《倫敦憲報》(*The London Gazette*)、《週年紀錄報》(*Annual Register*)、[205]《紳士雜誌》(*The Gentleman's Magazine*)[206]等等。飛即回到英國後沒多久，便出任倫敦國王學院首任中文教授，任期五年(1847–1852)。從此以後，他再也沒有回來香港政府內服務，香港從此失去一位熟悉本地市民的官員。然而，飛即利用在港累積的政務經驗，於英國開拓英國漢學新一頁。

3.4　棄譯從醫：國王學院首任中文教授

飛即在德庇時等支持下取得休假，在1846年1月6日返抵倫

203　C.O. 129/12/294, 15 July 1845.
204　Norton-Kyshe, *History of the Laws and Courts of Hong Kong*, 1845, p. 86.
205　"Promotion Column", *Annual Register*, January 1846, p. 316; "Daily News," *The London Gazette*, 29 January 1846; "The Rock Insurrection", *Freeman's Journal and Daily Commercial Advertiser*, 2 February 1846；另外還有轉載*London Gazette*報導的*Caledonian Mercury*(2 February 1846)及*Glasgow Herald*(2 February 1846)。
206　John Nichols, ed., *The Gentleman's Magazine* 179(30 January 1846), p. 305.

敦，入住Strand Knight's Hotel後，便立即寫信給英國殖民地公署報到，證明已回英，讓日後支取政府體恤的公務員半薪假期時有所憑藉。在這一年裏，飛即的目的是在倫敦專心養病，然而同一時間，斯當東已重燃了在倫敦再辦中文教席的決心，而這亦在倫敦漢學圈子產生了不少的漣漪，並逐漸醞釀出不少民間力量。

在本書第二章討論到有關倫敦大學學院中文教席成立的經過時，我們已看到1843年課程即將停辦，斯當東卻一籌莫展；而倫敦大學學院的決定，亦大大影響了來華傳教的宗教團體及東印度公司的長遠安排，並引起了不少迴響。首先倫敦傳道會內有傳教士強烈要求傳道會應該採取行動，在1843年一位名為斑納(John Bennett)寫信到倫敦傳道會，希望董事局能正視這問題：[207]

> 斑納博士懇求向傳道會的董事局(Board of Directors)報告一件極重要的事情。由於倫敦大學學院成立的中文講座教席(Chair of Chinese in University College London)設限只有五年時間，在任期已滿的情形下，閣下的團體及整體國家，在失去一位有能者擔當中國語老師的情形下，已被迫陷入危機當中。
>
> 漢語在基督教教會、傳道會及您的董事局佔有特殊重要性，不容置疑。地球上差不多一半的人種如此稱道。⋯⋯
>
> 設置中文教授講席，您的教會傳教士將能熟諳這種語言，甚至在一定程度當他們進入該國時，便立即能説該種語言。
>
> 這種習得不單能立即置他們於得心應手的境地，亦能保佑他們的生命，避免他們在學習這種語言所面對的困難和艱苦時，不會在心智上造成太大的危害，卻得以成功和得到樂趣。不過，講席即將終止，將沒有人教導這種語言，甚至沒有人察覺這引起的後果，而能及時矯正過來。

---

207 Dr. James Bennett to Esq Gibson, in SOAS Library, Christian World Mission(CWM), London Missionary Society(LMS), Home Incoming Correspondence, Box 8, Folder 2 Jacket A, 24 February 1843.

斑納的信，還侃侃討論到也許商人團體會作出相應的部署，又或者政府最後也會作出某種措施，資助開辦中文課程，讓服務得以延續。由於倫敦傳道會的中國傳教事業與漢學有唇齒相依的關係，他認為傳道會應作出緊急及快捷的行動。可惜，倫敦傳道會並沒有向大學爭取延辦課程，也沒有在報界上作出要求，形成民間及宗教團體的壓力，要求大學改變初衷。

除了倫敦傳道會受一定影響，社會上也有不少人士向英國學界作出呼籲，指出在大學學府成立中文課程的必要性。在倫敦大學學院中文課程即將完結的前一年，即1842年，倫敦國王學院收到一位熱心人來信，他的名字是赫特曼。赫特曼指操漢語的人口佔地球人口的四分之一有多，而英國就是世界的文化中心及英國國教中心，因此在英格蘭研習中文是有根本的需要。信內又指，漢語課程最適合在倫敦的大學開辦。原因是倫敦大學的校風及辦學主張，在宗教取向上，就是國教學院（episcopal college）的身份。論學校風氣及辦學主張，倫敦大學比劍橋或牛津大學都要適合。赫特曼更同時指出，願意奉獻自己的知識服務國王學院，他指自己擁有豐富的中文知識，教學經驗達二十年之久。而首位弟子，就是東印度公司主席阿士陶爵士（Sir William Astell, 1774–1847）的兒子。再加上自己在基督教傳教院語言傳習所中教導中文多年，有足夠的能力為國王學院開設課程。從信內可見，赫特曼是活躍於倫敦及東印度公司的中文老師，那麼他是誰呢？既然他有條件勝任這份工作，為什麼後來國王學院成立教席時沒有考慮他呢？

十九世紀上半葉的倫敦知識界中，懂得中文的人其實為數不多，而且他們大多互有聯繫，因此只要我們循着相關的幾方面翻查各種文獻，就可以瞭解到這位名為赫特曼的人。赫特曼於1826年擔任皇家亞洲學會助理秘書（assistant secretary），並向東方翻譯委員會（Oriental Translation Committee）申請了一筆資助翻譯儒家

　　　　　　　譯者與學者：香港與大英帝國中文知識建構

經典《春秋》，那一年委員會的副主席就是斯當東。雖然我們暫時未發現赫特曼的譯作，不過，無論赫特曼是否最後能譯出《春秋》，讓英國人認識中國史傳體的內容及風采，但他的中文程度應該是達到翻譯的水平的。原因是東方翻譯委員會既通過資助他的翻譯申請，而東方翻譯委員會其他有關中文著作的翻譯，數量並不泛濫，質素也獲肯定。赫特曼除了活躍於皇家亞洲學會外，更有志貢獻自己的中文知識及翻譯技能給大英帝國，他曾於1842年向外交部毛遂自薦，指自己當時在倫敦東印度公司(East India House)總部內翻譯中國及滿州地圖，從公司內的員工口耳相傳得知，外交部正在尋求懂中文的人士擔當翻譯工作，由於自己擁有不錯的中文程度，很希望能毛遂自薦，報效國家。他甚至向外交部獻計，認為應該在臺灣的衝突中，出兵臺灣。事實上，外交部在國內及國外譯員嚴重短缺的情形下，本來是應該接納他的要求，然而結果卻出人意料，外交部回信指稱，由於在現行編制沒有多出新職位外聘譯員，拒絕了他的好意。我們從現有資料看到，他的中文程度理應不會太差勁。他既是皇家亞洲學會成員暨執事，又為倫敦東印度公司總部翻譯，亦曾在倫敦教授中文，從此推斷他不會因中文程度不足而被拒絕。事實上，赫特曼就是其中一位曾經應徵倫敦大學學院中文教授教席的申請者。也許我們可以在這裏先瞭解他的背景資料。

像這樣一位熟悉中國事務的倫敦市民投書到國王學院，指學院有急切的必要建立中文課程，他的意見屬於言之有物，國王學院本應更慎重考慮。然而，國王學院行政會議讀出這樣陳詞有力的建議後，最後的決議卻是指學校無意成立中文教席，並同時拒絕了赫特曼的申請。換言之，於1842年即使有一位擁有中國語言及文學學養的人，又能提供中肯適切意見予國王學院，國王學院都不予採用，並不考慮開辦中文課程。同樣的聲音，在半年後又再次響起，1842年11月30日，國王學院校長收到一位名為湯馬士‧漢基(Thomas Hankey)的來函，同樣呼籲國王學院成立中文課程，角度與赫特曼不完全相同，全信雖然頗長，我們節錄部分內容如下：

> 我是在偶然機會下得知倫敦大學學院正在如火如荼地籌辦中文課程。也許閣下已得悉在布魯錦爵士及斯當東爵士的推動下，一位擁有非常卓越中文知識的先生——紀德，已經上任近十二個月了……
>
> 我認為，培養中文知識非常有可能在本國成為炙手可熱的科目，日益得到廣泛的重視。冒昧寫信給台端之前，我也忐忑了很久，是否應向 貴校作出建議成立中文科。若然這建議對 貴校有用，我認為應及早圖謀，否則步人後塵，甘於人後，則難以發揮影響力。[208]

這位漢基並不像赫特曼一樣，他並不懂中文，對國王學院的勸言，也不像赫特曼一樣，摻雜了個人利益為毛遂自薦而來。漢基在信內沒有多述及自己的背景，我們並不清楚他所言的「自己在偶然機會下」得知倫敦大學學院籌辦中文教席的事情，是怎樣的一回事。而從他的信中有些亦正確亦錯誤的資訊來看，他並不是前文所述的漢基——即是馬禮遜信託委員會成員之一的漢基(W. A. Hankey)。再加上，馬禮遜信託委員會成員漢基因需要常常寫信給倫敦大學學院，因此大學校史檔內存有多封他的信，與湯馬士‧漢基寄到國王大學的信，兩人地址不同。不過，若循此核對一些可能的輔助文獻，譬如亞洲皇家學會，或東印度公司名錄，又或者倫敦傳道會傳教士登記名錄(Register of Missionaries)，我們便會輕易找到聯繫：這兩名漢基在1826年倫敦語言傳習所第一份會務報告中公佈的所有捐贈者及贊助人

---

208 Thomas Hankey to University Principal, *ibid.*, 30 November, 1842.

（The first report of the language institution in aid of the propagation of Christianity with a list of subscribers and benefactors）的地址相同，當年曾一同捐獻給傳習所，申報的地址一樣，應該分屬兄弟或直系親友。

　　考證這些在十九世紀初中葉，社會上已經出現多種要求倫敦大學開辦中文課程的聲音，對我們而言是十分重要的，從中可以瞭解社會對學習中文的需求的多寡，以及校方盤算成立中文講席的各種考慮。無論這位湯馬士‧漢基是不是曾學習中文，他與馬禮遜或傳習所有沒有直接關係，比較令人信服的是，他對國王學院有深厚的感情。在他發現了倫敦大學學院已經籌辦了課程後，他唯恐國王學院會落後於人，於是不揣冒昧寫信到學院，指自己擔心倫敦大學學院會日漸壟斷日益龐大的學習中文市場及其在社會上發揮的影響力。他極可能與國王學院有千絲萬縷的關係，也許是學院的畢業生。國王學院說不定也感受到這份誠意，於是在12月9日行政會後決議「成立中文教席」（professorship to be established）。然而，學校卻沒有坐言起行。1842年後，校史檔內再沒有發現校內行政委員會提出有關成立中文教席的討論及實施方案，所有的討論最後都不了了之。

　　直到鴉片戰爭後的1846年，斯當東密鑼緊鼓地重新在國王學院部署籌辦新課程，課程才成立有望。斯當東於1846年2月13日（星期五）學院行政管理委員會（council meeting）的例會上，[209]正式提出成立中文教席的需要。斯當東向會上向成員陳詞說：

> 大英與中國現在建立的重要政治及商貿關係，以及在神恩的惠澤下，我們國民越來越多機會去瞭解及融入那廣大的帝國，這造成了獲得中國文學及語言知識的渴求，為着回應這

209　King's College London Council Minutes（Ref KA/C/M 1846–1852; 1/153）13 February 1846.

訴求，我們要在國王學院創設漢語教席，並誠意邀請國家內四方善長共襄善舉。

若捐贈款項超出創立漢語教席的基本需要，盈餘將會用作增購書籍、創立獎學金、展覽及獎項之用，以作獎勵學生，另外更急需的是要出版可攜袖珍版漢英雙語字典，俾各界人士都能獲得基本漢語知識，以替代現行極具價值，但價錢高昂，加上過於沉重，由已故碩學馬禮遜編製的版本。[210]

斯當東發言的首個重點，[211]固然在於鴉片戰爭後，英國跟中國出現了前所未有的商貿及外交聯繫，在政治經濟帶動下，英國國民希望通過中國語言及文學去認識中國，這是因需要而產生的學科。國王學院的漢學課程，便必須兼顧實用及學術兩個方面，特別是作為倫敦最重要的學術機構，成立漢學教席後，要作多方面的推動，如增購書籍、創立獎學金、展覽及獎項，用以鼓勵及推廣中文學習。事實上，斯當東自1829年起，就已經是倫敦大學學院的行政會成員，國王學院的第一次行政會議他已參與在其中。雖然他並不是籌辦學院成立的創校委員會的成員（Provisional Committee），但他應是受到創校委員會內的成員直接邀請而得以出任。換言之，倫敦國王學院在1829年獲得國家頒發英皇制誥（Royal Charter）同意成立學院之日，他已經參與在學校的行政工作當中。如果我們回看斯當東過去十多年在英國漢學方面的工作，我們就明白到，他並沒有因為自己與國王學院的人脈關係，早於1837年就要求學院接收自己好友馬禮遜的圖書，並乘機要求國王學院開辦中文課程；甚至在1842年國王學院收到赫特曼及漢

---

210 King's College London Council Minutes（Ref KA/C/M 1846–1852; 1/162）13 February 1846.

211 斯當東對國王學院的行政委員會說及成立漢學的原因，後來部分亦有收到所撰回憶錄的附錄內。當然，斯當東在不同地方的措詞不盡相同，但理據是大抵相同的。

基兩人的來信，要求學院開辦中文課程時，斯當東鑒於倫敦大學學院的課程是否繼續還沒有定案，他即使對於英國漢學發展感到極度憤懣，也沒有干擾一切的程序，讓兩所大學隨着大學的行政方針自行決定。從這裏看到，斯當東在公私兩個畛域，嚴格恪守了自己作為公職人員的應有品德，絕不以權謀私。與此相映成趣的是，斯當東身旁的人卻未必像他一樣，小心翼翼地看待他作為國王學院行政委員會成員的身份。外相巴麥尊就曾於1843年，私下向斯當東推薦自己熟人的朋友，介入國王學院從二等文員升等到一等文員的事宜。

斯當東一再重申「倫敦完全漠視中國語言及文學，實在蒙羞」，這種羞恥是知恥近乎勇的表現。過去他只在寄去倫敦大學學院的捐獻附函內直白道出、在自己回憶錄內重申、向國王學院行政會重申，但在這些私人管道都沒有產生成效後，他便在公開的管道內宣佈，必須讓國民知道，並以此鞭撻國家，讓他們正視問題。於是，同一番言論，最後公開列明在《1847至1848年國王學院校曆》內，顯示了歐洲因素的重要性，促使英國不得再延遲，並應急切成立漢學教席：

> 慮到我國與中國諸種經濟、政治及宗教的關係，我們實在感到驚訝，在歐洲大陸不少於四國已由他們的政府設立了中文教席，包括聖彼德堡一位、維也納一位、巴黎兩位，然而我們卻毫無任何鼓勵的行動，讓英國人學得這艱深的語言。因此，在核心學府如國王學院永久設置中文教席，意義深遠。[212]

斯當東於1846年2月13日的建議，[213]行政委員會深表歡迎，唯

---

212 King's College London, The Calendar of King's College London for 1847–8(London: John W. Parker, West Strand 1847), pp. 13–14.

213 King's College London Council Minutes(Ref KA/C/M 1846–1852; 3/166), 13 March 1846.

一的條件是開設中文教授的資金需由公眾募捐而來，以及所籌得款項需要存於學院之內，由學校管理。[214]對於籌募成立基金，斯當東可以説胸有成竹，在短短三個月，即是從1846年3月到了該年的6月12日，他向學院匯報已籌得822英鎊，[215]並指對要籌得餘下款項，同樣信心十足。他還向學院建議，要如期落實計劃，學院應正式成立基金，而這基金後來便稱為中文講席基金(Chinese Professorship Fund)。此外，學院為表示高度重視斯當東的建議，行政委員會立刻邀請他加入為另一委員會——教育委員會(Committee of Education)。[216]亦即是説，斯當東能高度參與將來在招聘中文教授的過程，並在整個課程的規劃及任用人才方面，發揮自己盡有的優勢。委員會亦指，在一切就緒後，學院應出版有關漢語課程的綜覽書(prospectus)，並同時向社會發出公眾募款的廣告。事實上，早於1846年5月13日，大學秘書(college secretary)J. W. Cummingham已向斯當東表示，[217]國王學院校長希望他在下次例會之前，能為課程綜覽書提供一份草案，讓委員會會議時，落實具體內容。即使是課程的綜覽書，斯當東都是一手一腳實踐，並無假手於人。他甚至要求學院出版綜覽書前，提供一份校樣給他仔細校對，單單是這點，我們就看到他對此事的熱忱及執著。[218]

斯當東在籌辦國王學院課程時，無論大小事情，從籌募經費到後來的聘請專才的過程，都是親力親為。他對課程綜覽書的內容，十分執著及認真，不光是因為這是讓即將入讀課程的學生受惠，有助深入瞭解國王學院課程的安排；當時綜覽書的一個重要作用，就

---

214 *Ibid.*

215 King's College London Council Minutes(Ref KA/C/M 1846–1852; 5/175), 12 June 1846.

216 *Ibid.*

217 King's College London Secretary's Out-letter Books(Ref KA/OLB/103) Cummingham to Staunton, 13 May 1846.

218 King's College London Secretary's In-correspondence(Ref KA/IC/29)Staunton to Cummingham, [date unknown] June 1846.

是向社會各階層人士說明國王學院成立中文課程的原因。1846年8月2日，斯當東就連同課程綜覽書寄給重新執政的巴麥尊，除了向他募捐外，更第一次披露了自己對於倫敦大學學院十年前中文課程及中文教席鎩羽而歸的失望。這是歷史上第一次看到斯當東坦承全英第一所學院創立了漢學教席不符合他心中理念的文字。[219]斯當東在信中，首先恭賀巴麥尊再次執政，並指像過去數次跟他談到一樣，中國能再次成為他的庇蔭，更應抓住機會處理好中國事務的問題。他指，要長遠有效跟中國聯繫，唯一之途就是在英國成立中文教席。因此獻上了國王學院的課程綜覽書，目的是要讓國民能學得中國語言及相關的知識。他並指，巴麥尊可能記得自己若干年前曾作出同一番努力，但是事與願違，斯當東指「當初的嘗試，因種種自己不能控制的原因，最後都失敗了」（"The attempt failed from circumstances that I could not control"）。他並指，雖然感到十分遺憾，但是現在能在國王學院重新上路，重燃這希望，自己現在感到非常欣慰。[220]他並同時獻上了國王學院的課程綜覽書，指出課程的首要目的，是要讓國民學得中國語言及相關的知識。因此，自己現在感到非常高興，他們看到國王學院有更多的希望。[221]

只要我們以此跟五年前倫敦大學學院設立漢學教席的過程作一簡單對比，就知道斯當東這次雄心壯志的參與、積極的投入精神，是因為吸收了上一次的教訓。這個教訓，既是他個人的，亦是國家層面的。過去，斯當東只是以局外人的身份間接參與，從不擁有真正的發言權。他的中國知識、他的影響力、他對中國事務的一心一得，都變得無用武之地，而一切決定都只得待倫敦大學學院的委員會裁決。結果，在這五年間，他並沒有為漢學教席爭取到什麼，譬如薪金及續聘。亦是這個原因，我們可以想像，他在自己的《回憶

---

219 University of Southampton Library, Palmerston Papers, PP/9C/ST/44, 2 August 1846.

220 *Ibid.*

221 *Ibid.*

錄》中，刻意淡化自己曾誠心推動倫敦大學學院成立中文教席一
事。不過，這一次在倫敦大學學院令人失望的經驗，對於國王學院
籌建漢學上，未嘗不是一次借鏡及學習機會，讓斯當東能夠從政治
經濟的行政運作上，真正跨到學府內部行政上，全力籌辦設立漢學
教席。可能是這樣，令很多後來的研究者張冠李戴，把兩所學院的
成立史混為一談。

　　另一方面，令斯當東肩負這重任，成為國王學院中文教席推手
的原因，則是超越個人層面的考慮。國家在鴉片戰爭翻譯醜聞中，
付出了極高的代價。以前，他說到「倫敦完全漠視中國語言及文
學，實在蒙羞」，只是出於一種鞭撻國家，望國家進步，讓國人正
視問題的激情而已。但在《南京條約》翻譯醜聞後，這再不是泛泛
而論，這羞恥是真正恥辱──國家層面的恥辱。作為享譽歐洲及本
國的中文專家，他卻無力阻撓這醜聞發生，他一定是百感交集。因
此，以往只在私人管道(倫敦大學學院的捐獻附函)表達他對國家漠
視成立中文科的不滿，現在他除了向倫敦國王學院行政會表達這種
激憤的心情外，還公開批評國家，望國人醒覺。在《1847至1848年
國王學院校曆》內，在他的《回憶錄》內，他都是念茲在茲地說：

　　倫敦完全漠視中國語言及文學，實在蒙羞(a shame our total
　　neglect of the Chinese language and literature in London)。[222]

　　並以此提醒國人，漢學發展長年落後於歐洲，已經成為極大的
羞恥，而現在應該重新上路，追趕歐洲，把握以後的發展。[223]
　　1846年6月，斯當東就向學院秘書說，自己收到璞鼎查一封非

222　George T. Staunton, *Memoirs of the Chief Incidents of the Public Life of Sir George Thomas Staunton, Bart* (London: L. Booth, 1856), p. 161.

223　King's College London, *The Calendar of King's College London for 1847–8*, pp. 13–14.

常真摯及誠懇的信，並在信內答應捐款。[224]璞鼎查於1841年受英國政府匆匆任命成為鴉片戰爭的主帥前，取代因《穿鼻草約》而被革職的義律。上文已說過，璞鼎查通過當時的外相巴麥尊介紹，而得在英國先向斯當東取經，作出適當的對華措施。鴉片戰爭後，璞鼎查出任香港首任總督，任期為一年(1843–1844)。不過，由於璞鼎查對中國事務、中國文化、中國文字等並無多大興趣，對香港事務更不表熱衷，因此，在香港擔任了一年總督後就急於離開。他寫信給斯當東之時，即將就任好望角(Cape Colony)的總督。[225]雖然說他對中國事務並無一點興趣，但他在簽訂《南京條約》時已深刻體會到翻譯對大英帝國的利益、國防及外交的重要性，在香港出任總督一職，亦同樣明白到英國人在不認識中國語言及文化的基礎下，要涉獵中國事務的困難，因此斯當東廣邀大眾募捐，璞鼎查便立即措辭誠懇地寫回信，熱心地答應捐款，這就反映了他對斯當東個人的實質支持，而更重要的是，這表示了他認同斯當東的遠見及願景，支持在英國本土急需成立漢學、要在國王學院籌建漢學研究的宏願。另一批捐款者是與東方(中國及印度)事業有關的將軍上校等。[226]

以斯當東在英國的人脈及社會名望，顯然地，募捐一事並不會有特別的困難。從捐款的名單可以看到，捐獻者大多是社會名流(例如有名熱心支持改革教授制度的維多利亞女皇[Queen Alexandrina Victoria, 1819–1901]丈夫阿伯特公爵[Prince Albert of Saxe-Coburg and Gotha, 1819–1861]，便以個人的名義捐出100英鎊)，或與中國瓜葛甚深的東印度公司。東印度公司寫信到國王學院說是收到斯當東的

---

224 King's College London Secretary's In-correspondence(ref KA/IC/29)Staunton to Cummingham, [date unknown] June 1846.

225 George Pottinger, *Sir Henry Pottinger: The First Governor of Hong Kong*(New York: St. Martin's Press, 1997).

226 捐贈的過程，斯當東與學院秘書有不斷的記錄在檔，最後中文教席成立之日，在學院的校曆上公佈了所有善長的姓名及捐款，此亦有收在斯當東回憶錄的附檔部分。

信函說要募捐，便立即以公司集體名義捐出200英鎊。[227]斯當東自己就更身體力行，捐了105英鎊——個人名義捐獻中數額最大的。很多募捐的款項都特別是應斯當東的情面而捐獻的。這些捐獻部分是直接寄到國王書院，書院在收到每項款項時，都需要通知斯當東；而斯當東每當收到任何捐款許諾後，也會馬上向學院報告。只要我們認真細看斯當東的私人日記，以及學院秘書跟他這時期的書信來往，我們便會瞭解，斯當東在幕後做了大量的工作，工作範圍之廣及工作量之大，都是非常驚人的。

　　1846年10月9日，[228]學院秘書向管理委員會報告，半年已籌募得1,970英鎊；由於當天斯當東缺席管理委員會例會，管理委員會向學術委員會建議，待斯當東正式回國後，[229]向他諮詢人選，物色教席的理想人才——這顯示了斯當東在當中所扮演的重要角色。12月11日，學院已籌得2,066英鎊，亦即是超過成立首任中文教授的最低所需款項2,000英鎊，[230]招聘事宜需要立刻開始。學院根據過去所有公開招聘一樣，發出招聘廣告，註明徵求中文能力良好的漢語教授，首任為期五年，教授薪金由基金滾存利息支付，一年薪酬基本為100英鎊，並會向每位學生徵收每學期5.5英鎊作學費。我們看到，斯當東以個人名望及地位，在國王學院內籌辦漢學教席，可以說得心應手，這當中一個最根本的原因是，他本人是國王學院行政會內成員，此外，我們不應忽略的是，他在會內有同聲同氣，兼理念相同的朋輩支持。

　　當時，學院行政管理委員會成員包括英吉利士爵士（Bart Sir R. H. Inglis, 1786–1855）、William Cotton、Dr. Watson、The Rev. Ie.

227　KA/IC/E23/1846.

228　King's College London Council Minutes（Ref KA/C/M 1846–1852; 4/187），9 October 1846.

229　King's College London Council Minutes（Ref KA/C/M 1846–1852; 4/189），13 November 1846.

230　King's College London Council Minutes（Ref KA/C/M 1846–1852; 4/192），11 December 1846.

譯者與學者：香港與大英帝國中文知識建構

Tyler、Bart Sir. G. T. Staunton、George Frere、The Rev. Dr. Shepherd, Henry Pownall。除了這八位例會基本成員，還有與會當天缺席的萊士諾勳爵(Lord Radstock; George Granville Waldegrave, 1786–1857)。這些成員中，在成立中文講席一事上，焦點固然放在斯當東身上，因為我們在後一節的討論[231]即會集中展示，教席於1846年12月成立後，萬事俱備，就只欠聘請得理想的專才上任。而在倫敦大學國王學院聘請首任中文教授的過程中，一切都是以斯當東的意見為依歸，以及他在國內、歐洲甚至遠在中國的人脈。斯當東是這一切的關鍵，沒有了他，英國漢學沒辦法成立；沒有了他的推薦及任用，中文教授成立後聘人的事宜也不會順利。不過，我們要明白，若只得斯當東一人支持成立漢學教席，也是不能成事的，他必須得到很多意見相若的戰友的信任，在成立教席及聘人工作上，才可以水到渠成。在國王學院這名單中，我們也應該注意英吉利士爵士，原因是他的父親Sir Hugh Inglis，多年來任東印度公司主席，而他本人亦是英國國會議員、皇家亞洲學會成員及語言傳習所的捐款人，不單特別關心英國教育發展，對推動亞洲研究也早與斯當東連成一氣。他在教育界影響深遠，並出版了推動英國教育改革(特別就宗教因素方面)的冊子《大學與諸種異教》(*The Universities and the Dissenters*)。由於英吉利與斯當東一樣有着東印度公司背景，而且關懷英國的教育事業，再加上本身也是國會議員，可以肯定，他對於在國王學院成立漢學一事上，也與斯當東抱有不少共識，而令校內及校外籌辦漢學的過程，變得順利。只要我們看看，從這第一天的討論，到了教席落實的1847年4月20日，即是國王學院首任教席就職演說，斯當東、英吉利及萊士諾爵士三人均有出席，就可以見諸他們與斯當東一起成立國王學院漢學教席的決心和支持。

　　1838年，斯當東因公務作了一次歐洲考察。那次歐洲之行，目的是到歐洲知名漢學重鎮進行交流，並介紹自己國家的漢學發

231　見本書第三章3.5節。

展。然而這卻埋下竭力物色最好的漢學人才給國王學院的想法。倫敦大學學院聘請專才的時候，他一心一意在英國本土內尋求有能者，這是為了實現馬禮遜的遺願。但是學校管理層對漢學發展的冷漠，令他未能落實推動英國漢學的理想計劃，一些經歷更令他很感不快，但國王學院漢學課程的成立，讓那蘊藏在他心裏經年的發展藍圖得以重新浮出地面。更重要的是，他希望尋得世界知名、學養極深的漢學家擔任教席。1846年12月11日，斯當東向國王學院行政委員會推薦兩名中文教授：[232]法國的儒蓮及荷蘭的荷夫曼（Johann Joseph Hoffman, 1805–1878）。[233]

儒蓮早在1832年已在法蘭西學院獲得中文講座教授職銜，究竟當時他到英國發展的興趣有多大，推動英國漢學的誠意有多深，這點是沒法知道的。不過，可以肯定的是儒蓮對馬禮遜所藏的圖書極有興趣，他為了能夠好好利用這批學術價值不菲的藏書而願意出任英國中文教授，也是有可能的。1841年8月，他透過斯當東的協助，向倫敦大學學院的行政管理委員會提出請求，[234]從馬禮遜圖書館（Morrison Library）中（當時還未能公開外借書籍）借得四本中文版的十卷本《景德鎮陶錄》，因為他應法國政府的邀請，負責翻譯出版法文版《景德鎮陶錄》。由於能夠從馬禮遜藏書中借得中文原版，法文譯本得以完成，並於1856出版為 *Histoire et fabrication de la porcelaine chinoise*。[235]我們都知道，斯當東受託處理馬禮遜遺下來的圖書，但在運回英國的時候卻遇到了不少的阻滯，特別是英國本土還沒有形成中國熱的氣氛前，這些

---

232 King's College London Council Minutes（Ref KA/C/M 1846–1852; 4/192），11 December 1846.

233 有關荷蘭漢學家Johann Joseph Hoffman的資料，可參考Timothy Hugh Barrett, *Singular Listlessness: A Short History of Chinese Books and British Scholars*（London: Wellsweep, 1989），p. 74。

234 University of College, London, Council Minutes, 7 August 1841.

235 Stanislas Julien, Louis Alphonse Salvétat and Johann Joseph Hoffman, *Histoire et fabrication de la porcelaine chinoise*（Paris, Mallet-Bachelier, 1856）.

譯者與學者：香港與大英帝國中文知識建構

中文書籍得不到絲毫重視，要求牛津及劍橋大學收留不果，最後輾轉落在倫敦大學的地庫，不見天日。斯當東看到歐洲漢學界的蓬勃發展，還有儒蓮對於馬禮遜圖書趣之若鶩的態度，在感嘆國人於漢學問題上的無知之餘，唯有希望加速設立漢學教席，開辦一個有別於歐洲漢學的課程，好好利用馬禮遜的圖書，改善英國漢學的狀況。

　　斯當東推薦的另一位人選，是歐洲享譽盛名，來自荷蘭萊頓大學(Leiden University)的荷夫曼教授。荷夫曼是歐洲極少數同時身兼中文及日語知識的專才。斯當東認為，如能聘得荷夫曼到英國任教，對國家將來在遠東的發展有極大的幫助。可惜的是，荷夫曼要求年薪至少要達300至400英鎊，跟國王學院所能支付的實在距離太遠。斯當東於是建議，考慮到建立漢學講席涉及英國對華關係的龐大利益，政府對此應該責無旁貸，支付荷夫曼所要求薪金的差額。斯當東向大學行政委員會提交一份向國家要求資助的備忘錄。他除了向委員會推薦歐洲漢學學者到英國任教外，也向委員會報告當時整個歐洲的漢學狀況。他指出，當時全歐洲共有六名中文教授，但審視英國與中國的關係，實在遠比這六個國家緊密，因此，英國政府應該慎重考慮本身在華利益，積極籌建和推動漢學。委員會認同斯當東的意見，並指事不宜遲，他們應該向首相及國家報告，英國漢學研究現在遠遠落後於歐洲各國；而且，若國王學院能聘得這名同時勝任日語及漢語的荷夫曼教授，將來更能鞏固國家在中日兩國的長遠利益。結果，委員會決定由主席倫敦大主教勳爵(Lord Bishop of London)以委員會的名義，向剛上任的英國首相羅素爵士(Lord John Russell, 1792–1878; 1st Earl Russell)提出申請，並報告說只要薪金方面能達到荷夫曼的要求，他是極為願意到倫敦任教的，但國王學院只能支付每年100英鎊的基本薪金，為期五年，而預計從學生方面徵收的學費，大概一年最多也只有70英鎊。他們懇請國家可以補助其餘費用。此外，委員會還説，環視整個歐洲，荷夫曼教授是唯一能説日語的中文教授，因此，考慮到即將與日本開拓貿易關係，國家應該大力支持，促成此事。

不過，荷夫曼雖然也有意到英國，但由於當時聖彼德堡大學(St. Petersburg University)也同時在招攬他，並已口頭答應能支付荷夫曼要求的基本薪金，即大概相等於400英鎊年薪；而更重要的是，聖彼德堡的課程與中國文學有關，而不獨是教授語言，這對荷夫曼有相當的吸引力。由於這個緣故，委員會的提請措辭急迫，指出假若英國不積極爭取，將來與歐洲漢學研究的差距會變得更大，而英國與歐洲在東方的利益將受到嚴重而深遠的影響。

1847年1月8日召開的一次會議上，[236]斯當東向成員報告，非常遺憾地，荷夫曼已接受了自己本國的續聘。在接二連三出現的挫敗下，委員會決定加快招聘工作，首先立刻向已答應募捐的人士收取獻金，然後馬上在各大報章上刊登廣告，作公開招聘。招聘第一任中文教授的原來廣告，已無法在原始檔案中找到；但是，國王學院招聘第二任中文教授時的原廣告，卻清楚紀錄如下：

> 歡迎具備優良漢語程度的紳士應聘，應聘者必須提交漢語能力證明文件，工作範圍為教授國王學院學生漢語課程，工作時數一週(五天內)授課每天兩節，每節一小時。
>
> 薪金由漢語基金2,000英鎊的利息滾存，及學生所付學費部分組成。
>
> 英國國教人士具有優先權，申請者應註明自己的宗教及年齡。

這份廣告的內容除了最後一句有特定的針對性外，相信與第一任中文教授招聘時是相差不遠的，只要看看學院秘書回函給各

---

236 King's College London Council Minutes(Ref KA/C/M 1846–1852; 3&4/195)，
    8 January 1847.

譯者與學者：香港與大英帝國中文知識建構

申請人的內容、國王學院委員會會議紀錄，以及後來第一任國王學院教授應聘書，第二任中文教授開列的招聘條件應該跟第一任十分接近。在公開招聘一個月後，委員會於1847年2月19日會議上宣佈，[237]公開招聘收得兩份申請，他們分別名為Mr. Cox（居於Portland Cottage, Kent Road, Hatcham）及Mr. S. Rootsey（居於5 Ranelagh Street, Pimlico），此外斯當東亦向委員會推薦了另一候選人——Mr. Tomlin。

翻查國王學院學院秘書寄出信及寄入信兩檔案，即發現委員會所指的Mr. Cox，是簡稱署名為J. J. COX的申請人。他對國王學院的職位深表興趣，而且他對自己的漢語程度抱有很大的信心。他於1847年2月9日遞交申請信，並提供了一份有關中國文字的論文，但他並沒有應國王學院的要求，遞交漢語程度的證書或由別人推薦他漢語程度的文件。在2月11日的回函裏，他辯解說即使未能提供其他有效證明漢語程度的推薦文件，但學院並不能就此否定他的漢語能力。

在1847年2月19日會議上，斯當東向委員會報告，在審查兩名申請人提交的文件後，他認為二人都不能勝任中文教席之職。雖然Mr. Cox自視甚高，曾在落選後一度指責委員會，暗示他們早有內定的人選，但事實是斯當東對他提交的申請文件極不滿意；而另一位Mr. Rootsey，則恐怕沒有能力教導口語課程。由此，我們得知，口語對答及漢語發音，對斯當東而言是極重要的甄選過程。

至於斯當東建議的Mr. Tomlin，其實是倫敦傳道會的牧師湯雅各（Jacob Tomlin, 1793–1880）。湯雅各畢業於劍橋大學，後來曾到馬六甲英華書院擔任校長（1832–1834），亦在暹邏（泰國）和上海傳教，並寫下了多本遊記、觀察東方文化的筆記，以至跨語言比較的詞彙篇等。[238]在當天的會議上，國王學院同意聘請湯雅

---

237 King's College London Council Minutes（Ref KA/C/M 1846–1852; 4/200），19 February 1847.

238 Jacob Tomlin, *Journal of a Nine Months Residence in Siam*（London: Frederick

各，但斯當東當時補充説，湯雅各身有重任，並不能從國家的服務中徵調出來。委員會紀錄亦指，在招聘過程中曾考慮過後來成為主教的史美牧師（Bishop George Smith, 1815–1871），然而與他聯絡後，他認為自己能力不足，不能勝任這教席。這位史美牧師，自1840年起已在中國傳教，後來在1850年擔任香港聖公會首任主教。國王學院在遴選首任漢語教授的過程上，可謂一波三折，接連出現了不能預計的困難，要在籌得經費的同年，立即推出漢學課程，似乎不能如願。

從上面的討論已顯示，斯當東一直利用他在倫敦及海外的人脈關係，努力尋覓最佳人選，即使遇到種種的困難，他並沒有放棄，這是因為他衷心相信成立漢學教席有其必要性及迫切性。因此，在整個招攬過程裏，儘管他要處理忙碌繁重的公務，但仍然親自主動聯絡心目中的可能人選，務必要為國王學院的教席找到最理想的人選，而飛即就是在這樣的背景下被考慮及任命為國王學院的首任中文教授。

從學院1847年3月26日的會議紀錄可見，[239]飛即最初並沒有主動對國王學院一職感到任何的興趣，原因是他所提交的申請表並不是由學院秘書在會議內呈上給委員會，而是由斯當東於當日例會上呈交給會議各成員。即是說，飛即本人並不是自發回應招聘廣告，把申請寄到學院秘書處，而是應斯當東的邀請或遊説後，才考慮出任，把申請表直接交予斯當東的。

在一眾委員會成員中，只有斯當東有資格審議申請者的中

Westley and A. H. Davis, 1831）; Jacob Tomlin, *Missionary Journals and Letters: Written during Eleven Years' Residence and Travels amongst the Chinese, Siamese, Javanese, Khassias, and Other Eastern Nations*（London: James Nisbet, 1844）; Jacob Tomlin, *Journal Kept during a Voyage from Singapore to Siam, and While Residing Nine Months in That Country*（Singapore: Missionary Journals and Letters, London, 1845）.

239 King's College London Council Minutes（Ref KA/C/M 1846–1852;1/208）, 13 February 1846.

譯者與學者：香港與大英帝國中文知識建構

文程度，由斯當東物色和推薦的飛即，表格一經遞交也就差不多等同獲聘了。顯然，飛即決定把自己的履歷交給斯當東前，在公在私的各個層面，他都作了全面深入的考慮。首先是他自己個人以後發展的軌道：回到香港繼續當高級官員，還是以五年的時間在英國走進學術殿堂？另外還有一個更實際的問題，這就是薪水的問題。在離開香港前，飛即支取香港殖民政府官員（當時為總登記官）的年薪為625英鎊，與國王學院中文教授的100英鎊年薪相比，實在相差太遠，單從收入去看，他是一定不會考慮應聘的。但就榮譽及身份地位來說，擔任倫敦大學國王學院首任中文教授固然是受人尊崇，但是香港殖民地總登記官一職在殖民地政府以至整個香港，也同樣是受人景仰的工作。1845年英國政府正式委任他成為香港殖民地總登記官的時候，聘書在飛即上任後一段頗長的時間——甚至在他已經回到英國休假後才收到，原因在於這樣高級的職位，是須經由英國本土的正式授銜，加上皇家禦賜印章及《英皇制誥》賦予皇家權力，特許授權任用的，可見其地位崇高。至於私人考慮方面，假如飛即要留在英國，則與創下Fearon & Company，並於1844年已移居澳大利亞新南威爾（New South Wales）的父親，以及繼續在上海及寧波一帶創辦Fearon分支公司的二弟及三弟，[240]分隔得更遠。不過，飛即回到英國後，已經在1846年2月28日與嘉露蓮・依庇利（Caroline Ilbery）在英國Hammersmith註冊處結婚，[241]嘉露蓮亦即是父親飛爾安在廣東及澳門成立的第一所公司Ilbery, Fearon & Co. 的合夥人James William Henry Ilbery 最小的女兒。飛即在英國成家立室，可能也促成他暫時留在英國發展的決定。

　　不過，最值得飛即考慮接受教席的，是更廣大的政治及學

240　Couling and George, *The History of Shanghai,* p. 470.

241　英國檔案處（General Record Office）婚姻登記署，登記區Kensington，1846年第一季（Jan-Feb-Mar），第3冊，頁210。

術生態的因素。其中一點他不能不考慮的是，假如他決定出任中文教授，那便代表他將辭退香港所有殖民政府的工作。從另方面考慮，飛即在倫敦的新職位是頂尖大學的漢學教席，當中的意義，除了關乎飛即個人榮辱外，更是對整個漢學在英國發展產生的積極意義。我們在上文已看過，第二任香港總督德庇時，擢升飛即為最重要的殖民地官員，更向殖民地部推薦飛即所推行的新政策。在德庇時眼中，懂漢語的官員在穩定香港殖民地施政有極大的作用。飛即能走入民間代表不受民間歡迎的德庇時講解政策，實在是極難能可貴的管治庶民的官員。不過，德庇時本身也是甚具名望的漢學家，他一直留意英國本土漢學的發展及對華的長遠利益。他曾經在《中國雜錄》（*Chinese Miscellanies: A Collection of Essays and Notes*）一書中沉重地指出，英國漢學發展，特別見諸訓練中英翻譯專才上，實在太緩慢及停滯不前：

> 英國正式出現中國文學，極其量只不過是這世紀[十九世紀]的事情。在安排馬戛爾尼爵士訪華時，到了差不多最後關頭，我們甚至連一位會說漢語的英國人也找不到。當勳爵落實出使北京，我們只能按現實情形降低要求，有損體面地指派兩位羅馬教士去擔當這次外訪的翻譯工作。
> 這次使節團[馬戛爾尼使華]的對話及交流，正如巴魯爵士觀察所言，只能在該兩位來自中國，又曾受業於羅馬傳道學院的羅馬教士在誠惶誠恐及無知的情形下展開。自此之後，呼籲矯正這種無知窘態的聲音，才首次在英國出現。英國人不會浪費無謂的時間及精力在無利可圖的項目上，但當他們立下決心，便會突飛猛進。[242]

---

242 Davis, "The Rise and Progress of Chinese Literature in England," p. 50.

　　　　　　　　　　　譯者與學者：香港與大英帝國中文知識建構

德庇時的説法,與斯當東指斥英國漢學發展落後不遑多讓。為了讓英國漢學「突飛猛進」,他不得不支持飛即留在英國發展的決定。

另一方面,為什麼斯當東會認為飛即是當時最能勝任此職位的人選?雖然飛即對中國文化認識甚深,這無論在鴉片戰爭時或是在香港時期,都已獲得一致公認及讚賞。但是,作為中文教授,始終需要一定程度的學養及鑽研學問的資歷及學術能力,特別是英國社會對於大學要求,繼承自歐洲中世紀以來的大學傳統。[243] 必須指出,飛即在回到英國前,從沒有發表過什麼學術著作,更不要説享有學術地位了。斯當東推薦飛即成為中文教授,是不是一個好的安排?這涉及比較複雜的議題,必須要從國王學院成立漢學的史料及外交部的文件,同時並行閱讀,特別在下節中,我們看到在籌辦國王學院中文課程的1846年12月,斯當東寄呈了一封很長的備忘錄給重新上位成為外相的巴麥尊(1846年12月10日)。內文詳盡地列出每一位在華譯者的漢語水準、他們過去的工作表現以及各人的潛能。[244] 對於英國而言,如果不能聘得世界一流的漢學家發展學術,那麼起碼就應配合國家內部的需要——為國家培養最好的翻譯人才,特別是富有在華經驗的譯員。

斯當東在1847年3月26日呈交委員會有關飛即的申請表時,同時呈遞了飛即的履歷、他應聘的一些基本要求、以及他在東方世界的經歷等。委員會看到他的申請表後,於當天便通過委任飛即為國王學院首任中文教授,第一個合約為期五年。[245] 跟着,委員會秘書在當天便立刻通知飛即,向他發出聘書,裏面除了註明原來已在招聘廣告中開列的條件外,還特別向飛即説明了工作範

---

243 Charles Homer Haskins, *The Rise of Universities* (New York: Henry Holt and Co., 1923), pp. 22–23.

244 F.O. 17/119/179, 10 December 1846.

245 King's College London Council Minutes (Ref KA/C/M 1846–1852; 5/210), 16 April 1847.

圍：凡符合國王學院取錄條件的學生來申報課程，教授都應該受理；工作時數為一週五天授課，每天兩節，每節一小時，上課時間由飛即自行決定。[246]3月31日，學院秘書通知飛即有關課程的種種安排及日程後，並知會飛即，學院校長Dr. Jelf(Rev. Richard William Jelf)希望安排與飛即見面。[247]在通過種種的程序後，飛即在國王學院的教學生涯正式開始。可以説，飛即臨危受命，匆匆走馬上任。他的就職演説被安排在1847年4月20日舉行，亦即是經過前後不足一個月的申請及招聘過程後，他就馬上要向各界發表重要演講。演説安排在4月20日星期五下午發表，同日早上還有校方委員會會議。這一切的安排和過程，表面上看來很倉促，但只要知道其中的醞釀過程，便可以瞭解這全都是經由斯當東所精心策劃和安排的。飛即當天的就職演講，根據校史檔案紀錄所示，出席人數眾多，當中包括不少深具社會名望的人物，如斯當東、英利士及萊士諾爵士等。不過，飛即就職演説的講題及內容，今天都無從得知，飛即及國王學院都沒有出版飛即的就職演説，就是校史檔案裏也沒有講題和內容的紀錄。[248]但可以肯定的是，飛即就職的消息，在倫敦的報紙獲得廣泛的報導，例如1847年4月27日的Liverpool Mercury便強調這是英國首個中文教席的就職演講("first ever delivered on the subject in England")，[249]這些報導，就是遠在香港的政府官員都能看到，一位大法官就把飛即的就職演講記錄，收在自己編寫的《香港法律及法庭史》(*The History of the Laws and Courts of Hong Kong from the Earliest Period to*

---

246 King's College London Secretary's Out-letter Books(Ref KA/OLB), 31 March 1847.

247 *Ibid.*

248 King's College Lecture(K/LEC1; 1831–1878).

249 "MULTUM IN PARVO," *Liverpool Mercury*(Liverpool, England), Issue 1881, 27 April 1847.

1898）上；[250]而在鴉片戰爭期間一度被林則徐扣押的美國商人耐伊，因為知道飛即成為倫敦大學教授，後來在劍橋大學演講，與在座的人討論林則徐跟外商的衝突時，便特別提到飛即當天怎樣以翻譯技能及流利中文，營救在廣州被林則徐扣留的外國商人。[251]

倫敦報刊《晨報》（*The Morning Chronicle*）在4月12日報導飛即出任國王學院中文教授的消息時，便說明了該學院成立漢學課的目的：

> 倫敦國王學院正式成立漢學課程，並委任飛即成為該學院的首任中文教授。飛即曾在廣州商館擔當譯員，以及香港總登記官。課程成立的目的，是要指導有意到中國國內的英屬殖民地傳教及發展的人士。[252]

此外，刊登飛即任職及國王學院課程的報刊，除了讀者層面最廣的*Morning Chronicle*外，還有一些專門關注遠東及海外屬地貿易的商報，如*Liverpool Mercury*，又或是一些鼓勵自由貿易的報刊*The Manchester Times and Gazette*等。這都說明了早年英國的漢學課程——特別是國王學院的課程——主要側重在語言應用訓練上，為有志到中國的英國人提供準備。在這樣的要求下，飛即是切實地符合了國王學院創設漢學教席的目的，並實現了斯當東當時心目中英國漢學課程的要旨。

飛即匆匆走馬上任後，便立刻開始準備課程內容，首件要做的事情，是向委員會要求趕購漢語參考資料及書籍。委員會在

---

250 Norton-Kyshe, *The History of the Laws and Courts of Hong Kong*, 1971, vol. 1, pp. 127–128.

251 Nye, *Peking the Goal*, p. 104.

252 "The Late General Drouot," The Morning Chronicle（London, England），Issue 24170（12 April 1847）.

1847年5月14日[253]報告收到飛即要求的書單及基本要求的圖書，書單如下：[254]

Morrison's *Dictionary*	£15.7
Morrison's *Miscellany*	£0.10
Morrison's *Dialogue*	£0.10
Marshmman's *Grammar*	£4.40
Gonçalves' *Arte China*	£2.20
Premare's *Notitia Lingua Sinica*	£1.10
William's *Easy Lessons*	£0.10
Total	£24.11

上面所列是飛即原信所開書名，各書原來的名字開列如下：

Robert Morrison, *A Dictionary of the Chinese Language* (Serampore: The Mission Press, 1815–1822).

Robert Morrison, *Chinese Miscellany: Consisting of Original Extracts from Chinese Authors in the Native Character with Translations and Philological Remarks by Robert Morrison* (London: London Missionary Society, 1825).

Robert Morrison, *China, A Dialogue for the Use of Schools: Being Ten Conversations, Between a Father and His Two Children, Concerning History and Present State of That Country* (London: J. Nisbet, 1824).

Joshua Marshman, *Elements of Chinese Grammar: With a Preliminary Dissertation on the Characters and the Colloquial Medium of the*

---

253 King's College London Council Minutes (Ref KA/C/M 1846–1852; 7/214), 14 May 1847.

254 King's College London: Secretary In-correspondence (Ref KA/IC/C31), May 1847.

　　　　　　譯者與學者：香港與大英帝國中文知識建構

Chinese; And an Appendix Containing the Ta-hyoh of Confucius, With a Translation (Serampore: The Mission Press, 1814).

Joaquim Affonso Gonçalves, *Arte China Constante de Alphabeto e Grammatica: Comprehendendo Modelos das Differentes Composiçoens*《漢字文法》(Macao: Jose, 1829).（葡語書籍）

Joseph Henri de Prémare, *Notitia Linguæ Sinicæ*《漢語札記》(Malaccæ: cura Academiæ anglo-sinensis, 1831).（拉丁語書籍）

Samuel Wells Williams, *Easy Lessons in Chinese: Or Progressive Exercises to Facilitate the Study of That Language, Especially Adapted to the Canton Dialect* (Macao: Printed at the Office of the Chinese Repository, 1842).

　　飛即並指，以上各書能在倫敦著名書店 W. H. Allen & Co. Leadenhall Ltd. 公司訂購。委員會通過飛即的要求，並指示所需款項由中文講席基金支出。這批書籍，可以說是早期來華英國人學習漢語的必定參考書。無論是傳教士及漢學家公神甫（Joaquim Affonso Gonçalves）於1829年澳門出版的葡漢語法書籍《漢字文法》、馬若瑟（Joseph Henri de Prémare）以拉丁語所寫的《漢語札記》，還是英國人馬禮遜編著的綜合性書籍，這些都是在海外出版的漢語教材。英國漢學在起步的階段，還未有本土出版的教材。第一本由英國出版並由英國漢學家所撰寫的漢語教材（textbook）要到了1860年，亦即是飛即的繼任人——倫敦大學國王學院第二任教授佐麻須（James Summers, 1828–91），擔任中文教授七年後，才奠下更深的學習漢語基礎。

　　從《1847至1848年學院校曆》可見，[255]飛即安排在週一至週六（除週二之外）上課，一週五次，每天早上10時30分開始（早上10時為學生於學校聖堂早禱時間）。這課程時間表只維持了一

255　King's College London, *The Calendar of King's College London for 1847–8*, p. 41.

年，在第一個合約餘下的四年，即是從1848到1852年，都只是維持在一週三次，並改在下午2時30分上課。[256]在課程成立後，倫敦幾份重要報刊都到刊登了國王學院漢語課程的招生廣告，1847年4月26日倫敦的*The Morning Chronicle*上便有這樣的一則廣告。[257]可惜的是，現時無法尋得報讀課程的學生名單及紀錄(Student Registry)，無法知道他教過什麼學生，當中可有後來在漢學研究上有傑出成就。但由於當時學生要跟飛即會面都必須致函到學院預約，因此，從學院秘書長寫信給飛即安排學生會面的書信上，也可以稍為瞭解學生的背景及學生報讀情形。整體而言，我們並不知道國王學院中文課程的收生情形，報讀的學員是否踴躍，我們只知道，當中一位名叫John Hobson的牧師，曾是飛即1848年的學生。[258]應該瞭解，漢語課程在國王學院設立初年並不是學位課程，只是設於一般文學及科學部門(Department of General Literature and Science)下，部門內有經典學(Classical Literature)、數學(Mathematics)、英語及現代歷史(English Literature and Modern History)、希伯來文及猶太教語(Hebrew and Rabbinical Literature)、法語(French Literature)、德語(German Literature)、義大利語(Italian Literature)、西班牙語(Spanish Literature)、東方語系(Oriental Literature)、漢語(Chinese Literature)、經驗哲學(Experimental Philosophy)、英國法及法學(English Law and Jurisprudence)等等，共十九門學科，新增的漢語課程只當作附屬學科(當時稱為Extra Instruction)，並不是主科，即是說學生在修讀神學(Theology)、一般文學及科學(General Literature and

---

256 *The Calendar of King's College London for 1851–52*, pp. 70–71; *The Calendar of King's College London for 1850–51*, pp. 70–71; *The Calendar of King's College London for 1851–52*, pp. 71–72.

257 "Advertisements & Notices," The Morning Chronicle(London, England), Issue 24182(26 April 1847).

258 King's College London Secretary's Out-letter Books(Ref KA/OLB), 3 February 1848.

Science)、應用科學或醫學(Applied Sciences or Medicine)的學位時，若對漢語感興趣，都能選修和入讀課程。[259]

　　在飛即的合約差不多要完成第三年的時候，即是1850年3月4日，斯當東就先向委員會預告，一旦飛即辭職他會安排接任人。這是非常突兀的安排，因為從學院的報告顯示，飛即在 1847至1852年工作期間，盡心盡責，教學充滿熱誠，他一週三到四次的課量，從來沒有缺失。斯當東亦明白他具備良好的工作態度，然而，由於斯當東發現飛即這位他於1846年親自聘請的第一任中文教授，並不是英國國教教徒，這實在有違國王學院作為國教大學的辦學宗旨及削弱成立中文教席的目的。1850年3月4日，斯當東在致國王學院的書函中指：若非飛即教授是當時唯一理想的申請人，否則這個問題一定會成為聘用他的阻力。[260]斯當東不單開始另外物色符合條件的中文教授，同時指，要不終止飛即的任期，就是把講座移到香港，[261]以減少對國教學院的衝擊。

　　飛即出任中文教授一職，只會以五年為限，目的是要解決第一次公開招聘遴選過程中，未能找到理想人選的尷尬場面。假如當年教席一職從缺，必定會擱置推動漢學教研的計劃，這對國王學院及公眾，或對英國外交工作，都會帶來負面的影響。至於飛即方面，他在每天應付兩至三節的語文課外，還同時間報讀了蘇格蘭聖安德魯大學醫學課程，並於1851年5月9日獲頒發愛丁堡皇家醫師公會的醫師執照，[262]在維多利亞社會的醫學制度，醫師執照是為病人施行手術的執照，是今天所言的外科。飛即根本不

---

259 King's College London, The Calendar of King's College London for 1847–8, pp. 13–14.

260 KCL(Ref KA/IC/S49)Staunton to Cunningham, 4 March 1850; KCL(Ref KA/C/M 1846–1852; 2/95), 8 March 1850.

261 KCL(KA/IC/S49)"Extract letter from Rev. Jacob Tomlin dated 20 Feb 1850," Staunton to Cunningham, 4 March 1850.

262 這消息是公佈於當時的醫學雜誌*Medical Times*上，vol. 23(1851), p. 550。

以國王學院漢學教席為終身職志，他也許一早已盤算好完成五年的教授任期後便功成身退。[263]

因此，研究英國漢學的歷史學者巴雷特（Timothy Hugh Barrett）認為，飛即並不是國王學院心目中的首要人選，[264]就某層面而言是對的，但是這也不是事實的全部，尤其這說法似乎暗示斯當東沒有聘得心目中理想的人選、飛即能力不足、英國漢學的成立倉促草率。當然，我們可以理解巴雷特有此看法的原因，是因為飛即的資料過去還沒有出土，而且他也沒有任何學術著作，往往令人覺得他沒有資格出任講座教授之職。飛即在英國漢學史的出現，是很有代表意義的，它象徵了漢學正處於一個蓄勢待發、突飛猛進的時代，更反映了英國漢學有別於歐洲漢學的內涵，並且切合本土的需要。而這一點，我認為涉及一個非常關鍵的問題，就是什麼才是英國漢學的本質？

我們在上文一直強調的是，十九世紀英國漢學非常在意自己是否能超越歐洲漢學，當時首選的是聘請歐洲學者來英國，讓英國漢學在歐洲水平上發展。這計劃失敗後，便創出一條新的漢學道路，就是明知歐洲漢學家特別是法國學者都沒到過中國，而漢學研究重理論輕實用知識，於是就在這缺口上開始，重點培訓英國漢學人才的口語及翻譯能力，以應付英國在華擴張時所碰到的問題。因此，語言溝通能力與對中國文化和社會的認識，甚至比熟習文學哲學經典更為重要。從這方面看來，飛即完全符合斯當東心目中理想人選的條件。飛即的出身與家世，是他在推動英國漢學時的重要個人資產。他在英國商人圈子生活和成長中，父親及兄弟一直經營中國貿易，對於英商在華的難題和訴求，他一直瞭若指掌。雖然這未必符合其他時代或其他地區（如側重書面

---

263 國王學院最後一次發薪金給飛即是1852年3月13日，當天國王學院秘書致函向飛即惜別，並說希望國王學院能繼續把賓主關係延續下去。King's College London Secretary's Out-letter Books（Ref KA/OLB），13 March 1852.

264 Barrett, *Singular Listlessness*, pp. 72–73.

文字訓詁、輕視口語翻譯訓練的歐陸漢學）漢學發展的形態，[265]
但對於出身東印度公司、關心英國在華貿易發展的斯當東來說，
口語及翻譯能力是不可以輕視的。此外，飛即長期在東方世界的
生活體驗，既熟悉中國文化，又善於與本地人打交道，具有良好
的溝通能力，以他來培訓將來要到中國去營商工作的年輕人，對
於保障國家主權、貿易利益，以至國民安危，都有實質的幫助。
英國在遠東的發展，特別是十九世紀初中葉英帝國殖民擴張的時
代，英國商人在中國地區是否能保障自己，中國通的學識學養固
然重要，但更重要的是，對於培育能說中文的外交、軍事、皇家
海外殖民地官員的課程，是不可以輕視的一個因素。

　　此外，若我們回顧飛即以外的幾個具代表性的漢學家，大
概亦能看到從這脈絡發展下，英國漢學的發展形態，就是他們在
學術堂奧產生極多影響深遠的中國學知識以外，他們亦有非常入
世的一面，就是他們的出身，以及在遠東的工作範圍，必定會涉
及保障英國在華政治、經濟及利益的事項。斯當東自身的背景也
許已不說自明。至於德庇時，他既是對華貿易專員，又是香港總
督；或是後來的威妥瑪，背景也極相似，先在香港政府內擔任譯
員、然後成為港督的近身秘書，後來被派任英國到華外交使節，
協助談判第二次中英鴉片戰爭條約。這一批既是外交人才，又是
學養兼備的漢學家，他們的出身，與之前馬禮遜及之後的理雅各
等的「商人—宗教」（merchant missionary）型漢學家完全不同，相
反，可以說，他們的履歷都像飛即一樣。作為漢學贊助人的斯當
東，本着自己一輩子對中國的瞭解，回顧英國本土及海外的各種
需要，他心目中對漢學的發展，有一定的願景及藍圖。在他精心
策劃和籌設的國王學院及其首任漢學教席，與他精挑細選任用的

265　Ulrike Hillemann, *Asian Empire and British Knowledge: China and the
　　Networks of British Imperial Expansion*（England and New York: Palgrave
　　Macmillan, 2009）, pp. 155–157.

飛即，實在反映了英國在十九世紀殖民及帝國主義狂飆時期，處於歐陸軍事及國力競賽下，英國漢學在歐洲的自我定位，以及反映了英中關係外交觸碰後的起步點。

但非常可惜的是，飛即自己卻看不到英國漢學以後的發展，也看不到國王學院以後（在倫敦亞非學院成立前）怎樣專門培養服務皇家殖民地的人才。飛即完成了國王學院五年任期（1847–1852）後，並沒有繼續為學院服務，也許他曾計劃回到香港政府服務，也可能會考慮利用他剛在1851年取得的醫師執照，留在英國，開始他懸壺濟世的工作。可是，由於他在鴉片戰爭中感染瘧疾，嚴重損壞了身體機能，體魄並沒有因為回到英國，轉換了天氣和居住環境而壯健起來。年僅三十四歲的飛即，在1854年就離世。我們在他的死亡證上看到的紀錄是：過去在中國感染的惡疾，令身體機能永久受損，死亡原因為肝臟及胰臟腫脹，失救至死。

飛即於1854年下葬英國倫敦海格德（Highgate Cemetery）墓園。令人感到非常唏噓的是，一個曾對十九世紀中英外交史、香港殖民時期歷史、英國早期漢學史產生重要影響的人物，他的事跡卻隨着他的埋葬而從此塵封。這一百多年來，歷史學家對他認識不多，就是國王學院也僅有少許的紀錄，從沒有為過去的漢學研究或歷史研究者翻查出來。然而，飛即的一生，其實充滿了傳奇：在中西文化混雜碰撞的澳門長大、然後在中英貿易的熱熾矛盾中出任譯者，捲進了鴉片戰爭的風暴，更曾經走到前線，宣示英國佔領香港，然後再以譯者身份加入香港殖民政府，逐步擢升為首任總登記官，最後在回國休養期間出任國王學院首任中文教授。這種種經歷和貢獻，出現在中英兩國早期正式交鋒的時期，表面看來，一切都是偶然。但其實，當中的必然性又是至為明顯的——正因為他的背景和才能，才可能讓他在不同的歷史階段配合着時代的需要，發揮了不同的功能。

3.5 馬禮遜教育協會基金與香港聖保羅書院

　　斯當東曾指，如果無法終止國王學院第一任教授飛即的任期，就把講座移到香港。[266]對他而言，香港在培訓外交部譯員有極其重要的戰略作用。他對香港如何協助實現譯員計劃，曾經與當時的第四任香港總督兼任英方商務監督兼及全權代表包令有深刻的討論。

　　包令成為港督之前，曾在1849年擔任廣州領事，這段時間亦即是中英雙方因《南京條約》中英文本對英商入城及住城問題產生不同詮釋的時候，導致廣州居民激烈抗英入城的歷史事件。[267]包令身為廣州領事，直接看到兩國條文因翻譯及釋義不清帶來的暴力惡果，加上他本身又是語言學者，更是懂得多國語言的語言學家，包括當時甚少英國人認識的一些東歐國語言，且譯作甚豐。[268]包令在歐洲名聲顯赫，不單與英國哲學家邊沁私交甚篤，在英國政壇上亦有傑出成就。而且，包令因要履行廣州領事的職責，更粗略涉獵漢語。[269]可以說，包令曾長期在歐洲生活，本身又深具有文人學者的風範，他瞭解在詮釋、溝通及理解異文化時，翻譯工作的重要性。包令為了更好履行他的新職責，於1850年12月11日去信外相巴麥尊，與他商討訓練青年人成為政府譯員的計劃。巴麥尊曾去信幾個港口領事，查問各口岸辦公室關員的中文程度如何，是否具備足夠能力執行任務，以此瞭解現行

266　KCL（KA/IC/S49）"Extract letter from Rev. Jacob Tomlin dated 20 Feb 1850," Staunton to Cunningham, 4 March 1850.

267　茅海建：《近代的尺度：兩次鴉片戰爭軍事與外交》（上海：上海三聯書店，1998），頁99–128。

268　John Bowring and Lewin Bentham Bowring, *Autobiographical Recollections of Sir John Bowring*（London: H.S. King & Co., 1877）；另見英國曼徹斯特大學John Rylands Archive檔案室內藏The Bowring Papers中，藏有包令本人自珍的多種東歐語言譯成英詩歌文學。

269　Sir John Bowring, *The Bowring Papers*, Manchester, Bowring 1228, 1–19;（English MSS 1228–1234）[22 July 1849].

譯員水準的問題。包令同時亦去了請教當時英國最重要的中國專家——斯當東。在斯當東的提點下，他接任為英國駐華全權公使暨英國駐華商務總監以及香港總督後，立即訂下計劃，銳意改革香港及中國港口譯員不足的問題；並立即公佈「中國設立譯員備忘錄」(*Memorandum on the Interpreter Establishment in China*)。包令指，從今起必須認真制定新綱領，加倍重視培訓中國譯員的工作。[270]而在下一節，我們看到，香港在第一次及第二次鴉片戰爭期間，整個殖民地行政已差不多被譯員問題拖垮。包令並同時上書給外交大臣克萊頓伯爵(4th Earl of Clarendon; George Villiers, 1800–1870)，詳細說明翻譯工作的重要性，指出派駐中國的外交譯員質素參差，水準不足的問題十分嚴重，必須馬上處理。[271]克萊頓處理外交事務經驗豐富，魄力驚人，上任後令工作散漫的外交部煥然一新，[272]再加上他曾經在俄羅斯聖彼德堡處理英國外交事宜，深深明白英國及俄國爭奪中歐及東歐各地問題（「東方問題」）能否順利處理，有賴情報及翻譯的準確性；此外，他早在1831年起已與包令攜手處理英國在法國經貿利益問題，[273]因此他對包令所提出的譯員訓練計劃，給予極大的支持。

　　包令的「中國設立譯員備忘錄」，內容詳盡充實，對歐洲漢學發展如數家珍，而對在英國延誤落後的中國研究，則作出了不少批評並表示感慨。這些內容包括成立英國倫敦大學學院及國王學院的經過。包令也不諱言，自己的一心一德，都是來自斯當東，拜會他是希望得到他的提點，讓他更好處理在華的工作。他指：

270　F.O. 17/212/136, 7 February 1852.

271　F.O. 17/216/90–91, 15 September 1854.

272　可參Foreign Office, *Foreign Office, Diplomatic and Consular Sketches*(London: W. H. Allen & Co., 1883), pp. 6–7; Nathan A. Pelcovits, *Old China Hand and the Foreign Office*(New York: King's Crown Press, 1948).

273　H. C. G. Matthew, Brian Harrison and Lawrence Goldman, *Oxford Dictionary of National Biography*(Oxford; New York: Oxford University Press, 2004), vol. 6, "John Bowring,", pp. 987–990.

我有感我現在已進入了一個既是旁支又有特別關涉的專門論題，因此我懇求讓我在結論指出，我在此謹提交的意見，是我有幸跟斯當東爵士溝通後而得來，自己亦深有同感後，因而在此奉陳。[274]

包令於是開始慎重地規劃如何培訓大英帝國的在華譯者，他特別提高英方譯員與中國高級官員溝通的能力，以及處理書面文案的知識。[275]包令希望首先能在英國物色年輕人參加計劃，然後全部派送到香港，先在香港接受語言訓練，訓練完畢後，再由英方商務監督及全權代表按各港口需要，分派到中國內陸去。為了符合這樣的安排，包令利用香港的特殊位置，提出由政府資助一些香港教育機構(特別是基督教教會學校)成立翻譯課程，藉此把香港變成培訓基地，訓練香港的中國人、外籍公務員、傳教士等年青子嗣雙語能力及翻譯技巧，加上在政府內部推行公務員課餘翻譯課程，希望這樣可以在香港形成一支較龐大而優秀的翻譯團隊，為香港政府以至英國外交部管轄的各通商口岸提供譯者。至此，學生譯員計劃(Student Interpreter Programme)的雛型得以建立，課程結構分為兩部分，在此先述及英國作主導的本土部分。

學生譯員計劃並不是大英帝國長期規劃籌建的課程，也不是一個獨立自生的培訓計劃。這個計劃的輪廓最早出現於1835年，首先附屬在大英帝國的貿易局(Board of Trade)內。英國因應於奧圖曼帝國(Ottoman Empire)內君士坦丁堡設立領事的需要，考慮培訓年輕國民學習該地語言，並鼓勵他們投身領事工作，以達一石二鳥之效。[276]計劃的概念可以上溯到十九世紀前專門處理大英與奧圖曼帝國及黎凡特諸國(the Levant)──即地中海一帶東

---

274 F.O. 17/212/136, February 1852.

275 F.O. 17/216/90–91, 15 September 1854.

276 A. J. Herbertson and O. J. R. Howarth, *The Oxford Survey of the British Empire* (Oxford: Clarendon Press, 1914), vol. 6, p. 75.

部——今賽普勒斯(Cyprus)、以色列(Israel)、約旦(Jordan)、黎巴嫩(Lebanon)、巴勒斯坦(Palestine)及敘利亞(Syria)等國——貿易的黎凡特公司(Levant Company)。黎凡特公司與1833年前擁有對華貿易專利權的東印度公司性質相似，同是私人經營的貿易公司，但又擁有大英帝國頒發該地域及該航線的獨家貿易專利權。由於貿易上的需要，公司內部往往自行培養翻譯人員，屯駐當地，日久後也能凝聚到一批翻譯人才，當中又以公司職員年幼子弟，又或是傳教士最為普遍，前者在當地的語言環境長大，長期浸淫，能夠輕易地掌握地道語言；後者的宗教使命令他們克盡學習困難，並以翻譯工作換取公司贊助他們的傳教事業。直到十九世紀早期，每當大英帝國有外交翻譯的需要，便會徵調這些專利公司內的譯員來協助外交使團的翻譯工作，情形就像1816年阿美士德爵士使團訪華時，英國臨時徵用當時已在華替東印度貿易公司工作的馬禮遜及德庇時等充當譯員。事實上，直到十八世紀末十九世紀初，外交部還沒有設立譯員計劃的遠見。及至1830年左右，英國政府發現黎凡特公司內的工作人員和譯員，因為長期旅居當地，對當地人民產生深厚同情，政治立場背離大英帝國利益，才匆匆在英國國會成立委員會，重新檢討選派領事及譯員的制度，[277]並把處理領事及譯者的部門移到外交部。的確，譯者的文化身份及工作道德操守，是翻譯研究裏一個極重要的議題，開辦專業化譯者培訓課程的目的，就是令譯者在敏感及脆弱的工作位置上，既不踰越工作操守，亦能完成多重委託。[278]

---

277 Great Britain, *Report from the Select Committee on Consular Service and Appointments; Together with the Proceedings of the Committee, Minutes of Evidence, Appendix and Index* (Great Britain: House of Commons Parliamentary Papers, 1857–58), pp. iii–iv.

278 這方面的討論很多，只簡單列舉Michael Cronin, *Translation and Identity* (London: Routledge, 2006), pp. 75–116; Theo Hermans, "Translation, Ethics, Politics," in *The Routledge Companion to Translation Studies*, ed. Jeremy Munday (London: Routledge, 2009), pp. 93–105; Anthony Pym, ed.,

　　　　　　　　　譯者與學者：香港與大英帝國中文知識建構

然而，十九世紀早期英國外交部並不瞭解翻譯工作，而且，外交部當時實為大英帝國最官僚的部門，內部行政混亂，外人看來只見其「黑箱作業」，[279]運作上是「子承父業」的傳統，[280]任何一個職位都是通過熟人互相舉薦，再加上當時英國黨派更迭頻繁，積累了大量懸而未辦的事情。即就中國來說，雖然自鴉片戰爭後已確立五口通商的安排，而英國也自1843年起於中國各港口設立領事制度，但當時並無認真訂出派遣譯員方案，學生譯員計劃更無從談起。根據英國外交部檔案所示，中國學生譯員的正式名單最早能往上追溯到1847年。[281]不過，如果我們查證文獻相互引證後，可以見到學生譯員計劃真正的發軔時間實為1854年。[282]這不單是因為1854年前派到中國的所謂學生譯員，在出發前其實不少是熟人關係而來，有些更沒有接受正統漢語訓練，學習成效不一，學員水準參差，[283]當中有些連日常生活溝通

The Return to Ethics: Special issue of The Translator (Manchester: St Jerome Publishing, 2001); Sandra Bermann and Michael Wood, eds., Nation, Language, and the Ethics of Translation (Princeton, NJ: Princeton University Press, 2005)。

279　T. G. Otte, "Old Diplomacy: Reflections on the Foreign Office before 1914," in The Foreign Office and British Diplomacy in the Twentieth Century, ed. Gaynor Johnson (London: Routledge, 2005), pp. 32–33.

280　P. D. Coates, The China Consuls: British Consular Officers, 1843–1943 (Hong Kong: Oxford University Press, 1988).

281　F.O. 233/75/2, undated；亦可參考 Great Britain, Return of the Names, Dates of Appointment, Salaries, Pensions, Causes of Retirement, and Other Information Respecting Those Who Have Been Appointed Student Interpreters in China, Japan, and Siam: 1847–72 (Great Britain, House of Commons Parliamentary Papers), pp. 1–6。

282　John Tilley 甚至認為，自1843年中國五口通商，大英帝國在中國港口城市設立領事後，學生譯員計劃就出現。可惜的是，Tilley 並沒有提供任何證據及註釋，而根據外交部譯員計劃最早的名單 (F.O. 233/75/2–5, undated)，正式命名為學生譯員的人員，最早只可以上溯至1847年。Sir John Anthony Cecil Tilley and Stephen Gaselee, The Foreign Office (London: G. P. Putnam's Sons Ltd., 1933), p. 236。

283　F.O. 17/195/90, 9 October 1852.

也有問題。因此，1854年前的學生譯員並不稱為譯員，真正職稱應為領事初級助理或實習生。[284]固然，當中有些是出身翻譯世家的，如馬禮遜的幼子就如是。這問題一直待到1854年，由熟悉英國內政、外交事務以及對東歐政情有充分瞭解的包令上任香港第四任總督兼英方商務監督及全權代表後，才出現轉機。英國的對華外交事務，在1860年《北京條約》正式於北京設領事前，都由英方商務監督及全權代表處理，而且往往由香港總督兼任，費用亦由香港政府支出，因此中國學生譯員計劃的管轄權，特別是計劃初生期，一直由香港總督處理。

英國外交部的中國學生譯員計劃，對中國近代史、中英外交史及中國漢學發展影響深遠。然而，在學界中卻似乎一直沒有引起注意，至今從無專題、專文或專著討論。學生譯員計劃過去一直得不到研究者的青睞，最主要的原因是相關的資料一直收入大英帝國外交部檔案（Foreign Office）及殖民地部檔案（Colonial Office），而兩者都藏在英國國家檔案局之內。外交部檔案資料浩繁，人所共知。然而真正的難題是，十九世紀與中國有關的外交資料目錄，其實並沒有完全整理到電子目錄上，[285]此外，文件屬國家機密，有不少檔案在當年已經銷毀。[286]加上在外交部工作的人員不能對外洩露公務

---

284 D. C. M. Platt, *The Cinderella Service: British Consuls Since 1825*（London: Longman, 1971）.

285 可幸的是，歷史學者黃宇和（J. Y. Wong）及羅海民（Lo Hui-Min）先後從外交部檔案整理出部分目錄，大大幫助了未親身到外交部檔案室的研究者，令他們可按圖索驥，再查找原文。不過，由於兩書都以個別的歷史事件或某歷史時段作為存目經緯，難免會出現掛一漏萬的情形。研究者若需要詳細的資料及方法，只能長期浸淫在外交部檔案室，查看還未放在電子目錄的微膠卷目錄，別無他法。兩書見：J. Y. Wong, *Anglo-Chinese Relations 1839–1860: A Calendar of Chinese Documents in the British Foreign Office Records*（Oxford: Oxford University Press, 1983）; Lo Hui-Min, *Foreign Office Confidential Papers relating to China and Her Neighbouring Countries 1840–1914*（Paris: Mouton & Co. and Maison des Sciences de l'Homme, 1969）.

286 Louise Atherton, *Never Complain, Never Explain: Records of the Foreign Office*

內容；[287]小部分曾參加課程的學員，事後雖有撰寫回憶錄出版，卻以匿名為文。[288]因此，若研究者不得其法，或沒有多種旁證作交互考證，不一定有足夠的線索去檢視及討論學生譯員計劃的內容。事實上，學界對中國學生譯員計劃重視不足的另一原因，是研究角度的問題。過去翻譯在中國歷史擔當的角色及貢獻，似乎沒有受到十足重視。翻譯一直被看成不佔主體性的工作，只屬於交際溝通的工具。因而，過去有關威妥瑪的討論就只側重他的外交使節身份，[289]而討論到他的漢學及翻譯成就，相對於他在華的經歷及貢獻，遠遠不成比例，更可惜的是，翻譯就更被擠到漢學之下成為旁支論述。[290]不過，即使是十九世紀的英國外交部也明確表示，「沒有優秀的譯員，根本不存在具有效率的外交工作」。[291]

---

and State Paper Office 1500–c. 1960（London: PRO Publications, 1994），pp. 116, 122.

287 Foreign Office, *Foreign Office*, pp. 6–7.

288 有部分學員曾憶述課程的點滴，均以匿名發表。Student Interpreter, *Where Chinese Drive: English Student-Life at Peking, 1885*（London: W. H. Allen, 1885），作者實為Sir William Henry Wilkinson；A Resident in Peking, *China as It Really Is（London: E. Nash, 1912）*，作者則為Louis Magrath King。

289 D. C. M. Platt, *The Cinderella Service: British Consuls since 1825*（London: Longman, 1971）；P. D. Coates. *The China Consuls: British Consular Officers, 1843–1943*（Hong Kong: Oxford University Press, 1988）；Raymond A. Jones, *The British Diplomatic Service 1815–1914*（Gerrards Cross: Colin Smythe, 1983）；Fairbank, *Trade and Diplomacy on the China Coast*; Gerald S. Graham, *The China Station: War and Diplomacy 1830–1860*（Oxford: Clarendon Press, 1978）.

290 即使是威妥瑪的漢學工作，包括拼音模式等，似乎也沒有引起深入的研究。討論較多的也只是關於劍橋大學成立漢學的歷史問題而已。見 Charles Aylmer, "Sir Thomas Wade and the Centenary of Chinese studies at Cambridge（1888–1988）"，《漢學研究》第7卷第2期（1989），頁405–422；及關維民：〈劍橋漢學的形成與發展〉，《國際漢學》21期（2002），頁31–43等等。趙元任（編）：《國語羅馬字與威妥瑪拼法對照表》（北平：國語統一籌備委員會，1930）；張衛東：〈威妥瑪氏《語言自邇集》所記的北京音系〉，《北京大學學報》第35卷第4期（1998），頁136–144。

291 F.O. 17/547/45–53, 4 January 1870.

中國學生譯員計劃每年只有數個名額，這考慮到學員是外交部重點栽培的對象，物以稀為貴的原則。因此，學員名單全由倫敦國王學院校長推薦，學院會從學校內人文學科範疇裏選出成績最優異的學生，再推薦給外交部。外交部落實提名後，學生先在國王學院接受漢語訓練，考試合格後簽署契約，才獲派送到香港，由香港英方商務監督及全權代表分派到各口岸的領事，進一步接受在職培訓及實地工作。這模式一直維持到1860年，待英國公務員事務局（Civil Service Commission Bureau）成立後，才有結構性的改變。[292]

　　對包令來說，解決政府譯員長年不足的問題急若燃眉，原因是整個外交團隊都知道，英國在這廣袤中國大地上要維繫各種公務訊息流通及商業運作，都必先確保不至被蹩腳的翻譯背叛及出賣。包令的計劃本來是能收一石二鳥之效的。不過，他首先遭到的障礙是來自教會。他希望香港聖保羅書院能接納香港政府內的外籍公務員、或傳教士及他們的子嗣，接受雙語知識及翻譯技能，以此推行政府公務員課餘翻譯課程，希望這樣可以在香港形成一支翻譯團隊，為香港政府、外交部管轄的各通商口岸提供譯員。教會並不認同政府訂下以功利為原則的教育方針，而且更不願意政府直接干預教會事務及當中的龐大利益。此外，當時在香港教會工作的人員也有他們的困難。隨着中國內陸開放，教會會務日漸繁重，由於他們本來的最終目的就是走進地域廣大、人口稠密的中國，教會內懂得中文的人手已很不足夠，所以不少傳教士早已表示不希望再耗費精力，分擔過多政府那些世俗的翻譯工作。此外，以香港培訓華人子弟作翻譯人員的計劃，其實並不如表面所想那麼容易。無論在香港還是在附近中國沿岸地區，日益膨脹的中英貿易對擁有雙語能力的人才有很大的渴求，很多華人

---

292 Richard Chapman, *The Civil Service Commission 1855–1991: A Bureau Biography* (London: Routledge, 2004), pp. 11–40.

譯者與學者：香港與大英帝國中文知識建構

子弟在教會學校內稍稍學懂了日常英語會話，就因為希望改善家人及自己的生活，而到洋行、英國人家庭或買辦那裏當學徒、管家或低級職員。教會學校即使在課程上盡量配合及遷就，然而語言能力根本就不是能一蹴而就的事情。包令上場後，政府與香港基督教書院的關係日趨緊張，特別是與香港聖保羅書院的關係。

創辦於1849至1851年的聖保羅書院，是今天香港歷史最悠久的學校之一。書院於草創時期堅持自己的教育理念，利用中西文化交匯的條件，成為中國現代化的土壤。從歷史發展可見，書院成為中外知識人寓居香港時的文化匯聚地，培養出極多重要的思想家及啟蒙家，是孕育中國現代知識分子的重鎮。曾因上書同情太平天國的中西學人王韜，避難於香港的時候，就曾遊覽聖保羅書院，他在他的《漫遊隨錄圖記》就寫下了對聖保羅書院地靈人傑的觀感：

> 英人所設書院三所：曰「保羅書院」，主其事者曰宋美；曰「英華書院」，主其事者曰理雅各；曰「大英書院」，主其事者曰史安。皆許俊秀弟子入而肄業，學成則備國家之用，或薦之他所。「保羅書院」與會堂毗連一帶，修竹蕭疏，叢樹陰翳，細草碧莎，景頗清寂。每至夕陽將下，散步其間，清風徐來，爽我襟袖，輒為之徘徊不忍去。[293]

另外，於中國首個官方翻譯機構及語言學校同文館擔任英文教習，又兼在江南製造局擔任翻譯，對於建立中國科技現代化有重大貢獻的傳教士傅蘭雅（John Fryer, 1839–1928），就曾擔任聖保羅書院的導師。[294] 而書院另一位知名校友就要算是伍廷芳（又名

---

293 王韜（著）、王稼句（點校）：《漫遊隨錄圖記》（濟南：山東畫報出版社，2004）。

294 Fred Dagenais, "John Fryer's Early Years in China: III. Account of Three Days Excursion on the Mainland of China," *Journal of the Royal Asiatic Society Hong*

伍材，1842–1922）了。[295]伍廷芳是晚清社會首位取得英國律師資格的華人，也是香港首名華人大律師和首名華人立法局非官守議員（Senior Unofficial Member）。他受惠於聖保羅書院中英語教育的優良環境，在未到英國進修法律之前，已在聖保羅書院接受極好的雙語教育，及後被招攬成為香港政府譯員。我們在下一章看到，雖然他受僱期間常受到殖民政府歧視華人的不公待遇，然而這經歷卻讓他認清自己的位置，遂以雙語能力成為日後的文化優勢，為清末中國擔當了極重要的外交工作。[296]從這簡單的描述，就可以看到書院在中國教育現代化方面的貢獻。

的確，歷史根基深厚的聖保羅書院，過去曾獲得不少研究者的青睞，特別是在教會史及香港教育史上，[297]一直不乏研究文章。此外，這百多年來，學校人才輩出，校友及校方所督導研究下的校史就更是源源不絕。[298]然而，可惜的是，聖保羅書院創校時與香港政府的一段小瓜葛，好像就從來沒有引起學者的注意。這個議題的重要性，固然在於讓我們多認識教會教育史，[299]看到

Kong Branch 36(1996), pp. 129–145.

295 Chang Yun-chao, *Wu Ting-fang's Contribution towards Political Reforms in Late Ch'ng Period*(Hong Kong: University of Hong Kong, 1982)；張富強：《近代法制改革者》（廣州：廣東人民出版社，2008）；丁賢俊、喻作鳳：《伍廷芳評傳》（北京：人民出版社，2005）。

296 Yen Ching-hwang, *Wu T'ing-fang and the Protection of the Overseas Chinese in the United States, 1897–1903*(Adelaide: University of Adelaide, 1981).

297 Carl T. Smith, "The Morrison Education Society and the Moulding of Its Students," *Chinese Christians: Elites, Middlemen, and the Church*(Hong Kong: Oxford University Press, 1985), pp. 13–34; Ng Lun Ngai-ha, *Interactions of East and West: Development of Public Education in Early Hong Kong*(Hong Kong: Chinese University Press, 1984).

298 撇除眾多本由校友個人記憶結集而成的紀念式文章，其中由校方督印而較持平客觀的，包括Vincent H. Y. Fung, ed., From *Devotion to Plurality: A Full History of St. Paul's College 1851–2001*(Hong Kong: St. Paul's College Alumni Association, 2001), pp. 29–33。

299 Jessie G. Lutz, *China and the Christian Colleges 1850–1950*(Ithaca: Cornell University Press, 1971).

個別教會如何在各種世俗化，甚至教會內部激烈競爭下，堅持宗旨的重要性，這亦提供我們深思良好的中西課程及雙語教育，是否某層面上已足夠替代基礎翻譯課程？當然，這議題的歷史意義，也在於把十九世紀英國漢學發生史脈絡化，解釋大英帝國在英國建立漢學訓練外交部譯員的原因，以及港英政府在傳教士及漢學家理雅各的協助，建立同樣於中國及香港教育史極為重要的非宗教背景的中央書院，並以此作一平台，籌辦訓練譯員的香港翻譯官學生計劃。

在全面展現早期基督教教育團體與政府的糾結前，我們必須簡單整理1842至1850年間，到港的書院、學校及教育團體的先後次序。因為，聖保羅書院與政府的基本爭議點，就是一筆為1,200元（或250英鎊）的教育經費，而這教育經費，是承自政府開埠時撥給更早遷到香港的馬禮遜教育協會（Morrison Education Society）的馬禮遜學校，以及成立於麻六甲的英華書院。因此，我們必先對這段輾轉作基本釐清。特別是，我們在研究中華基督教書院史等的著作、[300]香港早年教育史，[301]以及研究麻六甲或香港英華書院的經典著作裏，[302]甚至馬禮遜教育基金學校的種種研究及協會報告年報，以至公開的印刷物如《中國叢報》上，都只能找到少許的相關討論。因此我們更有必要細心地從香港殖民檔案、外交部檔案及聖公會差會（Church Missionary Society）檔案整理一個更完整的論述，以補歷史之遺。

馬禮遜對中英關係的多元貢獻，在當時社會已是有目共睹，在後來的學界也有眾多討論，而我們於第二章（特別是2 .2

---

300 Lutz, *China and the Christian Colleges.*

301 Anthony E. Sweeting, *Education in Hong Kong, Pre–1841 to 1941: Fact and Opinion*(Hong Kong: Hong Kong University Press, 1990); Ng, *Interactions of East and West.*

302 Brian Harrison, *Waiting for China: The Anglo-Chinese College at Malacca, 1818–1843, and Early Nineteenth-century Missions*(Hong Kong: Hong Kong University Press, 1979).

章)中已看到他對漢學的重大貢獻了。[303]馬禮遜於1834年逝世時，曾與他共事的廣州商人及傳教士同仁，莫不表達出無比的敬佩、謝意及惋惜，在他死後就自發地成立馬禮遜教育基金，以茲悼念這樣的一位漢學巨擘及時代巨人。基金以他命名，目的就是要推廣他投身中文教學的精神。馬禮遜教育基金發起成員有22人，[304]包括英商巨賈渣甸、顛地等人、馬禮遜兒子馬儒翰，以及與馬禮遜並肩作戰多年一起創立《中國叢報》的主編裨治文等人，他們組成臨時委員會之外，更在廣州及澳門兩地募捐，很快便積累得4,860元作基本營運經費。這在當時是一筆為數非常可觀的公眾捐款。馬禮遜教育協會成立後，一方面在廣州徵集圖書，後來成立一所頗有規模的公共圖書館；另一方面在澳門開辦學校，推廣文化教育工作。由於協會目標明確，而且組織力強大，協會初年舉辦的活動都辦得有聲有色。

協會於成立之年，就立即於1835年2月把辦學章程(circular)寄給外交部，闡明團體的發展方針及辦學宗旨，是要在中國建立學校，肩負教導本地兒童和本地學生英語的責任，以此啟導本地青年，讓他們能以英語讀書寫字，接觸英語西方世界的各種知識，教會並以傳播基督宗教為宗旨。[305]協會除了在章程指出辦學宗旨外，亦在馬禮遜教育協會年報(*The Morrison Education Society Annual Report*)內明確指出，他們希望協會能成為一道橋，連接中英兩國文教方面的工作，培養有志來華的歐洲青年人到中國的興趣。為此，協會會以經費提供旅費、住宿以及其他的基本生活資助，讓他們到達後便立即能投入學習中文的世界之中，並希望這些年輕人在首四至五年間，心無旁騖、全神貫注地學習中文，當他學有所成後，便立即投入教學工作，培養剛從英國到華的年

---

303 蘇精：《馬禮遜與中文印刷出版》(臺北：臺灣學生書局，2000)，頁11–54。

304 F.O. 17/9/[unpaged], 25 April 1835.

305 *Ibid.*

輕學員，讓教學及宗教傳承工作得以世代相傳，形成穩固的學習傳統。[306]協會並申明，他們在招募學員過程中，特別考慮弱勢基層、無依靠的孤兒，以及華人青年。而老師的責任，除了庇佑他們成長以外，亦包括編製教科書及一般教學工作。[307]

最早從香港境外遷到香港的教學團體，就是馬禮遜紀念學校。馬禮遜教育學校最初建校於澳門，並於1839年11月1日正式開課，[308]主持校務的是來自美國的鮑留雲牧師(Rev. Samuel Robbins Brown, 1810–1880)。鮑留雲於1832年畢業於耶魯大學，於1839年到達中國後便立即到澳門馬禮遜開辦的學校履職。早期留學美國的著名人物容閎(1828–1912)，便是出自這時期馬禮遜學校的學生。其後，隨着中國政府禁煙銷煙，局面日益緊張，學校也因而停辦。香港開埠後，政府以低地價吸引居於周邊地區如澳門的英商移入香港，以此鞏固這荒島上的基本稅收及商業條件。英商覺得與其受葡萄牙人或中國人的管治，倒不如受英國人自己的管治，這小島人口因而漸漸地增加起來。由於英商在社會及殖民政府的影響力極大，因此，大量的英商從澳門及英殖民系統如印度及海峽殖民地逐漸遷到香港，增加了土地買賣的活動。[309]香港開埠後，中國沿岸的南方人口亦日漸湧入，增加了勞動力。這些人口形成理想的傳教群眾及基礎，漸漸地吸引了其他相類的機構。一直在澳門及海峽殖民地活動的宗教團體，同樣考慮轉到香港，希望以香港作為進入中國的踏腳石。

---

306 Anonymous, "Analysis of the Peking Gazettes, from 10th February to 18th March , 1838," *Chinese Repository* 6, no. 5(September 1837), p. 230.

307 F.O. 17/9/[unpaged], 25 April 1835.

308 馬禮遜校從來沒有正式的中文譯名，不同學者有不同翻譯，有稱為書塾，有稱為學堂，清朝道光欽差大臣到港訪校時，稱這為馬公書院。前者見王齊樂：《香港中文教育發展史》（香港：三聯書店，1996）頁85–93；後者見張偉保：《中國第一所新式學堂：馬禮遜學堂》（北京：中國社會科學出版社，2012）。馬公書院見黃恩彤：《撫遠紀略》。

309 劉紹麟：《香港華人教會之開基：1842至1866年的香港基督教會史》（香港：中國神學研究院，2003）。

香港正式成為英國殖民地後，顛地以馬禮遜教育協會的名義，於1842年2月21日寫了一封信呈給香港總督璞鼎查，要求香港政府撥地給協會，讓協會能在香港興辦學校。當時，璞鼎查大力支持顛地的計劃，他雖然未曾與馬禮遜共事，然而馬禮遜的兒子馬儒翰在父親歿後，一力承擔了父親以前所有的工作。他替英軍立下的汗馬功勞實在不計其數。因此，璞鼎查除了親自接見教育協會的代表，更立即批准教育協會的要求，批地興建學校。教育協會於是逐步把之前設於澳門的基地移到香港來。由於當時協會選址嚴謹，希望學校能建於已有基建的四環之內以方便師生，更希望提供優良學習的環境，充裕、宜人而規模宏大的校舍，協會因此花了超出預算的3,000元經費作建校之用，這為日後埋下被政府干預的隱患。1843年4月馬禮遜書院正式開辦，中英文部兼備，目標是中英語教學並駕齊驅，讓學校成為培養雙語及全方位教學的基地。

不過，學校建校超支，以致教育經費不足，協會無計可施下需要向政府申請資助。香港政府趁着馬禮遜教育團體(Morrison Education Society，成立於1835年)信託委會主席裨治文提交教育藍圖，以及申請資助建議書的時候，[310]便伺機順勢要求團體協助政權培訓雙語及翻譯人才。香港政府向英國外交部報告指，從裨治文報告中各種因素的評估來看，由於協會興建學校需要極龐大的資金以完成基建，因此有足夠理由相信，協會很快就會實現女皇陛下政府一直渴求的目標，不日就能為香港政府及各港口領事處培訓年青人作為政府譯員。而於1842年10月21日的政府公文可見，書院已派出校內兩名青年跟隨貝爾福(Captain George Balfour, 1809–1894)將軍的戰艦北上，擔當翻譯，另兩名學員亦在準備北上到各港口。

英國政府深切明白到，香港開埠不久，百廢待興，要一力

---

310 C.O. 129/2/435–443, 20 December 1843.

譯者與學者：香港與大英帝國中文知識建構

承擔籌辦各種公共事業及社會基建並不可能，而當政府沒有任何教育基建下，要獨力籌辦翻譯課，更是癡人說夢。事實上，從初年殖民政府的組成結構可見，政府管治階層是從戰時軍人及早年在華貿易的英商拉雜成軍，在這情形下，政府當然沒有一個長遠的教育願景。香港政府比較有規模籌辦及策劃香港教育事業，是在1860年以後，殖民政權在《天津條約》及《北京條約》簽訂後，掌握了更準確的中英外交的政治形勢，以及殖民政權在香港的持續性後，才逐步鞏固下來。

　　從協會方面而言，這種與政權討價還價的關係固然並不理想。長遠來說，這是教育團體與政府作政治拉鋸的開始。馬禮遜信託委員會主席裨治文雖然言詞極度委婉，然而立場清晰地向政府說明，自己作為這些學子的監護及贊助人，他的責任在於提供一個最優良的環境予以這些年青人，讓他們將來能獨力謀生，覓得受人敬重的職位。裨治文指，以自己語言水準去論斷，這些年輕人雖然已學習三年英語，但要派到上海擔當通商口岸的翻譯，恐怕水準仍嫌不濟。不過，他也明白，在眾多考慮之下，不得不妥協。因為無論如何，這不妨看成是學生需要接受實務翻譯的訓練，馬禮遜教育協會亦需要經費繼續營運，唯有這樣做，協會的教育及傳教事業才得以繼續發展下去。因此，裨治文只好向政府表明，過去訓練這些學生的方針是本着極徹底全面之能事 (to secure to the pupils as thorough education as possible)。雖然裨治文所指的是全科教育，但他關心學生的程度，絕對是全人教育的精神。裨治文指學校的學科包括中英語基礎訓練，在英語科目之內則有閱讀、寫作、作文，此外也包括術算、代數、幾何、地理及歷史等。中文科則跟隨本地固有教學模式，從童蒙書及四書讀起。學生每天工作時間不能過長，並必須有三小時學習讀書時間，保障學生不被剝削。他亦希望這四名優秀的學生，在上海的工作模式是輪流上班工作，不致荒廢學業。而他們在港口領事處為英國擔當譯員幾年後，應該得到正式獲聘為永久員工的機會，以此保障他們的出路。此外，這些年輕人在這幾年間應獲得月薪八元，另應有官服津貼，政府亦需向馬禮遜教育協會報告他們的學習及工作情形。[311]從此可見，裨治文雖然向政府屈服，然而卻沒有置學生的福利及個人發展不理。

可以說，辦學團體為香港政府訓練譯員的基本協議已形成，學校從此每年獲得1,200元的資助。馬禮遜學校在1843年11月開幕，1844年校報所刊共有學生32人，規模可觀。不過，馬禮遜學校雖是第一所遷到香港具有新教背景的學校，然而他所承受政府的1,200元資助，卻不是英國政府第一次撥給相關教育團體的資助。

當馬禮遜還在世的時候，政府就率先給予一筆款項，予他於1818年在麻六甲開辦英華書院，學校的目的除傳播歐洲知識給中國人之外，亦傳播宗教及語言技能。馬禮遜未離開麻六甲到廣州及澳門的時候，在書院負責教導中文課程。學校有中文部之外，還設有馬來語及淡米語等不同教學部門，各班合起來共有數百學員，教學進度緩慢，學生程度也參差。雖然如此，這些學生還在學校受訓時，已替海峽殖民地法庭擔當譯員（court interpreter）。英華書院早年在麻六甲時，結構非常龐大，學校設備亦頗為完善，教學之外，更因着自設印刷機而印發了大量傳教冊子，很多傳播西學的重要雜誌、書刊和宗教書籍，都是由麻六甲英華書院所印。[312]不過，麻六甲書院所面對的困難卻是多樣的，其中一個最大的衝擊，就是新加坡於1824年開埠後，麻六甲人口大量南遷，再加上學生急於利用學得的英語作謀生之用，稍為懂得一兩個英語單詞或片言隻語，就自願或被利誘到參加商業行列之中，成為買辦的助手。

311　*Ibid.*

312　李志剛：《基督教早期在華傳教史》（臺北：臺灣商務印書館，1985），頁172。

1830年間，麻六甲英華書院漸漸凋零，英國倫敦傳道會就委派了在英國已經初步學習中文的理雅各到麻六甲重整業務。理雅各到麻六甲後，認為無論在傳教還是在中西文化交流的層面上，唯一可以令書院重新定位的機遇，只在於遷到香港。鴉片戰爭後中國港口開放，香港也成為一個更靠近的踏腳石，倫敦傳道會決定把基地遷到香港。倫敦傳道會亦於1843年8月22日寫信到英國外交部，希望把英華書院從麻六甲正式調到香港，並於理雅各到香港後，立即向殖民政府申請撥地，同時呈上一份遷到香港的計劃書，希望在新殖民地大展拳腳之餘，亦望能在香港興建與馬禮遜教學團體規模相若的學校。[313]政府收到計劃書後，第一個反應卻是，建議英華書院與馬禮遜教育學校合併。當時香港政府在考慮整個合併計劃時，盤算着的是如何集合資源，利用教育團體的人力，達到培訓最多譯員的目的。[314]這對當時香港的情形而言，有一定的合理性，原因是香港開埠之年，總數的年青人及幼童人口不多，而且流動人口頗大，在這樣的情形下分散資源自然並非理想。而從以後幾年馬禮遜團體因多名信託委員會核心成員回國，無心經營下學員四散，影響了政府培養譯員的情形下來看，政府希望集中資源，並非不無道理。不過，這建議不嘗也反映出政府典型行政主導的思維，罔顧團體間的立場差異、特色及歷史，特別是首幾年馬禮遜教育協會規模強盛之際，無端要接納另一教學團體而沖淡自己的角色及管理宗旨，自是難以接受。不用多說，剛到香港的理雅各，固然希望一展抱負，他的使命是要恢復英華書院，自然也堅決反對。因此，當時香港署理布政司伍斯南就冷冷指出，在鴉片戰爭過程中，麻六甲或海峽殖民地無法派出任何人才擔當戰爭譯員，政府對此實在不滿，因此無法滿足倫敦傳道會及理雅各的要求，因而令英華書院遷港的計劃有所延誤，才給

313　C.O. 129/6/112–114, 6 June 1844.
314　*Ibid.*

予1,200元補助金以協助學校。從此可見，政府初年並不視教學為社會福利，特別是教會所辦的學校，更有討價還價之嫌，對於教學資源的投放亦充滿了功利計算。[315]理雅各及香港政府無法達成共識後，英華書院後來遷港後既失去1,200元的資助，亦無法得到各項地利優惠，在困於資金不足的情形下，發展曾一度萎縮。理雅各亦只能漸漸把學校轉型變成傳道院，[316]這對於他後來如何配合政府發展，以及參與世俗事務上，可以說有一定的啟示。

在馬禮遜教育團體成立的1836年，到馬禮遜教育遷到香港與政府展開這場金錢資助換取教學服務的同時，有別於倫敦傳道會或馬禮遜的另外一些新教人物，亦靜悄悄地實現了到中國傳教的願景。這裏所說的是本來以自由派自居，並不特別歸附於任何新教差會，至後來成為英國聖公會差會一員的士丹頓牧師(Rev. Vincent John Stanton, 1817–1891)。

士丹頓牧師在劍橋大學畢業後，雖無強大教會背後的支持，但憑着個人熱誠，從無間斷地計劃到中國傳教。在鴉片戰爭前夕的1840年6月，他不惜犯險，偷偷在廣州傳教，雖然當時已與居於廣州的其他傳教士衛三畏接洽，由於人生路不熟，早晨單獨到外散步時被捕，被兩廣總督扣留數月之久，[317]直至1841年才被釋回國。他回國後卻沒有放棄他的中國傳教之夢，更利用返國的機會，向英國熱心教徒籌募經費。他不單向個別教徒募捐，更寫信到倫敦傳道會要求捐獻。[318]由於倫敦傳道會把他的原信保留下來，讓我們得以一窺他周詳的教育藍圖。士丹頓在致倫敦傳道會的信中，指自己七年前因對中國傳教的熱誠而身陷囹圄，但

---

315 C.O. 129/2/251–266, 20 August 1843.

316 C.O. 129/6/112–114, 6 June 1844.

317 F.O. 17/62/175–176, 10 April 1842; Frederick Wells Williams, *The Life and Letters of Samuel Wells Williams: Missionary, Diplomatist, Sinologue* (New York and London: G. P. Putnam's Sons, 1888), p. 119.

318 London Missionary Society (LMS), Stanton to LMS p. 45, 17 March 1843.

這無損他到中國傳教的決心。為此，在當前的環境中，他不單極珍惜這次機會，更要破釜沉舟，去實現這夢想。他在信中清楚指出，他要籌辦的書院，是為了傳教之用，希望培育華人學生及中國幼童，讓他們有機會追尋主的真理，學校將以西人教學，並以西語教導為主要手段。他明言，要達到這樣的目的，學校必須同時作為印刷出版中心，把已譯成漢語經文的相關著作付梓出版，以助傳教。此外，一所完善的學校，不可或缺的還有圖書館，用作收藏神學及學術書籍，提供給學校師生閱覽，只要經費許可，亦予以開放給一般市民。他在信內指，這個計劃已得到一些英軍、英國殖民地官員及渣甸公司的支持，並已獲他們的捐獻。

　　1841年當香港政府還未完全成立，核心的管治人員還於澳門的時候，政府就致函英國外交部指，之前的殖民地牧師及軍事牧師(colonial chaplain and military chaplain)離任後一直從缺，因而考慮聘請已有中國經驗的士丹頓來港擔當此職。殖民地政府亦同意資助他回香港，而且更資助他學習中文的費用。[319]但好事多磨，戰爭情形未明朗，外交部回信給士丹頓指暫不是最佳任命的時候。[320]1843年戰後，香港殖民地成立，市民覺得牧靈生活不夠，再次反映到殖民政府，政府再致函外交部，[321]希望能聘得殖民地牧師到港。士丹頓於是在婚後的1843年6月帶同妻子出發，並在出發前向香港政府要求興建教堂及學校。[322]政府在1843年9月4日指，待士丹頓到港後立即考慮興建教堂及學校的申請。[323]當時殖民地大臣基本上已答應兩項申請，認為只要香港總督同意並執行即可。[324]可惜最後聖公會未能如願得到教育資助，卻取得政府頒

319　F.O. 17/46/364, 10 August 1841.
320　F.O. 17/62/193, 19 April 1842.
321　F.O. 17/64/97, 4 January 1843.
322　C.O. 129/4/363, 26 May 1843.
323　C.O. 129/2/314, 4 Sep 1843.
324　C.O. 129/5/88–100, 20 January 1844.

予6,000英鎊，作為建立香港第一座聖公會的教堂——聖約翰座堂——之用，後來兼從公共捐獻獲得8,736英鎊。[325]可以說，這對於過去一直勞心勞力的士丹頓來說，已有足夠的交代，而政府亦在各教會爭取資源、辦學的各種要求中，在資源極短缺之下，作了平衡各方利益的安排。可惜的是，教堂的發展一波三折，除了當初的選地問題外，士丹頓牧師因勞成疾，不支病倒，[326]工事自奠下第一塊基石後，不得不停頓下來，他也急於回國。不過，對於他一直念茲在茲要在香港建立學校的安排上，並不一定是壞事。他在回英時，又再繼續籌募經費，從眾多匿名「主愛內弟兄姊妹」籌得資金後，新校址獲得政府同意，自1845年開始在香港奠基，斷斷續續在1847年及1848年興建，當時並未名為聖保羅書院，士丹頓往往都叫它作English School 或 Free School。士丹頓除了把資金帶回香港興辦學校外，更從英國招募幾名有志到中國傳教的年輕傳道人，並提供他們旅費、置裝費及學習中文的學費，帶他們到香港，讓他們協助教學與傳道工作之餘，利用學校作為基地，供他們修身修道之所，希望他們累積了經驗後，能繼續到中國成立傳教站。其中一名隨同士丹頓到港的青年，就是日後成為英國國王學院第二任中文教授的佐麻須。

　　雖然上文指，殖民政府在平衡自己的利益及各辦學團體的要求的同時，已盡了最理想的安排，然而實情卻並非這樣的簡單。政府在撥款給馬禮遜學校後，不單英華書院深感不滿，其他教會的辦學團體同樣不滿。一直以來，同樣在政府內擔任譯員的郭實獵就認為，馬禮遜與士丹頓雖然對於政府有一定的功勞，然而自己對於英軍、英政府、香港殖民政府及英國外交部的中國事

325　George B. Endacott, *The Diocese of Victoria, Hong Kong: A Hundred Years of Church History 1849–1949*（Hong Kong: Kelly and Walsh, 1949）, p. 14。安德葛討論到士丹頓獲得資助的資料，雖無註出參考資料來源，但實是來自 *Missionary Register*, February 1844, p. 127。

326　C.O. 129/6/126–129, 7 June 1844.

務，同樣功不可沒，而且辛勞絕不在馬禮遜與士丹頓之下。對於在澳門已籌辦起來的教育團體福漢會 (The Chinese Union)，政府從無表示任何支持，自己歷年來只能在英商中獲得資金，政府的冷待讓他極為難受。因此，他於1845年寫信給政府，並提交了詳細的計劃書，希望趁着馬禮遜教育團體在政府內影響力日衰、英華書院被邊緣化的期間，自己能獲得一定的資助。他向政府進言指，政府願意資助的三所教會學校，教學方針都是教導華人少年英語，然而他自己的學校，事實上卻能因應政府的需要，填補政府譯員不足的情形。他明言，只要政府能把資助金額1,200元撥到在他名下的教學團體，他保障這些兒童及青年在政府架構學習後，[327]考試成績合格，中英語能力俱能應付翻譯要求，政府應聘請他們擔當政府各港口領事館或商務監督署內的文員 (clerkship)，以及安排他們輪流出任不同的工作崗位。這樣，政府就能在省錢原則下達到最大的成本效益，只要制度運行不逆，便能保持生員充足。郭實獵並指，受學青年年齡層最理想為十三至十八歲，而且展現出一定的語言天份，只要他們稍稍接受短期課程訓練，他已能明顯看到學員的能力。他更說他自願擔當教學工作，專門教導文法，一週一至兩次，他只需要政府提供額外的補助，另聘請說官話的中國人兼任中文口語導師即可。郭實獵更指，他已累積了教導歐洲青年中文知識的經驗，雖然他沒有指出這些歐洲青年是誰，但從當時香港的情形可見，其中一位很可能就是日後影響中英關係至深的威妥瑪。郭實獵自視為這個計劃的最佳導師，亦希望政府能重新考慮他的全盤計劃。

　　雖然郭實獵好像是看準了政府與各教會之間協調不順的時機乘虛而入，但他卻常被描述成一位居心叵測的機會主義者，會因利益及立場而與其他教會產生緊張的關係。[328]他提交的計劃書

327　F.O. 17/109/88, 20 January 1846.

328　蘇精：〈郭實獵和其他傳教士的緊張關係〉，載蘇精：《上帝的人馬：十九

雛型，隱隱反映在日後殖民政府及外交部的譯員課程之內。因此無論他動機如何，計劃本身的確有值得參考之處。郭實獵萌生加入爭奪資源之戰，無論是出於自私的因素，還是想實現自己的抱負，在當時實有一因勢利導的原因。鴉片戰爭後，本來擔任上校的威妥瑪決定棄戈從文，留在香港，並矢志成為譯員。他本身雖有一股學習中文的熱誠，然而當時香港並不提供理想的學習環境。他到處請教漢學家不得要領之餘，香港亦無相對穩健的課程，供他循序漸進學習。時任港督的德庇時，非常看重這位年輕人，不單給予威妥瑪額外100英鎊聘請老師任教中文，更寫信到士丹頓經營的書院，為威妥瑪打聽是否能讓他加入這已具雛型的學校。可惜的是，士丹頓並不同意。1846年，士丹頓寫信給德庇時，指自己學校的方針內，並不包括教導外國人學習中文。士丹頓明言，一所細小學校的教學方針不明確，只會浪費學生時間，最終徒勞無功。士丹頓並指出，學習中文跟學習英文的方式相異，而且中英文的教學方法也不相同，兩者根本無法並駕同行。

就這一點上，士丹頓作了詳細的申辯，解釋自己的立場。他不無同情政府的立場地說，他固然也希望教導出來的年輕人，能盡快成為政府的譯員。然而，政府需要明白，漢語並不是拼音文字，極難掌握，學習中文的方法與學習西文並不一樣。中國莘莘學子學習英文，他們從老師發音中記得聲音與字母的關係，然後再由老師講解意思，日積月累就有一定的詞藻。英國學生在學習中文的過程卻不一樣，他們剛開始的時候，一定要有英文教材予以輔助，在老師悉心指導下至少兩年，並在字典的協助下，才能有初步的水準。外國人學習中文要靠死記，學習速度緩慢，兩年後中國學生與西方學生的進度會相差很遠，因此把他們置於同一班之內，根本不可行。士丹頓亦指，中英青年人的出路不一，

<hr>

世紀在華傳教士的作為》（香港：基督教中國宗教文化研究社，2006），頁33–71。

　　　　　　　　譯者與學者：香港與大英帝國中文知識建構

若把他們置於同一環境學習，互相影響，這規劃並不理想。現階段只有威妥瑪一位年輕人是這樣的熱衷於學習中文，若學校為他改變方針，日後往哪裏繼續找這類年青人入學？由於學校提供住宿及生活上一應俱全的學習條件，所以英國政府以後就要從英國找有志學習中文的年輕人到來嗎？即使有這樣的生員，學校提供給每位學員的經費，大概每年所需200元，才足以應付各項住院寄宿的措施。

士丹頓指，他有多一層的疑慮，就是如果政府隨便在英國招攬年青人到華入學，而沒有任何審查機制，很可能會在社會上招徠低三下四的青年人。這些沒有任何嚴謹道德操守或宗教背景的年輕人到東方社會後，處於道德更敗壞的環境，很可能就會變成流氓，甚至成為社會上的滋事分子。這樣不單破壞學校的名聲，甚至可能把學校的根基破壞殆盡，後果無法估計及無可挽救。相反來說，若學校只專門教導中國學生，情形就不一樣。原因是中國沿海居民生活困頓，學校為學生提供這樣優質的學習條件，變相是保障他們學習期間的溫飽，更提供了將來社會向上流動的可能性。他們的家人也指望這些小孩將來出人頭地，通過這學習機會而得到更多的生活保障。而且為了不致被逐失學，學生也會努力用功，因此可以推想在學習期間，這些中國青年不會變質和墮落，而他們在學校養成良好的品格後，出來工作就更能抵抗社會的誘惑。固然，我們從麻六甲書院的辦學經驗去評估，士丹頓只是過於理想，中國學生在學期間所面對家庭的經濟壓力及社會誘惑，雖然與西方學生在港所面對的不同，然而很難說中國學生就能堅持完成課程，西方學生則一定不能。

在作了詳細的陳述後，士丹頓請政府特別慎重考慮，在英國招收學生或年輕人時，由於地理阻隔，應考慮申請人的品格及能力，亦應設定門檻以限選學生對象。他們應在完成了基本文科全面教育，學得青年階段須有的控制欲望的心智，再加上有一定的熱誠及能力，並在香港或港口接受本地老師的訓練後，才能切合皇家政府的需要。這些人同時可以在政府內擔當適量的文職，如文員的工作，或是派到將來任職的單位內實習。士丹頓認為，這樣的工作環境加上學習條件，首四至六年，每天有六小時鍛鍊本地語會話，很快就會成才。無論學生將來是否會被派到其他工作地點，政府亦應給予學員每月八至十元的生活津貼。畢業後，無論這些學生會到中國哪個省份，他們在當地生活一定的時間後，再學官話也絕對難不倒他們。特別是英方現階段，根本無法知道會以中國哪一個地方作長期據點，因此，士丹頓認為唯一可以斷言的，就是先學習上海話，因為上海首先開埠，有條件上的優勢，加上本身人口較多，學會這種語言後，要跟本地人溝通及交流，就變得相對方便及自由。

士丹頓的分析及進言，從後來歷史發展出來的結果來看，英國外交部及殖民地部在七所頂尖大學提拔學生的譯員計劃上，確是吸納了士丹頓及郭實獵這些前線教學工作者的意見。他們是教導中國人英語或小撮歐洲人漢語的傳教士，不畏政權，勇於發表自己的教學心得，共同建構出一個教育願景。從後來的發展還可看見，外交部或殖民地部將來譯員課程的最終決策者，只不過是一位集思廣益並把計劃實行的推手。這名人物擁有的是魄力、視野，以及各種實質金錢資助及人脈關係，深切明白這些處於香港及亞洲前沿的語言老師的意見，並且採取他們的實際經驗，推動了雙語教育及漢學的發展。[329]

為瞭解學校的行政架構，政府在這期間多次向士丹頓索取學校的資訊。[330]1847年3月9日，士丹頓向香港總督寫了極詳細的報告，回覆政府的查詢。內容雖然屬於報告性質，平鋪直敘，但處處維護學校的獨立性，以及反駁政府之前試探式查詢要加入西

---

329 F.O. 17/109/88, 20 January 1846.
330 C.O. 129/19/251–253, 9 March 1847.

譯者與學者：香港與大英帝國中文知識建構

歐學生入校的可能性。雖然政府發給士丹頓的原信已不可尋，然而他的回應實足以讓我們一窺草創期，聖保羅書院的各樣情形及雙方的爭議。

聖保羅書院當時的學生大概有40人，並預算幾年之後學額將會加到60或80人。這些學生首要接受的教育是宗教，包括聖經教義及教會提倡的相關基督教知識(the books of the society for promoting Christian knowledge)。雖然有些學生的家庭背景是來自羅馬天主教或異教徒，但他們的父母沒有對課程提出任何異議。士丹頓指教導宗教內容時沒有遇上什麼困難，如中西衝突之類。除此之外，學生也會學習基本的閱讀和寫作技能，當然也有數學知識，以及歷史地理和文法。這些課程由英語老師們教導，士丹頓親身督促，有時甚至他的太太也會參與教學工作。

士丹頓指學生年紀最小為四歲，最大的是十六歲；家長大部分服務於殖民地政府及紀律部隊如員警。士丹頓更指，學校教學是義教性質的，對於貧苦大眾，每月十先令或六便士的月費，實在無法負擔。士丹頓更明言，若要改變學校架構，收取學費，這樣的收益卻不能彌補失去一個學生之損失，可見政府希望他的學校作適當的調整，以配合政府的建議。他續說，自己在成立學校之初，已經明白經費緊絀。士丹頓對中國教育的真誠、執著，以及他的教學熱忱和無私精神，由此可見一斑。[331]士丹頓重申，宗教團體及殖民地政府的皇家譯員，兩者的教學理念並不一樣，方針也不同，若中英學生混雜一起上課，程度不同的學生同置一校一班一級，效果不彰，兩類學生都學不到所需；如果政府堅持己見，只會兩敗俱傷，訓練不到大家需要的人才。[332]

當士丹頓以一己之力在香港策劃教育的時候，英國聖公會其他具有遠見之士，亦漸漸看到中國開門的機遇已到來，加上他

331　*Ibid.*

332　*Ibid.*

們看到馬禮遜等先驅在華的工作實效，便逐漸認清重整對華傳教政策的重要性。因此，為了不致太落後於人，在英國的史美牧師便發出了一封信給香港政府，[333]信中內容與士丹頓一直所宣導的內容呼應，不光是為了維護聖公會海外發展的立場，更要香港政府廣開教育門路，配合大英帝國在遠東發展的長遠利益及方向。史美的視野可以說是更全面更宏大，這恐怕與他個人的實力及識見有關。他於1837年獲牛津大學學士學位後，在傳教的同時亦漸獲得碩士及博士學位，後加入英國聖公會的海外差會(Church Missionary Society)，1844年他經香港順到中國各通商口岸，及後確定浙江寧波成為差會在中國的傳教中心。1849年他被委任為新成立的維多利亞教區主教(Bishop of Diocese of Victoria)，負責中國和日本的傳教事業。其實早於1846年倫敦大學國王學院建立漢學課程時，斯當東就邀請史美擔當國王學院首任中文教授，史美當時不單謙稱自己實力不逮，更指自己非得專心處理他着緊的事務而婉拒了斯當東的好意。可以說，史美很早就清楚英國漢學的發展及譯員不足的問題。史美在1850年3月29日抵達香港，致力於傳教及教育工作，並擔任聖保羅書院之首任校監。他在香港期間，亦有到亞洲其他國家地區傳教。

　　史美在1847年呈給香港政府的信中，大力批評政府的短視。他指，假設英國殖民帝國要擴展，就要肩負起對世界傳播文明及自由的最高責任，而且需要把基督教放在計劃之內。政府首要做的，就是要對在港的來華傳教士採取更寬容的態度，讓他們在傳道時能傳播更多有用的學科。[334]此外，政府應考慮為華人辦更多教育設施，培養他們的學術、道德、宗教等興趣。從實際的環境

333　George Smith 姓名沒有固定譯名，他的生平可參考香港檔案局(HKPRO)施其樂檔案HKMS94之外，亦可看Emily Headland, *The Right Rev. George Smith, D.D.: Bishop of Victoria, Hong Kong, C.M.S. Missionary from 1844–1849*(London: James Nisbet & Co., 189–?).

334　C.O. 129/22/269–272, 16 January 1847.

　　　　　　　　譯者與學者：香港與大英帝國中文知識建構

而言，任何地方都會有更早到達的教會辦學團體，他們也一定先獲得政府的合法資助，所以這方案只會招致反對聲音及很多不便。史美認為，教會團體中的先行者可以起帶領作用，鼓勵傳教事業及教化本地老師加入教會，以串連其他教會及本地社群，而不用像今天般，各團體在政府的播弄下，互相競爭，討好政府。我們看到，史美雖然認同殖民主義的某些性質，亦明白基督教承擔了殖民主義某些教化本地「白人」的責任，然而他卻不認為在這前提下，帝國主義需要犧牲宗教，宗教亦不是只為服從帝國主義而來。

　　史美認為，政府必須平衡當地華人與西人之間的教育資源，因為西人可以成為本土譯員、書記及附屬人員。對西人而言，中國語是困難的，而政府亦經常出現口譯員不足的問題，可以預見供不應求的情形，在短期內不可能緩和。在這前提下，政府若依現行的目標前進，將只會與辦學團體的教育方針繼續衝撞，引起互相的不滿。為着香港華人的利益，史美建議政府應建立一個高效的教育機構，向年輕人灌輸歐洲傳統中基督宗教的教義，讓他們看到宗教的力量及熱誠，並漸漸培養他們在文學和科學上的能力。通過這樣的措施，不久將來，這些學子不僅行道踐義，實現基督教教義，教化同群。同時，在這更廣大的基礎內，政府可得到基督教學校培養出來的成果，也就是學員。這些學員具備了正義感及明白是非之心，判定世俗價值觀的能力也得到保證，畢業後能擔任殖民地行政人員或官員。最後，他的信包括了一些對民生、市民安全及殖民政策的建議，因為這些都會影響在香港辦學的大環境，但整篇基本上是就教育發出的意見。

　　1849年2月，史美被正式任命為維多利亞教區主教，他在信中詳細附上聖保羅學校辦學文件，指出現時坎特伯雷主教（The archbishop of Canterbury）通過成立的聖保羅書院，[335]是建基於1845年士丹頓在香港開創的自由學校（free school），由當時總督德庇時

335　F.O. 17/169/65, 14 August 1850.

向外交部長亞伯丁爵士申請，並獲得通過。史美指，現命名為聖保羅書院的學校，是在之前的規模下擴充而成，並矢志成為更完善的書院。同信附有學校的章程，並於1849年正式寄到外交部。

1849年3月11日聖保羅書院正式成立之際，馬禮遜學校在香港卻有着非常不同的命運，經營了不足十年而最終要結束。結束之前，政府多次致函馬禮遜教學團體瞭解情形，但團體並無給予確實的答覆，特別是政府撥下的經費，即使經政府一再督促，亦只能支吾以對。政府有感信託委員會已名存實亡，信託人亦有心無力，因此下令學校除非在十二個月之內重張旗鼓，繼續收生經營，否則取消經費。史美亦向政府指，馬禮遜教學團體已經有一段時間沉寂下來，因此政府應該考慮是否應把對團體的資助，轉到更完善的書院或學校。聖保羅書院與馬禮遜學校的關係，其實在這期間是相對地緊密的，因此，史美的觀察是從客觀的角度出發。過去幾年，士丹頓都積極參與馬禮遜學校的行政管理工作，在第八及九期的馬禮遜教育學校報告中，都可看到士丹頓參與經常會議。[336]而後來當馬禮遜學校結業後，聖保羅學校接收了馬禮遜學校的學生，讓學生得以繼續好好學習，這亦可見書院承擔了一定的道德、教學責任。[337]政府在考慮把款項捐給聖保羅書院的同時，出於行政上的需要，亦要求史美撰寫一份計劃書，介紹學校的管理情形及將來計劃。

由於政府的資助帶有額外條款，因而對聖保羅書院的發展，可以說是雙刃刀。史美瞭解到馬禮遜學校經營不周的情形，亦看到政府有意把資金轉移之意，但他是經過長時間考慮才正式提交報告，申請資助。報告內重申，即使政府資助書院，但他不願意順從政府的要求，接納政府每年提名六位歐洲年輕人入校就

336　Morrison Education Society, *The Eighth Morrison Education Society Annual Report, 1846, p. 9; The Ninth Morrison Education Society Annual Report, 1847*(Hong Kong: Office of the China Mail, 1846 & 1847), p. 4.

337　Church Missionary Society(CMS), CCH/063/3A, 8 June 1850.

　　　　　　　譯者與學者：香港與大英帝國中文知識建構

讀，並享有校內華人學生同等待遇的安排。理由已在士丹頓及史
美之前給政府的信中説明得很清楚。

信中指現時學校大概有三十名學生，包括中國人及英國
人，另有三名導師，兩人是畢業生，他們的開支是由史美所支
付。校內導師的開支外，其他項目都是由社會募捐而來。言下之
意，現階段書院享有高度的獨立性。由於維修大廈的開支龐大，
一般維修費用1,000元一年，若政府能提供資助，他希望政府能考
慮提高資助上限，讓書院能真正充分發揮所長，成為中英兩個帝
國交換文化的基地，並讓基督教的思想得以在中國土地上萌芽。
自1849年起，政府把之前一直給予馬禮遜教學團體的每年1,200元
資助正式撥予聖保羅書院。[338]

學校在這幾年間亦出現了較多的變化。士丹頓由於經年抱
恙，不得不於1851年向政府辭任殖民地牧師一職，[339]於1852年離
開了服務了九年的香港，正式回國。[340]隨同士丹頓一同到港的導
師佐麻須，亦離開了書院到上海傳教。史美於1851年正式擔任
校監一職後，於1852年向坎特伯雷主教撰寫了極度詳細的報告A
Letter to the Archbishop of Canterbury containing the Annual Report of
St. Paul's College and Mission at Hong Kong，報告香港聖保羅書院
的情形。這幾年間，學校發展比較自由和穩定，並充分發揮它
的角色。報告內指，於1852年學生人數有三十人，大概從十二到
十八歲，除了本地學子之外，還有印度、錫蘭、甚至日本。[341]他
重整了學校的規模，利用政府資助，重新規劃了校內的師資，聘
得幾位新牧師分擔學校行政、教學及殖民地牧靈的工作。他們

---

338 F.O. 17/169/65, 14 August 1850.

339 C.O. 129/38/305/206, 15 August 1851; C.O. 129/41/264–266, 12 January 1852;
C.O. 129/38/305–306, 5 August 1851.

340 C.O. 129/41/264–266, 12 January 1852.

341 George Smith, *A Letter to the Archbishop of Canterbury: Containing the Annual
Report of St. Paul's College and Mission at Hong Kong*（Hong Kong: Printed at
the Hong Kong Register Office, 1852）.

包括E. T. R. Moncrieff(1824–1857)，M. C. Odell, M. C. Holderness, A. Horsburg。學校課程方面，首要的固然是宗教與信仰、宗教史及聖經要義等。而在世俗的內容，則包括地理、天文、人類通史、數學等。特別在英文能力方面，學校注重書寫、閱讀；當然也因應宗教及聖經翻譯，部分學生還跟導師學習希臘文，至於算術方面，中西算式不同，學生必須從最簡單的阿拉伯數字寫起，然後學習代數，甚至一些簡單幾何知識，並以歐幾里德(Euclid)作為數學入門。從此可見，課程內容豐富，學生比例雖然較多，但是從報告的內容看起來，學校各導師對於教學環境及教育華人，有非常大的熱誠及成就感。

首先，政府希望學院能推薦一兩個能力良好的學生到港口擔當譯員，主教認為他無法推薦任何人。包令對主教明言，希望能對現有譯員作出定期的測檢，亦要求身為總督的他，可以每年提名六位歐洲青年到學校接受訓練，成為校內的中國學者(Chinese scholars)，並從中挑出最能勝任者。這些是1,200元資助費的附帶條款，萬一學員提前離開，書院需要於六個月前知會政府相關改動。而且，學校亦需每年提交報告，報告學生進度及學校相關培訓工作，好讓作為商務總監的他能詳細提交報告到外交部，並說明公款的用途。史美反對這建議，他認為這是干涉校政，並會於校內成立殖民政權，所以他並不同意。政府學者與公務員關係千絲萬縷，因此並不希望改變現在學校的方針。包令進一步建議，也許只挑選一兩科作這樣的考試之用，或選一兩個學生報告他的成績，以達殖民地政府的要求，然而學校並不讓步。無計可施下，政府亦無辦法一意孤行，也不能隨便撤回已資助的金額，特別是資助是在包令履新前就已由上屆總督發放。而且，書院營運良好，政府不能隨便撤資。於是包令建議派員視學，詳細瞭解學校的發展，再作安排。包令於是安排了漢文正使麥都思及他的左右手——殖民地政府正巡理使禧利(C. B. Hillier,

1820–1856)擔任視學官。[342]史美對於政府變相監察學校的安排，絕不隨便讓步，他雖然容許政府官員視學，但同時請校內的導師 Rev. M. C. Odell 等提交報告，而他本人對政府官員提交的報告內有不認同之處，亦逐一反駁。[343]

　　史美指聖保羅書院的現行經費，是建基在學校的財政之上，政府資助的金額屬於附加性質，在學校整體行政方面所佔的百分比並不算高，不能説是主導。孰主孰從，政府亦應該理解。亦即是説，政府即使資助學校，亦不應要求學校臣屬於政府的發展方向。史美能鏗鏘有力地指出政府的經費並不是學校的主要資源，原因很簡單，他主教的位置讓他看到整個資金的來龍去脈，而且他有責任捍衛學校，在需要的時候不怕與政府據理力爭。學校的資源，除了來自士丹頓早年在英國籌款得來外，基督教知識促進會(The Society for Promoting Christian Knowledge)亦提供了不少的資助。促進會於1849年的會議紀錄指，[344]在1849年6月5日的常務大會，殖民地主教基金司庫柯立茲(John Coleridge; 1st Baron Coleridge, 1820–1894)及哈爾(William Hale; Archdeacon Hale, 1795–1870)已於1848年12月30日決議，隨着香港政府同意在維多利亞城(即香港島)建立教區後，教會立即通過教區興建教學機構的申請，而書院建成後主教自動成為該校校監。由於書院在之前的籌款中，已獲得主愛內兩名匿名的弟兄姊妹獲得2,000元捐款，書院希望委員會可以捐獻大概1,000元。委員會秘書指，這動議在1846年已投票通過，而且撥款2,000元，成為教區成立基本捐獻金，資金亦已發放。不單如此，秘書會更知會委員會成員，於1849年10

342　歷年的視學報告可參考Gillian Bickley, *The Development of Education in Hong Kong 1841–1897: As Revealed by the Early Education Reports of the Hong Kong Government 1848–1896*(Hong Kong: Proverse Hong Kong, 2002).

343　F.O. 17/216/112–121, 18 April 1854.

344　The Society for Promoting Christian Knowledge Archive(SPCK). MS A1/44, 5 June 1849; 2 October 1849.

月2日，將會有另外的1,000英鎊再撥給書院。委員會指，這將由坎特伯雷大主教親予維多利亞主教。維多利亞主教再於1849年向委員會要求另撥一款項用作翻譯基金，因為這會有助身為主教的他，推動印刷中文翻譯，特別是聖經及傳教印刷品，而他已計劃與年資較深的傳教士麥麗芝牧師 (Thomas McClatchie, 1813–1885) 及文惠廉牧師 (Rev William Jones Boone, 1811–1864，後成為上海教區主教) 合作，以推動更多傳道事業。史美主教在會議中重申他的傳教計劃，目的在於為中國人帶來基督的福音，而在香港傳教站上的特殊目的，就是要利用印刷及出版，達到向中國人傳教的目的。總體而言，教會在第一次的申請中，獲得1,000英鎊奠基費用、300英鎊翻譯經費，以及另外的1,000元作其他傳教目的之用。聖保羅書院於1849年落成後，更於12月4日寄上學校章程給予基督教知識促進會，感謝它的熱心推動。而事實上，促進會這次給予的資助並非首次，1843年士丹頓回英之際，他亦以私人名義向促進會籌得三十多英鎊。從此可見，書院的大部分資金來自民間及基督教本身。

包令雖然沒有咄咄逼人，而密函一再指他只是在傳遞帝國意志，特別是這個燙手山芋，上任幾位總督都無法解決，但他亦無法不實行現有條文所規定的各種要求。他對主教指，如果不能交出適當人選，學校將要承擔經費斷絕的後果。主教亦立場堅定地回函指，如果政府堅持己意，他已有心理準備政府停止撥款。史美指學校過去的常務經費通常是1,000元，加上老師船費及置裝費用等。剩下來的費用，都是作教育之用。這點，他希望政府在有任何確實新措施前必須明白。史美指自己是三年前被任命為當然校監，他指包令只是從殖民地政府的利益出發，然而教育並不是臣服於從上而下的命令。他並重申，學校開始運作之時，已向政府明確點出學校的教育性質及方向，如果資助不夠，在迫不得已的情形下只能減少學生，以及修訂教學內容。而在金錢方面，

　　　　　　譯者與學者：香港與大英帝國中文知識建構

他個人願意作承擔，即是說如果要罰款，就由他來負責。[345]

　　史美再次說明一些實際的情形，即使這些都不是新鮮的事情，然而他需要再說出來，讓政府明白當中的難處。培養年青人需要時間，根本不能一蹴而就。其次，像任何大英帝國的新殖民地一樣，開埠之後，首批本地兒童年青人學到點滴英文讀寫技能後，就被聘到英商財團成為跑腿、僕人或低等通事（linguists），而忘記了他們入校的初衷是要接受教育、獲得更高智力、有遠大的人生目標及工作前程，這些變動因素已對學校的學生結構產生極大的影響。此外，移民亦是另一個困境，殖民地香港往往只是被視為前去更廣大世界的踏腳石。學校開課幾年，已有些學生半途離去，有的應掘金潮去了三藩市，而學校課程亦因這些離校學生而變得不完整。另一方面，香港政府並不是唯一覬覦他們學員成為政府譯員的機構，前幾天離校的學生就是被西印度群島殖民政府聘請為譯員。同時，又有上海美國學校的生員因事轉到香港，說要加入學校。史美以各種當前世俗的事實回應包令，目的是要他看到政府管治下的民間狀況。史美繼續指，一位能說一兩句英文的中國僕人的薪水，就高於漢語老師，如何挽留好的漢語老師，對學校而言是極為艱鉅的，諸如此類的事情一直困擾着學校。試問學校如何可以有規劃地把本地年青人培養成有為的人才？更不要說把他們培養到港口英籍譯員的同等程度。亦即是說，史美認為，如果學校不能培養出能與港口英籍譯員擁有相同能力的學員，那麼中國譯員將永遠都是英國人的副手，甚或只能成為二流譯員。這不啻違背學校最初訂立的教學宗旨，也與教會教學立場相異。亦即是這個原因，他希望政府能明白書院不能滿足政府的要求，亦不打算隨便妥協。[346]

　　史美然後又在老師及學生的比例上再作說明。他指，學校

345　F.O. 17/216/112–121, 18 April 1854.
346　F.O. 17/216/112–121, 18 April 1854.

過去四年間從23人增至42人。過去幾年殖民地主牧的調動更新，也令學校的工作進展緩慢。聖保羅書院的導師一邊教學，一邊應付繁忙的主牧工作，而且校內的同仁擔當的既是殖民地的主牧，更是軍士主牧，他本人亦常常需要北上兼及面積極廣的教區工作。校內的牧師及導師工作極為沉重，他們常常都要在香港島各地方、香港周邊地區及其他港口，提供各種宗教服務。此外，正如上文也稍為提到，聖保羅書院也需要接收其他在香港結業的宗教團體的學生，讓學生不致因教學團體結業後而成為犧牲品，這些衝擊並不是學校在人手及資源缺乏下能應付的。校內外的各種行政及教學要務，現只由幾位導師、舍堂校監負責，人手極度緊絀。主教明言，這些都是香港政府及外交部需要考慮的，而不是用錢去權衡成績，更不要視教育的目的只是要為政府提供中文譯員。[347]

在課程方面，教會學校首要的目的是提供宗教培訓，但基礎教育仍然是全科的，包括語言、文學、科學、宗教、聖經教義以及宗教史，當然包括中國語言文字。但是，若要遷就政府譯員培訓計劃，那麼重點將會側重於語言，特別是中國語及古文。這一點，恐怕是包令念茲在茲需要解決的事，他在之前寫給史美的信中就明言：

> 我向主教要求的事項中，詳細指出需要官方行文及古文能力的重要性，這是通用的語言，以及中國官方需要的溝通工具，無論是口語還是書面語。我們一直很難找到古文老師，我們可以從內地輸入香港。
>
> 第二就是口語或本地方言，用作跟本地市民溝通之用，因為本地諺語之間根本不相往來，各港口之間的人員不能溝通，香港亦然。要有效處理這問題，固然是提供能說不同地方語

347　*Ibid.*

的譯員，或是在地方訓練不同的譯員。我跟外相您提過的這間傳教士學校，一般稱它為聖保羅中學，對我們的要求，並不能展示出更大的熱誠及興趣。[348]

　　但是，任何人也明白漢語官話只用作應付官場上的官樣文章，在日常交往中則是以白話或本地語居多。但各本地語又有不同，派到上海的即要上海方言，留在香港的則要廣府話。那麼，在有限的資源下，學校又如何能遷就及安排？政府是否沒有周詳的計劃？政府只提供資金，然而當中的細項如何，是否反映了政府的心思不慮、計劃不周呢？而如果一定要培訓譯員，那麼，教會加強本地學子的英語訓練，不就先應對了譯員不足的難題嗎？史美並不認為英語是唯一的教育手段，他更在意的是學生需要有全面的知識，培養更正確的人生觀及人格。

　　因此，史美指既然在中國的所有港口，都出現英語課程極度缺乏的情形，這現象不獨出現在廣東一帶。因此，政府應拉開視野，如果培訓英語人才是這樣的急切，政府更應作長遠計劃及權衡各種利益，簡言之，要避免女皇政府出現極尷尬的情形，政府及外交部不應只單單執著書院作為教學工廠，而應有一通盤立案去處理問題。在此，他再一次提出要長遠有效的措施，可以考慮建立獎學金及更多的資助。這樣可以避免有志青年及有才華的青年，因為家貧而迫上輟學之途。他還指，這是馬禮遜很早就具有遠見的構思。其次的就是增加學校教育工作者(校長及教員)的工資，讓說得一口流利英語的中國人有出路，填補這個空缺。在他們的語文能力增強之後，按年增加薪水，挽留人才。史美更非常謹慎地說，有足夠的金錢任用教學人員後，並不一定能立即紓解當前的困難，但一定有助改善長遠問題。而且他與學院非常明白政府的難處及急切的需要，他會用盡方法推動這個殖民地的發

348　F.O. 17/191/120–122, 16 July 1852.

展，也會幫忙改善譯員的質素，並會盡力從教務中抽身出來，協助提高譯員效率。

　　總結而言，政府與各中英學校(Anglo Chinese School)一直爭議不下的是：教導學生對象、教學的方向，以及學校是否應只側重教導中國人英語，還是英國人或歐洲人漢語。固然，本來最理想的環境就是要有雙語人才，而不需要考慮學生的種族，然而在殖民政權下，華人是否能具有良好的品格去擔當翻譯工作，是英國殖民者深深疑慮的事情。另一方面，具有教會背景的教學團體也希望教會植根於本地，從而作出更在地(localization)的傳教路線，因而培養本地人具有良好的英語以深入義理，並準備他們將來的傳教工作，不同的教學路線亦是爭議的來源。此外，學生的來源及年紀，亦成為了衝突的導火線。政府的提名管道狹窄，若教會讓政府干預收生，學生的質素及學校的結構，亦會變得複雜起來；因為這樣，殖民政權與教會學校的衝突，完全在政府撥款一事上揭示出來。政府急於用行政手段，希望把教學資源單一化地投放在譯員培訓之上，教會認為這是本末倒置的方向，翻譯只是認識更具有道德感及優越的西方文化的必要手段，而不是目的本身。

　　包令與史美主教作了一次深度的談話，他首先對史美表示政府的立場。他指，他的上司外交大臣克萊頓伯爵及香港政府，都極度希望能培植多些譯者，這是人所共知的事情，因而渴望能利用聖保羅書院現有的規模及設備，讓英國子民及歐洲籍人士在書院內，接受完善的中國語言訓練。他希望史美能衷心合作並作中肯的判斷，瞭解教會學校及傳教事業，如何能有助香港政府推進這目標，應付這在中英外交上不斷重複出現的難題。教會拒絕政府的方案，也只不過是迫不得已的決定。但當教會拒絕政府的資助時，[349]包令的計劃便無奈落空了。本來，得不到教會的支

<hr />

349　F.O. 17/216/100–106, 23 September 1854; F.O. 17/216/108–111, 15 April 1854.

持，包令可說是無計可施，不過，由於當時英國外相是由克萊頓伯爵擔任，計劃並沒有馬上胎死腹中。

克萊頓伯爵收到包令的報告後，決定對原來建議作出修正。他把課程一分為二，而選定的學員必須先在英國學習基本漢語，然後才派到香港及中國內陸，接受在地培訓，鞏固知識。克萊頓如何選定在英國培訓學員的場所，暫時無從得知。但我們在倫敦國王學院校史檔案及校曆看到，學院於1854年宣稱榮幸地收到克萊頓伯爵的指令，要求學院負責培訓中國學生譯員，為香港商務監督辦事處提供外交翻譯人才。[350]由此可以確定，克萊頓伯爵選定了倫敦國王學院為本土培訓的基地；而且根據學生譯員收生的背景來看，當時只有倫敦國王學院學生才能參加課程，而不是一般研究所指的學生來自全英國多所頂尖大學。[351]

這次的爭議雖然歷時極短，而且只出現在香港殖民政府的初生期，但對於香港長遠的教育發展史、大英帝國如何策劃培訓譯員，以及英國漢學的興起等，都有深刻的意義。在這以後，香港出現了官校的制度，政府亦同時增加了資助獎學金，不單只用作資助學校，更直接資助學生，寄望成績優良的學生能完成學業，以增加將來社會流動的可能。隨着清末中國急需現代化的要求，香港的教育亦發揮了培訓雙語人才以接軌世界的功能。伍廷芳入讀聖保羅書院、孫中山入讀香港官校中央書院(Central School)等的歷史事實，就說明了西式全人教育的重要意義。另一方面，香港政府與大英帝國密鑼緊鼓地發展殖民地部及外交部譯員計劃，以此解決譯員之荒，亦變相造就了中西接軌的機遇。這些英國籍的譯員，除了擔當口譯和筆譯的工作外，還承擔着向世界介紹帝國末年中國景象的責任，而且讓西學東漸的現代化過程，得以在東學西漸的往還中完成。

350 *The Calendar of King's College London for 1854–1855*(London: John W. Parker, West Strand, 1854), pp. 35–44.

351 Foreign Office, *Foreign Office*, pp. 6–7.

3.6 翻譯醜聞：十九世紀中葉雙面譯員高和爾

「翻譯醜聞」（scandals of translation）是借自韋努蒂（Lawrence
Venuti）的同名著作*The Scandals of Translation: Towards an Ethics of
Difference.* [352]他認為翻譯研究即使在1980年代起成為一門新學科後
已得到長足的發展，然而我們固有文化習慣、文化價值，特別見
諸出版制度、著作權、暢銷書文化產業以及教導文學方法，都大
大邊緣化了翻譯的重要性及存在價值。這反映出我們根深蒂固對
於文化多元的避諱及恐懼。本章並不以出版史及文化操作去看翻
譯被邊緣化的問題，而借用這個題目，探討十九世紀英國由譯員
不足而發生一宗由香港發生而震驚英國國會的翻譯醜聞。

英國殖民者初到香港之際，即需要面對一個極大的難題，
就是如何去管治一個與他們自己的語言和文化均有重大差異的民
族。由於執政者皆為英國人，香港殖民政府成立後，英語是唯一
的官方語言，殖民者制定任何公眾政策，從行政、執政、立法，
到全面有效實施，[353]首要條件是要正確傳達政策的內容，讓市民
接收準確無誤的訊息，這就需要翻譯的幫忙。甚至是英國人基
本的生活要求，其實都極需要翻譯、通事或操生疏洋涇濱英語
（pidgin English）的本地人幫忙。可以想像在早年香港這個劃分種
族、階級、語言的殖民世界裏，[354]教育並未普及，識字率不高，
而那些溝通社會上下的「中間人」（go-between）的華人精英，要

---

352 Lawrence Venuti, *The Scandals of Translation: Towards an Ethics of Difference*
(New York: Routledge, 1999).

353 Larry N. Gerston, *Public Policy Making: Process and Principles*, 3rd ed.
(Armonk, NY: M.E. Sharp, 2010), pp. 6–7.

354 Henry Lethbridge, *Hong Kong: Stability and Change: A Collection of
Essays*(Hong Kong: Oxford University Press, 1978), especially, "Caste, Class
and Race in Hong Kong Before the Japanese Occupation," pp. 163–167; and
"Condition of the European Working Class in Nineteenth Century Hong Kong,"
pp. 189–213.

到十九世紀中後半葉才在香港社會出現，[355]早期政府及市民所面對的溝通難題，實在非常巨大。

　　鴉片戰爭後，英國駐華全權公使及英國駐華商務總監的人員成為了香港殖民政府的理想人選，第一任香港總督亦由鴉片戰爭主帥璞鼎查出任，政府的重要官員也由一些長期在廣州貿易的英商出任，除了出於籠絡收編之心外，還有實際的目的。因為英國奪取香港的最大動機，是出於經濟考慮而非土地佔領，所以招攬商人入政府，的確能配合政權作更全面發展的方針。另一方面，這個也是重要的安排，能留用甚至提拔戰時譯員到政府內工作。當時英國按照譯員的語言能力，分發他們到香港及五口開放通商的港口。由於考慮到香港對英國經濟、商貿、政治及外交的重要性，很多戰時的重要譯員，都順理成章地成為了香港政府的官員及譯員。當中，馬儒翰成為了香港政府首席翻譯、漢文正使及輔政司；郭實獵既屬香港政府的內部譯員，也替外交部工作；飛即及其他能說本地語的外籍譯員，隸屬馬儒翰部門之下；麥都思與羅伯聃被分派到廈門及寧波，成為港口領事。英國能保留大部分翻譯團隊繼續在華工作，可以說是大致穩定了新陣容的軍心。然而，戰後幾年，英國突然面對在華事務的暴脹，在沒有足夠準備的情形下，發生了很多措手不及的事情，而這些事情都與翻譯有關，令殖民地部及外交部要疲於奔命去處理翻譯引起的問題。

　　儘管大英帝國以武力奪得了香港的管治權及打開了中國之門，但它的行政及管治任務面臨着前所未有的艱難，而香港政府能否實施有效管治的其中一個關鍵就是翻譯。而這一點，卻是很多討論早期香港史及香港管治問題所沒有觸及的領域。[356]其實，

355　Carl T. Smith, *Chinese Christians: Élites, Middlemen, and the Church in Hong Kong*(Hong Kong: Oxford University Press, 1985).

356　曾銳生：《管治香港：政務官與良好管治的建立》（香港：香港大學出版社，2007）；John P. Burns, *Government Capacity and the Hong Kong Civil*

隱身的譯者：飛即　　　　　　　　　　　　　　　· 269 ·

早於1877年，既曾是資深的政府官員，又是研究香港史的專家歐德理就在*China Review*上，寫了一篇發人深省的文章〈中國研究及香港殖民地官方翻譯〉（"Chinese Studies and Official Interpretation in the Colony of Hong Kong"），回顧及檢討香港首三十年的發展及得失。歐德理一針見血地指出，當時只有三十年殖民史的香港，遇到各種各樣的管治問題，問題的核心在於語言及翻譯上，而非一般人以為個別總督的管治方針、視野及能力不足所致。他更認為，政府在行政、司法上的運作是否順暢及成功，全有賴於官方翻譯及殖民地的語言政策。所謂語言政策，包括兩方面：第一，統治者掌握本地語言；第二，本地市民的英語水準。

富有殖民經驗的大英帝國，在華事務（無論是外交層面還是殖民政權層面）遭到連番打擊，漸漸明白到，翻譯跟管治是牽動政權穩定的事情。不過，明白這顯淺的道理是一回事，能否因實際情形而找到理想的翻譯人員、雙語官員輔政，是另一碼子的事，特別是初生期的香港政府，面對的情形是英國沒有譯員、中國沒有譯員及亞洲沒有中英譯員可以聘請。我們都明白，培養雙語人才及優秀的譯員，不能一蹴而就，而是需要有長遠及穩健的雙語教育。可惜，英國在鴉片戰爭前一直無長遠的策劃，及至管治香港初年，也沒有任何有效方案，因而到了1850至1860年間，情形就更嚴峻。其中一個最大的影響，來自譯員自然流失，富有翻譯經驗的譯員漸漸退出歷史舞台，而新一批的年輕譯員還沒有培養出來。香港政府內部出現了譯員荒，令翻譯團隊呈真空的狀態。

從鴉片戰爭過渡到香港政府，最重要的幾位譯員，到了1845年左右，已無法再繼續參與在華的管治工作：馬儒翰於1843年猝逝後，郭實獵雖然接替了他的工作，一直進出香港及中國處理教會及眾多事務，獲高薪聘用，但他在香港政府內的工作並不固定，也沒有重要建樹，甚至政府的文官任用與政務編製表內，

Service（Hong Kong; Oxford University Press, 2004）。

　　　　　　　　譯者與學者：香港與大英帝國中文知識建構

更找不到他的資料。[357]羅伯聃早年常常進出香港，直至1846年猝逝後，也無法找人頂替他空出的位置。飛即雖然於1845年1月升任首任華人總登記官，卻於1846年休假，甚至於1847年留在英國出任倫敦大學國王學院的首任中文教授，沒有再返回香港。接替飛即的繼任人因格斯，由於略懂漢語，所以先擔任署理總登記官，1847年得悉飛即辭去香港政府的工作後，政府就派他出任總登記官。可惜他無心戀棧政府工作，因為當時美國出現了淘金熱，他於1849年正式向政府請辭，去舊金山（California）淘金。[358]對於西人而言，早期香港設備簡陋，基礎設施不足，生活條件惡劣，常常被看作是一個尋找機會及踏腳石的小島。另一位是威妥瑪，我們會在第四章詳細述及。他雖然於1843年7月27日加入香港政府工作，來港之年本為上尉身份，卻甘願拋棄軍人身份成為政府譯員。1843至1845年間，他志向未定。當時的港督利用了各種方法，延任威妥瑪，目的是給予他鍛鍊中文的機會，以及讓他能有一段時間，好好決定自己的前途。在政府的文件所示，他除了早年曾擔當法庭的譯者，後便一直隸屬殖民政府總部（headquarters），而且可以說是專心負責在外交及海軍上涉及華語的事情。到了1848年4月8日，他更被調到港督身旁，成為港督的副漢文正使（assistant Chinese secretary），並於1855年7月6日由包令委任為Superintendency of Trade 的漢文正使。[359]從當時的殖民政府文件及後來的歷史發展所示，威妥瑪漸漸成為英方最重要及最重用的翻譯人員，除了委派他成為港督的近身秘書外，英國高官來

---

357 由於在任用郭實獵時有在憲報上刊登及公佈消息，因此廣為人知。安德葛認為政府內部文件找不到他的編制，是與他從1841年起當大英帝國欽差大臣總管商務大臣義律的譯員有關，因總管商務大臣不屬於香港政府編制內，見Endacott, *A Biographical Sketch-Book*, p. 107；另可參考Lutz, *Opening China*, pp. 110–115。

358 Elizabeth Sinn, *Pacific Crossing: California Gold, Chinese Migration, and the Making of Hong Kong*（Hong Kong: Hong Kong University Press, 2013）, p. 44.

359 Norton-Kyshe, *The History of the Laws and Courts of Hong Kong*, 1855, p. 361.

港，如1857年英國大臣額爾金來港並準備北上進攻天津時，政府便委派威妥瑪擔任額爾金的左右手，方便安排一切官式活動；此外，威妥瑪後來更於1855年被派到上海出任領事，處理跟中國有關的外交事情。[360]香港在這一陣子，不單出現了總登記官長期懸空的問題，法庭更因為譯員不足而不能審理案件，令香港政務處於差不多癱瘓的情形。

除了漢文署出現人手不足外，懂華語並與華人緊密互動的崗位如總登記官，也長期懸空；再加上香港在開埠短短十年間，四面八方的商人湧入香港，令人口的組成成份變得複雜，譯員不足的問題就更形嚴峻。香港早期社會，除了有英國人、原住在香港這個小島的村民、廣東來的華人外，更有印度人、美國人、葡萄牙人等。當時居於香港的印度人數量極多，他們先是受聘於東印度公司，後來變為受聘於英國政府，如伴隨英軍於1841年1月21日佔領香港，在現在稱為西營盤的地方(史家一般稱為possession point)揚起英國旗的就是印度人。[361]此外，香港開埠後，警備不足，政府依靠從孟買及印度北部錫克教徒招聘而來的員警維持治安。[362]此外，當時亦有大量富甲一方的印度商人，願意以香港這個接近廣東商貿中心的樞紐，買地營商。至於對葡萄牙語譯者的需要，固然是因為香港跟葡萄牙殖民地澳門毗鄰，從香港開埠前到正式開埠，英國心裏的假想敵，就一直是葡萄牙，因而在香港開埠後，英國官員(如義律)便立刻於1841年6月17日寫信給於澳門設置商行的英商(如怡和渣甸、孖地臣公司)，提出種種優惠，希望英國人盡快從澳門遷來香港這個「自己」管治的土地上。[363]

---

360 J. C. Cooley, *T. F. Wade in China: Pioneer in Global Diplomacy, 1842–1882* (Leiden: Brill, 1981).

361 Barbara-Sue White, *Turbans and Traders: Hong Kong's Indian Communities*(Hong Kong: Oxford University Press, 1994), p. 4.

362 這現象到了第八任港督軒尼斯(John Pope Hennessy，任期1877–1882年)上任，香港嚴重缺乏警力的情形，才開始改善。

363 Norton-Kyshe, *The History of the Laws and Courts of Hong Kong*, p. 8.

這時，港英政府終於向現實妥協，在譯員不足的情形下，開始任用非英籍譯員。在1844年後的文官任用與政務編制表上，我們看到擔任譯員的人逐漸增多起來。1845年起，政府聘用了影響早期香港政府深遠的高和爾；此外，聘請了J. A. De Jesus，[364] 負責傳譯西班牙語、葡萄牙語、馬來語、印度斯坦語、緬甸語，工資為312英鎊，官職為裁判司署的文員。1846年，政府又增聘Ibrahim加入政府海事裁判處(Marine Magistrate's Office)工作，[365] 專門負責印度語、英語的翻譯，年薪為37英鎊。而到了1847年，在政府的文官任用與政務編製表內，終於發現有華人名正言順擔當翻譯工作，他名為T. K. Achik(通譯：唐亞植，1828–1897)，由馬禮遜教育協會推薦入政府。[366]唐亞植能當上譯員，緊接在香港發生首宗百業罷市後，很可能是殖民政府不得不立刻作出的安民反應。唐亞植最先被置於裁判司署(又名為巡理府)內工作，[367] 年薪是125英鎊。可惜的是，唐亞植當上裁判司署傳譯員後，政府內部文件所示，政府一直沒有信任他，雖然認為他異常聰明，但是，多方懷疑他並不可靠。[368]雖然香港的人口基本上是由華人組成，然而有華人擔任譯員，不一定代表政府相信華人，並能委以重任。即使到了十九世紀末，華人譯員與外籍譯員在殖民社會的待遇仍有天壤之別，基本上都是同工不同酬，甚至常常看到華籍譯員被英籍或葡萄牙籍上司欺壓的情形。香港史上著名的華人精英，也是香港第一位華人法官伍廷芳(又名伍材)，就是絕佳例子。他於1856至1861年在香港著名教會學校聖保羅書院一邊讀書，一邊擔當法庭譯員，畢業後即在高等審判廳擔任譯員，1869年改任香港審判司署譯員。表面看來，學得英語並擔任譯員後就

364　C.O. 133/2/82(*Bluebooks*, 1846).

365　C.O. 133/3/108(*Bluebooks,* 1846).

366　C.O. 133/4/110(*Bluebooks*, 1846).

367　汪敬虞：《唐廷樞研究》(北京：中國社會科學出版社，1983)，頁2。

368　Norton-Kyshe, *The History of the Laws and Courts of Hong Kong*, pp. 445, 525.

可平步青雲，然而他就曾明言，擔當譯員期間，葡萄牙籍上司欺負華人員工；港督在譯員不足的情形下，亦有不批准華人員工放假的嚴苛措施。[369]事實上，由於翻譯工作涉及極敏感的資料，早期社會任用譯員時，譯員的種族往往都會考慮在內。另一方面，殖民社會就更視被殖民者為庶民屬民，當然不會高度信任華人，種族在殖民社會的翻譯世界內，因而受雙重詛咒。

　　當時香港政府面對總登記官長期懸空的情形，回顧政府翻譯團隊內，並沒有太多選擇。英籍譯員的人數，本來就如鳳毛麟角，再加上當時的香港總督身兼商務監督一職，每次與中國交涉時，都需要譯者隨行出差；在政府內譯員本來就不敷應用的情形就越發緊張，難以滿足整個社會及政府架構的需要。政府當時唯一能考慮升遷提拔的譯員，是名為高和爾的歐亞(Eurasia)混血兒。他出現的時期，香港政府及大英帝國正好面對譯員不足的情形；他替政府解決了眾多法庭審訊的案件，卻同時造成了政府內哄動一時的譯者涉嫌瀆職案。無論他是有心還是無意，這足以給大英帝國及香港政府一個極大的教訓，令外交部及殖民地部痛定思痛，全面檢討譯者的入職條件、培訓過程，以及譯者專業化的種種正式措施。以下會看看一個雙面人的譯員，如何顛覆香港治權。

　　近年的殖民理論，已改變過去的論述框架模式，不再把殖民者與被殖民者(the colonizer and the colonized)的關係截然二分，放在天秤兩端：殖民者擁有至高無上的權力，被殖民者則是蟻民。近年學界開始瞭解，殖民者培養出來的中間人，如買辦、商人、華人精英等中間階級的社會角色，是殖民世界空間及權力關係中一群重要的人。[370]事實上，要討論中間人，如何能避免翻譯呢？

369 C.O. 133/18/158(*Bluebooks*, 1861); Linda Pomerantz Zhang, *Wu Tingfang (1842–1922): Reform and Modernization in Modern Chinese History* (Hong Kong: Hong Kong University Press, 1992), pp. 29–30.

370 Keith David Watenpaughi, *Being Modern in the Middle East: Revolution, Nationalism, Colonialism, and the Arab Middle Class* (Princeton, NJ: Princeton

正如研究殖民地法律的學者Lauren Benton所言，翻譯的重擔，一開始已橫越整個殖民時空內。[371]異質的社會空間，讓不同文化相遇、對碰，產生了非對稱的支配及權力附庸關係，[372]而在異文化產生接觸、碰撞的時候，翻譯必成為中介，然而翻譯在接觸領域對權力所產生的效果，是抵抗權力、挪用權力作用，還是顛覆權力，則有賴我們進一步分析。[373]譬如香港的情形，在一個完全以英語立法、行政及執法的社會中，我們看到市民向政府申訴、申請、登記、報告，所有的往來文件及訴求，都必先要通過譯者才能上呈給高級官員，一般市民，不單視翻譯人員或官員為政府最高威權的化身，在行文間，亦顯示了對譯者的尊崇、敬畏及依賴。「求大老爺繙譯，轉詳欽差大臣恩准施行」、「固屬家貧，未能措辦，亦未知貴國果有此規矩否。故泣訴台階，望代譯出番字」、「據情繙譯英文轉稟，按律究辦，則感佩恩施靡既矣。為此切赴按察大人臺前作主施行。」[374]殖民的文化環境，令語言及種族各置於權力天秤的兩端，造就了眾多本來出身一般，平平無奇而只能說雙語的譯員，瞬間成為市民及政府倚重的顯貴高官，受人景仰的太平紳士。他們各自發揮自己的「文化資本」，以語言作為影響社會權力的籌碼，溝通上下，成為文化中介人（cultural mediator）。[375]

University Press, 2006）; Smith, *Chinese Christians*.

371 Lauren Benton, *Law and Colonial Cultures: Legal Regimes in World History, 1400–1900* (Cambridge: Cambridge University Press, 2002）, p. 6.

372 Mary Louise Pratt, *Imperial Eyes: Studies in Travel Writing and Transculturation* (London: Routledge, 1992）, p. 4.

373 Emily Apter, *The Translation Zone: A New Comparative Literature* (Princeton, NJ: Princeton University Press, 2005）.

374 Entry Book of Petitions F.O. 233/186/N18, 26 August 1845; F.O. 233/187/S18, [n.d.] July 1845; F.O. 233/187/S25, [n.d.] August 1845.

375 Benjamin N. Lawrance, Emily Lynn Osborn and Richard L. Roberts, eds., *Intermediaries, Interpreters, and Clerks: African Employees in the Making of Colonial Africa* (Madison, WI: University of Wisconsin Press, 2006）.

殖民政府管治，若聘得盡忠職守的譯員，社會運作流暢；若聘得怠忽職守的譯員，則窒礙了政府各部門的溝通，甚至顛覆了殖民者至高無上的權力。[376]這樣的歷史時空，事實上已賦予譯者身份大大改變的機會，特別是中國社會一直認為翻譯只是低微「舌人」或漢奸。

到了1850年期間，香港政府內差不多只能倚重一位名叫高和爾的譯員。他在政府裏的地位不低，最後的職位赫然就是飛即所擔當過的位置——總登記官，也受到很多同事及市民的愛戴，但另一方面，他又牽涉入巨大的政治醜聞裏，不少人對他十分憎恨。他捲入了香港十九世紀史上公務員最大的瀆職案，但直到今天為止，歷史學者無法判定他到底是有罪還是負屈含冤。他的升遷和貶斥，也同樣是因為他的漢語能力及對中國文化，尤其是低下階層市民文化的深入理解。作為殖民政府的譯員，他的個案既有普遍性，也有獨特性。對於這位以譯者身份躋身歷史舞台的人物，過去的研究從沒有從翻譯研究角度探討他的事跡和歷史位置，這是令人難以感到滿意的，原因是無論他是有心背叛香港政府還是故弄玄虛，都是因為當時香港政府出現譯員真空的情形，而翻譯工作又能賦予他以中間人的身份增加個人影響力，而他帶來一個很直接的成果，就是大英帝國譯者專業化及規範化的肇始。

高和爾像大多數歷史上早期的傳譯者一樣，並沒有留下清晰的生平資料。歷史學者一般相信，高和爾在1816年生於大西洋上的聖赫勒拿島 (St. Helena)，有說高和爾是非洲及白人的混血兒，[377]高和爾後裔聯絡我指高和爾出身寒微，由一奴隸和英軍所

---

376 Raymond Kennedy, "The Colonial Crisis and the Future," in *The Science of Man in the World Crisis*, ed. Ralph Linton (New York: Columbia University Press, 1945); Román Alvarez and M. Carmen Africa Vidal, *Translation, Power, Subversion* (Clevedon; Philadelphia: Multilingual Matters, 1996).

377 高和爾否認此說。參見Daniel Richard Caldwell, *A Vindication of the Character of*

譯者與學者：香港與大英帝國中文知識建構

· 276 ·

生，長大後曾到新加坡短暫居住，跟隨英商擔當文職工作；1834年離開新加坡後，來到廣州尋找機會，因手持著名渣甸洋商孖地臣的介紹信，輕易地在廣州的英商洋行受聘為簿記，直到1838年，因與上司發生齟齬離去，返回新加坡。根據後來在香港出任第一位裁判司的堅吾的記述，得知他1840年到香港履新之時，從新加坡啟航到舟山群島與高和爾同坐一條船上。[378]由於高和爾熟諳多種語言，包括馬來語、印度斯坦語（Hindustani，即北印度語）、葡萄牙語及廣東話，堅吾推薦他到成立不久的殖民政府工作，解決譯員不足的難題，可見，當時香港政府只需要官員推薦，就能成為政府官員外，譯員也無所謂入職考核等的程序。

高和爾於1843年1月19日正式加入香港政府工作，初以每年400英鎊工資當法庭傳譯員（interpreter to court），同時又在堅吾擔任裁判司的裁判司署內，以年資325英鎊當口譯。[379]從1847年起，除擔任口譯員外，他又開始在政府內擔當翻譯以外的各項工作，如兼任assistant superintendent of police一職（現通稱助理警司），1849至1854年間並兼替警員徵收費用，1856年獲擢升為香港政府第五任總登記官，任期達六年之久，一直到1862年，[380]負責人口登記、人口調查、發牌等工作。第五任港督包令治港期間（1854–

---

the Undersigned from the Aspersions of Mr Thomas Chisholm Anstey（Hong Kong: Noronhag Office, 1860）。但官方文獻，特別是港督包令在1858年寫給英國政府的密函，而當時政府內不滿高和爾的人，都強調此事。C.O. 129/68/129–130, 1858。這點可以看作當時血統、種族對英國國家及政府忠誠的重要關鍵，也是譯者立場是否忠實可靠的重要線索。

378　堅吾在1841年4月30日起成為港英政府首任裁判官，並在同年8月9日建立香港第一支警隊。威廉‧堅吾又兼辦管理香港監獄事務，直至1859年9月離任，共服務十八年，歷五朝港督，並曾任署理港督。關於威廉‧堅吾的資料，可參考Endacott, *A Biographical Sketch-Book*, pp. 60–65。

379　"Civil establishment," C.O. 133/1/70–71（*Bluebooks*, 1844）。

380　Deputy Colonial Secretary G. C. Hamilton, *Heads of Department in Hong Kong 1841–1964*（Hong Kong: Hong Kong Government, 1965）, p. 50; *Hong Kong Government Gazette*, Government Notification no. 121, 22 November 1856.

隱身的譯者：飛即　　　　　　　　　　　　　　　· 277 ·

1859），更特別在1856年增設撫華道（Protector of Chinese）一職，[381]並列在總登記官官階之右，一方面突出了翻譯需要處理語言轉換的工作，另一方面又強調了處理及調解華人事務的功能，高和爾獲委派擔任這職位，也彰顯了他長於與華人溝通的優點。有趣的是，根據早期香港文獻所示，香港市民除了認識高和爾的正式名稱外，更多時候給他另一綽號：高三桂（Samkwei）或高大人，[382]這顯然就是影射他與明朝末年崇禎年間引清兵入關的賣國賊吳三桂（1612-1678）一樣，背叛自己的族人。「高大人」的稱號，又是否反映了市民對他的景仰，抑或代表他官位亨通，位高權重，成為市民既仰望又懼怕的人物？這種類比，反映了社會對翻譯工作的不安與恐懼，由於翻譯工作能與外國溝通，因而帶有通敵賣國的嫌疑。[383]

　　高和爾生平一些較為人知的事跡，都與多件轟動早期香港的重大事件扯上關係，諸如政府官員嚴重的貪污問題、《中國之友》（Friend of China）爭取新聞自由的過程、東華三院成立的歷史，以至共濟會（Freemason）在遠東地區的活動等。因此，研究香港「開埠」期的歷史學者，大都不致對高和爾的名字完全陌生。[384]高和爾前後在香港殖民政府任職共十五年，但可說官運詭譎多變。他曾經歷三升三降，兩次自己提出辭職，一次被勒令辭退，這在香港殖民政府公務員聘用史上是極罕見的。

381　C.O. 129/202/144, 1882.

382　C.O. 129/74/327, 1858.

383　參王宏志：〈「叛逆」的譯者：中國翻譯史上所見統治者對翻譯的焦慮〉，《翻譯學研究集刊》第13期（2010年11月），頁1-55。

384　現在所見大部分的香港歷史專著都或多或少地提及過高和爾，可見他在香港歷史上的位置。參見E. J. Eitel, *Europe in China*; Endacott, *A Biographical Sketch-Book*; Christopher Munn, *Anglo-China: Chinese People and British Rule in Hong Kong, 1841–1880*（Hong Kong: Hong Kong University Press, 2009）；以及魯言：《香港掌故（第二集）》（香港：廣角鏡出版社，1979）；葉靈鳳：《香海浮沉錄》（香港：中華書局，1989）。蔡榮芳：《香港人之香港史 1841–1945》（香港：牛津大學出版社，2001）。

　　　　　　　　　譯者與學者：香港與大英帝國中文知識建構

高和爾自殖民政府建立後，便一直同時兼任最高法院及裁判司署的傳譯員，薪水年資高達合共725英鎊，結果，英國政府審計處（Audit Department）批評港英政府，認為高和爾薪水過高。儘管總督德庇時已去信英國政府，提出要讓高和爾繼續同時擔當兩法院的工作，原因是大法官John Walter Hulme已明確作出過投訴，法庭早已因為找不到足夠及可靠的傳譯員，不能開庭審理案件。[385]但是，英國政府拒絕德庇時的請求，認為公務員工資有明確準則，不得隨意製造先例，堅持要削減高和爾的薪金，結果，香港政府不得不在1847年把高和爾從裁判司署撤下。

　　但正好在這時候，高和爾剛開始在半山區興建房子，支出大增，面對日益緊絀的財政狀態，他便計劃經營海運生意，因而與這方面的一些人緊密聯絡，準備離開政府。政府為了挽留他，便安排他在警署擔任助理警司，另加工資125英鎊。對高和爾來說，政府把他的工薪減半，以另一兼任職位留用他，對他的經濟問題沒有能夠起什麼實質舒緩作用。不過，從權力運用及社會空間而言，這新安排卻是很吸引的。高和爾的力量及身份，開始橫跨香港政府內兩個最主要的管治部門：一為司法部，另一為執法部。此外，擔任助理警司亦讓他開始與一些低下階層，甚至可能是背景複雜、有犯罪紀錄的罪犯認識和混熟，可算身處於合法與非法兩個社會的大門。

　　在籌備計劃經營海運生意過程中，高和爾認識了一名生意夥伴，二人後來成了好朋友。這名華人朋友叫黃墨洲（Wong Ma Chow，又名Wong A-kee）。根據政府文件，黃墨洲表面上是跨越兩地的粵港商人，但實際上專門經營走私生意及分銷海盜搶劫而來的贓物。高和爾當上助理警司後，利用黃墨洲作為線人，取得了大量有關海盜的情報，在1849年聯同了英國海軍和香港水警，大舉殲滅海盜。第三任港督文含（Samuel George Bonham,

---

385　C.O. 129/23/82–86, 1847.

1803–1863；港督任期1848–1854年；香港稱為般含）在向英國政府彙報時，強調這是高和爾的功勞，尤其是他以譯者的身份，掌握雙語的優勢，善於與本地人物溝通，擁有大量本地知識（local knowledge），促成這次打擊罪惡的成功。文含特別要求英國政府以獎金重酬高和爾。[386]其實，除了這次成功打擊海盜外，高和爾更多次替香港偵破罪案，利用的也是他的本地知識，還有天賦的溝通能力，方便地取得本地華人的線報。特別值得報導的是發生在1854年一宗涉及華人殺害洋人謀財害命的案件。被害人來自美國，名為珀金斯（George Perkins）。[387]珀金斯於1854年5月14日從美國桑威奇群島（Sandwich Islands）來港。到港後，本由船家鍾村大（Chun Chuen Tai）及他的妻子鍾莊遮（Chun Cheong she）帶到澳門。但最後珀金斯一直沒有在澳門出現，在香港亦遍尋不獲，他們的行李也同時失蹤。警方拘捕了船家兩人，後來證明兩人謀財害命，殺害珀金斯後把他掉到海中。駐廣東的美國領事及美國洋行（Messrs. Williams, Anthon and Company）負責人後來致函香港布政司（Colonial Secretary），[388]高度表揚高和爾，案件得以偵破，完全有賴他。假如不是高和爾精明能幹，能夠從船家套取大量資料，珀金斯一定下落不明。由此可以證明，並非只是香港政府和法官及其他同僚信任他，高和爾實際上是獲得香港中西市民的信任的。此後高和爾在政府內的官運更亨通，甚至每當總警司離港的時候，他便擔任署理總警司一職。

高和爾在警署內可說是炙手可熱，叱吒風雲，特別是他跟總警司威廉堅吾是多年的好朋友及同夥幕僚，更讓他得心應手。但另一方面，他在法庭的工作也從來沒有因為任職警署而有所減輕。從法庭的紀錄可見，從1845年高和爾正式出任第一場審訊

386　C.O. 129/30/255–303, 1849.

387　Norton-Kyshe, *The History of the Laws and Courts of Hong Kong*, p. 349.

388　C.O. 129/46/304–307, 1854.

　　　　譯者與學者：香港與大英帝國中文知識建構

作通譯起，到他1875年離世前，法庭一直十分依賴他擔任法律傳譯；每當他放假或請辭時，法庭必然遇到困窘難堪的境況，大法官也例必強調找到合適譯員的重要性及急切性。[389]譬如在1849年，擔任檢察官（The Crown Prosecutor）的伯駕（Mr. Parker）就曾在庭上明言：

> 民事案件方面根本沒人擔任通譯。三個月以來，中國人因為找不到通譯，無法審案。至於刑事方面，當然有高和爾作通譯，但他同時又是身兼警司之職，因此他對於被告而言，又卻是控方證人。他能舉出最近發生的一宗案件，給原告作通譯的人，就是對方的主要證人。即使高和爾是一位如何正直秉公辦理的人，他兩種身份任務本身就是衝突。[390]

檢察官正確地指出，高和爾的雙重身份，弄致角色混淆，立場不清，根本不可能協助審訊。這種因為缺乏翻譯人員而令法庭無法審訊運作的事件，一來說明香港當時是嚴重缺乏法律翻譯專業人才，另一方面就是法庭及政府是否願意信任其他譯員，特別是中國籍的譯員。1850年12月16日的一次刑事法庭上，審理一宗被告沈阿儀（Chum Ayee）傷人案件，陪審團主席對法庭的傳譯內容感到懷疑，提出反對。然而，雖然法官一再要求陪審團說出反對的理由，但陪審團主席始終不肯公開，因為他認為這將牽連很大，最後法官下令澄清這通譯員唐亞植的翻譯部分是否有錯；這種舉動，無論背後原因何在，已大大影響司法獨立的精神，以及人們對法官審案是否公正的信心。更重要的是，人們對華人譯員能力的懷疑及不信任，已達到侮辱的階段。事實上，殖民政府歧

---

389 Norton-Kyshe, *The History of the Laws and Courts of Hong Kong*, pp. 293, 327, 361.

390 *Ibid.*, p. 223.

視華籍譯員橫跨了整個十九世紀，雖然殖民政府在十九世紀的大量日常文書、抄寫、翻譯工作及核對，都由華籍譯員擔當，但他們的名字，就好像他們對香港的貢獻一樣，由於沒有詳細的文獻紀錄，很多都難以進一步追查。無論如何，即使法庭公開否定華籍譯員的水準，表現出無法信任華人譯員，但事實上又別無他法，因為那時香港還未有完整的制度培養譯員，加上那一年剛好就是高和爾在香港工作七年後，因健康理由向政府申請回新加坡休假的時候。[391]

高和爾休假回港後，又向政府要求增加薪水，他指出，現在集法庭傳譯、助理警司、署理警司等要職於一身，但工資比他在1843年加入政府工作時還要低。總警司當然大力支持，並讚揚他是一位有熱誠幹勁、忠誠可靠的公職人員，[392]港督文含也表明支持；[393]但英國方面認為他不懂得書寫中文，未能幫忙書面翻譯，因此拒絕他加薪的要求。結果，當第四任港督包令來港履新時，高和爾在1855年7月1日請辭。當時的一些報紙戲謔政府，指港府在管治香港過程中，沒有高和爾，一天也不行。這也就諷刺了香港政府及總督的無能，未能有效治港。因此，在高和爾辭呈後兩天，政府便在7月3日出人意表地接納了他的要求，並在憲報刊登了高和爾辭職的事情，更在8月1日安排了繼任人Alexander Grand-Pre當法庭的傳譯員。可惜的是，這位繼任人的確不能代替高和爾，因為不久在一宗民事審訊中，因為缺乏適當的傳譯，法官認為不能繼續審訊。而這位法官就是後來成為高和爾的敵人的安斯提（Thomas Chisholm Anstey）。1856年2月1日，剛到香港履任的安斯提要審理一宗毀約的案件，為了瞭解原告的偽證，他花在弄清楚傳譯員所說明的部分，比在審理整個案件的時間還要多。

---

391 C.O. 129/34/98–205, 1850.
392 C.O. 129/49/64–83, 1855.
393 C.O. 129/53/435–436, 1855.

　　　　　　　　　譯者與學者：香港與大英帝國中文知識建構

而剛巧於當日，已經離任的高和爾在庭上旁聽審訊，居然被法官請到庭前當臨時傳譯員，整個案件才可以順利完成。[394]跟着，在1856年4月，又另有因為陪審團對通譯不滿意，涉及華人的一宗案件又被迫終止審訊。大法官看到這情形，便當場向陪審團指出，這樣下去將無法繼續辦理案件，同時向政府要求重新聘用高和爾。最後，政府在1856年11月15日找到一個能重用高和爾，並提高他薪水的方法，就是同時任命他為總登記官（撫華道）、政府總譯官，並委任他為太平紳士。就是這樣，高和爾以通譯員身份，一步步走進殖民政府管治階層的核心，並在1856年11月28日宣誓，同時就任以上三個職位。

當時的總督包令願意任用高和爾作總登記官，並同時首創撫華道一職（後於1913年改為華民政務司），是由於他來港上任之前已知悉大多數官員無法與本地普羅市民溝通，造成施政行政癱瘓。我們會在第四章多交代包令的身份，以及他特別重用譯員的安排。他看到高和爾同時受到香港華洋兩方居民的信賴，足見他的辦事能力，另外也賞識他能有效地與本地市民溝通。高和爾上任撫華道一職後，政府公告（The Government Gazette）在1856年12月4日表示，任何華人市民不能理解香港法律條文，或者認為他們在任何案件中無處求助，都可以寫信約見撫華道高和爾，或直接到他位於警察局旁（中環的高街）的辦事處。[395]從這裏看到，政府的確有心增加管治者及被管治者溝通的管道；而這個管道，在時代限制下，卻只有高和爾一人能夠成功接通。

包令這個措施用意良好，特別是香港早年所有政府文告公告以至民間的報紙，用的都是英語，一般平民百姓沒有學習和接觸英語的機會，根本沒法明白政府施政及文告的內容；而外籍

---

394 Norton-Kyshe, *The History of the Laws and Courts of Hong Kong*, p. 371.
395 *The Government Gazette*, 4 December 1856; Norton-Kyshe, *The History of the Laws and Courts of Hong Kong*, p. 410.

官員又不懂中文，沒法理解市民的需要，開設撫華道的職位，並由身兼總登記官的高和爾擔任，在當時是最適合，也是唯一的選擇。

然而，對於香港殖民政府的長治久安來說，這樣的安排不但沒有能夠徹底解決問題，且會引來更多的潛在危機。其實，包令並不是看不見問題所在的，作為香港總督，他絕對不願意看著自己的政府因為缺乏譯者而讓整個行政程序及管治制度癱瘓下來；他實在也不能接受一個政府被一個譯者所牽制，因此，他經常寫信向英國國會報告及提請，終於在1855年7月2日，殖民地部大臣羅素伯爵向英國及殖民政府發信，指令將來香港殖民政府架構內的外籍公務員，能說中文將有助升遷加薪。[396]這直接推動了有志到香港和中國的英國公務員提早學習中文。

不過，在沒有任何實際成績前，高和爾的問題變得越來越複雜。在他兼任總登記官兼撫華道後，工作量有增無減之餘，各種角色重疊，利益與矛盾帶來更大的衝突。高和爾不單在政府行政部門裏統攬大權，法律界人士尤其恐怕他帶來更多傾軋權力的機會。為香港早期法庭史留下了詳細紀錄的Norton-Kyshe法官，看到政府過分倚重高和爾一人，不管將來的後患時，忍不住明言：「賦予巨大的權力給高和爾，轉眼我們即將可以看到，權力將幻化成他的私利。」[397]

1857年，高和爾的人生出現了驚人的跌宕，這跟當時香港政府的Attorney General（今通譯首席檢察官）的安斯提有關。安斯提是因為失意於英國政壇而被遠調到香港的，他見到殖民政府內官員權責不清，政府欠監察機制，貪污舞弊時有發生，造成香港殖民管治史上一場長達五年的訴訟，令當時正忙於發動第二次鴉片戰爭、希望能佔據九龍半島的英國政府疲於奔命：一方面要應付

396　C.O. 129/80/399–434, 23 March 1861.

397　Norton-Kyshe, *The History of the Laws and Courts of Hong Kong*, p. 410.

　　　　　　　　　　　譯者與學者：香港與大英帝國中文知識建構

國土拓張紛擾的外交事務，另一方面又要處理這個蕞爾小島上各種各樣的管治問題，甚至可能只是官員間的勾心鬥角、互相攻訐的事情。安斯提最為不滿意的是，威廉堅、高和爾及裁判司布里奇（Dr. William Thomas Bridges）等負責治安和審裁的三名高級官員結黨營私，特別是當年已身為總登記官又兼任撫華道，且又時常在最高法院及警署法庭擔當業餘口譯員的高和爾，居然被員警發現他與著名海盜黃墨洲有金錢上的瓜葛，懷疑他與海盜勾結，受賄行私，甚至因此揭發一系列懷疑高和爾瀆職的事情。其中一個最不可原諒的罪證就是，作為總登記官，他負責監察社會，發放政府多項牌照，他自己卻以權謀私經營妓院，而且冒犯了種族及階級混淆的英國社會禁忌。高和爾作為英殖民社會的重要官員，不單娶華婦，而且娶了華人娼妓為婦，嚴重地挑戰了維多利亞社會風氣下英國白人社會的道德操守。安斯提的指責，出發點是為了社會公義，但在伸張正義的同時，卻處處流露白人優越種族的意識。在彈劾報告裏，他除了指稱高和爾為混血種，不值得信賴外，更指高和爾的太太為華人，暗指白人與華人異族通婚會有破壞白人統種高貴之嫌；此外，他又強調高和爾妻子原為妓女，出身寒微，藉此攻擊高和爾的人格及誠信。固然，高和爾身為政府高官，以權謀私，實在嚴重地涉及了利益衝突。[398]事實上，作為譯員的高和爾，與華人接觸緊密，此外，若非能深入體恤及明白華人的處境，他實在無法好好履行職責，並受到廣大市民歡迎。換言之，他能作為撫華道，是因為他能與華人產生同理心，才能好好安撫華人。

安斯提為了表示對港英政府及高和爾的不滿，在香港彈劾

---

398 Christopher Munn, "Colonialism 'in a Chinese Atmosphere': The Caldwell Affair and the Perils of Collaboration in Early Colonial Hong Kong," in *New Frontiers: Imperialism's New Communities in East Asia, 1842–1953, ed. Robert A. Bickers and Christian Henriot*（Manchester and New York: Manchester University Press, 2000）, pp. 12–37.

不遂後，撰寫了一封致英國政府的公開信，發表在英國的《時報》(*Times*)上。在公開信裏，他揭發香港殖民政府施政混亂，官員貪贓枉法，[399]並為了表示自己不願同流合污，尤其是恥與於1856年獲頒太平紳士銜頭的高和爾為伍，他高調辭去太平紳士名銜。[400]在這次事件中，高和爾撰寫了自辯文章回應，[401]在文中披露不少個人的背景和歷史。儘管有歷史學家認為裏面的資料有與確知史實不符，[402]但無論如何，因為這篇文章，時人及後來的學者才得以更瞭解這位身世成謎的譯者。

面對安斯提的公開投訴，英國政府曾兩次插手干涉，要求香港立法局開庭，甚至不惜撤換港督，以重新調查公務員是否瀆職(civil service abuses inquiry)。《倫敦及中國郵報》(*The London and China Telegraph*)在1860年4月27日也有報導，指斥香港政府內部高層官官相衛，結黨營私。報導用詞辛辣尖銳，但實際矛頭是指向當時的保守黨黨魁並於1855年擔任首相的巴麥尊，批評他們若不嚴肅處理，則是包庇下屬，縱容罪惡。當時英國政治圈內分為兩派，一批人士要求專注本土及歐洲事務；另一派為當權的海外遠東擴張派。高和爾一案，除了動搖香港的管治問題，更對英國內政產生強大的震盪。[403]最後，安斯提控告高和爾的八項罪狀中，有四項成立，高和爾被撤職，而香港政府裏所有涉及這案件的重要官員的仕途都受影響，甚至安斯提自己，也被指在證據不

399　Thomas Chisholm Anstey, *Crime and Government at Hong Kong: A Letter to the Editor of the Times Newspaper; Offering Reasons for an Enquiry, Into the Disgraces, Brought on the British Name in China, by the Present Hong Kong Government*(London: Effingham Wilson, Royal Exchange, 1859).

400　Norton-Kyshe, *The History of the Laws and Courts of Hong Kong*, p. 408.

401　Caldwell, *A Vindication of the Character*.

402　例如安德葛認為，高和爾此書不完全可信，特別指文中高和爾記述自己在1840年來香港，並在船上認識堅吾將軍一事，安德葛指出，當時香港還未割讓給英國政府，不可能稱這為香港；此外，堅吾當時也未成為將軍。見 Endacott, *A Biographical Sketch-Book*, p. 95。

403　*The London and China Telegraph*, 27 April 1860.

足的情況下，惡意中傷政府及重要官員，構成誹謗。不過，儘管事件經調查後好像已告一段落，但實際上它在香港歷史上始終是一椿懸案。有歷史學家認為高和爾含冤受枉，對他的指控應不成立，原因是香港殖民政府成立初期，架構重疊，官員權責界限本來就不清晰，當時以特權買賣土地很是普遍，並不只限高和爾一人。此外，高和爾在香港政府長達十五年的服務中，不斷受港英政府加官進爵之餘，又曾得到英國政府賜予獎金嘉許表揚，[404]如果高和爾真的一直貪贓枉法，以權謀私，需要負上刑責，那麼，不單港英政府要譴責，就是英國政府也需負上責任。而最令人大惑不解的是，當高和爾被政府辭退後，卻戲劇性地又被繼續任用為不同部門的翻譯，令人懷疑英國政府及港英殖民政府判斷的合理性。

此外，高和爾除了深受同輩愛戴外，在受醜聞困擾時，有多達918位華人居民，打破沉默，聯合上書要求政府繼續任用他。[405]這在當時華人為「屬民」的社會結構而言，數百名華人不怕「官府」森嚴而願意請願上書，不單罕見，也實在值得重視。高和爾深受香港華人市民愛戴的其中一件事例，是他直接促成香港首間民辦慈善醫院——東華三院的誕生。當時華洋雖然共處一個社會，但風俗不同，儀禮各異。華人即使生病，寧願到義祠求醫；不過，對英國殖民者而言，義祠的醫療衛生環境並不理想。每當有病患暴斃時，高和爾便會隨同政府驗屍官到場，瞭解死亡原因。高和爾除了為政府驗屍官充當翻譯，查問死者有沒有傳染病癥，以及其他人有沒有接觸死者外，更難得的是他往往自掏腰包，讓華人殯葬死者。[406]可見，他深得民心不是無因的。當然，不可以不考慮的是，高和爾為共濟會重要成員，[407]同時也是倫敦

404　Norton-Kyshe, *The History of the Laws and Courts of Hong Kong*, p. 286.
405　C.O. 129/73/214–218, 1859.
406　"Chinese Hospital Case," *Hong Kong Daily Press*, 26 and 29 April 1869.
407　共濟會檔案內無法找到高和爾詳細的生平資料。不過，共濟會成員一般認

傳道會的基督徒，他和太太陳阿和(Chan Ayow)對教會及社會施行了不少善行，曾以半價把港島地皮賣與教會作捐獻，同時收養十多位孤兒。這次善行是因為孤兒中有一位後來嫁予影響香港社會深遠的牙醫關元昌(1832–1912)，才為外人所知曉。[408]看來，高和爾真的可能是「兩面人」，到底他是貪污舞弊，還是劫富濟貧，這在香港史上，一直爭議不休。但無論如何，高和爾的雙語能力，還有他能夠跟香港華籍市民良好溝通，以及保持友好的關係，讓他始終得到重用。不過，管治者的親信，也很可能是管治者的心腹大患。高和爾能夠輕易上下溝通，得到華洋官民的支持和愛戴，為自己製造一個其他政府官員所沒有的特殊社會空間，形成隻手遮天，兩面安撫、兩面討好，甚至可能是兩面欺瞞的局面。

為高和爾是受冤的，見Christopher Haffer, *The Craft in the East*(Hong Kong: District Grand Lodge of Hong Kong and the Far East, 1977)。在此感謝英國共濟會圖書館館員Peter Aitkenhead賜教。

408　關肇碩、容應萸：《香港開埠與關家》(香港：廣角鏡出版社有限公司，1997)；Susanna Hoe, *The Private Life of Old Hong Kong: Western Women in the British Colony, 1841–1941*(Hong Kong: Oxford University Press, 1991), pp. 65, 69–70, 137.

　　　　譯者與學者：香港與大英帝國中文知識建構

第四章 ‖ **漢學家與漢字國際化：威妥瑪**

　　我們在第二章2.6節中，討論到斯當東在倫敦大學國王學院的中文課程基礎上，籌辦大英帝國外交部的學生翻譯課程。要全面討論英國外交部主持下的中國學生譯員計劃，是非常浩繁的學術工作，原因是學生譯員計劃歷時長久，中國的部分又只屬英國外交部全世界學生譯員計劃的其中一個單元。

　　不過，只要我們以威妥瑪作為切入點，就可以由點及面地看到課程在十九世紀初期到中葉的發展。威妥瑪是這個計劃得以在中國本土化（localisation）的旗手及靈魂人物，他以自己豐富的漢學知識及無比的熱忱，大刀闊斧改革課程、編製教材、全面參與譯員及教員招聘工作、改善考試模式，對整個課程有重大建樹，而他原來的目的是頗為簡單的，就是要培養出高水準的英方譯員。為了達到這目標，他親自設計了多項學習漢語的教材。其中一項最重要的創舉，就是設計了國際沿用多年的拼音法——威妥瑪式拼音，後經威妥瑪學生翟理斯修訂成威翟式拼音（Wade-Giles System）。但常為人忽略的是，威妥瑪設計這拼音系統的動機，正是英國外交部中國學生譯員課程。而威妥瑪的幾部著作在近年重印出版後，稍為引起了研究者興趣的《語言自邇集》（*A Progressive Course Designed to Assist the Student of Colloquial Chinese as Spoken in the Capital and the Metropolitan Department*），[1]兼及姐妹

1　威妥瑪（著），張衛東（譯）：《語言自邇集：十九世紀中期的北京話》（北京：北京大學出版社，2002）；威妥瑪：《平仄編》（臺北：中央研究院中國文哲研究所圖書館，2008）。

篇《自邇集》(*Documentary Series*)，以及《語言自邇集》的修訂本《平仄編》等，其實都是威妥瑪改善這譯員課程時產生出來的知識成果。這個課程對漢學影響深遠，自不待言。課程另一驕人之處，就是培養了無數學府內外的漢學家和中文教授：劍橋大學第二任中文講座教授的翟理斯，牛津大學第二任中文講座教授、亦即是理雅各繼任人布勒克，都曾受威妥瑪親炙，而且同屬1867年入學的譯員學生計劃學員。他們對英語世界如何認識帝制末的中國，有深刻的影響力。學術界以外，這課程亦訓練了很多蜚聲國際的外交官，有些甚至在當時已影響了中國的外交命運，譬如英國外交人員馬嘉里(Augustus Raymond Margary, 1846–1875)在1875年於滇邊(雲南邊境)執勤時遇害，英國乘機發難要求中國割地賠款，迫使中國簽下《煙臺條約》，令疲弱的中國再受另一次重挫。[2]馬嘉里本身就是通過學生譯員計劃來華，並且在當時是以譯員身份執勤的。

　　學界要研究這樣一位長期叱咤外交界的風雲人物及漢學家，在取材上會遇到很多限制。過去史學界依賴的原始文獻，在中英外交史而言，有《清史稿》、《皇朝經世文續編》、《太平天國對外關係史》、《籌辦夷務始末》、《近代郵電交涉檔案彙編》等等的公文案牘及檔案資料彙編。然而，在這些中方的文獻中，對威妥瑪的描述並不算很豐富。[3]威妥瑪雖然是中英外交史上一位極重要的人物，他身處近代中國波譎雲詭的時代，涉及中國近

2　「英國繙譯在滇邊遇害」，《總理各國事務衙門》，臺灣中央研究院近代史研究所「近史所檔案館館藏檢索系統」，http://archdtsu.mh.sinica.edu.tw/filekmc/ttsweb?@0:0:1:ttsfile3@@0.5428652930531816。瀏覽於2012年10月30日。

3　西方史學界唯一詳細研究威妥瑪及其外交工作的專著為James Cooley, *T. F. Wade in China: Pioneer in Global Diplomacy 1842–1882*(Leiden: Brill, 1981)。非常可惜的是，此出版社校對及編輯工作粗疏，有一些內文所指的註釋號不單在註釋頁完全消失，細核註釋內容，很多英國外交部檔案所指的事情與內文涉及的內容並無關係。

代史裏一些最激盪的歷史事件：兩次鴉片戰爭、太平天國、英法聯軍、洋務運動等等。可是，中國近代史中他多被用作串連起其他背景人物，在這些過場式的描述中，他要不是面目模糊，就是面目可憎。[4]固然，這是事出有因的。在1858年《天津條約》談判過程中，作為譯者的威妥瑪與另一譯員李泰國揭露了中方談判代表耆英(1780–1858)的底牌，[5]令耆英不能再像第一次鴉片戰爭談判一樣，施以羈縻安撫拖延英方的策略，因而老羞成怒，拂袖而去，不能奉命完成談判。談判破裂，兩位英方譯者便成為中方怪罪的人物。因而，中國近代史著對威妥瑪的描述，就有這些既公式又負面的形容詞：「傲慢悖逆」、[6]「野心勃勃」。[7]反觀在英方的描述中，則展現出威妥瑪不同的精神面貌，指他「幽默」、[8]「慷慨無私」。[9]然而，無論中國或英文的歷史敍述，都有嚴重不足之處，尤其對威妥瑪在中國期間殫精竭力，奉上最多

4　交通鐵道部交通史編纂委員會：《交通史電政編》（南京：缺出版社，1936），第一冊，頁26；李鴻章（著），吳汝綸（編）：《李文忠公全集》（香港：中國古籍珍本供應社，1965），卷三，頁81–82；王彥威（纂），王亮（編）：《清季外交史料》（臺北：文海出版社，1963），卷二，頁40；卷三、頁56；卷五、頁100；卷六、頁112；盛康：《皇朝經世文編續編》（臺北：文海出版社，1972），卷104，頁2713。

5　Jack J. Gerson, *Horatio Nelson Lay and Sino-British Relations*, 1854–1864(Cambridge, MA: East Asian Research Center, Harvard University, 1972), pp. 87–92, 214。根據海關紀錄編輯成重要的歷史資料的馬士(H. B. Morse)卻認為，李泰國率先發難，且不必要地表現出粗暴及專橫跋扈的態度。見H. B. Morse, *Far Eastern International Relations*(New York: Russell & Russell, 1967), p. 195.

6　郭廷以：《近代中國史綱》（香港：中文大學出版社，1979），上冊，頁194；王樹槐：《外人與戊戌變法》（臺北：中國學術著作獎助委員會，1965），頁1–9。中國第一歷史檔案館、北京大學、澳大利亞拉籌伯大學合編：《清代外務部中外關係檔案史料叢編——中英關係卷》（北京：中華書局，2006）。

7　徐中約（著），計秋楓、朱慶葆（譯）：《中國近代史》（北京：世界圖書出版公司，2008），頁242。

8　John Scarth, *Twelve Years in China*(London: Hamilton, Adams, 1860), p. 263.

9　A. B. Freeman-MitFord(Lord Redesdale), *The Attaché at Peking*(London: Macmillan & Co., Ltd., 1900), p. 60.

心血的工作，且是他最為自鳴得意的事業，都幾乎全無着墨，這裏所指的就是他參與、任教並掌管英國外交部的中國學生譯員課程（Student Interpreter Programme of China）。

4.1　威妥瑪在香港及其學習粵語的過程

　　威妥瑪其實並不是從一開始就參與中國學生譯員課程。在1854年前，他只希望能夠心無旁鶩地，好好學習中文。威妥瑪來華長達四十多年的生涯，肇自第一次鴉片戰爭。威妥瑪於1839年參與鴉片戰爭，[10]出身官宦之家的他，父親為他購入官階成為陸軍中尉。他為劍橋大學畢業生，本身對語言抱有極大的興趣及天份，在軍旅中自學中文，顯露出語言天份，正值鴉片戰爭軍旅中譯者嚴重不足，他所學得的中文大派用場，後轉到第98號軍團。學界一直知道威妥瑪從軍編制屬於第98號軍團，[11]然而這意味着什麼呢？James Cooley在他的研究中就指這是英國最後一支派遣到中國的軍隊，[12]其中一個對香港有更深刻意義的是，威妥瑪當時是跟從愛秩序少校（Major Edward Aldrich）從香港島的赤柱（Chek-Chu）上岸，並於上岸後屯積一季後再北上。愛秩序將軍選擇以杳無人煙的赤柱駐營是希望與香港已有的其他人口分隔出來。[13]

　　威妥瑪初年到港時的中文程度，實不足以協助三名草擬《南

10　War Office, *The Official Army List*（London: The Stationery Office, 1838），p. 482; *The Official Army List*（London: The Stationery Office, 1839），pp. 19, 260, 480.

11　同上註。

12　J. C. Cooley, *T. F. Wade in China: Pioneer in Global Diplomacy, 1842–1882*（Leiden: Brill, 1981），p. 8.

13　W. D.（William Dallas）Bernard, *Narrative of the Voyages and Services of the Nemesis, from 1840 to 1843*, p. 252. 當然，在香港的史地文獻中，為紀念愛秩序少校的「開埠」貢獻，香港把今天的筲箕灣一帶地方稱為愛秩序灣而非赤柱。這點，需要更多史地學者作更深入的研究。

京條約》的譯者馬儒翰、羅伯聃及郭實獵，卻能親身跟隨皇家戰艦主帥璞鼎查到過江蘇南京一帶及廈門，並得到璞鼎查的讚揚。[14] 威妥瑪參戰時，英軍譯者不足而釀成情報出錯的問題，他一定已有所聞。[15]我們並無找到他像其他軍人般，抱怨譯員不足；在存世的資料中，他最廣為人所知的牢騷，卻是初學中文不得其門而入的苦惱。威妥瑪說他在簽訂《南京條約》後，便立即請教有名望的漢學家及詢問漢語水準首屈一指的前輩，如何獲得學習中文之門徑。他指得回來的答案卻是：「先生，你說要學習中文，到底是要學習哪一種漢語？」威妥瑪向第一位德高望重的漢學家請教時得到的回答：「漢語內有經典的語言，有比較現代的語言，有公文的語言、公牘文章，以及語體文的語言，當中還要區分無數方言。那麼，您要學習哪一種呢？」[16]漢語言文不一致，再加上語言區域廣泛，不要說對外國人，即使對中國人也有南腔北調無法溝通之感。威妥瑪沒有透露這位漢學家是誰，更沒有透露他隨軍自學所依賴的教材。

在這樣的學習困難下，威妥瑪在第一次鴉片戰爭的中文程度，並不足以令他有鉅大的功勳。他只旁觀了鴉片戰爭和議的簽訂，沒有像上述的譯員像馬儒翰、郭實獵、飛即一樣，以譯員身份獲頒中國勳章(China Medal)。不過，在短短的二十年間，他於第二次鴉片戰爭時已擔任漢文正使，[17]亦在第二次戰爭中以譯員及漢文正使身份獲得過中國勳章。這二十年間，他的中文程度突飛猛進。如何學習中文、師從哪一位、他的治學方法等，學界都

14　F.O. 17/197/258–262, 2 December 1852.

15　軍人高呼譯者不足的聲音，在鴉片戰爭的文獻內四處可尋，見本書第二章2.5 節。

16　Thomas Francis Wade, *Yü-yen tzŭ-erh chi. A Progressive Course Designed to Assist the Student of Colloquial Chinese, as Spoken in the Capital and the Metropolitan Department: In Eight Parts, with Key, Syllabary, and Writing Exercises*(London: Allen, 1886)，"Preface to the First Edition."

17　Great Britain, War Office 100/40/181, undated.

沒有很準確的把握。特別是他早年來華尚未成為政壇新貴前的一段時期，學界就更苦於沒有原始文獻而無法確定。一般而言，只得依賴劍橋大學的收藏，以及他後來為外交部翻譯課程擴寫的幾本譯員教科書《尋津錄》、[18]《語言自邇集》[19]及《文件自邇集》的前言。[20]在這些書的序言中，他簡單地交代學習漢語的點滴心得，以及他的學術抱負。不過，由於資料太過簡要，學界其實也不太瞭解他的中文程度。

可幸的是，筆者最近發現在被歷史埋沒了一百七十多年的威妥瑪手稿，當中呈現的歷史意義，就更彌足珍貴了。[21]手稿寫於威妥瑪剛到香港不久後的1843年，他通過逐條抄寫馬禮遜《廣東省土話字彙》(*A Vocabulary of the Canton Dialect*)的中文詞彙、中英詞條對譯互文意義來學習中文。[22]由於手稿質素良好、文字清晰、資料完整無缺，從首頁到最末的第300頁，反映了他早年逐字抄寫資料的情形。而於1846年，威妥瑪在手稿內作了一次大型的增補。他把1841年裨治文《廣東方言彙編》(*A Chinese Chrestomathy in the Canton Dialect*)的部分內容加插在手稿內。

在手稿發現之前，歷史學家只把威妥瑪歸入郭實獵門下。[23]

18　Thomas Francis Wade, *The Hsin Ching Lu, or, Book of Experiments; Being the First of a Series of Contributions to the Study of Chinese*(Hong Kong: China Mail, 1859).

19　Wade, *Yü-yen Tzŭ-erh Chi.*

20　Thomas Francis Wade, *Wen-chien tzŭ-erh chi. A Series of Papers Selected as Specimens of Documentary Chinese, Designed to Assist Students of the Language as Written by the Officials of China in Sixteen Parts*(London: Trübner, 1867).

21　關詩珮：〈威妥瑪漢字字母化的追求：論新發現威妥瑪謄抄馬禮遜《廣東省土話字彙》及裨治文《廣東方言彙編》手稿〉，《漢學研究》第34卷第4期（2016），頁263–297。

22　Robert Morrison, D. D., *A Vocabulary of the Canton Dialect, Parts 1–3*(Macao, China. Printed at the Honorable East India Company's Press, 1828).《廣東省土話字彙》為原書名中譯。

23　Jessie Gregory Lutz的書內雖沒有什麼明顯證據支持這說法，但學者一直郭實獵及威妥瑪兩人的著述中，從無這方面的佐證，不過兩人當時同在香港，並同為香港殖民政府效力。而身處香港的英國人及當政者都深深明白，缺乏漢語專家會直接損害大英帝國在華的利益，因此身為外交部漢文正使（Chinese Secretary；威妥瑪後來繼任此位）的郭實獵，於公餘的時候指導威妥瑪，是很有可能的。事實上，郭實獵在澳門成立的宗教團體福漢會（The Chinese Union），一直有開班授徒，教導外國年輕學子中文。他亦曾以這個理由，向香港第二任港督德庇時（John Francis Davis, 1795–1890）進言，希望當時香港政府將資助兩所在港辦學團體的資金，如香港馬禮遜學校（Morrison Education School）或香港聖保羅書院（Hong Kong St. Paul's College），轉到他名下的教育機構，助他另起爐灶。他指上述這些學校，只教導中國人英語，而非教導來華外國人漢語，忽略了大英帝國的當務之急。此外，由於這些學校擁有自身的辦學宗旨，而且教學內容廣泛，學生語言程度又不一，要這些機構為殖民政府培養雙語人才及譯員，並不實際。外國年輕人在香港學習漢語，全都是權宜之計，政府既沒有遠景也沒有藍圖。他當時利用了威妥瑪在港學習的情形，乘機向政府獻計，一個重要的原因是威妥瑪當時極受第二任香港總督德庇時賞識，視為可造之材。我們沒有看到威妥瑪曾經入讀香港這些教學機構，不過，他需要艱苦自學，則是不容否定的。新出土的手稿，能讓我們看到在這樣匱乏的學習條件之下，威妥瑪曾以重抄字典作為研讀方法，轉折受益於馬禮遜：

威妥瑪於手稿扉頁上，自珍地寫上手稿的成書過程：

Copied by me from Dr Morrison's Canton Vocabulary now almost out of print between the months of July and October 1843.

沿用此說。見 *Opening China: Karl F. A. Gützlaff and Sino-Western Relations, 1827–1852*（Grand Rapids, MI: William B. Eerdmans Publishing Company, 2008), p. 177.

I look upon as the most valuable assistance to the student of the Canton dialect, who must however add much to it. Still as a foundation it is one of the many works for which English men have yet to learn their obligations to their 1st Sinologue *primus idemque prínceps.*

Wade lieutenant

Hong Kong 1843

扉頁原文用英語寫成，有威妥瑪的簽名。威妥瑪有着傳統西方人文學學者的氣質，行文內常常會以拉丁文表達專有概念或慣用語，圖一最末一句引文所寫的*primus idemque princeps*，大概指馬禮遜是當今天下第一之意。全段可以翻譯為：

> 此為我於1843年7月到10月間膳抄馬禮遜博士現已差不多絕版的《廣東省土話字彙》。我認為這書對學習廣東方言的學生而言是最珍貴的教材，雖然無可避免地要作一些增訂。即使如此，作為基礎入門書，我們國人還未盡應有義務向當今第一人的漢學家馬禮遜好好學習。

這段引文有多項重點。首先，威妥瑪從1843年7月到10月，以四個月的時間抄寫整部多達三百多頁的字典，當中包含共六千多條的詞條及釋詞。若他持之以恆地每天習字，每天最少需要抄五十多條。過程中所需要的體力、專注力及意志力，絕對不容輕視。這反映威妥瑪這段時間高度集中專注學習廣東話外，也顯示了他受制於借閱字典給他的期限。威妥瑪直言《廣東省土話字彙》（*A Vocabulary of the Canton Dialect*）從1828年出版到1843年的十五年間，原版差不多售罄，一書難求。亦即是說，有人向他推薦《廣東省土話字彙》的重要性及價值後，他嘗試購買卻無法購得，在絕版加上原來字典流通量有限的情形下，他只能向同仁借

　　　　　　　譯者與學者：香港與大英帝國中文知識建構

閱，並要在大概四個月限期內抄寫完畢。對出借者而言，這字典必定是當時極重要的參考書，無法長期外借。

《廣東省土話字彙》一書風行，我們暫時沒有此書的出版數量。根據蘇精的統計，同期由東印度公司出版的馬禮遜著作數量如下：《從原語中文翻譯》(*Translations from the Original Chinese*)印數為100部、《英華字典》(*A Dictionary of the Chinese*)印數為750部。[24]即使我們無《廣東省土話字彙》的具體印數，但可以從東印度公司當時出版的情形作出推斷，馬禮遜的《英華字典》應是最大的印量，而該公司於1832年出版的麥都思(W. H. Medhurst, 1822–1885)《福建方言字典》(*A Dictionary of the Hok-këen Dialect of the Chinese Language*)印數為284部。根據東印度公司檔案，公司說送40部此書給董事會。以此推算，馬禮遜字典印750部，送100部給董事會，按相同比例，廣東省字彙印300部，送40部。[25]

由於當時外國人學習廣東話的需求甚為殷切，在這樣的熱潮之下，300本印數絕對難以滿足市場的需求。1829年4月，馬禮遜在寫給自己兒子馬儒翰的信中也明言：「……我才完成廣東話字典的第三部分。說到底，現在學廣東話比北京方言更流行。」[26]再者，《廣東省土話字彙》出版後大受好評，廣州英國商行在給東印度公司的報告中對此評價甚高，稱「整部著作提供了歐洲人學習中文方便，實現了我們的目標，因而受到高度讚譽」，「通過馬禮遜的寶貴努力，要實現外國人用中文同中國人交往的目標，這時代指日可待」。[27]《廣東省土話字彙》出版後的十多

24　蘇精，《鑄以代刻：傳教士與中文印刷變局》(臺北：臺灣大學出版中心，2014)。

25　India Office Records(G/12/281), "The Select Committee to the Court, 28 January 1830," point 12。這條資料得蘇精博士賜教，在此致以謝忱。

26　Eliza A. Morrison, *Memoirs of the Life and Labours of Robert Morrison*(London: Longman, Orme, Brown, and Longmans, 1839), vol. 1, p. 424.

27　Eliza Morrison, *Memoirs of the Life and Labours of Robert Morrison*, vol. 2, pp.

年間，除了在廣東澳門一帶外國人圈子中口碑甚隆外，在1834年《廣東紀事報》（*Canton Register*）裏，我們仍然找到相同的讚譽，而且還是遠自歐洲的同仁：

> 馬禮遜《廣東省土話字彙》這部同樣有用的書出版，也豐富了研究地區方言的工具。無疑，這部書的特殊用途最能體現於廣東區，它的寫作本旨就在於促進歐洲人與中國人的貿易交流。但這種工作也應該引起文法學家極度的興趣，因為這樣的工作使文法學家在各種變化下視察一種語言，在那些有時保存了語文學家覺得最寶貴的事實，以及不同成語的比較分析的方言中來研究這種語言。[28]

因此，威妥瑪來華前，以學習廣東話為首要目的，是自然不過的事情。事實上，在這樣的學習廣東話熱潮下，《廣東省土話字彙》本來就供不應求。隨着時代變遷，於1843年已身在香港的威妥瑪無法找到《廣東省土話字彙》實在合情合理。其實，《廣東省土話字彙》曾於1840年在印度加爾各答（Calcutta）再版。雖然全書內容大致一樣，三部結構亦相同，但由於針對的是英語圈非學習漢語的讀者，所以全書漢字盡皆刪去，書名更被易名為*English and Chinese Vocabulary, the Latter in the Canton Dialect*。由於威妥瑪的學習重點在於漢語、中英對譯語，以及廣東拼音，所以印度版並不適合他的學習綱要，他只好捨易取難，重抄一遍。

從威妥瑪扉頁的引文可見，在當時教材匱乏的情形下，重抄字典不失為一個學習語言的折衷方法。整體而言，威妥瑪的抄寫工夫極為詳盡細緻。從頭到尾所示，全稿行文工整，中英字

401–416.

28　*Canton Register* 7 no. 15（15 April 1834），p. 58.

體端莊整齊，內裏並無重大塗改之處。由於筆記簿本身並不是活頁簿，任何筆誤之處需要另頁掩飾，但仔細考察全文，並無發現替換之處。即是說，他以極謹慎的態度謄抄，這裏除了反映他的性格外，更重要的是他對手稿功能的重視。對他而言，這部手稿並不是學習帳或練習簿，隨意試筆練字，而是一本放在案頭的參考書。1846年，威妥瑪於手稿上作了一次大型的增補，這是因應他於1846年事業上取得的新突破而來的增訂。1846年2月，威妥瑪終於能棄兵從文，正式受僱於香港政府成為譯員，他出任的職位是相對顯赫的香港最高法院(Supreme Court)譯員，年薪405英鎊。[29]能夠當上最高法院的譯員(court interpreter)，說明他的能力已受到確認。

威妥瑪在無師自通的環境下，能憑着自己的實力整合不同的知識體系，並獨得最快掌握廣東方言的竅門。在這樣的學習路徑下，最欣賞他的，固然是同樣身為漢學家的德庇時，原因是他曾受馬禮遜的親身教導，追隨他的教導多年，自己也嘗試於1815年編製字典詞典*A Dictionary of the Most Useful Words of the Chinese Language: Containing in All About 5,000 Characters*，[30]卻從沒有像威妥瑪一樣，有這樣便捷的方法整理紛紜的知識系統。1847年，德庇時擢升威妥瑪為副漢文正使及譯員，這除了是因為香港當時譯員不足外，也是德庇時體恤威妥瑪學習中文的苦心，讓他能騰出更多公餘時間專心學習中文。

威妥瑪在香港先後得到多位有權勢的上司提攜，並諒解他學習中文的苦心，否則絕不可能爬上外交部文官的梯隊，造出日後的好成績來。除了德庇時外，接替德庇時出任第三任港督的文含，由於自己對中文一竅不通，便得更加倚重懂得中文的人員

29　*Ibid.*

30　Sir John Francis Davis, *A Dictionary of the Most Useful Words of the Chinese Language: Containing in All About 5,000 Characters*(Macao, 1815).

了。當時香港的漢文正使為郭實獵，但他事務極繁重，且要兼及教會及傳教的工作，常常不在香港，文含更看重把威妥瑪留在身邊，並向外交部陳呈，在郭實獵不在港期間，他的工作全由威妥瑪兼任，在過去數年間威妥瑪的工作表現及效率，已經充分證明了他的能力。[31]1851年8月23日，郭實獵去世。文含立即要作出適當的人事調動，當時，兩位可能接任郭實獵的人選為麥都思及密迪樂，文含除了要考慮提拔一人外，還得決定原來各自職位的接任人安排。就在這時候，威妥瑪寫信給文含，希望在這次人事調動裏，他自己能獲派到廣東領事處擔任譯員，原因是他認為這能有助開拓他的視野及進一步提高中文水準。不過，由於外交部對威妥瑪未完全信任，他的申請落空。文含繼續把威妥瑪留在身邊，並在上繳殖民地部的信件中，大力推薦他，指出自己作為港督兼英國駐華全權公使及英國駐華商務總監，特別明白需要像威妥瑪這樣嫻熟中文知識的人協助。[32]真正令威妥瑪的才華得以發揮的是香港第四任總督包令，原因是在包令任內，中英爆發了第二次鴉片戰爭(1856–1860)，令威妥瑪有機會親身接待來華全權公使額爾金，並參加天津和議的談判。

在列強步步進迫下，清廷暴露了長期積弱的問題，內陸紛亂四起，威妥瑪因身處香港殖民地這個中英兩國的緩衝位置，進出香港，既處理香港內政，又開始接觸在華外交事務，得以踏足遼闊的中英政治舞台。舉例說，自1849年起，威妥瑪就在香港處理太平天國的翻譯及情報工作。[33]英國曾一度認為太平軍利用西方基督教力量，足以推翻中國天朝帝制，因而密切監察太平軍的發展，希望能坐收漁人之利。為了清楚知道被清廷稱為「粵匪」的太平軍的底蘊，懂得粵語的威妥瑪便大派用場。威妥瑪這時期

31　F.O. 17/175/268, 26 February 1851.

32　C.O. 129/24/243–247, 19 May 1848.

33　F.O. 17/205/143–148, 18 November 1853.

經常進出粵港，與中國平民對話，並利用這機會佈下線人，搜集情報及線索，[34]更大量翻譯《京報》（*Peking Gazette*），從多方面整理中國的消息及情報，同時間又以此來鍛鍊自己的語文能力。另一方面，1853年9月，小刀會佔領了上海老城，清廷海關監督無法有效徵收關稅。英國駐上海領事阿禮國爵士（Sir Rutherford Alcock, 1809–1897；任期1846–1854年）為避免各外商逃避繳稅，遂與美國駐華公使馬賽（Humphrey Marhall, 1812–1872）聯手作出臨時安排，兩國領事暫代中國政府向各國國民徵稅。外商恐怕既得利益受損，也同意在上海成立一個外國人總稅務司，幫助清政府公平收取海關關稅，互相監察。與此同時，中國同意廢除內地關稅，以示遵守協定。[35]包令考慮威妥瑪的語言能力，大力推薦他北上，出任上海副領事，並兼處理中國海關關稅的工作。[36]從香港政府漢文正使一躍而成為上海副領事及關稅司，在官階上可以說是矚目的升遷，然而威妥瑪自己卻不怎樣享受海關的工作。上任不久後，他就向外交部表示，自己志向一直在於學習中文，歷年多次回到中國——這個他看來工作環境惡劣，收入又低微的地方，目的都是為了學習中國的知識（威妥瑪稱為Res Sinica），[37]同時在收集中國古籍上，即使自己傾盡家財，也不會計較。[38]相對

34　F.O. 17/166/169–238, 27 March 1850.

35　Haiguan zong shuiwusi shu, *Documents Illustrative of the Origin, Development and Activities of the Chinese Customs Service*（Shanghai: Statistical Dept. of the Inspectorate General of Customs, 1937–1940），p. 148.

36　F.O. 17/195/72, 1 December 1852.

37　拉丁語Res Sinica的意思，即是China Affairs或things about China。以今天學術術語而言，可以稱為有關中國的研究。威妥瑪對中國研究的稱呼，沒有在當年的學術界引起什麼迴響，他擔任劍橋大學首任中文教授時，學生寥寥無幾，他自己回國後也沒有什麼重要著作，因此很難在學界形成一股風氣。事實上，威妥碼擔任中文教授一職，並不是受薪的職位。J. W. Clark, *Endowments of the University of Cambridge*（Cambridge: Cambridge University Press, 1906），p. 252。

38　從他的學生後來整理出來的威妥瑪藏書可見，他所言非虛。見Giles and Cambridge University Library, *A Catalogue of the Wade Collection*.

來説，海關繁冗細瑣的工作，對威妥瑪來説，不單沒有絲毫的吸引力，且跟他希望能更瞭解中國的初衷，實在大相徑庭。因此，他上任半年後就提出請辭。威妥瑪頻密提出辭呈，既嫌文職工作太繁忙，又嫌武職不能發揮所長，加上辜負包令對他的提攜，日後的仕途，本來難望再有突破性的發展。不過，親身寓居上海一段時期，能與口岸的英商、中國官民及學生譯員直接交往，他漸漸啟悟到，只要以自己的語言能力及對研習漢學知識的熱誠，便足以配合國家及時代的需要，他甚至以此作為安身立命之所，確立了自己認識中國的心志。

威妥瑪在上海與學生譯員密切工作及交往半年後，很快就察覺到原來的課程問題癥結所在。他寫了一份極詳細的報告，[39]在1854年10月9日送呈包令，希望包令轉達外相克萊頓，籲請外交部着手改革學生譯員計劃，並提出自己請辭上海海關稅務司一職的要求。威妥瑪説：

> 首要原因解釋了，譯員在服務大概十年左右後漢語水準仍只得寸進。第二，漢語古籍及政治方面的著作，由於完全沒有翻譯詞彙表或其他輔助性的工具，外國人要學習中文，實在無從入手。
>
> 要剷除現存學習漢語(我指的是不單是漢語，更有廣義中國事務[Res Sinica])的障礙，在我全面服務外交部任期內，我把大部分的收入用作收集書籍、研究材料、統計資料及其他東西上。固然，我沒有或不會忘記，那些以官方風格所寫的文章，我已正式開始翻譯大部分的古籍——這些形成中國人思想中最晦澀的部分，重要性不低於學習官樣文章，我認為是譯員最應學習的部分。謹呈的是我部分的心血，雖仍未算全

39　F.O. 17/216/335, 9 October 1854.

　　　　　　　譯者與學者：香港與大英帝國中文知識建構

面，但假如我的健康許可，我希望在未來五年內可以繼續致力這方面的工作。

屆時，我相信我會完成一部學生認為有用，兼能作為教材的輔助工具，我希望這教材能讓我的學生不會感到厭惡，也不需要佔用他們太多的時間去掌握。

我不認為我是最能擔當此重任的人，不過，環視四周，我是唯一願意放棄晉升機會及薪酬去擔當此任務的人。[40]

他於1854年進一步掌握了北方官話及打下堅實的漢學基礎。他憑着同一種能力、慧見、野心及信心，毅然寫信到外交部，徑自向上級提交意見，要求讓他統籌外交部學生譯員計劃的教學內容及方向。他不單以自己創設又帶有實驗性的學習筆記《尋津錄》，證明自己學習方法十分有效，並以展示自己斐然的成績作為最好樣版；他並提交兩份詳細計劃書：〈有關中國研究謹呈包令爵士備忘錄〉(*Memorandum Respecting the Study of Chinese Submitted to John Bowring*)[41]、及1861年呈遞克萊頓繼任人羅素勳爵的〈威妥瑪有關語言研究課程大綱謹呈羅素伯爵備忘錄〉(*Memorandum by Wade to Russell Outlining Program for Language Study*)，[42]指出外交部在沒有統一規劃下，中文課程的內容及安排雜亂無章，大大影響了學習效率，減低學習意欲，浪費人才，甚至危害國家在華利益。於是，他自動請纓，希望外交部給予時間及資助，讓他統籌中國研究的資源及教材，整合一系列適合外交部譯者訓練課程的教科書。他總結了自己多年的學習經驗，從學習者的立場出發，撰寫實用性高並富有特定學習目標的教科書。

威妥瑪的貢獻，不單在於洞悉外交部在教學制度及教材上的問題，他更意識到語言交際的問題。中國地大物博，方言之多，

40　F.O. 17/216/335, 9 October 1854.

41　*Ibid.*

42　F.O. 17/351/120, 15 March 1861.

對急於訓練在華譯者的英國而言，要譯員同時學習各種方言是不切實際的，這樣做只會分薄學習資源。威妥瑪看到，既然中英外交語是官話(或北方話)，清廷、中國官員及士紳階層等都以官話為主，英國就應設下目標，培訓譯員在最短時間內學會北方官話，避免出現眾口難調的情形。因此，學生譯員計劃以北方官話為優先學習語言，讓英國政府能通過最直接的管道跟清廷對話。為達目的，他更在專家及中國學者協助下，統一了拼音系統。為了盡快達到目標，他在學習及編製威妥瑪拼音系統時，參考了來華漢學家，包括馬禮遜、麥都思、羅伯聃、衛三畏、密迪樂、艾約瑟的所有論著，並作出大量的修訂。威妥瑪在整理前人的標音系統時，重塑語音發展，結合當下發音慣例，統一了拼音的方案。

這樣，他之前在香港長年累月，刻苦學習的粵方言，將成了附屬技能。他所投放在整理馬禮遜《廣東省土話字彙》及裨治文《廣東方言彙編》字典的心血，即將也會付諸流水，前功盡廢。不過，對於要徹底轉換學習方向，同時需否定自己過去建立的點點功業，他並沒有特別掙扎，也表現得毫不留戀，原因是他有一明確的志向。這點志向，一方面是漢學上的，另一方面是政治上的。

4.2　威妥瑪提出改革「中國學生譯員計劃」的內容

威妥瑪所提交給外交部的樣書，就是他一直以來默默從自己的學習筆記整理、自行編製的《尋津錄》(見下文)。包令雖不同意威妥瑪辭去高官厚祿的職位，但也沒有譴責或留難他，甚至在致克萊頓伯爵的信中，解釋威妥瑪的初衷及動機，而且擔保他能寫出高質素的著作，保證他能領導學生譯員計劃邁進新里程。[43]包令甚至把他調回香港，自1855年起委任他為香港的漢文正使與駐港的英國商務監督及全權代表，既可讓他有熟悉的工

43　F.O. 17/216/333–334, 9 October 1854.

　譯者與學者：香港與大英帝國中文知識建構

作環境，專心寫作，同時又可統籌外交部的學生譯員計劃。包令的安排可說是周到的。相反，威妥瑪從港口譯員的表現總結出來的報告，很可能機緣巧合地切合了克萊頓一直致力改善中國翻譯工作的心意。克萊頓過去沒有推出任何重要舉措及改革，原因在於沒有物色到適當人選擔當此任。我們看到，克萊頓在收到報告後，1855年起外交部就向殖民地政府及港口領事公佈，將來擢升公務員的準則，會考慮申請人是否懂得漢語，懂漢語申請者的晉升機會將會大大增加。[44]

得到克萊頓伯爵及包令的支持後，威妥瑪全面接掌中國學生譯員計劃。他的首要任務就是要把課程規範化，包括設立定期考試、改善師資，以及改革學習模式。可以説，在最初十多年裏，他針對性地處理漢語課程及翻譯訓練部分，具體的內容下文會仔細討論。另一方面，當計劃上了軌道，他再不需要站在前線教導學員及監督考核工作後，也就是他當上駐華公使後，他又換上了另一角色，繼續改革課程，特別是體制部分，為學生的福祉發聲，讓學生在中國可以有更好的居住環境，更增設進修設備（如圖書館）、增加課餘活動，並希望改善升遷制度、生活津貼、醫療及退休保障等。[45]這些實際安排，直接影響着學員學習的情緒及成效。不作出體制上的改革，學員很難專心應付艱苦的學習生涯。[46]固然，以威妥瑪一人之力，是不可能促成體制改革的，然而他在這數十年裏，無論是在下屬或上司的崗位，他都積極地提出建設性的意見，籲請外交部作各種改善。威妥瑪在説明制度的缺漏時，都會懇切而詳細地説明每位學生的學習能力、困難、

44　F.O. 17/213/98–101, 20 April 1854.

45　F.O. 17/373/173–176, 14 August 1862.

46　事實上，雖然在制度及名義上，學生譯員是皇家公務員，而且隸屬外交部，工作甚具社會名望，可算是不錯的職業，但由於十九世紀英國外交部體制不完善，學員在中國的生活遇到很多的困難，加上升遷管道不足，學員都在相若的年齡入職，升遷競爭極為激烈，再加上社會及生活保障不足，學員當時面對非常多的問題，見F.O. 881/5044/1–20, 5 August 1882.

際遇等等，力證建議的合理性及改革原因。[47]無論是否職責所需，他都長期關注每位學生的背景，並瞭解散布在中國各港口及內陸各地的學生情況。事實上，如果我們細讀威妥瑪上呈外交部籲請改革學生譯員課程的書信，內容雖然繁瑣，但掩卷之際，我們難免會產生一種反省：近代史對威妥瑪的評價，似乎欠缺了一種較人性化的描述。

從上文已看到，威妥瑪多次表明要辭去外交部的工作，好讓自己能專心研究漢語及中國文化，這本來就不是一般政治人物的風範。他對學員的關懷，在外交部往來書信中滔滔不絕地陳呈學生的遭遇，甚至被外交部譏為「威妥瑪式公文」，但卻絕對不是巧言令色，錙銖必計的政客所為。在中國出版的近代史裏，威妥瑪往往被描述成一名野心勃勃的侵略者，特別是在「馬嘉里案」後，[48]他咄咄進迫中國簽下《煙臺條約》作賠償，乘機勒索中國。然而，假如我們改換另一角度去看，大概會產生不同的認識。根據英國外交部的紀錄，馬嘉里自1867年來華後，在培訓過程中很早就嶄露頭角，由於具備語言天份，考試一直名列前茅，在芸芸譯員中早已脫穎而出。他不單是1867年考試成績最好的學生，更在兩年後就獲晉升為高級譯員。[49]外交部派馬嘉里到滇邊擔當重任，是因為他能力最高，值得信任。眼看自己親手培養提拔的優秀學生在執勤時遭遇不測，再加上考慮到馬嘉里個人處境——生前收入微薄卻遺下眾多孤雛，[50]威妥瑪願意自資出版馬嘉里遇害前所撰的滇邊筆記，表明他並不是一位薄涼的政治

47　Wade to Bowring, "Confidential-Report on Ability of Chinese Interpreters," F.O. 17/268/80, 28 April 1857.

48　*China. No. 1(1876). Correspondence respecting the Attack on the Indian Expedition to Western China and the Murder of Mr. Margary. Presented to Both Houses of Parliament by Command of Her Majesty*(London: Harrisons and Sons, 1876).

49　F.O. 233/75/25, 17 October 1868; F.O. 17/500/233, 2 January 1869.

50　F.O. 17/767/215–223, 14 May 1877.

家。[51]他咄咄進迫中國，也許反映他是性情中人，以及他對年輕學員遇害的悲痛罷了！固然，也許這裏只進一步引證弱國無外交而已，[52]積弱的中國在十九世紀實在沒法逃過列強瓜分的厄運。

為了專注討論威妥瑪對學生譯員計劃的重要建樹，我們在以下部分會集中探討中國譯員計劃課程生產出來的知識成果，亦即是他着手重新規劃的漢語課程及翻譯訓練部分，其他有關譯員待遇、社會流動及在華生活經歷等，這裏暫不處理。[53]考察威妥瑪改革課程的重要方向及內容，可以依據他在不同時期所撰寫的兩份提交外交部的備忘錄：1854年提交的〈有關中國研究謹呈包令爵士備忘錄〉、[54]及1861年呈遞克萊頓繼任人羅素伯爵的〈威妥瑪有關語言研究課程大綱謹呈羅素伯爵備忘錄〉。[55]

首先是師資方面。威妥瑪考察了學生譯員在中國的表現後，認為改善師資刻不容緩。這包括兩方面，第一是學生來華後跟從的本地中國老師是否符合資格；第二是倫敦國王學院方面的教學設計。他認為首要做的，就是為各學生譯員親自聘請老師，因為原來的本地老師水準參差，不一定能勝任。威妥瑪很明白，來華的學生都經國王學院精挑細選，能入選的都是品學兼優的良材。然而這些優秀學子來華後，中文水準卻停滯不前。在檢查學生的文章時，威妥瑪從本地老師在卷子上的評點看到，有些老師實在是濫竽充數，不懂得官話表達方法，卻胡亂充塞地方語，企圖瞞天過海。他甚至懷疑有些本地老師能力低劣到寫一封完整書信或

51　F.O. 17/704/331–335, 17 November 1878.

52　王爾敏：《弱國的外交：面對列強環伺的晚清世局》（北京：廣西師範大學出版社，2008）。

53　有興趣可參考MitFord, *The Attaché at Peking*, pp. 128, 216; A Resident in Peking [Louis Magrath King], *China As It Really Is*(London: Nash, 1912), pp. 154–155。此外，學生往往不能適應中國生活，工作壓力沉重卻無處消遣，有些更沾上酗酒惡習，而被迫退學。F.O. 17/373/172–176, 14 August 1862.

54　F.O. 17/216/335, 9 October 1854.

55　F.O. 17/351/120, 15 March 1861.

斷句標點也有問題。這些良莠不齊的導師大大窒礙了學生的學習進度。威妥瑪認為，必須馬上要有嚴格挑選老師的章法，而且他會盡可能親自參加招聘工作，並按照學員所在地及所需學習方言而分配老師。此外，威妥瑪更希望在聘請本地老師時，確保他們的書面語及口語、地方語或官話，都符合水準。

課程結構方面，威妥瑪本來只應該專注中國的部分，而英國本土的部分則屬倫敦國王學院的中文教授負責。當時國王學院的中文教授為佐麻須，而他也定期向包令及外交部撰寫學生進度報告。不過，由於威妥瑪極度熱心，並視學生來華前後的訓練為一整體考慮，因此，他對於國王學院漢學課程的內容，也提出了不少意見：

> 我不能肯定佐麻須教授提供的基本講座對什麼學生有所裨益。任何歐洲人嘗試在一指定時間或同一時期教授中國任何三種方言，本身就說明了這位歐洲老師不可能完美地掌握到三種裏的任何一種，而這就是佐麻須教學綱領部分的情況。如果每年有更多學生譯員能在英國跟從中國老師，這就能確保即使學生還未曾到來中國居住，已經可以合資格成為譯者，且將有更多可造之才獲提名參加這個計劃。[56]

4.3　文史知識、語言及文化翻譯課程

我們固然明白威妥瑪一心要鞏固學生學習漢學基礎的意願，不過，即使他的動機是如何的純粹，卻難免讓人覺得他做事不很實際，原因是這等同要求外交部去干涉倫敦國王學院中文課程的內部運作，況且，威妥瑪的意見亦絕不應凌駕在國王學院中文教授的決定之上。威妥瑪看到來華學生的表現，後來甚至

56　F.O. 228/224/125–140, 12 March 1857; F.O. 228/233/39–45, 11 March 1857.

建議外交部應參與遴選國王學院中文教授及課程改革。儘管外交部很重視威妥瑪的建議，然而卻不可能以政治原因來干擾大學機構的學術運作模式，更不要說若外交部插手，可能涉及高昂的成本。[57]結果，外交部並沒有採納這部分的建議，只是紀錄在案，說明日後改善英國本土的課程時會作出適當參考，甚至表示，若真有需要，會在香港設立中文教授一職。[58]外交部在克萊頓領導下，的確推出過不少具前瞻性的計劃。至於在香港大學正式設立中文學院教授翻譯，得要待到下一個世紀的1927年才實現。[59]

事實上，學員在華接受漢語訓練，所遭遇的問題非常多，外交部不急於在一時間全部解決，可說是明智之舉，尤其是十九世紀大英帝國其實並不特別熟悉中國事務，全國也只有寥寥無幾的三數名中國通及中國專家。對於英國成年人如何可以有效學習漢語，本身並無很多頭緒，甚至根本弄不清楚漢語內包含多少方言及方言區分布的情形如何。殖民地部在1883年的一份文件，就透露了英國對華事務的無助及無知。文件不少的空白地方都留有殖民地部大臣及官員傳閱間的評語及筆記，他們問道：「北京話等於官話嗎？」("Is the Peking dialect the same as the mandarin language?")；「在我理解裏，中國各種方言之間的差異就像不同語言間的差異。」[60]因此，威妥瑪早在十九世紀五十年代中，就要求外交部建議國王學院不要提供幾種方言及官話合一的課程，對外交部來說是無法執行的，因為他們根本無從判斷內容的意義，在此基礎上無端撤換倫敦國王學院教授，是難以令人信服的。

威妥瑪認為課程的重心是要先建立良好的漢語基礎，才可以進一步談有效的翻譯；學員掌握語言及翻譯能力後，為外交部中的港口海關處理關稅(custom)問題及領事(consul)工作，就會

57　F.O. 228/264/85–88, 13 October 1859.
58　F.O. 228/224/125–140, 13 March 1857; F.O. 228/262/36–56, 28 May 1859.
59　羅香林：《香港與中西文化之交流》（香港：中國學社，1961），頁223–241。
60　C.O. 129/210/291–301, 9 July 1883.

得心應手。若本末倒置，不但得不償失，更令以後的外交工作停滯不前。因此，在接掌學生譯員計劃後，他認為首要處理的是改變課程的性質，不應再讓人們把它看成是公餘的課程。

威妥瑪發現，學員白天花上極多時間在港口處理文書工作，有些一週工作數天，有些則不單每天都有公差，而且需要連續處理文書達六個小時；還有是工作的範圍含糊，有些時候學生要參與英商的活動，有時候甚至中方官民的事情也要學生譯員處理，原因是他們是唯一懂得漢語的中介。然而，在處理公務及酬酢間，學生譯員不但嚴重失去寶貴的上課光陰，連課餘的自學時間也被剝削得乾淨殆盡。在這樣繁重的工作環境下，學員下班後已經筋疲力盡。有些情形更嚴峻，對於很多所謂剛「開埠」不久的港口，中國為隔開華洋居所，避免洋人與本地人產生磨擦，外國人居住的地方特別偏遠，學生上下班的來回路程需時三小時。在這樣困難的工作及生活條件下，要學員保持學習漢語的興趣，並不太可能，學員很容易會失去學習的衝勁。威妥瑪在報告指，如果不能徹底改變課程的定位，學生根本不可能在來華後兩年就能擔當翻譯工作，更不要指望他們將來能成為國家一級的翻譯員，肩負重要的翻譯任務。相反，今天在港口領事處那裏學習的所謂技能，對這批英國高等學府的精英而言，根本不需要半年的時間就能完全掌握，現在卻要他們分神處理文書工作，實在是很大的浪費。威妥瑪建議，學生來華後的第一年，應全心學習漢語，定期考核，[61]把守重要學習關口，及早瞭解學生的學習能力、問題及困難。第二年則可按照學生的能力酌量分配工作，並且適當地提高他們的薪酬，增加學習動力。當然，學生應對中國文化及各港口人文風俗有所認識，原因是翻譯本來就需要譯者有廣泛知識，何況譯者處身在兩種文化的鴻溝下，工作範圍更往往需要調解文化差異所造成的糾紛。當學生譯員漢語根基穩固後，

61　F.O. 17/214/1–2, 5 June 1854.

威妥瑪認為就應該加入商業及法律知識，用以解決英商與政府間的糾紛。威妥瑪並認為，要讓所有學生知道，畢業後分派或提升到各職級或口岸，是按學生漢語程度及翻譯技能來判定，而且是口語及書面語翻譯兩者並重，並向學生譯員訂明統一課程及考核標準(詳見下文)，令學生瞭解評核基準，對公平的制度建立信心，學員才能保持持續的上進心。有些時候，要說服外交部不應再拖延改革，威妥瑪說到現在學員的水準時，難免會非常動氣，忘記了自己只是帝國官僚，而表露真性情。他在書信及報告內不只一次語重心長地指出「你根本不知道翻譯水準有多差勁」；[62]「你不知道口譯及書面翻譯的水準多惡劣，以及他們如何忘記了漢語——他們曾經學習過的知識。我並無他想，只希望外交使節的中文像他們的法文及德文一樣好而已。」[63]

威妥瑪上書英廷的意見，鏗鏘有力，分析力強，只要細心閱讀他編的教材例言，仔細分析他如何編撰教材，我們就明白，他是融合了自己作為學習者、教導者、課程設計者等諸多角色，為學生編寫教材，務求學員能在短期內學習實用知識，學以致用。

威妥瑪在華所撰的幾部著作，包括《尋津錄》、《文件自邇集》及《語言自邇集》(本書總稱為「三論」)。這「三論」過去似乎沒有能夠引起學術界很大的關注，是可以理解的。因為「三論」所處理的，是外交事務的往來應用文；在語用層次上，由於都是外交文牘，加上公文格式具備時效性，今天看來的確令人覺得內容太褊狹及失去時代感。不過，若我們把「三論」看成是十九世紀中英交往下，漢語國際化的歷史文獻，則會發現它們具備了極為重要的歷史價值。

「三論」的教學構思、學習綱要及編輯方向，綱目分明。

62　F.O. 17/679/33, 12 January 1874.

63　F.O. 17/555/159–168, 20 March 1870.

威妥瑪編輯的三種教材在功能上互相緊扣，各集內容互相呼應，並務求以層遞漸進式的方法去訓練學生的各種能力，這樣的概念，在選題上已經充分反映出來。《語言自邇集》及《文件自邇集》的基本精粹就是「自邇」，這是出自儒家經典《禮記·中庸》：「君子之道，辟如行遠必自邇；辟如登高必自卑。」威妥瑪比喻學習的道路就好像君子實行中庸之道一樣，要走遠途必先從近處起步，要達高峰亦先從低處出發。而這亦跟《尋津錄》題名相呼應，在這書序言中，威妥瑪開宗明義點題道：「《尋津錄》，顧名思義，是由一名還在尋津問道的人所寫的，不能作為尋找正道的指引。」英文原文為 "The Hsin Ching Lu, or writing of one in search of a Ford, as its name will shew, is not so much a guide book as the composition of a man still in quest of the right way"。並緊接寫上「泰山不讓土壤，河海不擇細流」。這句是取自先秦李斯《諫逐客書》：「泰山不讓土壤，故能成其大；河海不擇細流，故能就其深。」比喻學習從小積累，細大不捐。他一再說明這些翻譯教材是要兼及書面翻譯及口頭傳譯兩方面。因此，「三論」的分配是先以《尋津錄》定出一般詞彙、造句、語法，訓練學生譯員寫作和閱讀的能力，而在《文件自邇集》開列出日常使用詞彙及公文慣用語作為綱領，《語言自邇集》則教導及訓練學生音韻學知識，包括送氣不送氣、母音、聲母韻母、聲調等問題，並以語音（sound）、語調（tone）、節奏（rhythm）等盡量淺白的範疇來加以概括。在掌握了基本發音後，再輔以日常官場使用中英兩國會話實例，給學生足夠訓練。《文件自邇集》是取材自鴉片戰爭以來中英兩國各外交公文，以及威妥瑪一直為外交部多年來翻譯《京報》的各種原文譯文，如「璞鼎查跟兩廣總督與欽差的照會」及清廷內部的上諭、片、折等，威妥瑪將這些公文分成不同的應用格式，歸類為平行公文、往來信函、小民稟稿、款帖法程、移詳公牘等卷，讓學生可根據各種不同情形按圖索驥。當

　　　　　　譯者與學者：香港與大英帝國中文知識建構

然，由於這些為培訓譯者的教材，威妥瑪另闢檢索小冊（Key），附有英文對譯，讓初學者在理解、詮釋上都盡可能一目了然。

如果以今天的角度去審視這些過時的對外漢語及翻譯教程，固然無甚驚喜，然而，當我們把這「三論」放置回十九世紀的歷史脈絡中，並結合當時的外交部檔案內容一起去看，把這些視作威妥瑪實踐他所學到的中文知識，我們就會認同，其實這「三論」的歷史價值非比尋常。威妥瑪作為一名十九世紀初來華的外國人，一心要學習漢語及中國知識，卻苦於不得其法，求救無門，最後在孜孜不倦的態度及破釜沉舟的精神下，梳理出一條可供外國人學習漢語的道路出來，並以此反饋同仁及後學，他的志行更像一位知識人。推動着他尋根究底的動力，除了是自身對知識的好奇外，更重要的是他當時肩負了譯員課程導師的責任，他不想學生像他剛學漢語的首數年那樣，不得其門而入，虛耗光陰。

威妥瑪首先在香港是學習粵方言的，因為他曾經在香港法庭擔任譯員，在他所撰的教材內，他在適當的時候會以比較語言學的角度分析粵語及官話間的分別。[64]然而，隨着他被派到中國內陸，跟不同的官民交往，他漸漸明白，英國與中國使節間的對話，其實應以北京話或官話為依歸。他說，從1847年起，即是他著作《語言自邇集》的二十年前，他就定下了學習官話的目標，[65]儘管當年的漢學家對如何定義官話並沒有很清晰的概念。威妥瑪指出，官話是葡萄牙人對中國語歐化的稱呼，一般被理解成為官方官府所說的白話。但威妥瑪認為，這名稱帶有誤導性，原因是官話不單是官府內的應用語，更是文人、鄉紳、知識階層使用的語言，整個中華帝國大概有五分之四的人在使用這種語言，亦即是說，這是書面語所依據的表達方式。而在這樣面積廣

---

64 多年後，他到粵廣辦公，仍然能與本地人以粵語溝通無礙，對此，他也感到沾沾自喜。見F.O. 17/656/105–106, 21 October 1873.

65 Wade, *Yü yen tzu êrh chi*, "Preface to the First Edition."

袤的土地上，即使是官話，也存在不同的口語發音。當時就分有三種不同的官話：北京、南京及成都的官話為標準音。他更引用研究北京話及上海話的專家艾約瑟傳教士的說法，指出「若要與中國朝廷溝通，必定要學北京方言，即是說，一種經本地方言提煉純化後授權成為帝國通行的語言。」[66]他指，外國官員及使節只要在中國內地生活，就會知道這是衙門所使用的語言，是官場上級官員的語言，是老師和僕役百分之九十所說到的日常語言。因此，學生應義無反顧地專心學習官話。若有學生認為有另一種應該優先學習的方言，那是不合適的。

威妥瑪並指自己看過不少例子，只要學好北京話的根基後，再學習各地方方言，困難不會很大；相反，先學習方言再學習北京話，就不容易成功。當然，若從歷史發展及語言學的理論去評析威妥瑪的推論及分析，我們並不一定同意他這種過於概括及理想的說法，而他自己的例子也反駁了他的理論。[67]不過，我們大概明白他的意思：由於官話的文法結構與漢語書面語的文法結構相若，因此，先學習官話，掌握中國語文法，再在這基礎上學習發音，無論是官話或方言，都會更便捷。當然，在理解他的時代局限時，我們也可以把他放置回那個時代去進行考察，從而得出更全面的評價。與威妥瑪同期在香港擔當譯員的，後來有不少人都走上英國漢學的道路，原因在於英國漢學的發展是來自非常實務的考慮，就是建基在大英帝國的利益上。[68]中英建立外交關係的十九世紀，令這批在華學得漢語知識的譯員在因緣際會下切中了時代需要，成為英國本土漢學發展炙手可熱的人才，先後通過譯員身份，得以過渡成為學府內的教學先驅。然而，由於

---

66 *Ibid.*

67 鄭永邦：《官話指南》（東京：不二出版社影印，1988）；周長星(註釋)：《官話指南：一百年前的國語》（臺北：益智文具圖書公司，1989）。

68 Timothy Hugh Barrett, *Singular Listlessness: A Short History of Chinese Books and British Scholars*(London: Wellsweep, 1989).

最初英國人的活動只局限於澳門和廣州，還有《南京條約》後割讓得來的殖民地香港，因此，他們當中很多只學會了粵語，例如我們在上一章討論過的飛即，以及在最後一章討論的理雅各，情況便是這樣。只有威妥瑪在掌握了粵語後，沒有停下來，繼續挑戰自己，學習官話，甚至以此作指定教學語言。威妥瑪本身的經驗，完全反映了十九世紀漢學發展的重要脈絡，而這發展道路是承載着中英政治交往歷史而來，反映了中國對外開放（從五口通商到北京設置領事）的重要里程，以及世界對認識中國的需要。

為了學好方塊字漢語，作為外國人的威妥瑪就先要通過拼音系統/拼寫掌握讀音。威妥瑪編製官話拼音系統時，參考了不少前人的著作，亦作出大量的修訂。他指出，在他之前，雖然有馬禮遜的開山之作《英華字典》，可以讓人有所依仗，學習入門知識，然而他的拼音法完全是南方的官話。雖然麥都思及衛三畏等都寫出了很理想的專著，卻只是屬於不同方言的傑作而已，應用性並不廣泛，有很大的局限。威妥瑪引用艾約瑟的推論指，無論麥都思、衛三畏甚至馬儒翰怎樣根據馬禮遜字典中的拼音方法去修訂自己的研究，都難免出現語音不準的問題。威妥瑪在整理各前人的標音系統時，從古紙堆重塑語音發展，得出的結論是，在芸芸漢學家中，只有羅伯聃的北方官話最準確。不過，鮮為人知的是，真正啟導威妥瑪從前人迂迴的成果中認清學習目標的，就是密迪樂。密迪樂本來跟中國毫無關連，早年到德國攻讀數學及物理，卻受德國漢學老師啟蒙，愛上漢學，1843年來華通過香港加入外交部工作。[69]他著作甚豐，如《從滿洲語翻譯而來》、[70]

---

69 John K. Fairbank, "Meadows on China: A Centennial Review," *The Far Eastern Quarterly* 14, no. 3（May, 1955），pp. 365–371.

70 Thomas T. Meadows, *Translations from the Manchu: With the Original Texts, Prefaced by an Essay on the Language*（Canton: Press of S. Wells Williams, 1849）.

《中國人及其叛亂》、[71]《關於中國政府、人民和中國語言等的雜錄》等。[72]他曾於太平天國定都天京期間出任英國駐上海領事及翻譯，對粵語及北京方言都有深厚認識。威妥瑪認為雖然密迪樂的筆記寫得十分散漫，然而他的拼音系統最為正宗，正式提出平上去入四聲的說法，令初學者有門徑可循。就是為了這個緣故，威妥瑪首本著作《尋津錄》的扉頁及內文上，都毫無保留地向密迪樂致敬致謝，他指「作者[自己]嘗試學習北京話過程中，感銘他的指導及幫助」。事實上，威妥瑪除了在著作中公開對密迪樂表示感謝外，更在上呈外交部文件中說明，自己能有這樣的成績，全賴密迪樂。他在1857年說：「在學習五年漢語後，我才認識到密迪樂，我從他那裏學到應鑽研什麼書，應該聘請什麼樣的人。」[73]表面看來，威妥瑪在著作及內部文件都對密迪樂表示謝意，似乎只不過反映了他謙恭及報恩的品性，但這背後還有另一內情：密迪樂與包令產生齟齬已久，外交部對密迪樂不存好評，威妥瑪對他大表讚揚及致謝，不只是表示自己飲水思源而已，而是反過來向外交部提出暗示，不應浪費了密迪樂這樣的良才。當然，譯員的品性其實極為重要，外交部並不認同密迪樂，自有理據，我們會在下文再討論。

　　威妥瑪在《尋津錄》中明確指出，構築他的學問基礎，除了是西方世界對中國語的已有認識外（從馬戛爾尼使團中巴魯爵士提到北京語音，下迄到上文所述的十九世紀各漢學家），他的語音系統亦參考了中國音韻史發展而來的五方元音（Wu Fang Yuan Yin）。他指出，他的拼音法並不是權威之作，不過，他是檢討和

71　Thomas T. Meadows, *The Chinese and Their Rebellions, Viewed in Connection with their National Philosophy, Ethics, Legislation and Administration*（London: Smith, Elder & Co., 1856）.

72　Thomas T. Meadows, *Desultory Notes on the Government and People of China, and on the Chinese Language*（London: W. H. Allen and Co., 1874）.

73　F.O. 228/224/125–140, 12 March 1857.

· 316 ·　　　　　　　　　　　譯者與學者：香港與大英帝國中文知識建構

總結了前述學者的拼音系統後，再找來能操純正北方語的本地老師重新檢視發音及聲調，在重複測試修改後，再經自己、老師及幾位同仁一起反覆檢正讀誦，才作最後斷定。在威妥瑪的作品中，他多次提及本地老師邢倫天(Ying Lung-T'ien)的功勞，更明言單以自己一人之力是不可以完成這樣浩繁的學術工作的。而威妥瑪在著作內一直尊稱本地老師為本地學者(native scholar)。他說即使這些老師表面看來蓬頭垢面，然而每人都深藏學問；他就是要提醒學生，不要看輕本地老師的教導。威妥瑪自己回英養病時，也會重金安排本地老師隨行回國，以免自己的官話在休假時退步。由此可見，威妥瑪真的是學習認真，對漢學由衷的喜愛，這是他願意管理譯員課程的最大動機，而不是為達政治目標，討好外交部，以開辦課程來作攀附權力之柄。

除了口語、書面漢語及翻譯技能外，學生譯員還需要裝備全面的知識，包括史地、文化及政治等實用知識，缺一不可。因此，除了自己編著的學習漢語教材外，威妥瑪還提供了另外幾種論著，給出一份簡單的課程參考書單：

威妥瑪：《尋津錄》
威妥瑪：《語言自邇集》
威妥瑪：《文件自邇集》
衛三畏：《中國總論》[74]
密迪樂：《關於中國政府、人民和中國語言等的雜錄》

過去史學界從沒有人討論過中國學生譯員計劃的教科書，原因是這部分的資料只有學員才能掌握。今天能出土這部分的

---

74 Samuel Wells Williams, *The Middle Kingdom: A Survey of the Geography, Government, Education, Social Life, Arts, Religion, Etc. of the Chinese Empire and Its Inhabitants* (London: Wiley and Putnam, 1848).

資料，是通過外交部所藏的兩份重要考核報告重組而來：*Return of student interpreters in China, Japan and Siam Volume 3. Student Interpreters. Examination paper*，[75]以及*Correspondence and minutes respecting a proposed change in the regulations for the examination of candidates for student interpreterships in the consular service [1896–99]*。[76]以下會對課程考核的內容作進一步的討論。

　　課程改革是否產生理想效果，很大程度上也依仗生員的質素。上文所述，克萊頓及包令於1854年銳意改革中國學生譯員計劃，並委任威妥瑪全權處理。雖然克萊頓及包令不只一次表示滿意威妥瑪的表現，但威妥瑪只是負責學生來到中國後的訓練，到底英國招募怎樣的學生，外交部以什麼標準釐訂收生門檻，他們在英國接受怎樣的前期訓練等，全都在威妥瑪控制之外。不過，也許是歷史的巧合，由於當時英國執政黨易手，英國亦出現了改革招聘公務員制度的契機。

　　1853至1856年間在歐洲爆發的克里米亞戰爭（Crimean War），英軍與俄軍交戰，爭奪土耳其鄰近土地，由於英國公務員出現嚴重行政混亂，導致訊息延誤了發放，令英軍損兵折將，國會遂揭發了掩飾多年的內政部行政貪腐問題，暴露了政府一直並無嚴格公平公開的招攬公務員制度。公務員體系加薪幅度緩慢，晉升制度僵化，跟蓬勃發展的私人貿易公司不能比擬，沒法吸引優秀的人才投身公務員行列。國會認為這是舉國之恥，於是先成立諮詢委員會，再根據委員會的建議書（簡稱*Northcote Trevelyan Report 1854*），籌措公務員事務局，1860年後統籌了全國各部門皇家公務員的招聘工作，讓以後皇家公務員招聘都在公平、公開及統一時間表內舉行。就在他們要籌組在外交部裏招考海外公務員，特別是中國譯員計劃時，外交部就特別邀請關涉人員及單位提供意

75　F.O. 233/75/71–73, 27 March 1876; F.O. 233/75/95–96, 26 June 1881.
76　F.O. 881/7205/2–37, 24 April 1899.

　　　　　　　譯者與學者：香港與大英帝國中文知識建構

見，原因是他們終於明白，英國本土及海外部分公務員的招聘，是整個計劃的一體兩面，兩者不能割裂。

> 1861年英國外交部外相會在短期內寄來應考中國學生譯員計劃學員的申請，這是有史以來外相第一次請求您的幫忙。容我解釋，現階段考核條件並不需要考核應試者擁有多麼廣泛的知識面，而是裁決應考者的適合程度，以及他們的整體技能及智力。總智力考核會以撮寫（précis）作為基本評核條件。其次，拼字、書法、歐幾里德首章、算術四式、拉丁文翻譯成為法文，以及掌握現代地理知識，這些都是要在考試內檢驗應試者是否有理想的文科教育。有些學員可能已具備中文知識，然而考慮到外相之前收到有關英國本土學習中文及在中國學習情形的意見後，外相並不傾向在這階段強調中文知識的重要性，更不要說以此成為考試科目。本試亦旨在評測學員的個性是否可靠、習慣及健康體魄。本着越早學習、效果更佳的道理，申請入學計劃年齡限於十六歲至二十歲。[77]

這備忘錄是呈交給1861年接任克萊頓的羅素伯爵，他上任的時候剛好就是公務員事務局重新建立評考招募公務員制度的時候。從信中「然而考慮到外相之前收到，有關英國本土學習中文及在中國學習情形後的意見」一句可以看到，威妥瑪在1854年起寄給外交部的意見，起了一定的參考作用。

威妥瑪收到外交部的建議書後，總結了過去六年的經驗，歸納出中國譯員計劃的學生應具備什麼條件。威妥瑪認為，學員具備良好的語言能力，是自不待言的，此外，必須要在英國接受全面基本教育，亦應有親和力，還應有一定的口才。這些條件其實都不難理解。威妥瑪指，學員有語言天份，只要經本地老師適當

77　F.O. 17/363/59–65, 20 March 1861.

指導後，很快就會掌握發音。具備良好聆聽能力、口語表達能力再加上能言善道的年輕人，很快便可以投入工作。要測試學生是否具備語言才華，拉丁文及希臘文就不可少，原因是希臘文及拉丁文的語言結構複雜，邏輯關係緊密；況且，拉丁文及希臘文仍然是英國人文教育之本。他指出，英國教育的重要性，還在於形成道德感及分析能力，年輕人如果不能先在英國接受全面的通才教育，形成健全的人格，到中國後很快就會因為環境惡劣、制度不成熟，而認同以暴力解決問題。威妥瑪並不同意招收太年輕的青年到中國來，他認為學員太年輕，無論是個人體格還是心智方面，未必能適應中國的生活。譯員有時候要在偏遠地區執勤，甚至會單獨到荒山野嶺去，他們需要懂得臨場應變求生，而且，中國基建落後(亦是此原因他後來極力支持洋務運動，特別是火車、輪船及電報等的現代化計劃)，學員如已達成年人年齡，比較成熟，遇到危險的時候或與對方發生爭執，即使單獨應付亦有較好的決斷能力。[78]外交部認同威妥瑪的看法，並指他的意見非常好。[79]於是落實了招考章程為：

考生需符合公務員事務局定下的條件：[80]
1. 屬英國國民身份
2. 年齡於考試第一天介於十八到二十四歲
3. 身體健康及品格良好

考試科目如下：
必答題

78　F.O. 17/371/320–325, "Memorandum on Selection of Student Interpreter," 12 May 1862.
79　F.O. 17/371/320–325, 12 May 1862.
80　Civil Service Commission(C.S.C.)6/1: "Civil Service Commission Open and Limited Competitions Regulations, Rules and Memoranda"(1863–1876).

譯者與學者：香港與大英帝國中文知識建構

1. 筆跡及拼寫
2. 算術（普通分數及十進制）
3. 英文作文

考生若於以上部分獲不合格分數，將被終止考試資格。

選擇題
1. 撮寫 précis
2. 地理
3. 歐氏幾何（一至四章）
4. 拉丁文
5. 法文
6. 德文
7. 民事法及刑事法；教材為史密斯（John William Smith, 1809–1845）《商業法大全》（*A Compendium of Mercantile Law,* 1890）及阿茨伯德（John Frederick Archbold, 1785–1870）《刑事法中訴訟及證據》（Pleading and Evidence in Criminal Cases）。

從考試內容的結構可見，譯員計劃需要學生有幾方面的能力：具備通才的知識（人文、地理及法學）、翻譯及語言能力（拼寫、英文作文；拉丁文、德法文），以及數學及邏輯分析（歐氏幾何及拉丁文）。此外，我們不要忽略的是，部分的考核方向是為了培養文官或帝國官僚的要求。

由於外交部隸屬大英帝國文官系統內，無可避免地每天都涉及大量抄寫工作，在沒有全面機械複製的年代，所有文案都是以手書撰寫，再傳閱其他相關部門。每一份文件，官員都需要先總結文件內容，附在原文件之上，並把出入信謄寫存檔，整理目次，方便日後翻查檢索，因此字體整齊，摘要準確，都是基本要求。整潔的公文及適當的用語，反映個人質素及教養外，更反映帝國文官質素。雖然應考者的母語本來就是英語，但在官僚體制中，如何以得體公文表達訴求、陳述事件、批示恩准等，都需要極好的文書表達能力。此外，由於外交部公務繁忙，上述各種職責應在最短的時間內完成，具備良好的能力，行政工作自然事半功倍。至於算術是必答部分的內容，原因也很充分，因為每位學員將來處理港口及領事各種工作，當中包括極繁重的關稅事務、中英銀元轉換，各港口領事辦公室公費、每年預算等，都由他們一手包辦。此外，無可避免地，他們的職責也會涉及情報收集、整理及發放資訊的工作，如人口統計、出入境貨物流量計算等，因此，計劃要求學員有算術數理知識，是很合理的。

還有是譯員計劃要求考核入職者具備地理知識。我們細讀外交部的文件，即可見譯員在廣袤的中國工作極需要有良好的地理知識。除了是戰事行軍需要有足夠的中國地理知識去協助軍隊外，平日也可能要到各偏遠地方收集情報，即使領事辦公室內，處理日常貿易事務也需要一定的地理知識來處理貨物流通。

為了統一生員的學術及知識水準，以此維護皇家公務員的質素，所謂公開招聘，是指對全國公佈每年招考公務員一事及其相應時間表而已。考試本身並不是任何人都可以參加的。考生的名單，是從英國幾所頂尖大學收集而來。外交大臣每年向以下幾所頂級大學的校長發出邀請函，請他們提名學生，並得到外交大臣核對同意，學生才得到參加考試的資格。這些大學包括：倫敦大學國王學院、倫敦大學學院、專門照顧英軍家屬及遺孤的倫敦威靈頓學院（Wellington College）、牛津大學及劍橋大學的聖三一學院（Trinity College）、愛爾蘭都柏林大學（University of Dublin）、貝爾發斯特皇后大學（Queen's University Belfast）、蘇格蘭的聖安德魯大學（University of St. Andrews）、格拉斯哥大學（University of Glasgow）、亞伯丁大學（University of Aberdeen）及愛丁堡大學

(University of Edinburgh)。[81]學生每年於指定時間應考,然後外交部再按各考生成績,以及英國每年需派員到中國(或其他地區,如日本及暹邏[泰國])的名額,再作配對安排。學生出發前需要在倫敦國王學院修畢中文基本課程,取得合格的成績後,才會派到香港再到中國。出發前,學生須簽訂工作約章及契約(bond),許諾竭誠為大英帝國服務,並在中國完成餘下課程,跟着,學員會獲派發制服。這個計劃後來繼續穩步發展,二十世紀時,學生在出發前還會收到譯員指引,讓他們熟讀工作性質、工作架構、職能,以及各種財務及津貼安排。[82]

威妥瑪把學生譯員計劃變成全英國公開考核及招聘的計劃後,他自己在中國就作第二部分的評核,做好把關的工作,設立定期評考制度,高舉用人唯才的原則,令學員能專心學習。上文已説到,威妥瑪設立定期考試制度,學生每半年接受書面及口語考試。這部分的內容,則全根據課程內容而成。在這裏,我們無法亦無必要把所有考試題目展現出來,現只根據1867年首半年課程期終考的兩個部分:基本中國知識,及語言訓練部分,整理當中部分的內容出來,以反映課程內容怎樣培訓學生譯員擔當文化及語言翻譯的工作。

1867年學生譯員考試問題:[83]

綜合問題

1. 廈門在哪一個省?

2. 中國哪一個省份最靠近印度?

---

81 F.O. 17/363/117–9, 30 March 1861.

82 Foreign Office, *A Compendium of Instructions to H. M. Government Officials in China.* Rev. Ed.(London: S.I., 1935)。這份內部傳閱文件是根據幾份內部小冊子整理而成,包括 "General Consular Instructions," Vade Mecum(1921)及 "Notes for Student Interpreters"(1932),原來的版本已無法找得。

83 F.O. 233/75/21, [n.d.] October 1876.

3. 從哪一年起中國有信史記載？

4. 順序説出中國歷代皇朝名稱。

5. 説出一個行政省份中，各文官的官階及英文的對應翻譯名詞。

6. 六部是指哪六部，其職能如何？

7. 檢查機關的工作性質是什麼？

8. 關稅表內的平均入口及出口關稅是如何計算的？

9. 在中國是否有世襲的貴族，如有，請以此比較歐洲傳統，例如英國。

10. 治外法權是什麼意思？

今天看來，這些題目並不算很艱深。不過，考題的方向及深度，並不是為了測試學生認識中國有多深入多全面，也不是要反映他們的學養，而是緊密配合譯員的在華職責。我們在外交部檔案中，常常看到譯員及官員向外交部請示行政指令時，除了要以最精簡的語言，説明事情的來龍去脈外，更關鍵的是要向不認識中國國情的英國外交部官員，以英國人能理解的用語、文化語境及知識結構，來解釋中國。亦即是説，譯員是在文書中擔當了極其重要的文化翻譯工作。

我們在上引的考試試題內，可以看出學員平時需要熟讀中國行政體系、清廷各部門的職能、交涉人員的官稱官職，甚至在任者的名單等。原因是學生譯員每天對中國官員所撰的文案及照會，應該以上行、平行還是下行發放，絕對不能馬虎。這些對外國人而言，是一些無聊的繁文縟節，但要在中國官場打交道，稍有差錯，就會失禮四方，貽笑於人。巴夏禮就曾經把譯員擔任文化工作的責任，具體生動地描寫出來：

沒有他[譯員]，領事會變得完全無助。這個工作也並非只是為

　　　　　　　　　　譯者與學者：香港與大英帝國中文知識建構

翻譯領事的語言文字而已。在中國這樣一個講究繁文縟節的國家，聽說儀式共有三百種，行事的禮儀也有三千種的地方，還有不計其數其他的禮儀、態度、詞彙及腔調是藉着細微象徵表達的。在急迫時間或機會裏，譯者就要捕捉、體會及反應過來，向自己上司作充分的解釋，尤其是這些情形又往往發生在激烈爭辯的時候。在與本地人種種交際往還間，譯者工作比領事卑微，然而這事實上是極其重要的責任。[84]

要認識中國的禮儀，對不計其數的禮儀有適當的反應，學員首先需要對這些禮儀的文化有充分的理解，上面所引考卷中的第5及6題，就反映了課程如何讓學生有充足的知識準備。外交部文件中還可以看到譯員需要說明中國帝制傳承的問題，清道光帝號及繼位問題時，涉及的皇親國戚及皇族繼承而帶來的權力配置等問題，說明世襲貴族一事，就需要以英國人能明白的語彙表達出來。

為了簡化翻譯工作，譯員平日也會協助編製語彙表（glossary）及難字檢索表，一方面累積知識，另一方面是方便外交部官員隨時檢索。可以說，編排語彙表是今天任何培訓譯員課程仍沿用不衰的鍛鍊翻譯技能的過程。

過去學術界甚少討論威妥瑪的「三論」，而討論的重點又多只是從對外漢語教學的角度出發。不過，事實上，「三論」的真正作用和最終目的是要訓練翻譯專才。在學術範疇及知識體系上，翻譯課程及對外漢語課程並不完全相同。前者以學習漢語為手段，最終目的是要配合原語進行翻譯；後者以學習漢語為最終目的，翻譯只是一個功能性過渡的手段而已，兩者在實際功能，

84　Stanley Lane-Poole, *Sir Harry Parkes in China*(London: Methuen, 1901), p. 47.

以及知識的產生過程、理論建構及產品，是有很大的分別。[85]事實上，如果我們從歷史發展的因素去看，英國漢學的成立只不過是在華翻譯課程的知識副產品而已。威妥瑪「三論」每本序言均清楚註明，這是為學生譯員計劃而撰寫，教材的編輯方針是為培訓通譯(interpreter)而來：「我冒起要執筆著作這書的構思，是來自英國政府對口譯者的需求。」[86]「作者的職志所在是最後一類[即官方口譯者]。指導皇家港口領事職員學習，是作者[威妥瑪]眾多責任中的一項。」[87]可以說，學界對威妥瑪的知識成果出現了認知偏差，忽略了翻譯部分的討論，也特別忽略了翻譯中的口譯部分，原因在於口語敘述文化(orality/oral narrative)在歷史裏長期居於書寫文化強勢發展之下；而且在沒有語音證據及現場紀錄下，口述及口譯的訓練及業績的確容易被掩蓋。[88]

因此，這部分會重點討論口譯文化在整個譯者課程規劃所含的內容及功能。我們同樣以學生譯員考試卷為例，從中摘錄試題，以反映課程編排及對專業知識(即語言知識)的訓練方向，再配合當時譯員臨場工作實例一併討論：

85　在促成翻譯研究成為一獨立學術科目的理論文章"The Name and Nature of Translation Studies"中，James Holmes就已着重於文中的3.21一節指出，翻譯與外語學習(或第二語言習得)在知識系統上的分別。他說，在多個世紀之前，翻譯已被用作是習得第二語言的學習手段，即是說兩者在某方面是重疊的。不過，培訓譯者(translator training)與此的分別，更在於兩者的教學模式(teaching methods)、考核方法(testing techniques)以及課程設計(curriculum planning)，亦即是在背後的學術概念上，兩者是大有不同。James Holmes, "The Name and Nature of Translation Studies," in Translation Studies Reader, ed. Lawrence Venuti (London: Routledge, 2000), pp. 172–185。

86　Wade, *The Hsin Ching Lu*, Preface.

87　Wade, *Yü yen tzu êrh chi*, p. 47.

88　Walter J. Ong, *Orality and Literacy: The Technologizing of the Word* (London: Methuen, 1982).

　　　　　　譯者與學者：香港與大英帝國中文知識建構

專業知識題[89]

科目

1. 部首10分
2. 朗讀30分

  發音9分

  送氣6分

  聲調6分

  節奏9分
3. 翻譯30分

  標準翻譯20分

  文法10分
4. 漢字書寫
5. 綜合
6. 說話及口譯
7. 公文翻譯

  總分150分

　　學員需要在指定詞彙表中隨便選出十個漢字，然後填寫這些漢字的聲母、韻母、送氣音、聲調等基本語音的知識，並說出該字的部首、字形及意義。為了測試學員的聽力及理解力，考試官會讀出一些生字，要求學生默寫，並需要解釋該默寫文句的意思，還要求學員把文章選段譯成英文。在作文作句方面，不單是書寫的文句，更重要的是口語部分，即是要學生通過會話即時對答，測試學生是否能把思想概念轉變（或翻譯）成口語，以流暢漢語表達出來，當中有沒有豐富的詞彙，用詞是否準確生動，對話有沒有文言白話夾雜等。經過兩年內合共最少四次的考核，學員合格後，卻不一定保證能立即當上譯員。威妥瑪還會關注學生的

89　F.O. 233/75/24, [n.d.] October 1867.

臨場翻譯表現，有沒有怯場，或因此而出現口吃（stammering）的情形，若發現這情況，當然會盡力醫治，並會追查到底在英國招聘時，是否已出現這樣的情形。[90]威妥瑪非常着重學生的表現，原因是學生譯員在港口及領事處的工作繁重，他們的翻譯能力高低，直接影響談判商討過程的結果。我們看到很多在港口發生的事情，譯者作了非常重要的主導角色，他的重要性，不會低於北京領事：

> 整個部門內懂得中文的歐籍職員，肩負極其重要的責任。他的身份就好像後來北京所設領事的工作及職能一樣重要。與中國官員洽談會面，談判的成敗及效果，往往取決於譯者的個人準備能力，敏捷、機智、手法、老練。[91]

為了簡單說明口譯者在現場的功能，我們截取歷史的一個片段——興建吳淞鐵路的談判過程——來反映口譯者工作的重要性，以及通譯工作往往比筆譯更重要的情形。自十九世紀六十年代起，英商已多次積極向中方表示，希望興建一道從上海租界至吳淞碼頭之間的鐵路，增加貨物流量。然而中方對此卻抱着曖昧的態度，原因極其複雜，一方面是因為對鐵路的功能認識不深，官方恐怕偷渡漏稅深入內陸中國；另一方面，民間卻極害怕火車傷害人畜，破壞風水，但清政府又礙於英美商人曾協助運送軍備攻打太平軍有功，當時已默許興建鐵路。英美商人多次通過威妥瑪向總理衙門申請，然而仍不獲批准。1876年由於英國商人未經批准，擅自建造鐵路，中國嚴正交涉，並要求英商立即拆毀。威妥瑪先與學生譯員禧在明從北京趕往天津跟李鴻章見面，然後再委派禧在明到上海，代表英方與上海道台談判，並直接向威妥瑪

90　F.O. 17/680/[unpaged], 18 November 1874.

91　Lane-Poole, *Sir Harry Parkes*, p. 47.

　　　　　　譯者與學者：香港與大英帝國中文知識建構

報告事情的發展。4月15日，禧在明到達上海，發現雙方僵持不下，上海道台與英方及英商互不相讓，中國堅持要停止興建，英商代表怡和公司（Jardine, Matheson and Company）比得臣（Mr. Paterson）認為中方的默許是有言在先，加上多年正式申請都無功而還，因此，再拖延商議並無實際意義。4月18日開會時，禧在明跟各方會面，再一次綜合各方的立場（代表英政府的北京總領事、英方上海領事麥都思、英商、代表中國政府的李鴻章及反映上海本地利益的道台馮俊光），權衡雙方利益（英商與中國政府在道義及經濟等立場），即場草擬了一個計劃，但由於時間緊迫，來不及翻譯成漢語，也未及慢慢整理成公文樣式的草案，但答允了於會後提交中文版本及正式草案。於是，禧在明當面向眾人陳述草案內的每道條文。道台聽後，表示初步可行，但若沒有看到實際的文書條文，他是不會承認談判的內容的。會上決議了所有與會者需於19日（翌日）到道台指定地方享用晚宴，再作後議。禧在明則於19日先帶備已翻譯好的草案單獨跟道台會面，在享用過道台為他一人設下的一小時觀賞節目後，道台再取來草案逐條仔細核實內容，確保之前所說的內容準確地反映在草案上，最後才下筆簽署。[92]結果，英國商人和清政府達成協議，鐵路由清廷分期購回，英商負責至少這十年間的技術支援及維修保養。

在上面一段簡單的歸納下，我們已看到譯員的工作極其繁重。[93]先不說風塵僕僕從北京到天津到上海整合各方人員的意見，到達現場後立即投入翻譯和協調的工作，體力、魄力及語言能力稍遜的也不能完成使命。若我們以翻譯方法來總結過程中譯員所需的翻譯技能，我們則看到在這一看似簡單的場景裏，譯

92　F.O. 233/63/[unpaged], 5 May 1876.

93　在眾多研究上海吳淞鐵路的歷史研究中，譯者的工作、角色及談判情形，都會省去，例如Ralph William Huenemann, *The Dragon and the Iron Horse: The Economics of Railroads in China*, 1876–1937（Cambridge, MA: Council on East Asian Studies, Harvard University, 1984）。

員已至少需要具備三種翻譯能力：一、當場即時作了視譯（sight translation），把自己以英語撰寫的草案以漢語讀出，二、再向眾人講解（oral explaining/interpreting），三、當晚再作中英雙語跨語言翻譯（interlingual translation），翌日提交。整個過程時間緊迫，若不是平日訓練有素，不可能水到渠成。從此可見，口譯的重要性，其實絕對不下於文書翻譯。而對今天讀者看來更有趣的就是，道台為了展現好客之道，無論是否處於熾熱爭辯的談判氣氛中，還會為遠道而趨來的英方代表設下接風洗塵宴會招待，這些文化儀禮的表現，在場的譯員不單要深明當中的含義，更重要的在議事桌及相關禮儀安排（如：接風洗塵、送別）上，禧在明在上呈威妥瑪的信件中，清楚説明了按照「中國習俗」（"according to Chinese custom"），他作了如何適當的回禮，[94]能夠作出合宜的反應及風範。

4.4 威妥瑪的學術野心

從上文可見，中國學生譯員計劃得以順利開展及進入正途，威妥瑪實在功不可沒。不過，作為大英帝國官僚機制（bureaucratic machinery）與當中的技術官僚之間，兩者的關係是如何的呢？外交部一開始對威妥瑪並不存有好感，到後來是不是因為某外相出於對威妥瑪個人的偏愛，給予他無限的支持，讓他成為獨當一面的愛將？事實上，與其説外交部出於純粹良好動機，或人事因素，看成是外交部某外相偏袒威妥瑪，認為他是可造之材，刻意栽培他，派他參與重大歷史事件培養視野，增加歷練，讓他日後成為中英橋樑上的核心人物，倒不如以此看作為大英帝國對翻譯部門的權力贊助（patronage）。[95]

94　F.O. 233/63/[unpaged], 5 May 1876.

95　翻譯研究理論中討論權力贊助人的濫觴，是來自勒菲維爾（André Lefevere,

事實上，正如本章一開始指出，在整個十九世紀初中葉學生譯員計劃實施的時候，英國外交部並沒有一個明確清楚的發展藍圖，也沒有認定威妥瑪就是最適合掌舵的人物。就個人層面而言，早期外交部並不特別認同威妥瑪的行事作風，尤其是大英帝國外交部在執政黨更迭頻繁下，人事複雜，不喜歡威妥瑪的人，大有人在，當中很多不瞭解中國政情的英方外交人員，把威妥瑪對翻譯的準確性及漢語培訓工作的執著，視為做事不分輕重，不切實際。加上威妥瑪出身不俗，當年依靠父蔭參軍，常常表現輕視功名錢財，為學習及收藏中國古籍不惜工本，甚有王孫公子氣派。外交部有人批評他不切實際的書生意氣，甚至曾經誣指威妥瑪著作有抄襲之嫌，加以打擊。[96]

　　威妥瑪在中國歷史書中常常被評為野心勃勃，然而，從英國各種歷史文獻中看到，他並非像十九世紀英國精英統治層般，只圖一心瓜分中國的帝國主義者思想，[97]只要我們認真看過威妥瑪如何跟他的上司額爾金辯論中國政策，就明白正統的大英帝國殖民主義者的思想。威妥瑪在事業上的野心，也並非純粹是出於滿足一己的政治權力及欲望。我們能以更多新文獻理解威妥瑪的漢學追求及政治抱負。

1945–1996）。勒菲維爾提出權力贊助的概念後，近年已有不少研究把這概念落實到具體歷史語境中作深入考察，特別值得一提的是拉菲爾（Vicente Rafael）在西班牙帝國主義對菲律賓的殖民侵佔上，如何結合了國家及宗教兩種權力贊助，同時在意識形態（宗教意識）及財力（國家大力資助）大肆推動下，對塔加路語區的人民進行思想殖民，促成壟斷式的思想洗禮、政治立場及文化身份的置換。Vicente L. Rafael, *Contracting Colonialism: Translation and Christian Conversion in Tagalog Society under Early Spanish Rule*（Durham: Duke University Press, 1993）, pp. 146–153.

96　Scarth, *Twelve Years in China*, p. 263.

97　Kathleen Wilson, *The Sense of the People: Politics, Culture and Imperialism in England, 1715–1785*（Cambridge: Cambridge University Press, 1995）; Peter Mandler, A*ristocratic Government in the Age of Reform: Whigs and Liberals, 1830–1852*（Oxford, Clarendon Press, 1990）.

威妥瑪在同代人眼中，不單是寡言木訥，而且很早就視英國外交部的漢文正使為他的囊中物。劍橋大學藏了一封由密迪樂寫給同仁的私人信件，直接披露了威妥瑪矢志成為外交部漢學領軍人物的心願。這信過去從無被史學界引用，卻是理解威妥瑪的一封重要文件。信中指，威妥瑪心無旁騖地追求漢學，一心希望成為郭實獵的接班人，因而外交部的人事糾紛，並不能干擾他。密迪樂指，威妥瑪不願意無故介入這些事情之中，但根據他長年觀察，威妥瑪舉止文靜（quiet demeanor），沒有任何表態也是常情。相反，威妥瑪在意的是如何超越多位比他更早來華的漢學家，成為外交部欽點的接班人選。[98]密迪樂的觀察，對我們瞭解威妥瑪及外交部眾漢學家的關係有一定的參考價值。密迪樂與威妥瑪在工作上非常親近，兩人同為劍橋大學舊生，背景不相伯仲。密迪樂對於威妥瑪的觀察很直接，而且漢語能力比他更優秀，而且更早到中國，為威妥瑪的前輩，換言之，密迪樂深深明白到威妥瑪要超越的對象其實亦包括自己。固然，這並不代表兩人心生芥蒂，即使外交部常常被說是黑箱作業的政治部門。威妥瑪對密迪樂絕對信任，常常請教學習中文的心得。密迪樂也必傾囊相授，起碼在威妥瑪的角度而言，密迪樂的經驗及指導令他茅塞頓開，並徹底轉換了學習方向，令他從廣東話轉到官話的世界裏。威妥瑪對密迪樂無論在私下或是在公開的著作中，都表達由衷謝意。威妥瑪不單於自己的著作的扉頁說：「在學習漢語五年後，我才認識到密迪樂，我從他那裏學到應鑽研什麼書，應該聘請什麼樣的人」；[99]甚至寫信給外交部的文件中也有同樣的致謝。[100]

　　中英關係出現新突破，亦即是他的事業展翅高飛的時候。

98　關詩珮：〈英方譯員學習滿語熱潮：米密樂作個案〉，發表於2016年第21屆歐洲漢學雙年會，即將出版。

99　F.O. 228/224/125–140, 12 March 1857.

100　*Ibid.*

他毫不留戀地改弦易轍，放棄粵語學習，立即參考官話及滿州語書籍，重新編定教材、調整拼音方法、分配各教學資源，集中英國外交部的力量訓練官方譯員，目的是要達到與中方有效溝通，增加教材的實用性。[101]對他而言，這些其實是無商榷餘地的，他並沒有一般文人墨守成規的個性，其中一個理由是他考慮到他個人的學術野心與大英帝國在華利益之間的關係。

威妥瑪學習中文(從粵語到官話)的過程，本身就反映了中英外交的發展痕跡。在本書第二章2.1節，我們看過中方如何批評英使團——馬戛爾尼使團中譯者水平的不濟，不單「文理舛錯，難以句讀」，簡直是「詰屈難通」。第一次鴉片戰爭前，英商已不斷投訴常受中國通事(linguists)誤導，甚至屢受敲詐勒索，苦不堪言。[102]及至戰爭爆發，翻譯的問題更是嚴重。在譯員不足、情報錯誤下，再加上不諳中國地勢，險象環生，肇致軍心惶惶，英軍極力呼籲，要求增加譯者的聲音震撼國會。[103]事實上，即使到了戰後簽訂《南京條約》時，英國雖然為戰勝方，卻連番被中國官員挖苦譯員中文程度不濟，指「因無能幹繙譯官譯出」，[104]「貴國繙譯人於文理未能深曉，以致誤疑前次照復」。[105]固然，我們都知道，英國與中國接觸近五十年(1792至1842年)期間，中方根本沒

---

101 Pär Cassel, "Spelling Like a State': Some Thoughts on the Manchu Origins of the Wade-Giles System," in "The Manchus and 'Tartar' Identity in the Chinese Empire," *Special Issue, Central Asiatic Journal* 58.1–2(2015): 37–47.

102 F.O. 931/729/[unpaged], 21 January 1852; F.O. 931/730/[unpaged], 22 January 1846.

103 Captain Elliot to Viscount Palmerston(Received 21 October 1840), in *British Documents on Foreign Affairs: Reports and Papers from the Foreign Office Confidential Print, Part 1. From the Mid-nineteenth Century to the First World War, Series E. Asia, 1860–1914.* Vol. 16, *Anglo-Chinese War and Its Aftermath, 1839–1849,* ed. Ian Nash(Frederick, MD: University Publications of America, 1994), p. 71. 另見Kwan, "A Requisite of Such Vital Importance."

104 見中英兩國互發的照會：F.O. 682/1977/19, 17 February 1844及 F.O. 682/1977/21, 19 February 1844。

105 F.O. 682/1982/28, 2 July 1849.

有理想的譯員，但一直以天朝心態譏評英方漢文官的漢語水平。當然，口舌之爭並無多大實際意義，但在兩國長期敵對交惡下，這還是足以刺痛英國知識階層的忌諱。尤其是，英國殖民主義的其中一個道德藉口，就是要開化未受知識的低下種族——白人的負擔（The White men's burden）。英方如何可以遭受中國長期以天朝心態輕蔑為無文化的蠻夷？[106] 要在文化中國面前挽回尊嚴，英國就要積極籌備翻譯課程，培訓譯員。不過，在十九世紀中葉英國的歷史條件下，即使英國能釐訂出這宏大願景，也必須找到一位抱負高尚，對漢學有深厚認識，甚至有着不撓意志，願意追求卓越漢語水平的同道中人，才能貫徹計劃。威妥瑪的出現，幫助了大英帝國落實了基業。[107]

從他直接參與的第一及第二次鴉片戰爭裏，我們知道，英國不單從馬戛爾尼使團輕視翻譯的陋習中改變過來，而且更進一步以翻譯作為手段，以此宰制中國。第二次鴉片戰爭後，英方在《天津條約》內堅持簽定「立茲條約，當以英字為確據」，[108]「自今以後，遇有文詞辯論之處，總以英文作為正義」。[109]正值十九世紀擴張主義時期的英國，用此舉顯示大國權威外，似乎更意識到語言是一種具殺傷力的武器。英方堅持英語為法定語言，

---

106 王宏志：〈「何必夷人，何必師事夷人」：論夷夏之辨與晚清翻譯（上篇：十九世紀四十至六十年代）〉，《中國文化研究所學報》第47期（2007），頁217；Lydia Liu, *The Clash of Empires: The Invention of China in Modern World Making*(Cambridge: Harvard University Press, 2004), pp. 31–69。

107 美國學者何偉亞（James Hevia）曾在近著中嘗試討論大英帝國在中國以教育及翻譯作為統治手段，然而細讀內文，卻發現這部分討論不但太簡單，也欠缺第一手文獻資料，似乎申論未完全展開。見James L. Hevia, *English Lessons: The Pedagogy of Imperialism in Nineteenth-Century China*(Durham: Duke University Press, 2003), pp. 57–61。

108 賈楨等（纂）：《籌辦夷務始末（咸豐）》（北京：中華書局，1979），冊1，頁344。

109 王鐵崖（編）：《中外舊約章匯編》（北京：三聯書店，1957–1962），冊1，頁102。

目的是以此來保障自己的發言權，但更重要的是窺伺到中方沒有合資格的譯員，乘機進一步在談判桌上操縱中國的命運。英國外交部的密件顯示，英方在權衡中國處於列強之間的外交關係及自己的利益時，就指出中國在國際舞台不能發出自己的聲音，吃虧在於沒有高水平的譯者，[110]而一旦需要借用外國譯者代為發聲，將處於有口難言的境地，恍若自毀主權，甘於人下。英方早得先機，以「英字」、「英文」作「正義」，保障自己的利益，除了是外交經驗比當時還沒有投進「世界大家庭」的中國豐富外，[111]還熟悉如何舞動新時代外交談判「寶鑑」——《國際法》（*Elements of International Law*，中國後來譯為《萬國公法》）來支配中國。[112]

事實證明，1860年後英方的翻譯水平，已經大大改善。這二十年間，威妥瑪的功勞除了在於改善教材、提高外交部譯員的質素外，也在於以自己作為最佳的示範，身體力行，建立一種認真的學習風氣。他所製定的教科書非常實用，並獲得學生的一致好評。他的入門弟子翟理斯（雖然後來與威妥瑪反目），回顧自己參與譯員課程時如何學習漢語，就不諱言：

> 我初入門時跟從一名不懂英語的中國人學習，當時還手持第二版馬禮遜字典。威妥瑪的書當時還沒有出版，但他的書出版後，從此令學習變得極容易。[113]

---

110 F.O. 391/19/132–133, 22 April 1870.

111 Immanuel C. Y. Hsü, *China's Entrance into the Family of Nations: The Diplomatic Phase, 1858–1880*(Cambridge, MA: Harvard University Press, 1960).

112 Antony Anghie, *Imperialism, Sovereignty and the Making of International Law*(Cambridge: Cambridge University Press, 2005); Henry Wheaton, *Elements of International Law*(London: B. Fellowes, Ludgate Street, 1836)；林學忠：《從萬國公法到公法外交：晚清國際法的傳入、詮釋與應用》（上海：上海古籍出版社，2009）。

113 *Treasury Committee on the Organization of Oriental Studies in London, Report*

另一位曾在第二次鴉片戰爭中擔當重任的譯員——阿喳哩或中國典籍稱之為阿查禮（後獲封為爵士；Sir Chaloner Alabaster, 1854–1898），他是負責押送葉名琛到印度再回英國的譯員。他在日記中，清楚指出威妥瑪在找到有趣的書籍時，就會推薦給他們；也表達了不少敬仰威妥瑪的地方。[114]

　　另一位對威妥瑪充滿了敬仰之情的，就是後來在中英外交史上極重要的赫德（Sir Robert Hart, 1835–1911）。當然，赫德對威妥瑪的情感是比較複雜的，因為他是威妥瑪在外交部譯員的學生。赫德不單羨慕威妥瑪在中國擁有的地位及成就（甚至美滿家庭），[115]也曾在一段時間內視威妥瑪為假想敵，希望超越他的成就。兩人對中國現代化的意見，亦逐漸分道揚鑣。我們看到威妥瑪的野心，他追求漢學的境界，並非只是政治野心所能概括，他的知識準備、視野、能力及刻苦等因素，都是他達到自己最初定下要成為漢文正使的目標。而英國正式在北京設領事後，他更成為英國公使（British Minister），超越了自己當初立下的目標。他的學習道路、他的成就，更成為了下一代外交使節及漢學家的學習典範。與此同時，因着他在中英外交關係的重要位置，他的威妥瑪式拼音不單培養了大量來華的譯員學生及後來的漢學家，這反過來亦增加了他的拼音系統在西方學界及政界的認受性。

　　廣義而言，同期為外交部工作的譯者並不只有威妥瑪一人：巴夏禮、李泰國、麥都思、密迪樂等等，同樣都在外交部的權力贊助下共同成長，一一參與了中英各歷史事件中的大小談判；不過，最後只有威妥瑪能脫穎而出，不單執掌學生譯員計

---

of the Committee Appointed by the Lords Commissioner of His Majesty's Treasury to Consider Organization of Oriental Studies in London: Minutes of Evidence to the Above Committee 1909,* Evidence Given in 1908, c.d. 4561（London: HMSO）, p. 142.

114　School of Oriental Studies Archive. MS 380451/1, 5 May 1855.

115　Mary Tiffen, *Friends of Sir Robert Hart: Three Generations of Carrall Women in China*（Crewkerne: Tiffania, 2012）.

　　　　　　　譯者與學者：香港與大英帝國中文知識建構

劃，更以此成為漢文正使，再成為英國駐華領事，獨領風騷，成為中英外交史上具有開創歷史意義的重要人物。當中的原因，既是威妥瑪的個人能力，亦是他能善用外交部這個帝國官僚機構所賦予的金錢、時間及權力贊助，達到譯者以個人能力與權力機構協商下產生的成果。在這裏，我們着重看看外交部最後為什麼願意傾盡各種贊助到威妥瑪身上。威妥瑪在事業剛剛萌芽的階段，費上極多努力及時間，向外交部證明自己辭去軍職轉成譯員是明智的決定。他能否在外交部立足並證明自己的志向及能力，唯一能恃的資本，恐怕就只有深厚的漢學水準及實務的業績。因此，他在自己羽翼未豐的時候，並不貿然參與外交部的人事問題，是可以理解的。另一方面，外交部並不是教學機構，因此，所謂的漢學水準及高深學問，只能狹窄地定義為能對大英帝國帶來實際利益的漢學知識。這也是外交部一直批評密迪樂的地方，指他的漢學知識不切實際。亦即是說，威妥瑪很清楚自己的立場及地位，以及在眾多漢學家的業績下，他如何可以熬出頭來，並受重用。相反來說，如要滿足自己追求高深及無止境的漢學境界，他需要有一定的政治權力去維繫他的學習條件。而同時地，若能以自己的漢學熱忱及能力，拓展堅實的中英外交平台，幫助大英帝國實現其外交野心，似乎與發展自己的事業及滿足自己的學習野心，是最便捷之途。

4.5　外交部作為權力贊助人

威妥瑪文人式的擇善固執脾性，過於理想主義的精神，過分熱衷研究漢學及翻譯，表現上並不像一個政治人物或外交專員應有的條件。不過，外交部在中英兩國交往多年後漸漸明白，英方需要的理想「中間人」，並不是一個政治手腕高超、處事狠戾明快的政客。他們認為，這些質素並不能跟中國當權者打交道。

在英方眼中，雖然他們並不認同中國的官場文化(如喝茶、看戲、饋贈禮物)以及當中的繁文縟節，然而要入鄉隨俗，就得要找到一位有良好語言溝通能力的使者，更重要的是一位讓中國官員信任，能在各種重大歷史事件中願意接洽及磋商的人物。環顧整個外交部中，就只有威妥瑪符合了所有的條件。亦即是說，外交部一直以來對威妥瑪的包容或縱容——包括時間上(譬如他每次請辭後，外交部都允許他放假或調任到相對閒暇的崗位)以及對他著作的支持和資助，其實都是外交部對威妥瑪的投資，更正確地說，是一種權力的資助。外交部清楚看見，只有威妥瑪才能把譯者的諸種斡旋及調解角色發揮得最好：他既能在英方內部擔當溝通上下的角色，亦能跨越語言和文化，與中方達到溝通、談判、協商等工作，完成外交使命。

外交部全權信任威妥瑪，不但是因為觀察到他長期在公文內表現出一種謙謙君子的態度，對人對下屬細心認真的個性，更重要的是，在多次的外交談判上，威妥瑪表現出從容氣度、識大體知進退的禮儀，還有的是他的視野及能力等。外交部多次委派威妥瑪代表英國談判，看到他接待西方外交使節及中國朝廷官員的風範，既能表現不亢不卑，亦能堅持談判底線，不失立場。外交部曾讚揚「威妥瑪對中國表現出非常好的禮儀，他能堅定，令人印象深刻，同時亦能謙恭有禮，處處表示紳士的風範」。[116]威妥瑪本身能對中國使節表現「非常好的儀禮」，是因為他熟悉中國文化，因而能深深代入儀式背後所指涉的感情、理解及同理心之中。外交部更特別指出，威妥瑪的品性，是其他同期在華的譯者所沒有的：外交部指巴夏禮太狂躁，做事只過於專注實務上的考慮。此外，巴夏禮出身寒微，也多少影響了外交部選定他為執掌課程的核心人物。我們都知道，巴夏禮是一名孤兒，隨着嫁給郭實獵的親姐輾轉來華。在社會階級觀念極重的維多利亞社會，

116　F.O. 228/299/1–10, 31 December 1860.

他並不一定能駕馭外交部學生譯員計劃的天子門生。我們不要忘記的是，學生譯員計劃的成員，本身是國家精挑細選的天之驕子，全是精英中的精英，當中也不乏心高氣傲的年輕人。至於另一名譯者密迪樂，對外交部而言，簡直是空談學究，他與外交部處處意見不合，甚至成為外交部的阻力。[117]而另一位曾和威妥瑪一起參與天津談判的譯者李泰國，由於在1867年發生Lay-Osborne Flotilla事件——替中國洽購英國軍艦時，因處事獨行獨斷，繞過上級——遭國會調查甚至罷免。[118]對於外交部而言，威妥瑪在各方面的表現都是最理想的，這與他的家世、良好教育及積累的識見很有關係。[119]威妥瑪能夠把本來阻礙自己發展的因素（早年參軍經驗後欲轉職），貫通自己的學問及視野，以勤務、能力及經驗，證明了個人成就，統籌與中國有關的所有事務，奠下大英帝國的譯員、使節及英式維多利亞紳士良好的楷模。事實上，無論是維多利亞英國社會強調的紳士，還是中國儒家傳統要求的君子，其實都是個人如何在社會規範中表現合適態度，威妥瑪似乎能集兩者的氣質，以至後來令中國官員（甚至恭親王）願意採納威妥瑪提供洋務運動的建議。威妥瑪在十多年間，專心處理學生譯員計劃，令他變得沉穩，因此在《北京條約》談判後，北京正式設領事前，外交部已討論到提升威妥瑪成為漢文正使，「這會賦予他外交性格，及讓外交使節官服加身的機會⋯⋯威妥瑪先生歷年來表現的熱誠，證明了他的能力。」[120]讓他打好根基，養精蓄銳，待進一步再成為中英外交上的領航人物。

---

117 F.O. 228/299/1–10, 31 December 1860.

118 Great Britain. Parliament, House of Commons, *Correspondence Respecting the Fitting Out, Dispatching to China, and Ultimate Withdrawal, of the Anglo-Chinese Fleet Under the Command of Captain Sherard Osborn, and the Dismissal of Mr. Lay from the Chief Inspectorate of Customs* (London: Harrison and Son, 1864).

119 F.O. 17/312/204–208, 13 June 1859.

120 F.O. 228/262/53–56, 13 June 1859.

除了個人氣質外，威妥瑪在十多年繁忙的外交生涯中，如期提交三冊充滿血汗的研究成果，證明了他驚人的毅力。固然，這亦有賴外交部作為權力贊助人對他持續的支持。威妥瑪每次有什麼撰寫概念，都會先向外交部交代著作計劃，詳細解釋工作的重要性。譬如他利用最少四年時間編輯及整理《尋津錄》，早在1854年他便向外交部申請經費，[121]令人覺得他做事條理分明，深思熟慮。他在1859年撰寫《尋津錄》後，第一時間向外交部提交樣書。[122]外交部收到他的書後，深表欣慰。此外，他在完成《尋津錄》後，稍作小休，就開始進行更龐大的計劃——《語言自邇集》，在正式開始編寫教材及系統研究威妥瑪注音間，他在1861年向新的外相提交詳細計劃書，不怕繁瑣的重新說明他的需要，以及過去的實績：

謹呈交如何改善書面翻譯及口譯水準詳細計劃

……在其他事物之前，官話語彙表，第二，用在中文法律、歷史統計及哲學文章語詞手冊。這是實務性的工夫，港口領事服務整體上都是翻譯的工作，如果沒有這些手冊，將無法準確地瞭解漢語及詞彙。除了密迪樂，沒有人讀過中國語彙及常用句，而我們即使在翻譯極其簡單的文章也少不免身陷險地，把一些中文字混淆，而這些字的解釋只能從參考書找到，我們更需要本地助理幫忙，才能完全明白這些意思。

這在在說明了我們極需要漢語語彙表。如果我的健康及生命許可，我可以放下所有工作來完成這有意思的編寫工作，但恐怕在正式開始前還需要多年潛心修讀。如果我失敗，破爛及馬虎的不準確翻譯恐怕會繼續出現。十五年來，我難免還犯過有不少錯失，取了詞彙表面的意思，而要回去請教我的

---

121 F.O. 17/216/335, 9 October 1854.
122 F.O. 228/262/36, 28 May 1859.

　　　　　　譯者與學者：香港與大英帝國中文知識建構

老師；在我查核了馬禮遜、麥都思及公神甫(Joachim Alphonse Goncalves, 1780–1844)的字典還是深感無助，我只得去看本地語的箋注釋義及類書，當中實在是無法簡單只循一途索得解釋。[123]

在信末，威妥瑪再重申希望得到外交部的支持，特別是希望在回英養病期間，可以集中完成這計劃，懇請外交部給予250英鎊的資助。他重申過去的資助全部都用在學生譯員及聘請本地老師上，自己從來沒有中飽私囊。[124]1860年後起，駐京的駐華公使卜魯斯爵士(Sir Frederick Bruce, 1814–1867)——後來由威妥瑪接任——在考慮到北京人手調配及看過威妥瑪的字彙錄式樣後，全面支持。雖然外相及次外相等對漢語一竅不通，然而對威妥瑪的心血結晶，評價正面，更充滿溢美之詞：指他的著作為「價值連城的心血結晶」[125]；「威妥瑪的著作非常有用」、「不單對學生、對整個國家的實用價值，特別是這個國家的工商貿易，仗賴習得這語言才能成全的商業運作」。[126]後來當威妥瑪報告說要開始着手寫《文件自邇集》時，威妥瑪雖然並無申請經費，外交部卻主動向財務部要求資助他的著作計劃，[127]並說希望他能真正於休假時好好養病，而不是每次休假回英時都廢寢忘食地辛勞工作。[128]

威妥瑪擔任駐華公使一職，是中國近代史上很重要的角色，從上文的討論裏，威妥瑪另一更大的歷史貢獻，是他負責主理外交部轄下的中國學生譯員計劃。透過梳理英國外交部的史料，深

---

123 F.O. 228/302/75–87, 15 March 1861; F.O. 17/351/112–120, 15 March 1861.
124 F.O. 228/302/75–87, 15 March 1861.
125 F.O. 17/475/420–425, 17 June 1867.
126 F.O. 228/426/90–92, 16 August 1867.
127 F.O. 17/478/115, 16 November 1867.
128 F.O. 228/262/36, 28 May 1859; F.O. 228/426/91–92, 16 August 1867.

入鈎沉課程內容，讓我們看見威妥瑪早期在中國學習中文、推動漢學、籌辦翻譯課程等的貢獻。中國學生譯員計劃對中國外交史及漢學史影響深遠，在近代中國知識生產上實在是毋容置疑的。中國學生譯員計劃另一個很實在的影響，就是直接刺激了大英帝國的殖民地部產生同樣訴求，參考外交部的中國譯員計劃而產生了一個姊妹計劃──香港及亞洲官學生譯員計劃，計劃的主持人就是知名的漢學家理雅各，這就是下章的課題。

第五章

漢學知識與實用課程：理雅各的官學生譯員計劃

在上章，我們看過威妥瑪徹底改革外交部的翻譯課程後，成為了他個人在外交事業上的重要資本，升官進爵之餘，他實現了他利用漢學知識貢獻國家事務的心願。對於同代人而言，威妥瑪的成功展現了他個人不屈不撓的意志之外，更反映了只要切合外交部實務的外交綱領，獲得重用之餘，也可以貫徹自己理想。因此，同代人中，有人會惡性競爭千方百計擠身入外交部成為譯員，希望獲得同樣待遇，[1]有的卻以此為師，利用大英帝國極度渴求譯員的契機，暗渡陳倉，把漢學及翻譯的功能推向人文學科更高理念，衝破教育為政治服務的限制，所言的就是極度知名的來華傳教士理雅各。

眾所周知，理雅各是英國倫敦傳道會傳教士，也是學貫中西的著名漢學家。1839年，他受倫敦傳道會派遣到馬六甲傳教站，1840年1月10日抵達後擔任英華書院校長，協助書院發展及負責出版業務。[2]其實，在出發到馬六甲前，理雅各已在倫敦大學跟隨

---

1 英國國王第二任中文教授佐麻須就與威妥瑪展開了一場明爭暗鬥，希望獲得英國外交部的更多資源，而不致把訓練譯員課程重心全部設在海外，佐麻須固然像威妥瑪一樣，對譯員培訓課程上有一定的野心及企圖心。見關詩珮：〈翻譯與帝國官僚：英國漢學教授佐麻須James Summers與十九世紀東亞(中日)知識的生產〉，《翻譯學研究集刊》，2014年第6期，頁23–58。

2 Brian Harrison, *Waiting for China: The Anglo-Chinese College at Malacca, 1818–1843, and Early Nineteenth-Century Missions* (Hong Kong: Hong Kong University Press, 1979), pp. 103–114.

倫敦大學學院中文教授修德學習中文，時間雖短，但已讓他對英國漢學發展有親身瞭解和深切體會，這對他以後在本土籌備更實用、規模更大的中文課程起了啟蒙的作用。1842年鴉片戰爭結束後，隨着「中國開門」的機遇，倫敦傳道會決定把英華書院遷到香港，並指派理雅各負責整個調遷項目。理雅各於是在1843年7月10日到港，除中間稍回英國養病及省親，以及短暫到中國遊歷及考察外，他在香港度過了人生最盛壯的三十年，直到1873年徹底離港。理雅各不單對香港教育界作出了巨大的貢獻，籌辦了影響中國現代教育事業居功至偉的中央書院(亦即是孫中山於1884至1886年在香港入讀的中學；後改名為皇仁書院)，讓很多莘莘學子有機會受教育外，更利用英華書院的印刷設施，出版《六合叢談》、《遐邇貫珍》等傳播中西學的雜誌，普及醫學、天文、文學、科學等知識，推動中西思想交流，令中國知識界受惠。[3]他畢生推動中西文化交流最大的貢獻，是在1858年萌生了翻譯中國經典的想法，利用香港這個東西人才交匯的場域，把中國經典外譯工作在十九世紀推到前所未有的高峰。[4]的確，理雅各翻譯中國經典的功績，貢獻深遠，他不單把中國文化知識介紹到英語世界，更令一直落後於歐洲的英國漢學，[5]得以迎頭趕上。隨着

3　羅香林：《香港與中西文化之交流》(香港：中國學社，1961)；Wong Man-kong, *James Legge: A Pioneer at Crossroads of East and West*(Hong Kong: Hong Kong Educational Pub. Co., 1996)；岳峰：《架設東西方的橋樑：英國漢學家理雅各研究》(福州：福建人民出版社，2004)。

4　Lauren F. Pfister, *Striving for the "Whole Duty of Man": James Legge and the Scottish Protestant Encounter with China: Assessing Confluences in Scottish Nonconformism, Chinese Missionary Scholarship, Victorian Sinology, and Chinese Protestantism*(Frankfurt am Main: Peter Lang, 2004; 1961)；金學勤：《〈論語〉英譯之跨文化闡釋：以理雅各、辜鴻銘為例》(成都：四川大學出版社，2009)；閻振瀛：《理雅各氏英譯論語之研究》(臺北：臺灣商務印書館，1971)。

5　曾任香港總督的漢學家德庇時指，英國漢學的發展對比於歐洲，極度遲滯；但在十九世紀初起步後，本着英國人做事的積極及務實的態度，他認為發展會一日千里。John F. Davis, *Chinese Miscellanies: A Collection of*

　　　　　　　　　　　譯者與學者：香港與大英帝國中文知識建構

理雅各於1875年獲得首屆法國漢學界儒蓮獎(Prix Stanislas Julien)殊榮，在十九世紀中期才緩緩起步的英國漢學，終獲歐洲大陸承認。理雅各的成就，令英國驕傲不已。在一百年後，亦即是第二次世界大戰後的1945年，在一片解除殖民的聲音中，大英帝國外交部檢討英國東方學、遠東學及漢學發展時，討論到繼承自十九世紀倫敦大學學院及倫敦國王學院的中文課程而來的倫敦大學亞非書院的定位，內部文件就指，「在傳教士當中，馬禮遜……特別是(more particularly)理雅各，是這國家培養出來最優秀的漢學家。」[6]

　　長期以來，學術界只關注理雅各翻譯經典的工作，但卻忽視了他的另一項重要貢獻。對於中英關係、對於大英帝國如何部署及規劃在東方的長遠利益、穩定亞洲各地事務及政情，理雅各其實有更大的影響。這在於他提出了影響中英關係甚深的香港翻譯官學生計劃(Hong Kong Interpreter Cadetship Scheme)。這個計劃可以説是大英帝國在亞洲最龐大的跨國譯員培訓計劃。整個計劃培訓的對象，均為英國頂尖大學最優秀的學子，英國社會中精英中的精英。就計劃的跨度及幅度而言，涉及地方之廣、人員之豐、規模之大，今天看來仍令人震驚。整個香港翻譯官學生計劃以香港為基地，然後由南到北伸展，把學員派到廣州及北京接受訓練；計劃實施跨越了亞洲最重要的城市，並從香港南下到海峽殖民地(檳榔嶼[今稱檳城]、新加坡、馬六甲)及錫蘭(今斯里蘭卡)，演變成囊括亞洲主要地區的「東方翻譯官學生計劃」(Oriental/Eastern Cadetship Scheme)，[7]這實在有可能是世界翻譯史

Essays and Notes(London: John Murray, Albemarle Street, 1865), p. 50.

6　Dr. B. Ifor Evans, "Commission of Enquiry into the Facilities for Oriental, Slavonic, East European and African Studies," SOAS Archive, MS 380612/1.

7　關於英帝國及其「東方翻譯官學生計劃」，見Uganda Sze Pui Kwan, "Colonial Knowledge and the Oxford Scheme: James Legge(1815–1897) and the Eastern Interpreter Cadetship Programme"(paper presented at the Conference of British Association of Chinese Studies, The University of Oxford,

上數一數二的譯員培訓課程。而由這計劃培訓出來的翻譯人才，從1861年每地區每年二至三人計算起，人數之多，也是翻譯史上難以找到匹敵的。單以香港計算，翻譯官學生計劃由1861年開始執行起算，到1900年的三十年，以每年兩至三位名額算起，香港共聘得57位學員。[8]這一批來華的譯員本來的出身就卓爾不群，再加上通過計劃學習中文及各種本地語（各種中國方言甚至馬來語文），且在完成課程後，都立即成為政治架構的中堅分子，甚或進佔高位，成為殖民政府位高權重的核心管治人才，擔任布政司、撫華道，甚至總督之職，可見計劃的重要性。此外，有些學員因為參加了這計劃，培養了對中國文化極深的興趣，公餘時潛心研究中國文化及漢學，[9]成為知名的漢學家，對東學西漸起了莫大的推動作用。

只要我們舉出幾個曾參與這計劃來華學員的名字，即可瞭解這計劃對中國的影響力，例如曾在香港二十世紀推行國粹教育，被魯迅大力批判英國殖民者借助中國國粹來麻醉中國人，[10]以求達到管治的目的第十七任香港總督金文泰（Cecil Clementi, 1875–1947；港督任期為1925–1930年；海峽殖民地的總督任期為1930–1934年），就是這個計劃在1899年招募而來的學員。[11]而這計劃另一位同樣顯赫的學員，則是末代皇帝溥儀的英語老師莊士敦。莊士敦離開中國後，不單把他的東方見聞、日落紫禁城的繾綣之情躍然紙上，寫成 *Twilight in the Forbidden City*（中譯《暮色紫

3 September 2012）。

8　Hong Kong Colonial Secretariat, *Hong Kong Civil Service List*（Hong Kong: Noronha & Co., Government Printers, 1958）.

9　Veronica [Psuedonym], "A Government Cadet," in Veronica [Psuedonym], *Islanders of Hong Kong: Being a Series of Open Letters Dealing with the Immortal Types to Be Found in Hong Kong*（Hong Kong: s.n., 1907）.

10　魯迅：〈略談香港〉，《魯迅全集》，第3卷（北京：人民文學出版社，1981），頁427–433；魯迅：〈再談香港〉，同上，頁535–541。

11　參關詩珮：〈親近中國？去中國化？從晚清香港「總督」的翻譯到解殖民「特首」的使用〉，《編譯論叢》第3卷第2期（2010年9月），頁1–31。

禁城》），[12]回國後更成為倫敦大學亞非學院遠東系的中文教授，接續薪火相傳的任務，培訓更多的帝國精英。[13]莊士敦就是在1898年參與這個課程來華的學生。[14]可見，課程不但大量培養一批負責管治殖民地的譯員、更培養了不少重要駐華官員及學貫中西的學者。這計劃不啻對英國在遠東的殖民地，甚至對晚清變革前的中國，有着深刻的影響。毫無疑問，這個香港翻譯官計劃是一個值得中英外交史、漢學史及香港史學者深入研究的課題。

然而，這樣一個以翻譯貫穿中西文化史的重要計劃，過去學界似乎認識不深。至於理雅各是這計劃的創辦人，就更從無提起。雖然，我們即將在下面看到，所有證據多是理雅各自己提出的一面之辭，但不可忽略的是，這些文獻多記載在官方紀錄甚至是公開演講中。即是說，即使理雅各有自誇自己貢獻的可能性，但並無違背歷史事實。不過，其實更值得我們注意的是，理雅各於1876年10月在牛津大學出任首任中文教授時的漢學講座，就是以此為題目。整個講座的內容，都是圍繞着如何推廣這計劃，並鼓勵年輕人積極參加。[15]理雅各在講座中強調，牛津大學不應只為培養居於大學象牙塔內的學者而設，年輕學子應該通過學習中國語文及文化知識，參與大英帝國遠東事務。而牛津的角色、課程的定位，更應顧及是否能為大英帝國作出實質貢獻而來。他出任牛津大學中文教席半年後，於1877年3月立即連同自己的演

---

12 Reginald Fleming Johnston, *Twilight in the Forbidden City*(London: Victor Gollancz Ltd., 1934)；中譯有多個版本，最早的是高伯雨譯的《紫禁城的黃昏》（香港：牛津大學出版社，2012），最近出版為莊士敦（著）、耿沫（譯）：《暮色紫禁城》（北京：華文出版社，2011）。

13 Robert Bickers, "*Coolie Work*": *Sir Reginald Johnston at the School of Oriental Studies, 1931–1937*(London: Cambridge University Press for the Royal Asiatic Society, 1995).

14 Airlie Shiona, *Reginald Johnston: Chinese Mandarin*(Edinburgh: National Museums of Scotland Publishing, 2001).

15 James Legge, "Inaugural Lecture, On the Constituting of a Chinese Chair in the University of Oxford"(delivered in the Sheldonian Theatre, 27 October 1876).

講內容一併寄到殖民地部，提出牛津計劃（Oxford Scheme），希望殖民地部考慮把培訓譯員工作，移到牛津大學。過去討論到理雅各的生平、漢學成就，甚至英國漢學史的任何著作中，從無指出翻譯官學生計劃是由他所一手創立，更不知道這與牛津大學課程及英國漢學發展的關係，實在非常遺憾。特別是近年最新出版一本有關理雅各翻譯工作及漢學研究的重要著作*The Victorian Translation of China: James Legge's Oriental Pilgrimage*（中譯《朝覲東方：理雅各評傳》），當中一章仔細分析了他的講座內容及課程結構，並論及理雅各從中國帶回去的東方（漢學）新知識，加上他個人的蘇格蘭氣質，如何衝擊傳統牛津學府及為維多利亞社會帶來新氣象等，[16]可是，就是未有察覺講座內容的題旨及理雅各撰寫此文的目的，最終只能抽離講座內容的語境而僅作平面分析，也是令人無法滿意的。

在學界未認清理雅各是整個計劃的倡議者的前提下，對這樣一個影響中英外交史深遠的譯員課程，固然也沒法產生深刻的認識。在寥寥可數的研究中，出現了各種各樣的錯誤。[17]首先，到底計劃是哪一年實施，在哪位香港總督施政下實行，就有不少爭議。研究香港教育史甚具開創意義的Anthony Sweeting

---

16　Norman J. Girardot, "Professor Legge at Oxford University, 1875–1876," in Norman J. Girardot, *The Victorian Translation of China: James Legge's Oriental Pilgrimage*（Berkeley: University of California Press, 2002），pp. 122–183；中譯為吉瑞德（著）、段懷清、周俐玲（譯）：《朝覲東方：理雅各評傳》（桂林：廣西師範大學出版社，2011）。

17　最早研究這課題的，可以說是H. J. Lethbridge, "Hong Kong Cadets, 1862–1941," *Journal of the Royal Asiatic Society Hong Kong Branch* 10(1970), pp. 36–56，但正如Gillian Bickley指出，Lethbridge此文並不是根據原始資料而來，所以問題不少。見Gillian Bickley, "The Student-interpreters' Scheme and the Chinese Teacher's Allowance: Translator Education in Nineteenth-century Hong Kong," in *Translation in Hong Kong: Past, Present and Future*, ed. Chan Sin-wai(Hong Kong: Chinese University Press, 2001), pp. 9–19。不過非常可惜的是，Bickley自己也將香港政府內幾個不同性質的翻譯課程及計劃混為一談。

認為，這計劃的雛形在1854年開始出現，然後到1861年才真正落實執行；[18]曾經直接參加官學生計劃，本身也為香港史研究者的佘雅(Geoffrey Sayer, 1887–1967)，在他有關香港史的著作，本來可以揭示不少一手的資料，可惜的是，註釋者卻指計劃在1861年實施，但中間停頓了多年，至1870年才全面執行。[19]這些誤解的原因是有跡可尋的，我們在下文會逐一處理。此外，對於計劃的名稱及性質，亦有不少分歧。首先在名稱上，由於過去研究並不明白整個計劃的來龍去脈，因此，很多研究稱這為Cadetship Programme，[20]中文譯名為「官學生」。不少從公共行政史出發的研究，更認為這是為着專門培訓殖民地政務官而設計的課程，[21]特別是為集中培訓當中的政務主任(Administrative Officer)官階。誠然，翻譯官學生計劃聘請及培訓的人員，最終都會成為殖民政府公務員，甚至進入政府決策的最高層，統領行政、立法及司法部，如上面提到的布政司及按察司等。然而，單單以為這其實是等同培訓後來二十世紀才出現的行政官或政務官，實在是遠離了歷史語境，犯上歷史誤識的問題。[22]只要我們追本溯源，回到計

18　Anthony Sweeting, *Education in Hong Kong Pre-1841 to 1941: Fact and Opinion*(Hong Kong: Hong Kong University Press, 2004), p. 177.

19　D. M. Evans為此書所作的前言指，佘雅於1962年死後，原書稿由其兒子保管，後來在1975年才交香港大學出版，Evans認為由於此書時代頗久，有必要為現代讀者加上註釋，於是在後文加上"additional notes"，並把翻譯官學生課程歸在第八任港督軒尼斯政績之下。Geoffrey Robley Sayer, *Hong Kong, 1862–1919*(Hong Kong: Hong Kong University Press, 1975), p. 149.

20　Lethbridge, "Hong Kong Cadets," pp. 36–56.

21　曾銳生：〈官學生計劃〉，載曾銳生：《管治香港：政務官與良好管治的建立》(香港：香港大學出版社，2007)，頁13–23。顏傲儕：〈香港官學生社會背景研究(1862–1941)〉(香港中文大學未出版碩士論文，2004)，頁224。兩文都未有解釋「官學生」用名的出處。由於「官學生」一名並不能反映課程的真正性質，故本論文不予採用。另顏傲儕的論文是學界中唯一以此為題的論文，雖然能見出作者已盡力發掘文獻來填補這議題的空白，可惜當中仍有不少錯誤的史實，更可惜的是，全文並沒有焦點。

22　研究者特別看不到此計劃在十九世紀香港的起源，往往只以二十世紀後期發展為研究重心，把這計劃單一化理解在專門培訓政務官上。見John

劃成立之初的香港，特別是香港政府及殖民地部檔案內的資料，便能看到，計劃的正確名稱應為「翻譯官學生計劃」（Interpreter Cadetship Programme），[23]憲報上清楚寫明計劃為香港公務員提供有效率的譯員（"supply the Civil Service in Hong Kong with an efficient staff of Interpreters"）；[24]而更重要的是，促成計劃的內外歷史原因，無不是圍繞政府缺乏忠誠可靠的譯員，及譯者不足帶出的管治危機而來。因此，無論就名或實看來，談論這計劃時都不可以省掉「翻譯」一詞。

固然，如果我們對整個十九世紀中英外交有更周全的認識，就會瞭解為什麼大英帝國這期間所出現的涉華官員培訓課程，都被冠上翻譯名稱。正如本書第一章指出，英國在鴉片戰爭前並沒有長遠政策規劃培訓在華官員及管理遠東殖民地人員的計劃；在鴉片戰爭後，對於突如其來膨脹的對華事務，反應措手不及，終於醒覺到語言障礙帶來的種種問題，於是當務之急，便是要立即增設形形色色的培訓翻譯人員計劃，以為這樣便可以解決當前難題，亦因此把所有培訓對華外交事務人員的計劃，都稱作培訓翻譯人員計劃，包括我們在上兩章所討論由威妥瑪主持的外交部「學生譯員計劃」，以及本章集中討論由殖民地部主導下的「翻譯官學生計劃」。

為了詳細考察整個「翻譯官學生計劃」的歷史起源，我們會先敘述課程的結構及內容，特別以理雅各擔當的角色及貢獻作

W. Cell, *British Colonial Administration in the Mid-Nineteenth Century: The Policy-Making Process* (New Haven: Yale University Press, 1970); Charles Jeffries, *The Colonial Empire and Its Civil Service* (Cambridge: Cambridge University Press, 1938); Robert Heussler, *Yesterday's Rulers: The Making of the British Colonial Service* (Syracuse, NY: Syracuse University Press, 1963).

23　本文不稱此計劃為傳譯官學生計劃的原因是，雖然英語名稱着重傳譯工作，但實際的訓練內容，其實包括書面翻譯，更着重漢學學習的部分。

24　"Government Notification," *The Hong Kong Government Gazette* 7, no. 115 (12 October 1861), p. 315.

經緯,再詳細討論課程的核心部分,即語言訓練及翻譯技能。隨着課程發展,我們會展示大英帝國在逐步執行計劃後所遇上的種種根本難題,以此討論大英帝國匆匆實施計劃,慢慢才醒覺對中國事務及文化認識不深,不得不修正方案,而需要全盤、長遠及切實地籌劃對華政策和處理各種對華事務。由於翻譯官學生計劃在十九世紀末期,亦即是1900年左右,已完全脫離了理雅各最初定下的發展方針,加上在1898年6月9日起,英國政府與清政府在北京簽訂《展拓香港界址專條》,香港人口再次出現結構性的改變,原來課程的發展方向及需要等,都為了適應新社會及擔當新歷史任務而再次出現了內容更新及替換,這裏的討論以1861年起,並以1900年作一階段性的劃分。

5.1 殖民地部翻譯官學生計劃:理雅各的角色

翻譯官學生計劃可以分為兩個部分:香港政府及倫敦殖民地部各自管轄其中一部分,兩者互相依存,而計劃起源就在香港。理雅各可以說是掌管了香港部分的所有事項:籌辦、教學、考試及檢討課程等。在這裏,我們先整理理雅各為計劃創辦者的出處。

理雅各在1843年以傳教士的身份到香港後,立即投入百廢待興的各種建設工作,正如本書第一章看到,他立即向政府要求撥地興建英華書院、索取經費資助教育事業等。[25]香港開埠初期,宗教團體跟香港政府的關係可以說是互相依存,傳教站需要政府給予各種實質支持,如以廉宜的地租或長達999年地約撥地興建教堂、學校、醫院等。另一方面,由於傳教士來華前後必定奮力學習華人的語言及風俗,以傳播福音。在香港政府嚴重缺乏譯者下,往往借助傳教士擔當各類翻譯的工作,兩者在互利互惠的基

25　C.O. 129/6/112–114, 6 June 1844.

礎下各取所需。[26]很多知名的傳教士都與香港政府關係密切，如郭實獵、麥都思、湛約翰（John Chalmers, 1825–1899）等。香港為他們提供了一個進可攻、退可守的立足點，隨着中國打開大門，他們隨時北上傳教，遇到中國有什麼不利傳教活動的情形，便立即退回香港暫避。誠然，不是每位傳教士都願意處理世俗事務。與理雅各一同在倫敦大學學院學習中文，後來一起到馬六甲，再聯袂轉到香港的米憐牧師之子米憐，到香港不久，就因為要為政府擔當翻譯工作而感到非常為難，在一封1843年11月寫回給倫敦傳道會的信中，表示自己極不願意分神擔當世俗事務，為香港政府作翻譯。[27]不過，入世的工作，似乎沒有太困擾理雅各，自始至終，他對於香港政府的事務都非常積極熱心。對於香港政府的施政，對於如何改善香港市民的生活，他都誠心誠意盡自己一人之力，投身其中，除了社會民生福利事情如反賭博條例、關注香港成為遠東販賣苦力中心外，[28]他特別關注香港教育事業的發展，[29]並在香港教育界擔當了最高決策層的政府教育局（Board of Education）委員（Committee Member, 1853–1857）、董事局成員（Board Member, 1860–1863）及主席（Chairman, 1864）。對於自己擔任香港教育局成員期間，能夠改善香港學童的學習狀況，他一直深以為傲；而另一個成就，也是與教育有關的，就是在香港推動了翻譯官學生計劃。

理雅各首次公開談及這個翻譯官學生計劃是來自他的構思

---

26 Paul Landau, "Language," in *Missions and Empire*, ed. Norman Etherington (Oxford: Oxford University Press, 2005), pp. 194–195.

27 London Missionary Society South China Incoming Correspondence 1840–1847, Milne to Thom, 28 November 1843.

28 C.O. 129/142/338–344, 6 October 1869.

29 Gillian Bickley, *The Development of Education in Hong Kong 1841–1897: As Revealed by the Early Education Reports of the Hong Kong Government 1848–1896*(Hong Kong: Proverse Hong Kong, 2002)；王齊樂：《香港中文教育發展史》（香港：三聯書店，1996）；劉紹麟：《香港華人教會之開基：1842至1866年的香港基督教會史》（香港：中國神學研究院，2003）。

的，是於1873年在大會堂的一次公開演講。這次演講是理雅各離港前的公開告別活動。理雅各夫子自道，回顧他從1843到1873年間在香港三十年的發展，以個人感遇，見證香港成長。雖然如此，演講內容並不只以個人的經歷為中心，而是環繞每屆香港總督的施政，把大歷史及小故事互相結合，文章極具參考價值，特別是他後來的自傳《吾生漫錄》(*Notes on My Life*)只寫到他初到香港的1840年，後就因病輟筆，[30]這兩篇文章，正好互文對讀，對理雅各個人以及香港當時的歷史，都能有更深刻的理解。1873年的演講，收錄在*China Review*上：

> 羅便臣爵士[Hercules Robinson，第五任香港總督，任期1859–1865年]的執政，是承着很多有利的條件而來。首先，《天津條約》誘發不少貿易契機。為了第二次向北進攻，令這殖民地累積了大量兵力，加速了資金流通，增加房屋需求。加快房屋興建，地價亦因而暴漲，旺市接續而來……
>
> 很多重要施政都在這時出現。1860年，散落全島的中文學舍，在政府統籌下得到全面全新的規劃。可以宣稱我居中的功勞，在於一直不懈向歷任香港總督施壓，直至羅便臣爵士熱心實施計劃，成效顯著。我們很幸運有他這樣的舵手啟動這計劃，後由同樣熱心的史釗活 (Frederick Stewart, 1836–1889) 落實執行。他對教育事業貢獻之巨，不獨在區區百位學童，整個殖民地及中國將日益受惠。
>
> 羅便臣爵士實施了另一個計劃，一樣是由我自負地逐一向歷任香港總督推薦的。自1844年起，我便認為，除非大部分的職位都由懂得中國語的官員擔當，而且需要理解本地人，否則，管治香港是不可能達到理想的效果的。為了達到這目

---

30 James Legge, "Notes on My life, 1896," Oxford University, MSS. Eng. Misc. c. 812, d. 996, d. 1230.

的，我提議成立官學生計劃。我冒昧地認為這計劃的理念是很好的，如果羅便臣爵士及後來的麥當奴爵士能夠更好地把計劃付諸實行，那它便一定不會毫無成果。從英國每年送來的學子都是那麼優秀，但是他們能在法庭擔當傳譯以證實流利語言程度之前，他們的學習實在不應被各種雜務打擾。學業有成後，政府內各部門以至香港總督也應該根據他們的能力任用他們。[31]

　　這段引文雖然比較長，但結合後來的發展，我們能勾勒出這樣的重點：翻譯官學生計劃是理雅各早在多年前便一直向歷屆香港總督推薦的，只是因種種內外政情而從未被接納，直到羅便臣爵士任內才真正落實執行，下面我們將討論計劃於1861年得以實施的歷史條件，當中包括影響香港管治及社會平穩的最關鍵問題——譯者質與量都嚴重不足的問題。其中一個在1860年比較成熟的條件，是理雅各本人在香港政府的角色日益加重——包括自1860至1863年起，他成為教育局董事會成員，後來更在1864年成為了教育局的主席。在這樣對教育遠見及抱負內外兼施的情形下，不單更好落實他的宗教及教育願景，更重要的是他為政府提議的教育藍圖較前完善。譬如他在同年提出的教育改革建議，就希望能夠整合香港大大小小的中文學舍，以及學校內的英語教育條件，更提出中央書院(Central School in Victoria)計劃。[32]理雅各在遞交整個中央書院建議書，及統籌香港島上的零星中文學舍報

31　James Legge, "The Colony of Hong Kong, A Lecture in the City Hall, 5 November, 1872," *China Review* 1, no. 3(1872–1873), pp. 173–174.

32　研究香港教育史的歷史學者，其實都會注意到翻譯官學生課程，跟香港早年建立整全教育制度，有不可分割的關係，只是過去從來沒有學者以此為題，深入研究翻譯官學生，盡其量只是蜻蜓點水式地，稍為提到有這樣的一個計劃。見方美賢：《香港早期教育發展史》(香港：中國學社，1975)；王齊樂：《香港中文教育發展史》；Bickley, *The Development of Education in Hong Kong; Sweeting, Education in Hong Kong.*

告書的時候，政府認為此舉能一石二鳥，建議把兩個計劃二合為一，分擔開支，促成了計劃的落成。固然，這些整治本地教育的好處，在所難免是從殖民者的角度而言。[33] 羅便臣當時這樣向殖民地部説：

> 加以補充説，我[羅便臣]認為成立翻譯官學生計劃可以與此中文學校藍圖一同落實，把官學生安頓在中央書院內，由校長監督他們學習。[34]

理雅各在這時期統籌中央書院工作、整頓島上的學舍、增加香港學習中英文課程基礎設施，以及實施翻譯官學生計劃，他都擔當了舵手的位置。當計劃運作上一旦出現問題時，譬如下文我們會看到，官學生希望增加平時口語訓練環節，理雅各立即利用他的人脈，派出英華書院舊生去滿足官學生的要求。亦因此可以瞭解到，為什麼理雅各離開香港後，整個計劃就漸呈癱瘓狀態，那就是因為失去一位高瞻遠矚，集中統籌一切的靈魂人物。此外，更重要的是在這段記述中，理雅各每説到官學生譯員計劃，語調一反平常的謙遜，而用上非常自負的字眼：「這計劃的理念是很好的；是由我自負地逐一向歷任香港總督推薦的。」（"the idea was sound; I may claim to myself the merit of having pressed on successive governors"）。這固然因為他是計劃的始創人，對於自己擇善固執、鍥而不捨的精神，讓計劃開花結果，每每令他樂於重

33　殖民政府一直以各種監管手段，作為整治教育的藉口，對於本地社團開設的學校，又或規模細小的「勞工子弟學校」，不單得不到政府資助，更被標籤為「黑市學校」、「未註冊學校」。黃庭康雖一直以戰後的香港教育作研究對象，但殖民地利用教育作為控制思想的手段，屢見不鮮，戰前戰後分別不大。Ting-Hong Wong, "Colonial State Entrapped—The Problem of Unregistered Schools in Hong Kong in the 1950s and 1960s," *Journal of Historical Sociology* 24, no. 3 (2011), pp. 297–320。

34　C.O. 129/80/380–398, 23 March 1861.

提自己對計劃的貢獻及重要地位。這甚至出現在1876年，當他到了牛津大學履新中文教授之職後，理雅各有意把整個計劃遷移到牛津，在向殖民地部説明整個計劃的來龍去脈時，同樣不無自負地記述自己的功勞：

> 羅便臣爵士是在我的建議下[It was on my advice that Sir Hercules Robinson proposed to the Colonial Office]，向殖民地部遞交了一個為政府聘請合資格譯員計劃，就是這個計劃保障了政府為殖民地聘得合資格譯員，聘得的年輕學員都可以在到達香港後，以數年時間學習基礎課程。[35]

儘管理雅各對自己提出的計劃很有信心，而計劃本身亦得到像他這樣學問廣博、名重一時的漢學家熱心推動，但課程發展並非事事如意，正如他自己所言：「如果⋯⋯能夠更好地把計劃付諸實行，那它便一定不會毫無成果。」一方面，計劃受制於殖民地部及香港政府的實際狀況；另一方面，計劃規模之大，篳路藍縷，亦不可能由他一人獨力解決。只要我們看看他在大會堂演講內容中所指，其中一點最令他難以釋懷的是，學生即使好像到港後有數年時間專心學習基礎語言知識，然而實際的情形是他們的學習時間往往不夠，學生們有着各種各樣的個人問題，到港後還得要調節心態，適應新生活，而令整個計劃引起始料未及的難題。香港政府長期缺乏譯者，學生不得不在學習期間擔當很多實際公務，影響學習，亦是另一個美中不足之處。這也是理雅各希望釜底抽薪，把課程遷到牛津大學，讓學生能夠更專心地學習基礎語文知識，更早達到學習目標的原因。不過，牛津計劃最後都沒有成功，香港政府內譯者不足是一個最主要的原因。香港政府嚴重匱乏譯者的問題，一方面導致課程的誕生，但弔詭地，它同

35　C.O. 129/180/414, 31 March 1877.

　　　　　　　　譯者與學者：香港與大英帝國中文知識建構

時也是令課程出現眾多阻撓。我們在這裏，先回顧1861年前的香港，亦即是整個計劃產生的歷史語境，看看譯者質素不高、人手嚴重不足的情形，如何促成計劃。

5.2　殖民政府的管治危機

　　1860年中英簽署《北京條約》，殖民地通過割佔九龍半島得以獲得更多土地，加上中國經太平天國後造成內亂，人心不安，內陸人口大量南遷避禍，香港人口從四方八面湧入而激增，這令自1842年以來，一直因譯者不足而產生的緊張官民關係變得白熱化。香港割讓成為英屬殖民地前，人口大概4,000人，1845年第一次由殖民地首任登記官主導下的全面人口普查指，香港人口有23,817人，[36]而到了1860年，「人口暴增到100,000人，而當中有98,500為華人。」[37]這一情形令殖民者感到前所未有的管治壓力，特別是在管治香港島的1842至1860年，就出現了幾次零星反英殖民統治暴動，包括1848年反對政府徵稅，1858年香港出現以毒麵包集體毒殺殖民者，亦即是所謂「毒麵包案」等。這些暴動，都是因很細微的事情引發，譬如政府公文由翻譯錯誤引起誤會，或麵包原材料出現問題，引發大量英國人被含有砒霜麵包所毒殺，產生反英管治嫌疑，同時又反映了官民關係疏離惡劣，彼此互不信任，不能溝通。而暴動爆發後，政府都極需要派出譯員或官員平息民怨，安撫居民。由此可見，政府在譯者長期不足下，社會隱藏一觸即發的危機。

　　事實上，譯者不足的情形早在1839年鴉片戰爭爆發時已出現，只是英國一直置於不顧。戰爭期間英方譯員嚴重不足，1842年香港殖民政府出現後，情形進一步惡化。鴉片戰爭後，中國開

36　C.O. 129/12/304–310, "Report Census, 1845," 24 June 1845.

37　C.O. 129/80/399–434, 23 March 1861.

放通商五港口、香港成為殖民地，加上英帝國在遠東其他華人聚居的殖民地，這些港口及殖民地互相爭奪為數極少的譯員。英國政府需要譯者提供情報，決定對華政策；香港及其他殖民地需要譯者協助處理外交及內部大小事務，以及管治居民。中國通商港口同樣需要懂中文的官員提供中華帝國的大小情報，以維持英國在這些港口的商貿利益。單就香港殖民地而言，在殖民地開始運作之初的數年，接二連三有譯者離世及因病離港的情形。

由於有能力的譯者留在香港不多，剩下的只有1843年已來香港當譯員的高和爾，他是造成譯者瀆職、史稱「高和爾事件」（Caldwell affairs）的主角。在1848年醜聞爆發之前，每當有譯者離任，香港政府必定會陣腳大亂。當時第三任的香港總督文含寫信到殖民地部，要求協助增加譯者，指出困境已在眼前。他說：「必須提供譯者接替譯者瑪吉士（José M. Marques, 1810–1867）之位置，[38]即使稱職的人能補上，恐怕時間上有延誤，我們現在只剩下來自歐洲的譯者高和爾先生了。」[39]瑪吉士是澳門土生葡萄牙人，加入香港政府只有很短的時間，期間一直在最高法院擔當傳譯工作。[40]他的中文造詣極好，在加入香港政府前，著作極殷，以中文撰寫了多種有關西方史地的著作，這些著作被魏源輯在《海國圖志》中。[41]而且從他離港回澳門後擔任美國使團翻譯可見，他的英語程度也極好。這點是他跟當時香港政府其他葡籍譯員最不同的地方。當時其他葡籍譯員，只懂中國方言（廣府話及客家話）及葡語或西班牙語的翻譯，加上英文程度極差，香港政府根本不能倚重他們。[42]由此可見，為什麼馬吉士的離任會令香

38　C.O. 129/23/157–160, 12 February 1847.

39　C.O. 129/25/297–310, 28 August 1848.

40　C.O. 133/4/（*Bluebook* 1847）.

41　吳震：〈澳門土生葡人漢學家瑪吉士與《新釋地理備考》〉（暨南大學未出版碩士論文，2006），頁49。

42　C.O. 129/179/21–87, 7 September 1877.

　　　　　　　　譯者與學者：香港與大英帝國中文知識建構

港政府產生又剩下高和爾一人的恐懼。1855年，在高和爾被提升成為殖民地高官之前一年，巡理府接察司威廉‧堅吾(警察法庭法官)，私下寫信給殖民地部大臣維素爵士指出情形嚴峻：「香港政府內譯者嚴重不足的情形，令我不得不嚴正向爵士促請正視這問題，我們必須在政府內增加整個翻譯團隊 ——現在我們可說只得一位譯者——高和爾先生，如果我們失去他，我將不知道從哪裏覓得合資格的譯者代替他的位置。」[43]即使威廉‧堅吾言之有理，亦將整個危急形勢有力勾勒出來，可惜的是，由於他犯了越級通報，繞過自己上司香港總督直接寫信到殖民地部，因此受到殖民地部譴責，事件也沒有立即處理。

　　高和爾在1856年起擔任總登記官兼任撫華道，工作上需要與市民有良好關係，以及要與市民溝通無間，一方面向市民解釋香港施政，另一方面要從市民那邊收取情報，維持政府穩定。但由於香港法庭譯者嚴重不足，他常常被安排在最高法院及警署法庭擔當傳譯。法庭傳譯工作則需要非常專業，法庭審訊後，譯者不能利用任何資訊作其他用途。可惜的是，高和爾卻以此等信息，串通庭內人事，利用這些資訊替政府屢破奇案，令政府對他另眼相看，他自己更以此以權謀私。身為總登記官負責發放牌照，他自己卻經營妓院，並娶娼為婦。他以譯者的有利位置，截斷兩面信息，令整個政府受制於他。這件事後來被從英國剛調遷到香港的最高檢察官揭發，發現高和爾與著名海盜有金錢上的瓜葛，懷疑他與海盜勾結。以當時香港島的環島特質來看，加上香港開埠初期警力長期不足，若政府官員串通海盜，加上島上爆發叛亂，島上區區幾百位白人性命便岌岌可危，要推翻殖民政府，可以說是易於反掌。

　　這一公務員以權謀私的事件，一直困擾着香港政府、英國殖民地部及英國國會，海外皇家公務員形象亦大受影響。本來殖

43　C.O. 129/50/271–278, 18 June 1855.

民者於香港開埠初期，一直堅拒任用華人充當譯員並擔當政府要職，就是認為華人品性惡劣，見利忘義，貪贓枉法。現在反過來首先出賣政府的，卻是歐亞血統的譯者，不單令殖民者自稱白人道德感及行為優越高尚的説法，完全粉碎，而且令需要通過殖民手段來管治賤民及屬民的理據，亦不攻自破。理雅各自1843年就寓居在香港，這事對香港政府的衝擊，對西人圈子所產生的騷動，他一定有深切的體會，刺激了他萌生培訓專業譯者才是解困之道的想法。而英國在設定翻譯官學生計劃的時候，對生員的背景及人格操守就更加謹慎，而課程的目的，就是要達到譯者專業化及公務員專業化。

高和爾的醜聞發生在中英交惡期間，時值英國忙於英法聯軍入侵北京之役、而且正蠢蠢欲動佔據九龍半島。英國政府一方面要應付國土拓張紛擾的外交事情，另一方面又要處理這個蕞爾小島上各種各樣的管治問題，實在疲於奔命。在「高和爾事件」落幕後，加上簽訂《北京條約》後，殖民地部收到羅便臣爵士提交的翻譯官學生計劃書，第一個反應固然是支持計劃，但當時不無反諷地加上了一個附注，就是「香港總督要記着，以後不可以整個政府再受制於一個高和爾了。」[44]高和爾的語言能力再高，其實也只能説流利廣府話及福建話，他對漢字一竅不通，文書翻譯更是一籌莫展。儘管這樣，卻足以用譯者的身份進佔高官地位，而他擅取情報作為己用，更足以顛覆政府，可見，當時殖民政府在譯者不足的情形下，的確是脆弱無能。

正由於高和爾及忠誠譯員缺乏所衍生的許多管治問題，1860年前後，香港殖民政府及英國殖民地部終於立下決心，全面檢討拖延了二十多年的譯者不足問題，正式推出翻譯官學生課程。當然，課程得以展開，也實有賴於大英帝國的公務員事務局終於在

44　C.O. 129/82/91–107, 20 September 1861.

　　　　　　　　　譯者與學者：香港與大英帝國中文知識建構

1855至1860年的成立。[45]過去，招聘海外公務員並無一公平公開機制：外交部被譏為最有「子承父業」的傳統，[46]任何一個職位，都是由相熟人士互相推薦，私相授受，這當中與東印度公司傳統本身的曖昧性質有關。商界當然最具家族生意傳統，東印度公司既為私營機構，但又處處是大英帝國海外代辦的化身。隨着東印度公司對華獨家經營權在十九世紀初的逐步瓦解，加上公務員事務局的成立，要成為公務員，就必須經過公開考核，務使公務員能有較統一的能力及道德標準。因此，翻譯官學生計劃有意整頓的，不單是殖民地譯員的語言能力，更重要的是規範這些為社會提供極重要資訊的譯員，有高尚學歷及基本道德訓練，而嚴限譯員入選的過程——首先需得到殖民地部大臣提名，才有資格參加考試，以及只限於幾所著名大學校長推薦成績最好的幾位學生參加公開試，以此確保政府內的重要官員，有整齊劃一的出身及階級背景。

5.3 1861年課程的正式成立、內容及困難

翻譯官學生計劃正式在1861年3月，由第五任港督羅便臣提交給殖民地部，計劃書並沒有特別提及計劃是承自理雅各的啟發而來。不過，羅便臣說到計劃中的關鍵項目內容——學員是否需要先在倫敦接受中文教育，以及學員入學歲數等細項時——他都信心十足地指稱這等細節，均詳細尋求過專家的意見，可以作為後盾支持他的理據。我們翻看理雅各的私人信件及他女兒海倫‧理雅各(Helen E. Legge)根據這些信件整理成理雅各的回憶錄時，便能確定羅便臣所言的專家便是理雅各了。首先，海倫‧理雅

45　Richard Chapman, *The Civil Service Commission 1855–1991: A Bureau Biography*(London: Routledge, 2004), pp. 11–40.

46　P. D. Coates, *The China Consuls: British Consular Officers, 1843–1943*(Hong Kong: Oxford University Press, 1988).

各就指羅便臣原信説明計劃讓理雅各過目外，亦請他隨意提出改動。[47]而從理雅各的私人信件中，亦能印證這點。理雅各在閱畢羅便臣送來的計劃藍本後，非常恭敬地表示只有一點新建議，就是翻譯官學生的管轄權應直接由港督執掌，而不是羅便臣建議的隸屬教育局，亦即是理雅各當時已擔任董事局成員的部門。此外，理雅各亦指挑選官學生的權利，香港港督有權參與，原因是理雅各認為這計劃會深得傳教士家屬，或殖民地公務員的後人歡迎，他們直接向港督申請，省時方便。[48]第一點的建議，獲得殖民地部通過，但第二點卻不獲採用，反映了英國殖民地部及公務員事務局決心避免各殖民地用人唯親的舊習，而積極建立一個公平的國家選拔模式。不過無論如何，有一點不容置疑的，就是理雅各是整個計劃背後的籌劃人，特別是香港的部分，全由他規劃，而他不只是計劃的一名授課老師！[49]此外，為了表示對理雅各的謝意，香港政府每年遞交官學生計劃報告給殖民地部時，報告書都慎重向理雅各致謝，這不單印證了理雅各的説話，更說明香港政府十分肯定他的功勞與貢獻。

羅便臣提交的計劃書，開宗明義地説明：「本殖民地深深感到最大的困擾，在於長期缺乏可靠的譯者，各部門間及政府與廣大人口缺乏有效溝通。計劃有助提供政府公務員所需足夠並有效率的譯者。」[50]接着又申述當時譯者嚴重匱乏的情形：法庭譯

47 Helen Edith Legge, *James Legge: Missionary and Scholar*(London: Religious Tract Society, 1905), p. 157.

48 "Sir Hercules G. R. Robinson to James Legge," 22 March 1861; "James Legge to Sir Hercules G. R. Robinson," 22 March 1861; Council for World Mission(CWM), London Missionary Society(LMS)China, Personal, Box 8, James Legge Papers.

49 Wong Man-kong, *Christian Missions, Chinese Culture, and Colonial Administration: A Study of the Activities of James Legge and Ernest John Eitel in Nineteenth Century Hong Kong*(Unpublished Phd diss., Chinese University of Hong Kong, 1997), p. 20.

50 C.O. 129/80/399–434, 23 March 1861.

　　　　　　譯者與學者：香港與大英帝國中文知識建構

者一職懸空一年，總登記官及撫華道一職近兩個月仍未找到合適人選。在政府內的十個譯者中，要不是中國人就是葡萄牙人——他們有的從未接受過基本教育，有的連英文也不懂。面對這樣崩壞的狀況，自1860年起，羅便臣已作了一些基本的措施，希望可以局部整治政務動盪的情形，開始鼓勵公務員學習中文。這個安排是羅便臣順應着殖民地部大臣羅素爵士於1855年頒下的新例，要求公務員學習本地語而來。羅素爵士更指定，沒有受過本地語訓練的公務員，將來甚至不可以申請晉升。[51]羅素爵士這計劃是配合着殖民地更大的自治權計劃而來，1834年英屬加拿大殖民地向英國提交了九十二提案(Ninety-Two Resolutions)，要求殖民地上下兩院有一更公平、更獨立的自治權。羅素爵士後來還親自撰寫了十條決議(Ten Resolutions)回應，以此否定九十二提案，史稱為「羅素提案」(Russell Resolutions)，由此刺激了大英帝國審視各殖民地的管治方式，並陸續提出更多改革，目的除了要保持大英帝國的殖民管治版圖外，更重要的是希望殖民地的經濟狀況能逐漸獨立，不用過度依賴大英帝國。不論背後動機是什麼，這建議對當時的香港原是可以起實際的作用的。但由於「羅素提案」及他管治殖民地的方法在英國引起極大爭議，[52]這直接觸及宗主國對殖民地的控制，加上十九世紀英國兩黨競爭激烈，英國本土出現托利黨(Tory)及輝格黨接續更替上場的政局，[53]很多措

51　*Ibid.*

52　羅素的殖民地管治手法，在英國國內引起頗多爭議，有支持亦有彈劾，見Charles B. Adderley, "Some Reflections on the Speech of the Rt. Hon. Lord John Russell on Colonial Policy 1850"(London: John W. Parker, 1850); Lord Earl Grey, *The Colonial Policy of Lord John Russell's Administration*(London: Richard Bentley, 1853).

53　從香港開埠初年到翻譯官計劃提交的二十多年，英國本土政治局面激烈交替，兩黨輪替上場：1841–1846(托利黨)；1846–1852(輝格黨)；1852(托利黨)；1852–1855(聯合政府)；1855–1858(輝格黨)；1858–1859(托利黨)；1865–1866(輝格黨)，這期間，羅素兩度出任英國首相(1846–1852及1865–1866)，並於1855至1858年期間為負責殖民地事務的大臣。

施也在急促改朝換代中無法得以完全落實。事實上，在殖民地中，羅便臣亦不可能在香港貫徹實行羅素的措施，原因是建立才不過二十年的殖民地，基本建設雖然比剛開埠初年大有改善，但衛生、醫療、交通等設施仍是簡陋不堪，來港出任殖民地公務員的人才本來就不多，很多人亦視香港為遠東世界的跳板而已。如果羅便臣貫徹落實羅素的計劃，不但有可能沒法聘得新公務員官員，恐怕連原有的也會離開，人才會更凋零。因此，他只把羅素的計劃改頭換面，每期大概派出三位公務員，給予津貼，安排他們跟從中文老師及翻譯官學生一起學習中文，[54]希望可以勉強應付香港政府內譯員嚴重不足的情形。這部分其實亦是由理雅各負責。不過，這樣的應急措施不會產生什麼成效，因為這些現任公務員已超出學習外語或第二語言最理想的年齡，而且殖民地事務繁多，每天完成公務後，還要他們拖着疲憊的身軀，去學習他們認為極度艱巨的漢語，不可能有什麼成效。

因此，翻譯官學生計劃首要針對的，就是學員的年齡及學習語言的能力。計劃書內容其實並不複雜，大綱只開列了一個大方向，當中未有列明具體的細節。這樣的優點是能夠給予殖民地更多發展的空間。固然，計劃書在非常倉促的情形下提交，內容上則盡量留下發展空間，對殖民地百利而無一害。計劃開列的首項要求，是把入讀年齡限定於十六至二十歲，這被視為學習第二語言及外語的最佳年齡，[55]年輕人具有更高適應新環境及學習語言能力的優勢，但後來被殖民地部改為二十五歲，而最終落實為二十三歲，主要是為了遷就大學生的畢業年齡。[56]

殖民地部收到港督提交的計劃後，大力支持，全面批准(full approval)，並指示港督立刻提交到定例局(立法局)盡全力落實。

54　C.O. 129/85/303–307, 12 April 1862; C.O. 129/92/2–9, 9 April 1863.

55　C.O. 129/80/399–434, 23 March 1861.

56　年齡上限曾建議提升到二十五歲，參C.O. 129/83/110–117, 13 June 1861；
　　但後來定為二十三歲，參C.O. 129/84/266–268, 27 May 1861。

　　　　　　　　　　譯者與學者：香港與大英帝國中文知識建構

同年(1861年)6月，定例局三讀通過，[57]殖民地部認為這有助穩定香港政情，以及挽回政府良好管治形象，正如殖民地部大臣紐卡素公爵(Duke of Newcastle, 任期 1859–1864年)當時所説：「對我而言，最重要是能實施有效司法制度及良好政事。」[58]毫無疑問，倡議良好政府(good government)，以法治管理香港，穩定殖民地政情，良好施政，對宗主國的大英帝國而言，只有百利而無一害。[59]計劃於1861年8月獲得通過後，立即交到剛成立的公務員事務局處理。公務員事務局在英國當地重要的報刊刊登招聘計劃落實，反應極度良好，香港政府每屆都收到多份詢問招募程序及細節的來函。[60]不過，首階段的招聘工作全部都在倫敦進行，香港並不能參與篩選過程。

所有學生必須經過公務員事務局統一考試，嚴格考核。但是，由於海外殖民官員是殖民者權力在海外的化身，他們也作了特別的要求，考試並不是任何人都可以參與的公開招聘，而是首先需得到殖民地大臣提名，才有資格參加。殖民地部大臣只僅僅向幾所蜚聲國際大學的校長發出邀請函，包括倫敦大學國王學院、牛津大學及劍橋大學的聖三一學院、愛爾蘭都柏林皇后學院(Dublin of The Queen's College in Ireland)、蘇格蘭內的大學，以及位處倫敦的威靈頓學院，希望校長能邀請成績最好的幾名學生參加考試。[61]上述的學校大部分也許無需多作介紹，特別是與整個

57　香港憲報指明中央書院計劃由理雅各提出，跟着指羅便臣順應提交一個訓練官學生計劃的草圖。*The Hong Kong Government Gazette* 7, no. 24(15 June 1861)。

58　C.O. 129/83/302–309, 14 August 1861.

59　John Holland Rose and Henry Dodwell, *The Cambridge History of the British Empire, vol. 4, The Growth of the New Empire*(Cambridge: Cambridge University Press, 1929–1936); Percy Silburn, *The Governance of Empire*(London and New York: Longmans, Green & Co., 1910).

60　C.O. 129/161/195–198, undated; C.O. 129/161/193–194, undated; C.O. 129/161/198–202, undated; C.O. 129/183/299–307, undated.

61　C.O. 129/83/110–117, 13 June 1861; C.O. 129/96/106–108, 20 September 1864.

計劃非常密切的倫敦大學國王學院，以及擁有歐洲傳統大學風格的牛津及劍橋大學。值得一提的是，建立於1853至1856年的威靈頓學院，是一所專門大學，由維多利亞女皇及皇儲阿伯特在銳意擴展英國基層教育的計劃下籌建，學校最初的宗旨，是恩恤大英帝國皇家軍隊中為國捐軀之士，擔心無人為他們撫孤恤寡，因此特別設立學院，為這些後人提供完善教育，慢慢地，學院後來擴展至招收社會上所有不同背景的學生。[62]

翻譯官學生課程的首次考試，定於1862年3月4至10日，以後每年是否需要公開招募，則取決於殖民地的實際需要。考試的內容並不見存於殖民地檔案內，但每名考生每科的成績都有清楚列表，能為我們揭開當年考試科目的一些概況，並由此可以瞭解到課程的方向，實在以語言訓練為主，實用知識為輔。考試內容分為兩組，一組必答，另一組是選答：[63]

A.　必答

英文作文

拼字摘要

拉丁語（英語）翻譯及作品，以及下列任一語言（希臘、法文、德文及義大利文）

地理

歷史

B.　選答題

國家憲法

國際法

自然科學

純數學

混合數學

<hr />

62　威靈頓學院網址，http://www.wellingtoncollege.org.uk/history。瀏覽於2012年5月20日。

63　C.O. 129/89/212–216, 18 March 1862; C.O. 129/108/206–212, 13 July 1865.

上面雖指出考卷分為兩個部分，必答題重在語言能力考核上，由於政務工作需要處理大量文書，摘要、寫作、字體是否工整等，也是必須考核的項目；[64]選答部分側重學生是否有廣泛知識及學養，[65]亦是政府官員應有的能力。表面看來兩個部分比重相若，但應試者於第一部分不合格，則會自動失去應聘資格。[66]在這次考試中，有位應試者總成績排列第二，可惜由於他於法文翻譯(兼且是自選翻譯語言)及拼字摘要不及格，因此沒被取錄。即是說，課程結構反映了計劃本身的重點，是在語文能力及翻譯能力上。

整個考試，中文不被列在考核範圍之內。羅便臣明確指出，這個譯員計劃最大的特點，是不需要學生試前曾學習中文。課程的重點，是經殖民地部挑出品格及成績兼優的學生，讓他們在到了東方社會後，首兩年專心致志學習中文。殖民地部在翻譯官學生計劃內說明，把學員放在一習得中國語的環境，比其他的考慮更為重要。[67]這點是殖民地部刻意與上一章裏所討論，由外交部主導下的另一譯員培訓計劃「學生譯員計劃」最大不同的地方。外交部的學生譯員計劃在1854年創立，當時同樣由香港總督負責，原因是於1859年前，香港總督是集英國全權代表及駐華商務監督於一身，總督隸屬殖民地部，後者則由外交部管轄。這樣的分工沒有長期維持，當中國內陸的港口隨着中英交往進一步建立後，香港總督的職責便更專注於香港內政及管治。正如香港史學者安德葛所言，香港開埠首二十年，亦即是1842至1860年時，香港憲政的規劃全在於配合大英帝國在中國內陸各港口及設置領事安排作部署。[68]由於這緣故，研究香港教育史的Anthony

---

64　The Civil Service Commission Record PRO/CSC6/4; 6/5; 10/1219.

65　C.O. 129/209/429–439, 23 May 1883.

66　C.O. 129/89/212–216, 18 March 1862.

67　C.O. 129/80/399–434, 23 March 1861.

68　George B. Endacott, *Government and People in Hong Kong, 1841–1962: A*

Sweeting便誤以為翻譯官學生計劃是上承1854年而來的。但其實，羅便臣提交的計劃書中已明確指出，翻譯官學生計劃，是要明顯與外交部的「學生譯員計劃」不同；雖然兩者的生員都來自英國，而且項目也是針對同類型的社會尖子精英，並同是由公務員事務局統籌考試，但外交部的課程需要學生在倫敦國王學院先接受漢語課程訓練，然後才出發到中國去；此外，收生的範圍方面，翻譯官學生比「學生譯員計劃」要更廣泛，「學生譯員計劃」初期極度依賴倫敦國王學院校長推薦生員名單，並不像翻譯官學生計劃廣增生員門路。不過，我們在下面將會看到，由於翻譯官學生計劃本身遇到不少難題，在解決的過程中卻弔詭地越來越靠近「學生譯員計劃」，這也是令歷史學家常常把兩者混淆的原因。兩個譯員課程的確可以看成是姊妹計劃，但彼此同時也是競爭對手及假想敵，因為殖民地部本來就與外交部的關係極為複雜糾結：外交部成立於1782年，然後在1801年於內部新闢戰事大臣（Secretary of State for War）一職，專責處理殖民地事宜。然後又在這基礎上，外交部於1854年分拆出殖民地部（Colonial Office）。十九世紀的殖民地部與外交部，管治殖民地的工作有重疊之處，在疊床架屋的架構下，嫌隙芥蒂日深，兩者常以對方作假想敵，但又不得不通力合作，保障大英帝國的整體利益。[69]然而單從英國本土的政治架構而言，我們就可以看到殖民地部的譯者，即使與外交部的譯者同等職位及職能，薪水明顯稍遜。從英國檔案可見，於1809年為外交部擔當口譯員（西班牙、葡萄牙、意大利及

Constitutional History（Hong Kong: Hong Kong University Press, 1964), p. vii.

69 Anne Thurston, ed., *Records of the Cabinet, Foreign Office, Treasury and Other Records*（London: Stationery Office, 1998); D. Murray Young. *The Colonial Office in the Early Nineteenth Century*（London: Published for the Royal Commonwealth Society by Longmans, 1961).

丹麥語）的年薪為300英鎊，[70]到1854年已增加至500英鎊。[71]十九世紀初，外交部並無聘請漢語譯員，當時的中文譯員俱受聘於東印度公司。而在殖民地部，譯員的薪水不單不可與外交部同日而語，連職位也並非固定職系，於1814年的年薪也只得200英鎊。[72]由此就可看到兩部門不單存在明爭暗鬥的情形，所屬黨派要員要在大英帝國的譯員系統攀得高位，掌握核心權力，各人實在需要各出奇謀。理雅各一直宣稱隸屬殖民地部的翻譯官學生計劃是自己於1844年起就構想出來，目的可能是想證明這計劃的原初概念，比外交部的計劃更早出現。雖然現在沒有什麼有力證據，否定他早於1844年有此構思的說法，但觀乎理雅各於1843年剛到香港，到港時並未得殖民政府重用，就可以明白他後來靠攏大英帝國的在華需要，是出於向現實政治低頭。事實上，兩個譯員計劃相似，向同樣背景的生員招手，運作形式雷同，計劃早年都由香港總督全力負責，理雅各投放極大思慮在這計劃，是出於實際的需要的。

　　為了與時並進，翻譯官學生計劃的實施方案內容在1869年稍稍更改，原因是要配合亞洲其他殖民地的發展，成為「東方翻譯官學生計劃」。[73]最明顯的改變，是在翻譯部分加重考核傳譯，

70　Thomas G. Otte, The Foreign Office Mind: The Making of British Foreign Policy, 1865–1914(Cambridge: Cambridge University Press, 2011).

71　F.O. 366/671/362–363, undated.

72　John C. Sainty, Colonial Office Officials: *Officials of the Secretary of State for War, 1794–1801, of the Secretary of State for War and Colonies, 1801–54, and of the Secretary of State for Colonies, 1854–70*, Vol. 6(London: University of London, Institute of Historical Research, 1976), p. 21.

73　The new set of examination requirement was

Obligatory

1st Exercises designed to test handwriting and orthography

2nd Arithmetic, including vulgar and decimal fractions

3rd Latin, and one of the following languages, Greek, French, German Italian

4th English composition, including précis writing

以瞭解學生整體的翻譯技能及口語水準。[74]這反映了當時對譯員的要求。一方面，香港開埠以來一直欠缺的是擔當書面翻譯的人才，有些口譯員像高和爾等，傳譯能力極佳，卻對漢字一竅不通。從早年政府內部檔案所示，若譯者只能作口譯而不能擔任筆譯的工作，工資將不能提升到同職系的最高水準；[75]另一方面，因為當時香港政府除要應付政府內部中英翻譯外，更重要的是香港擔當英國及中國外交上最重要的橋樑，大量中英文公文及使節都經香港往還兩國。因此，政府最初定下翻譯官學生計劃時加重強調書面翻譯部分，沒有特別顧及傳譯部分，是可以理解的。不過，香港政府譯員又須經常與市民溝通，不能忽略口語詮釋部分，所以譯員一旦通過初步考試後，便會立即送到各大小法庭旁聽，以及逐漸擔當口譯工作。[76]

　　無論細節如何更改，計劃的大方向是通過考試的學生，先在殖民地部簽約兩年，正式成為皇家海外公務員，墊支100英鎊作旅費及設置公務員行裝。到殖民地後每年薪金是200英鎊，政府提供住宿、老師及各種書籍，兩年後如考試合格，便會分發到不同部門，成為該部門正式譯員，年薪400英鎊。[77]對政府公務員

Optional

5th Pure and mixed mathematics

6th Ancient or modern history, and geography

7th The elements of constitutional and international law, and political economy

8th Geology, civil engineering and surveying

此外，幾次變革後的基本考試模式，可看Lawrence Lowell, *Colonial Civil Service: The Selection and Training of Colonial Officials in England, Holland, and*

France（New York: Macmillan, 1900）。

74　C.O. 129/142/81–88, 28 July 1869.

75　C.O. 129/53/435–436, 20 April 1855.

76　C.O. 129/100/196–207, 20 September 1864.

77　當時1英鎊等於4.8港元。而一般生活物價如下：椅子1.5港元、餐桌14元、竹架7元，此等物資都是學生上書要求課程增設家具專案。C.O. 129/91/70–76。

　　　　　　　譯者與學者：香港與大英帝國中文知識建構

而言，當時算是很不錯的待遇，原因是首兩年學員只需要專心學習中文，所謂的薪金，其實與獎學金並無太大分別，首要任務只要求學生專心學好語言以應付將來的工作。第一屆中，全英嚴格選拔了七人應試，只有首三位被錄取，可見競爭激烈；其餘每年的學額，則取決於之前各屆譯員表現，是否如期完成課程而獲得升遷，並相繼分發到不同部門以騰空職位，同時也取決哪個主要行政部門嚴重缺乏譯員等。

「翻譯官學生計劃」首批學生於1862年9月8日到港，[78]立即進入中央書院，跟隨華人老師及理雅各學習中文聽、講、寫、讀各方面的能力。我們暫未發現任何有關課程的教科書、授課語言，甚至是華人老師背景等的記述或討論。不過，由於中央書院的中英語課程結構及內容與翻譯官學生的試題覆蓋面相同，例如下文即將看到大家都選用《三字經》作為教材，[79]我們有理由相信在教學資源匱乏下，翻譯官學生課程部分合併於中央書院的課程。此外，學生每半年需要接受一次考試，而主考官都是理雅各，每次考試後，他都撰寫詳細報告給政府，匯報學生進展，政府隨即送回殖民地部檢討，而從這轉折渠道，我們大概也能從這些報告裏整理出課程一二，從考試報告回溯課程內容。我們看到，理雅各的角色舉足輕重，他關心學生的表現，對學生的精神心思、上課態度等亦表關注，而對學生在語言及學習方面的要求很高。此外，如何可以精進改善計劃，他亦費盡思量。我們在下文深入分析第一批學生的上課情形，目的是要舉一反三，窺見開創期課程的概況、訓練模式及一些困難。固然，當中的一些瑣碎問題，在課程制度化後便漸漸消失，譬如教學材料的問題，後來隨着翻譯課程日趨成熟，畢業生中不乏培養了對中國語言及

---

78 C.O. 129/87/284–286, 8 September 1862.

79 Gwenneth Stokes, *Queen's College 1862–1962* (Hong Kong: Queen's College, 1962), p. 7.

文化的興趣，公餘時以此為業，撰寫了多種有關中國文化及學習語言的書籍，擴充了課程內容及教材，問題迎刃而解。[80]而另一些困難，如課程地點等，在汲取眾人意見並以前車可鑑的努力後，事情很快也水到渠成。但另一些較深刻的問題，如針對課程核心方向——語言問題，反映殖民地香港處於中西交匯的特殊政經角色，到底是以香港為本位，還是應附屬更大的政體此等核心問題。這些問題，可以説到了百年後的香港，及至香港回歸中國時，仍一直爭議不休。重探這些問題，不單對今天籌辦翻譯課程帶來一定的啟示，也對追溯歷史問題的源頭，具一定的參考價值。[81]

首批來香港的學生只有三人，他們分別為丁力（Walter Meredith Deane；丁力是原名）、史密斯（Cecil Clementi Smith）、杜老誌（Malcolm Struan Tonnochy, 1841–1882）。除了這一屆以外，每屆人數也大致規限在這學額左右，而且師生比例非常小，上課時間也很集中。無論理雅各傳教事業如何繁重，他都會主持每半年一次的考試，考試時間每次一小時到三小時不等，第一次考試於1863年4月9日舉行、[82]第二次於1864年1月12日，而第三次則在1864年9月20日舉行。[83]另外中間在1863年8月8日的考試，[84]則由暫時在香港的威妥瑪主持。

課程內容方面，我們雖然看不到有專門為課程編寫的教科書，但根據考試內容及考試後的報告可見，理雅各着重選取的教科書有兩類，第一是宗教類，以新約聖經約翰福音為主；第二是中國經書，又以四書如《論語》、《孟子》及童蒙書《三字經》

80　在二十世紀後，翻譯官學生課程增設了不少具規模及系統教學材料，課程亦漸漸交到香港大學中文系籌辦。

81　Eva Hung, ed., *Teaching Translation and Interpreting 4: Building Bridges* (Amsterdam: John Benjamins, 2002).

82　C.O. 129/92/2–9, 9 April 1863.

83　C.O. 129/100/196–207, 20 September 1864.

84　C.O. 129/93/176–182, 8 August 1863.

為主。從考試卷中可以見到，理雅各往往要求學生把中文經書翻譯成英文，亦要求學生把中文聖經翻譯成英文，可見，他平時上課往往以中文聖經為教材。理雅各要求學生明白讀本的內容，並且必須好好鍛鍊以不同表達方式寫出答案，包括文言書面語及淺白口語（語體文）。要學生來華後半年立即學會書寫筆劃甚多、字形相似及複雜的漢字，困難不少。因此，若學生不能寫出中文字，則改以英文字母拼寫，並附有音調在旁，理雅各也欣然接受。至於聽力訓練，理雅各要求學生在對話中，能夠做到口頭表達流暢、發音標準外，更希望在詞彙方面盡量做到多變。經過半年密集訓練，理雅各認為他們有基礎語彙知識及聽力後，便定期派他們到法庭旁聽，每週兩次，特別是以此審查自己是否能完全明白傳譯人員的說話及證人的證供。其餘的日子，則希望學生漸漸加重聽講閱讀各部分，並要求學生每天跟老師閱讀及練習會話。

　　1864年1月中，考生又接受了另一次的考試，考試內容大抵相似，仍然是儒家經典及聖經為主。這次考試成績與上一次一樣，史密斯繼續名列前茅，理雅各對他的表現很感滿意，對他能以本地諺語表達自己的意見，以及中文盡量說得自然，覺得很欣慰；另外兩位學生的情形不相伯仲，這反映了理雅各在鑒定語言能力中的要求。考試後，理雅各要求學生深入仔細閱讀《聖諭廣訓》及《伊娑菩喻言》（即今稱的《伊索寓言》），[85]並指《聖諭廣訓》可以在廣州輕易購得，至於《伊娑菩喻言》則指定要從上海購買的版本。[86]採用這些讀本，不單純粹為培訓學員的語文

85　C.O. 129/97/41–47, 12 January 1864.

86　自明代經耶穌會傳教士傳入中國後，*Aesop's Fables*中譯出現了多種版本。理雅各在公函內沒有註明選定哪個譯本，只指明上海購得版本。我們都知道，英華書院早在馬六甲時代，就在傳教士發行的中文報刊中刊登了多則Aesop故事，後來亦出現了由羅伯聃翻譯，原本由Canton Press Office 1840年出版的《意拾喻言》，廣泛作傳教之用。英華書院遷至香港後，亦有在香港英華書院重新刊刻《意拾喻言》，內容有所刪改，並改名為《伊娑普喻言》。後來上海一家教會創辦的醫院「施醫院」同樣刻印這書。經內田

能力，還因為內文深刻討論到公共領袖及個人在道德方面的要求。另一方面，各學生要求更多機會接觸本地人。他們認為如能增加與同齡的人交流，特別是那些對語言特別感興趣的本地人多溝通，每天一至兩小時，那麼他們的會話能力及口語表達必有所提升。學生向理雅各要求把一名稱作何亞來(Ho Alloy)的法庭譯員找來作口語訓練的對象。在檔案裏，香港政府沒有特別提供任何有關何亞來的背景資料，相信是因為政府其實一早已認識何亞來。何亞來(又名何神芝Ho Shan Chee)是理雅各(香港)英華書院的學生，[87]早在1855年已經在香港維多利亞(太平山)的一所中文學堂擔當英語老師。當理雅各還未正式遞交中央書院計劃書的時候，香港島上的學校分散在島上不同地方，課程及師資都沒有統一規劃，其中何亞來後來任教的學校，英語老師一職長期懸空，於是中文教育委員會於1855年推薦年輕人何亞來，以月薪港15銀元(相比官學生同期薪水每月200英鎊)，[88]擔任該學校的英語老師，[89]期間由於香港政府人手不足，他從1857年起亦同時出任法庭傳譯及文員。[90]何亞來是英華書院舊生，理雅各對他的表現及語文能力有一定的信心，才會推薦他給官學生，讓兩者多交流，以增強彼此的語文表達力。

慶市的研究所示，上海施醫院即是仁濟醫院，印刷場屬墨海書館所有，墨海書館的創辦人就是同樣在香港英華書院擔當重要角色的傳教士麥都思。由此看到，理雅各推薦給香港翻譯官學生版本，底本應為羅伯聃翻譯的《意拾喻言》，但後來經麥都思修訂的新版本。理雅各並以此作為中央書院課程教科書。內田慶市：〈談《遐邇貫珍》中的伊索寓言——伊索寓言漢譯小史〉，載松浦章、內田慶市、沈國威(編著)：《遐邇貫珍》(上海：上海辭書出版社，2005)，頁65–89。

87 Carl T. Smith, *Chinese Christians: Élites, Middlemen, and the Church in Hong Kong*(Hong Kong: Oxford University Press, 1985), p. 149.

88 官學生當時入薪點若以港銀元計，有1,000銀元。

89 C.O. 129/50/311–313, 22 June 1855.

90 C.O. 133/14/110(*Bluebook* 1857); Government Letter No. 840 of 25 September 1857; C.O. 129/120/472–473, 22 February 1867.

1864年9月20日，學生接受了理雅各的第三次考核，這是兩年密集訓練中的最後一次考試。考試時間三小時，整體而言，理雅各很滿意各個學生的表現，特別是史密斯，如果我們翻查殖民地部的紀錄就會看到，在英國總部考試的時候，史密斯在七人考試中只考到第四，要不是排名第三的考生在第一部分中指定翻譯試題不合格而被自動淘汰，史密斯根本沒有入選的機會。但一到殖民地，他每次考試都名列前茅。可見，課程分為英國本土及海外兩個部分是絕對有必要的。事實上，史密斯就是本章6.1節所言第十七任香港總督金文泰的親叔叔，史密斯後來當上海峽殖民地第六任總督（任期1887–1893年），在新加坡管治期間享有非常高的聲譽。新加坡其中一個市鎮以他為名，特別紀念他於1889年成立社團法例（Societies Ordinance）規管及遏止黑社會的活動，以及成立皇后獎學金（Queen's Scholarship）直接送學生到英國深造。他能處理新加坡當時因方言隔閡引起的非常複雜的社團黨派問題，實有賴他對華人社會認識之深，以及在香港及廣東一帶的歷練。我們可以想像，他對課程應感到滿意，才會推薦他的侄子金文泰來參加同樣的課程。史密斯在課餘時，自發多讀中國經典，理雅各更指由他的練習帳中看到，他在學寫中文字時，非常在意，時刻用心。另外一名學生杜老誌，其實也是香港社會後來認識很深的殖民地官員。他曾歷任布政司、財政司，並於1882年任署理港督。位於灣仔的杜老誌道，就是以他命名。他初來香港的時候，口語表達力並不是很強，但仍然獲理雅各的高度讚賞。總結而言，理雅各認為在他的教學經驗中，很少有學生能夠達到這兩人的水準。不過，理雅各一直認為他們在香港社會的環境，由於太耽溺於白人世界的生活圈子，接觸的社會階層有限，語用方面缺少了真正的生活感。為了令他們能更專心接受密集的語言訓練，理雅各建議全部三人（包括生病缺席的學生）都遷到廣州一陣子，潛心受訓。理雅各建議到廣州，其中一個原因是在太平天國之亂時，他因傳教工作及拯救一些信徒頻繁到該處，相對瞭解廣州一帶的情形。理雅各的建議是用心良苦的，他一心希望學生能在正式投入繁忙工作前，獲得最完善的語言裝備。然而，在香港政府嚴重缺乏人才的情形下，這批學生在學習期間，已被指派到法庭擔當傳譯工作；在最終大考後，政府看到報告指史密斯成績優異時，已認定他為少見的人才，希望立即指派他出任署理總登記官（Acting Registrar General），填補懸空之職。[91]理雅各卻堅持，只要學生能在廣州再多浸淫六個月，必定可以脫胎換骨，並有更大的成就。但最後政府沒有理會理雅各的反對，只派兩名學生到廣州繼續受訓。他們到廣州一所名為紅棉寺的私人地方，該處月租便宜，是通過粵海關人員介紹得來的。[92]而史密斯就立即開始了他繁忙的政務生活。

「翻譯官學生計劃」就是在這樣無心插柳的情形下，因着理雅各的脈絡，得以擴充了集訓地點及實戰場地，所涉費用不高，又得以與粵海關締結更多聯繫；對於課程發展本身而言，有一定的幫助。但由於理雅各與政府意見分歧，二者開始出現嫌隙，理雅各甚至寫信抗議，[93]認為若學生不可以在完整規劃的課程內修畢應用知識，那麼畢業後到底是否有足夠語言能力處理各崗位上繁重的工作，亦成疑問。

事實上，更多衝擊課程的難題漸漸出現。「翻譯官學生計劃」當時遇到極大的挑戰，有些是外部的，有些則是課程本身的。但無論是哪一種，都值得重視，因為這不單是十九世紀香港特殊歷史脈絡才出現的問題，也是因為英國殖民地部經驗不足而引起的問題，可以說，在中國進一步開放貿易，更多物資進出中國的情形下，具備雙語能力的人才，無論在什麼世代，都是炙手可熱的人才。

91　C.O. 129/100/196–207, 20 September 1864.

92　C.O. 129/101/95–99, 31 October 1864.

93　C.O. 129/179/21–87, 7 September 1877.

　　　　　　　　譯者與學者：香港與大英帝國中文知識建構

首先，《天津條約》及《北京條約》帶來一系列的中國局勢變動，大量增加了中英貿易的機遇，[94]令英國在華商貿發展蓬勃。翻譯官學生經過兩年的訓練後，已具備良好中文能力，再加上又是英國頂尖大學出身，本來就是爭相延聘的對象。平心而論，他們在香港所得到的待遇，並不算太差，生活水準也算頗高。從每年有大量學子及其父母寫信到殖民地部及香港政府去查探入職機會，即可說明這點。但首兩年刻苦的語言訓練，並不是容易支撐過去的，特別是剛從貴族大學畢業的大學生，出發前躊躇滿志獻身公務，到東方開拓事業，但到達後遇到種種生活上的不適應後，使很多本來矢志加入政府公務員行列的年輕人不免有所猶豫，加上公務員生活沉悶艱辛；而中國機遇日漸增多，商界工資比當公務員要高出多倍。從政府寫給殖民地部的報告中可以見到，翻譯官學生常常在情非得已下，向政府申請發放更多的津貼，譬如健康津貼、醫療津貼等。特別是當時香港基本建設還十分缺乏，暑夏颶風襲港，加上潮濕悶熱，常常爆發風土病，新來港的政府人員還未適應，體弱染病後便須遷到廣東及澳門一帶養病，但作為學生卻未必一定有津貼補給，加上生病又影響了正常學習，在沒有津貼下延誤入職時間，對學生的心理也造成極大的負擔。在這樣的情形下，中途轉投其他行業的可能性極高。[95]此外，政府為翻譯官學生安排入住的中央書院校舍，設備簡陋，學生常寫信給政府要求增設書桌書櫃，政府往往需要向殖民地部申請，[96]為這些區區小事公文來來往往，而殖民地部也不願開先例批准這樣的要求。很多時候，最後由於港督體察他們的苦況，自動在一些員工資助帳戶或自己的津貼中，特別撥款資助學員，以

94　參Nathan A. Pelcovits, *Old China Hands and the Foreign Office*（New York: King's Crown Press, 1948）.

95　C.O. 129/122/270–274, 27 June 1864.

96　C.O. 129/91/70–76, 27 January 1863.

解燃眉之急。雖然這些翻譯官學生是政府的明日之星，但訓練期間的苦況，實在不足為外人道。

相對之下，中國開門帶來的新機遇，便極具吸引力。英國企業看中這些具備雙語能力的貴族大學尖子，特別是那些大量湧入中國發展的新企業，如保險及商貿公司，令翻譯官學生漸漸萌生去意，實在可以理解。在第二批的官學生中，有些來港只有半年，卻已被商界招聘。這些企業認為英國政府儼如為他們在英國挑選最好的人才，在香港提供最好的課程加以培訓後，然後他們輕易地從政府中挖角。此外，由於官商機構在公餘活動裏互動頻繁，在白人圈子的聚會裏，凡有新機遇便立即廣傳，而發跡的商界人才亦樂於積極向這批前途未明朗的年輕人招手，以豐厚的薪金挖角。面對商界發動的挖角潮，政府可以說是極無奈，因為即使翻譯官學生出發來華前，已跟公務員事務局及香港政府簽下合約，但違約者只需賠款了事，這些新興跨國企業為翻譯官學生支付區區數百英鎊保證金（其中一位賠償金高達721.8英鎊）根本不是什麼問題，[97]而政府確實也無法保證學生在這兩年必定能完成課程，或課程完成後能成為位高權重的公務員，因為除了要看學生的成績和表現外，政府也有自己的架構規條，而年資亦主宰升遷考慮。殖民地部及香港政府的確為此感到很苦惱，但這問題不斷重複出現，且是直接衝擊着課程的價值核心及成敗關鍵而來。殖民地部批下一個又一個中途離職的案件後，能夠做到的只是治標不治本的策略：包括提高保證金、增加在學時所需的各種恩恤津貼，以及把成功畢業的入職起薪點加到500英鎊。但是，殖民地及香港政府都明白到，公務員生涯跟商界的生活相差太遠，這個可以說是永恆定律，連殖民地部在密函中也指他們不得不接受這些學子的請辭，因為儘管這是現階段的損失及衝擊，但如公務員將來受不住商界的誘惑，那將來對政府及社會的衝擊更是無可

---

97   C.O. 129/113/145–151, 28 May 1866.

譯者與學者：香港與大英帝國中文知識建構

彌補。殖民地部在不斷審批這些中途請辭案件時，甚至忍不住反問「案件反映了根本的難題，這種情形哪有完結的一天。」[98]本來，課程是為了日益頻繁的中英互動而來，但矛盾地，這互動卻又徹底動搖了課程的可行性。[99]這種情形對於理雅各來說是措手不及的。因此，後來他在牛津提出新課程時，課程的核心部分，除了由他指導更多的語言課程外，還有更重要的是道德課程，為生員日後成為公職人員的道德思想作好準備。[100]不過，更令人意想不到的情形，卻在1876年出現了，就是理雅各即將要離開他生活了近三十年的香港及亞洲，回到英國去。理雅各的離任，令整個計劃頓失方向。

5.4　牛津計劃

　　理雅各最早表示有意把課程移到牛津，是在他作中文教授就職演講(1876年10月27日)之後半年。1877年3月31日，理雅各寫信到殖民地部，要求把計劃遷到牛津。其實，早於1864年起，他已認為在香港無法實施最理想的計劃。現在回到英國，他認為與其遙距控制課程，倒不如把整個計劃移到英國，由他直接負責。這並不是理雅各離港後，仍然不能放手香港工作的問題。在他離港後一年的1877年，香港首席按察司寫信給香港政府，投訴香港政府英語教育計劃不周、制度不健全、師資不足，令傳譯人員水準不足的情形故態復萌，甚至影響各裁判庭正常運作，大小法庭時有癱瘓的情況。[101]這次投訴與過去的不完全一樣。過去對傳譯者質素的投訴，都是針對英國人或歐洲人譯者的中文程度不足；然而這一次卻針對非英籍譯者。翻譯工作需要中英語兼優，翻譯

98　C.O. 129/122/270–274, 27 June 1867.

99　*Ibid.*

100　C.O. 129/180/414–443, 31 March 1877.

101　C.O. 129/179/21–87, 7 September 1877.

培訓工作亦需着重雙語教育，香港在開埠之初的教育藍圖，卻呈現了顧此失彼的情形，趕及加強中文教育，卻忽視規劃英語教育的願景。政府又過分理想化，以為只要新增設幾位翻譯官學生，創設培訓計劃，翻譯水準便能立即改善。我們知道，語言政策不能朝令夕改，語文能力也是經過長期浸淫而來，欲速則不達。香港殖民地的語言問題，從十九世紀起彷彿已因種種限制而搖擺不定，政策混亂。就培訓譯員而言，殖民地部時刻考慮成本，並需顧及學員質素，翻譯官學生每次（而非每年）只招收二至三人，加上間中偶有學員退出，政府內每年遞增的新力軍人數其實甚為有限。此外，官學生畢業後投入到哪個政府部門，亦沒有全盤計劃，往往在他們畢業後，便被立即分派到最高管理層擔當重任；其角色也不是處理翻譯，凡涉及中文資料、雙語交際及華人事務，全都屬於他們的工作範圍，有的翻譯官學生甚至在學成後，立即擔任管理整個部門的主管。亦即是說，很多基本翻譯的問題，在最低層的翻譯人員手中出錯後，他們根本無從知道，亦無法更改。漸漸地，政府才瞭解到所謂翻譯及管治的問題，表面上好像都是語言帶來的問題，實施起來，其實應該分別處理。翻譯應走專業化的路線，管治人才需要懂得本地語，但他們的工作職級及範圍卻不是翻譯。在殖民地政府裏，對高級管理人才而言，語言是用以輔助管治的工具而已。亦由此開始，政府出現一次徹底檢視課程的機會，造就了以後翻譯部門的出現及官學生職權的轉變。

　　就本地翻譯人員英語水準不足的情形，政府成立翻譯部門，審視所有法庭翻譯資料及考核法庭翻譯人才。而就中文水準不足的問題，政府在翻譯官學生計劃實施的第一年，也就是在1861年，已經增加一些津貼，鼓勵政府內其他的公務員學習中文，[102]後更把管理及統籌、考核學生能力的職責，交到教育局中

102　C.O. 129/85/303–307, 12 April 1862; C.O. 129/92/2–9, 9 April 1863.

　　　　　　　　譯者與學者：香港與大英帝國中文知識建構

的中國研究評核局（Board of Examiners for Chinese Studies）手上。
評核局是由第七任港督堅尼地爵士（Sir Arthur Edward Kennedy,
1809–1883，任期1872–1877年）指示成立的，旨在提供公餘課程給
政府公務員，並指若學員願意每半年接受考試一次，並且得到合
格，就可以得到額外津貼。[103]當時替政府處理中文教學事宜的，
是理雅各離任前親手帶入倫敦會及香港政府的歐德理。歐德理為
德籍傳教士，就讀於圖賓根大學（Tübingen University），畢業後即
服務於烏騰堡邦教會（State Church of Wuttemberg），後改至巴色會
（Basel Mission；又名崇真會）工作，於1862年經香港到廣東一帶
寶安布吉附近工作。1865年回港，因要迎娶遭自己所屬教會巴色
會拒絕的英籍女子。[104]歐德理在香港得理雅各相助，從1870年起
服務於香港倫敦會。他除了懂客家方言外，更習得廣府話，醉心
中國文化的研究工作，研究興趣不單廣泛，而且極深入，曾編輯
《佛教梵漢字典》、《廣府話字典》等，[105] 1871年獲德國圖賓根
大學頒發博士學位，後更寫下香港史的開山之作《歐洲在中國：
香港從開埠到1882年歷史》。[106]

　　歐德理在理雅各離港的1873年後，便開始加入香港政府成
為學校課本委員會主席，更自動請纓幫忙為政府公務員提供每兩
星期一次、每次兩節的課程。但他認為，在各種現實的限制上，
學員無法專心學習，這點他的看法與理雅各是接近的。歐德理
更因此與政府發生了一場不小的誤會，特別是他與剛上任的第

103　C.O. 273/93/98, 6 February 1878.

104　C.O. 129/189/615–618, 27 September 1880.

105　原書名為E. J. Eitel, *Hand-book of Chinese Buddhism: Being a Sanskrit-Chinese Dictionary, with Vocabularies of Buddhist Terms in Pali, Singhalese, Siamese, Burmese, Tibetan, Mongolian and Japanese*（Hong Kong: Lane, Crawford, 1888）及*A Chinese-English Dictionary in the Cantonese Dialect*（Hong Kong: Kelly & Walsh Limited, 1911–1912）。

106　E. J. Eitel, *Europe in China: The History of Hong Kong from the Beginning to the Year 1882*（London: Luzac & Company, 1895）.

八任香港總督軒尼斯爵士(Sir John Pope Hennessy, 1834–1891，任期1877–1882年)關係不佳。歐德理被政府指責疏於執行職務。[107]歐德理認為指控並無根據，他指自己獻身教育事業不被承認更慘受詆毀，為了遷就學員上課時間，他把課堂提早到早上六時三十分直到八時，一年下來共教了大約五十節課，而且課程所教的聽講寫讀各方面都齊全，課程內容不單繼承理雅各所設計的而來，更有新增實用知識，包括有關中國史地、中國文官制度的知識等。歐德理最後在意興闌珊下辭去工作，雖然最終兩者關係後趨好轉，冰釋前嫌。[108]一年後，軒尼斯亦主動寫信到殖民地部承認批評歐德理太嚴苛，並要求刪除一些已紀錄在案的負面評價，後更把1879年建立的香港政府傳譯部門交到歐德理手上；但在兩人交惡時，政府面對處理積習難改的問題，又不能完全信任歐德理的辦事手法，軒尼斯亦指：「作為一個業餘委員會，無論委員會內的人才是否具有教學熱誠及能力，都無法可以真正履行當天羅便臣爵士及理雅各博士定下的規模。」[109]翻譯官學生計劃去向未明，軒尼斯亦明言，應該以靜制動，待英國及理雅各商榷後的最後方案。[110]

　　殖民地部與理雅各各自收到軒尼斯的投訴及請求後，理雅各便立即建議把課程遷回英國。[111]殖民地部亦不敢怠慢，在短短

107　軒尼斯與一眾香港翻譯相關官員關係並不和睦，除了跟歐德理不咬弦外，他跟史密斯及威妥瑪關係亦勢成水火。Endacott, *A History of Hong Kong,* pp. 170–182. Sayer, *Hong Kong, 1862–1919*(Hong Kong: Hong Kong University Press, 1975), pp. 40–50；此外，也可看James Pope-Hennessy, *Verandah: Some Episodes in the Crown Colonies, 1867–1889*(London: Century, 1964)。

108　從軒尼斯的私人信件所示，歐德理後來與軒尼斯化敵為友後，兩人書信往來不斷，內裏除討論殖民地大小事情外，對於中國文學等亦頗有交互意見。"Eitel to Hennessy," 22 August 1880, *Hennessy papers*, Box 3。

109　C.O. 129/179/21–87, 7 September 1877.

110　*Ibid.*

111　"James Legge to the Marquis of Salisbury," 1 March 1887, James Legge Papers,

三個月內，立即派員當面拜會理雅各所屬書院Balliol College的院士，洽商一切細節：包括學生人數、考試模式、費用、課程、與書院擔當的角色等，特別是這些官學生已各自擁有大學學位，入學牛津後只會在學一年，當中細節需要認真在課程遷移前仔細確定。中文課程固然全部由理雅各親自教授，由於理雅各建議學生要在牛津修習法律及政治經濟學科——牛津最享負盛名的人文學科之一，學院因此建議這些課程都由書院負責，這樣可以讓學生名正言順地擁有院生身份。理雅各並建議，學生應全力學習書面及口語能力(他指廣府話)。不過，由於殖民地部人事更替，課程最後沒有落實在牛津，卻於1878年正式遷到了倫敦總部——倫敦大學國王學院，[112]而第一屆在倫敦國王學院上課的香港官學生，就包括了後來於1898年在新界擔當了極重要角色的駱克(後封為爵士；Sir James H. S. Lockhart, 1858–1937)。

其實，對殖民地部而言，倫敦大學國王學院跟牛津大學是各有千秋的。就學習環境、社會地位及人才網絡而言，牛津自然略勝一籌；就師資而言，理雅各的名聲及學問造詣，亦非當時倫敦大學的中文教授道格拉斯所及，更不要說當時他們一心要培養翻譯官學生學習廣府話，這亦是理雅各最擅長的，相反道格拉斯根本不懂得廣府話。雖然如此，在左支右絀下，他們仍然選擇遷回倫敦國王學院，主要是因為國王學院的課程及學風，更能貼近擴張主義(expansionist)時期大英帝國的需要，加上國王學院的中文課程比牛津擁有更悠久的歷史——自1847年創立以來，到了那時候已有近四十年的歷史，而且地理上接近殖民地部總部，這些都是牛津大學所不能企及的。況且，殖民地部認為牛津生活費高昂，更擁有極好的文化氛圍，亦崇尚自由氣氛，深恐學生

SOAS Archive; Helen Edith Legge, *James Legge*, p. 223.

112 "Meade to College Secretary," 18 December 1878, King's College London Secretary In-correspondence, Ref KA/IC/M113.

賦閑下來。而更重要的是，殖民地部一直欠缺懂得中國語的專家人才，[113]座落倫敦唐寧街十號的殖民地部，要到座落斯特蘭德街 (The Strand)的倫敦國王學院，只是一步之遙。把課程設於倫敦國王學院，有需要時能派翻譯官學生到殖民地部幫忙，處理翻譯文書工作，可謂省時便捷，亦能給予他們實際的工作經驗。[114]結果，殖民地部最後還是選擇了倫敦國王學院。畢竟，建立倫敦國王學院中文課程的初衷，本來就是要為英國提供實用中文課程給有志投身成為外交專員、傳教士等背景人士，因此，殖民地部最後選回倫敦大學國王學院，也不是完全沒有道理的。[115]

殖民地部在決定把翻譯官學生課程安放在倫敦大學後，他們就要處理各種實際困難，譬如另找老師教導學生廣府話。當時第一個考慮的人選是同樣來自倫敦大學，但屬另一所學院——倫敦大學學院的中文教授畢爾(Samuel Beal, 1825–1889)牧師。畢爾牧師對中國佛學素有研究，加上曾隨英海軍到中國沿海一帶作隨軍牧師，對中國情形有實際瞭解，因此，殖民地部認為他跟道格拉斯能起相輔相成作用。為了鄭重其事，殖民地部還直接約會畢爾，當面討論計劃的可行性。在會議過後，殖民地部才發現畢爾其實並不懂粵語，即使殖民地部對彬彬君子的他印象極佳，亦不得不作罷。最後，他們找來了當時身在倫敦，曾是倫敦會傳教士，後來成為英國反鴉片聯盟(Anti Opium League)秘書杜納(Frederick Storrs Turner, 1834–1916)，[116]請他襄助教授學生廣府

---

113 C.O. 273/93/2935, 6 February 1878.

114 政府憲報亦寫明學生需要每天在殖民地當值幾小時，"He will also be employed during some hours daily at the Colonial Office in the work of the Department," *The Hong Kong Government Gazette*, no. 344(1 October 1881), p. 876。

115 C.O. 129/191/393–405, 3 November 1880.

116 杜納為反對鴉片貿易會(Society for the Suppression of the Opium Trade)的秘書，此會反對英國在印度及中國等地方傾銷及轉售鴉片。杜納著作甚豐，當中包括*British Opium Policy and Its Results to India and China*(London: Sampson Low, Marston, Searles, & Rivington, 1876)。

　　　　譯者與學者：香港與大英帝國中文知識建構

話。翻譯官學生的計劃發展到此，好像已經與理雅各最初創辦課程的理念越走越遠，而他對翻譯官學生的貢獻亦好像已經告一段落，但其實並不如此。一個更新更大型的跨亞洲譯者訓練計劃——東方翻譯官學生計劃才在這時悠然展開。東方翻譯官學生計劃得以實踐，有賴理雅各的遠見。過去一直不知道理雅各曾經提出牛津計劃，原因是這個部分的討論，並不收入在香港殖民地總督檔案（C.O. 129），而是藏於海峽殖民地總督檔案（C.O. 273）內。理雅各在1877年寄呈到殖民地部的牛津計劃建議書內，整合了他在遠東生活的經驗，建議把整個翻譯訓練課程遷回牛津的同時，還應照顧海峽殖民地（馬六甲、新加坡、檳城）三地同樣對譯者的渴求。理雅各以自身在馬六甲的生活經驗來強調說：

> 以上計劃同時適用於要到海峽殖民地服務的年輕人。我自1839年起就寓居馬六甲，直到1840年春。當地的譯者同時需要學習馬來語，雖然當中甚少人學會，此外，他們也極需要學習如何寫漢字和說廣府話。
>
> 我冒昧地呈交以上計劃給閣下，希望這些有志成為香港及海峽殖民地譯員的年輕人，都能在我指導下，學得基本知識。望爵士俯允[117]

　　英國東印度公司在1826年以佔領和契約的手法取得馬六甲、新加坡、檳城三地的管轄權，中間曾有一段時間歸在英國印度辦事處（India Office）管理，然後在1867年歸到英國殖民地部管理，正式成為皇家殖民地，[118]當中成為英國殖民地的背景與香港有不少相似之處，特別是新加坡具有優良港口，並位於重要航海路線上。海峽殖民地開埠之初，譯者不足的情況、錯譯引起的管治問

117　C.O. 129/180/414–443, 31 March 1877.

118　Constance Mary Turnbull, *The Straits Settlements: From Indian Presidency to Crown Colony, 1824–1867* (Singapore: Oxford University Press, 1975).

題，跟香港開埠情形一式一樣。[119]理雅各在1839年到馬六甲接手管理英華書院的時候，對這情形瞭解甚深。因此，他以自身的經驗提出一個連結香港、海峽殖民地的譯員計劃，集中處理各殖民地譯員不足的共同問題，可以説眼光獨到。固然，我們從香港翻譯官學生計劃可見，一個單以香港為中心的計劃所遇到的障礙和困難已不少，要結合更多表面背景相似，但實際上更多盤根錯節的細節問題，更不是輕易能處理，所遇到的問題會更龐大及複雜。不過，結合幾個殖民地後，卻得到一個意想不到的益處，就是計劃合併後相對削減了成本，參加的學生在第一輪的公開考試合格後，成績最優秀者有權先選擇工作地點，並以此激勵學生。此外，學生上任後若因種種的情形，譬如與上司產生嫌隙，或遇到不公平情形無法升遷等際遇，都能申請轉換工作環境，這大大增加了挽留人才的機會。而殖民地部通過這計劃培養的譯者、中國通及官員，幅員更廣泛，幾地之間的合作無間，把整個東亞及東南亞的政情和遠東利益得以輕易地集中處理。對於穩定大英帝國的長遠利益，理雅各貢獻良多、居功厥偉。

5.5 面向本土還是迎合中國？——官話及廣府話之爭

殖民地部最後選擇倫敦國王學院而捨牛津，很明顯是重政治而輕學術；而當時似乎是關鍵的考慮因素，譬如需要培訓學員的語言問題，都不是重點。事實上，自十九世紀八十年代起，香港面對急遽轉變的中英外交關係，特別是中國晚清邁進一個新歷史階段時，翻譯官學生所需的語言能力，出現了基本轉變，無

---

119 見Uganda Sze Pui Kwan, "Translational Mobility, Translation, and Transference: The Cultural Identities of British Interpreters in Two Colonial Asian Cities (1840–1880)," in *Translation and Global Asia: Relocating Networks of Cultural Production*, ed. Uganda Sze Pui Kwan and Lawrence Wang Chi Wong (Hong Kong: Chinese University Press, 2014), pp. 265–299.

譯者與學者：香港與大英帝國中文知識建構

論最初選擇孰牛津也好，孰倫敦大學也好，課程都不能再只是提供單一的語言訓練。

1883年7月9日，香港第九任港督寶雲（Sir George Ferguson Bowen, 1821–1899，任期1883–1885年）上書到殖民地部，要求改革翻譯官學生課程的基本語言訓練方向，並指已得到香港定例局的支持，懇求殖民地部予以嚴正考慮。原因是，在一次又一次接待訪港使節及外賓的外交禮儀上，寶雲遇上前所未有的尷尬情形。對寶雲而言，這窘態大大損害了英國泱泱大國的外交形象。

自第一次鴉片戰爭、太平天國、英法聯軍等役之後，列強瓜分中國的危機日深。面對着內憂和外患，晚清政府終於認識到改革的急切性，因而接納了朝廷中部分開明派倡議的洋務運動，並於1861至1893年間的不同階段推出，救亡圖存。除了由五口通商開放到三十六口外，還有各種各樣的改革，包括軍事改革、製兵練器，創辦民用工業、創立新式學校、保送留學生等，還有派遣使團出外考察政治、兵工、機械、化學、採礦等企業的情形。[120]在這些出國到歐洲的旅程中，香港是他們的必經之路。洋務運動又以西方堅炮為中國第一項師夷長技以制夷的學習綱領。負責組建海軍的李鴻章，自1875年起開始建設北洋水師，負責接收軍艦的隊目，當中包括丁汝昌、方伯謙、葛雷森、許矜身等人，出國及回國時都必須途經香港。[121]1881年10月15日，水師提督丁汝昌考察歐洲後回國，中途停留香港之際，香港總督寶雲設宴於總督府內，並邀請大法官羅素（Mr. Judge James Russell）以

120　《中國近代史資料叢刊》編委會（編）：《洋務運動》第二冊（上海：上海書店出版社，2000），頁328。

121　其實，只要考察鍾叔河所編《走向世界叢書》，便可發現，由於香港位處於中西航海道必經之道，變革前中國到遠洋考察的清朝官員，必先經過香港，短暫停留，稍作補給，又或特別到香港考察英人管治下香港現代化的情形。譬如郭嵩燾的《倫敦與巴黎日記》，就詳細記載了他們考察香港中央書院及香港整體中西語教育的情形，見郭嵩燾：《倫敦與巴黎日記》（長沙：嶽麓書社，1984），頁30。

及身兼教育局首長兼及總登記官和撫華道的史釗活。[122]非常不幸的是，在接待丁汝昌的時候，寶雲才猛然發現於香港政府內管治華人的最高級官員——總登記官暨撫華道，其實並不瞭解中國官員說的官話。相反，中國官員也無法瞭解香港最高級官員的廣府話。寶雲直言：

> 我與我之前的歷任港督一樣，對我手下沒有一人能夠掌握、能說出及明白中國士大夫及官紳所說的官方語，感到極不方便……要不是丁提督帶了他的海軍艦大副方伯謙同行，我們實在沒有辦法溝通。方伯謙曾留學英海軍學校，熟諳我們的語言。我們的官學生李士達(Alfred Lister)、丁力(Walter Deane)、洛克(James Lockhart)，以及之前的官學生，都只懂得廣府方言。[123]

寶雲跟着洋洋灑灑在公文指出，中華帝國中有一種國家語及書寫文體，對西方人而言，這稱作官話(Mandarin)或官式語。他更詳解mandarin一詞原是葡萄牙語，只應用在歐洲大陸官方稱呼當中，中國人並不這樣自稱。但中國各省都說着自己的方言，發音差別很大。他舉例說到，北京語不通行於廣東省，相反亦然。為了令殖民地部官員明白，他還以歐洲大陸語言情形說明，指出中國方言與官話的關係，就好像義大利有很多地方語一樣，但在羅馬核心管治中心，他們只說托斯卡納語(Tuscany-La Lingua Tosana)。寶雲更指，香港人口基本上都是從廣東省附近遷來，香港翻譯官學生一直接受廣府話訓練。但是，就正如英國官方派

---

122 羅素為第二屆翻譯官學生計劃的學生。史釗活得理雅各推薦，先於1862年以視學官(inspector of schools)身份聘請來港，後出任中央書院校長，1883年起出任總登記官一職；史釗活來港後才學習粵語，從現在文獻所示，他不熟悉其他方言及中國官話。

123 C.O. 129/210/291–301, 9 July 1883.

　　　　　　　　譯者與學者：香港與大英帝國中文知識建構

出隨員到羅馬，卻在義大利的都靈(Turin)學習那不勒斯(Naples)方言一樣，香港官學生只懂得説本地方言，特別又是勞動人口所説的語言，與中國士大夫無法溝通。隨着中國更多海軍及官員到訪香港，這種尷尬情形將繼續出現。

寶雲更明言，他跟政府內現擔當重要職位、又出身自翻譯官課程的官員已達成共識，以後的官學生，應該一半派到廣東，另一半派到首都北京學習，並需要跟北京駐華英領事學習語言及官場知識，就好像到廣東學習的官學生一樣，課程不只是語言訓練，更要與中國官員打交道，瞭解官場交往規矩。這樣，香港翻譯官學生就能在溝通社會上下的同時，在需要的時候，能兼及外交工作。他更明言，這就好像英國紳士在羅馬或佛羅倫斯學習純正義大利文後，只要在那不勒斯或威尼斯(Venice)住上一段時間，便能極速學到那不勒斯方言(Neapolitan)及威尼斯方言(Venetian)一樣。寶雲義正辭嚴地指，香港的功能與直布羅陀(Gibraltar)一樣，是大英帝國極其重要的前哨戰略點(trade outpost)，如果香港只有極少數官學生知道中國正在發生什麼事，就像直布羅陀只有少數官員知道西班牙的狀況，那是不可思議的。[124]

寶雲雖然以其極具體的比喻，甚至有點煞有介事的口吻，去説明中國管治語言及香港粵方言間的緊張關係，然而殖民地部卻沒有立即批准他的提案。殖民地部認為，他們需要作多方徵詢，特別要港督讓歐德理撰寫詳盡報告，分析學生是否如寶雲所説，在短時間內輕易學得兩種截然不同的語言，另外就是對香港實際情況而言，削減官學生學習廣府話人數是否實際。而另一點是令殖民地部懷疑的，寶雲所言官學生的情形，到底是否不濟。我們在下文會看到，洛克是第一批香港官學生在倫敦國王學院先接受課程訓練的學生，亦即是説，他曾接受官話課程訓練。這

124　*Ibid.*

點，恐怕殖民地部立即查問了國王學院中文教授課程內容及他的舊生的情形，否則不會對寶雲的說法抱有懷疑。即使洛克的中文程度如何不濟，無法流暢地說出官話，也不致說他「只懂得廣府方言」，尤其洛克本身在國王學院修讀課程時是名列前茅的學生。不過，無可否認的是，這點出了一個關鍵的問題，到底翻譯官學生最基本的功能及服務對象，是與廣大香港市民溝通（如解釋政府政策、安撫市民不滿情緒，甚至平息混亂），翻譯公文（如翻譯市民請願書及翻譯新政策到香港憲報之上等），還是接待北京官員。不過，有趣的是，在殖民地部傳閱公文的過程中，卻披露了殖民地部各高層官員，包括殖民地部大臣及秘書，並不完全瞭解中國語言及文化的破綻，英國對華事務既不熟悉也不熱衷，即使鴉片戰爭已經過去四十年，殖民地部及外交部對華事務的理解也沒有什麼增長。在這些內部傳閱檔案欄邊的空白中，其中有殖民地部官員寫下的評語及筆記：「北京話等於官話嗎？」（"Is the peking dialect the same as the mandarin language"）；「在我理解裏，中國各種方言之間的差異就像不同語言間的差異。如果學生May（即官學生梅含理[Francis Henry May, 1860–1922；當是為成績最優異的學生，後出任第十五任港督，任期1912–1919年]）可以於十個月內學會官話，那就不妨派他去學習，我最怕的還是他兩種都學不好，兩邊說不通。」並指明除了可以查問歐德理外，還應該看看威妥瑪是否在倫敦，應徵詢他的意見。

我們在前面已提過威妥瑪也曾參與翻譯官學生課程，特別是在課程初期（1863年8月8日），他就幫忙理雅各考核首屆學生的表現。威妥瑪對於學生的要求，與理雅各不盡相同，威妥瑪認為官學生應盡量注重發音，口語訓練比一切都重要。在參與評核第一屆翻譯官學生考試後，威妥瑪在報告中指出課程可以改善之處，這些意見更能反映威妥瑪學習漢語的心得及要求，特別是他在華的時候，長期學習粵語：

廣府話老師師資不錯，特別是南中國海一帶以廣府話日常生活語為主。學生亦能跟隨老師學得清晰發音，本地語的掌握表現良好。

儘管如此，我們不可忽視的是學生口語能力，特別是中文是雙音節語，每一個字有一個讀音，每個詞語的雙音節語的配合，千變萬化。

雖然我重視語音，但我卻認為學生應以一種新鮮態度學習發音及會話。

他並認為，相對書寫漢字的訓練及口語，學生不必太著重前者。他指，在有限學習時間內要學會寫漢字，是不切實際的。[125]不過，威妥瑪當時已頗有先見之明地指，對於香港翻譯官學生只著重學習廣府話，以及並無統一教科書的情形，表示不以為然。他在1863年的考試報告內，雖然對於學生的學習態度及師資方面都讚賞有加，但透過他自己從香港跑到中國內陸其他城市及港口的經驗（上海及北京等）所得，香港翻譯官學生應兼備一點官話知識，因此建議課程參考自己為外交部編寫的漢文學習教材，並在官話注音欄外，多加廣府話拼音一欄，這樣，學生不單有整齊劃一的教科書可用，更同時得以初步接觸官話的表達語句。他甚至熱心地派人直接往上海訂購五部教材到香港。不過，殖民地部對威妥瑪當年的建議，並未貫徹執行。廣府話及官話之爭辯，一個更實際的考慮是在於，到底香港官員有多少機會接觸由北京來港的官員，因為官話當時也不是整個中國的共同語，而只是北京或北方一帶的地方語而已。事實上，若有官員來港，香港政府如能臨時聘得一至兩位能說官話的外交部翻譯學生作臨時翻譯人員，問題便能輕而易舉地解決了。

政府最後並沒趕及再次徵得威妥瑪的專業意見。殖民地部

125　C.O. 129/93/176–182, 8 August 1863.

及香港政府找來同樣熟悉香港事務，以及對兩種語言都有深厚認識的巴夏禮提供意見。[126]巴夏禮學會不同的地方語及官話，於1883年繼威妥瑪退任後出任北京領事（British Minister）。殖民地部找到巴夏禮詢問有關課程語言方向的問題，為翻譯官學生課程發展帶來了嶄新的局面。巴夏禮認為香港位於日益重要的戰略位置，而隨着中國官員越來越多到訪香港，部分官學生應該學習官話。巴夏禮更明言，政府也需部分譯員支持政經兩方面發展，而且由於譯員工作範圍極度敏感，政府不能外聘譯員處理。這點亦是翻譯研究所一直指出的，譯者介於兩國之間並擔當敏感的政治角色；聘任譯者的首要考慮，除了語言技能外，國族身份往往也是其中的關鍵。巴夏禮認為最好的安排，就如寶雲所建議的：每屆大概派出兩名官學生到北京學習官話，為期十八個月，期間跟北京大使館翻譯學生計劃學員一起上課。巴夏禮指，假如學生勤奮有加，十八個月的實地學習及訓練是足夠的。回香港後，只需邀請一名説官話的老師隨行，一天有數小時的會話練習，便應該能繼續保持水準。巴夏禮非常周到地想到，香港翻譯官學生應先學官話，原因是學生以後長駐香港，學習廣府話資源及環境充裕，將來可以慢慢浸淫。為了令殖民地部的官員瞭解中國方言分布的情形，巴夏禮更詳細地解説了官話的語言分布區及説官話的人口比例。結果，香港政府把整個翻譯官學生計劃重新規劃，包括學員學習年期是否要延長、首站學習地點，並衡量和評估哪些學生北上、哪位學生留港，以及整個課程的成本等等。

　　從上面的討論可以見到，翻譯官學生可以分為至少兩個階段：第一是從1844年理雅各的初步構思，到1861年羅便臣的採納和正式推出。第二是從1876到1880年左右，理雅各構思的遠東官學生計劃的實踐。翻譯官學生計劃的發展，可以説是在理雅各的領導和支持下完成了重要的里程碑。隨着翻譯官學習語言出現方

126　C.O. 129/213/105–119, 13 December 1883.

　　　　　　　譯者與學者：香港與大英帝國中文知識建構

針改變後，計劃創始人理雅各的歷史角色也就漸漸淡出舞台。香港總督寶雲就是否應派學生到北京學習時，他寫信到殖民地部指出，本來自己是應該寫信請教牛津大學教授理雅各，聽取他的意見，但由於知道理雅各本身並不擅長官話，因此只能作罷，[127]並請殖民地部聽取外交部轄下其他專家的意見。然而，寶雲所不知道的是，理雅各其實從來沒有放棄把翻譯官學生課程遷回牛津的想法，雖然他在牛津的學術生涯忙得不可開交，既要參與校內各種學術事務，又要在校內為東方學生（中國及日本留學生）爭取以漢語取代希臘語作基本學術語言，加上世界上各地的有志者紛紛寫信向他請教中國文學的各種知識，歐洲同行又與他頻繁交流學問，[128]而他也忙於翻譯工作，但理雅各一直堅守自己的教育理念，認為學習語言必須專心致志才能達成，特別是當我們看到即使是成績優異的洛克，都曾被評為中文程度只達到基本要求，不一定能應付工作所需，需要再進修才能正式投入工作，[129]我們便更明白理雅各的用心良苦。因為這不只是執着於追求學問的態度，更在於職前準備會直接影響課程的成效。

　　1887年，亦即是翻譯官學生課程置於倫敦國王學院接受基本訓練的大概十年，理雅各寫信到外交部提出動議，希望把那有如自己初生兒的譯員培訓計劃遷回到牛津。[130]他並指出，官學生接受官話訓練的難題，其實有一個非常簡單的方案，就是由牛津大學及殖民地部在中國聘請中國人作語言導師（native language teacher/native assistant），教導官學生正確發音，讓官學生在出發前已經以英語接受了語言及語法知識，口語技巧發音則由中國人

127　C.O. 129/213/147–171, 13 December 1883.

128　參考理雅各私人信箋中各種大小教育及學術工作，CWM, LMS China, Personal, Box 8, James Legge Papers。

129　Shiona Airlie, *Thistle and Bamboo: The Life And Times of Sir James Stewart Lockhart*(Hong Kong: Oxford University Press, 1989), pp. 22–23.

130　"James Legge to the Marquis of Salisbury," 1 March 1887. CWM, LMS China, Personal, Box 8, James Legge Papers.

教授，兩者相輔相成，就好像他當初得到王韜的幫忙而得以完成翻譯中國經典一樣。可是，殖民地部最後還是沒有接納整個調遷計劃，主要是國王學院的中文課程及其他為擴張帝國發展的日夜間課程，已發展得相當完備。不過，理雅各建議的從中國聘請合資格的語言導師作英國各大院校的中文課程教學助手，卻成為了一種風氣及發展趨勢，大大增加了對外漢語教學發展的需要。二十世紀中，幾位有名的現代中國作家，如蕭乾、老舍，都是通過這樣的機遇，到英國擔當語文導師，進一步刺激了翻譯英國文學及中英文學交流的圖譜。

香港方面，二十世紀的官學生課程，隨着香港政府內的翻譯部門於1879年正式成立，官學生的職能與翻譯部門的流程分序得以逐漸明朗化：前者以語言作為輔助管治的工具，後者則全心負責翻譯，擔當各層面的口譯及文字翻譯工作。1912年香港大學成立，以及1927年香港大學中文學院成立，官學生部分課程順理成章地轉移到香港大學中文學院，並由曾經擔任皇仁書院漢文主任的倫敦會傳教士威禮士(Reverend Herbert Richmond Wells, 1863–1950)教授官學生廣府話及傳譯課程，形式與英國各大學為外交部及殖民地部教授漢語、翻譯及中國文化知識課程一樣。[131]

從理論上看，教育設置原是為了追求高深學問，但英國在本土及殖民地的背景下，設置漢學課程卻與鞏固帝國利益有千絲萬縷的關係。知識與殖民權力的糾葛，近年已有眾多研究透過不同地方及不同案例揭示出來。[132]這章處理的就是在這脈絡下展現鼎鼎大名的漢學家——理雅各，一項鮮為人知的工作。他除了以

---

131 羅香林：《香港與中西文化之交流》，頁223–241；王齊樂：《香港中文教育發展史》，頁272。

132 Bernard S. Cohn, *Colonialism and Its Form of Knowledge: The British in India*(Princeton, NJ: Princeton University Press, 1996); Indra Sengupta and Daud Ali, eds., *Knowledge Production, Pedagogy, and Institutions in Colonial India*(New York: Palgrave Macmillan, 2011).

譯者與學者：香港與大英帝國中文知識建構

書面翻譯溝通中西外，亦在殖民地語境以口語培訓譯者，構築另一種殖民地權力與知識面向。英國漢學的發展及特質，其實一直與政治及實務翻譯有不可分割的關係，至此繼續得以引證。

第六章 ||| 總　結

　　本書探討英國於十九世紀時籌辦日後稱為「中國研究」的學術科目的歷史背景。十八世紀英國一直對於國內要求建立漢學的聲音嗤之以鼻，然而到了十九世紀中葉，英國漢學進入騰飛的時代。學界過去有不少討論漢學史、香港史及中英外交史的書籍，由於都忽視了翻譯工作的重要性，以及認同歷史研究的重點只在於優勝劣敗及以歷史結果，視翻譯為雞毛蒜皮的事，因而輕視了翻譯如何影響歷史形成的過程，以及譯者居中擔當的位置及功能。如果每位譯員都有自己翻譯風格、利益立場、喜好、甚至不同的道德判斷或政治取向，譯員在翻譯過程中如何不會主導了異文化協商的過程及結果？特別是兩種異文化正值初始交往、接觸及碰撞的時期？

　　鴉片戰爭後，中英關係邁向一個新里程碑，無論在中英外交關係、日常殖民地管治等實際行政工作、英國出現了極度需要瞭解中國及有關中國知識的官員，特別是能擔當翻譯的官員。英國漢學的出現是由實際政治外交帶動而來，並不是為了貿易更不是回應國內學術關懷而起。鴉片戰爭暴露了大英帝國長期忽視培養中國學者及譯者的弊端，出現了一系列的翻譯醜聞。在外交層面上，小至鴉片戰爭時戰場地名、中國銀元轉換概念出錯，大則指找不到足夠譯員擔當行軍譯員。英國雖然以船堅炮利戰勝中國，但到簽訂《南京條約》之時，譯員不足兼譯員水準不夠的問題，令全國無法洞悉條約漏譯及不符原文的情形。翻譯的問題已嚴重影響貿易、軍事、外交各個層面。鴉片戰爭後中國五口通商，英國在應付實際外交及行政措施上，必須定期派遣為數不少的港口領事及其辦公室的譯員到各港口處理關稅事務以及日常行政。

在殖民管治方面，戰後香港成為英國殖民地，香港雖然提供極多地緣優勢及實際利益給大英帝國，然而香港殖民政府需要維持日常行政運作，實現殖民政權的管治，就需要大量譯員翻譯各種公文及傳達命令給華人，這在在令譯員不足的問題惡化。英國無法應付突然急促膨脹的翻譯工作，國內外無法找到足夠的譯員，甚至殖民地間互相爭奪譯員。香港政府在中英雙語譯員長期短缺下，十九世紀中葉只能依靠一位譯員擔當各行政機關的譯員，最後譯員被控徇私並串通海盜，而英方卻無法遏止並查明真相。由於譯員不足，只能繼續任用，直到整個政府所有最高級官員都掉入賄賂枉法的旋渦中，整個殖民政府威信盡失，才迫使英國政府最後正視管治的沉痾，採納了外交譯員的意見，在香港實現了本地譯員課程。

英國自十九世紀以來，徹底明白準確翻譯與英國在華利益扣上不可分割的關係。因而不單視譯者為取得可靠中國情報的核心人物，更看到整個情報及管治系統的可靠在於譯員的出身、視野及階層，於是便提升這些曾在華擔任外交及殖民地部的譯員成為政府各部門的高級官員，以達一石二鳥之效。過程中通過嚴格篩選先確保他們達一定的語言天份及知識水平，讓他們接受基本譯員培訓，讓整個英國情報系統在每一階層可以減省被辭誤的翻譯誤導，又或者被品格不良的譯員出賣國家利益。提升譯員為高級官員，也可增加政府架構層遞及各部門的互相監察。對英國政府而言，培訓譯員是一個手段而不是目的本身。因此，英國譯者專業化過程與英國正值於1860年提出的公務員(特別是文官)體系改革互為表裏，互相配合，其實也只是英國政府當時用作權宜處理外交事務的政策，而漢學可以說，是在這樣的政治背景下的副產品。

　　　　　　　　　譯者與學者：香港與大英帝國中文知識建構

有趣的是，雖然漢學在英國極度實務的環境下出現，以語言訓練成為了十九世紀漢學的特質，這點卻令英國漢學突破原有的局限，並能急起直追，超越了重理論的法國漢學——歐洲成立漢學的第一個國家。英國漢學基礎由外交、貿易、殖民管治而來，因而學術風格偏重於掌握中國實際國情、實用知識（如對中國廣袤地區、人口結構、天氣、地理、農務及鄉省地區內部政治等）以及各種溝通方法（口語、書面語）及相關產生出來的技術（如官話及各地區的拼音方案、記錄及傳播知識工具如電報、印刷），這些都不是象牙塔式的學術訓練能企及，而譯員及翻譯工作職責則可以說是深入中國各階層及提供此一視野及訓練的位置。譯員從實用外交及殖民管治工作退位後，再把此等實用知識帶回英國本土。這些在華時已對中國有深刻認識的業餘漢學家，回國後除了出版及著書立說外，多被大英帝國招攬成為中文教授，把技能深化成影響深遠的中國知識，傳授給下一代。從英國漢學成立後到第一次大戰結束前，這個制度行之有效，英國外交部及殖民地譯員擔任英國學府內中文教授一職的人員，可以說是形成了一個重要的知識圖譜。

　　而香港因為地緣政治及殖民系統的關係，在十九世紀中國帝制結束前，通過外交部主理的「中國譯員計劃」及殖民地部主理「香港翻譯官學生計劃」培訓了大量的譯員、優秀的文官及中國通，以此亦造就了這個「譯者與學者」計劃的重要基地、攻防地以及橋頭堡。本論抽取這個系統的首三位中文教授作為研究對象，除了因為他們三人在香港曾擔重要的翻譯工作外，更重要他們利用了自身在香港的經驗實踐了這個「譯者與學者」知識藍圖。

謝　辭

　　這是我的第一本學術專著。研究的緣起，為了追尋曾經見證香港成為英國殖民地的英國譯員飛即（Samuel Turner Fearon）的身世開始，是在無心插柳的情形下發展成一個宏大的計劃。2009年，機緣際遇，在歷史文獻中看到有關飛即片言隻語的事跡，當中沒有資料涉及他的生卒年，沒有述及他在香港及倫敦生活的具體時間及生活細節。他儼如被香港史、中英歷史及漢學史完全遺忘。心裏為這樣的歷史人物感到不值，在好奇心的驅使下，寫信到倫敦大學國王學院圖書館，要求翻查他擔任漢學教授的聘任資料，於一年後才輾轉與檔案室聯絡上，開始了這漫長漢學研究的歷程。後來，漸漸發現，飛即處身在中英關係躍飛的十九世紀，他從譯員擠身成為學府的首任中文教授過程，不只反映了他個人際遇以及歷史偶因，而是反映了中英外交史的歷史轉折點而併發出來需要大量生產中國知識的需要。本研究的特色在於扣住產生中國知識的媒介——語言及翻譯。我把研究視點慢慢從飛即放大到他的同代譯者，這些曾跟他在香港一起生活、合作、競爭的譯員，全部都符合這種「譯者與學者」交疊的身份。我了解到來華的英國譯員及他們回歸英國學術系統的模式，代表富有英國特色的漢學新知識系統出現。最令我驚喜的是發現了斯當東如何籌辦倫敦大學兩個不同學院的中文課程，這點是過去研究斯當東從未提及的部分。此外，在機緣下，也發現了威妥瑪散佚了一百七十多年反映他學習粵語的手稿。2010年起，每當新加坡南洋理工大學學期完畢，就立即遠赴英國、歐洲及香港，多次進出各地的國家歷史檔案室、大英博物館及圖書館、各大學的學校校史檔及檔案室、民間及私人的檔案室，尋找中英外交及殖民檔案、東印度公司資料、個別庋藏漢學家書信、藏書的檔案室。在我開始着手研究這個議題的2010年時，很多檔案室的研究設備還是相對簡約。沒有新型的微膠卷機，有些更是半個世紀前手動的微膠卷機、檔案室目錄長年沒有整理，很多檔案室的儀器及使用規條還保存於盤古階段，研究者不許拍攝檔案、更不要指望有什麼網上公開或可供下載的檔案資源。我以為自己進入了時光隧道到了歷史博物館參觀。但是憑着一點歷史癖好，也因為不甘心看到譯員被歷史遺忘之心，最後完成了眾多相關研究。

這個計劃得以完成，首先要感謝的是各大檔案室的資深檔案員的協助。如果沒有資深檔案員耐心從旁協助，悉心保存及編目，慷慨分享他們對於國家、宗教、辦學團體及私人檔案的多年來累積的知識及心得，這個研究根本無從做起。七年前進入這個研究計劃的時候，戰戰兢兢之餘，也有感是打開了中英外交史、英國漢學史以及中國翻譯史的無人之境。研究過程雖然艱苦，後來回想，相對我敬重的前輩學者如P. D. Coates、Timothy Barret、Frances Wood、蘇精等人的貢獻簡直是微不足道。尤有甚者，只要對比我研究的對象——這群十九世紀來華的英國譯員，他們克服了種種的困難學習中文，卻落得被歷史忘掉、被清廷追殺、被指罵背叛自己的文化，我遇到的難題又何足掛齒？我的研究都在學界獲得正面的反響，並能在優良的歷史學刊上發表、被中國最大的文摘轉刊、多次重印於不同學刊上，以及被知名小說家Amitav Ghosh參考，並把飛即的事蹟寫入他的三部曲之一*River of Smoke*之內。這實踐了自己研究初衷——就是不能讓貢獻良多又忝居幕後的譯者被歷史湮沒，我覺得無愧於自己職份，並能在功利的學術環境中保持了初心，證明香港研究與全球史的連接意義。

在搜集資料的過程中，我必須向一位英國收藏家致以最深的謝忱。感謝他慷慨分享家藏。且每當有新線索，定於第一時間通知我，讓我能及時展開更細緻的查訪，為了保護他免於被外界騷擾，我簡稱他為D. F.。我們雖是橫跨幾個世代及被十萬數千里阻隔，卻因為這批英國譯者而得以連繫。

這七、八年間在我掙扎於文學史研究與中國翻譯史研究的過程，得到很多前輩、學者、及朋友的支持，沒有他們鼓勵及賜教，這本書不會出現。在此書不盡言，要表達衷心的人很多，包括：李歐梵教授、王宏志教授、藤井省三教授、黃克武教授、王曉明教授、鄒振環教授、陳思和教授、朱志瑜教授、陸鏡光教授、容世誠教授、楊丞淑教授等。感謝這些前輩的賜教。他們關心我的研究之餘，也分享了不同合作的平臺，讓我有關文學翻譯、中英外交翻譯史及漢學研究，能面向中港台不同的讀者群。當然還有我最敬重的本科生時期的老師盧瑋鑾教授，她奠下做學問及當一位好老師的標準。我恐怕永遠不能企及，在愧於她的教導之心下，我只能繼續以謙卑的心努力研究。此外，兩本在華人世界具有份量學刊的編輯先生，他們在行文間的賜教，耐心暨專業的校對工作令我汗顏，他們分別是中國文化研究所學報編輯朱國藩博士以及中央研究院近史所集刊鄭智鴻先生。編輯的工作跟譯者一樣，常常站在閃鎂燈背後不叨光，卻促成文化傳播的重要一頁。

這個研究計劃是有關一群在華的英國譯者。如果沒有英國學界給我的鼓勵及支持，恐怕沒有辦法完成。事實上，我能走入英國漢學界去探索英國漢學與翻譯的關係，最重要原因，是我熟悉英國漢學體系，特別是英國漢學的發祥地——倫敦大學。在此我要特別感謝衛奕信勳爵(David Wilson, Baron Wilson of Tillyorn)、賀麥曉教授(Michel Hockx)、Theo Hermans教授、傅熊教授(Bernhard Führer)等多年來的鼓勵。

此外，近年起我有幸跟美國學界作更深入的交流，打破了一些我故步自封的想法，有他們的支持，讓我知道這研究議題超越了英國學界的視野。胡志德(Theodore D. Huters)教授、歐立德(Mark Elliott)教授、柯馬丁(Martin Kern)教授、Richard Smith教授、王德威教授等都肯定了這研究計劃的意義及給予眾多的幫忙。我在此對他們致以深切的謝忱。

同輩友儕長年的關懷備至,是我今天仍然能在消沉中重新抖擻精神的最大動力,梁家榮教授、陳忠浩先生、楊如虹博士、王劍凡博士、馬寶詠博士、大野公賀教授、大澤理子及及川智子小姐、邱淑婷教授、潘少瑜教授、莊嘉穎教授、陳婧褖教授等等各人對真善美的堅持,豐富了的我的生命體悟,無論是物以類聚或志同道合也好,友情讓我在研究的冷酷異境中找到暖意。

最後,我要感謝讓這本書能順利出版的關子尹教授,沒有他的推薦,這本書不能於香港面世跟讀者見面。到新加坡教學轉眼十年,十年間我只磨了一鈍刀,愧對關子尹教授二十多年來的關懷。我只能期待人生另一「十年」能作出更多突破。此外,更要多謝牛津大學出版社的林道群先生的信任,以及把書稿從頭到尾校對的謝偉強先生。

我特別要感謝父母,在香港及英國的家人,他們無私的愛令我能專注自己醉心的學術工作。